Pochłaniacz

CZTERY ŻYWIOŁY SASZY ZAŁUSKIEJ

Tetralogia kryminalna

tom I
Pochłaniacz
POWIETRZE

tom II
Okularnik
ZIEMIA

wkrótce

tom III
Lampiony
OGIEŃ

tom IV
Czerwony pająk
WODA

KATARZYNA BONDA

Pochłaniacz

WARSZAWSKIE WYDAWNICTWO LITERACKIE
MUZA SA

Projekt okładki: *Paweł Panczakiewicz/PANCZAKIEWICZ ART.DESIGN*
Redaktor prowadzący: *Ewa Orzeszek-Szmytko*
Redakcja: *Irma Iwaszko*
Redakcja techniczna: *Karolina Bendykowska*
Korekta: *Dorota Jakubowska*

© by Katarzyna Bonda
All rights reserved
© for the Polish edition by MUZA SA, Warszawa 2014, 2016

Fotografie na okładce:
© Joanna Jankowska/Arcangel Images
© Fer Gregory/Shutterstock

Ta książka jest fikcją literacką.
Ewentualne podobieństwo postaci, zdarzeń, okoliczności
nie jest zamierzone i może być jedynie przypadkowe.
SEIF nie istnieje. Natomiast niektóre elementy intrygi pochodzą
z akt prawdziwych spraw kryminalnych. Poza tym historia
opisana w powieści zasadniczo nie odbiega od realiów.

ISBN 978-83-7758-688-4

Warszawskie Wydawnictwo Literackie
MUZA SA
Warszawa 2016

Według Empedoklesa zasadę bytu tworzą cztery korzenie wszechrzeczy, nazywane też żywiołami, elementami lub pierwiastkami: powietrze, ziemia, ogień i woda. Elementy te są wieczne, bo „to, co jest", nie powstaje, nie przemija i jest niezmienne. Z drugiej strony zmienność istnieje, bo nie ma powstawania czegokolwiek, co jest śmiertelne, ani nie jest końcem niszcząca śmierć. Jest tylko mieszanie się i wymiana tego, co pomieszane.

Większość rzeczy nie zdarza się
– lecz ta się zdarzy

                        P. Larkin, *Alba*, przeł. J. Dehnel

Ludzie bowiem mogą zamykać oczy
na wielkość, na grozę, na piękno
i mogą zamykać uszy na melodie
albo bałamutne słowa.
Ale nie mogą uciec przed zapachem.
Zapach bowiem jest bratem oddechu.

                        P. Süskind, *Pachnidło*, przeł. M. Łukasiewicz

Prolog
Zima 2013, Huddersfield

– Sasza? – Głos należał do mężczyzny. Władczy, chropowaty. Kobieta przeszukiwała w myślach twarze, które korespondowałyby z tą barwą. Nic nie przychodziło jej do głowy. Intruz zdecydował się pomóc jej kolejnym pytaniem. – Sasza Załuska? Sama to wymyśliłaś?

Przed oczami przeleciała jej sekwencja zdarzeń, w których brał udział ten oficer.

– To moje własne.

– Szkoda. Taka porządna dziewczyna.

Słyszała, jak zaciąga się papierosem.

– Od dawna nie pracuję – oświadczyła kategorycznie. – Ani dla ciebie, ani dla nikogo.

– Ale szykujesz się na posadkę w polskim banku. – Zaśmiał się. – Wracasz na wiosnę. Wiem wszystko.

– Jasne. Tyle że niezupełnie wszystko.

Powinna była odłożyć słuchawkę, ale ją podpuścił. Podjęła grę, jak zwykle. Oboje to wiedzieli.

– Przeszkadza ci? – skapitulowała pierwsza. – Uczciwie zarabiam na życie i nic ci do tego.

– Uuu! Bojowo! I chcesz powiedzieć, że z pensji starczy ci na mieszkanie koło Grandu? Czynsz kosztuje tam pewnie ze dwa tysie? Skąd weźmiesz na to kasę?

– Nie twój interes. – Poczuła, jak włoski na karku stają jej dęba. Wiedział o jej planach, choć nikomu poza rodziną o nich jeszcze nie mówiła. Musieli wpuścić jej szpiega do komputera. – Zresztą nie wysilaj się. Skoro dzwonisz pod ten numer, wiesz, gdzie mieszkam i gdzie będę mieszkała. Brałam to pod uwagę. Moja odpowiedź brzmi: nie.

– A utrzymanie córeczki? – Miał widać ochotę się z nią podrażnić. – Niezła wolta. Nasza Calineczka mamuśką. Kto by się spodziewał? Tatusiem jest ten profesorek? A jeśli chodzi o bank, to nie wiem, czy cię przyjmą. Zależy, czy będziesz współpracowała.

Sasza z trudem się opanowała. Nie chciała przeklinać.

– Czego chcesz?

– Mamy wakat.

– Mówiłam. Nie wchodzę.

– Rozwijamy się. Stawki większe. A robota czysta i nie w biurze obsługi klienta… – Nagle stał się poważny. – Kolega prosił, żeby polecić mu kogoś z doświadczeniem i dobrą znajomością „inglisza". Pomyślałem o tobie.

– Kolega? – Nabrała powietrza. W myślach policzyła do dziesięciu. Teraz napiłaby się wódki. Natychmiast przegoniła tę pokusę. – Nasz kolega czy twój?

– Będzie pani zadowolona.

Sasza położyła telefon na stole, podeszła pod drzwi do pokoju córki. Były uchylone. Karolina leżała przykryta kołdrą aż po szyję, z zabawnie rozrzuconymi rękami. Oddychała głęboko przez lekko rozchylone usta. Teraz nawet głośna muzyka nie zdołałaby jej obudzić. Sasza zamknęła drzwi, wzięła paczkę papierosów i otworzyła okno. Paląc, bacznie przyjrzała się opustoszałej ulicy. Tylko kot sąsiadów przemknął przez uchyloną furtkę do ogródka. Zasunęła roletę. Wróciła i wdmuchała resztkę dymu do słuchawki. Mężczyzna po drugiej stronie milczał, ale była pewna, że uśmiecha się z satysfakcją.

– Dostaniesz opiekę. Nie tak jak ostatnio – zapewnił. Chyba szczerze.

Na dłuższą chwilę zapadło milczenie. Kiedy Sasza ponownie się odezwała, głos miała ostry, bez cienia wątpliwości.

– Powiedz koledze, że dziękuję za wyróżnienie, ale nie jestem zainteresowana.

– Jesteś pewna? – nie dowierzał. – Wiesz, co to znaczy?

Milczała dłuższą chwilę. Wreszcie odpowiedziała zdecydowanie:

– I nie dzwoń do mnie więcej.

Już miała odłożyć słuchawkę, kiedy mężczyzna odezwał się łagodnym tonem:

– Wiesz, że teraz jestem w kryminalnym? Tak się porobiło.

– Sam się raczej nie zgłosiłeś. Zdegradowali cię? – Nie była w stanie ukryć satysfakcji. – Gdzie?

– Gdzieś tam – odparł wymijająco. – Ale jeszcze dwa lata i wieszam mundur na haku.

– Już tak mówiłeś. Nie pamiętam kiedy. Kiedyś.

– Masz, jak zwykle, rację, Milenko.

– Nigdy nie było żadnej Mileny.

– Calineczka już u kreta, ale i tak się cieszę, że wracasz. Niektórzy tęsknią. Sam łezkę uroniłem. I wygrałem zakład.

– Na ile mnie wyceniłeś? Flaszka łyskacza czy coś więcej? – Przełknęła ślinę. Za chwilę powinna coś szybko zjeść. Głód, złość, przepracowanie. Tego musiała unikać.

- Postawiłem całą kratę. Czystej – podkreślił.
- Nigdy nie doceniałeś kobiet w firmie – stwierdziła, choć schlebił jej. – Idę spać. Ten telefon nie będzie już działał.
- Ojczyzna żałuje, cesarzowo.
- Tym gorzej dla ojczyzny, bo ja nie.

ZIMA 1993

Kiedy para zaczynała opadać, stopniowo wyłaniały się uda i pośladki akrobatek.

Czasem też udawało się dostrzec pączkujące piersi. Ale jeśli przyszło się za późno, zasłona skroplonej wody uniemożliwiała dokładny podgląd. Zresztą na gzymsie nie dało się stać zbyt długo. Nogi szybko drętwiały, a nie było się czego chwycić. Dlatego zawsze chodzili we dwóch.

Dziś, wyjątkowo, wzięli też trzeciego. Igła nie miał prawa patrzeć. Stał na czatach i cieszył się, że pozwolili mu za sobą łazić. Był od nich o rok młodszy.

Najsmaczniejszy był moment snajperski. Twarze dziewczyn wychodzących z treningu łączyło się z resztą ciała. Ciągnęli zapałki, który z nich pierwszy będzie snajperem. Wybierali sobie po jednej z dziewcząt i potem przez pół nocy wspólnie o tym milczeli. Marcin zwykle brał gitarę. Grał słabo, właściwie tylko kilka kawałków: *Rape me*, *In Bloom* czy *Smells Like Teen Spirit* Nirvany albo którąś z ballad My Dying Bride. Odkładał instrument dosyć szybko i nucił coś swojego, ni to wiersz, ni to piosenkę. Kwas z wizerunkiem Asterixa albo trochę trawy pomagały mu w twórczości.

Dziś przyszli w idealnym czasie. Zanim akrobatki pojawiły się w drzwiach, już słyszeli ich chichot. Marcinowi zaschło w gardle, podniecenie mieszało się ze strachem, że któraś dostrzeże jego twarz w oknie osłoniętym jedynie dziurawą siatką. Szybę stłukli z Przemkiem przed miesiącem. Jak dotąd nikt tego nie zauważył. Nawet dozorczyni, która tydzień temu przegoniła ich z boiska szkolnego za palenie papierosów, dotkliwie obijając miotłą. Cudem zdołali przeskoczyć za płot, a mogło się skończyć dużo gorzej. Na dywaniku dyrektora Conradinum*, do którego obaj chodzili, lub w lokalnym komisariacie. Z dumą obnosili rozdarcia od szpikulców bramy na kurtkach, jak rany zdobyte w walce.

Dziewczyny weszły rozdyskutowane, wypełniając pomieszczenie łoskotem rozbrykanego stada. Zarumienione, czoła błyszczały im od wyczerpującego treningu. Śmiały się, przekrzykiwały, wciąż podniecone udanymi akrobacjami. Większość rozbierała się już w progu, ciasne trykoty lądowały na ławkach albo mokrej podłodze pod prysznicami. Leniwie uwalniały włosy z gumek. Po dwie, trzy wchodziły do kabin, namydlały się nawzajem. Pokazywały pączkujące biusty albo chwytały za pośladki dla zgrywy.

Tylko jedna z nich, jeszcze dziecko, stała w drzwiach wciąż ubrana. Nosiła najdłuższe legginsy z grupy. Rękami oplotła brzuch, gotowa do ucieczki. Włosy miała związane, tylko kilka kosmyków wymknęło się spod gumki i przykleiło do policzka. Tej Marcin jeszcze chyba tu nie widział.

---

* Conradinum – najstarsza, prestiżowa gdańska szkoła średnia. Obecnie funkcjonuje pod nazwą: Szkoły Okrętowe i Ogólnokształcące Conradinum im. Karola Fryderyka Conradiego w Gdańsku.

Każdy z nich miał swoje faworyty. Marcinowi podobały się niedorozwinięte – kpił Przemek, który wolał mięsne blondyny, choćby i z tłuszczykiem na bokach, ale koniecznie musiały już nosić stanik. Marcin wielkodupych nie lubił. Szukał nitek o sarnim spojrzeniu. Mała taka właśnie była. Wielkie oczy, drobna twarz, wysokie kości policzkowe, nieproporcjonalnie pełne usta. Była dziś jego strzałem.

– Złazisz? – Przemek pacnął kumpla solidnie w nogę, aż ten zakołysał się na gzymsie.

– Debil – bezgłośnie poruszył wargami Marcin.

– Co jest, Staroń? Moja kolej! – Przemek przestał go asekurować. Marcin znów się zachwiał, z ociąganiem złożył się do skoku. Jeszcze raz zerknął na małą szatynkę, łapczywie kradł migawki. Kąpała się z zamkniętymi oczami, wyraźnie izolując od reszty. Nie miała już na sobie kostiumu, ale nie była naga. Zostawiła białe majtki „jednodniówki", które teraz były mokre i przylepiły się do pośladków. Doskonale chuda, z wklęsłym brzuchem i widocznymi żebrami. Zdawało się, że złamie się wpół, kiedy sięgała po mydło. Biodra miała jednak szerokie. Kości miednicy sterczały nad linią majtek niczym rogi bawołu. Podobała mu się. Choć Przemek już go nie trzymał, a wręcz szarpał i ściągał do dołu, Marcin nie był w stanie się ruszyć.

Nagle kąpiąca się dziewczyna spojrzała w jego stronę. Dostrzegła go. Odruchowo zakryła się ramionami, schowała krok dalej w kabinie. Bezskutecznie. Wciąż ją widział i był pewien, że zapamięta ten widok na zawsze. Łuk ramienia. Kościste stopy o nieprawdopodobnie długich palcach. Cienka pęcina z brudnym plastrem na kostce. Patrzyła na niego z obawą, aż nagle tanecznym ruchem wysunęła się do przodu. Wydatne usta rozchyliły się, przymknęła powieki. Namydloną gąbką wodziła po ciele.

Przemek nie pozwolił mu dłużej patrzeć. Podciął go pod kolanami tak mocno, że Marcin z trudem wylądował. Wpadł wprost w czarną breję, brudząc nowe wranglery, które przysłał mu wujek Czesiek z Hamburga. Nie myślał teraz o nich, tylko o tym, żeby kumpel nie dostrzegł jego wzwodu.

Przemek wspiął się na gzyms, popatrzył chwilę i natychmiast zeskoczył.

– Rura! – Ruszył w długą. – Po chwili odwrócił się i widząc, że Marcin wciąż stoi w miejscu, syknął: – Ruchy, Stary.

– A Igła?

– Niech se radzi.

Przemek biegł z pochyloną głową. Dopiero kiedy byli za płotem, na samym końcu ulicy Liczmańskiego, bezpieczni, choć z trudem łapali oddech, Marcin spytał:

– Stało się coś?

Przeczący ruch głową.

– Widziały cię?

– Nie pójdziemy tam więcej. – Przemek drżącą ręką wyciągnął zgniecione papierosy. – Dlaczego mi nie powiedziałeś?

Marcin pokrył zdenerwowanie nerwowym śmiechem.

– Idziemy po pudło, szarpniemy druty. Mam coś dobrego na wieczór. – Po przyjacielsku uderzył kumpla w ramię. – Ty jak sobie chcesz, ale ja wrócę. Tam jest mój megastrzał. Cycuszki jak agrest, ciemne włosy. W moim typie laleczka. Zakochałem się normalnie. Chyba.

– To jest moja siorka, debilu. – Przemek chwycił Marcina i niemal podniósł. Był wyższy i lepiej zbudowany, ale to nie w nim bujały się najlepsze laski. Wzdychały do Staronia, blondyna o nieobecnym spojrzeniu, wszędzie wlokącego ze sobą gitarę. Nie musiał na niej grać.

– Ma dopiero szesnaście lat. Jeśli cię tam zobaczę, Staruchu, nie żyjesz. I w ogóle nie zbliżaj się do niej, bo...

Nie dokończył. Marcin wskazał mu palcem ścianę sali gimnastycznej. Na gzymsie, w ich tajnym miejscu, stał Igła i w najlepsze podglądał akrobatki.

– Co za przeszczep – wściekł się Przemek. – Miał stać na czatach!

Spojrzeli po sobie, znów przeskoczyli płot i ruszyli wprost do kantorka dozorczyni. Kobieta zaraz chwyciła miotłę, ale kiedy pokazali jej Igłę przylepionego do okna sali gimnastycznej, ochoczo się nim zajęła. Siedzieli rozparci na starych deskach, bezskutecznie czekając na przedstawienie. Igła nie zdążył jednak dobiec do płotu. Dozorczyni była widać szybsza. Musiała odstawić Igłę do dyrektora. Nie chcieli wiedzieć, w co go wpakowali.

– No to kocioł. – Marcin wyjął bibułkę, zwinął skręta. Podał Przemkowi, ale ten odmówił. – Jak sobie stryjenka winszuje. – Marcin zaciągnął się porządnie.

– I tak byśmy już tam nie poszli – stwierdził Przemek. Kończył strugać drewnianą atrapę walthera. Zdaniem Marcina kawałek drewna od dawna przypominał pistolet. Przemek jednak z uporem maniaka dopracowywał szczegóły. Były tam już jakieś numerki i model pistoletu.

– Jak ma na imię? – Marcin z trudem udawał obojętność.

Przemek na chwilę oderwał się od roboty. Wydawał się otępiały.

– Kto?

– Chyba nie twoja matka.

Przemek wymierzył do niego z atrapy i zmrużył oczy.

– Od mojej matki wara!

Marcin podniósł ręce w udawanym geście poddania. Potem powoli opuścił jedną i wskazał zabawkę.

– Mój ojciec ma w warsztacie wszystkie farby świata. Strzelę ci go pistoletem do blach samochodowych. Będziesz mógł straszyć gliny.

Przemek pomyślał chwilę. Wreszcie podniósł się i odparł od niechcenia:

– Monika. Obiecałem ojcu, że będę jej pilnować. Wszyscy się do niej ślinią.

– Pomogę ci – przyrzekł Marcin. – Nie pozwolimy skrzywdzić takiego anioła.

– Debil. – Przemek rzucił drewienko Marcinowi, który złapał je w locie.

– Czarny czy chrom?

Ruszyli na plażę w Brzeźnie. Wiało.

Pierwszy śnieg zaczął padać, kiedy Marcin docierał do domu. Zdjął rękawiczkę, wystawił rękę grzbietem do dołu. Płatki momentalnie rozpuściły się w zagłębieniu dłoni. Było kilka stopni poniżej zera. Choćby padało całą noc, śnieg nie utrzyma się do świąt.

Ulica Zbyszka z Bogdańca spała. Tylko w kilku pojedynczych oknach odbijał się niebieski blask telewizorów. Na większości balustrad i furtek mieszkańcy Wrzeszcza zawiesili już pulsujące lampki – ostatni hit z Zachodu. Niektórzy poubierali drzewka przed domem. Pewnie widzieli to w *Dynastii*. Ale atmosfery świątecznej się nie czuło. Bruk pokrywała mokra breja, a dzień w dzień niebo wisiało nad głowami niczym skrzydła czarnego ptaszyska. Gwiazd nie było sensu wypatrywać. Marcin miał ich zresztą pod dostatkiem przez ostatnie kilka godzin na plaży.

Ominął hałdę węgla, którego sąsiad jak zwykle nie zdążył zaszuflować do piwnicy, i zatrzymał się przed wejściem do posesji numer siedemnaście. Był to jedyny dom przy Zbyszka z Bogdańca, nad którym za dnia nie wisiał czarny dym. Okoliczni mieszkańcy wciąż ogrzewali swoje mieszkania piecami kaflowymi. Staroniowie jako jedni z pierwszych wykupili komunalny budynek, po czym zburzyli drewnianą szopę do fundamentów, a na jej miejsce postawili murowaną hacjendę z werandą. Piece w ich domu służyły wyłącznie jako element ozdobny. Marcin z bratem nazywali je „sejfami". Chowali tam cenne dla siebie drobiazgi. Ojciec Marcina wyłożył dziedziniec nowoczesną kostką, podjazd do garażu wylał cementem, by zaś nie kłuć sąsiadów w oczy dobrobytem, wokół posesji zasadził gotowy żywopłot, sprowadzony dzięki uprzejmości stryja z Niemiec.

Marcin rozgarnął teraz iglaki i przez szparę dostrzegł światło w warsztacie ojca. Spiął się, momentalnie otrzeźwiał. Otrzepał kurtkę, poprawił gitarę na ramieniu. Narkotyki przestawały już działać. Nikt nie zauważy, że coś brał. Był wściekle głodny. Nacisnął klamkę jak najciszej i szedł na palcach, starając się nie robić hałasu. Miał nadzieję, że matka śpi. Jej bał się bardziej. Zawsze kiedy ją mijał, przyglądała się jego źrenicom. Wiedziała, ale nigdy o tym nie rozmawiali. Ściągnął puchówkę, by nie szeleściła, kiedy będzie przechodził obok sypialni rodziców. Natychmiast poczuł wilgotny chłód zimy i z duszą na ramieniu ruszył w kierunku oświetlonego neonem warsztatu „Sławomir Staroń – automechanika".

– Trzynaście tysięcy czterysta baksów – usłyszał zza drzwi zwielokrotniony rechot. – Nie, kurwa, koło czternastu. Liczyć nie umiesz? Bursztyn dobra rzecz, ale nie na prolongacie. Waldemar, może i dobry z ciebie woźnica, ale z matematyką słabo.

Odetchnął z ulgą. U ojca byli goście. Może klienci na to audi, które stało na kanale od tygodnia. Albo na czarną beemkę szóstkę. Paliła jak smok. Marcin raz się nią przejechał. Dwieście osiemdziesiąt cztery konie mechaniczne, niespełna siedem sekund do setki – bajka. Ojciec nie sprowadzał tych aut. Przywozili mu je różni ludzie, czasem dzwonili do furtki w środku nocy. Ojciec pracował wtedy do rana, a kiedy Marcin wstawał na śniadanie, samochodu już nie było. Wszystko jedno, kto dziś odwiedził ojca. Z pewnością nie wolno im przeszkadzać. Był bezpieczny.

Wszedł do przedsionka, ściągnął buty i skierował się ku schodom na poddaszu, gdzie z bratem mieli swój pokój. Gitara zsunęła mu się z ramienia. Złapał ją w ostatniej chwili, słychać było tylko pojedyncze stuknięcie o struny.

– Marysia? – Z kuchni dobiegł go niski, przyjemny głos, a potem plaśnięcie drzwi lodówki. – Wiem, że nie odpowiesz, ale te nóżki są doskonałe. Nie mogłem się powstrzymać.

Głos był coraz bliżej. Marcin wbiegał właśnie po kręconych schodach. Nie zdążył się schować na piętrze. Rzucił kurtkę na ziemię, spojrzał w dół. Drobny, łysiejący mężczyzna w drucianych okularach wjechał do korytarza na wózku inwalidzkim.

– Wojtuś? – Rozpromienił się.

Chłopak ziewnął, odłożył gitarę i udał, że właśnie schodzi do kuchni.

– Marcin, ten drugi. Dobry wieczór, wujku – przywitał się jak grzeczny chłopiec. – Przysnąłem. Głodny jestem jak wilk.

– Zuchu, niewiele zostało. Twoja matka robi najlepszą galaretę na świecie.

– Mama śpi?

Inwalida wzruszył ramionami.

– Przestań już z tym wujkiem. Jurek wystarczy, albo po prostu Słoń. – Wyciągnął rękę. Marcin był zmuszony podejść do wózka. Poczuł żelazny uścisk. – Kawał chłopa z ciebie wyrósł. Jak nie Staroń.

– No. – Marcin otworzył lodówkę. Systematycznie wyciągał na stół kolejne pojemniki, po czym łapczywie zabrał się do jedzenia. Dopiero kiedy zaspokoił pierwszy głód, zauważył, że urwał mu się guzik z kotwicą od szkolnego munduru. Przeklął w myślach nocną wyprawę na plażę. Matka mu tego nie daruje. Będzie musiał podmienić marynarkę bratu. Ściągnął ją, razem z koszulą i krawatem, rozprostował na oparciu krzesła. Pod spodem miał T-shirt z wizerunkiem Cobaina, narzucił na wierzch wiszącą na krześle flanelową koszulę w kratę. Półdługie jasne włosy spadły mu na twarz. Słoń obserwował siostrzeńca rozpromieniony, a potem kazał sobie też nałożyć dodatkową porcję.

– Głodzą cię tutaj, widzę. – Zachichotał, zabawnie wysuwając język. – Dobry apetyt oznaką zdrowia. Lubisz, widzę, życie, chłopcze.

Jedli w milczeniu. W kuchni panował półmrok. Świeciło się tylko światełko od pochłaniacza zapachów nad kuchenką.

– Jak oni was rozróżniają? – Wuj bacznie przyjrzał się Marcinowi.

– Normalnie. – Chłopak wzruszył ramionami, po czym wskazał zimne nóżki. – Wojtek by tego nie zjadł. Mięso go brzydzi. Poza tym ja się czasem odzywam. To ułatwia sprawę.

– Za trzy dni macie osiemnastkę. Który starszy? – spytał Słoń.

Marcin wskazał siebie.

– Minuta trzydzieści. Ale prywatka będzie po Nowym Roku. Mama najpierw chce pójść do szkoły.

– Będzie bicie?

Marcin zaskoczony pokręcił głową. Nikt go nigdy nie uderzył.

– Tylko z chemii jestem zagrożony. Matmę już poprawiłem. Wojto napisał za mnie sprawdzian. On dla relaksu rozwiązuje zadania różniczkowe.

Słoń zachichotał.

– Ale mamie wujek nie powie, że braciak pomógł? – zaniepokoił się Marcin.

– Coś ty! – zapewnił Słoń i zadumał się. – Chemia dobra rzecz. Podciągnij się, zatrudnię cię w firmie. Otwieramy nową linię produkcyjną. Jest nisza na rynku.

Chłopak przytaknął wyłącznie z grzeczności. Akurat chemii nie uważał za potrzebną do życia.

– A dziewczyna jakaś jest?

Marcin czuł, że się rumieni.

– Jasne, że jest. – Słoń przekrzywił głowę. – Pewnie ładna, co?

– Jeszcze jak.

– Nigdy nie daj dziewczynie sobą rządzić. Będzie cię szanowała.

– W sumie to nie jest jakiś długi związek. – Zawahał się. – Dopiero się poznaliśmy.

– Dziewczyny nigdy nie poznasz do końca. Nawet nie próbuj.

– Tak, wujku. Znaczy, Jurek.

Słoń zmarkotniał.

– Dobrze, że cię wreszcie spotkałem. Matka ukrywa was przede mną. Wpadnij do mnie, weź brata, pogadamy o przyszłości. Nie wiem, ile pożyję. Konowały nie dają mi szans. Marysia i wy to moja jedyna rodzina. Pozostałe siostry dzieci nie mają, szkoda rozstawać się w złości. Kto wie, czy następnym razem nie spotkamy się po drugiej stronie.

Słoń nacisnął przycisk na oparciu wózka. Podjechał do lodówki, wyjął flaszkę octu, powąchał.

– Niech wujek tak nie mówi – wykrztusił Marcin. Nie bardzo wiedział, jak się zachować.

Słoń bogato podlał octu na galaretę. Kroił wielkie kawały i wkładał mięso do ust.

– Będziesz w moim wieku, zrozumiesz. Czas nie jest z gumy. Każdy, wcześniej czy później, będzie wąchał kwiatki od spodu. – Zachichotał. – To co, wpadniesz?

Marcin skinął głową bez przekonania. Obaj znali sytuację. Matka zabroniła bliźniakom kontaktować się z wujem. Nie przyjdą, ale może kiedyś. Kto wie?

Słoń odłożył sztućce.

– Zawieziesz mnie do warsztatu? Twój stary nie pomyślał o trasie dla niepełnosprawnych. Schody, progi, wąskie drzwi.

– Teraz?

Marcin poderwał się gotów do pomocy. Zaspokoił już głód, zaczynała go morzyć senność. Odstawi wuja do ojca i szybko wsunie się pod kołdrę. Rano miał poprawkowy sprawdzian z maszyn i urządzeń elektrycznych. Liczył, że dogada się z bratem na zamianę. Wojtek tydzień temu zdał ten przedmiot na piątkę, jak zwykle był wykuty na blachę. Zgodzi się, zażąda tylko większej gotówki. Nic nie robił za darmo. Miłość braterska miała swoje stawki, a kasa wędrowała do puszki ukrytej w piecu za jego łóżkiem. Niestety, odkąd w czerwcu Marcin „pożyczył" sobie parę tysięcy, brat zapisywał numery banknotów w notatniku. Wojtek odzyskał dług co do złotówki, ale naliczył lichwiarskie odsetki i zapowiedział, że po Nowym Roku stawki wzrosną.

– Inflacja – mruknął, jak zwykle z twarzą pokerzysty.

Marcin nie wiedział, na co brat kisi te pieniądze. Ciężko było z niego cokolwiek wyciągnąć. Z całą pewnością jednak na coś konstruktywnego. Kolejny zegarek do kolekcji albo może skuter. Wojto nie pił, nie palił, był wkurzająco uporządkowany

25

i rodzice oraz nauczyciele zawsze stawiali go Marcinowi za wzór. Można go było nie lubić, ale działał niezawodnie. Marcin wiedział, że sprawdzian będzie napisany, a Wojtek nie puści pary z ust, choćby go przypalali. Chyba żeby Marcin nie miał z czego zapłacić. Kredyt u Wojtka był możliwy, ale nie należał do najtańszych. Fakt, że są rodziną, niewiele zmieniał. Teraz akurat Marcin był spłukany, z niecierpliwością wyczekiwał Gwiazdki. Od kilku lat „Mikołaj" poza prezentami przynosił bliźniakom koperty z gotówką. Ich ojciec – Sławomir Staroń – pochodził z ubogiej rodziny i chciał, by synowie od dziecka uczyli się gospodarować pieniędzmi. Wojtek chyba wyssał tę zdolność z mlekiem matki. Osobowościowo był wierną kopią ojca. Rzetelny, precyzyjny nudziarz. Marcina pieniądze się nie trzymały, ale umiał je organizować.

– Czaruś – kpił z niego ojciec. I dodawał nie bez zadowolenia: – Ale zawsze znajdzie się jakaś dziewczyna, która wyplącze cię z tarapatów.

– Albo w nie wpakuje – dopowiadała matka.

Marcin był jej faworytem, choć dla porządku zawsze zapewniała, że obydwóch synów kocha jednakowo. Sławomir Staroń był oschły dla bliźniaków i starał się ich trzymać krótko. Marcinowi częściej jednak wytykał, że jest maminsynkiem. Kiedyś chłopak się przeciw temu buntował, z czasem nauczył się czerpać korzyści. Choćby teraz – unikał dilera, bo ostatni towar wziął na kreskę, a termin zapłaty minął w ubiegłym tygodniu. Wiedział, że pojutrze matka da mu parę złotych na korepetycje. Z nauczycielem nie widział się już pół roku, pieniądze inwestował w dragi i piguły. Ale nie uważał się za ćpuna. Lubił jedynie odmienny stan świadomości. Wymyślał wtedy całkiem niezłe kawałki, choć nie chciało mu się ich zapisywać. Nie byłoby z tym wszystkim większego kłopotu, gdyby Waldemar jakiś czas temu nie podjechał pod Conradinum i nie pomylił Wojtka z Marcinem. Wprawdzie po okazaniu legitymacji uwierzył, że jest ich dwóch, ale zapłatę odzyskał. Tym sposobem Marcin musiał pilnie oddać dług bratu, a odsetki rosły z każdym dniem. Co śmieszniejsze, Wojtek przy okazji wywiedział się od Waldemara, ile, gdzie i jak można na dilerce zarobić. Nie zaciągnął się na służbę do młodej gwardii tylko dlatego, że zysk nie był tak duży jak przy podrabianiu czeków.

– Ryzyko większe, a robota na dworze i z ludźmi – wyjaśnił Marcinowi tym swoim monotonnym tonem, poprawiając nasłuch policyjny w CB-radiu. I zaraz stracił zainteresowanie bratem, bo trafił na kłótnię funkcjonariuszy. Skrupulatnie zapisał sobie w notesie ich ksywy. Chyba tylko Marcin rozumiał, jak bardzo Wojtek by cierpiał zmuszony do pracy w biurze obsługi klienta. Uprzejmość nie była jego główną cechą. Nie potrafił konwersować. Momentami zdawał się antypatyczny. Chodził swoimi drogami, do nikogo się nie łasił. Nie potrzebował przyjaciół, choć miał swoją stałą „świtę". To dzięki niemu Marcin poznał Igłę. Wojtek wykorzystywał młodszego od nich ucznia zawodówki okrętowej jako posłańca do przenoszenia czeków z podrobionymi podpisami. Płacił mu bilonem. Sam nie lubił ryzykować. Igła pochodził chyba z lichej rodziny, Marcin widywał go, jak włóczy się wieczorami po mieście. Czasem, dla towarzystwa, odpalał mu działkę. Wiedział też, że Igła wielbi go jako swojego mistrza w kwestii muzycznej. Atencja Igły ani interesy brata niewiele Marcina interesowały. Choć oczywiście zazdrościł Wojtkowi rozlicznych talentów i wkurzało go setnie, kiedy ojciec jak mantrę powtarzał, że z Wojtka rośnie biznesmen na schwał.

– A ty skończysz w noclegowni – wskazywał Marcina. – Chyba że brat się zlituje i ciebie zatrudni.

Dlatego mało kto widywał bliźniaków razem. Byli podobni jak ludzkie klony i mylono ich bardzo często. Obaj sprytnie to wykorzystywali. Jednoczyli się tylko w kościele. Czaruś Marcin odwracał uwagę, a Wojtek Czapka Niewidka podbierał drobniaki z tacy. Podział zysków był sprawiedliwy: fifty-fifty, choć Wojtek zwykle zabierał całość, bo Marcin miał u niego długi.

Słoń, widząc posłuszeństwo siostrzeńca, rozsiadł się na wózku, aż zaskrzypiało oparcie. Podniósł jedną całkiem bezwładną nogę i ułożył ją na krześle jak kawałek drewna. Z drugą nie poszło tak łatwo. Marcin musiał mu pomóc.

– A daj jeszcze tej jarzynowej – wydał polecenie wuj. – Smaki dzieciństwa.

Kiedy Marcin znów sięgał do lodówki, inwalida wyjął zza pazuchy skórzaną saszetkę. Była wytarta na rogach, z zepsutym zamkiem i wypełniona po brzegi pieniędzmi. Marcin zastygł z sałatką w ręku. Słoń poślinił palce, wyłuskał banknot. Potem dołożył jeszcze cztery. Przesunął w kierunku chłopaka pięćset dolarów. Marcin poczuł, jak fala gorąca zalewa mu przełyk.

– Co wujek?

– Odpal coś bratu, najlepiej połowę. – Słoń się uśmiechnął. Zdawało się, że jego usta sięgają od jednego ucha do drugiego. Nie było osoby, której ten brzydal nie byłby w stanie uwieść. – Bierz. To na osiemnastkę. Tylko nie wydaj na narkotyki. Tego jednego Słoń nie rozumie. Staremu ani mru-mru. Ani Marysi, bo każe zwrócić. A ja nie przyjmę. – Pokiwał palcem.

Wyjechali z mieszkania, zostawiwszy w kuchni wielki bałagan. Marcin obiecał sobie, że posprząta po powrocie. Chociaż tyle mógł zrobić dla matki. Był pewien, że nie spała. Czekała, aż goście sobie pójdą, strategicznie nie wychodziła z sypialni. Od lat nie rozmawiała z bratem. Twierdziła, że robi ciemne interesy, a ich rodzinny zakład jubilerski to tylko przykrywka. Zmarnował piękną tradycję. Gdyby potrafiła oprawiać bursztyn, przejęłaby interes. Niestety, w jej rodzinie kobiet nie kształcono. Miały dobrze wyjść za mąż, rodzić dzieci i pielęgnować ognisko domowe. Tak właśnie postąpiły wszystkie siostry Popławskie, z nią włącznie. Jedna z nich mieszka teraz w Niemczech. To od niej, jeszcze za komuny, dostawali paczki z odzieżą, żywnością i chemią gospodarczą.

Swego czasu Maria zabiegała o kontakty ze Słoniem, liczyła, że się zmieni, wróci na prostą, ale dziś straciła już nadzieję. Zwłaszcza że z tego nawracania korzyść miał jedynie Słoń. Zwerbował jej męża na swojego służącego, bo tak rolę mechanika w gangu nazywała Maria. Kiedy dowiedziała się, że Sławomir jeździ z ludźmi Słonia kraść ropę z terenu budowanej rafinerii albo w lasach nielegalnie wydobywać bursztyn, zrobiła mężowi karczemną awanturę, zagroziła rozwodem. Wreszcie kazała wyrzucić trzymetrową aluminiową rurę do zapuszczania igłofiltrów, której ludzie Słonia, przez lokalną policję zwani mafią bursztynową, używali do podmywania gruntu i nielegalnego wydobywania bursztynu w okolicy Portu Północnego. Nie przekonały jej argumenty męża, który słowo w słowo powtarzał mądrości Jerzego, że cenny minerał należy do wszystkich, a nie tylko do państwa, ludzie ze Stogów zaś umieją go jedynie skutecznie wydobywać.

Marcin był pewien, że wiedziała, czym dziś trudnił się jej mąż w gangu Słonia. Z jakiegoś powodu przymykała na to oko. Oboje udawali. Tak było najwygodniej. Może nie miała wyjścia i dała mężowi ciche przyzwolenie? Lubiła komfort.

I chyba też rywalizowała z młodszą siostrą z Hamburga. Chciała mieć zachodnie auto i nowy odtwarzacz wideo. A odkąd Słoń był ich głównym zleceniodawcą, źle ze Sławomirem nie miała. Nie dalej jak tydzień temu zamówiła u kuśnierza nowe futro ze srebrnych lisów. Tylko trzecia, najstarsza siostra żyła skromnie w matemblewskich lasach. Jej mąż był nadleśniczym, głęboko religijnym. Nie brał nawet łapówek od kłusowników.

Wtedy jednak Marcin prawie wcale nie myślał o praworządności ani o tym, co grozi rodzinie w razie wpadki. Chciał dobrze się bawić, grać na gitarze i mieć dziewczynę. Wuj mu imponował. Słyszeli o nim od dziecka. Zły, podstępny, nieuchwytny – mówiono na mieście. Dla nich był dobrodusznym, budzącym współczucie brzydalem z odstającymi uszami Plastusia. Stąd zresztą jego przezwisko. I choć każdy w Trójmieście wiedział, czym naprawdę trudni się jubiler ze Stogów, nikt mu nigdy niczego nie udowodnił. Wpadali jego ludzie, ręce Słonia zawsze były czyste. Przynajmniej tak to wyglądało z boku.

– Tylko bez pukania. Chcę sprawdzić czujność mojej brygady – zastrzegł wuj. Po czym zmienił głos, jakby mówił do dziecka. – Niespodziewanka!

Marcin z impetem otworzył drzwi garażu. Trzej mężczyźni w głębi pomieszczenia zerwali się z krzeseł. Jeden z nich – łysy, w dresie, z „goldem"* na szyi, chwycił się za kieszeń.

– Buli, frajerze! – zarechotał Słoń. – To tylko dzieciak.

Paweł Bławicki dał znak niskiemu grubasowi w tureckim swetrze, który pośpiesznie zgarniał drobne przedmioty do sportowej torby.

---

* Gold – tu: gruby złoty łańcuch (z ang. *gold* – złoto).

– *Job twoju mat'* – rzucił soczystą wiązanką Rosjanin, kiedy z kieszeni wypadł mu pistolet. – *Razworacziwajeties w marsze.*

Mężczyźni zaczęli się przekrzykiwać. Marcin już ich nie słyszał. Jak zahipnotyzowany wpatrywał się w pomarańczowe lamborghini na niemieckich blachach. Przód auta był wgnieciony. Prawy reflektor zwisał na przewodach. Zamiast przedniej szyby folia na przylepce. Marcinowi uszkodzenia nie przeszkadzały. Już na pierwszy rzut oka widać było, że to wyjątkowe cacko. Do tej pory ojciec tylko raz dostał taki wóz do roboty, ale wtedy nie pozwolił mu poprowadzić, nawet za miastem. Tym razem Marcin obiecał sobie, że zrobi wszystko, by usiąść za kierownicą tej rakiety.

Dopiero kiedy ochłonął z wrażenia, zerknął na oświetlony małą lampką stół tokarski, wokół którego zebrali się goście. Leżały tam nieociosane bryły bursztynu – jedna wielka jak pół bochenka – a obok płachty niepociętych dolarów i rubli. Ojciec poderwał się, próbując zasłonić widok. Twarz mu poczerwieniała, na czole pulsowała żyła.

– Marcin, do domu!

Słoń podniósł rękę.

– Zostaje, jeśli chce. Jest dorosły.

Marcin pierwszy raz widział ojca tak wściekłego.

– Za trzy dni. Wtedy sam będzie decydował.

Ojciec i Słoń mierzyli się wzrokiem. W końcu inwalida opuścił głowę. Podjechał do szafki na narzędzia, przed którą stała w połowie opróżniona skrzynka wódki. Klepnął denko jednej z butelek, odkręcił i nalał do szklanek. Nie były pierwszej czystości, ale nikomu to nie przeszkadzało. Każdy dostał swoją działkę poza ojcem Marcina i krępym brunetem w jasnej marynarce. Jego twarz nie zdradzała śladów rozumu, choć wypielęgnowany był jak włoski model. Był kilka lat starszy od Marcina, ale niższy o głowę.

– Waldemar, na coś przydać się musisz – rzucił Słoń.

Laluś z łatwością przełknął obelgę.

– Szef wie, że lekarz mi zabronił – odparł, wzbudzając ogólną wesołość. Patrzył teraz na Marcina z podniesionym kącikiem ust. Regularnie sprzedawał młodemu Staroniowi marihuanę i kwasy, czasem coś mocniejszego. Teraz jednak nie dał po sobie poznać, że się znają. Lubił mieć na człowieka haka.

– Jeździć lubię i to jedyne, co umiem – dodał Waldemar. – Tę rzecz robię lepiej niż ktokolwiek, sir.

– Gówno prawda, synek. Dupy lepiej rwiesz. Coraz młodsze się do ciebie kleją. Moja krew. – Słoń wzniósł toast i wypił zawartość duszkiem. Skrzywił się lekko, a potem obejrzał naklejkę. – Toż to spirit royal chrzczony wodą. Rusow, co ty mi przywlokłeś?

– *Wodka łuczsze chleba, gryzt' nie trieba** – zarechotał Rosjanin. Podstawił pustą szklankę, domagając się kolejnej działki. Pozostali zrobili to samo. Słoń, zanim nalał wódki Marcinowi, skierował pytające spojrzenie w stronę jego ojca.

– Połowę – zdecydował Sławomir.

– Myślisz, że to jeszcze dzieciak? Na Stogach nie mieszkałeś – żachnął się wuj. – Jan Paweł Drugi z Wrzeszcza się znalazł. Pewnie byłeś na wszystkich rekolekcjach.

Publiczność zareagowała prawidłowo. Rechot zagłuszył odpowiedź ojca Marcina.

– Nie bluźnij. Tylko o to cię proszę, Jurek, i żebyś mi w to syna nie wciągał. A sprawy Boga i moje zostawmy na inne spotkanie. Wierzę, że i ty się nawrócisz, ale namawiać cię nie będę. A tego kielicha niech wypije, jeśli chce.

---

* *Wodka łuczsze chleba – gryzt' nie trieba* (ros.) – Wódka lepsza od chleba – gryźć nie trzeba.

Słoń zwrócił się do Marcina.
- Chcesz?
- Całego – potwierdził Marcin.

Ojciec spojrzał na niego z ukosa. Zebrani mężczyźni gwizdnęli z aprobatą.

- Całego za trzy dni. Dziś jesteś jeszcze siusiak. – Sławomir odlał połowę na podłogę.
- Nie twoja wódka, łatwo marnujesz – skomentował Słoń, ale był zadowolony. Jak zwykle rozpętał burzę, sam będąc bezpieczny.

Marcin popisowo wypił jednym haustem. Paliła w gardło, ale nie dał po sobie poznać.

- Za lubow – mruknął Rusow. – *Trietij wsiegda za lubow*.
- Jakby Pan Jezus przechodził przez przełyk, co? – Buli się zaśmiał.
- Udał ci się syn – Słoń zwrócił się do szwagra. – Daleko zajdzie.
- Oby nie tak daleko jak twoi – odciął się Sławomir. Wyrwał z rąk syna szklankę i z łoskotem odstawił na stół.

Ciszę, która zapadła, można było kroić. Nikt nie śmiał się odezwać, czekali na reakcję szefa. Ten długo siedział zamyślony. Nie odparował ciętą ripostą, jak to miał w zwyczaju. Trzy lata temu żona i dwaj synowie Popławskiego zginęli w płomieniach. Auto eksplodowało po uruchomieniu stacyjki. Mówiono, że to nieudany zamach, choć śladów ładunku wybuchowego nie ujawniono. Oficjalnie stwierdzono wadę instalacji gazowej. Od tamtej pory Słoń jeździł na wózku. Był sparaliżowany od pasa w dół, ataki padaczki pourazowej były coraz częstsze. Tylko dlatego nie poszedł siedzieć za udział w zorganizowanej grupie przestępczej. Lekarz wystawił mu zaświadczenie. Nie mógł przebywać w zakładzie karnym ani uczestniczyć w rozprawach. Kilka miesięcy później prokuratura umorzyła sprawę z braku dowodów. Wtedy też Słoń najął młodego kierowcę Waldemara, który zawsze odpalał silnik przy otwartych drzwiach auta. Popławski czekał w bezpiecznej odległości. Żartował, że nie po to płaci swojemu psu, żeby kończyć w drobnych kawałkach.

Teraz Słoń obdarzył ojca Marcina długim spojrzeniem spod przymkniętych powiek. Uśmiechnął się kpiąco, jakby opowiadał anegdotę.

– Następnym razem, szwagier, za taki żarcik wezmę cię do lasu na przeszkolenie. Szczekliwy kundel się z ciebie zrobił.

Staroń nie zamierzał się jednak kajać.

– Prawda w oczy kole – rzucił. Po czym wszedł do kanału i zaczął dłubać w pomarańczowym aucie.

Słoń zacisnął usta ze złości.

– Przyjdzie czas na przycięcie ogona – mruknął pod nosem. – Masz szczęście, że jesteśmy rodziną.

Kompani zamilkli. Sytuacja zaczynała się zaogniać.

– A znacie to? – odezwał się ostrożnie Buli. Była to ewidentna próba odwrócenia uwagi od konfliktu ze Staroniem. – Pyta jeden gość drugiego: Co to się stało, że stara puściła cię do baru?

– *Niet* – odparł Rosjanin. – *Jeszczo niet*.

– Dałem jej do wanny pianę, to mnie nie zatrzymywała. Odmładzającą? Nie, montażową.

Rozległ się gromki rechot Słonia, a po chwili jak na zawołanie dołączyli do niego pozostali ze świty. Wszyscy zebrani byli wdzięczni Bulemu. Tylko Rosjanin miał krzywą minę.

– *Nie poniał* – burknął.

– Zaraz ci przetłumaczę, Witia. – Buli klepnął go krzepko w plecy, aż mężczyzna pochylił się do przodu. – Dawaj te dolary. Tniemy, liczymy i lulu. Jeść się chce.

– Dobrze prawisz. My tu gadu-gadu, a robota czeka – zakończył temat Słoń.

Wszyscy wrócili do swoich zajęć. Z kanału rozlegało się już ostre wibrowanie. Staroń mimo niezadowolenia pracował jak zwykle bez zarzutu.

Marcin podziękował za wódkę, wstał do wyjścia. Wuj zatrzymał go gestem. Wskazał miejsce obok siebie. Chłopak przystawił wolne krzesło. Patrzyli, jak Buli, Waldemar i dwóch szczurków, których Marcin widział pierwszy raz w życiu, sprawdzali banknoty w ultrafiolecie.

– Mucha nie siada, Witia. – Buli cmoknął z uznaniem. – Sam bym się nie poznał.

– Nic się nie martw. – Słoń puścił oko do Marcina. – Twoje są prawdziwe.

Przed nimi stało pomarańczowe lamborghini.

– Klasa – odezwał się Marcin. – Jaki przebieg?

– Przekręcimy, żeby był jak trzeba – odparł Słoń. – Masz już wóz?

Chłopak pokręcił głową.

– A chciałbyś mieć?

Na twarzy Marcina błąkał się uśmiech.

– Może taki? Dupeczki byś woził. Pojechał gdzieś w długą. – Perspektywa była kusząca. Wuj zaraz ją zburzył. – Ojciec ci kupi, jak będziesz starym zgredem, po trzydziestce. – Zaśmiał się okrutnie. – Wtedy nasz Waldemar nie będzie już żył. Rozpierdoli się na jakimś drzewie, przy trzystu na godzinę.

– Albo spadnę w przepaść – dodał bez uśmiechu kierowca. Marcin odwrócił się zaskoczony. Choć mężczyzna stał w bezpiecznej odległości, słyszał każde ich słowo. Porozumieli się wzrokiem. – Lepiej szybko spłonąć, niż tlić się powoli, co?

Marcin zerknął na swój T-shirt z wizerunkiem Kurta. Odruchowo naciągnął połę koszuli. Goguś kpił, ale Marcin nie odważył się odciąć. Zrobi to następnym razem, kiedy będą sami, zdecydował.

– To jego auto – Słoń wskazał Waldemara. – Jakby cię ojciec kochał, też sprawiłby ci taką furmankę. Ale masz wujka Słonia i dlatego Waldemar ci je pożyczy. Dopiero za tydzień. Bo tyle potrwa naprawa. Choć twój staruszek jest safanduła, to najlepiej w mieście klepie blachy. Trzeba je jeszcze upaństwowić, żeby smrodu nie było.

Marcin nie zdążył zaprotestować. Słoń polecił Waldemarowi oddać kluczyki i dowód rejestracyjny.

– W piątek zabierzesz swoją panienkę na rundkę po Gdańsku. Jeśli chodzi o prawko, dam znać, komu trzeba. Tylko pamiętaj, nie wyjeżdżaj za miasto. Zrozumiano?

Gdyby wzrok mógł zabijać, Marcin już by nie żył pod obstrzałem błękitnych tęczówek Waldemara.

– Fajny surdut – Marcin wskazał marynarkę kierowcy. Liczył, że go udobrucha, ale efekt był wprost przeciwny.

– Tylko go zarysuj – syknął Waldemar i odszedł na bok zapalić.

Słoń obserwował z lubością pojedynek młodzieńców.

– Będą z ciebie ludzie, Staroń. Jaki apetyt, takie życie. A ty lubisz jeść.

Potem zawołał łysego mięśniaka w łańcuchu i szepnął mu coś do ucha. Buli nawet nie spojrzał. Skinął tylko głową, że przyjął rozkaz do wiadomości.

– Zostawcie młodego, jutro szkoła. – Sławomir wychylił się z kanału. – Dość się zabawiliście.

– Co się tak wkurwiasz, Staroń? – Inwalida zaśmiał się, a potem zwrócił się do Marcina: – Możesz iść spać, synek. Jakby smerfy się czepiały, dzwonisz nie do taty, tylko do tego gościa. – Wskazał palcem Bulego. – Pan Bławicki wyciągnie cię z każdej opresji, bo to mój człowiek, a ty jesteś krew Popławskich. Tylko pamiętaj, masz jeden dzień. Potem raj się kończy. I zatęsknisz za nim, a wtedy sam znajdziesz wujka Słonia.

– W co go wrabiacie? – Ojciec Marcina wyrósł znad pleców inwalidy.

– Idź, synek – powtórzył bardzo spokojnie wuj. – Już po dobranocce.

Wychodząc, chłopak słyszał jeszcze ostrą kłótnię wuja z ojcem, ale ją zignorował. Uznał, że to najszczęśliwszy dzień jego życia. Był zbyt młody, by rozumieć, że właśnie podpisał cyrograf. Wielkie szczęście zawsze słono kosztuje. Tylko kłopoty są za darmo.

Przyśnił mu się afrykański słoń leżący na dzikiej plaży w Stogach. Żarły go robaki, mewy krążyły nad truchłem. Plażowicze nie zwracali na niego uwagi. Rozkładali obok leżaki, parasole przeciwsłoneczne, pływali na dmuchanych materacach. Lodziarz postawił na nim skrzynkę z towarem. Nie zauważył, kiedy do środka zaczęły włazić larwy muchówek, bo grupa dzieci otoczyła go z monetami w rękach. Sprzedał prawie wszystkie lody, po czym ruszył dalej. Dopiero wtedy Marcin dostrzegł chudą szatynkę z łaźni. Stała po pas w morzu i brnęła coraz głębiej. Po chwili woda sięgała jej już po szyję. Rzucił się w kierunku dziewczyny. Fale były zbyt duże. Krzyczał, nie słyszała. Zniknęła pod wodą. Na plaży nie było też słonia. Lodziarz nawoływał do zakupu bambino, a na piasku smażyli się amatorzy kanikuły.

Obudził się zlany potem. Wstał, ubrał się pośpiesznie. Zaspał, jak zwykle. Łóżko brata było perfekcyjnie pościelone.

Mundur Marcina wisiał na wieszaku przy lustrze, czysta koszula była uprasowana w kant na rękawach. Matka musiała w nocy przynieść z dołu jego ciuchy. Tylko guzika brakowało. Marcin wiedział, że Wojtek będzie go krył przed nauczycielami. O śnie szybko zapomniał. Myślał tylko o tym, że wkrótce będzie jego wielki dzień. Poderwie Monikę na pomarańczową torpedę. No i w kieszeni miał pięćset dolarów. Wymieni je w kantorze, odda dług Waldemarowi. Każdy ćpun wiedział, że laluś Słonia ma najlepszy towar w mieście. Może poza jego szefem, nieświadomym chyba, jak dorabia sobie jego kierowca. To wydało się Marcinowi najbardziej zabawne.

Zanim poszedł do szkoły, pomalował drewienko. Sam wybrał czerń, chrom był zbyt szpanerski. Odłożył atrapę do suszenia. Do złudzenia przypominała teraz broń najsłynniejszego agenta. Nie mógł się doczekać, aż Przemek go zobaczy. Zaraz jednak zawrócił i schował mokry jeszcze pistolet w piecu za łóżkiem Wojtka. Jeśli ojciec by go znalazł, pomyślałby, że Marcin potajemnie dołączył do grupy Słonia. U wzorowego braciaka nie przyjdzie mu do głowy szukać.

Monika Mazurkiewicz układała książki w torbie od najmniejszej do największej. Obok piórnik, drugie śniadanie, dziewczęce drobiazgi. Geograf kończył notatki w dzienniku. Zerknął znad okularów na szesnastolatkę. Kiedy się pochyliła, krótka spódnica uniosła się wysoko. Nauczyciel odwrócił głowę.
– Do widzenia, panie profesorze. – Skierowała się do wyjścia.
Poza nią w sali nie było już nikogo. Prawie zawsze wychodziła ostatnia. Przypatrywał się jej w trakcie kartkówek. Zawsze długo myślała, zanim napisała choć słowo. Śliniła ołówek, zagryzała wargi, odgarniała kosmyki włosów spadające na twarz. Znał dobrze jej charakter pisma. Od razu rozpoznawał okrągłe litery, jej wymyślne „a", „g" zawinięte w spiralę. Wydawała się dużo dojrzalsza, niż wskazywałby wiek. Intrygowała go. Nie wiedział dlaczego. Nigdy się nie śpieszyła, nie wyrywała do odpowiedzi. Siadała w ostatniej ławce, całe lekcje wpatrzona w okno. Początkowo sądził, że nie uważa, ale kiedy ją pytał, była przygotowana. Odpowiadała flegmatycznie, zwykle prawidłowo, choć nie była wybitna. Niektóre nauczycielki błędnie zaliczały ją do tych tępych, ale geograf wiedział, że po prostu trudno do niej dotrzeć.

Żyła jakby za szybą, w swoim świecie. Głupia jednak nie była. W przeciwieństwie do jej licznego rodzeństwa, zwłaszcza braci.

– Mogę cię prosić? – zawrócił ją z korytarza.

Oddychała szybko. Zdenerwowała się. Patrzyła na niego wyczekująco.

– Chciałbym... – Zastanawiał się, co jej powiedzieć. Nie przemyślał tego, poszedł za impulsem. Widział zarys drobnych piersi pod bluzką. – Chodzi o Arka. Nie idzie mu najlepiej. Może byś mu pomogła. Jest was sześcioro, zgadza się?

– Siedmioro – poprawiła. – Najstarszy, Przemek, jest w technikum okrętowym.

– A tak, pamiętam. Uczyłem go w podstawówce. – Przypomniał sobie mięśniaka z kurzym móżdżkiem. Zdziwił się, że Przemek dostał się do tak prestiżowej szkoły. Tylko z litości go przepuścił. Teraz podobny los czekał kolejnego brata Moniki. – Przeczytaj z Arkiem zadanie domowe, odpytaj z lekcji. Pomóż mamie. Na pewno ma dużo obowiązków.

– Spróbuję – obiecała. Znów zdawała się znużona.

– Zwracam ci tylko uwagę. Jeśli Arek się nie poprawi, będzie miał kłopot z promocją do następnej klasy. Mówię tobie, choć powinienem wezwać rodziców. Rozumiem, że nie mają raczej na korepetycje. A jeśli byłby jakiś kłopot, jakikolwiek – odchrząknął – zawsze możesz zwrócić się do mnie.

Czuł, jak czerwienieją mu koniuszki uszu. Poprawił okulary. Dziewczyna najwyraźniej nie zrozumiała sugestii. Patrzyła na niego skołowana.

– Mogę już iść?

Odeszła zgarbiona. Geograf spoglądał za nią, aż zniknęła w drzwiach. Potem wstał, obrzucił spojrzeniem dziedziniec.

Przewidywał, że za kilka minut znajdzie się na dole. To była jej ostatnia lekcja.

Naprzeciwko szkoły zauważył sportowe auto. Było pomarańczowe, z daleka śmierdziało gangiem. Kiedy przy furtce pojawiła się Monika, kierowca wysiadł z wozu i podszedł do niej. Nauczyciel zdjął okulary, zmrużył oczy. Rozpoznał chłopaka. Uczył go kilka lat temu. To był jeden z bliźniaków Staronia, mechanika samochodowego. Monika bez słowa wyminęła wysokiego blondyna, ale kiedy złapał ją za ramię, była zmuszona się zatrzymać. Pod naciskiem jej wzroku zabrał dłoń. Geograf zaintrygowany patrzył na tych dwoje i zastanawiał się, co ich łączy. Nie wyglądali na parę. Rozmawiali krótką chwilę, potem chłopak otworzył drzwi auta, nastolatka wsiadła. Rozległ się huk potężnego silnika i zaraz auto zniknęło mu z oczu. Poczuł ukłucie zazdrości. Nie wiedział, czy chodzi o dziewczynę, czy może o samochód. Też kiedyś był młody, miał marzenia. Ale nie miał ojca, który przebija numery na zlecenie mafii. Możliwości były dwie: chłopak dołączy do gangu albo ojciec zadba o jego wykształcenie i odetnie go od przestępczego półświatka. Tak czy owak, start miał zapewniony. Geografa po wielu latach nauki stać było co najwyżej na bilet SKM dla całej rodziny. A żeby ją utrzymać, wysłać dzieci na studia, musiał płacić sąsiadowi za podwózkę do Kaliningradu i szmuglować bursztyn dla Słonia. Na korepetycjach w tym mieście nie dawało się wystarczająco dorobić.

Monika splotła ręce wokół brzucha, dłoń zacisnęła na znoszonej szydełkowej torbie z książkami. Kościste kolana trzymała złączone. Pomiędzy udami utworzyła się szpara w kształcie półksiężyca. Marcin zastanawiał się, jak zacząć rozmowę, ale na razie popisywał się umiejętnościami kierowcy. Naciskał kolejne guziki na pulpicie, kręcił gałką radia, wreszcie zupełnie przypadkowo włączył ogrzewanie siedzenia pasażera. Zdziwiła się, kiedy poczuła ciepło pod pośladkami, ale powstrzymała się od komentarza. Jechali jakiś czas w milczeniu.

– Dokąd mnie wieziesz? – odezwała się pierwsza.
– Niespodzianka – odparł.
– Nie lubię niespodzianek.
– Tak właśnie wyglądasz.
– Masz już prawo jazdy?

Zaśmiał się, pokrywając zdenerwowanie.

– Zawsze jesteś taka?
– Jaka?
– No nie wiem. Kolczasta.

Spojrzała na niego z ukosa. Spłoszyła go.

– Wóz jest mojego wuja. Pożyczony, nie kradziony – zapewnił.

Skręcił z głównej trasy. Jechali teraz wąskim asfaltem wzdłuż torów tramwajowych, właśnie mijali ósemkę. Z drugiej strony ciągnęła się ściana lasu.

– Wiem, na jaką plażę mnie wieziesz – oświadczyła. – Na Stogi. To nasza plaża.
– Wasza?
– Tam poznali się moi rodzice. Przemek ci pewnie pokazał. Ale romantycznej historii nie dopowiedział? – Pierwszy raz widział jej szczery uśmiech. – Ojciec wynurzył się z wody, a mama się w nim zakochała. Z tej miłości jest nas siedmioro. Ja, Przemek, Arek i cztery siostry.
– My naszym dzieciom będziemy mówili to samo, choć właściwie było odwrotnie. Ty się wynurzyłaś, a ja...

– Uśmiechnął się lekko zawstydzony. – Widziałaś mnie wtedy, prawda? Tydzień temu. W łaźni.

Speszona wyglądała uroczo.

– Ja nie chcę mieć dzieci.

– To tak jak ja – zapewnił. Posiadanie dzieci było bardziej abstrakcyjne niż możliwość śmierci.

– Wiem, czego ty chcesz. – Spojrzała na niego. Czuł, że się rumieni. – I nie przychodź więcej pod moją szkołę.

– Nie przychodziłem. – Zacisnął zęby ze złości. To, że Wojtek będzie miał dziś w nocy kocówę, było więcej niż pewne. Nie mógł sobie tylko przypomnieć, kiedy brat dowiedział się o dziewczynie. Przemek na pewno nie puścił pary z ust.

– Muszę już wracać – powiedziała twardo.

Dodał gazu. Silnik wszedł na wyższe obroty.

– Zatrzymaj się! – Nie podniosła głosu, ale była w jej słowach taka siła, że natychmiast wykonał polecenie. Z trudem wyhamował. Musiał gwałtownie skręcić w leśną dróżkę. Silnik zdechł. Stali na skraju lasu.

– Zostało tylko kilka minut drogi – próbował przekonywać, ale się poddał.

Miała rację. Chciał ją przelecieć. To była pierwsza myśl, z jaką się dziś obudził. Teraz jednak wszystko się zmieniło. Była tu, czuł, że ją lubi. Imponowała mu jej bierna siła i spokój. Chciał, żeby została jego dziewczyną. Żeby była już zawsze. Wiedział jednak, że nie może jej tego powiedzieć. Głupio wyszło. Zobaczył ją kilka dni temu, dziś prosi o chodzenie. Wydusił tylko:

– Nie zrobię ci krzywdy.

Monika prychnęła, a potem długo patrzyła przed siebie. Miała idealnie symetryczną twarz lalki. Obserwował jej rozchylone usta i długie rzęsy bez śladu tuszu. Przekręcił kluczyk w stacyjce. Silnik pracował miarowo, ten rytm dodawał

Marcinowi odwagi. Zaczął zawracać, kiedy z naprzeciwka wychyliła się ciężarówka. Kierowca zatrąbił, pędził z dużą prędkością. Marcin zdołał wycofać auto w ostatniej chwili. Przez moment był naprawdę przerażony. Pierwszy raz pomyślał, co by było, gdyby mieli wypadek. Monika poczuła chyba to samo, bo zmiękła, patrzyła na niego inaczej.

– Nie boję się – odezwała się łagodniej. – Nikogo i niczego się nie boję.

Siedzieli w milczeniu. Dałby teraz wszystko za działkę trawy, ale nie miał odwagi skręcać przy niej jointa.

– Odwieziesz mnie czy mam iść na stopa? – zaatakowała, ale nie wysiadła.

– Zaraz ruszamy – obiecał. – Daj mi minutę.

Dziewczyna odwróciła głowę do okna. Skuliła się bardziej w sobie.

– Już minęła – oświadczyła po chwili, wciąż obserwując las, a potem pokręciła głową i szczerze się roześmiała. – Jesteś dziwny.

Marcin sam nie wiedział, dlaczego to wtedy zrobił. Gdyby odjechali, nic by się nie stało. Wszystko potoczyłoby się zupełnie inaczej. Nie tylko on, ale też wiele osób miałoby inne życie. Wtedy jednak myślał tylko o tym, że nie wolno mu zmarnować okazji. Słoń miał rację. Lubił życie i miał apetyt. Siedział teraz w ekstrawozie, jak supergość, było ciepło, a Monikę miał na wyciągnięcie ręki. Najpierw dotknął jej serdecznego palca. I choć pozostała chłodna, nawet nie spojrzała, dotknął kolejnego, wreszcie ujął jej rękę. Dłoń miała drobną, palce długie.

– Mojemu ojcu nie podoba się, że Przemek się z tobą koleguje – powiedziała cicho, ale nie wyswobodziła się z uścisku.

Marcin zmarszczył czoło, czekał na ciąg dalszy.

– Mówi, że jesteś narkomanem i synem przestępcy. Nie wiedziałeś?

Przekrzywiła głowę, jakby sprawdzała, czy da się sprowokować. W odpowiedzi Marcin ją pocałował. Zdawało mu się, że jest niewinna i nigdy wcześniej tego nie robiła. Spodobało mu się, że będzie dla niej pierwszy. Delikatnie dotknął językiem jej wciąż zaciśniętych warg, ale poza tym nie zrobił nic więcej. Przez chwilę jeszcze miała przymknięte powieki. Podniósł rękę, chciał dotknąć policzka, ale odsunęła się na bezpieczną odległość.

– Rodzice będą mnie szukali. – Dopiero teraz wyjęła dłoń z jego dłoni.

– Nie jestem ćpunem ani nawet przestępcą – zapewnił. – Postaram się, by twój ojciec zmienił zdanie, i dopiero wtedy się umówimy. Teraz odwiozę cię do domu. Spotkasz się jeszcze ze mną?

– Tata mi nie pozwoli. – Pokręciła głową. – Powiedział, że jak będę miała osiemnaście lat, to pogadamy o randkach z chłopakami.

– Poczekam – przyrzekł uroczyście. – Jeśli nie będę miał ciebie, nie chcę nigdy żadnej dziewczyny.

– Głupi! – Roześmiała się.

W radiu grali *Jedwab* Róż Europy.

– Uwielbiam tę piosenkę – szepnęła Monika.

– Od teraz zawsze będzie mi się kojarzyła z tobą – odparł rozanielony.

Przerwało im gwałtowne pukanie w szybę. Za oknem stał policjant w mundurze. Marcin pośpiesznie otworzył okno. Obejrzał się zdziwiony. Nie słyszał podjeżdżającego radiowozu.

– Starszy sierżant Robert Duchnowski, posterunek policji Gdańsk dwadzieścia dwa – przedstawił się, salutując. – Prawo jazdy i dokumenty wozu proszę.

Marcin wyjął ze skrytki saszetkę w ceratowym etui.
- A prawo jazdy?
- Właściwie... - zaczął, lecz w głowie miał pustkę. Czuł na plecach oskarżycielskie spojrzenie Moniki. Był wściekły na policjanta. Wybrał do kontroli najgorszy z możliwych momentów. Nonszalancko podał mundurowemu legitymację Conradinum. - Wujek pożyczył mi to auto - powiedział hardo.
- Wujek? - W kąciku ust służbisty plątało się szyderstwo. Zerknął w dowód rejestracyjny. - Auto należy do niejakiego Arnolda Meisnera z Berna. Czy to jest twój wujek?
- Mój wujek, Jerzy Popławski, powiedział, żebym powołał się na pana kolegę, pana Bławickiego lub po prostu Bulego - brnął Marcin, ale już kiedy to mówił, czuł, że robi z siebie idiotę.

Mundurowy patrzył na niego coraz podejrzliwiej. Marcina ze zdenerwowania zaczęła piec skóra pod kolanami. Nie sprawdził dokumentów. Czy on oszalał?
- Twoją legitymację też poproszę - policjant zwrócił się do Moniki. Dziewczyna obciągnęła krótką spódniczkę i wyjęła dokument z piórnika.
- Mama wie, że tu jesteś?
Wahała się, wreszcie pokręciła głową.
- Nigdzie się nie ruszaj. A ty chodź ze mną - powiedział do Marcina.

Chłopak wysiadł. Ucieszył się, że Monika nie będzie świadkiem jego upokorzenia.

W radiowozie siedział drugi mundurowy, wyraźnie znudzony. Był ważniejszy. Na pagonie miał gwiazdkę, a nie podoficerskie krokiewki. Na widok Marcina lekko się ożywił.
- Dowodzik już jest? - Zaśmiał się.
Marcin zaprzeczył.

– Ale jestem pełnoletni.

– To jest mały kłopot, chłopcze. Zaraz sprawdzimy wóz, czy nie jest poszukiwany. Jeśli tak, nie wyjdziesz z paki przed trzydziestką. Pensjonaty dla nielatów już ciebie nie dotyczą.

Marcin czuł, jak po plecach spływa mu kropla potu. W wyobraźni widział rozwścieczonego ojca i płaczącą matkę. Znów dołoży rodzicom kłopotów. Dlaczego Wojtkowi nie zdarzają się takie rzeczy? Oczy zaszkliły mu się niebezpiecznie, z trudem się hamował.

– Wuj mówił, że mogę jeździć dziś tym autem. Miał wszystko załatwić. Jechałem z koleżanką na plażę. Jerzy Popławski. To właśnie jest mój wujek – powtórzył, ale nie dokończył, po twarzy płynęły mu już łzy. Był na siebie wściekły, poryczał się jak baba.

Policjanci i tym razem nie zareagowali na nazwisko Słonia. Przez radiostację podali numer rejestracyjny samochodu, w milczeniu spisywali dane z dokumentów w swoich notesach. Marcinowi zdawało się, że trwa to zbyt długo.

– Może mógłby pan skontaktować się z podkomisarzem Bławickim? – Marcin wciąż chlipał, starając się nie robić hałasu, ale go ignorowali. Teraz siedzieli bez ruchu, wsłuchując się w komunikaty podawane między trzaskami w radiu. Duchnowski wyjął papierosa, wyższy rangą dał znak, by zapalił na zewnątrz.

– Śmierdzi tu jak w kiblu. – Gwałtownie zamachał notesem.

Duchnowski karnie wysiadł.

– Jesteś już pełnoletni, więc odpowiadasz jak dorosły – odezwał się ten znudzony, kiedy zostali sami. – Pójdziesz na dołek, założymy ci sprawę. Będziemy musieli wezwać rodziców tej małej, a do tego czasu odstawić ją do Izby

Dziecka. Jeśli ją tknąłeś, będziesz miał sprawę o molestowanie. Słabo to widzę.

– Nic jej nie zrobiłem – wyszeptał Marcin.

– Wystarczająco widziałem! – krzyknął zza okna Duchnowski.

– Daj spokój, Duchu, zwykłe macanki. Sam byłeś kiedyś młody, a nogi ma niezłe ta sarenka. – Ten drugi, wyższy rangą, stanął w obronie Marcina.

Chłopak spojrzał na niego z nadzieją. Duchnowski nie skomentował. Spalił papierosa do samego filtra, otworzył drzwi od strony Marcina. Miał ochotę się wykazać.

– Wysiadka – rzucił. – Skoro wózek jest Słonia, może trafimy na niespodzianki.

Chłopak spojrzał na niego, nic nie rozumiejąc.

– Jazda, jazda. Nie struguj idioty. – Popchnął go brutalnie. Marcin omal się nie przewrócił.

Monika siedziała na swoim miejscu. Odprowadzała ich przerażonym spojrzeniem, kiedy ją mijali. Marcin nie wiedział, jak otworzyć bagażnik, policjant musiał mu pomóc. Chłopak odetchnął z ulgą, kiedy okazało się, że kufer jest pusty. Duchnowski bez pośpiechu, precyzyjnie jak zegarmistrz oglądał kolejno trójkąt, gaśnicę. Otworzył apteczkę, sprawdził jej zawartość. Kazał podnieść wykładzinę, wyjąć koło zapasowe. Marcinowi przyszło do głowy, że gra na zwłokę. Ale nie wiedział, jak zaproponować łapówkę. Nagle w zagłębieniu na koło Duchnowski coś znalazł.

– Otwórz. – Wręczył Marcinowi zmiętą kopertę.

Nastolatek wykonał polecenie. Wewnątrz była torebka z białym proszkiem. Policjant rzucił chłopaka na maskę, założył mu kajdanki i odprowadził do radiowozu.

– Wzywamy chłopaków, substancje niedozwolone. Trzeba jeszcze odstawić tę małą – rzucił do znudzonego kolegi.

A do Marcina: – Ale się porobiło, co, Staroń? Tata będzie ci wysyłał paczki na Kurkową*. Całe życie przed tobą, a ty pakujesz się w gówno dla Słonia.

Kiedy policjanci wypełniali dokumenty, czekając na drugi patrol, który miał odholować wóz, do lasu od strony plaży wjechało czarne bmw. Wysiadło z niego dwóch umięśnionych mężczyzn w obcisłych skórach i czarnych jednakowych czapkach wywijanych jak kominiarki. Kierowca został za kółkiem, silnik wozu pracował miarowo. Nie można go było rozpoznać, szyby były przyciemnione. W jednym z idących Marcin rozpoznał Bulego. Odetchnął z ulgą. Był uratowany. Bławicki podszedł do patrolujących, pokazał odznakę policyjną.

– Podkomisarz Paweł Bławicki, sekcja operacyjno-rozpoznawcza Gdańsk-Śródmieście. Zabieramy młodego. Jest nasz. Podobnie jak wózek – oświadczył i nie czekając na odpowiedź, podszedł do drzwi radiowozu. Szarpnął gwałtownie, wyciągnął Marcina za ramię z auta. W tym momencie na drodze stanął mu Duchnowski.

– Jak to, jest wasz? Lewe auto, substancje niedozwolone, chłopak bez prawa jazdy i dokumentów wozu. A jeszcze uprowadzenie nieletniej. O napaści seksualnej nie wspomnę.

Buli słysząc to wszystko, zaśmiał się w głos. Drugi tajniak, jego mniejszy klon, z cieńszym łańcuchem na szyi, splunął z pogardą na ziemię. W tej samej chwili przez radiostację usłyszeli, że wóz nie znajduje się na liście poszukiwanych. Dokumenty są w trakcie rejestracji. Prawowitym właścicielem jest Jacek Waldemar, mieszkaniec Wrzeszcza, ulica Hallera trzydzieści trzy lokal dwa.

---

* Kurkowa – na tej ulicy pod numerem 12 znajduje się Areszt Śledczy w Gdańsku.

– Słyszałeś, Duchu? Wóz jest czysty. – Buli podparł się pod boki. – Rozkuj dzieciaka.

Duchnowski aż zagotował się ze złości.

– Na jednym gównie się nie ślizgaliśmy. Jak na razie jestem dla ciebie pan Duchnowski.

– Rozkuj go, Duchu – upierał się Buli. – I lepiej zamknij ryło, bo pogarszasz sprawę. Chcesz przeniesienie na magazyniera?

Duchnowski nie przejął się groźbą.

– Wsiadaj – nakazał Marcinowi i zatrzasnął za nim drzwi. Po czym zwrócił się do Bulego: – U siebie możesz rządzić, a tu jest mój teren. Wypierdalaj.

– Ty, ten krawężnik ci rozkazuje – zaśmiał się klon. Buli nadął się, pod nosem pojawiła mu się kropelka potu.

– Mam nadzieję, że wiesz, co robisz, Duchu. To dzieciak Słonia.

– Idź stąd, powiedziałem. – Duchnowski zmrużył oczy. – Niech będzie i od samego Pana Boga. Ciesz się, że nie nagrywam tej rozmowy.

– Nie ma cię już w firmie – zagroził Bławicki, po czym odwrócił się do klona, który wykonał gest, jakby sięgał do kabury. – Majami, bierzemy go!

Z radiowozu wysiadł drugi, do tej pory znudzony policjant. Przeprosił służalczo Bulego i jego kompana.

– Sprawa będzie załatwiona. Ja dowodzę tym patrolem. – Odchrząknął i kontynuował: – Panowie, zrozumcie nas. Stoimy tu przez dzieciaka od dwóch godzin, daliśmy cynę do centrali. Musimy mieć podkładkę, że choć byliśmy na kurwach.

Zaśmiał się teatralnie.

– Ile? – rzucił Buli.

Mundurowy wzruszył ramionami. Odszedł na bok, ciągnąc za sobą Duchnowskiego. Słyszeli, jak namawia kolegę, by się nie narażał i odpuścił chłopakowi.

– Nie będzie żadnego pouczenia, Konrad. Złożę raport naczelnikowi – upierał się Duchnowski.

– Zrobisz, co zechcesz – odparł bardzo spokojnie szef patrolu. – Ale ryzykujesz swoją dupą, to raz. A dwa: zażalenie trochę im zajmie. Jak chcesz udawać gieroja, to sam, beze mnie. Chcesz na ciecia iść, idź, jeśli cię przyjmą. Chłopaka wypuszczam w tym momencie. Chyba że trochę oleju kołacze się jeszcze w tym pustaku? Proponuję dwa miliony na głowę*. Dobrze będzie?

– Spierdalaj. – Duchnowski odwrócił się plecami do kompana. Wiadomo było jednak, że decyzja zapadła.

Rozbawiony Buli odpalił papierosa, oparł się o maskę radiowozu, zapisał w notesie jego numer boczny. Po czym dał znak kierowcy w bmw. Wysiadł Waldemar. Mimo lichej pogody miał dziś na sobie niebieski garnitur w tenisowy prążek i krótki kaszmirowy płaszcz. Ruszył do swojego auta, przyjrzał się siedzącej wewnątrz dziewczynie. Monika spojrzała na niego zaskoczona i odsunęła się na bezpieczną odległość.

– Ciao, księżniczko. – Zajął miejsce za kierownicą. Potem odwrócił głowę i posłał Staroniowi szyderczy uśmieszek. W tej chwili Marcin zrozumiał wszystko. To wystawka. Nieważne, dokąd by pojechał, i tak by go przydybali. Policjanci mieli znaleźć podrzucone narkotyki, a Marcin miał wplątać się w kłopoty. To, że wyjechał za miasto, tylko pogorszyło sprawę. Wyraźnie jednak chcieli go z tego wymanewrować.

---

* Dwa miliony – w tzw. starych złotych. W 1995 roku przeprowadzono denominację złotego. 1 nowy złoty = 10 000 starych złotych, a więc dwa miliony to odpowiednik obecnych 200 zł.

Może wkopali go bez pozwolenia Słonia? Był pewien, że wuj nie da zrobić mu krzywdy. W jego żyłach płynęła krew Popławskich, jego krew. Zasada jest prosta: teraz mu pomogą i stanie się ich dozgonnym dłużnikiem. Potem będą nim pomiatać jak psem. Będzie tańczył, jak mu zagrają. Poszperał w kieszeniach. Wciąż miał dolary od wuja. Zdecydował się w jednej chwili. Wysiadł z wozu, podszedł do kłócących się mundurowych. Bez słowa podał wyższemu rangą zwitek pieniędzy. Przez chwilę zaskoczenie odebrało im mowę. Nawet Buli z kompanem nie odważyli się odezwać.

– Więcej nie mam – powiedział Marcin już bez śladu strachu. – Starczy?

Szef patrolu chwycił gotówkę, schował do kieszeni bez liczenia. Podszedł do Bulego, oddał dokumenty.

– Możecie zabrać wózek. Życzymy udanego dnia, podkomisarzu Bławicki. – Zasalutował. Rozkuł Marcina. Wcisnął mu w rękę legitymację jego i dziewczyny. Kartkę z notatką podarł, wsadził do kieszeni.

– Dobra decyzja, aspirancie. – Buli poczęstował go papierosem. Policjant wziął jednego, ale nie zapalił. Kiedy jednak klon podał mu ogień, popisowo zaciągnął się kilka razy, a potem tylko trzymał niedopałek w ręku.

– Jak właściwie macie na nazwisko? – mruknął Bławicki z półuśmiechem, doskonale się bawił. – Nie dosłyszałem.

– Konrad Waligóra.

– Będę was obserwował, aspirancie Waligóra. Nikt nie chce spędzać życia na patrolach interwencyjnych. Jeszcze się spotkamy.

Zagarnął ramieniem Marcina i kiedy mijali pomarańczowe lamborghini, zacisnął mu dłoń na ramieniu tak mocno, że chłopak nie mógł się odwrócić w tamtą stronę. Zatrzymali się dopiero przy czarnym bmw.

– Gdyby nie ja, kopałbyś sobie płytki grób, Staroń. Mam nadzieję, że zdajesz sobie sprawę, ile mi zawdzięczasz?

Marcin nie odpowiedział. Wpatrywał się w mundurowych. Ten, który wziął łapówkę, wsiadał już do radiowozu. Duchnowski wciąż stał na baczność i przyglądał się odchodzącym jak rewolwerowiec, dla którego ta sytuacja to jedynie wypowiedzenie wojny. Pierwszy przegrany pojedynek, ale nie koniec rozgrywki. Marcin czuł, że z tym facetem będą jeszcze kłopoty. On nie zapomina upokorzeń.

Teraz jednak bardziej bolało go coś innego. Oddał swoją dziewczynę bandycie i nie mógł nic zrobić, by ją ochronić. Widział, jak pomarańczowe lamborghini buksuje w błocie, odjeżdża. Monika patrzyła na niego przestraszona. Do tej chwili liczyła pewnie, że Marcin to jakoś wyjaśni, uratuje ją, ale nadzieja umarła. Buli wpakował go na tylne siedzenie, pochylając mu głowę jak przestępcy. Obok siedział Wojtek. Miał na uszach słuchawki do walkmana, przełączał przenośną radiostację na kanał policyjny. Za chwilę usłyszeli meldunek o powrocie do bazy radiowozu ze Stogów.

– Niech Wójcik skoczy po pół bochenka chleba – usłyszeli zniekształcony przez głośnik głos Waligóry. – Jeść się chce.

Buli zaśmiał się.

– Uczciwie zarobili, niech balują. Coś czuję, że na pół litra się nie skończy. Masz, Staroń, gest, jeden papierek starczyłby na tych lumpów. – Wskazał bliźniaka. – Podziękuj braciszkowi. Gdyby nie on, coś zostałoby w papierach i ciężko byłoby cię z tego wygarnąć. Przyjechałem w ostatniej chwili.

Wojtek podniósł rękę na znak, że nie trzeba, sam rozliczy się z Marcinem.

– Niemowa, jak Bozię kocham – prychnął Buli. – Odkąd wsiadł, powiedział może trzy słowa.

Wojtek rozpromienił się, jakby usłyszał komplement.

– A co z nią? – wykrztusił Marcin.

– Waldemar zajmie się twoją cizią – odparł Buli. – Włos jej z głowy nie spadnie. Tak w każdym razie myślimy. Grunt, że wózek cały i odzyskał właściciela.

Ruszyli. Marcin patrzył na oddalający się sportowy wóz. Nie wyglądało, żeby zawracał do szosy. Wkrótce zamienił się w pomarańczową plamę na tle zieleni.

– Dziękuj Bogu, że dziewczyna mu się spodobała. To go trochę udobrucha. Miał zamiar zrobić ci z dupy jesień średniowiecza. Masz, frajerze, fart. W czepku urodzony. – Odwrócił się i rzucił Marcinowi na kolana torebkę z białym proszkiem. Tę samą, którą mu podrzucili. – Luks feta, dopiero wrzucamy na rynek. Słoniu zapłacze się z radości, jak mu powiem, jaki jesteś chojrak. Pominę oczywiście niektóre szczegóły – wskazał narkotyk w folijce.

Wojtek chwycił ją pierwszy i zaraz schował do wewnętrznej kieszeni kurtki.

– Będzie kasa, będzie towar – burknął.

Buli zerknął na braci i ciężko westchnął.

– Jak chce, to da głos. Kuźwa, tak dużo problemów, a tak mało amunicji. Czy ja opiekunka do dziecka jestem? – A potem stracił zainteresowanie chłopakami i zwrócił się do klona: – Ty, Majami, byłem wczoraj w prokuraturze i przy okazji rzuciłem okiem na wał przeciwpowodziowy w porcie. Tam się ujawnił stary kanał niefigurujący w żadnych mapach. Zapadła się ziemia i woda z Motławy poszła w ten kanał, ponoć wyszła na grzbiecie wału w Cieplewie, wiesz, gdzie są ogródki działkowe. Ziemia się oberwała i pół ogródka poszło w pizdu. Przyleciała kobitka, jakeśmy to zabezpieczali, i pyta, czy dużo ziemi zabrało. I któryś z naszych odpowiedział: „Będzie pani połowę podatku gruntowego płaciła".

Majami wybuchnął gwałtownym śmiechem. Kiedy policjanci dobrze się bawili, Wojtek pochylił się do brata.

– Jesteś mi winien dwieście pięćdziesiąt baksów. Wujo połowę dał mnie, a ty jak zwykle źle zainwestowałeś. Plus odsetki, brachu.

Choinka sięgała sufitu i była prawdziwa. Wisiały na niej głównie domowe pierniki oraz papierowe zabawki robione w ciągu ostatnich lat przez wszystkie ich dzieci: Przemka, Monikę, Arka, Anetkę, Iwonkę, Olę i Lilkę. W domu pachniało świeżym igliwiem, smażonym karpiem i pierogami. Elżbieta Mazurkiewicz kończyła nakrywać do stołu. Zajmował cały duży pokój. Córki pomogły jej w gotowaniu. Gadały przy tym, chichotały. Elżbieta opowiadała, jak się kiedyś świętowało. Pochodziła z Kątów Rybackich. Jej przodkowie żyli z połowów wielkomorskich. Teraz jeździli do rodziny dopiero na drugi dzień świąt. Wigilię i Boże Narodzenie spędzali wspólnie. Trudno było znaleźć rodzinę tak zżytą jak Mazurkiewiczowie.

Potraw było sześć zamiast dwunastu. Ale i tak jedzenia jeszcze zostanie po świętach. Elżbieta przebrała się w swoją najlepszą liliową garsonkę. Tylko w nią się mieściła. Po trzecim dziecku – Arku – bardzo przytyła, a każde kolejne dokładało swoje kilogramy. Dziś już nie liczyła, że wróci do wagi wyjściowej. Zresztą to nie miało znaczenia. Miała dzieci, mąż ją kochał taką, jaka jest. Była pewna.

Ziewnęła przeciągle. O siódmej rano wróciła z nocnej zmiany w domu starców, gdzie pracowała jako salowa, pomoc pielęgniarska i sprzątaczka jednocześnie. Za najniższą krajową plus nadgodziny płatne ekstra. Nie było tego wiele, ale dobrze wypełniała swoje obowiązki. Jej rodzina od pokoleń żyła z pracy własnych rąk i Elżbieta była z tego dumna. Nigdy nie miała ambicji, by się kształcić. Jej marzenia ograniczały się do szczęśliwego domu i kochającej rodziny. Osiągnęła ten cel i więcej od życia nie chciała.

Dzisiejsza noc była ciężka. Jedna z jej podopiecznych miała zapaść, a w nocy nie było lekarza. Kiedy wychodziła, starsza pani wciąż była w śpiączce. Ale kiedy Elżbieta weszła do mieszkania i zobaczyła wszystkie swoje dziewczynki w fartuszkach, gotowe do ataku na kuchnię, wstąpiła w nią nowa energia. Córki, pod nieobecność matki, zajęły się świątecznymi przygotowaniami. Zmusiły mężczyzn, by rozłożyli największy stół, a potem wygnały ich po choinkę oraz drobne sprawunki.

Elżbieta została posadzona na krzesełku, najmłodsza – Lilka – zdjęła jej buty. Monika, niczym generał, zawiadywała damskim wojskiem.

– Mamusia siedzi teraz jak królowa i niech nie waży się ruszyć nawet małym palcem. Tylko wydaje rozkazy, co jest do zrobienia. – Najstarsza córka się uśmiechnęła. – Potem mama się zdrzemnie, odpocznie, a jak wstanie, wszystko będzie gotowe.

I tak było. Elżbiecie pozostało tylko ustawić panieńską porcelanę. Pod obrus włożyła siano, w centralnym miejscu opłatek i metalowe serwetniki. Z pokoju dziewczynek dochodził radosny pisk. Stroiły się do rodzinnej fotografii. Każdego roku Mazurkiewiczowie robili sobie wspólne wigilijne zdjęcie, które Elżbieta wklejała potem do specjalnego albumu. Kiedy go czasem oglądała i patrzyła, jak dzieciaki rosną, płakała łzami jak grochy, tak bardzo była szczęśliwa.

Wyjrzała za okno. Niebo wciąż było zasunięte chmurami. Śniegu jak na lekarstwo. Zdecydowała, że usiądą do stołu za kwadrans. Mąż pakował jeszcze prezenty do wielkiego worka i przygotowywał kostium Mikołaja. Prasowała go kilka dni temu, cerowała zbutwiałe ze starości szwy, znów poszerzyła na bokach kawałkiem flagi, bo tył, jak i ona. Takich wstawek było już po cztery z każdej strony. Pierwowzór pamiętał narodziny Przemka, ich najstarszego syna, chlubę i dumę. Choć nic tego nie zapowiadało, dostał się do prestiżowej szkoły okrętowej. Marzyła, że zostanie inżynierem. Pierwszym w ich rodzinie mężczyzną z wyższym wykształceniem. Strój Świętego Mikołaja uszyła ze starej kotary, lamówki zrobiła z waty. Na otok czapki poświęciła swojego lisa, na który kiedyś była moda. Starsze dzieci już wiedziały, kto kupuje im gwiazdkowe prezenty, ale Edward i tak robił przedstawienie dla najmłodszych i po uroczystej kolacji dyskretnie wychodził na klatkę, koło windy wkładał przebranie i wzywał kolejno hałastrę, by wykazała się ubiegłoroczną grzecznością. Udawał groźnego, straszył rózgą. Śmiechu było zawsze co niemiara. Elżbieta ceniła rytuały męża. Może dzięki nim było im tak dobrze razem przez te wszystkie lata.

– Edward! – Zanim nacisnęła klamkę, zapukała trzykrotnie do sypialni. Byłby zły, że któreś z dzieci psuje im zabawę. Mieszkali wszyscy na niespełna siedemdziesięciu metrach w najdłuższym falowcu przy Obrońców Wybrzeża 6A. Trudno było tu w tajemnicy zachować jakikolwiek sekret. I tak mieli szczęście, że dostali tak duże mieszkanie, choć z taką liczbą dzieci potrzebowali dwa razy większego. Ich podanie leżało w urzędzie od lat. Najpierw mówiono im, że są na początku listy oczekujących, ale po transformacji kolejność się pozmieniała. Edward jako jeden z nielicznych stoczniowców odmówił zapisania się do Solidarności. Polityka go brzydziła. Teraz żałował, bo na większy lokal nie mieli szans. Działacze KOR-u i Solidarności znaleźli się na pierwszych stu miejscach. Ich nazwisko spadło na koniec listy. Wtedy na znak protestu odszedł ze stoczni i zaciągnął się jako kierowca ciężarówki w prywatnej firmie. Jeździł głównie za granicę, bo delegacje były lepiej płatne.

– Otwarte! – odkrzyknął zasapany.

Elżbieta nacisnęła klamkę i zarumieniła się zachwycona. Choć się postarzał i przytył prawie tyle samo ile ona, wciąż zdawał się jej tym przystojniakiem, którego poznała na plaży na Stogach. Teraz miał na sobie rozpinany sweter w romby i nową koszulę w kratę ze sklepu z artykułami BHP. W jego mniemaniu strój wizytowy. Objął ją ramieniem.

– Co jest, Elunia? – Cmoknął ją w utapirowane w kulę włosy. Kiedy podniosła głowę, zobaczył, że ma szkliste oczy. – Znów ryczysz?

– Bóg nam zsyła tyle łask. Tak się boję, żeby nic się nie stało.

– A co ma się stać. – Machnął ręką i wyciągnął z szafy worek z prezentami. – Pomóż mi lepiej pakować.

Kolacja wigilijna była taka jak zwykle. Skromna, uroczysta. Zrobili sobie kolejne zdjęcie, a potem „przyszedł" Mikołaj. Najmłodsze dzieciaki chichotały jak krecik z kreskówki. Prezenty nie były może najdroższe, ale każde z dzieci dostało to, czego sobie życzyło. Pod koniec śpiewali kolędy z telewizorem. Edward wyciągnął z barku meblościanki wiśniówkę i nalał po kieliszku sobie oraz Przemkowi. Syn był już dorosły, miał prawo napić się z ojcem. Elżbieta odmówiła. Alkoholu próbowała kilka razy w życiu. Była w stanie upić się kieliszkiem likieru jajecznego.

– Jestem z was dumny. Uczcie się i szanujcie rodziców. Jest was tyle, że nawet jak nas zabraknie, nigdy nie będziecie sami – wzniósł toast podchmielony ojciec.

Młodsze rodzeństwo opychało się łakociami. Monika pozostała poważna, wymieniła spojrzenia z Przemkiem. Najmłodsza Lilka przytuliła się do niej, już przysypiała. Znali dobrze ten toast. Ojciec powtarzał go w każde święta.

Nagle rozległ się dzwonek do drzwi. Elżbieta zaskoczona rozejrzała się po stole. Zapomniała o samotnym wędrowcu. Pierwszy raz w życiu. Starzeję się, pomyślała. Wstała i ruszyła do kuchni po dodatkowe nakrycie.

– Otwórz – polecił ojciec Monice. Siedziała najbliżej wyjścia.

Dziewczyna wstała, poprawiła włosy. Pozostali zamarli w oczekiwaniu. Chwilę później usłyszeli tylko: „Dobry wieczór" i głośne trzaśnięcie. Monika zamiast wrócić do stołu, pobiegła do pokoju dziewczynek i tam się zamknęła. Matka wyjrzała z kuchni z talerzykiem w ręku, widelec spadł na podłogę z brzdękiem.

– Córciu... – Elżbieta zapukała do drzwi, za którymi schowała się córka.

– Zaraz wrócę – padła odpowiedź.

Wtedy z miejsca zerwał się Przemek. Wybiegł na klatkę schodową. Naprzeciw niego stał Marcin Staroń, jego najlepszy przyjaciel. Nie widzieli się od trzech tygodni. Z plecaka wyjął atrapę broni. Była świetnie zrobiona, wyglądała na prawdziwą. Przemek zawahał się, ale wziął zabawkę. Szybko ukrył ją za paskiem spodni, jeszcze ślubnych ojca.

– Czego chcesz?

Marcin podał mu małą paczuszkę.

– Możesz jej to przekazać? Chciałem przeprosić.

– Idź stąd – syknął Przemek. – Zanim ojciec cię dorwie.

– Ale co się stało? Chcę wiedzieć.

– Stało się, Staruchu – powiedział z naciskiem Przemek. – Nie przychodź więcej.

Drzwi się otwarły, wyjrzał z nich Mazurkiewicz. Marcin w ostatniej chwili zdążył ukryć się za winklem.

– Przemek! Kto tam jest? – Ojciec był zaniepokojony.

– Wszystko w porządku, tato. Idź do mamy i dziewczyn – uspokoił go syn.

Edward zmierzył go czujnym spojrzeniem, wreszcie skinął głową i schował się w mieszkaniu. Przemek ruszył za winkiel. Marcin stał oparty o ścianę. Usta miał zaciśnięte, oczy zaszklone. Żaden nic więcej nie powiedział. Obaj wiedzieli, że niczego nie da się już cofnąć. Wreszcie Marcin ruszył łącznikiem, ale zanim zszedł na schody, odwrócił się.

– Jeśli mogę coś zrobić... Jeśli chciałbyś ją pomścić... – próbował mówić, ale głos mu się łamał. – To moja wina.

W oczach Przemka dostrzegł iskierkę porozumienia.

– Jutro koło piątej. Tam gdzie zwykle – rzucił przyjaciel. – Czekaj przy budach, aż przyjdę. I załatw jakąś spluwę. Prawdziwą.

– Skąd? – Marcin się zawahał. – Może lepiej pójść na policję?

– On pije z policją, debilu – wychrypiał Przemek. – Będą ją ciągać na przesłuchania, wytykać palcami. Żadne z nas nie wyjdzie spokojnie na miasto. Matka się załamie. Nikt nigdy nie może się dowiedzieć. Ale on zapłaci. Wszystko obmyśliłem. Zasada trójpowrotu. Wszystko, co uczynisz, wraca do ciebie po trzykroć. To nie grzech. Poczytaj sobie Stary Testament.

– Załatwię – obiecał Marcin i podał prezent dla Moniki. – Przekażesz jej?

Przemek obrócił niewielki przedmiot w palcach. Kolorowy papier, wstążka.

– Co to?

Marcin wzruszył ramionami.

– Kaseta. Jest tam piosenka, która się jej podobała.

Waldemar uważał, że polskie morze zimą jest najpiękniejsze. Wbija się aż na falochron. Nocami gęste jak zupa, trupio granatowe. W dzień kilka tonów jaśniejsze. Turkusowe, kiedy świeci słońce. Tylko o tej porze roku horyzont czasem przestaje istnieć. Woda zlewa się barwą z niebem, jakby miało się przed sobą otchłań świata, a dalej już tylko smoki. To co było, jest i będzie, zawiera się w tym brudnym granacie z lamówką białej piany, kiedy ogarnia go gniew. Uosobienie czasu, który tylko tutaj jest w stanie zatrzymać się w miejscu. Ta letnia pocztówka, którą wszyscy się zachwycają i do której ciągną na wakacje, by tłoczyć się na plaży jak sardynki w puszce, zupełnie do niego nie przemawiała. Wychował się w Teremiskach, wsi zagubionej w Puszczy Białowieskiej. Jego ulubionym kolorem był zielony: ziemia, nadzieja, stabilne życie. Zwyczajnym widokiem były dla niego żubry spacerujące po szosie Hajnówka–Białowieża, dziki ryjące pole, na którym ojciec sadził kartofle na własne potrzeby, bo nic innego ta ziemia ocieniona lasem nie chciała rodzić.

Morze pierwszy raz zobaczył, kiedy miał dwadzieścia sześć lat, a więc dokładnie trzy lata temu. Nikomu tego nie mówił. Zresztą nawet by nie mógł. Zapomniał o swoich korzeniach, prawdziwym nazwisku. W ciągu dwóch miesięcy uwierzył w nowy życiorys. Kobieta od savoir-vivre'u nauczyła go, jak jeść, ubierać się. Stara aktorka wykorzeniła jego wschodni zaśpiew. Wcześniej był zwykłym trepem po technikum w Pile, jak pieszczotliwie nazywają szkołę policyjną jej adepci. Poszedł do Szczytna na oficera, ale już po roku rzucił studia. Zarabianie pieniędzy było ważniejsze.

Ojciec najpierw pił na umór, bo w szopie na narzędzia destylował na masową skalę bimber. Białoruską whisky. Sprzedawał ją nie tylko tubylcom. Wreszcie zmarł, zostawiając matkę bez środków do życia, z zadłużoną pasieką i gromadką dzieci. Waldemar od trzynastego roku życia był podporą rodziny. Pogodził się z tym, że marzenia o wielkich czynach i ochranianiu społeczeństwa przed zbójami spełnią się w jego imieniu innym. Bogatszym, z większych miejscowości, z mniej skomplikowaną sytuacją życiową. Spędzał więc służby w radiowozie i suszył banknoty. Nad biedakami przekraczającymi prędkość się litował, puszczał ich za drobne pieniądze. Mandaty wypisywał co piątemu. W jego komisariacie wszyscy tak dorabiali do pensji.

Miał szczęście. Koledzy brali nocki na prywatnych parkingach albo najmowali się jako bramkarze w klubach ze striptizem. Traf chciał, że przyszedł ambitny szef i zarządził kontrolę jednostek obsługujących radary. Sprawa była prawie polityczna. Komendant chciał szybko pokazać rosnące słupki na wykresie. Jednostkę podejrzewano o korupcję, wszystkich wzięli pod lupę. Zwerbowali kilku kapusiów. Wykazano, że Waldemar i jego kumpel z patrolu są najbardziej skorumpowani. Podstawili im łosia, oskarżyli o wzięcie kilku miliardów. Groziło mu wydalenie z pracy, nagana. Takich jak on, łapówkarzy, wykryli trzydziestu. Większość się nie przyznawała, szła w zaparte. Dalej są na stanowiskach, niektórzy awansowali. Inni przeszli na drugą stronę mocy. Gangi chętnie przygarniały śledczych z kontaktami.

On strugał bohatera. Powiedział komisji prawdę, uniósł się honorem. Tak, brał po pięć baniek od głowy za przekroczenie prędkości, ale wolałby robić coś zupełnie innego. Narażać życie, łapać gangsterów, nawet zginąć, niż sterczeć przy drodze z suszarką. Po co? Ci groźni i tak zapłacą, komu trzeba. Ich konto będzie czyste. Ludzie, od których wziął drobne pieniądze, nic nie znaczyli. Byli mu tylko wdzięczni. I choć zawsze twierdził, że nie ma w życiu szczęścia, ten jeden raz ktoś na górze się nad nim ulitował. A może trafił na człowieka, któremu wydał się potrzebny? Wysokiemu rangą oficerowi spodobał się jego naiwny idealizm. Nie bez znaczenia było też to, że wyglądał wtedy jak chłopek-roztropek, choć był przekonany, że jest przynajmniej Rambo. Też mierzył zaledwie sto siedemdziesiąt trzy centymetry, ale krzepę miał jak bizon. Zwolnili go dyscyplinarnie, z potężną naganą, skazali.

Wszystko na papierze. Zamiast wylecieć, awansował do wojewódzkiej. Miał działać pod przykrywką. Białostocka komenda szykowała się do rozbicia gangu ze Stogów. Mafia bursztynowa, samochody, haracze, wreszcie narkotyki. Wchodziły właśnie na rynek nowinki: kwasy, amfetamina, piguły. Popyt znacznie przekraczał podaż. Bandyci dostrzegli rynek nieograniczonych możliwości. Wielu gotowych było dla takich pieniędzy zabić. Organy ścigania w Trójmieście uchodziły za tak skorumpowane, że działania operacyjne miała rozkaz przejąć inna jednostka. Padło na Białystok, bo w tamtym rejonie pierwszy raz zatrzymano Słonia, wtedy jeszcze nic nieznaczącego żołnierzyka.

Sypnął kumpli, wyszedł. I nigdy więcej nie dał się złapać. Rozkręcał się dopiero przemyt spirytusu i papierosów ze Wschodu. Wprawdzie na dużą skalę, ale nic spektakularnego.

Media mało o tym informowały. Zajmowały się popisowymi bitwami Pruszkowa z Wołominem. Na tapecie byli Dziad, Pershing, a potem ich wychowankowie: Malizna, Kiełbasa, młody Wańka. W okolicach Warszawy aż huczało od wybuchów. Jeśli raz w tygodniu nie było strzelaniny, bomby czy egzekucji, policjanci kręcili nosami na nudę. Na tapecie były motel George, restauracja Gaga, napad na konwój ZUS. Dziennikarze podniecali się nowym bossem półświatka – Rympałkiem, choć tak naprawdę to był tylko pionek. Z Nikosia zrobili gangstera celebrytę. Bezpodstawnie okrzyknięto go ojcem chrzestnym trójmiejskiego gangu. On nie potwierdzał, nie zaprzeczał. Ale lubił się fotografować na tarasie sopockiego Grand Hotelu w towarzystwie Pershinga, władz miasta czy lokalnych biznesmenów.

O jubilerze Słoniu nikt nie pisał. A jego mały interesik szybko zmienił się w koncern międzynarodowy z placówkami od Kaliningradu po Berlin. Pruszków przegapił swoją szansę, zlekceważył drobnicę, czyli przemyt alkoholu i papierosów. Szmuglowali auta, broń i narkotyki, a ponieważ gra toczyła się o wiele większą stawkę – masowo nawzajem się wybijali. Tymczasem Słoń cały czas był u źródła. I nagle się okazało, że to na jego towar napadali na Mazowszu pruszkowiacy. Kiedy Popławski zorientował się, że robi się zbyt gorąco i sam nie da rady, zawiązał sojusz z młodym Wańką. Wspólnie wybili Wołomin. Resztę policja wsadziła do paki. Młoda gwardia gangsterów pracowała już dla Słonia, choć dziennikarze przybijali wszystko pruszkowskiej mafii.

A jubiler inwalida nie protestował. Znał stare rosyjskie przysłowie „Ciszej będziesz, dalej dojdziesz". Zaczynał od kradzieży benzyny podczas budowy rafinerii i nielegalnego wydobycia bursztynu w lasach Portu Północnego, potem przemycał bursztyn z Kaliningradu. Pracowała dla niego cała nadmorska społeczność. Także zwykli ludzie, tak zwani uczciwi. Słoń wiedział, gdzie ten towar w Niemczech sprzedać, a potem zamieniał szmal na auta, które z kolei z siedmiokrotnym przebiciem szmuglował do Rosji. To była wtedy nieprawdopodobna kasa. Każdy nowy ruski chciał mieć zachodni wózek i był gotów sporo zapłacić.

Waldemar szybko się zorientował, że Słoń jest prymitywny, ale nie głupi. To urodzony biznesmen. Wizjoner z kontaktami. I jednocześnie świr, który pił do nieprzytomności, gwałcił dziewczyny w burdelach, a kilka z nich głęboko zakopał. Całkowicie bezkarny, wspierany przez organy ścigania. Dbający o swoich ludzi jak lokalny ojciec chrzestny. Właściwie nawet ci, którzy myśleli, że są czyści, też robili na Słonia.

Bandycki kodeks obowiązuje jednak tylko dopóty, dopóki nie pojawi się wizja kary. W areszcie płotki zaczęły kruszeć. Niektórzy już nie żyją, jak Śliwa i Gil, bo Słoń wobec nielojalnych nie miał litości, ale to, co powiedzieli, wystarczyło, by podjąć akcję operacyjną. Ktoś na górze zdecydował, że sprawę weźmie Białystok. Przesłuchali setkę ludzi, tak w każdym razie mówili, wyłuskali młodego, nieopierzonego gliniarza, który wniknie w szeregi mafii ze Stogów.

Wtedy właśnie napatoczył im się on, detalista, drobny radarowiec z czarnej listy. Szkoła w Pile z wyróżnieniem, odejście ze Szczytna na własną prośbę. Doskonały strzelec, niedoszły rajdowiec, bez rodziny, dzieci, zobowiązań. Z lasu, czyli bez przeszłości, zatem nikt go nie rozpozna. Bo poza tym, co teraz robił, nie wykonał nic spektakularnego. Znał język rosyjski i trochę niemiecki. Szybko się uczył. Mówili, że ma zdolności aktorskie. Był idealny. I aż się palił, by narażać życie dla ojczyzny. Potrzebowali go bardziej niż on ich.

Wtedy tego nie wiedział. Sądził, że złapał Pana Boga za nogi. Miał wniknąć w środowisko Słonia, zdobyć jego zaufanie, doprowadzić do zatrzymania i zniknąć. Najlepiej w taki sam sposób, w jaki się pojawił. Wersja, którą poznał Słoń, głosiła, że to właśnie Waldemar uratował go z płonącego samochodu. W kolejnym wybuchu bomby gangster mógł już zginąć. Ale teraz jeszcze był potrzebny wojsku. Jak się okazało, kontrwywiad często korzystał z jego informacji. Słoń miał swoich ludzi zarówno w Niemczech, jak i w Rosji. Nikomu nie zależało, by poszedł siedzieć i ujawnił „tajemnice państwowe". Kiedy jego czas się skończy, znajdą co najwyżej jego truchło. Słoń sam się z tego naśmiewał. Mówiono, że został zwerbowany jeszcze przed transformacją. To tłumaczyłoby, dlaczego ten psychopata jeszcze nigdy nie siedział, a nawet był chroniony, choć Waldemar nie wiedział wszystkiego. Oficjalnie był tylko kierowcą gangstera, a udawanie głupka pomagało w dostępie do danych. Jego misja wkrótce miała się zakończyć. Chciał wyjść z tego w jednym kawałku.

Waldemar uważał, że w całej operacji popełnił tylko dwa błędy. Narkotyki – musiał dilować, by być wiarygodny. Słoń miał najlepszy towar i Waldemar szybko odkrył, jakiego dają kopa. Drugi popełnił z tą małą. Nie miał złych intencji. Chciał tylko jej pomóc, zdawała się zagubiona. Okazało się jednak, że mogą być z tego kłopoty. Najpierw, kiedy jej brat zaczął go nachodzić, a sprawa dotarła do Słonia, Waldemar się śmiał. Ale dziś rano wszystko się skomplikowało. Awanturny dzieciak prawie go zdemaskował. W jednej chwili Waldemar podjął decyzję i poprosił Słonia, by raz a dobrze załatwił sprawę brata dziewczyny. Nie tłumaczył dlaczego, niech sobie Słoń myśli, co chce. Niejedną sprawę już tak skasowali.

Waldemar nie miał złych intencji. Chciał żyć, a wiedział, że jego zwierzchnicy z policji nie mogą się o młodej dowiedzieć. Nigdy. Następny raport miał składać w przyszłym tygodniu. Wyglądało jednak, że kontakt nastąpi wcześniej, może nawet dzisiaj. Gang szykował się do przerzutu metamfetaminy, czegoś całkiem nowego i bardzo drogiego. Partia eksperymentalna. Wielki szmalec. Waldemar taką właśnie nowinę miał przekazać białostockim tajniakom. Chciał też, by wycofali go wcześniej. Jakiś wypadek, coś definitywnego. Nie wolno mu zostawiać ogonów, a młoda i jej brat nieświadomie wsypaliby go od razu. Wyrzucał sobie, że nie poprzestał na Jelenie, jednej z kurew Słonia. Od siódmej rano piła whisky i zawsze była wesoła. Skoro jednak zaczął popełniać błędy, naraża całą jednostkę. W głębi serca bowiem wciąż wierzył, że znajduje się po właściwej stronie. Sprawa z tą małą przytrafiła się przypadkowo. Pierwszy i ostatni raz.

Zerknął na zegarek. Dosyć tych rozmyślań. Zapiął płaszcz, ruszył do auta. Oprócz jego wozu na parkingu pod hotelem Marina było tylko kilka samochodów, i to zaparkowanych w pobliżu hotelu. Frajerzy, bali się, że wzburzone morze zaleje im silniki. W ciągu kwadransa miał się stawić w klubie nocnym Roza. Czekali tam na niego ludzie Słonia, a w barze kilku tajniaków. Jak dobrze pójdzie, będą zatrzymania i medale. Jutro wszystko może wyglądać całkiem inaczej. Urlop gdzieś bardzo daleko dobrze by mu zrobił. Przed wyjściem z plaży obejrzał się raz jeszcze na morze. Było groźne, nieobliczalne, jak zwykle przed sztormem. Takie, jakie lubił najbardziej.

Marcin od godziny siedział na deskach pod salą gimnastyczną na Liczmańskiego. Czuł, że stopy przymarzają mu już do butów. Mróz chwycił nieoczekiwanie. Starzy rybacy mówili, że za kilka dni będzie biało. Śnieg sypnie obficie i zostanie aż do marca. Takie w każdym razie były prognozy. Marcin miał już dosyć czekania. Kilka razy przemknęło mu przez głowę, że Przemek się nim zabawił. Zdecydował, że da mu jeszcze dziesięć minut, a potem rusza do domu się ogrzać. Wtedy dostrzegł postać przeskakującą przez płot. Była zbyt daleko, by stwierdzić, czy to kumpel. Ale po chwili pojawiła się druga sylwetka. To na sto procent był Przemo.

– A on po co? – Marcin wskazał Igłę, kiedy zbliżyli się na wyciągnięcie ręki.

– Przyda się. Ma wprawę – mruknął Przemek i włożył do ust papierosa. Nie mógł odpalić, zmarznięta zapalniczka odmówiła współpracy. Igła służalczo wyjął zapałki i podał Przemkowi ogień. Dopiero wtedy brat Moniki zapytał: – Masz?

Marcin pochylił głowę.

– Próbowałem. Nikogo nie było w warsztacie. Zrobili sobie Gwiazdkę albo szykują coś grubszego. Nawet żadnego auta nie przywieźli do dziupli.

Przemek z trudem hamował wściekłość.

– I co teraz? – Opadł na deski.

Marcin sięgnął do puchówki. Wyjął klucz do odkręcania kół. Potem dołożył piłkę do metalu, worki foliowe, taśmę klejącą oraz gaz łzawiący.

– Co to jest? – szepnął przerażony Igła.

Marcin spojrzał na niego z politowaniem.

– Klucz do odkręcania kół – wyjaśnił. – Największy, jaki wyprodukowano. Niemiecki.

Przemek wstał, wziął do ręki metalową rurkę. Zamarkował cios.

– Filmów nie oglądałeś? – Uśmiechnął się z satysfakcją.

Papieros parzył mu usta. Rzucił peta przed siebie.

– Zabić to łatwizna. Najtrudniej pozbyć się ciała. Mała zmiana planów, ale damy radę.

Igła zamrugał powiekami. Naciągnął ciaśniej kaptur na głowę. Nos miał czerwony, usta sine. Marcin dotknął jego kurtki. Nie miała podpinki.

– Jak ty się ubrałeś?! – krzyknął. – Masz stać na czatach! Zamarzniesz na kość i jak nas ostrzeżesz?

Zerwał mu czapkę z głowy.

– I jeszcze czapkę z plastiku założył. Matka cię nie kocha czy jak?

Przemek, do tej pory zajęty oglądaniem przyniesionego przez Marcina sprzętu do krępowania, odwrócił się gwałtownie.

– Ty, książę Staroń, odwal się od niego. Oni tam w bidulu nie mają wranglerów.

Marcin przyjrzał się Igle.

– Jesteś z domu dziecka?

Kiwnięcie głową.

– Słowo? – A po chwili już łagodniej: – Nic nie mówiłeś.

– To już ci powiedział. – Przemek stanął w obronie Igły.
– W razie czego zamienimy się kurtkami.

Marcin zawahał się, po czym zdjął puchówkę, ściągnął polar i dał Igle.

– Nam i tak będzie gorąco.

Podzielili się rolami. Marcin wyjął niebieski papierek i każdy z nich wtarł sobie w dziąsła trochę kwasu.

– Czas na nas, panowie – zdecydował Przemek.

Sześć dni później Maria Staroń otworzyła drzwi i zobaczyła w nich swojego brata oraz pobitego mężczyznę z opatrunkiem na głowie podtrzymywanego przez trzech funkcjonariuszy w mundurach. Jeden z nich był wielki jak szafa gdańska. Mimo mrozu nie nosił nakrycia głowy i świecił łysą pałą. Nos miał zaczerwieniony, usta grube, spękane. W białej puchowej kurtce przypominał śniegowego bałwana. Znała go z widzenia. Pomyślała wtedy, że już rozumie, dlaczego mówią na niego Buli. Była dziesiąta rano. Wieczorem szli do Grand Hotelu na bal sylwestrowy. Maria była już w futrze, gotowa do wyjścia. Przed pojawieniem się niespodziewanych gości malowała przed lustrem usta marchewkową szminką, niechcący ubrudziła sobie zęby. Przyszło jej do głowy, że to zły znak. W nowym futrze z lisów było jej już trochę gorąco. Stuknęła w drzwi toalety zniecierpliwiona.

– Moment! – Usłyszała odgłos przesuwania pojemników na bieliznę, a potem strumień wody w umywalce. Widziała zarys postaci męża krzątającego się w toalecie. Była przekonana, że Sławomir coś chował w pojemniku na pranie. Zamierzała po powrocie sprawdzić, co tam ukrył. – Idę – padło zza drzwi łazienki.

Obejrzała się za siebie. Wojtek siedział na krześle przy wejściu z walkmanem na uszach. Wpatrywał się w telewizor, bił kolejny rekord w Tetris. Cierpliwie czekał. Sławomir za chwilę miał zawieźć jego i żonę do kościoła. Marcin się z nimi nie wybierał. Nawet nie wstał na śniadanie. Od lat się nie spowiadał, ale w tym roku, pierwszy raz, nie wziął też udziału w kolacji wigilijnej. Włóczył się cały wieczór po mieście, ojciec nawet chciał iść na policję. Kiedy wrócił, oświadczył:

– Boga nie ma. – Po czym odmówił jedzenia i ruszył do siebie na górę.

Potem przez całe lata Maria żałowała, że tego dnia nie wyjechali do kościoła choć chwilę wcześniej. Może nie straciliby całego majątku. Sławek nie trafiłby do więzienia, a ona nie musiałaby się wstydzić za brata, który nie ma litości nawet dla własnej rodziny. Mogła też, zanim otworzyła drzwi, spojrzeć w wizjer i dać znak mężowi, by wyszedł tylnym wyjściem. Choć pewnie i tak nie uciekliby ze względu na Marcina. Żadna matka nie zostawi dziecka, kiedy zwietrzy niebezpieczeństwo.

– Aspirant Konrad Waligóra. Komenda Rejonowa Gdańsk trzydzieści cztery, sekcja operacyjno-rozpoznawcza. Czy poznaje pani ten przedmiot? – Jeden z funkcjonariuszy podsunął Marii metalową rurkę w torebce na dowody rzeczowe.

Kobieta zrobiła krok w tył. Czuła niepokój, ale jeszcze nie strach.

– To może mąż. On zna się na takich rzeczach.

– Możemy? – Buli pchnął skrzydło drzwi. Przekroczył próg, reszta ruszyła za nim. – Łatwiej będzie rozmawiać.

Maria zaprosiła gości do kuchni.

– Może herbaty? – Starała się być uprzejma.

Nikt nie odpowiedział.

– A ja bardzo chętnie. – Słoń się uśmiechnął. – Ile to będzie? Ile lat razem nie piliśmy herbaty, siostrzyczko?

Maria nie odpowiedziała. Wstawiła czajnik na gaz. Wojtek zrobił gościom miejsce przy stole, przeniósł się na schody. Po chwili z toalety wyszedł Sławomir. Podszedł, by przywitać się „na niedźwiedzia" z Bulim, ale ten się cofnął. Staroń rzucił okiem na opatrunek na głowie Waldemara.

– Spocznij, trochę się zejdzie. – Buli wskazał krzesło Sławomirowi. Potem zdjął kurtkę, zawiesił ją na wieszaku. Pogładził, jakby była żywym stworzeniem. Miał na sobie czarny golf i wojskowe bojówki. – Może pani pojedzie do miasta? Fryzjer, kosmetyczka? – zwrócił się do Marii.

– Słucham? – Kobieta zamrugała powiekami. – Jest sylwester.

– Radziłbym – wtrącił Słoń i się zaśmiał. – Czego się nie robi dla urody. Dzieciaka też lepiej zabrać. – Wskazał Wojtka. Chłopak podniósł głowę, pierwszy raz oderwał się od gry. Obserwował sytuację bez słowa.

– Jedźcie – Sławomir bardzo spokojnie zwrócił się do żony. – Zabierz go, Marysiu. Wszystko będzie dobrze.

Kobieta patrzyła chwilę na męża, nic nie rozumiejąc, wreszcie się wyprostowała.

– To mój dom. – Spojrzała na Słonia wyzywająco. – Nie będziesz mi rozkazywał.

Zdjęła futro, usiadła przy stole. Dała znak synowi, by poszedł do siebie. Wojtek powoli ruszył na górę. Zatrzymał się jednak na półpiętrze, skąd miał dobry widok na salon z kuchnią. Ściągnął słuchawki, oparł się o balustradę.

Dalej wszystko potoczyło się błyskawicznie. Sławomir rzucił się do ucieczki. Maria zaczęła rozpaczliwie wzywać pomocy. Słoń wstał z wózka, przyciągnął do siebie siostrę i zatkał jej usta. Kobieta początkowo wiła się, kopała, ale kiedy spostrzegła, co robią jej mężowi, zrozumiała, że jedynym ratunkiem jest się poddać. Jeśli zabiją ich oboje, synowie będą sierotami.

Sławomir nie zdołał dobiec do korytarza. Dwaj mundurowi schwycili go pod ramiona. Buli katował go ręką uzbrojoną w kastet, a potem metalową rurką, której nie wyjął z plastikowej torebki na dowody. Tą samą, którą chłopcy zostawili w pokoju Waldemara w Rozie, zanim uciekli przed brygadą antyterrorystyczną. Od rana w *Wiadomościach* trąbiono, że akcja policji była udana. W więzieniu siedzi teraz trzynastu bossów półświatka, zapewniali dziennikarze. Jak widać jednak, Słoniowi włos nie spadł z głowy. Stał, beznamiętnie wpatrując się w scenę masakry, tylko dla porządku trzymał siostrę jak w kleszczach. Po chwili folia była cała zbroczona krwią. Staroń leżał bezwładnie na podłodze. Nie ruszał się.

Marcina obudził hałas. Nie od razu wstał. Instynkt samozachowawczy nakazał mu czekać. Kiedy w końcu w spodniach od piżamy zbiegł po schodach, ojciec leżał już zmasakrowany. Marcin zatrzymał się na najwyższym schodku, obok brata. Dokładnie z tej samej odległości widział ostatnim razem inwalidę. Patrzył teraz na wuja, który stał na własnych nogach. Słoń poruszał się swobodnie, po jego niepełnosprawności nie było nawet śladu. Stupor minął. Z gardła ojca wydobyło się przeraźliwe charczenie. Marcin zbiegł, uniósł głowę Sławomira, by nie zakrztusił się własną krwią.

– Raczej nie pójdzie na bal sylwestrowy – skwitował Słoń i uwolnił Marię.

Nikt się nie roześmiał. Mundurowi oddychali ciężko. Buli masował sobie poranioną rękę. Tylko Waldemar nie brał udziału w jatce. Siedział bez ruchu, wyglądał na oszołomionego.

Kobieta podbiegła do męża, zaczęła go cucić. Jego twarz przypominała rozbite mięso. Nos był złamany, gałki oczne zakrwawione. Ale żył, oddychał ciężko.

– Nie ze mną takie numery, szwagier – oświadczył Słoń. Zwrócił się do swoich ludzi: – Widzieliście, że napadł policjanta, kiedy usłyszał zarzuty?

– Ale ja mam ciężką rękę i się obroniłem – dodał Buli.

Wuj zwrócił się do Marcina:

– Widziałeś coś, synku? Czy byłeś z mamą w kościele, kiedy twój ojciec wszczął bójkę?

Marcin milczał, wpatrywał się w sprawne kończyny wuja.

– Masz mi coś do powiedzenia, chłopcze?

– W kościele – szepnął. Maria odetchnęła z ulgą. – Byłem z mamą w kościele. Nic nie widziałem – powtórzył głośniej chłopak.

– Mądry dzieciak. – Słoń umościł się ponownie na wózku. Nogi sprawnie wysunął do przodu, założył jedną na drugą. Wyjął zza pazuchy piersiówkę i solidnie z niej pociągnął. – Zapamiętaj lekcję. Twój ojciec sprzedał nas psom, więc pójdzie do paki. Jak wyjdzie, ty będziesz już starym pierdzielem, jeśli w ogóle moi chłopcy pozwolą mu przeżyć wyrok do końca. A Waldemar dopiero wyszedł ze szpitala. Nie dolega mu nic więcej, niż twojemu staremu będzie dolegało pojutrze. Jednak muszę znaleźć sobie innego kierowcę, bo nie wygląda już tak ładnie jak kiedyś. Zresztą kto to widział, żeby ślepy wodził kulawego.

Dopiero teraz Marcin zrozumiał, dlaczego Waldemar siedzi tak apatycznie. Mężczyzna nie widział.

– Co mu zrobiliście? – wyszeptał.

– Tak kończą kapusie – odparł Słoń. Włączył przycisk na oparciu wózka i podjechał do wyjścia. – Albo ktoś jest ze mną, albo przeciwko mnie. To prosta zasada. Łatwo zapamiętać.

Ojciec Marcina nie był w stanie utrzymać prosto głowy, ale kiedy Słoń przejeżdżał obok niego, resztką sił podniósł się i splunął mu na buty.

– Będziesz się smażył w piekle, antychryście – wychrypiał, wzbudzając ogólne rozbawienie. – I wiedz, że masz donosiciela w drużynie, bo to nie ja cię sprzedałem. Ale tym razem się nie wymigasz.

Słoń wstał, podszedł do szwagra, po czym włożył mu palec do oczodołu. Rozległ się rozpaczliwy skowyt. Marcin zamknął oczy, ale się nie rozpłakał.

– Dobra, to pożartowaliśmy – Słoń zwrócił się do siostrzeńca. – Gdzie mieszka ten dzieciak?

Marcin w pierwszej chwili nie zrozumiał, o co wujowi chodzi. Patrzył na Słonia sparaliżowany strachem. Matka łkała rozpaczliwie, cała się trzęsła.

– Kto? – wyszeptał.

– Brat tej dziewczyny, który groził Waldemarowi.

– Groził?

– Ten, który mu zawinął klamkę. Jest nasza. Nie strugaj idioty.

– Nie wiem – skłamał Marcin.

– Jeśli chcesz kłamać, rób to częściej, bo ci nie wychodzi. – Słoń prychnął pogardliwie. – Myślisz, że się nie dowiemy? Falowiec, ale który?

Wtedy do Słonia podszedł Wojtek. W dłoni trzymał atrapę broni, którą wcześniej Marcin schował w piecu za jego łóżkiem.

– To ja ją zabrałem – odezwał się. Głos miał silny, zdecydowany. Nie czuło się w nim lęku.

Słoń zaniemówił. Wpatrywał się chwilę w kawał drewna, po czym chwycił chłopca za policzek. Roześmiał się, jak z dobrego żartu.

– Marcinku, nawet nie wiesz, jak ja cię kocham, frajerze.

– Wojtek – poprawił z naciskiem bliźniak. – Mam na imię Wojtek. Łatwo nas odróżnić, wujku.

Słoń puścił go, oddał drewienko. Nie dał się nabrać, ale docenił odwagę chłopca.

– Jedziesz z nami, jajcarzu. – Wskazał go palcem. – Nic nie kombinuj, to mamusia i braciszek jeszcze chwilę pożyją. Powiedz koledze, że ma oddać klamkę, a nic się nie stanie. Lepiej, żeby nie wpadła w niepowołane ręce.

Marcin chwycił Słonia za rękaw.

– Proszę, nie róbcie nic tym dzieciakom. Ta dziewczyna, ona wystarczająco wycierpiała. Jej matka tego nie przeżyje.

Słoń zmierzył siostrzeńca od stóp do głów zimnym spojrzeniem.

– Patrzcie, jaki rycerz. – Uderzył go w twarz z otwartej dłoni. – I skończ z tymi prochami. Może wtedy się do czegoś przydasz.

Mundurowi chwycili Sławomira, skierowali się do wyjścia. Odprowadzał ich lament matki, która wyklinała brata, szarpała go, błagała, by zostawił Wojtka, ale Słoń strząsnął jej rękę jak paproch z ubrania. Syn odwrócił się i mocno przytulił matkę.

– Wrócę – obiecał.

Rzucił Marcinowi swojego walkmana. Urządzenie spadło na podłogę, wypadła kaseta. Wojtek zdołał tylko nieznacznie pokręcić głową i odszedł w asyście Bulego. Marcin wiedział, że ma niewiele czasu, by ostrzec Przemka. Był sparaliżowany przerażeniem. Sądził, że widzi brata ostatni raz. A potem, zanim pobiegł przez osiedle do mieszkania Mazurkiewiczów, opadł na kolana i pomyślał o Bogu. Nigdy wcześniej ani później nie był tak pewien, że tylko on może im pomóc.

Marcin już czwarty miesiąc mieszkał u ciotki Hanki w Matemblewie. Codziennie jadł dziczyznę, bo wujek był nadleśniczym i dużo polował. Spacerował po lesie, siedział na tarasie i obserwował dziki podchodzące do okolicznych domostw. Mimo zmarzniętej ziemi większość trawników była zryta jak zaorane pole. Zwierzęta szukały jedzenia, zupełnie nie bały się ludzi.

W kółko słuchał jednej kasety, *The Best of The Doors*, zostawionej przez Wojtka w walkmanie. Na *The End* uszkodzone od upadku prymitywne urządzenie wciąż wciągało taśmę. Przeczytał wszystkie książki, które nadawały się do czytania. Zostały mu tylko lektury religijne, których wujostwo mieli w nadmiarze. O papieżu, opowieści biblijne i kościelne gazetki z Sanktuarium Matki Bożej Brzemiennej. Nie tykał ich.

Wyjechali z Gdańska następnego dnia po aresztowaniu ojca. Spakowali się do jednej walizki i uciekli autobusem. Prokurator postawił ojcu zarzuty udziału w zorganizowanej grupie przestępczej. Poza tym przemytu kradzionych aut, paserstwa, gróźb karalnych wobec Słonia i próby ucieczki oraz pobicia funkcjonariusza podczas zatrzymania. Zabezpieczono cały majątek, komornik wszedł im na dolarowe lokaty. Zrobiono z ojca przestępcę. Przeciwko niemu zeznawało kilkudziesięciu świadków.

Do młodszej siostry w Hamburgu matka wysłała najpierw Wojtka. Bała się, że to na nim skupi się zemsta Słonia. Poza tym wiadomo było, że Wojtek lepiej sobie poradzi bez rodziny niż Marcin. Wujostwo zapewniali, że chłopak dobrze się sprawuje, szybko łapie język, przydaje się w księgowości. Wojtek się nie skarżył i jak zwykle nie sprawiał kłopotów. Napisał dwa akuratne listy, a potem przestał się odzywać. Kiedy do niego dzwonili, odpowiadał półsłówkami.

Marcin miał do niego dołączyć, ale wuj stawiał opór przed przyjęciem pod swój dach kolejnego siostrzeńca. Oficjalnie mówiono o wydatkach – matka nie miała czym zapłacić. Wszystkie pieniądze, jakie im zostały, poszły na prawników, by uwolnić ojca. Maria sprzedała za bezcen kosztowności, futra, porcelanę. Wszystko, co dało się spieniężyć, a na czym nie zdążył położyć ręki komornik. Znalazła też pracę jako sprzątaczka w szpitalu. Nie miała wykształcenia. Młodo wyszła za mąż, nigdy wcześniej nie pracowała. Teraz nocami myła podłogi, wylewała mocz z kaczek. Była nawet zadowolona z tych nocnych dyżurów, mniej się wstydziła. Kiedy przyjeżdżała odwiedzić syna, głównie odsypiała. Była przybita, zmęczona i nikła w oczach. Któregoś razu Marcin podsłuchał, jak skarży się siostrze, że tak naprawdę wuj odmawia przyjęcia Marcina ze względu na jego złą opinię oraz uzależnienie od narkotyków. To nim tąpnęło.

Połowa jego bagażu to były książki. Zamierzał wrócić i zdać wszystkie egzaminy. Matka przywiozła mu gitarę, ale ani razu na niej nie zagrał.

Ciotka Hanka dbała o niego jak o ofiarę tragedii. Trzęsła się nad nim, karmiła, reagowała na najlżejsze mrugnięcie okiem. Może dlatego, że sama nie miała potomstwa. Każdej niedzieli modliła się do figury Madonny Brzemiennej w sanktuarium. Wracała zarumieniona, zdawała się cieszyć, że ma pod swoim dachem dziecko. Obiecała siostrze, że Marcin będzie u nich mieszkać do chwili, aż sytuacja się wyjaśni. Nawet zawsze. Proponowała też, by i Maria się do nich przeprowadziła, ale siostra konsekwentnie odmawiała. Bała się, że kiedy wyjedzie z Wrzeszcza, zabiorą im dom. Wierzyła, że jak tylko mąż wróci, wszystko będzie jak dawniej. Ale mijały kolejne miesiące, a happy end nie następował.

Ciotka Hanka najbardziej martwiła się o Marię. Siostra schudła, wyglądała jak ofiara Holocaustu. Jakby nagle dopadła ją śmiertelna choroba i zżerała od środka. Hanna przekonywała, że powinna przestać się zamartwiać, wierzyć, że wszystko będzie dobrze. Maria odpowiadała, że jej jest łatwiej, bo głęboko wierzy w Boga. Ona nie potrafi. Czy Bóg pozwoliłby na coś takiego? Z czasem Maria przestała przyjeżdżać. To z ciotką Marcin spędzał najwięcej czasu. Codziennie opowiadała mu o Słoniu. Wciąż się za niego modliła i prosiła Boga o litość. Próbowała tłumaczyć brata, że po śmierci rodziny wstąpił w niego demon. Któregoś dnia wpadła na pomysł i natychmiast podzieliła się nim z mężem.

– Może wysłać go do egzorcysty?

Wuj tylko wzruszył ramionami.

– Jurek jest chory – perorowała do znudzenia, przygotowując Marcinowi jedzenie. – Jego dusza jest opętana złością. Bóg pokarał go, odbierając mu rodzinę. A on, zamiast jak Hiob przyjąć to jako sprawdzian wiary, brata się z demonami.

Marcin z trudem zachowywał spokój. Na własne oczy widział, że Słoń jest zdrów, że tylko udaje.

– On jest zły, ciociu. Nie jest nawet małym diabłem. To psychopata. Lubi zadawać innym ból. Wydłubał oczy facetowi, którego traktował jak syna. Za co? Nie wiem. Może jemu jest wszystko jedno, kogo krzywdzi. Ale facet nie widzi. Bo Słoń tak chciał. Nie Bóg!

Ciotka czyniła znak krzyża i gromiła Marcina swoim bogobojnym spojrzeniem.

– Bóg wie, co nam zsyła. Ciesz się, że ochronił ciebie, że nie jesteś synem Jurka. Że twoi rodzice to Sławek i Marysia. Gdyby stało się inaczej, sama nie wiem, kim byłbyś teraz.

– Ale nie jestem jego synem! Waldemar też nim nie jest. Rodziców się nie wybiera! Czy jego dzieci były winne, że miały takiego ojca? Zginęły w płomieniach. Gdzie był wtedy twój Bóg? Oślepł? Ogłuchł?

Ciotka spojrzała na niego wnikliwie. Chciała mu coś powiedzieć, ale się powstrzymała. Marcin poczuł ciarki na plecach.

– Jezus mówi: „Chcę raczej miłosierdzia niż ofiary. Bo nie przyszedłem powołać sprawiedliwych, ale grzeszników"*. Zabrał twoich kuzynów, bo tak widać było im pisane. Każdy niesie swój krzyż. Nie zajmuj się tym, co ciemne, nawet o tym nie myśl, bo Szatan do ciebie przyjdzie. Wykorzysta każdą możliwość, by zdobyć duszę człowieka.

Po czym otworzyła Biblię i przeczytała:

– „Nie sądźcie, że przyszedłem znieść Prawo albo Proroków. Nie przyszedłem znieść, ale wypełnić. Zaprawdę bowiem powiadam wam: Dopóki niebo i ziemia nie przeminą,

---

* „Chcę raczej miłosierdzia..." – Pismo Święte Starego i Nowego Testamentu (Biblia Tysiąclecia), Warszawa 1990, Mt 9, 13, s. 1133.

ani jedna jota, ani jedna kreska nie zmieni się w Prawie, aż się wszystko spełni. Ktokolwiek więc zniósłby jedno z tych przykazań, choćby najmniejszych, i uczyłby tak ludzi, ten będzie najmniejszy w królestwie niebieskim. A kto je wypełnia i uczy wypełniać, ten będzie wielki w królestwie niebieskim. Bo powiadam wam: Jeśli wasza sprawiedliwość nie będzie większa niż uczonych w Piśmie i faryzeuszów, nie wejdziecie do królestwa niebieskiego"*.

Marcin słuchał jednym uchem, drugim wypuszczał. Kiedy tylko ciotka skończyła, ruszył do pokoju, by zagłuszyć wściekłość. Włączył telewizor. Akurat trwały *Wiadomości*. Spikerka mówiła o remontach gdańskich kamienic, wręczeniu nagrody dla ekologów. Polityk produkował się na temat ustawy o restrukturyzacji policji. Marcin właśnie miał przełączyć kanał, kiedy pokazano migawki: front klubu Roza w Sopocie i drogę szybkiego ruchu Gdańsk–Warszawa.

„Tajemnicza sprawa śmierci rodzeństwa M. – mówiła spikerka. – Szesnastoletnia Monika M. została przedwczoraj znaleziona martwa w wannie w pokoju hotelowym sto dwa. Nie była zgwałcona, na jej ciele nie stwierdzono śladów pobicia. Biegły wykluczył udział osób trzecich. Przyczyną jej zgonu było zatrzymanie akcji serca w wyniku przedawkowania ecstasy. Tego samego dnia po południu zidentyfikowano zwłoki jej brata – osiemnastoletniego Przemysława M., ucznia Conradinum. Komenda policji w Elblągu bada okoliczności tej sprawy. Wszystko wskazuje na to, że mężczyzna zginął w wyniku wypadku. Policja apeluje do wszystkich kierowców, którzy między godziną szesnastą a osiemnastą poruszali się tą trasą i mogliby podać jakieś szczegóły istotne dla śledztwa. Czy te dwie śmierci coś łączy?"

---

* „Nie sądźcie, że przyszedłem..." – tamże, Mt 5, 17–20, s. 1128–1129.

Weszła ciotka. Marcin natychmiast wyciszył głos w telewizorze.

– Dobrze się czujesz? – zapytała z troską. Postawiła przed nim talerz z jedzeniem.

Skinął głową, ciotka wróciła do kuchni. Długo siedział bez ruchu. Wcześniej wydawało mu się, że po tym, co przeżył, nic go już nie poruszy. Nie wzbudzi strachu, nie rozwścieczy. Od ostatniego spotkania z bandytami Słonia nie czuł nic. Był jak zamrożony. Teraz jakby się zbudził z letargu. Przepełniała go wściekłość. Tak monstrualna, że nie mógł oddychać. Jakby na szyi ktoś zaciskał mu metalową obręcz. Musiał otworzyć usta, by nabrać więcej powietrza. Serce łomotało mu w piersi. Patrzył na płaczącą na ekranie matkę Moniki oraz wygrażającego skorumpowanej policji ojca. Nie słyszał ich słów, ale wydawało mu się, że każde z nich skierowane jest do niego. To on jest winien ich śmierci. Zabił ich oboje. Najpierw Monikę, a potem Przemka. Chciałby zniknąć, rozpłynąć się w powietrzu, jak zapach. Następna informacja dotyczyła nowo narodzonych żyraf w ogrodzie zoologicznym. Mała żyrafa próbowała stanąć na nogi. Marcin nie mógł na to patrzeć. Zerwał się z fotela, chwycił z wieszaka zieloną parkę.

– Nie będziesz jadł? – Ciotka przybiegła zaniepokojona.

– Muszę się przejść – odparł bardzo spokojnie. Wysilił się nawet na uśmiech. Ciotka pogładziła go po twarzy.

– Świeże powietrze dobrze ci zrobi. Potem ci podgrzeję.

Chodził po lesie kilka godzin. Sam nie wiedział, jak to się stało, ale zatrzymał się na przystanku autobusowym. Sprawdził rozkład jazdy. Autobus do Gdańska odchodził za niecały kwadrans. Wysupłał z kieszeni kilka monet i w spożywczaku naprzeciwko kupił bilet ulgowy. Chciał pojechać, zabrać broń ukrytą w jednym z pieców i ich wszystkich pozabijać. Słonia, Waldemara, przekupionych policjantów. Wszystkich, których widział, którzy brali w tym udział.

To nie Marcin z kolegami pobili wtedy Waldemara. Nie zdążyli nawet wejść do jego pokoju, co najwyżej sprowokowali ludzi Słonia do bijatyki, zanim weszła brygada AT. Może któryś z ludzi Słonia podsłuchał ich rozmowę? Nie rozumiał tej intrygi. Był jednak pewien, że to on jest wszystkiemu winien. To przez niego skrzywdzili Monikę, a potem zginął Przemek. Czy Igła jeszcze żyje? Poprosił go po wyjeździe, by oddał pistolet ludziom Słonia. Sam nie miał odwagi stanąć twarzą w twarz z wujem. Gdyby się dowiedział, że w tym wszystkim brał udział jego siostrzeniec, gotów zrobić krzywdę jemu albo matce. Nie skończyłoby się na klapsach. Zrabowana Waldemarowi broń była zawinięta w szmatę, a szmata w folię. Wszystko zaś zapakowali do pudełka po butach i schowali w „sejfie" – jednym z pieców w pokoju rodziców. W zamian za przysługę Marcin oddał Igle swoją puchówkę, kilka działek narkotyku i klucze do domu. Kumpel ucieszył się z kurtki jak głupi. Nie przeszkadzały mu rozdarcia od szpikulców.

Ale kilka dni później, kiedy Marcin liczył, że sprawa jest już załatwiona, Igła przez zaprzyjaźnionego taksówkarza przysłał mu kasetę. *Poganie! Kochaj i obrażaj* Róż Europy. Był w niej ukryty liścik. Igła pisał, że nie dał rady i wyjeżdża z miasta. Prosił, by Marcin zadzwonił do sklepu spożywczego naprzeciwko bidula. Będzie czekał o szesnastej. Udało im się wtedy pomówić zaledwie przez kilka minut. Igła dwukrotnie był w domu Staroniów. Raz nawet miał okazję wyjąć pistolet z pieca, ale nie zdążył.

– Nakryła mnie twoja matka – relacjonował. – Zadzwoniła do dyra bidula, zgłosiła, że się do niej włamałem i chciałem obrabować. Trzeci raz nie będę próbował. Obiecałem jej i sobie, że nie zbliżę się więcej do waszego domu.

Zamilkł. Marcin też się nie odezwał.

– Za kilka dni przewożą mnie do ośrodka dla młodzieży z problemami. Nie jestem jeszcze pełnoletni, ale za siedem miechów już tak. Przetrwam jakoś, a potem mogą mi naskoczyć. Wyjeżdżam do Warszawy. Załatwiłem sobie gitarę, będę grał na dworcach. Poradzę sobie, nie znajdą mnie. Jeśli chcesz oddać tego gnata, sam musisz to zrobić – zakończył.

Ustalili, że na razie nie będą się kontaktowali. Teraz, po obejrzeniu *Wiadomości*, Marcin nie był już niczego pewien. Czy Igle udało się wyjechać, czy też uległ jakiemuś „wypadkowi"? I czy za chwilę Marcin, główny winowajca, schowany w leśnej norze jak tchórz, nie dowie się tego z telewizji? To, że Słoń oszczędził jego i brata, wynikało tylko z więzi rodzinnych. Zresztą wuj nawet nie brał go pod uwagę w podejrzeniach. Zawsze uważał go za mięczaka.

Ostatni raz Marcin spotkał się z kumplami na plaży. Wydawało im się, że uciekli przed gangsterami i policją. Wiatr smagał ich po twarzach, morze było rozszalałe. Wieczorem zaczął padać śnieg, jak zapowiadali starzy rybacy. Chłopcy bali się, co będzie dalej, ale zgrywali przed sobą macho. Marcin robił kolejne skręty, a potem udawał, że gra na gitarze. Igła śpiewał. Przemek z nerwów palił jednego ekstramocnego za drugim.

– Dobry jesteś – Marcin jeden jedyny raz pochwalił śpiew Igły. – Masz zajebiście fajny głos. Może nie jak Kurt, ale coś w nim jest.

– Chciałbym kiedyś założyć zespół – wyznał Igła.

Byli już otumanieni alkoholem i narkotykami. Wypili po kilka piw, zgniecione puszki walały się wokół.

– Upiłeś się, debilu – skwitował wyznanie kumpla Przemek. – Jaki zespół? Co ty bredzisz?

– Nasz. – Igła wzruszył ramionami. – Ja, Staroń i ty.

Zapadła długa cisza.

– Jak ty właściwie masz na imię? – zapytał Marcin. – Jeśli mamy zakładać zespół, chcę coś o tobie wiedzieć.

– Janek. – Igła się uśmiechnął. – Nazywam się Janek Wiśniewski i jestem z domu dziecka. Byłem w trzech rodzinach zastępczych, ale żadna się nie sprawdziła. Teraz już wszystko o mnie wiesz.

Wypalili już całą trawę.

– Nie udało nam się – powiedział bardzo wolno Staroń. Z trudem składał słowa, zdawało mu się, że trwa to wieczność. – Ujarałem się – dodał i zachichotał.

– Może to i lepiej – wtrącił Igła poważnie. – Nie pójdziemy siedzieć. Założymy zespół.

– Spróbujemy jeszcze raz. – Przemek wyciągnął pistolet Waldemara. Była to czarna gazówka, domowym sposobem przerobiona na broń ostrą. Na lufie widać było nacięcia do nakręcenia tłumika. Nie było go w komplecie, kiedy kradli spluwę Waldemarowi. Żaden z nich nie znał się na broni, ale widzieli, jak Waldemar ją ładował, zdawało się to łatwe. Zdążyli też zgarnąć niepełne pudełko amunicji. Przemek wyjął swoją atrapę, oddał Marcinowi.

– Zabawka jest twoja. Ja biorę gnata.

– Ty jesteś tutaj szefem. – Marcin się uśmiechnął. Podobał mu się upominek.

– Jasne – poparł go Igła. Widać było, że też chce należeć do drużyny, ale trzeciego pistoletu nie było. Marcin dał mu potrzymać atrapę. Igła jednak gorącym wzrokiem wpatrywał się w prawdziwą broń. Mówił jak w transie: – Do trzech razy sztuka. A jak nas złapią, możemy grać w puszce.

Znów rwany śmiech. Marcin doznał nagłego przebłysku świadomości.

– Ale dlaczego do trzech?

Przemek był najtrzeźwiejszy. Pacnął kumpla w ramię.

– Bo jest nas trzech, debilu. Trójca święta.

– Jak wsadzą jednego, reszta go pomści – zapalił się Igła.

– Jeden za wszystkich, wszyscy za jednego. – Marcin omal się nie udusił ze śmiechu.

– Cały Staroń – skomentował Przemek. – Naćpał się i chojraczy.

Ruszyli do domu. Każdy w swoją stronę. Wtedy widzieli się ostatni raz.

Teraz Marcin rozumiał już, jak bardzo byli naiwni. Pochylił się, zwymiotował na chodnik. Znów mógł normalnie oddychać.

– Może wezwać pogotowie? – zainteresowała się staruszka, która przyszła na przystanek z materiałowym tobołkiem. Wyglądała jak z innej epoki, klasyczna babulinka ze wsi.

– Ma pani może jakąś kartkę i długopis? – zapytał w odpowiedzi. – Wpadłem na pewien pomysł.

Kobieta spojrzała na niego zaskoczona.

– Nieważne. – Machnął ręką.

Odprowadzała go wzrokiem, kiedy przebiegał przez ulicę, by zwrócić bilet, ale ekspedientka nie chciała mu oddać pieniędzy. Kłóciła się, że czas minął, autobus właśnie podjeżdża na przystanek. Marcin do niego nie wsiadł. Ruszył wzdłuż chodnika. Kiedy pojazd włączał się do ruchu, zatrzymał się, sam nie wiedział dlaczego. Wsłuchiwał się w rytmicznie pracujący silnik. Przypominał ryk pomarańczowej torpedy. Od tego auta wszystko się zaczęło. Autobus rozpędził się już na prostej, był tuż obok niego. Marcin odwrócił się i zrobił jeden krok wprost przed jego maskę. Ostatnie, co pamiętał, to Monika. Łuk jej ramienia. Długie, kościste palce u stóp. Potem wszystko zasłoniła mgła.

Mleczna zasłona do złudzenia przypominała parę wodną w szkolnej łaźni nastoletnich akrobatek.

WIOSNA 2013

Obudziła się gwałtownie, jak każdego dnia. Po prostu ciach i była na jawie. Jak zwykle o niczym nie śniła. Przez moment zmartwiła się, że zaspała, nie usłyszała budzika, spóźni się do pracy, bo przecież musi odwieźć dziecko do teściowej. Potem było jeszcze mniej niż zwykle.

Nic nie widziała. Wszystko spowijała mleczna zasłona. Zacisnęła powieki.

Nie była sama. Słyszała szmery, jakby ktoś zgniatał kawałki folii. W tle ciche rozmowy i pulsujące: pik, pik, pik. Nie rozróżniała dobiegających do jej uszu słów. Bardziej czuła, niż słyszała obecność kilku osób. Jedną z nich była na pewno kobieta. Nozdrza drażnił zapach tanich perfum. Utrzymywał się w powietrzu, nawet kiedy kobieta wychodziła z pomieszczenia. Musiała kuleć, drewniak ciągnął się po linoleum z jednostajnym piskiem. Ten dźwięk był najbardziej nieznośny, ale na szczęście szybko ucichł.

Dalej już nic, jak każdego dnia. Nie była w stanie ponownie otworzyć oczu. Nie czuła własnego ciała. Była tylko prostą myślą: Gdzie jestem? Potem przyszły kolejne: Umarłam? Jestem na tamtym świecie? Czy jest jakiś tamten świat?

Zamiast odpowiedzi usłyszała przyśpieszony stukot drewniaków. Tym razem w asyście kilku innych par butów. Gumowe podeszwy, różne ciężary ciała, osobowości, wiek. Otoczyli ją. Było ich kilkoro. Powietrze wokół zgęstniało. Zdołała poruszyć ręką. Ukłucie. Przestraszyła się, odruchowo szarpnęła. Ból był krótki, kłująco-piekący, ale dało się wytrzymać. Przemknęły jej przez głowę słowa piosenki.

A miało być tak pięknie choć w niebie o niebo lepiej
I jest w tej historii ktoś jeszcze kto będzie się smażył w piekle
Dwa życia dwa nagrobki w gazetach nekrologi
Wiem że powróci znów i znów ją będę gościł
Nim odpłyniemy wszyscy stąd do wieczności
Stąd do wieczności
Stąd

Chciała coś powiedzieć, ale język miała jak z drewna. Z trudem nim poruszała. Wreszcie koniuszkiem zdołała dotknąć warg. Były spierzchnięte, obolałe.

– Powoli – usłyszała kojący damski głos. Nie umiała określić wieku tej osoby, lecz ufała jej. To ona tak pachniała tanim jaśminem. – Zwilżę pani usta. Na razie nie wolno nic pić.

Poczuła na wargach coś zimnego i mokrego. Dotknęła językiem wilgotnej szpatułki. Wiele by dała, żeby dostać chociaż łyk wody. Zardzewiałe powieki ruszyły się na milimetr. W kącikach poczuła piekące łzy, choć nie chciała płakać. Spływały, denerwująco łaskocząc policzki. Otarłaby krople, ale nie była w stanie poruszyć ręką. Zaniepokoiła się, że nie ma ręki, twarzy, nóg. Albo jest obandażowana i nigdy już nie będzie ładna. Jakby kiedykolwiek była.

– Powolutku. Spokojnie. – Znów ten kobiecy głos. Raczej po pięćdziesiątce. Coś zacisnęło mocno jej ramię. Potem poczuła zimną rękę w zgięciu łokcia. Nagłe ukłucie bez ostrzeżenia. Igła. Tylko chwilę bolało. Potem stopniowa ulga. Dopiero wtedy jęknęła.

– Musiałam wkłuć wenflon – usłyszała usprawiedliwienie. – Tamten był niedrożny i dlatego tak cię bolało.

Raczej piekło, niż bolało, ale była wdzięczna, że cokolwiek czuje.

– Podajcie magnez i potas do tej soli. Jest trochę niemiarowa – padło polecenie. Męski znużony głos. Facet około czterdziestki, ale musi wyglądać starzej. Pewnie ma brodę i dużo pali. Pesymista.

Kilka par rąk manewrowało przy jej ciele. Łzy płynęły teraz strumieniami, obmywały rdzę spod powiek.

– Czekamy – dodał mężczyzna. Dotknął jej policzka, poczuła zwietrzały zapach nikotyny, który osiadł na jego palcach. Niedawno zgasił papierosa.

Rozwarła powieki. Znów ta mleczna zasłona. Nic więcej. Potem mgła zaczęła się rozrzedzać, zmieniać w coś przezroczystego, jak szyba w strugach deszczu. Wreszcie dostrzegła gałkę od szafki. Metalowa, okrągła, odrapana z farby od ciągłego używania. Gdzieś tę klamkę widziała.

Najpierw zobaczyła lekarza. Ogorzały mężczyzna w wygniecionym kitlu, z siwymi, nierówno przystrzyżonymi wąsami. Potem dwie kobiety w czepkach pielęgniarskich, które krzątały się wokół jej łóżka. Jedna z nich miała staroświeckie buty ortopedyczne. To one tak skrzypiały. Przechyliła głowę.

W drzwiach stało jeszcze dwóch mężczyzn. Zwróciła uwagę na ukośne wiązania wystające z niebieskich ochraniaczy. W sali nie było nikogo więcej. Żadnych kwiatów. Rolety zasunięte. Ciemno. Tylko trochę punktowego światła padającego na puste, gładko pościelone łóżko obok. I ta mała biała szafka z okrągłą klamką. Miała taką w domu? Nie pamiętała. Przeraziła się, że wciąż śni.

Wpatrywali się w nią w milczeniu. Chciała kiwnąć głową, przywitać się, ale język stawiał opór. Mieliła nim jak niewyrobionym ciastem. Powoli, jak radziła ta miła kobieta. Żadnych gwałtownych ruchów, będzie dobrze. Jest dobrze. Żyję. Wreszcie czubkiem języka dotknęła zębów.

– Jak się pani czuje?

Lekarz pochylił się, gotów czytać z ruchu jej warg. Nie miał brody, tylko wąsy, ale i tak wyglądał staro. Worki pod oczami. Pesymista. Nie pomyliła się. Chciała się uśmiechnąć, coś powiedzieć, ale zamiast tego otwierała i zamykała usta, jak ryba wyrzucona na brzeg. Nie była w stanie wydusić ani słowa. W końcu z jej gardła wydobył się słabiutki charkot.

– Jak się pani nazywa?

Była już zmęczona. Chciała znów zasnąć. Zacisnęła powieki.

– Czy pani mnie słyszy?

Dotknął jej, więc zmusiła się do otworzenia oczu.

– Jak się pani nazywa? – powtórzył głośniej.

– Za... – wykrztusiła bardzo cicho. Wydawało się jej, że złożenie zgłosek w to jedno krótkie słowo zajęło wieczność. Dopiero kiedy je usłyszała, pojęła, że nie powiedziała własnego imienia poprawnie. – Za... Za... – sylabizowała ochrypłym, nie swoim altem. Skupiła się. Z wysiłkiem zmusiła język do prawidłowych ruchów. Za trzecim razem się udało.

– I-za... Iza-be-la. Za... Ko-zak.

Twarz lekarza nie wyrażała teraz żadnych emocji, ale pielęgniarka uśmiechała się, jakby wraz z Izą budziła się na nowo do życia.

– Ile pani ma lat?

Chciała powiedzieć: trzydzieści dziewięć. Nadludzki, bezskuteczny wysiłek. Ryba znów łapała powietrze. Trzydzieści dziewięć. Czy ktokolwiek myślał nad tym, jak trudne są polskie liczebniki? Wolałaby już mieć czterdzieści albo sto. Sto jest takie łatwe.

– Rzy... dzięc... – Zapowietrzyła się. Bolało ją gardło, co znacznie utrudniało mówienie. Zaczęła kaszleć. Dopiero teraz poczuła rozdzierający ból w okolicy podbrzusza. O wiele silniejszy niż po porodzie. Jakby miała tam dziurę zamiast trzewi.

– Gdzie pani mieszka?

– Wi-ka-Czar-now-skie-go dwa – odpowiedziała na jednym oddechu, już bez rybich połowów tlenu. Zorientowała się, że oddech ma znaczenie. – Czarnowskiego – powtórzyła ochryple, z triumfem.

Lekarz docenił wysiłek. Na wąsach miał coś białego, jakby resztkę cukru pudru.

– Czy pani wie, gdzie pani jest?

Obrzuciła spojrzeniem pokój. Biało. Metalowe łóżko, aparatura, do której była podłączona. Zawahała się.

– Szpi-tal?

– Co pani pamięta?

Przed oczami znów była mgła, a z niej wyłoniła się twarz kobiety. Były kiedyś przyjaciółkami. Miała wrażenie, że za chwilę zabraknie jej tlenu. Gardło zacisnęło się. Znała to uczucie. To przerażenie. Ono było ostatnie i dokładnie je pamiętała. *I jest w tej historii ktoś jeszcze, kto będzie się smażył w piekle.* Język zdrewniał. Znów nie mogła wydusić ani słowa.

– Tachykardia sto czterdzieści i niemiarowa! – krzyknął lekarz do pielęgniarek, wskazując skaczącą na monitorze linię. – Ciśnienie sto osiemdziesiąt na sto dziesięć!

Iza rozpaczliwie chwyciła go za rękę. Wyrwała chyba wenflon, poczuła ukłucie, ale ból nie miał znaczenia. Łapała powietrze, za wszelką cenę próbowała mu coś powiedzieć.

– Łu-cja – wychrypiała, sylabizując. – Strzelała do mnie Łucja Lange. Pamiętam bębenek re-wol-weru.

Opadła na poduszkę. Zamknęła oczy. Monitor piszczał jak oszalały. Serce pracowało coraz szybciej. W głowie pulsowało. Czuła lęk czający się w jej wnętrzu, tuż za mostkiem.

– Isoptin czterdziestkę! – zarządził lekarz.

Lęk zmniejszył się wyraźnie, uderzenia serca zwolniły.

– Ciśnienie sto sześćdziesiąt na sto, tętno sto – usłyszała.

Miała otwarte oczy, patrzyła na obdartą gałkę. Lekarz otarł pot z czoła. Na wąsach nie miał już cukru pudru.

– Niech pani odpocznie. – Pogładził ją po policzku. – Nie wolno się pani denerwować.

Przed drzwiami stało dwóch mundurowych. Przy pasie mieli przytroczone kabury z bronią. Śmiesznie wyglądali w foliowych ochraniaczach na buty i zielonych płaszczach z fizeliny. Pod ścianą, lekko zgarbiony siedział trzeci mężczyzna, w cywilu. Otyły, w okularach. Znoszona dżinsowa kurtka, tanie adidasy na nogach. Widać było, że funkcjonariusze podlegają bezpośrednio jemu. Już się przedstawiał ordynatorowi, lecz ten nie zapamiętał nazwiska. Coś z górą. Był szychą w komendzie. Miał wyraźne zmarszczki na czole, ale twarz gładką, bez zarostu. Chciał o coś zapytać, lekarz jednak podniósł rękę w geście protestu i wyprosił mężczyzn na korytarz poza teren OIOM-u.

– Jutro – powiedział kategorycznie. – Stan nie jest stabilny. Pacjentka wciąż jeszcze walczy o życie.

Wiedział, jak ważne jest jej zeznanie, ale nie miał wyjścia. Powtórzył więc, mierząc się z ich szefem wzrokiem:

– Przesłuchanie będzie możliwe dopiero jutro. Jeśli oczywiście stan się nie pogorszy.

Podeszła pielęgniarka. Podała mu kartę do podpisu. Wyjął z kieszeni długopis, zamaszystym ruchem oznaczył wskazane miejsca.

– Deficyty neurologiczne, afazja ruchowa. Proszę wezwać neurologa. Niech ją jak najszybciej zbada – wydał dyspozycje.

Kobieta odwróciła się na pięcie i odeszła długim korytarzem. Policjanci wciąż stali w miejscu. Patrzyli na niego, jakby liczyli na zmianę decyzji.

– Pacjentka ma trudności z wypowiadaniem się. Może też mieć zaniki pamięci – wyjaśnił ordynator. – Ale wróci. Pamięć wraca wyspami. Wszystko da się odtworzyć z czasem.

– Co powiedziała? – zapytał cywil. Kurtka rozchyliła się, brzuch mężczyzny wylewał się znad paska spodni. Lekarz zobaczył broń w kaburze na jego piersi. Teraz sobie przypomniał. Konrad Waligóra – komendant gdańskiej jednostki. Widział go kilka razy w telewizji. W mundurze budził większy respekt.

– Podała nazwisko sprawcy? – pytanie padło jak rozkaz.

Lekarz wyjął z fartucha zgniecioną karteczkę, z której odczytał:

– Łucja Lange, jeśli dobrze zrozumiałem. Czy to panom coś mówi? Powiedziała coś jeszcze o rewolwerze, a raczej o bębenku.

– Dziękujemy, doktorze. – Inspektor Waligóra skinął mu głową. Nazwisko podejrzanej zanotował w kajecie. – Dobra robota.

Ordynator spojrzał na niezbyt czyste adidasy policjanta, ale nie powiedział nic, choć na OIOM nie wolno było wchodzić nikomu bez ochraniaczy.

– Dobrze by było, żeby cały czas rozmawiała z nią jedna osoba – podkreślił. – Jeśli to oczywiście możliwe.

Wrócił na oddział. Znalazł na liście numer do pokoju dyżurnego neurologa.

– Proszę o konsultację u pacjentki po postrzale. Wybudziliśmy ją. Kiepsko mówi. Wydaje mi się, że to coś więcej niż rurka intubacyjna. Prawy kąt ust ma opadnięty. Bardzo dziękuję, pani doktor.

Odłożył słuchawkę. Dopiero teraz poczuł, jak bardzo jest zmęczony. Jego dyżur powinien był się skończyć jedenaście godzin temu. Osobiście przeprowadził operację, z trudem uratowali tę kobietę. Teraz stres odpuszczał, a on ledwie trzymał się na nogach.

Tydzień wcześniej

Palma bije, nie zabije, kości nie połamie.
Pamiętajcie, chrześcijanie, że za tydzień Zmartwychwstanie.

Siedem drewnianych paczek oblepionych kodami kreskowymi brytyjskiej poczty lotniczej stało na środku bielonej podłogi. Ich fronty były pokryte warstewką śniegu. Błyskawicznie rozpuszczał się w ciepłym pomieszczeniu i tworzył na podłodze brudną kałużę. Sasza Załuska rozcięła folię zabezpieczającą. Metodycznie zdzierała ją i pakowała do worka na śmieci. Wreszcie odsłoniła koślawe litery pisane ręką dziecka, informujące po angielsku: "Książki", "Ciuchy", "Szkło", "Dziwne rzeczy – Caro", "Papierzyska mamy", "Żyrandol". Zapaliła papierosa i usiadła na podłodze po turecku. Pomyślała, że pakunki wyglądają tak, jakby poprzedni lokator zapomniał o nich w pośpiechu, a te siedem paczek było przecież całym jej dobytkiem. Zestarzałam się, pomyślała. Zaczynam chomikować.

Jeszcze dziesięć lat temu mieściła wszystko w bagażniku volvo 740. Potem bywało, że za cały majątek wystarczał jej skórzany plecak lub karta kredytowa w kieszeni, ważna tylko w punkcie docelowym. Teraz ma trzydzieści sześć lat i siedem małych kontenerów wypełnionych po brzegi. A ile paczek zostało jeszcze w Sheffield? Podpisanych, profesjonalnie owiniętych folią bąbelkową. W ostatniej chwili zdecydowała, że nie zabierze ich do Polski. Z taką ilością rzeczy bardzo trudno uciekać.

Klucze do mieszkania odebrała dziś rano w kiosku na gdańskim lotnisku, wraz z mapką dojazdu i kartką, na której skreślono maczkiem: "Dobrego nowego życia! D.". Nigdy nie widziała mężczyzny, który wynajął jej to mieszkanie. Ogłoszenie znalazła na Gumtree. Secesyjna dwupiętrowa kamienica z 1910 roku, przy Królowej Jadwigi, zaledwie trzysta metrów od plaży. Mieszkanie znajdowało się na drugim piętrze i miało dwa poziomy. Skontaktowali się przez Skype, dostała cztery zdjęcia. Sto dwadzieścia metrów wszechobecnej bieli, ze ścianą wielkich okien wychodzących na cichą uliczkę. Stare, ładnie zachowane deski na podłodze, odsłonięta bielona cegła na ścianach. Do mola przy Monciaku miała trzy minuty, wliczając zejście po schodach. Nie wierzyła, że w Polsce są takie miejsca do życia. Od razu zdecydowała się na wynajem, choć mogła negocjować cenę. Facet bardzo się ucieszył. Podał kontakt do przyrodniego brata.

Od niego Sasza dowiedziała się o najemcy więcej. Genialny fotograf, chyba miał długi. Też uciekał. Swoje rzeczy rozdał znajomym. Zapytał, czy coś jej się podoba. Kazała zostawić sprzęty w kuchni, jasną sofę z Ikei, stary stół z nielakierowanego drewna oraz czerwoną komodę z szufladami. Trafi do niej zestaw „dziwnych rzeczy" jej córki, Karoliny. Pomiędzy lalkami Barbie i pastelowymi jednorożcami były tam zdobione szkatułki, szklane kule z różnych miast świata i dewocjonalia. Córka uwielbiała religijną tandetę. Fluorescencyjne Matki Boskie brały udział w zabawach z jednorożcami i kucykami Pony. Jezuskiem z gipsu opiekowali się Merida i Ken, różańce i medaliony religijne zaś Karolina nosiła jak ozdoby. Sasza wcześniej się tym martwiła, teraz nabrała dystansu.

– Dla Karoliny Bóg jest kimś bliskim, zwyczajnym – wyjaśnił jej jeden z polskich księży w Sheffield.

Karton z rzeczami córki był największy. Sasza nie miała serca wyrzucić ani jednej pamiątki dziecka. Wszystkie skarby sześciolatki wędrowały za nimi do nowych domów. W przeciwieństwie do matki dziecko zbierało rzeczy.

Wdrapali się na drugie piętro i Sasza oniemiała. Zero ozdób. Żadnego popisywania się pseudonowoczesnym designem, którym atakowali ją agenci nieruchomości. Od razu domyśliła się, że fotograf robił ten kącik dla siebie. Z jakiegoś powodu nie skończył i musiał wyjechać. A może po prostu nic go tu nie trzymało. Nie chciała tego wiedzieć. Była zadowolona, że zostawił jej pod opieką mieszkanie, jakby stworzone z myślą o niej. Przestrzeń loftu, wysokie na ponad sześć metrów. Pokój dla dziecka na antresoli. Karolina zaraz zakręciła piruet i oświadczyła, że jej pokój jest na górze. Wreszcie będzie miała swój domek na drzewie. Sasza patrzyła, jak mała pomyka po schodach bez barierki, i serce jej się zatrzymało ze strachu, ale dziecko po chwili było już na górze. Słyszała, jak Karolina oswaja nową przestrzeń. Jednorożce śpiewały, koty miauczały, słoń, któremu kończyła się bateria, rzęził jak w agonii. W szafie powiesiły sukienki dziewczynki, na półkach ustawiły książki i przybory do rysowania. Nie zdążyły zjeść porządnej kolacji. Karolina padła ze zmęczenia. Sasza słyszała teraz równomierny oddech śpiącej córki. Mam dziecko wagabundę, pomyślała. Da sobie radę, gdziekolwiek się znajdzie, ale nie będzie umiała zapuścić korzeni. Obwiniała się, ale na razie nie potrafiła tego zmienić.

Choć była dopiero dwudziesta, za oknem panowała już ciemność. Kobieta boso, z podkulonymi nogami siedziała na sofie i wpatrywała się w ogromną chińską kaligrafię w kształcie rogu bawołu. Prezent od właściciela mieszkania – pisał jej o tym w mejlu. Dostał ją od kogoś, ale nie chciał jej już mieć. Sasza uznała, że to miły gest. Kaligrafia bardzo tu pasowała.

Jeden pokój był zamknięty. Załuska długo szukała klucza do tego pomieszczenia, aż w końcu odkryła, że leży na liczniku. Weszła i od razu zdecydowała, że to idealne miejsce na pracownię. Stało tam jeszcze trochę sprzętów byłego lokatora: dwa statywy, drukarka bez kabla, skrzynka z płytami CD wyglądająca na prowizoryczne archiwum fotograficzne oraz wielkoformatowe klisze w ponumerowanych segregatorach. Wkrótce ktoś miał się po nie zgłosić. Rozsunęła okiennice i zamarła. Z okna widziała front kamienicy z kapliczką na wysokości trzeciego piętra. Ktoś zapalił w niej mały znicz. Sasza nie miała pojęcia, w jaki sposób się tam wdrapał. Pomyślała, że to będzie jej ściana płaczu.

Przyniosła poobijanego, oklejonego dziecięcymi wlepkami maca i podłączyła go do kontaktu. Jednym ruchem rozpięła stanik i wyciągnęła go spod kraciastej koszuli. Rozplotła warkocz, gumkę założyła na nadgarstek jak bransoletkę. Półdługie rude włosy rozsypały się na plecach. Kiedy komputer ładował aktualizacje, wpatrywała się w czarne niebo nad ścianą płaczu, wsłuchiwała w ciszę. Potem podeszła do kartonu z napisem „Papierzyska mamy" i wyjęła plik spiętych kartek poznaczonych markerem. Nigdy nie myślała o tym, jak będzie, ile czasu tu zostaną. Teraz też plan był prosty – chciała dokończyć badania życiowych narracji przestępców. O reszcie pomyśli później. Liczyły się tylko dwadzieścia cztery godziny, a właściwie tylko tu i teraz.

Ani przez moment nie żałowała błyskawicznej decyzji o przeprowadzce do Polski, choć potępiał ją profesor Tom Abrams, promotor jej doktoratu w Międzynarodowym Centrum Badań Psychologii Śledczej na Uniwersytecie Huddersfield oraz najbliższy jej człowiek. Kiedy otwierała przewód doktorski, nie znosił jej, zresztą z wzajemnością. Miał ją za lesbijkę feministkę, a ona jego za zgorzkniałego safandułę. Żarli się jak pies z kotem. Zarówno jeśli chodzi o sprawy naukowe, śledcze, jak i zwykłe, ludzkie. Abrams tępił ją na każdej superwizji, podważał badania, łapał za słówka, naśmiewał się z polskiego akcentu. Nieraz płakała po powrocie do domu, w myślach rzucała studia. Aż któregoś dnia naprawdę pękła. Oświadczyła kategorycznie, że nie ma serca do profilowania geograficznego i chce się zająć tym, co jest bliższe jej sercu, czyli narracjami życiowymi przestępców, po czym bez zapowiedzi wyjechała do Polski i zrobiła pierwsze ankiety z polskimi więźniarkami. Wtedy zaczął ją szanować.

– Profilowanie geograficzne to przyszłość psychologii śledczej – powiedział jej. Bała się, że to wstęp do kolejnej reprymendy. – Zagwarantuje pani pracę w każdym miejscu na ziemi, ale w perspektywie narracje mogą przynieść więcej nauce. Sama musi pani wybrać. Sława czy misja?

W końcu wtrącił się David Canter*, guru profilowania i jej drugi promotor, formalnie szef Abramsa. Wspólnie zakładali katedrę badań nad psychologią śledczą. Byli jak dwujajowe bliźnięta. Różni jak ogień i woda, choć doskonale komplementarni. Canter to naukowiec-celebryta, Abrams prawie nigdy nie udzielał wywiadów. Cantera za styl i osobowość kochały wszystkie studentki. Abrams był znienawidzony za upierdliwość i wyśmiewany za bezguście. Nosił skarpety do sandałów, wyprasowane w kant dżinsy i koszule we wzory w zestawie z wędkarskimi kamizelkami. Canter szydził z Zimbarda, że jest showmanem, a jego badania mają jeden cel – popularność, Abrams wielbił autora *Efektu Lucyfera* i w tajemnicy przed Davidem regularnie korespondował z Philipem.

– Trzeba być zawsze blisko siebie. – Canter się uśmiechnął. Dobiegał siedemdziesiątki, ale rozpoczął właśnie edukację w szkole muzycznej. Komponował symfonie i katował studentów koncertami kwartetu smyczkowego. Szacunek, jakim wszyscy go darzyli, nie pozwolił na krytykę owych „dzieł". Tylko Abrams publicznie wyraził dezaprobatę, szczerze nazywając je kocią muzyką. Jemu było wolno.

---

* David Canter – twórca i propagator metody śledczej zwanej profilowaniem (polegającej na określeniu cech sprawcy przestępstwa na podstawie śladów zebranych na miejscu zdarzenia, sposobu popełnienia przestępstwa, wyboru ofiary itp.). Wprowadził termin „psychologia śledcza".

– Czy to znaczy, że zgadzają się panowie, bym po półtora roku zmieniła temat pracy? – upewniła się Sasza drżącym głosem.

Zamiast odpowiedzi zobaczyła rozpromienione oblicze Cantera. Abrams zaś dodał łamaną polszczyzną:

– Z niewolnika nie ma pracownika.

Z tej superwizji wyszła na miękkich nogach. Nigdy tych dwóch nie było tak zgodnych. Pozwolili jej wyjechać do Polski na badania. Profilerka kursowała po więzieniach i zbierała materiał, a Karolina zostawała z babcią Laurą. Dzięki temu babcia i wnuczka bardzo się do siebie zbliżyły. Sasza zaś dwa razy w tygodniu rozmawiała z Abramsem przez Skype. Szybko złapała się na tym, że na odległość safanduła nie jest aż tak wredny. Odniosła nawet wrażenie, że wierzy w jej badania. Nigdy jej oczywiście nie pochwalił, ale też przestał sekować. A raz szczerze krzyknął: *Wow!*, co zaraz wykpił, by nie pomyślała, że jest genialna. Z czasem Sasza polubiła ostre riposty Abramsa, a kilka miesięcy później przeszli na ty. Okazało się, że profesor bardzo ceni jej pracę. Zgłosił ją na kilka ważnych konferencji, choć jeszcze nie skończyła doktoratu. Załatwiał publikacje w renomowanych pismach naukowych. Wkrótce cytowały ją osobistości psychologii śledczej. Dowiadywała się od kolegów – Abrams oczywiście jej tego nie mówił – że wciąż o niej wspomina, podaje jako przykład słuchaczom studiów magisterskich. Wydawało się, że jest szczerze zainteresowany metodą *lives narratives*.

– Dotąd nikt nie zrobił takich badań – podkreślał. – Cokolwiek ci wyjdzie, będziesz pierwsza, przetrzesz szlak. A odkrycia w świecie nauki są najważniejsze.

Ostatnio, kiedy wybierała się do Polski, kontaktowali się dwa razy dziennie. I tak do niedawna największy jej wróg zadziobałby dziś każdego, kto chciałby nadepnąć jej na odcisk.

– Musisz zatrzasnąć drzwi – powtarzał jak mantrę przy pożegnaniu. – Chaos nie sprzyja myśli twórczej. Daj czasu czasa. Działaj powoli, ale działaj.

– Czasowi czas – śmiała się z jego przejęzyczeń. – Mów po angielsku, Tom.

Wcześniej to on ją dręczył, że jej angielski jest nieakademicki. Po polsku mówił bardzo słabo, ale i tak się przed nią popisywał. Uwielbiał słowo „gruszka". Wtrącał je bez powodu, zwłaszcza kiedy Załuska miała ataki złości. Śmiała się wtedy jak dziecko podczas gry w pomidora. Twierdził, że w jego żyłach płynie polska krew, choć nigdy w Polsce nie był. Jego dziadkowie pochodzili z okolic Poznania, ale Abrams nie był w stanie wymówić nazwy wsi. Pokazał jej kiedyś na mapie – Kołatka Kolonia. Ponoć wyemigrowali do Wielkiej Brytanii pod rodowym nazwiskiem Abramczyk. W Londynie urodził się ojciec Toma i on sam wraz z trzema siostrami. Zdaniem Saszy Abrams czuł do Polski sentyment wyłącznie teoretyczny. Radziła mu, by jak najdłużej zatrzymał ten idealny wizerunek kraju przodków.

– Gdybyś się tutaj znalazł, zdarto by ci skórę – tłumaczyła. – Nie wytrzymałbyś braku udogodnień socjalnych i oglądy, wszechobecnego brudu, logiki urzędników. Może tylko uroda kobiet i kiełbasa krakowska sucha przypadłyby ci do gustu.

– Zdarta skóra? Masz na myśli uszczerbek fizyczny? – zainteresował się Abrams. Był bardziej brytyjski niż miętowe czekoladki.

Kiedy powiedziała mu, że na razie wyjedzie, posmutniał. Potem zaczął wyliczać zalety życia w Wielkiej Brytanii. Znał różnice. Śledził przemiany społeczne w Polsce. Interesował się aferami gospodarczymi, sprawą krzyża i konsekwencjami katastrofy smoleńskiej. Prenumerował internetowe wydanie „Polityki", ale czytał tylko krótsze teksty. Większości nie rozumiał, zadręczał więc pytaniami Saszę. Dzięki temu i ona była na bieżąco ze zmianami w polskim rządzie, choć w kraju nie mieszkała od siedmiu lat.

– Jestem tu sama jak palec – mówiła jeszcze tydzień temu, kiedy przyszedł do niej na pożegnalną kolację.

– Dla naukowca to zaleta, nie wada – odpowiedział niezbyt przekonująco.

– Nie wiem, czy chcę zostać na uczelni – wyznała. – To niewarte takiego poświęcenia.

By utrzymać siebie i córkę, a jednocześnie móc pisać doktorat, nocami pracowała w zakładzie psychiatrycznym. Bynajmniej nie jako terapeuta.

– Pieniądze może niezłe, ale nie chcę być salową. Połowę i tak oddaję na nianię. W Polsce za tyle samo znajdę etat w dziale HR jakiegoś banku. Jest kolejka chętnych, by mnie zatrudnić. Klimatyzowane pomieszczenia, spokój, cisza, szacunek. Mam już umówione spotkania.

Patrzył na nią z niedowierzaniem. Nie skomentował.

– Moja córka będzie miała kontakt z babcią, kuzynkami – przedstawiała kolejne argumenty. – To jest ważne. Rodzina jest ważna, Tom. Rodzina to podstawa.

– Zobaczymy – odpowiadał, a ona wiedziała, że to oznacza kategoryczne „nie". Gdyby mógł ją zatrzymać formalnie, zrobiłby to. Ale przeprowadziła już wszystkie wywiady, wykonała prace badawcze, miała sto osiemdziesiąt kwestionariuszy przestępczyń w różnym wieku, z różnych środowisk. Zostało jej tylko zastosować właściwą metodologię, wrzucić dane do systemu, wyciągnąć wnioski i napisać pracę. O tym, że ją obroni, nie wątpiła. Nawet jeśli nie osiągnie oszałamiających wyników, będzie pierwsza.

Było jeszcze jedno, o czym Sasza nie mogła mu powiedzieć. Chciała wyjechać, zmienić środowisko także z jego powodu. Nigdy nie dała mu sygnału, że chciałaby czegoś więcej, on też nie zrobił nic, co złamałoby ich zasady, ale to wisiało w powietrzu. Wszyscy o nich plotkowali. Abrams, wybitnie zdolny, nigdy wcześniej nikogo nie lubił. Był starym kawalerem, jego życie zaczynało się i kończyło na pracy naukowej. Miał tylko dwie kobiety, z żadną nie zamieszkał. Pierwsza odeszła, twierdząc, że nie zamierza rywalizować z jego pracą. Drugą – miłość swego życia – sam porzucił.

– Spóźniała się – podał jako powód rozpadu związku.

Cały swój czas poświęcał na dręczenie studentów i doktorantów, wyciskał z nich ostatnie poty. Tymczasem Saszy udało się wedrzeć w jego łaski i nawet ona sama nie wiedziała, jak to się stało. Także Canter był tym zaniepokojony. Któregoś razu wezwał Załuską na rozmowę. Próbował wybadać, czy ona i Tom mają romans. Zaznaczył, że nie widzi przeszkód, są przecież dorośli, ale nie powinno to wpływać na jej pracę i wolałby, żeby się tak nie afiszowali. Zdziwiła się, gwałtownie zaprzeczyła. Wreszcie jednak zaczęła zauważać to, o czym od dawna huczało w instytucie. Psychologia śledcza to mały wydział Uniwersytetu Huddersfield, a plotki – jak wszędzie – szybko się rozchodzą. Od tamtej chwili nie mogła już znieść tych spojrzeń, sugestii, zwłaszcza że zrozumiała, jak głęboko Abrams wszedł w jej prywatne życie. Nie chciała udawać, grać przed nikim, a Toma lubiła, tak po prostu. Niech sobie gadają, myślała. Zależało jej też, by Karolina miała dobry wzorzec męski. Dziewczynka traktowała Toma jak przyszywanego wujka.

Wszystko się zmieniło, kiedy Abrams zaproponował Saszy kolację we dwoje. Był strasznym skąpcem, knajpa zaś była droga. Sasza wiedziała, co Tom chce jej powiedzieć. Pod byle pretekstem wykręciła się z randki. Bała się, że ten wieczór wszystko zepsuje. Był jedynym bliskim jej człowiekiem, tylko jemu ufała. Zawsze mogła na niego liczyć. I czuła się podle, bo każdy ruch zmierzałby do rozwiązania. Tom nie chciał przyjaźni, liczył na związek. Gdyby mu powiedziała, że nie odwzajemnia jego uczuć, straciłaby go na zawsze. Ona zaś, choć ciężko znosiła myśl, że do końca swoich dni zostanie sama, nie była jeszcze gotowa na życie z kimkolwiek. Dlatego teraz wyjechała w takim pośpiechu. Chciała odciąć się, dać sobie chwilę na przemyślenie decyzji o przyszłości.

Oficjalnie buntowała się wobec ogólnego przekonania, że kobieta zyskuje na wartości, jeśli jest z kimś. W głębi duszy to ją jednak męczyło. Czuła społeczne naznaczenie matki singielki na każdym kroku. Była sama, lecz nie samotna (czytaj: nieszczęśliwa). Miała dziecko, pracę, precyzyjnie zorganizowany czas. Było w tej samotności wiele zalet. Zachowała niezależność finansową, aktywność naukową. Żyła, jak chciała. Nikt jej nie mówił, co i kiedy ma robić. Ciężko było tylko w święta i wakacje. Wszyscy z jej otoczenia mieli rodziny, ona zaś nie pasowała do żadnej z grup. Mówiła sobie wtedy: samotność jest dobra, można dużo pracować, a praca czyni wolnym.

Jeśli zaś chodzi o emocje, nie było ich. Sasza była zamrożona, w poczekalni do czegoś, co nie następowało. Kiedy jednak w bezsenne noce patrzyła na swoje życie z dystansu, odczuwała wyłącznie litość. W głębi serca czuła się gorsza, wybrakowana, słaba, ale nigdy nie przyznałaby się do tego publicznie. I nigdy nie będzie z nikim tylko dlatego, że tak trzeba. Wolała to, niż związać się z byle kim, z rozsądku czy – co gorsza – dla pieniędzy lub złudnego poczucia bezpieczeństwa. Czasem tylko marzyła o tym, by móc zrzucić na kogoś choć jeden z macierzyńskich obowiązków, pozwolić sobie na luz, ale na razie to było niewykonalne. Każdego dnia trwała jak żołnierz na warcie. Karolina miała tylko ją i była najważniejsza. Na razie, poza córką, w sercu Saszy nie było miejsca dla nikogo.

Włączyła laptop, zalogowała się, połączyła z siecią. Miała zamiar pracować, ale po namyśle odłożyła maszynopis. Dla odprężenia zaczęła przeglądać swój ulubiony album o mostach Davida J. Browna. Większość fotografii była oznaczona „ptaszkami" – te budowle widziała osobiście. Reszta wciąż była przed nią. W liceum marzyła, że zostanie architektem. Fascynowało ją, jak można wymyślić konstrukcję, która swoje oparcie ma w wodzie. Na politechnikę się nie dostała. Poszła na psychologię. To miała być poczekalnia. Ale kolejne trzy próby dostania się na ukochany wydział zakończyły się fiaskiem. Z trudem pogodziła się, że nie ma w tym kierunku talentu. Psychologię skończyła z wyróżnieniem, nie wkładając w to wiele wysiłku. Na trzecim roku złożyła papiery do policji. Nie zamierzała być terapeutą ani skapcanieć na uniwersytecie. Skoro nie będzie jej dane niczego zbudować, chciała brać udział w projekcie „sprawiedliwość". Marzyła o spektakularnych akcjach, o tym, że jej „dzieła" przejdą do historii jak najsłynniejsze mosty świata. Ale dziś wiedziała już, jak bardzo była zadufana w sobie lub po prostu naiwna. Los przytarł jej nosa wystarczająco, by nabrała odpowiedniego dystansu do pracy. Butę zastąpiła skromnością, misję – obowiązkiem. Liczyło się tylko bezpieczeństwo. Z cech młodziutkiej Saszy zostało wyłącznie odpowiedzialność i mrówcza praca. W małych, anonimowych działaniach widziała wielki sens ludzkiego istnienia.

Jutro odwiedzi matkę. W sobotę poświęcę jajka. W niedzielę pierwszy raz od lat zje z rodziną wielkanocne śniadanie. Lubiła jajka na twardo z majonezem. Nigdzie na świecie nie ma takiego schabu ze śliwką czy marynowanych grzybów. Pouczestniczy w rodzinnej farsie. Spotka się z bratem. Wysłucha tyrady o tym, że powinna sobie kogoś znaleźć, bo kobieta nie może być sama, wtedy dziczeje, a w jej wieku wymagania rosną, szanse zaś maleją. Obejrzy jego nową narzeczoną i tylko utwierdzi się w przekonaniu, że do niej nikt nie pasuje. Swoją drogą niezły gust ma jej brat, wybiera coraz młodsze kobiety. Kiedy ostatnio zwróciła mu uwagę, że świadczy to o jego niedojrzałości, odparł, że jego małżonka jeszcze się nie urodziła.

Jej rozmyślania przerwał dzwonek połączenia Skype'a. Ikonka wskazywała profesora Abramsa. Sasza odruchowo zapięła górny guzik koszuli, kliknęła przycisk „odbierz". Nie miała teraz ochoty na rozmowę, ale nie wypadało go lekceważyć. Widział, że jest dostępna. Pewnie martwi się, jak dojechały. Musiała przyznać, że było jej miło.

Cały ekran wypełniła teraz twarz czerstwego pięćdziesięciolatka. Cerę miał porowatą, z niezdrowym rumieńcem, uśmiech czarujący. Sasza widziała jego zdjęcia z młodości i nie mogła się nadziwić, że przed laty profesor uchodził za dandysa. Druga sprawa, że jego obecna garderoba pochodziła z tamtej właśnie epoki, to znaczy z lat osiemdziesiątych. Głównym jego grzechem było obżarstwo. Znała go i wiedziała, że Tom bardzo przejmuje się własnym wyglądem, a jednocześnie robi wszystko, by zniweczyć resztki swojego uroku nocnymi atakami na lodówkę. Przy nadmiernej tuszy reszta była zaledwie błahostką. Zmrużone oczy dalekowidza (okulary zdjął wyłącznie z próżności), kształtny nos ginął w nalanych policzkach. Rozwichrzoną burzę siwych włosów próbował jak zwykle zaczesać do tyłu. Tylko wzmocnił efekt kompletnego szaleństwa, o które ludzie zawsze podejrzewali profilera przy pierwszym kontakcie.

– Ostrzygłeś się – mruknęła, starając się wykrzesać coś więcej ponad uprzejmość. – Interesująca fryzura.

– Uniwersalna, profilująca. – Jeszcze bardziej rozczochrał włosy. – Mam nową fryzjerkę. Trochę podobna do ciebie.

– Flirtujesz ze mną? – spytała, śmiejąc się.

Rozpromienił się mile połechtany.

– Po prostu zamartwiałem się o ciebie i malutką. Jak mieszkanko? Masz wersalik?

– Przejdź na an-giel-ski – poleciła. – I nie zdrabniaj. To okropne! Nie mam wersalki. Już nawet w Polsce rzadko kto ich używa.

– Cały czas myślę, czy dobrze zrobiłaś. Tyle jeszcze pracy – zaczął utyskiwanie. – Tutaj na miejscu byłoby ci łatwiej. Choćby grupa badawcza, superwizje ze mną i Davidem.

– Daj spokój, Tom – weszła mu w słowo. Ku jej zdziwieniu profesor karnie zamilkł. – Dam sobie radę. Zresztą robię doktorat tylko dla tytułu. Podjęłam decyzję, odchodzę. Koniec z trupami, koniec tej krzątaniny wokół przestępczości. Papierek. Z kwitem mogę wystawiać wyższe faktury, rozumiesz?

Coś powiedział, ale nie usłyszała. Dodała kilka decybeli.

– Wiesz, co to są faktury, prawda?

Machnął ręką.

– Znam nawet różnicę między netto a brutto. Nie doceniasz mnie.

– Jesteś moim mistrzem. – Uśmiechnęła się. – A teraz przestań. I tak zawsze robię, co chcę.

– Jesteś pewna?

– Tak. – Ziewnęła przeciągle. – Padam z nóg. Zdzwońmy się jutro, co?

Abrams był zawiedziony.

– Rozmawiałem z Davidem – zaczął. – Wciąż myślimy o profilowaniu geograficznym dla ciebie. Nie chciałabyś po narracjach znów tego spróbować?

– Tom! Przecież wiesz, jak tego nienawidzę. Zmarnowałam półtora roku nad tymi mapami. Przez was, zmusiliście mnie. Ja się nie na-da-ję! Jezu, chyba nie powiesz mi teraz, że mam szukać nowego promotora.

Odeszła po papierosy, a kiedy wróciła, siedział naburmuszony.

– Już o tym mówiliśmy. Nie gniewaj się!

– Narracje swoją drogą. Ku chwale nauki. Ale nam przydałby się specjalista geograficzny. I praktyk! Zwerbowaliśmy teraz na wydział Kima Rossmo*. Są jeszcze miejsca, mogę ci zabukować. Nie miałabyś problemu ze znalezieniem pracy. W Polsce czy gdziekolwiek, gdzie chciałabyś mieszkać. To jest teraz hit. Na każde seminarium by cię zapraszali. Wiesz, ile mamy zamówień? Ta tłusta irlandzka dupa, ten Jeffrey Timberland, wciąż gdzieś jeździ, choć drewno z niego. Ale poza nim nie mamy nikogo po geografii. Są też widoki na grant, na przykład z Jagiellońskim. Aż się do ciebie palą. A z takiego małego kraju łatwiej będzie dostać.

– Niech Canter znajdzie kogoś innego. Są Grecy na wydziale, też mają kryzys. Na razie chcę zrobić swoje. I skończę za własne pieniądze, jeśli mi nie pozwolicie – ucięła temat.

– Dobrze. – Podniósł ręce. – Tylko myślałem, że mogłabyś wrócić do Huddersfield.

– Po prostu tęsknisz, stary dziadygo – powiedziała po polsku.

---

* Kim Rossmo – kryminolog kanadyjski, twórca metody zwanej profilowaniem geograficznym.

– Dziadygo? Nie rozumiem.

– Też cię lubię, Tom – przeszła na angielski. – Jak przyjdzie pora, pomówimy i o tym. Nie wykluczam, może się przełamię. Ale nie teraz. Mogę robić tylko jedną rzecz dobrze. Późno już. Jutro musisz być w instytucie od ósmej. Odpocznij.

– Śpij dobrze, Saszka. I pamiętaj, zawsze możesz na mnie liczyć. O każdej godzinie i w każdym miejscu świata.

– Wiem, dobranoc. – Rozłączyła się.

W komunikatorze napisała:

„Uważaj na siebie i nie jedz kanapek. Jedz zupę. To lekarstwo".

„Ziurek – odpisał. – Będę czekał, aż przyjedziesz i zrobisz ziurek".

Odesłała mu buźkę z całusem i szybko zmieniła status na „niedostępny".

Właśnie przysypiała, kiedy ta kobieta znów zaczęła jęczeć. Otworzyła oczy, zerknęła na zegarek. Dochodziła jedenasta. Jęki stawały się regularne. Echo niosło je po studni wprost do uszu Madonny na ścianie płaczu. Najpierw Sasza myślała, że to słodkie. Ludzie się kochają. Kiedy jednak kobieta zaczęła sapać, wyć i wreszcie krzyczeć na całe gardło: „Tak!, tak!", podeszła do okna i zamknęła je zdecydowanym ruchem. Czuła narastającą złość.

Chwyciła spod głowy jasiek, skuliła się w pozycji embrionalnej. Koncert sąsiadki trwał w najlepsze jeszcze kilka minut. Sasza nie miała czym zagłuszyć kochanków. Telewizora nie posiadała, a iść do komputera, szukać muzyki się jej nie chciało. Słuchała jęków sąsiadki i złapała się na tym, że to ją podnieca. Dotknęła piersi. Sutki były lekko nabrzmiałe.

Zdjęła ubranie, podeszła do lustra. Patrzyła na siebie, jakby to był ktoś obcy. Jakaś inna ruda, piegowata kobieta. Musiała przyznać, że nie jest tak źle. Wciąż mogła się podobać. Może nie sobie samej, ale komuś. Na przykład Abramsowi. Słaby żart. Nie była już tak zgrabna jak kiedyś, ale wciąż miała proporcjonalną sylwetkę. Talia była zaznaczona. Biust mały, ale może dzięki temu nie wisiał. Gruszka. Uśmiechnęła się bezwiednie, myśląc o ulubionym słówku Abramsa. Akurat do jej figury pasowało.

Odwróciła się tyłem i stwierdziła, że w tym świetle nie jest aż tak odrażająca. Plecy po lewej stronie, od łopatki do biodra, miała pokryte bliznami po oparzeniu. Jakby nie była to skóra, lecz papier mâché. Pamiątka po pożarze, kiedy poliestrowa zasłona przykleiła się jej do ciała. Gdyby się lepiej przyjrzeć, można by dostrzec romby, a wewnątrz nich zdobne elipsy. Znów się odwróciła, z przodu skóra była gładka, lubiła swoje piegi na bladej jak twaróg cerze. Ze względu na karnację nigdy się nie opalała. Teraz nie chodziła też na basen, nie nosiła odkrytych ubrań. Podniosła włosy. Wydarty kawałek ucha, mało widoczny, nawet kiedy włosy były spięte. Nie starała się tego ukrywać. Ludzie czasem pytali. Odpowiadała lakonicznie, że ma to od dziecka. To nie była prawda i na samo wspomnienie Sasza posmutniała. Zmarnowałam swoje życie i nic już mnie nie czeka, pomyślała. Żyła dla córki. Ale gdyby nie ten pożar, nie miałaby Karoliny. Kiedyś była zbyt wielką egoistką, by się rozmnażać. Zawstydziła się nagości. Narzuciła z powrotem czarny T-shirt z logo Uniwersytetu Huddersfield i powyciągane polarowe dresy.

Sąsiadka zaliczyła z dziesięć orgazmów i musiała chyba paść ze zmęczenia, bo słychać było tylko odgłos telewizorów, brzdęk sztućców i szmer rozmów z winiarni naprzeciwko. Jakby mieszkańcy kamienicy po świętej komunii sąsiadki znów mogli zwyczajnie funkcjonować. Sasza zdecydowała się wziąć kolejny prysznic. Regulowała wodę, kiedy zadzwonił dzwonek. Staroświecki, jaki pamiętała z dzieciństwa. Dzyń, dzyń, przerwa. Najpierw przemknęło jej przez głowę, że to u sąsiadów. Nie zareagowała. Wsadziła głowę pod wodę. Przeklęła w myślach, kiedy dzwonek rozległ się ponownie. Dzyń, dzyń, przerwa. Owinęła się ręcznikiem i z mokrymi włosami wyszła poszukać źródła dźwięku. Podniosła słuchawkę domofonu. Cisza. Jej iPhone leżał obok laptopa, wyświetlacz był ciemny. Z zimna szczękała zębami. Wreszcie pod schodami znalazła staroświecki „cyfral". Tak zakurzony, że nie widać było cyferblatu. Nie podniosła słuchawki. Wyjęła wtyczkę z gniazdka i podeszła do okna. Znicz palił się wysokim płomieniem. Zamknęła oczy, przeżegnała się.

– Nie rób mi tego – zwróciła się do pokolorowanej figury. – Chroń mnie i moje dziecko. Zwłaszcza teraz, kiedy wszystko zaczęło się układać.

Ale po chwili ciszę znów przeciął dźwięk. Dzyń, dzyń, przerwa. Aż się wzdrygnęła przestraszona. Dopiero wtedy zauważyła, że nie odłączyła kabla telekomunikacyjnego. Tym razem odważyła się odebrać. Osoba po drugiej stronie nie powiedziała ani słowa, lecz Sasza wyraźnie słyszała jej miarowy oddech. Przed oczami miała twarz znajomego oficera. Nie dali jej nawet jednego dnia spokoju.

– Halo? – odezwała się pierwsza. Z jej tonu nietrudno było wyczytać obawę.

– Pani Załuska?

To nie ten znajomy oficer. Ten głos brzmiał inaczej – piskliwie, wysoko. Wyobraziła sobie małego mężczyznę o twarzy liska.

– Kto mówi? – Znów przybrała maskę chłodnej profesjonalistki. Lęk gdzieś uleciał.
– Nazywam się Paweł Bławicki. Jestem właścicielem klubu muzycznego Igła. Może pani słyszała. Czy dobrze trafiłem? Słyszałem, że bierze pani komercyjne zlecenia.
– Kto panu podał ten numer? – przerwała mu.
– Był w starej książce telefonicznej – wyjaśnił. – Dostałem pani telefon i adres od kolegi z policji. Dzwoniłem na komórkę. Nie odbierała pani. Dlatego postanowiłem w ten sposób. Liczyłem, że się uda. Jeśli to pomyłka, przepraszam.
– Chwileczkę. – Odłożyła słuchawkę na podłogę. Podeszła do stołu, na którym leżał jej iPhone. Rzeczywiście dźwięk miała wyciszony. Raport na wyświetlaczu wskazywał siedem nieodebranych połączeń od jednego abonenta. – Proszę podać mi swój numer komórki – zażądała, wziąwszy z powrotem słuchawkę.

Zgadzał się.
– Słucham pana. Załuska.
– Możemy się spotkać? Trochę zależy mi na czasie.
– Proszę mi powiedzieć, o co chodzi. Nie wiem, czy mogę pomóc. Jak rozumiem, stawki pan zna.
– Nie do końca. – Zawahał się. A potem zaczął tłumaczyć. – Potrzebuję komercyjnej analizy. Podejrzewam kilka osób o kradzieże i szantaż, ale zanim złożę zawiadomienie, chciałbym mieć jasność sytuacji. Jest jeszcze kilka innych spraw. To nie na telefon. Jeśli oczywiście jest pani zainteresowana.
– To zależy, jakie oferuje pan warunki.
– Nie mam zbyt wielkiego doświadczenia. Pierwszy raz zlecam taką opinię.
– Siedem i pół zaliczka, dwa i pół po wykonaniu ekspertyzy. Jeśli sprawa jest pilna, podwajamy stawkę. Mówimy

oczywiście o kwotach netto. Mogę wystawić fakturę, jeśli pan sobie życzy.

– Drogo – mruknął. – Mogę oddzwonić?

– Nie – odparła. – Wie pan, która jest godzina?

Mężczyzna westchnął ciężko.

– Dobrze. Podwajamy. Znaczy priorytet.

– Czyli dwadzieścia. Spotkajmy się jutro o osiemnastej w bistro na stacji BP przy Grunwaldzkiej. Wcześniej nie dam rady.

– Będę. Dobrej nocy.

– Proszę mieć ze sobą gotówkę. Wystawię rachunek.

– Nie chcę żadnych dokumentów. – Odłożył słuchawkę.

Sasza uśmiechnęła się zadowolona. Ledwie przyjechała, a już ma zlecenie. Nie jest tak najgorzej. Szybki zastrzyk gotówki nigdy nie jest zły. Zanim wróciła do łazienki, wyjęła ze ściany kabel telekomunikacyjny. Aparat wrzuciła do pracowni, by zabrano go razem z rzeczami poprzedniego właściciela.

W bistro było pusto. Na wysokim stołku siedział tylko jeden mężczyzna. Drobny, po czterdziestce, ale mógł mieć więcej. Był wystrojony jak panienka na pierwszą randkę. Podgolony na bokach, z modnym metro-irokezem. Rogowe okulary RB, dobrze skrojona marynarka do dżinsów, włoskie buty bez śladów śniegu na podeszwach. Na oparciu jego krzesła wisiał parasol z bambusową rączką. Załuska pomyślała, że jest gejem. Podeszła do niego pewnym krokiem. Skinął jej głową bez uśmiechu. Usiadła, nie zdejmując płaszcza ani wełnianej czapki. Torbę położyła na trzecim, wolnym krześle.

– Dziękuję, że się pani zgodziła – zaczął, po czym nerwowo zerknął na zegarek na metalowej bransolecie. Była to tania „patelnia", zielona wersja orientu. Kontrastowała z jego strojem, drogim, choć bez ostentacji.

– Jeszcze nie zdecydowałam ostatecznie – odparła zgodnie z prawdą.

Kelnerka przyniosła dwie kawy w papierowych kubkach. Sasza ściągnęła czapkę, wytrzepała ją ze śniegu.

– Niezła Wielkanoc. – Uśmiechnął się. – Jutro, korzystając z aury, jadę na narty.

Nie była łaskawa odpowiedzieć, odwróciła się w stronę baru.

– Ciastko? Kanapkę? – Poderwał się.
Pokręciła głową.
– Jeszcze jeden cukier i więcej mleka.
Mężczyzna przesunął swoją saszetkę z cukrem w jej stronę. Podziękowała skinieniem głowy. On pił czarną i nie czekał, aż wystygnie. Siorbał małymi łykami, parząc sobie usta.
– Tu są zdjęcia i potrzebne upoważnienia. Bezterminowe.
Ze skórzanego neseseru wyjął kopertę. Sasza sprawdziła jej zawartość. Poza materiałami dostrzegła plik banknotów zawiniętych w foliową koszulkę.
– Piętnaście – powiedział. – Chce pani przeliczyć?
Pokręciła głową. Wiedziała, że nie odważyłby się jej oszukać.
– Słucham.
Mężczyzna pierwszy raz się speszył. Milczał chwilę, wyłamując palce.
– Pierwszą rybę bez głowy dostaliśmy pięć miesięcy temu. Pudełko po damskich butach, wstążka z kokardą. Potem zaczęły przychodzić kolejne. Oczywiście bez nadawcy. I nie tylko za pośrednictwem poczty. Znajdowałem suche róże za wycieraczką, zdjęcia mojej żony z teleobiektywu. Była kiedyś prostytutką. Skończyła z tym wiele lat temu. Te zdjęcia pochodziły z dawnych czasów, część współczesna okazała się żenującym montażem. Niezbyt przyjemne. Kolejne części ryby, ludzkie odchody. – Zawahał się. – A potem ta bomba. Właściwie jej atrapa. Żałuję, że już wtedy nie poszedłem na policję.
Załuska zdjęła okulary. Nie polubiła gościa. Był śliski. Miała nadzieję, że wyczuwał jej niechęć.
– Kiedy odkrył pan ładunek i dlaczego pan tego nie zgłosił?
– Sam byłem kiedyś policjantem. – Podniósł głowę. – Wiem, kto jest tutaj szefem i jak to się stało, że siedzi na tronie. Wiem też, kto chce mnie zabić. Potrzebuję dowodów.

Sasza nie wyglądała na poruszoną.

– Nie jestem prywatnym detektywem – odparła po namyśle. – Musi pan pójść do kolegi Rutkowskiego.

Źle to zabrzmiało. Wykrzywił twarz w uśmiechu.

– Chodzi o to, że Janek, mój wspólnik, próbuje mnie nastraszyć i właściwie wiem dlaczego. Ćpa, łudzi się, że wróci na estradę. Bzdura. Zrobił kiedyś jedną piosenkę, nic więcej. Miał szczęście. Każdy chciałby mieć taki hit jak *Dziewczyna z północy*. Okay, udało mu się. Miałem w tym swój udział. Też zarobiłem. Pobawiliśmy się, kiedy był na to czas, a teraz robimy biznes. Tylko to się liczy. Nie uda się wrócić po latach, kiedy jest tyle *Idoli*, tych *Mam talent* i innych tańców na lodzie. Skracając. On się skumał z kimś większym. Chce mnie wysadzić z siodła, bo... – Zamilkł. Chwycił kubek, ale był już pusty.

– Bo?

– Opcja pierwsza: boi się Słonia. Druga: to Słoń dał zlecenie.

– Słoń?

– Jerzy Popławski. Jubiler rencista. Udziałowiec spółki consultingowo-finansowej SEIF. Są na giełdzie. Kontroluje też kilka lokali w mieście. Hotel przy Monciaku w Sopocie, sieć knajp. Prywatna telewizja, udziały w rafinerii. Poszuka pani, zorientuje się. Zdaje się, że nie było pani jakiś czas w kraju?

– Wiem, kim Słoń był kiedyś. Każdy z pezetów* zna go ze słyszenia. Tutaj jest wielu biznesmenów, którzy kiedyś szmuglowali spirytus. Z pewnością nie chcą o tym pamiętać – mruknęła.

---

* Pezety – wydział do spraw przestępczości zorganizowanej.

Mężczyzna przyjrzał się jej, schował kościste ręce pod stół.

– Tak naprawdę Igła i bliźniaczy klub Iglica to biznes Słonia. Dał kasę na ich rozkręcenie, kiedy zamknęli Złoty Ul. Ani ja, ani Janek nie możemy sobie odejść ot tak, bez pozwolenia. Chyba że któryś z nas odpadnie w naturalny sposób.

– W sensie umrze?

Skinął głową.

– Czyli czego dokładnie pan ode mnie oczekuje? Nie znam karate, nie zakładam podsłuchów. Nie uratuję nikogo, jeśli jest na niego kreska.

– Wiem, że mnie podsłuchują. Pewnie też śledzą. Dlatego zwróciłem się o pomoc do ziomków z policji i polecili mi panią. Myślę, że wiedzą o naszym spotkaniu. Chcę mieć profil. Obiektywny profil nieznanego sprawcy plus piguła, kto tym kręci. Twarde dane. Tego mi trzeba, by podziałać w dawnej firmie. Resztę zrobią powołani do tego ludzie. Nie namawiam przecież pani do mokrej roboty – zaśmiał się chytrze.

Sasza zmarszczyła czoło, oddała kopertę.

– Chyba z tym nie do mnie. Nie wchodzę kuchennymi drzwiami. Nie działam poza prawem. Nie jestem wróżką. Rozmawiam, analizuję, zbieram dane i wyciągam wnioski. Tak samo pracuję na zlecenie prokuratury czy sądu. To ekspertyza. Potem może pan z nią zrobić, co zechce. Także oddać organom ścigania. Będzie dowodem operacyjnym. Ale muszę mieć nie tylko glejty i forsę na realizację. Przede wszystkim ludzi do współpracy. Jak pan to sobie wyobraża?

– Jest dziewczyna. – Wskazał kopertę. – Łucja Lange. Ma pani o niej wszystko w dokumentacji. Barmanka. To mój człowiek. Wie więcej niż Iza Kozak, obecna menedżerka, człowiek Janka. Oczywiście o Słoniu nikt nie piśnie ani słowa, ale wszystko wiedzą. Porozmawia pani sobie z nimi, przesłucha dyskretnie. Będą do dyspozycji, uprzedzę ich. Tak jak to robicie przy ostatniej linii życia ofiary. Wiktymologia to się nazywa? Jeszcze coś pamiętam. – Rozciągnął usta w wymuszonym uśmiechu.

– Mniej więcej. Zdecydowanie jednak łatwiej jest zrobić profil, kiedy jest trup i wiem, kogo szukam. – Sasza poprawiła się na krześle. Miała ochotę zapalić. – Dlaczego ja? I o co tutaj chodzi? – zapytała wreszcie.

Mężczyzna wzruszył ramionami. Odchylił się do tyłu.

– Skąd przezwisko Buli? – drążyła Sasza. – Wydaje mi się, że znam je z dawnych czasów, ale chyba nie mieliśmy przyjemności, panie Bławicki.

– Mówiłem, byłem policjantem – przyznał po chwili milczenia. – Wolałbym, żeby wszystko pozostało między nami. Żadnych powiązań, kwitów, mejli. Nie chcę, by gdziekolwiek padło moje nazwisko. Oczywiście jestem do dyspozycji, jeśli pani będzie czegoś potrzebowała. Spotkamy się tutaj za tydzień o tej samej porze. Może będzie wreszcie wiosna.

– Pasuje. – Pokiwała głową. Dokumenty i pieniądze schowała do dużej skórzanej torby. Wstała gotowa do wyjścia. Nie zamierzała wymieniać kurtuazyjnych uścisków rąk. – Jeśli do tego czasu pan na przykład odpadnie w naturalny sposób, ja zapominam o wszystkim, a zaliczka zostaje przy mnie. Te zasady, które pan podał, dotyczą nas obojga.

– Oczywiście. – Zerwał się. Dopiero wtedy zobaczyła, że mężczyzna sięga jej do ramienia. Patrzyła na niego z góry. Zrobiło jej się głupio.

– Postaram się jak najszybciej. Też wolałabym mieć to z głowy. Mam nadzieję, że pomogę. Ten armagedon za oknem trochę opóźni sprawę. Ludzie już prawie nie wychodzą z domu. Rozumiem, że klub będzie zamknięty w czasie świąt?

– Jutro jeszcze będzie Łucja. I kilku ochroniarzy, kelnerki da się też ściągnąć. Pewnie pojutrze zamkniemy na trzy spusty. Polska modli się w święta i pije po domach. Ruch zacznie się w drugi dzień świąt. Mamy zaplanowany koncert. Igła i Izka Kozak też będą chyba jutro. Trzeba zliczyć utarg i opłacić ochronę.

– Ochronę czy haracz?

– Haracz? – Buli był szczerze zdziwiony pytaniem. – To kultowy klub. Tygodniowo mamy pół miliona obrotu. Bez opieki dawno byśmy wypadli z obiegu. Część legalna, a reszta sama pani wie. Wszyscy wolą, gdy mniej idzie do kieszeni urzędasów. Kto z nas lubi przepłacać?

– Jasne – przyznała bez uśmiechu.

Starała się zachować obojętność, ale w tej sytuacji jej honorarium wydawało się jałmużną. Każdy widać zarabia tyle, ile jest gotów zaryzykować. Czuła, że znów porusza się po grząskim gruncie. Ale poradzi sobie. To szybka piłka, łatwy zastrzyk gotówki. Zresztą nie może się wycofać. Jeśli nie spłaci długu, nie dostanie tu żadnej pracy, nawet jako kelnerka w Igle. Zawsze jeszcze może wrócić do Sheffield. Na razie jednak odsunęła tę ewentualność.

Wyszła z bistro, skręciła za stację i poczekała, aż mężczyzna wyjdzie. Tak jak się spodziewała, ruszył do nowiutkiego granatowego saaba zaparkowanego pod dachem. Mimo wciąż padającego śniegu nie zamoczył włoskich butów. Zapisała numer rejestracyjny jego wozu i skierowała się na przystanek autobusowy. Było tak ślisko, że kilka razy omal nie wywinęła orła. Zdecydowała, że jak najszybciej musi załatwić sobie auto. Na początek pożyczy od matki stare uno. Powinna pomyśleć o tym wcześniej. Nie musiałaby teraz moknąć na przystanku.

Podniosła głowę. Śnieg sypał jak oszalały. Na drzewach wisiały ciężkie białe czapy. Zaspy przy jezdni sięgały do pasa. Nie wyglądało na to, żeby wiosna szykowała się do ataku. Raczej chwyci ostrzejszy mróz i to wszystko momentalnie zmieni się w szklankę. Sasza pomyślała, że święconka zamarznie, zanim doniosą ją do kościoła. Nie pamiętała takich świąt Wielkanocy. Chyba nawet na Alasce kiedyś przychodzi wiosna. Kiedy przejeżdżała obok niej taksówka, zamachała z nadzieją. Taksówka zatrzymała się, o dziwo była wolna. Sasza wsiadła z uczuciem ulgi i od razu wyciągnęła dokumenty. Na jednym z pierwszych dossier pracowników klubu widniało zdjęcie dwudziestosześcioletniej kobiety. Czarne półdługie włosy asymetrycznie wygolone na pół głowy. Różowy kosmyk. Dziewięć tatuaży, kolczyk w nosie, gotycki makijaż. Ładna, choć przerysowana. Wrażliwa ekscentryczka. Po rozwodzie. Miała sprawę za groźby karalne. Była też zatrzymana za lżenie panny młodej i usiłowanie zabójstwa. Podała rywalce potrawkę z marynowanych muchomorów. Sprawę umorzono. Łucja Lange – odczytała Sasza. Przejrzała jej życiorys, cechy szczególne, zainteresowania. Potem wyjmowała kolejne zdjęcia. Piosenkarz, który podobno czyhał na Bulego, nie wyglądał groźnie. Wystudiowany goguś, typ farbowanego surfera. Iza Kozak, jego prawa ręka – ładna brunetka z nadwagą. Dekolt odsłaniał więcej jej dorodnego biustu, niż wypadało. Mężatka, dwuletni synek. Gdańszczanka napływowa. Ciekawe – zwróciła uwagę, że materiały są przygotowane bardzo profesjonalnie. Na jednym z dokumentów miała adres zleceniodawcy, lecz żadnych danych o przebiegu służby Pawła Bławickiego.

Taksówkarz nucił coś pod nosem.

Zaczniemy od tego, panie Buli, że sprawdzimy, kim pan jest. Czego naprawdę pan chce. I skąd się znamy, zdecydowała w myślach. Auto zatrzymało się pod jej domem. Wręczyła kierowcy pięćdziesięciozłotowy banknot, choć kurs opiewał na zaledwie dwanaście. Zdziwił się tak sutym napiwkiem.

– Do widzenia – powiedziała, zanim zatrzasnęła drzwi. – Jakby ktoś pana pytał, nie było tego kursu.

– Niech panią Bóg błogosławi – zawołał taksówkarz. Ruszył gwałtownie, wzbijając świeżą warstwę śniegu.

Waldemar Gabryś podniósł klapę od sedesu, pochylił się i wnikliwie obejrzał wnętrze muszli. Była nieskazitelnie czysta. Mimo to pociągnął za spłuczkę, jak zwykle krótkie trzy razy. Dokładnie tak samo, jak robił to z dzwonkiem na mszy. Kiedy woda spłynęła, a ciasną ubikację wypełnił odgłos napełniającego się zbiornika, usiadł na sedesie i zamknął oczy. Telewizor bębnił na pełen regulator. Wychodząc z pokoju, kazał cioci zrobić głośniej, by także i w miejscu odosobnienia nie przerywać modlitwy. Gdyby ktoś zarzucił mu teraz, że dopuszcza się świętokradztwa, zagroziłby mu sądem bożym.

– „Ja zaś pokładam ufność w Tobie, Panie, i mówię: «Ty jesteś moim Bogiem» – powtarzał z namaszczeniem. – W Twoim ręku są moje losy, wyrwij mnie z rąk wrogów i prześladowców"*.

Wypróżniał się, jak zwykle w czasie postu, szybko i hałaśliwie. Od czterdziestu dni przestrzegał wszystkich zasad, jakie wyznaczał Kościół katolicki. Nie jadł mięsa, nie słuchał muzyki, nosił zgrzebne ubrania, specjalnie na ten czas przeznaczone. Dodatkowo trzy godziny dziennie spędzał

---
* „Ja zaś pokładam ufność w Tobie, Panie…" – Pismo Święte…, Ps 31, 15–16, s. 594.

w kościele Gwiazda Morza i pomagał w przedświątecznych porządkach, w tym roku głównie w odśnieżaniu. Kiedy wracał do domu na postny posiłek, ręce drżały mu ze zmęczenia od zgarniania śniegu z kościelnego dachu, zrzucania hałd z parapetów oraz odgarniania go z alejek przed plebanią przy Kościuszki. Był prawie pewien, że apokalipsa nastąpi lada dzień.

– Bóg tak do nas mówi – przekonywał członków Franciszkańskiego Zakonu Świeckich oraz tych, którzy się napatoczyli na rekolekcje. – Tym śniegiem, który nie chce przestać padać, mówi do nas Bóg. Tą plagą śniegowego puchu, tego potopu śniegowego i mrozu przed Zmartwychwstaniem Najwyższego daje nam znak, że wkrótce nastąpi koniec świata. A przetrwają tylko najszlachetniejsi. Tylko oni będą ocaleni. Bo śnieg to początek końca dla wszystkich grzeszników.

Na twarzach słuchaczy widział prawdziwy strach. Niektórzy żegnali się po kilkakroć. Inni odchodzili, malując kółka na czole, ale byli i tacy, którzy zaintrygowani włączali się do rozmowy.

– Nie pamiętam takiej Wielkanocy – kontemplowali na głos. – Coś w tym jest. Czyżby faktycznie Czarny Jeździec był blisko?

– Jeździec bez głowy – dodawał ledwie słyszalnym szeptem Gabryś.

Zawsze działało jak dobrze podłożony ładunek wybuchowy. Skutecznie zasiewał panikę. Czym prędzej rozchodzili się do domów, mając nadzieję, że jednak wiosna nadejdzie. Gabryś na nią nie liczył. Czekał na ten moment od dawna i w sumie się cieszył, choć nikomu by się nie przyznał, a już na pewno nie księdzu, bo kto mógł wiedzieć, jak to będzie i czy Armagedon nie zacznie się od śnieżnej zawiei. Zdaniem Gabrysia wszystko na to wskazywało. W jego ulubionej stacji kilka razy pokazywali o tym materiały dziennikarskie, a po nich tak zwane debaty. O końcu świata mówili eksperci, księża, a ostatnio nawet meteorolog. Pewnie, że w normalnych telewizjach nikt tego nie przyzna, choćby nawet i podzielali te poglądy. Ci grzesznicy oddali swe dusze Szatanowi. Wystarczy obejrzeć reklamy, filmy i wiadomości. Gabryś był prawie chory, kiedy choćby przypadkowo trafiał na te golizny. Patrzył i spluwał w myślach. Złe zło! Seks, zabijanie i brak wiary. Ale Gabryś jest silny. Choćby Pan zabrał mu wszystko, jak Hiobowi, nie zwątpi. Dlatego to do niego przemówi. Jego wybierze. I może właśnie teraz, skoro rzucił na ziemię plagę śniegową. Wszak potop też zaczął się od opadów. Padało i padało. Ludzie sądzili, że przestanie, choć Bóg ich ostrzegał. Nie chcieli żyć inaczej. Wciąż grzeszyli, wciąż się zabijali. Nie było sensu ich ratować. I wszyscy jak jeden zginęli. Przetrwali tylko Noe i jego rodzina. Modlił się więc Gabryś żarliwie i wierzył, że właśnie on zostanie wybrany. Jemu Bóg wskaże, jakie pary zwierząt czy ludzi ma uratować w swojej arce. Jakiej, jeszcze nie wiedział. Czekał na znak, bo wierzył, że Bóg da mu go, kiedy przyjdzie na to pora.

– „...ale powiedz tylko słowo, a będzie uzdrowiona dusza moja" – wyszeptał, czując wzbierające wzruszenie. Chwycił papier toaletowy i oderwał sześć listków. Dwa razy po trzy. Kiedy skończył, spuścił wodę, znów pociągając trzy razy, a następnie dokładnie umył ręce i rozpylił sosnowy zapach, by zabić odór fekaliów. Skierował strumień aerozolu w trzy kąty ubikacji. Trzy było jego ulubioną cyfrą. Wszak nawet sam Bóg przybrał tyle postaci dla swego istnienia.

Ciocia spała, gdy ponownie wrócił do pokoju. Głowę miała przechyloną, z kącika ust sączyła się cienka strużka śliny. Gabryś wziął serwetkę i z troską otarł jej twarz. Wyjął z dłoni cioci pilota, wyłączył telewizor. Potem poprawił poduszkę, pokrętłem do opuszczania oparcia zmienił położenie, by staruszka dobrze wypoczęła, zanim udadzą się na wieczorną adorację Grobu Pańskiego, a następnie przykrył ją kocem po samą brodę. Sam usiadł przy stole i wyjął segregator z napisem „Wspólnota mieszkaniowa Pułaskiego 10". Na nos założył okulary, po czym kolejno wyjmował dokumenty potrzebne do audytu. Układał je w kupki na stole zasłanym codziennym obrusem do momentu, kiedy nie pozostało już na nim miejsca. Skonsternowany rozejrzał się i resztę papierów rozmieszczał na podłodze. Westchnął ciężko, kiedy uświadomił sobie, ile będzie miał pracy przy bilansie.

Gabryś był prezesem wspólnoty mieszkaniowej i wszyscy wiedzieli, że bez niego ta kamienica nigdy nie wyglądałaby tak wspaniale. To jego zasługą była wymiana instalacji elektrycznej i centralnego ogrzewania, ocieplenie budynku, remont elewacji, wnętrza klatki schodowej czy dachu i okien. To zresztą tylko część jego dokonań. Kiedy pojawiał się jakikolwiek problem, czy to przerwa w dostawie energii, czy awaria bramki parkingowej albo coś prostego, jak palenie papierosów na klatce schodowej, wszyscy zgłaszali się do niego po pomoc, a on, świątek czy piątek, zawsze walczył o sprawiedliwość. Zresztą kto, poza nim, znalazłby siłę i czas, by się tym zajmować. Wprawdzie w zebraniach wspólnoty mieli prawo brać udział wszyscy mieszkańcy, czyli czterdziestu dwóch lokatorów, ale dwudziestu ośmiu zaraz podpisało mu pełnomocnictwo, by decydował za nich, bo brak im czasu, ochoty i zdrowia przesiadywać w ciasnej salce na zebraniach. Tym sposobem Gabryś dysponował większością głosów wspólnoty i robił, co chciał. Kamienica była więc we wściekle żółtym kolorze w pomarańczowe pasy, a we wnętrzu kazał położyć lamperie, by sprzątaczka nie brudziła ścian mopem. Wprawdzie orzech włoski na ścianach wyglądał jak kacza kupa, ale był praktyczny. Naprzeciwko swojego mieszkania zainstalował kamerę przemysłową, tak by wiedzieć, kto, o której i z kim wchodzi do budynku bądź z niego wychodzi. Parking też był monitorowany.

Pan prezes doprowadził do eksmisji wszystkich lokatorów komunalnych, a zwłaszcza tych, którzy nie chodzili do kościoła. Niestety, na tych własnościowych nie miał wpływu. Ale meneloki, kociara i operator schizofrenik zostali wykwaterowani do Oruni, niepełnosprawny pijak zaś, który zrobił sobie melinę z mieszkania pod numerem pięć, trafił na dworzec. Zamiast niego Gabryś zainstalował w lokalu katolicką rodzinę z siódemką dzieci (razem było ich dziewięcioro, trzy razy trzy). Nikt poza nim ich nie tolerował, bo po wiejsku wystawiali swoje buty na klatce, jak średnio atrakcyjną wystawę; nie odpowiadali na dzień dobry i robili straszny hałas, kiedy szli watahą na mszę. Ale poza dziwnymi spod piątki Gabryś nie miał wpadek. Zadeklarował kiedyś, że dopóki on żyje, na Pułaskiego będzie mieszkało tylko porządne towarzystwo. I jak dotąd słowa dotrzymywał.

Tak było przez całe lata, do czasu, aż naprzeciwko, do stojącego od lat pustego budynku po Language Pub sprowadził się ten piosenkarz Janek Wiśniewski, znany bardziej jako Igła, ze swoim zespołem. Gabryś nie słyszał nic o przetargu, choć śledzi je przecież na bieżąco. Natychmiast zwietrzył przekręt i rozpoczął własne śledztwo, które o dziwo nie powiększyło jego wiedzy. Fakt jest jednak faktem: o tym, że obok jego kamienicy powstanie klub muzyczny, dowiedział się za późno. Dopiero kiedy właściciele zaczęli znosić sprzęt, a budowlańcy obić ściany tworzywem wyciszającym.

Tak jak się Gabryś obawiał, to był dopiero początek jego gehenny. Huk, szatańska muzyka, rozebrane ladacznice, alkohol i narkotyki zbierały żniwo grzechu każdej nocy. Gabryś nie mógł nic na to poradzić. Walczył wszelkimi sposobami: dzwonił do straży miejskiej, codziennie był na posterunku policji, założył Igle sześć spraw sądowych (dwa razy trzy). Pisał donosy do gminy, nasyłał grupę nawracającą z Franciszkańskiego Zakonu Świeckich. Bez skutku. Nie tylko nie zamknięto Igły, ale też grzesznicy dostali pozwolenie na założenie bliźniaczego bistro przy Pułaskiego 6. W Iglicy już od siódmej rano serwowano śniadania i grano kocią muzykę. Gabryś sam już nie wiedział, który lokal jest gorszy. Igła była przynajmniej w piwnicach. Iglica znajdowała się na wprost jego okien, a upadłe kobiety oraz ci, którzy – jak Gabryś podejrzewał – korzystali z ich usług, wędrowali codziennie pod jego nosem, śmiejąc mu się w twarz. Wypowiedział im prawdziwą wojnę. Kiedy ciocia była u rehabilitantki, włączał na cały regulator pobożne audycje w Radiu Maryja albo muzykę świecką popieraną przez Telewizję Trwam. Nie miał złych intencji, jak sugerowała policja, którą wezwali tamci. Próbował się jedynie modlić. Musiał zapłacić mandat w wysokości trzystu złotych za lżenie właściciela (sto razy trzy), oni zaś wywijali się z każdej opresji. Śmieli się z niego, kiedy wygrażał im z okien, kropił święconą wodą lub robił znak krzyża. Niczego się nie bali, demony.

Na szczęście przed świętami oba kluby, Igła i Iglica, zdawały się świecić pustkami. Gabryś nie podejrzewał nawrócenia, chodziło o zarobek. Klientów przed świętami było jak na lekarstwo. Od wczoraj zaś panowała wokół cudowna cisza.

Zdecydował się wykorzystać czas oczekiwania na Zmartwychwstanie Najwyższego, by popracować nad bilansem remontu śmietnika, który wykonywała polecona przez proboszcza firma. Gabryś wierzył, że duchowny miał dobre intencje, lecz ludzie są, jacy są (grzeszni), a on musiał mieć pewność, że żadna wydana przez wspólnotę złotówka nie pójdzie na marne, dlatego osobiście analizował każdą najdrobniejszą fakturę.

Ciocia oddychała miarowo. Gabryś pracował nad bilansem. Odłożył na bok ulotkę z reklamą wspieranego przez księdza Staronia parabanku SEIF, w którym Gabryś ulokował wszystkie oszczędności. Codziennie chodził do biura banku i sprawdzał, czy liczba zer na jego koncie rośnie zgodnie z oczekiwaniami. Kiedy umrze, wszystko przekaże na kościół. Tak się złożyło, że Bóg nie obdarzył go potomstwem. Jeszcze nie zdecydował, który z pobliskich wspomoże: Gwiazdę Morza czy garnizonowy Świętego Jerzego, w którym był chrzczony. Do obydwóch chodził na msze od dziecka.

Nagle ze stołu sturlał się długopis. Potem zadrżała szklanka. Zaczęła rytmicznie podrygiwać na spodeczku. Gabryś aż zapowietrzył się ze złości. Dobrze wiedział, co to oznacza. W Igle coś się działo. Przeżegnał się, zdjął okulary, przylizał resztkę włosów na bok, bo pożyczka mu się przesunęła.

– Nie wytrzymię tego dłużej. – Wzniósł oczy ku niebu. – Wybacz mi, Panie, ale dziś Wielki Piątek. Nie godzi się bawić, gdy Twój Syn tak cierpi.

Wstał i pewnym krokiem ruszył do przedwojennej serwantki. Wyjął z niej ogrodnicze nożyce, piłkę do metalu, śrubokręt, rękawiczki oraz maskę Lorda Vadera. Schował wszystko do szmacianej torby na ziemniaki, po czym zszedł po schodach do piwnicy, gdzie znajdowała się skrzynka z korkami oraz sieć przewodów. Korytarzem przemieścił się do sąsiedniej kamienicy, a kiedy tak szedł, czuł, jak serce podchodzi mu do gardła, bo szatańska muzyka rozbrzmiewała coraz silniej. Przed samym wejściem założył maskę i wykręcił korki. Muzyka gwałtownie ucichła, odetchnął z ulgą. Ale to mu nie wystarczyło. Włączył latarkę. Skierował się do skrzynki rozdzielczej i jednym ruchem przeciął wszystkie trzy kable. Wiedział, że tym samym pozbawia prądu całą ulicę, w tym także i siebie, ale był gotów dźwigać ten krzyż. Uważał, że powinni być mu wdzięczni. Może ocalił ich tym sposobem od piekielnych ogni na Sądzie Ostatecznym.

Z uczuciem dobrze spełnionego obowiązku wrócił do swojego mieszkania na piątym piętrze.

– Jeszcze dziś pójdę do spowiedzi. – Ucałował krucyfiks, zapalił świeczkę i wrócił do ostatnio przeglądanej faktury.

Sasza właśnie dotarła do klubu. Nie miała problemów z trafieniem, bo przed wejściem do kamienicy naprzeciwko biegali rozdygotani ludzie. Jakaś kobieta lamentowała, że zostaną tak w ciemnościach na całe święta.

– Idź do dzieci, kobieto – uciszył ją małżonek i wsiadł do auta, by przyśpieszyć przyjazd pogotowia energetycznego.

Profilerka weszła w podwórko. Zbliżyła się do stalowych drzwi z okiem Sziwy w miejscu judasza. Obok włącznika światła była tylko wlepka z logo i nazwą klubu. Żadnego szyldu, neonu. Nic, co by wskazywało na popularny lokal. Ale odwiedziła facebookową stronę Igły i wiedziała, że to miejsce kultowe, jeśli mierzyć jego atrakcyjność liczbą polubień internautów: było ich mnóstwo, ponad czterdzieści tysięcy. Pukanie nic nie dało. Rozejrzała się wokół, wyszła z bramy i podeszła do spokojniejszej już kobiety.

– Nie wie pani, jak się tam dostać? – zapytała uprzejmie i wskazała lokal po drugiej stronie.

Kobieta spojrzała na nią z ukosa.

– Nie chodzę tam – prychnęła. – Trzeba zadzwonić.

– Zadzwonić?

– Tam z drugiej strony, pod cegłą, jest przycisk.

Sasza podziękowała. Nie chodzi, ale wie, jak wejść. Uśmiechnęła się pod nosem.

– Ale teraz nie zadziała. Nie ma światła – dodała sąsiadka. – Lepiej niech poczeka. Zaraz wylezą same. Ćmy barowe.

Faktycznie, przycisk był pod cegłą i nie działał. Przyjrzała się budynkowi. Ładna, choć nie najładniejsza na ulicy, bardzo zaniedbana kamienica z drewnianą werandą i zdobionym dachem. Wszędzie wokół lokale mieszkalne. Kiedy tu jechała, po drodze mijała kościół Gwiazda Morza. W niedalekiej odległości była też większa świątynia wojskowa. Dziwne, że udało się im dostać zgodę na organizowanie koncertów i sprzedaż alkoholu w takim miejscu.

Nagle zza drzwi wychyliła się głowa ślicznej blondynki. Dziewczyna miała nie więcej niż dwadzieścia lat.

– Pani z energetyki?

Wystarczyło małe zawahanie profilerki, a blondynka już zatrzasnęła drzwi. Nie zdążyła jednak założyć zasuwy. Sasza chwyciła za klamkę, szarpały się tak chwilę.

– Nieczynne – rzuciła blondynka z wyrzutem.

– Dostałam zlecenie od Pawła Bławickiego.

Opór zmalał.

– Jestem ekspertem profilowania. Chcę porozmawiać z Łucją Lange.

Zmarszczenie brwi, a potem gwałtowny chichot.

– Nie ma jej.

– A Iza Kozak, Janek Wiśniewski? Sprawa jest pilna. Wolałabym wejść, żeby wyjaśnić.

Kobieta wciąż patrzyła podejrzliwie, ale otworzyła drzwi.

– Korki wysadziło. – Znów śmiech.

Sasza nie pojmowała kompulsywnego zachowania dziewczyny.

– Właśnie widzę – mruknęła w odpowiedzi. Wyciągnęła z torebki małą latarkę i oświetliła drogę wiodącą schodami w głąb piwnicy. Klub wyglądał na opustoszały, ale dziewczyna na pewno nie była sama. W szatni wisiało kilka okryć wierzchnich.

Załuska ze zdziwieniem stwierdziła, że piwnica jest obszerniejsza, niż jej się zdawało. Pomieszczenia były przestronne i świeżo odnowione, czego nie dało się powiedzieć o elewacji.

– Gość do państwa – blondynka zaanonsowała ją z zaśpiewem. Wykonała przy tym ruch z układu czirliderek. Brak pomponów jej nie przeszkadzał.

Załuska podejrzewała, że dziewczyna jest pod wpływem jakiegoś środka odurzającego. Była nadpobudliwa, co jakiś czas chichotała. Kiedy Sasza weszła głębiej, jej oczom ukazała się ogromna sala. U podnóża schodów stał rząd zapalonych zniczy. Widziała niewiele, ale dość, by się zorientować, że klub miał klimat i był urządzony ze smakiem. Ciężkie aksamitne zasłony na ścianach, sofy z epoki w wytłaczane wzory, długi stylowy bar z wiśniowego drewna. Uwagę zwracała oszałamiająca scena w stylu retro ze stałym nagłośnieniem. Można by tu ustawić małą orkiestrę symfoniczną. Sasza szybko policzyła. W tym klubie robiono imprezy na co najmniej tysiąc osób, z półtora wejdzie na stojąco. Odwróciła się i wpatrywała w rząd butelek z alkoholem na półkach za barem. Przełknęła ślinę. Wybór był ogromny. Gdyby miała ich wszystkich spróbować po jednej każdego dnia, zajęłoby jej to kilka miesięcy. Teraz dopiero zrozumiała, skąd kwota tygodniowych obrotów, jaką podał Buli.

– Pani do mnie? – zamruczał jej za uchem niski, chropawy głos. Odwróciła się. Stał przed nią niewysoki mężczyzna około czterdziestki. Stwierdziła, że przekazane jej zdjęcie nie było aktualne. Zmienił stylizację na stosowniejszą do wieku. Na żywo wydał się jej też znacznie przystojniejszy. Ciemne oczy szelmowsko zmrużone. Twarz z kilkudniowym zarostem, zwichrzona chłopięca fryzura. Farbowany blondyn. Ubrany był w T-shirt, skórzaną kurtkę, białe dżinsy i conversy ze skóry. Wpatrywała się kompletnie zbita z tropu i przerażona jednocześnie. Déjà vu zdarza się tylko w filmach, ale ten mężczyzna przypomniał jej kogoś dla niej bardzo ważnego. Ten ktoś nie żył od siedmiu lat. Wszystko było inne: miejsce, lokal, ubranie i twarz mężczyzny. Ale reszta, cała otoczka, zgadzały się. Znicze, jego postać w miękkim świetle i ciemność sutereny. Stała teraz jak słup soli i czuła, że rumieni się jak uczennica. Wyciągnął rękę. Na przegubie miał plecioną bransoletkę, a na palcu sygnet z niebieskim kamieniem.

– Igła – przedstawił się. Skrzywił kącik ust. Nawet ten odruch dobrze znała.

– Sasza Załuska. Nie ma pan brata bliźniaka?

– Nic o tym nie wiem.

W tym momencie podeszła do nich blondynka, która jej otwierała. Objęła piosenkarza ramieniem, zaznaczając swoje terytorium. Natychmiast się usztywnił, wszedł w rolę.

– A więc to pan jest tym gwiazdorem? – Załuska znów była opanowana. Zauważyła, że jest próżny, jak każdy artysta. Tani komplement sprawił mu przyjemność. – A pani to pewnie dziewczyna z północy? – Wskazała blondynkę i uśmiechnęła się. Żart nie wyszedł. Młoda kobieta jeszcze bardziej wydęła wargi w kaczy dziób. Igła też zmarkotniał. – Szkoda, że wyłączyli światło. Myślałam, że posłucham.

– Do słuchania nie potrzeba prądu – odparł i zanucił: – „Dziewczyna o północy, dziewczyna z północy. Na twarzy martwy uśmiech i przerażone oczy"...

Głos miał melodyjny, umiejętnie go modulował. Słuchało się go z przyjemnością, choć jeszcze przyjemniej na niego patrzyło. Załuska stała, nie wiedząc, co powiedzieć. Odniosła wrażenie, że obejmując dwudziestolatkę, skutecznie z nią flirtuje. Młoda też to zauważyła. Zareagowała prawidłowo: drugą ręką oplotła mężczyznę w talii. Mój ci on, mówił jej wzrok, odpierdol się, stara babo.

– Pan Bławicki uprzedził, że przyjdę? – spytała Załuska. Na twarzy Igły zauważyła zaskoczenie, nie było tam jednak niepokoju. – Nie jestem z policji – zaczęła wyjaśniać. – Ale muszę porozmawiać ze wszystkimi pracownikami i przede wszystkim z panem. Jak pan wie, ktoś czyha na pana Bławickiego i moim zadaniem jest zarówno znalezienie motywu, jak i określenie cech sprawcy. Pan Bławicki sądzi, że to nikt z zewnątrz.

Igła zaśmiał się.

– On sądzi, że to ja go straszę. – Odsunął dziewczynę. Pocałował ją w czoło po ojcowsku. – Klaro, zostawisz nas?

Odeszła niechętnie, obracała się kilka razy. Igła posłał jej całusa.

– Uprzedź, żeby nikt nie wychodził. To nie potrwa długo – polecił, zanim schowała się za drzwiami pomieszczenia z tabliczką „Staff".

Widać było, że Klara jest w nim zadurzona po uszy. On w niej znacznie mniej.

– Napije się pani czegoś? – Wskazał miejsce na fotelu, sam usiadł na sofie obok. Sasza pokręciła głową. – A ja, pozwoli pani, że tak – oświadczył. I krzyknął: – Iza, przynieś mój dżin.

Po chwili z ciemności wyłoniła się dobrze odżywiona brunetka o ładnej twarzy. Dekolt miała tak głęboki, że widać było rowek między jej piersiami. Iza Kozak zlustrowała Saszę bacznym spojrzeniem, postawiła przed Igłą butelki, wiaderko z lodem i dwie szklanki. Sasza zastanawiała się, jak udało im się bez prądu utrzymać niską temperaturę.

– Mamy dwa potężne agregaty. – Igła odczytał jej myśli. Wskazał kobietę. – Iza Kozak. Szefowa wszystkich szefów. Wie o tym miejscu wszystko. Jest tu prawie od początku.

– No, prawie wszystko – poprawiła skromnie Iza. Uścisnęły sobie ręce. Menedżerka zamierzała odejść, ale Igła ją zatrzymał.

– Siadaj. – Poklepał miejsce obok siebie i zwrócił się do Załuskiej. – Nie mam przed nią tajemnic.

W sali obok słychać było teraz stłumione śmiechy i pisk Klary. Sasza usłyszała fragment rapowanej piosenki. Musiało tam być więcej osób. Ktoś udawał, że gra na perkusji, potem naśladował kontrabas.

– Trafiła pani na jajeczko. – Igła mrugnął porozumiewawczo. – Mamy gości z zagranicy. Dziewczyny z Klubu Disko i DJ Stare zagrają u nas na potańcówce w drugi dzień świąt. Magda Kowalczyk i Marta Sobczak. Zna pani? Robią furorę na Bałkanach. Nadrobiły drogi w tournée, żeby przyjechać do tej dziury.

Sasza pokręciła głową. Była lekko zniecierpliwiona.

– Przyznaję, że nie za bardzo znam się na współczesnej muzyce.

– To do rzeczy. – Igła klepnął się po udach. – Czego pani potrzebuje i o co tutaj chodzi?

Załuska pokrótce wyjaśniła sytuację. Powiedziała o zleceniu i o tym, jak wyobrażałaby sobie współpracę. Pominęła nocny telefon oraz elementy finansowe.

– Będę musiała ze wszystkimi porozmawiać. Osobno – podkreśliła. – Możemy się spotykać w dowolnych miejscach. Gotowa jestem podjechać do państwa, do domu. Im sprawniej i szybciej to załatwimy, tym lepiej.

– Ale czego pani szuka? – wtrąciła czujnie Iza. – Nic nie rozumiem.

Była rzeczowa, nastawiona bojowo. Sasza od razu zorientowała się, że to ona trzyma ten klub w garści. Bez niej wypito by cały alkohol, a pieniądze przehulano. Iza Kozak znała się na swojej robocie.

Załuska wzruszyła ramionami, co niezwykle rozbawiło Igłę. Podniósł butelkę i jeszcze raz się upewnił, czy nie napije się z nim choć jednego.

– Ja też nie bardzo – przyznała, wpatrując się hipnotycznie we flaszkę. – Na co dzień zajmuję się tworzeniem profili, czyli portretów nieznanych sprawców. Pomagam policji, sądom, czasem prywatnym osobom czy firmom. W skrócie: jestem w stanie ustalić, jakie cechy ma osoba, która dokonała przestępstwa, w jakim jest wieku, jakiej płci, a nawet – gdy mamy do czynienia ze zbrodnią – gdzie mieszka i pracuje. Ustalam też motyw i to, gdzie należy szukać tej osoby, jeśli się ukrywa. Profil jest potrzebny, by ograniczyć grono podejrzanych. Ja nie wskażę, czy to pan, czy może pani chce zabić Pawła Bławickiego. Mogę jedynie podać listę cech podejrzanego. Osoba, która zamawia ekspertyzę, musi wyciągnąć wnioski, kto do tej opinii pasuje. Policja ustala podejrzanego. Przyznam, że takie zlecenie jak to wzięłam pierwszy raz.

Patrzyli na nią lekko zaskoczeni.

– To wszystko jest pani w stanie ustalić na podstawie rozmów? – Igła nie dowierzał.

– Ofiara znacznie ułatwia mi pracę – odparła Sasza. – Obrażenia i miejsce zbrodni to kopalnia danych behawioralnych.

Iza wzięła serwetkę i zaczęła ją nerwowo skręcać.

– Ale trupa na razie nie ma. – Igła się zaśmiał. Chwycił w dłoń szkło z drinkiem i prawie położył się na sofie. – Może poczekamy? Po co się tak męczyć na darmo?

Sasza nie odpowiedziała. Chciała mieć jak najszybciej tę rozmowę za sobą. Wyjść, zanim sama poprosi, by nalali jej do pełna. Teraz kieliszek to za dużo, a potem i wiadro będzie za mało. Na pewno będzie miała dziś kłopot z zaśnięciem. Czuła narastającą irytację. Jeden moment i wybuchnie niekontrolowanym gniewem.

– Mogę? – Wyjęła zapalniczkę.

– Papierosa czy coś innego?

– Papierosa.

– Mamy wszystko. Nie tylko do palenia – zapewnił Igła i mrugnął do Izy. Sasza widziała, że menedżerce nie spodobało się to wyznanie.

– Co? Jak na spowiedzi. – Igła rzucił jej wyzwanie. – Wszystko jej powiem, bo mi się podoba. Umie nawet określić płeć sprawcy. *Wow!*

Załuska zaciągnęła się papierosem.

– Kpi pan? Płeć jest wyjątkowo ważna, bardzo ogranicza grono podejrzanych. Podobnie zresztą jak wiek czy miejsce zamieszkania. Kiedyś udało mi się oszacować kwadrat na mapie z dokładnością do trzech londyńskich bloków. Wtedy jeszcze zajmowałam się intensywnie profilowaniem geograficznym.

Gwałtownie przerwała. Patrzyli na nią, jakby mówiła po chińsku.

– Pracuje pani za granicą? – zainteresował się Igła. I zwrócił się do Izy: – Musiała wziąć większą stawkę. Ciekawe, czy Buli wrzucił to w koszty. Nieważne, i tak niedługo wyjeżdżam.

– Do Kalifornii – sprecyzowała Załuska.

- Buli przypucował? - Igła był autentycznie zdziwiony.
- O to mu właśnie chodzi. Boi się, że zostawię klub, a on nie będzie miał mojej mordy do reklamy i splajtujemy. Mamy kredyt, ledwie ciągniemy. Obroty spadają z roku na rok. Czy pani wie, ile kosztuje ogrzanie i oświetlenie tej nory? Nie mówiąc już o tym, że nie mamy ochrony. On zatrudnia jakichś kolesi, z którymi pracował w milicji. Ja ich nie znam. Straszne buraki. Studio nagrań od lat niewykończone. Władowałem w nie kupę szmalcu. Nigdy go nie odzyskam.

Sasza nie przerywała. Chciała, by sam mówił, choć już teraz rodziło się jej w głowie wiele pytań.

- Mam tego dosyć. I pogoda chujowa.

Nalał sobie kolejnego drinka. Pił dużo i szybko. Załuska nie była pewna, ile wypił wcześniej, ale musiał mieć sporą wyporność. Iza nie tknęła alkoholu, sączyła colę. Odmówiła drinka, tłumacząc, że przyjechała autem. Igła nie naciskał. Widać było, że ma ochotę pić i rozmawiać.

- Muszę wrócić na scenę, bo całkiem skapcanieję. Mam już nagrany kontrakt. Amerykański menedżer, światowa liga. Tu nie ma rynku na taką muzę, jaką teraz chcę robić. Piszę same smutne piosenki. Kogo zresztą obchodzi jakaś *Dziewczyna z północy*?

- Mnie na przykład - wtrąciła Iza. - I tysiące Polaków, którzy wciąż kupują tę płytę, przychodzą na koncerty.

Igła machnął ręką. Nie ukrywał już irytacji.

- Tylko dzięki temu kawałkowi ciągniemy. Mamy długi u mafii. Pani to rozumie? A ten pojeb sprawdza klub od wewnątrz. To, że ktoś chce go skasować, wcale mnie nie dziwi. On ma wielu wrogów. Nazbierało się przez lata.

- Chyba się trochę upiłeś - przerwała mu Iza. - Może ja wyjaśnię. Igła grał na dworcu. Kojarzy pani: pacyfka, gitara akustyczna, grunge, kapelusz na drobniaki. Buli go znalazł i pokazał ludziom, którzy w niego zainwestowali.

– Tak było – potwierdził Igła. – Jestem mu wdzięczny. Nikt mu tego nie zabiera. Jego też zasługa, że mogę sobie wciągać cały towar świata, a jak nos mi wysiądzie, stać mnie na plastikowe stalki*. – Tym razem się nie zaśmiał. Dolał sobie do pełna, ale nie wypił. Iza zmierzyła go karcącym spojrzeniem.

– Zrobili ten numer, wydali płytę – kontynuowała. – Zdobyli Superjedynkę, sześć Fryderyków. We wszystkich kategoriach. Z tantiem Igła miał pierwsze dwa miliony. Wtedy to była kupa pieniędzy. Buli namówił go na inwestycję. Opowiadał o klubie muzycznym, firmie producenckiej, studiu nagrań, takie tam. Igła miał wybór.

– I ja, debil, zamiast wejść jako udziałowiec spółki producenckiej, wszedłem w ten syf. – Igła zatoczył ramieniem. – W dupie miałem trzepanie szmalcu. Szukanie debiutantów, umowy, reprezentacja – to mnie nudziło. Zawsze chciałem mieć zespół. Buli mówił, że będziemy grać u siebie. To będzie nasz klub. Na zapleczu mieliśmy urządzić prawdziwe studio nagrań. Do dziś jest niewykończone. Ponoć czasy się zmieniły. Nie opłaca się inwestować. Konkurencja za duża. Klub miał być tylko wisienką na torcie. Komponowanie muzyki, nagrywanie płyt i tournée po świecie. To miało być nasze główne zajęcie. A wyszło, jak jest. Rozumiesz? – Płynnie przeszedł na ty, Sasza skinęła przyzwalająco głową. Igła coraz bardziej się nakręcał: – Z tego wszystkiego zostało mi to. Złota klateczka na końcu świata, gdzieś w dupie, w jebanym nadmorskim kurorcie. Siedzę tu, gram jedną piosenkę, bo tylko po nią przychodzą ci ludzie, i zwijam się. A firma

---

* Stalki – pochodzące z chirurgii plastycznej określenie slangowe silikonowego usztywnienia nosa spustoszonego przez długotrwałe zażywanie amfetaminy.

producencka ma staff prawdziwych gwiazd, organizują te konkursy, talent-show, telewizję – nie internetową, prawdziwą, z trzydziestoma sześcioma kanałami. Tak mnie wydymali – dokończył.

– Którą telewizję?

Igła wstał, zaczął chodzić.

– Trzecią prywatną w kraju. – Machnął ręką. – Więc najpierw czekałem. Liczyłem, że wytrzymam. Jakoś się ułoży. Ale nie był łaskaw mnie spłacić. Mówił o jakichś ratach. Potem chciałem już tylko ten wkład, moje gołe dwie bańki. Coś ściemniał. Teraz chcę już tylko odejść. Nie zamierzam dłużej w tym uczestniczyć. Niech będą raty. Co miesiąc kasa na konto, więcej nie potrzebuję. Jeśli o mnie chodzi, mógłbym wrócić na dworzec. Nie potrzebuję tej nory. I co? Zaczął jazdę z tymi rybami. Wmawia mi, że groźby to moja robota, a jeśli chcesz wiedzieć, to on sam to wszystko reżyseruje. I ty też jesteś częścią tego przedstawienia.

Sasza siedziała bez ruchu. Milczała.

– To prawda – potwierdziła skrupulatnie Iza. – Wszystko, co Igła powiedział, jest prawdą. Ale pomożemy w tym profilowaniu. Pytaj, o co chcesz.

– Chcę pomówić z Łucją Lange. Jest tutaj?

Igła i Iza spojrzeli po sobie.

– Wczoraj zwolniłam ją po wielkiej awanturze – odpowiedziała po namyśle menedżerka. – Zabrała z kasy trzydzieści tysięcy. Wcześniej też kradła. Myślała, że nie wiemy. Ustaliliśmy, że odejdzie natychmiast, a nie zgłosimy sprawy na policję. To był utarg nierejestrowany.

Czekali na jej reakcję, ale Sasza kręciła się zdezorientowana na fotelu. Źle poszło. Coś tu śmierdzi. Ktoś ją wkręcał, a nie wiedziała, kto i dlaczego. Musiała sprawdzić swoje zlecenie. Nie mogła dłużej ciągnąć tej farsy.

– Wrócimy do sprawy po świętach. – Wstała. Spojrzeli na nią zdziwieni. – Zrobię listę osób, z którymi chcę kolejno rozmawiać. Wolałabym, żeby nie byli uprzedzeni. Tak będzie najprościej.

– Fajna z ciebie babka. – Igła uścisnął jej rękę. – Spotkamy się w Kalifornii.

– Powodzenia. – Oddała uścisk. – I uważaj na siebie. Jest takie chińskie przekleństwo: oby wszystkie twoje marzenia się spełniały.

Zmrużył oczy, w kąciku ust błąkał się szelmowski uśmiech. Można go było jeść łyżkami.

– Będę obrzydliwie sławny albo zginę jak Morrison czy Winehouse, a dupy będą palić znicze na moim grobie. Jak jestem Igła. Lepiej szybko spłonąć, niż tlić się powoli.

– Tak się myśli, dopóki nie ma się dzieci – skwitowała Załuska. Zaczęła się ubierać. Stali i czekali, aż sobie pójdzie. Kiedy okutała się już szalikiem i zapięła płaszcz, podniosła głowę i zapytała na odchodne: – Tylko nie rozumiem, dlaczego tak po prostu nie wyjedziesz? Skoro to tak znany hit, możesz żyć z tantiem.

Zmarkotniał.

– Na tym polega problem – odparł bardzo spokojnie. – To nie moja piosenka. Nie ja ją napisałem.

– Więc kto?

Igła milczał. Wypił resztkę dżinu ze szklanki.

– Kto jest autorem tekstu? – powtórzyła.

– Nie wiemy – odpowiedziała za piosenkarza Iza. – Prawa warunkowo ma producent, czyli Buli. Jeśli autor się zgłosi, będzie bogaczem.

Sasza pomyślała, że kłamią, ale nie miała sił, by ich teraz przycisnąć. Przyjdzie na to czas, kiedy będzie słuchała ich na osobności. Jeszcze raz zerknęła na butelkę. Oceniła, że dałoby się z jej zawartości zrobić jeszcze cztery solidne drinki. To był jej ulubiony alkohol, najwyższej jakości. Miała do Igły milion pytań i teraz była doskonała okazja, by je zadać, ale nie mogła tu zostać ani chwili dłużej. Była na siebie wściekła.

– Znam drogę – oświadczyła. – Udanego jajeczka.

Na stole stał kosz pełen kolorowych jajek. Laura Załuska ubrana w wizytową sukienkę wyjmowała paschę z lodówki, kiedy usłyszała pukanie do drzwi. Odstawiła paterę, pobiegła otworzyć.

– Babcia! – Dziewczynka w różowym kożuszku i czapce z uszami kota rzuciła się jej na szyję. Kręciły się chwilę jak na karuzeli, aż wreszcie zmęczone opadły na podłogę. – Jakie ładne! – Mała dotknęła diamentowych kolczyków babci. Laura natychmiast je zdjęła i podarowała wnuczce.

– Mamo, to już przesada – jęknęła Sasza, po czym zatkała uszy, bo Karolina wydała z siebie entuzjastyczny pisk, babcia zaś zawtórowała jej ochoczo.

Wszystkie trzy zdziwiły się, kiedy za ich plecami wyrósł prawie dwumetrowy mężczyzna w czarnej bokserskiej kurtce. Karol Załuski, brat Saszy, wyglądał groźnie, ale oczy mu się śmiały.

– Co tu się dzieje? – huknął na nie basem.

– *Uncle!* – Karolina skoczyła mu w ramiona. – *What have you got for me? What? What?*

Karol wyjął spod kurtki włochatą zabawkę. Dziewczynka chwyciła prezent i przylgnęła do wujka.

– Karolina, mów po polsku – upomniała córkę Sasza. Przywitała się chłodno z bratem i Laurą.

– Świetnie wyglądasz, Aleksandro – pochwaliła ją matka. Sasza zmierzyła ją podejrzliwym spojrzeniem. Wiedziała, że mówi tak tylko po to, by się przypodobać. Natychmiast wyczuła podstęp. Czekała na jakieś „ale", które zawsze następowało. I choć tym razem Laura długo starała się powstrzymywać, padło już po chwili: – Tylko jakaś blada jesteś. Mogłabyś się trochę umalować. Naprawdę, jesteś taka ładna, a nie umiesz tego podkreślić.

Sasza mruknęła coś w odpowiedzi, ale na całe szczęście wrzask Karoliny zagłuszył jej słowa.

– To Zinzi! – Córka rozpakowała zabawkę i kręciła piruety wokół Karola. Po chwili siedziała mu na ramionach.

Sasza ruszyła za nimi do salonu. Postanowiła się nie odzywać, nie prowokować, zachować spokój, choćby się paliło. Nie chciała konfliktów. Jeśli zacznie dyskutować, matka bardzo szybko wyprowadzi ją z równowagi. Laura Załuska przez całe lata była szefową charakteryzatorni w oddziale gdańskiej telewizji. Potem, kiedy ograniczano liczbę pracowników, a charakteryzatorki zostały zmuszone do prowadzenia jednoosobowej działalności gospodarczej, zaczęła świadczyć usługi także dla kolorowych magazynów i agencji reklamowych. Nawet teraz, choć oficjalnie była już emerytką, wciąż miała mnóstwo zleceń. Problemy z pieniędzmi nigdy w ich domu nie istniały.

Laura wychowała się w Gołębiu, małej wiosce pod Puławami, ale przez całe lata twierdziła, że pochodzi ze zubożałej szlachty. Nie była pewna, czy spokrewniona jest z Lubomirskimi, czy Gołębiewskimi. Wszyscy się z tego naśmiewali. Nikt nie brał jej słów poważnie do czasu, aż kilka lat temu po wieloletnim procesie odzyskała rodzinny majątek w okolicach Puław. Natychmiast go spieniężyła i kupiła dwupoziomowe mieszkanie w jednym z setki identycznych domków na gdańskim Nowcu, który deweloperzy reklamują jako luksusowe osiedle Moreny. Sasza nigdy jej tego nie wybaczyła. Wolałaby starą willę w Oliwie, któryś z przepięknych domów w okolicach ulicy Polanki albo chociaż mieszkanie do remontu w jednej z ponadstuletnich kamienic na Sobótki. Matka się jednak uparła. Argumentowała, że jest zbyt stara, by wnętrza jej jeszcze o tym przypominały. Jej kompleks pochodzenia wynikał prawdopodobnie stąd, że zmarły mąż i ojciec Saszy naprawdę był „z tych" Załuskich; Laura nie omieszkała podkreślać tego w towarzystwie celebrytów, z którymi miała zwyczaj nawiązywać bliższą znajomość.

– W twoich żyłach płynie niebieska krew – oświadczała, robiąc tak zwaną łabędzią szyję, jej zdaniem zapobiegającą powstawaniu zmarszczek na dekolcie. – A ty rżysz jak koń, zamiast śmiać się perliście, jak przystoi damie.

Sasza nigdy nie rozumiała kompleksów matki. Było jej wszystko jedno, z jakiego rodu pochodzi. Nie interesowała się swoim drzewem genealogicznym, które matka zamówiła, kiedy tylko na jej konto wpłynęła kwota z sześcioma zerami. Niestety, ani Lubomirscy, ani Gołębiewscy się w nim nie znajdowali. Córka okrutnie wstydziła się samochwalstwa Laury i do trzydziestki nosiła buty motocyklowe, cygańskie spódnice oraz katanę z napisem Punk's not Dead. Przed samą maturą na znak protestu ogoliła się na zapałkę. Laura na jej widok dostała wypieków i z trudem przekonała nauczycieli, by dopuścili Saszę do egzaminu. Starsza pani Załuska dla odmiany nosiła się tak, jakby wybierała się na bal. Była idealną żoną dla konsula, a potem starszego od siebie o dwadzieścia lat przedsiębiorcy. Obydwóch mężów przeżyła i choć od dawna sama się utrzymywała, nawet w wieku jesiennej chryzantemy zachowywała klasę. Nie miała w sobie ani krzty samokrytyki, lecz dla rodziny i dzieci dałaby się pokroić. Lwica-smoczyca, mówiła o sobie. Zawsze perfekcyjnie zrobiona nie wyglądała na swoje siedemdziesiąt trzy lata. Śmiała się, że to skrzywienie zawodowe. Oczywiście, że nie ma kobiet brzydkich, są tylko zaniedbane. Nigdy, nawet po bułki do sklepu, nie wychodziła bez makijażu. Każde zdjęcie badała pod lupą (choć wzrok miała wciąż doskonały) i nie pozwalała pokazywać tych, na których wyszła niekorzystnie.

Sasza była jej przeciwieństwem. Nie malowała się, nie stroiła. Nawet dla żartu nie włożyłaby takiej sukienki, jaką Laura miała teraz na sobie – połyskliwej, w jaskrawym fiolecie, zdobionej lamówkami i srebrną nitką. Nosiła tylko stonowane, a raczej bure barwy. Na co dzień można ją było zobaczyć wyłącznie w dżinsach, do których wkładała zwykle prosty T-shirt lub kraciastą koszulę. Jeśli decydowała się na sukienkę, to w kolorze beżu, khaki lub czarnym. A do niej zawsze, także dziś, zdarte bikery. Matka narzekała, że córka wygląda jak w worze Juranda, co nie było prawdą. Sasza była zgrabna i znała swoje walory. Zresztą z jej naturalnymi płomiennymi lokami każdy kolor komponował się zbyt krzykliwie.

Tylko raz w życiu chciała być widoczna. Na swój niedoszły ślub sprowadziła z paryskiego butiku trawiastą sukienkę z jedwabiu. Nie włożyła jej wtedy, przydała się dopiero na chrzciny córki. Potem suknia powędrowała na eBay, bo szkoda ją było wyrzucić. Poszła za symboliczne dziesięć dolarów. Sasza bez skrupułów rozprawiała się z niepotrzebnymi przedmiotami. Od tamtej pory się ukrywała. Wolała luźny, robiony na drutach sweter czy męską koszulę niż obcisłą marynarkę. Ubrania wybierała wyłącznie pod kątem funkcjonalności, choć ceniła jakość dobrych marek. Ale snobką została dopiero po urodzeniu Karoliny. Tyle że nikt nie uświadczyłby na jej ciuchach widocznego logo. Nie po to je kupowała, by się afiszować. Dziś również, choć okazja była uroczysta, włożyła zgniłozieloną sukienkę od Karen Millen, która zyskała tylko jedno pogardliwe spojrzenie Laury.

Sasza usiadła w bezpiecznej odległości. Karol zajął miejsce u szczytu stołu. Okazało się, że pod bokserską kurtką jest pod krawatem. Zdziwiła się. Do tej pory chodził w dresie albo na sportowo.

– Schudłeś ze dwadzieścia kilo – zauważyła Sasza. – Masz nową dziewczynę?

– Dziewiętnaście – mruknął z szelmowskim uśmiechem.

– To waga czy wiek narzeczonej?

– Za kilka dni skończy dziewiętnaście. – Rozpromienił się. – Olga.

– A co ze stewardesą? – Sasza westchnęła i roześmiała się. – Studentki są już za stare?

Karol machnął ręką na znak kapitulacji.

– Sama nie wie, czego chce.

– A ty? – Zmierzyła go spojrzeniem.

Karol zacisnął usta ze złości.

– Wystarczy, że ty wiesz.

Oboje zamilkli. Laura odeszła na chwilę do kuchni. Wnuczka bezszelestnie pomknęła za nią jak mały kot. Babcia podawała jej sztućce, mniejsze salaterki, by dziewczynka ustawiła je na stole. Sasza policzyła talerze. Były tylko cztery nakrycia. Wyglądało na to, że nie spędzą wielkanocnego śniadania w tak licznym gronie, jak się obawiała.

– Ciotki i kuzynki nie przyjdą?

Laura odchrząknęła. Zaczęła kroić jajko w ósemki.

– I bardzo dobrze. – Karol rozsiadł się przy stole. – Nudziarze.

Wyjął nowy telefon i zaczął go przeszukiwać. Po chwili usłyszeli sygnał przychodzącej wiadomości.

– Przeze mnie? – drążyła Sasza. Czuła, że zbliża się fala wściekłości. Nie była w stanie nad nią zapanować. Wybuchła: – To ja im przeszkadzam?

– Ależ, córeczko – próbowała łagodzić sytuację Laura. – Nie kłóćmy się.

– Ja się nie kłócę. – Sasza zacięła się w sobie. – Właśnie o to chodzi. Z nikim się nie kłóciłam.

Karol schował telefon. Udał, że nie słyszy wymiany zdań między matką i siostrą. Nałożył sobie śledzia, a obok sporą porcję pasztetu. Nie czekając na pozostałych biesiadników, zaczął jeść.

– Wujek, najpierw jaja – pouczyła go dziewczynka.

Zerknął na małą. Odłożył widelec.

– Masz rację, Karo. Niech one sobie gadają, a my się podzielimy. Jesteś zuch dziewczynka! A potem zrobimy zawody, kto więcej zje, co?

– Jestem strasznie głodna!

Dziewczynka szybko połknęła swoją cząstkę jajka i cmoknęła Karola w policzek.

– Drapiesz! – rzuciła, śmiejąc się. Potem podeszła do babci i matki, poczęstowała je pokrojonym jajkiem. Wszystkim życzyła „zdrówka" i po polsku zapewniała: „Kocham cię".

– Jaka słodka – rozpromieniła się babcia. – Nasza mała angielska Załuska.

Sasza patrzyła na brata i córkę zafrasowana. Wiedziała, że to przez nią reszta rodziny nie pojawiła się w domu Laury, choć na wielkanocnym śniadaniu spotykali się tutaj co roku. Tylko Laura miała tak wielkie mieszkanie, na co dzień puste.

Matka zresztą proponowała, by Sasza nie wynajmowała niczego i po powrocie po prostu wprowadziła się do niej. Odmówiła bez wahania. Raz na jakiś czas lubiła wrócić do domu, ale wiedziała, że nie wytrzyma z matką nawet tygodnia. Zastanawiała się, co robić. Postanowiła przecież, że spotka się z rodziną. Chciała podnieść głowę, spojrzeć wszystkim w oczy. Ich milcząca pogarda wyprowadzała ją z równowagi. Nie ulegało wątpliwości, że Sasza była dla nich persona non grata. Matka co roku przesyłała jej e-mailem zdjęcia, by się pochwalić, jak wspaniale wypadło rodzinne spotkanie. W tym roku zdjęć nie będzie. Laura musiała cierpieć, ale jako wieloletnia partnerka życiowa dyplomaty skutecznie unikała drażliwych tematów. Sasza spojrzała na brata. Jadł w milczeniu, konwersując głównie z siostrzenicą. Prawdopodobnie on też miał do niej żal, że skłóciła rodzinę. Zrobiło się jej przykro. Teraz z trudem powstrzymywała łzy.

– Kiedy idziesz na tę rozmowę? – zagaiła Saszę matka.

– W środę po świętach.

– To chyba portugalski bank? Widziałam reklamę w telewizji. Jak wspaniale, że od razu chcą cię zatrudnić. Wiesz, jaki w Polsce jest kryzys? Cały czas słyszę, że wykształceni ludzie, po studiach, nie mają pracy.

– Z moimi kwalifikacjami znajdę pracę wszędzie – fuknęła Sasza.

– Trochę pokory. – Karol się żachnął. Wszyscy w rodzinie wiedzieli, że brat Saszy nie zagrzał w żadnej firmie dłużej niż kilka miesięcy. Choć miał już trzydzieści trzy lata, wciąż „pożyczał" pieniądze od matki. Z czego żył, jak sobie radził, było dla Saszy tajemnicą. Pożyczek nigdy Laurze nie oddawał.

Jedzenie stawało jej w gardle. Nie tak wyobrażała sobie święta. O wiele przyjemniej było im z Karoliną w Sheffield, choć były wtedy same. Przynajmniej nikt jej nie upokarzał. Naprawdę nie chciała robić matce przykrości, choć nie cierpiała tego płaszczyka elegancji, jakim Laura zasłaniała się w trudnych momentach. Sasza wolałaby usłyszeć najgorszą prawdę, niż udawać, że sprawa jest nieistotna, przebrzmiała i nikomu na niczym nie zależy. Przecież to nie była prawda. Tylko że wiedziała, że Laura bardziej wstydzi się odcięcia od rodziny niż jej choroby.

Rodzina ojca wyklęła Saszę, kiedy wyrzucono ją z policji za pijaństwo. Było to dokładnie siedem lat temu. Nikt nie zaoferował jej pomocy, wszyscy potępili. Jej wrogiem numer jeden była ciotka Adrianna, siostra ojca Saszy, ordynator szpitala miejskiego w Gdańsku. Mogła załatwić bratanicy miejsce na terapii uzależnień, ale wolała wysłać ją do swojej koleżanki w Huddersfield. Tolerowano w klanie Załuskich niezaradnych chłopców około czterdziestki, stare panny, które nigdy nie odcięły pępowiny i z każdą decyzją leciały do matki, nastoletnich narkomanów, a nawet lesbijkę, która związała się z byłą zakonnicą. Ale alkoholiczka, która głośno poprosiła o pomoc, była gorsza niż ci wszyscy razem wzięci.

Kiedy Sasza pierwszy raz była na detoksie w Gdańsku, Adrianna nie przyznała się, że są rodziną. Pod pretekstem wizyty lekarskiej odwiedziła ją w nocy, i to tylko po to, by oznajmić, że Sasza zhańbiła nazwisko Załuskich, oraz zażądać, by nigdy nie zbliżała się do niej ani do jej dzieci. Wtedy Sasza nie pozostała jej dłużna. Gwałtownie odcięta od alkoholu czuła przede wszystkim wściekłość. Wyzwała ciotkę od hipokrytek. Dziś tego żałowała, jak wielu innych swoich zachowań. Zawsze kiedy była pijana, robiła rzeczy ekstremalne. Adrianna do dziś nie wybaczyła bratanicy publicznego upokorzenia. Zbuntowała resztę rodziny przeciwko niej i przez całe lata kontaktowali się tylko z Karolem i Laurą. Saszę całkowicie ignorowali. Na rękę im było, że bratanica została w Anglii na terapii, a potem tam skończyła studia i zaczęła doktorat. Wprawdzie nigdy nie powiedzieli jej prosto w oczy, co o niej sądzą, ale ignorowanie boli o wiele bardziej. Kiedy cię nie ma, nie możesz się bronić. Nie istniejesz. Tylko raz, gdy Karolina była u Laury na feriach, powiedzieli małej, że dziadek wstydziłby się za mamę i na szczęście nie doczekał jej upadku. Sasza bardzo to przeżyła. Każdy alkoholik wie, że krzywdzi innych, i dręczy go poczucie winy. Dlatego właśnie niektórzy zamiast przestać, piją więcej. Ale po tylu latach trzeźwości Sasza chciała już zakopać topór wojenny. Zmieniła się, wszystko się zmieniło. Jak widać, tylko dla niej.

– Zostaniecie w Polsce na stałe? – Laura próbowała zmienić temat. Karolina spojrzała na Saszę z nadzieją. Matka już wiele razy obiecywała, że gdzieś się zakotwiczą. Sama czuła się świetnie w ciągłej podróży. Jako dziecko dyplomaty wciąż zmieniała szkołę. Karolina była inna, marzyła o stabilizacji. Sasza naprawdę miała nadzieję, że gdzieś znajdą swój dom. Kiedyś tak, ale chyba jeszcze nie teraz.

– Zobaczymy – odparła wymijająco. – Na którą chodzicie na mszę?

Matka i brat spojrzeli po sobie zaskoczeni. Laura zerknęła na zegarek.

– Już się kończy. Zanim dojedziemy do Matemblewa, wszyscy będą wychodzić. Co najwyżej możemy zrobić sobie spacer do figury Brzemiennej Madonny.

– Kiedyś u Świętego Jerzego było więcej mszy – przerwała jej Sasza. – Jest dopiero po dziewiątej.

Laura odłożyła sztućce. Dotknęła brzegiem ust wykrochmalonej serwetki.

– Naprawdę chcesz to zrobić? Tam będą wszyscy! – wtrącił się Karol.

– Nie zamierzam chować się do szafy. Niech mnie zobaczą. Gdyby ojciec żył, nie mieliby śmiałości mnie ignorować. Każdemu wolno przyjść do kościoła. Ja dam radę. Ciekawe, czy oni to zniosą. Są przecież tacy wierzący – zakpiła. – Nie bójcie się, nie zrobię wam wstydu. Nie piję od siedmiu lat i nie zamierzam tego zmieniać.

Laura uśmiechnęła się z wdzięcznością. Podobało jej się, że pójdą do kościoła. Karol skorzystał z okazji i chwycił salaterkę. Zaczął wyjadać wprost z niej marynowane podgrzybki. Jednego z nich nadział na widelczyk i podał Karolinie.

– Macie takie w tej Anglii?

Dziewczynka skrzywiła się.

– Pomówię z Adrianną. – Laura zdjęła serwetkę z kolan. Podniosła się i ruszyła po płaszcz do drzwi. Sasza zdziwiła się. Nie spodziewała się po matce aż takiej euforii. Miała chyba nadzieję na wielkanocną sesję rodzinną 2013. – Może zjemy wspólnie kolację? Kuzynki nie mogą się doczekać, żeby zobaczyć naszą małą Angielkę – dodała Laura, już ubrana. Sasza złapała się na myśli, że ma dobre geny. Życzyłaby sobie mieć taką figurę, kiedy będzie już w wieku swojej matki.

– Ble. – Karolina wypluła podgrzybek na talerzyk. – *What is this?*

Sasza nie mogła się powstrzymać, roześmiała się i natychmiast poczuła ulgę. Złość minęła momentalnie.

– Ludzie są dobrzy i źli, odważni i tchórzliwi, szlachetni i godni pogardy – mówił z ambony ksiądz Marcin Staroń. Jego gościnne kazanie w kościele garnizonowym pod wezwaniem Świętego Jerzego w Sopocie relacjonowały wszystkie katolickie rozgłośnie i jedna z lokalnych telewizji. Wierni nagrywali go komórkami, tabletami, a filmiki już *live* trafiały do sieci. Potem były rozpowszechniane za pomocą tak zwanych łańcuszków wiary, głównie na portalach społecznościowych.

Ksiądz Staroń nie był zwykłym duchownym. Regularnie jeździł do więzień, prowadził badania nad skutecznością resocjalizacji. Był jednym z pierwszych polskich egzorcystów. Kilka lat spędził na misji w Kolumbii. Nawracał przemytników i morderców. Omal nie zmarł na rzadki typ żółtaczki, bo oddał jednemu z więźniów litr swojej krwi. Sanepidu w tamtym rejonie nie było i nie będzie.

Kiedy wrócił, stał się jednym z niepokornych i wielu oddałoby pół królestwa za wiedzę, dlaczego mógł sobie na to pozwolić.

Zaczęło się niewinnie – od internetowego nawracania wiernych. Uparcie przekonywał dostojników kościelnych, żeby nie lekceważyć sieci, a tym bardziej nie potępiać jej jako narzędzia szatana, lecz umiejętnie wykorzystać ją dla dobra Kościoła.

– Nie potrzebujemy krucjat, potrzebujemy szczerej rozmowy i zrozumienia dla ludzkich słabości – głosił. – To w internecie zbiera się dziś młodzież, nowe pokolenie wiernych. Tam trzeba iść z misją.

Swój profil ze zdjęciem miał na „Twarzoksiążce", Naszej Klasie czy głównych portalach randkowych. Były bowiem, jego zdaniem, doskonałą tubą propagandową do szerzenia wiary. Starał się na bieżąco wrzucać posty, które zachęcałyby ludzi do refleksji. Odzew był ogromny. Ksiądz Staroń wierzył, że każdy człowiek jest dobry. I nawet ci, którzy gdzieś kiedyś zboczyli z prostej, w głębi serca pragną zawrócić i żyć w zgodzie z dziesięcioma przykazaniami.

– Czasy nie są łatwe dla wiernych – przekonywał sceptycznych kolegów. – Nie przeszkadzajmy im skostniałymi zasadami, które dziś się już nie sprawdzą. Nie zatrzymamy postępu technicznego. To utopia. My powinniśmy się zmienić, wychodzić naprzeciw oczekiwaniom młodych ludzi. Bo jesteśmy dla nich, nie odwrotnie. Inaczej odwrócą się od Kościoła i za parę lat świątynie będą świeciły pustkami. I to będzie nasza wina. Nasz grzech.

Głośno krytykował w mediach posunięcia tych włodarzy Kościoła, którzy żądali wycofania edukacji seksualnej w szkole, internet zaś nazywali siedliskiem diabła. Ostatnio posunął się nawet krok dalej. Nie tylko publicznie potępił kolegów po fachu oskarżanych o pedofilię czy malwersacje finansowe, ale też ostro skrytykował stanowisko kurii, która starała się tego typu sprawy przemilczać czy wręcz tuszować. Piętnował księży żyjących w grzechu zarówno z kobietami, jak i mężczyznami. Udzielił wywiadu największej opiniotwórczej gazecie, odsłaniając prawdę o życiu seksualnym seminarzystów.

– Szacuję, że jakieś siedemdziesiąt procent tych chłopców nie czuje żadnego powołania. Wybierają zawód księdza, bo to dla nich doskonały sposób na poznanie wrażliwego, mądrego i uduchowionego chłopaka, który podziela ich zagubienie. Większość z nich pochodzi z małych miejscowości, od dziecka są chowani na duchownych. Pod kloszem, w idealistycznej bańce, która pęka w momencie zamknięcia za bramą. Większość przychodzi ukształtowana i wie, że znalazła się w raju, bo woli chłopców. Bywają i tacy, którzy nie kontaktują się ze swoją seksualnością i do seminarium trafiają z deficytem. I jedni, i drudzy tutaj właśnie nawiązują pierwsze prawdziwe więzi. Niestety, nawet ci, którzy przyszli z czystymi intencjami, trafiają na osoby, które wybierają ten fach z wyrachowania. Ci z kolei nie respektują nie tylko celibatu, ale też monogamii. Ich celem jest poszukiwanie przygód. Zapewniam, że Sodoma i Gomora to błahostka w porównaniu z orgiami, jakie odbywają się wśród adeptów na księży. Potem sytuacja przypomina nakręconą spiralę. Jest tylko gorzej – przekonywał.

Bez ogródek opowiadał, kiedy i w jakich okolicznościach proponowano mu wyższe stanowisko w zamian za relację seksualną. Czasem podawał też nazwiska. Bardzo szybko pozwów cywilnych przeciwko niemu nie dało się już zliczyć na palcach jednej ręki. Adwokaci sami się zgłaszali, by bronić go w sądzie, traktując wystąpienia w jego sprawach jak doskonałą reklamę. Na każdą z rozpraw przybywali dziennikarze. Media pokochały księdza Staronia za wywrotowe poglądy, odwagę oraz skromność. Konsekwentnie odmawiał objęcia proponowanych mu stanowisk i był zwolennikiem Kościoła ubogiego. Był idealnym materiałem na celebrytę i szybko się nim stał.

– Nie potrzebuję fioletów ani tego, by ktoś zwracał się do mnie „arcybiskupie". To arcygłupie – powtarzał. – Zostałem księdzem, bo pragnąłem bliższego kontaktu z Bogiem. Kościół miał mi w tym pomóc, a nie przeszkadzać. Jeśli wejdę w struktury, stracę niezależność. Nie będę miał prawa mówić, co myślę. Będę czytał, co ktoś mi napisze.

I choć jego dochód miesięczny nie przekraczał tysiąca złotych, lwią część i tak regularnie przekazywał potrzebującym. Organizował charytatywne zbiórki, osobiście chodził ze skarbonką po domach, jeśli cel go przekonał. Szybko stał się też ulubieńcem grup wykluczonych. Więźniowie, prostytutki czy młodzież z problemami garnęli się do niego jak do dobrotliwego ojca. Wielu wyciągnął z nałogów, „uwolnił od szatana", jak potem w emfazie pisali na jego blogu. On zaś powtarzał:

– To nie ja, lecz wasza modlitwa czyni cuda. Rozmowa z Bogiem jest wszystkim, czego potrzebujecie. Chroni, uzdrawia, koi wszelkie bóle, daje szczęście.

Każdy mógł zgłosić się do niego po radę czy pomoc – osobiście, telefonicznie lub internetowo. Mawiał, że konfesjonał w dzisiejszych czasach może i powinien być wszędzie. Czasami odprawiał egzorcyzmy i był skuteczny. Zabiegały o niego także instytucje. Jego udział gwarantował rozgłos imprezie. Bywał więc gościem paneli, seminariów, konferencji dotyczących wiary, ale i przemian społecznych, dyskusji filozoficznych. Prawdziwą sławę przyniosły mu jednak nie wywrotowe poglądy czy deklaracja zrzeczenia się stanowiska gdańskiego ordynariusza i przyjęcie funkcji proboszcza w małym kościółku na Stogach, lecz jego kazania.

Nie zapisywał ich. Improwizował, szedł na żywioł. Każde było błyskotliwe, kontrowersyjne i poruszające, jego wystąpienia zaś gromadziły tysiące wiernych. Szybko znaleźli się psychofani, którzy słowo po słowie spisali je, a pierwsza setka została wydana i sprzedała się w tysiącach egzemplarzy, z czego dochód przeznaczono na domy dziecka i stowarzyszenia pomagające ofiarom przemocy. Ludzie naprawdę mu wierzyli, bo dużo mówił o sobie, własnych grzechach i drodze do wiary. O uzależnieniu od narkotyków, nieudanej próbie samobójczej, kiedy próbował rzucić się pod autobus i leżał kilka miesięcy w śpiączce, cudownym nawróceniu, a nawet pokusach, jakim ulegał w seminarium. Niektórzy fanatycy religijni już teraz uznawali go za świętego. I taką też ksywkę nadali mu dziennikarze.

– Święci to byli apostołowie albo Matka Boska. Ja jestem takim samym grzesznikiem jak każdy z was, a może nawet większym – oburzał się. Ludzie wiedzieli jednak swoje. Gdyby „Święty Marcin" wystąpił na Stadionie Narodowym, sprzedano by wszystkie bilety. Ale prawda była taka, że Kościół tolerował go tylko ze względu na jego popularność.

To-le-ro-wał. To było dobre określenie i ksiądz Staroń często go używał. Wiedział, że gdyby nie opinia o nim, dawno byłby znów na misji, na przykład w Azerbejdżanie. Zdawał sobie też sprawę, że cały czas jest obserwowany i jedno drobne potknięcie natychmiast przyczyni się do wysłania go na step. Ale nie zamierzał się zmieniać. Co Bóg mi da, przyjmę z pokorą, zdecydował przed siedemnastu laty, gdy przyjmował święcenia. Nie potrzebował sławy ani władzy, jaką ta sława dawała. Cieszył się, gdy pomagał ludziom. Uważał, że jeśli pomoże jednej, choćby całkiem anonimowej osobie, to jakby zbawił cały świat. Często przytaczał opowieść o meduzach wyrzuconych na brzeg. Nie można uratować wszystkich, ale jeśli się uda chociaż kilka, dla nich samych ma to wielkie znaczenie.

Sasza z rodziną dotarła na mszę, kiedy ksiądz kończył kazanie. Świątynia wypełniona była po brzegi.

– A najdziwniejsze jest to, że najczęściej wszystkie te cechy naraz goszczą w jednym tylko człowieku i dopiero wówczas jest on całością – podsumował ksiądz Staroń. – Całością zarazem silną i słabą, godną szacunku i godną współczucia. Taki właśnie jest człowiek. Wielki i mały jednocześnie.

Ludzie wstali, zaczęło się wyznanie wiary. Sasza zamknęła oczy. Czuła spokój. To, że przedwczoraj tak rozpaczliwie chciała się napić, było mglistym wspomnieniem. Błogość i odprężenie rozlały się po jej ciele. Nie miała już ochoty niczego udowadniać ciotce, bratać się z kuzynami. Po co? Dlaczego tak bardzo jej na tym zależało? Co i komu chciała udowodnić? Znała odpowiedź. To była tylko złość, jej zapalnik. Każdy ma coś takiego. Grecy nazywali to piętą achillesową. Można być silnym jak tur, ale jeden drobiazg zwali cię z nóg, jeśli nie kontrolujesz swojej małej słabości. Nie ma ludzi idealnych. Ucieszyła się, że przetrwała wczorajsze dwadzieścia cztery godziny, i tak właśnie przetrwa wiele kolejnych. Tylko to się liczyło. Zwyciężała z nałogiem każdego dnia. To, że nie piła już tyle lat, niczego nie zmieniało. Cały czas musiała uważać. Na głód, gniew, przepracowanie i samotność. Popatrzyła z uśmiechem na ciotkę, która zachowała się wobec niej tak podle, a teraz modliła się żarliwie. Obrzuciła spojrzeniem twarze kuzynów, którzy z pewnością nie spóźnili się, jak ona. Miała ich w nosie. Pomyślała, że jest szczęśliwa.

– Dzięki składajmy Panu Bogu Naszemu – usłyszała od ołtarza.

– Godne to i sprawiedliwe – dołączyła do modlitwy.

Po mszy Laura żywo dyskutowała z rodziną, a ciotki zachwycały się Karo, która ufnie i z radością pozwalała się im obcałowywać. Sasza podeszła do kiosku z dewocjonaliami. Kupiła tani aluminiowy krzyżyk i przywiesiła go do srebrnego dromadera, z którym nigdy się nie rozstawała. Był symbolem pokory, miał przypominać o tym, że alkoholiczką będzie już zawsze. Ksiądz Staroń stał w bocznej nawie, otaczał go wianuszek kobiet. Jedna z nich miała nie więcej lat niż Sasza. Wyróżniała się z daleka. Choć w kościele panował półmrok, była w okularach przeciwsłonecznych i jedwabnej chustce zawiązanej w stylu lat pięćdziesiątych. Sasza pomyślała, że raczej nie jest Polką. Ale po chwili dobiegły do niej wyrwane z kontekstu słowa. Kobieta mówiła po polsku płynnie, bez akcentu.

– Nie panuję. Tylko dlatego tu jestem. Chciałabym mieć to już za sobą.

Mówiła chyba o czymś bardzo dla niej trudnym. Wyglądało, że dziękuje księdzu. Złożyła ręce jak do modlitwy, a po chwili zaczęła płakać. Ksiądz przytulił kobietę, pogłaskał ją po głowie. Szepnął jej coś do ucha, a potem głośno się roześmiał. Kobieta też się uśmiechnęła, otarła łzy. Żart dodał jej otuchy.

Sasza zafascynowana wpatrywała się w tę scenę. Musiała ściągnąć księdza myślami, bo wyłowił ją z tłumu. Spojrzał na nią tylko przez moment, ale ciarki przeszły jej po plecach. Zawstydziła się. I pomyślała, że to naprawdę dobry człowiek, ale mimo uśmiechu nieskończenie smutny. Może dlatego, kiedy kobiety się rozeszły, a ksiądz nadal stał w tym samym miejscu, niezdecydowany, w którą stronę powinien się udać, postanowiła, że z nim pomówi. Zastąpił jej drogę młody wikariusz.

– Proszę księdza, auto już czeka – powiedział z pochyloną głową. I dodał z wyrzutem: – Wszyscy czekają.

Ksiądz spojrzał na Załuską, ale nie odważyła się podejść bliżej.

– Proszę jechać – zwrócił się do wikariusza. Wikariusz patrzył, nie rozumiejąc. Zaczęła mu drżeć dolna warga.

– Arcybiskup prosił, żeby ksiądz… – próbował negocjować. – Proszę księdza, to bardzo daleko. Stąd na Stogi ze dwadzieścia kilometrów.

– Niech się Grzesio nie martwi. – Ksiądz Staroń się uśmiechnął. – Mam nogi. Poczęstuj gości, czym chata bogata. Niech pani Krysia zadba o wszystkich.

Wikariusz obrzucił bacznym spojrzeniem Załuską, po czym oddalił się prawie biegiem.

Sasza wciąż stała bez ruchu. Nie miała pojęcia, co teraz powiedzieć. Czuła się winna, że przez nią ksiądz zrezygnował z transportu. Czy wyglądam na aż tak potrzebującą pomocy? – myślała. Ksiądz też milczał. Czekał, co Sasza mu powie. Cisza stawała się męcząca. W kościele było coraz mniej ludzi. Wreszcie Załuska przełknęła ślinę, poczuła gwałtowną suchość w gardle.

– Czy mógłby ksiądz odprawić mszę w czyjejś intencji?

Dopiero kiedy wypowiedziała te słowa, pomyślała, że to z jej strony bezczelne. Zamiast zawracać głowę słynnemu duchownemu, mogła zamówić mszę u kościelnego.

– Ta osoba nie żyje od siedmiu lat – dodała jak usprawiedliwienie.

Wyjął z kieszeni sutanny mały notes i tani pomarańczowy bic.

– Na co dzień urzęduję w innej parafii – oświadczył i uśmiechnął się delikatnie. Sasza nie dziwiła się już, dlaczego był oblegany przez kobiety. Regularne rysy twarzy, jasne oczy, wydatna szczęka. Gdyby nie miał na sobie sutanny, mógłby zagrać którąś z głównych ról w *Ocean's Eleven*. – Tutaj byłem tylko na gościnnych występach.

– Wszystko mi jedno gdzie – odparła. – Chciałabym, żeby to właśnie ksiądz pomodlił się za tę osobę. Wiem, że terminy mogą być odległe. Poczekam.

– Imię?

– Sasza.

Podniósł głowę.

– Kiedy dokładnie zmarła ta osoba?

Załuska spłoniła się.

– Przepraszam. To moje imię. Ta osoba to mężczyzna. Zmarł dwudziestego trzeciego czerwca dwa tysiące szóstego roku.

– Jak miał na imię?

– Muszę podawać?

Ksiądz obrzucił ją czujnym spojrzeniem.

– Jeśli w czyjejś intencji, muszę znać imię z chrztu. Bóg jest wszechwiedzący, ale ma mnóstwo roboty.

– Łukasz – powiedziała bardzo cicho. – Choć nie jestem pewna, czy tak był ochrzczony. Wszyscy tak do niego mówili.

– Może być w czwartek za miesiąc? – zapytał. Potwierdziła. Wyciągnęła portfel. – Tam jest skrzynka na ofiary. Proszę wrzucić, ile pani może – polecił i wyszedł z kościoła.

W tym momencie na chwilę wyszło słońce. Sylwetka księdza zniknęła w białej poświacie. Saszy wydało się, że już to kiedyś śniła.

Licznik wskazywał sto czterdzieści. Jelena dopiero teraz zdjęła okulary przeciwsłoneczne. Oczy miała wciąż zaczerwienione, ale już nie płakała. Skręcając z Grunwaldzkiej w Chopina, z trudem opanowała poślizg. Na jezdni była szklanka. Pomyślała, że głupio byłoby się teraz rozbić. Wrzuciła na luz, wskazówka stopniowo spadła do osiemdziesięciu. Ułoży się, pomyślała. Wszystkie bariery są we mnie. Zaczęła się w myślach modlić.

Buli czekał na nią w ich apartamencie na Wypoczynkowej w Gdańsku. W Wielkanoc osiedle zaludniło się jak w czasie upalnych wakacji. Przez większość roku połowa luksusowych lokali stała pusta. Odkąd tam zamieszkali rok temu, Jelena ani razu nie widziała sąsiadów z drugiego piętra. Odpowiadała jej ta anonimowość. Nie potrzebowała towarzystwa. Przez jej czterdziestoletnie życie ludzi przewinęło się aż nadto.

Walizki mieli już spakowane do bagażnika. Mąż sam zaproponował, żeby, jeśli chce, poszła do kościoła. Nawet nie mrugnął okiem, kiedy powiedziała, że pojedzie pomodlić się do Jerzego w Sopocie.

– Nic się nie stanie, jeśli wyruszymy godzinę później. – Wzruszył ramionami. – Jedziemy na narty, a nie służbowo.

Wydało się jej podejrzane, że jest taki uległy. To mu się nie zdarzało. Ale znała swoje miejsce. Nie pytać, nie interesować się. Ciekawość to pierwszy stopień do piekła. Buli nie był wierzący, ale akceptował jej potrzebę modlitwy. Dziś Wielkanoc, dzień ważny dla chrześcijanki. Dzięki nawróceniu przestała chorować. Przez lata nazywali jej ataki chorobą. Pawłowi przez gardło nie chciało przejść „opętanie". Lekarze aplikowali jej leki, terapeuci zmuszali do wyznań. Beznamiętnie opowiadała o rozstrzelaniu młodszego rodzeństwa przez chorwackich żołnierzy i zbiorowym gwałcie, po którym zdecydowała się zabić. Obudziła się z raną postrzałową w lecznicy małych zwierząt w miejscowości Ovčara koło Vukovaru. Tylko drasnęła się w ramię i ogłuszyła. Od tamtej pory nie słyszała na prawe ucho. Operację uznano za udaną. Nikomu nie powiedziała, że zrobiła to sobie sama. Weterynarz, który się nią opiekował, nie chciał pieniędzy.

W lecznicy mieszkało sześć takich dziewczyn jak ona. Bały się wracać do opuszczonych gospodarstw. Mężczyźni, którzy mogliby je ochronić, nie żyli lub byli na froncie. Poza dojeniem krów i pracą na roli nie potrafiły nic więcej. W czasie wojny krowy były cenniejsze niż one. Ojciec Jeleny z najstarszym bratem też wyszedł w góry z makarowem dwa lata wcześniej. Mówiono, że żaden z partyzantów nie przeżył. Żołnierze przyjeżdżali do lecznicy kilka razy w tygodniu. Przywozili wódkę, jedzenie, czasami też mydło i ubrania po zmarłych, które dawali dziewczynom. Większość szybko odnalazła się w roli. Załatwiały sobie w ten sposób nie tylko jedzenie, ale i pończochy czy flakon coty raz na jakiś czas. Jelena ledwie chodziła po operacji, a już musiała zacząć spłacać dług. Mówiono im, że powinny dziękować Bogu. Nie wpadły w ręce wroga, a niektóre wciąż jeszcze są ładne. Dzięki młodym ciałom mają szansę przeżyć wojnę. Jelena szybko zrozumiała, że to tylko bajeczki. Jeden sprzeciw, drobny błąd lub kaprys któregoś z mundurowych, a każda bez wyjątku kończy z kulką w głowie albo na pętli. Wtedy łatwo było wyprowadzić człowieka z równowagi.

Jelena uciekła przy pierwszej okazji. Niewiele starszy od niej kapitan zabrał ją do Vukovaru, gdzie czekało na nią dwunastu dzielnych serbskich bohaterów. Podchodzili kolejno. Około północy straciła przytomność, ale to im nie przeszkadzało. Kiedy nad ranem zasnęli ze zmęczenia i nadmiaru wódki, ukradła kilka granatników i butelkę rakii. Zapłaciła nimi za transport do Berlina. Jechali tydzień, głównie przez las. Po drodze zgwałcono ją jeszcze kilka razy. Nauczyła się nie stawiać oporu, wtedy mniej bili. Godziła się na wszystko, byle wydostać się z tak zwanej ojczyzny. Zorientowała się już, że poza własnym ciałem nie ma niczego cennego.

Kiedy wysadzono ją na rogatkach miasta, nie czuła już praktycznie nic. Tydzień błąkała się, grzebiąc w śmietnikach, śpiąc pod schodami. Nie miała dokumentów, nie znała języka. Cieszyła się, że nie słyszy dźwięków ostrzeliwań i nalotów bombowych. Jeśli umrze, to przynajmniej w ciszy. Pomogły jej kobiety. Powiedziały, jakie są stawki, nauczyły wabić klientów, nie używając słów. Miała dwadzieścia lat. Kilka miesięcy później była już profesjonalistką. Wielu klientów sądziło, że jest niemową. To, że nie słyszała na prawe ucho, bardzo pomagało. Niestety, coraz więcej rozumiała po niemiecku.

Z berlińskiego burdelu wyrwał ją Polak. Alfons dołożył ją jako gratis w transakcji samochodowej. Waldemar przyjeżdżał po auta dwa razy w miesiącu. Nie był brutalny jak inni. Zapytał nawet, czy chce z nim jechać. Zdziwiła się, że ma wybór. Mogła powiedzieć „nie" i zostać w Niemczech. Kobiety odradzały jej wyjazd, ale Jelena się zadurzyła. Mówiła do niego po rosyjsku, a on rozumiał. Polski był bardzo podobny, szybko chwyciła. Wkrótce mówiła już po serbsku, chorwacku, niemiecku, rosyjsku i polsku. Wydawało jej się, że to jest jakiś atut. Zawsze lubiła szyć, chciała znaleźć pracę w szwalni. Waldemar kupił jej nowiutką maszynę. Postanowiła zabrać ją do Polski jako swój jedyny bagaż.

Po przyjeździe do Trójmiasta, na stacji benzynowej, Polak przekazał ją razem z kradzionym autem grubasowi w dresie, a ten zamknął ją w odrapanym bloku w gdyńskiej Chyloni z siedmioma innymi dziewczynami. Od tamtej pory nigdy nie pomyślała o szyciu, a na widok maszyny dostawała torsji. W agencji były Polki, Ukrainki, czasem trafiała się Bułgarka. Nie było tak źle. Miała stałych klientów. W większości marynarze, żółci szybko się upijali. Jeden norweski kapitan przyjeżdżał specjalnie dla niej. Było kilku świrów. Najgorszy był ten kłapouchy. Słoń przychodził głównie, by pić. Od wypadku miał poważne problemy z hydrauliką. Wtedy przez godzinę tkwiła pod suto zastawionym stołem. Wiedziała, że jeśli nie będzie skuteczna, przyłoży jej do skroni zimną lufę i naciśnie spust. Podobno już niejedna spartoliła robotę i teraz leży obok koleżanek, zakopana gdzieś w lesie, wzdłuż szosy łączącej Gdynię z Sopotem. Jej za każdym razem się udawało, a Słoń nie szczędził dolarów. Z czasem szło im coraz łatwiej. Ufał jej, nigdy go nie ośmieszyła i godziła się na wszystko, czego zażądał. Jeśli miał dobry humor, zostawiał jej też prochy. Mówił, że nie ma w mieście lepszej kurwy, a sprawdził prawie wszystkie. Zawsze dziękowała za komplement.

Klienci dużo rozmawiali, a ona słuchała. Miała pamięć do detali i twarzy. Któregoś razu przyjechał kafar z grzywką. Szybko zorientowała się, że to policjant albo wojskowy. Mówili na niego Frącek. Złożył jej propozycję nie do odrzucenia.

Załatwi jej papiery, jeśli będzie współpracowała. Nie interesowali go bandyci, potrzebował danych dla kontrwywiadu wojskowego. Szukał szpiegów. Prawie zawsze przyprowadzał ruskich. Tylko pierwszy raz zażądał czegoś więcej niż informacji. Zgodziła się na te warunki. Kilka dni później przywieźli jej krajankę. Zamieniła z nią kilka słów, nie polubiły się. Tamta bardzo dużo gadała o wojnie. Wieczorem zabrali je do auta mężczyźni w odblaskowych adidasach.

– Mamy „świnie", kije bejsbolowe i wódkę. Zabawimy się – podsłuchała, jak meldowali inwalidzie na wózku. Poza Jeleną wyznaczono jeszcze trzy kobiety. Żadna nie miała dokumentów, czyli ich nie było. Impreza trwała całą dobę. Jelena całe uda miała w zaschniętych skrzepach krwi. Nad ranem przywiązali je za nogi do konaru drzewa, głową do dołu. Bułgarce podpalili włosy, bo za bardzo wierzgała. Błagała, żeby ją dobili. Jelena miała szczęście, straciła tylko trzy zęby. Kiedy dostała w głowę, myślała, że to już koniec, ale nie było jej to dane. Niemy film, w którym grała jedną z ról, nieprędko dobiegł końca. Kiedy wróciła do Chyloni, znów przestała się odzywać.

Frącek dotrzymał słowa, ale akcja poszła źle. Znaleźli lewe papiery, a on zaraz potem wypadł z firmy. Raz spotkali się przypadkiem w galerii handlowej. Został przedstawicielem Rusowa, biznesmena z Kaliningradu. Skarżył się, że praca niewdzięczna i ryzykowna. Ludzie się pozmieniali, nastały ciężkie czasy. Dużo mówił o Bogu. Jelena miała mdłości, kiedy słuchała jego kazań. Wtedy padła propozycja. Frącek oświadczył, że wyprowadził się z osiedla wojskowego i kupił mieszkanie w Sopocie. Żona została w koszarach. Nie chciała zmieniać środowiska, prowadziła tam dobrze prosperujący bufet. Rozwód wzięli za porozumieniem stron, choć Frącek podejrzewał, że kogoś miała. Zaoferował, że weźmie Jelenę do swojego sopockiego mieszkania. Nikt poza nim miałby jej nie tykać.

– Chyba niczego sobie propozycja? – spytał. I dodał, że to Jezus kazał mu ją ratować. Dla niego zawsze będzie Magdaleną. Jest inna niż reszta zepsutych ladacznic w Pieścidełku. Gdyby mógł, spaliłby je wszystkie na stosie.

Odmówiła. Wytłumaczyła, że ze strachu. Znajdą ją i ukarzą za brak lojalności. Nie naciskał.

– Jestem za krótki, by cię przed nimi obronić. Oferuję tylko zbawienie – powiedział, jakby chodziło o sprzedaż jabłek. I dodał, że ją szanuje, nie ma dla niego znaczenia, kim była, a jeśli wpadnie kiedyś w kłopoty, może się do niego zwrócić. Nie uwierzyła mu. Wróciła do swojego świata.

Kazali jej tańczyć na rurze w sopockim motelu Roza. To było jedyne zajęcie, które naprawdę lubiła. Zamykała oczy i wyobrażała sobie, że to wszystko jej się śni. W klubie często widywała Waldemara. Podchodził, rozmawiali zdawkowo, zostawiał jej narkotyki. Nigdy nie chciał, by płaciła. Wiedziała, że brał inne dziewczyny, jej nigdy. Miała wtedy dwadzieścia dwa lata. Myślała, że jest za stara. Kiedy któregoś razu do klubu wpadła policja, to w jej torbie znaleziono pół kilograma kokainy. Stała najbliżej drzwi i była otwarta. Nigdy w życiu nie widziała takiej ilości. Zatrzymano ją od razu na trzy miesiące. Aresztował ją policjant współpracujący z gangiem, w którym działał Waldemar. Wiele razy widziała Bulego w Rozie z ludźmi Słonia. Musiał się bać, że go wyda, bo tego samego dnia odwiedził ją w areszcie. Milczała w trakcie tego widzenia i podczas całego procesu. Winę wzięła na siebie. Poprosiła tylko, by nie odsyłali jej do Serbii, chciała odbywać wyrok w Polsce.

W zakładzie karnym podobał jej się ustalony rytm, cisza oraz to, że nikt od niej nic nie chciał. Nie nawiązała z nikim żadnej relacji. Masowo czytała polskie książki. Wyłącznie romanse i komedie. Na pamięć znała kodeks karny, cywilny i Biblię. Zaczęła chodzić do kaplicy. To ją odprężało. Policjant przysyłał dobre paczki. Kawa, kosmetyki, słodycze. Papierosy wymieniała za różne przysługi. Nigdy nie nauczyła się palić. Była pewna, że ją odstrzelą, kiedy zobaczyła go pod bramą na pierwszej przepustce. Okazało się, że załatwił jej zwolnienie warunkowe. Zanim ją deportowali, wziął z nią ślub.

– Masz teraz papiery, nie musisz się prostytuować – oświadczył i zapewnił, że niczego nie chce w zamian. Nie uwierzyła mu, ale faktycznie nigdy jej nie tknął. W urzędzie stanu cywilnego nie przyjęła nazwiska Bławickiego, zarejestrowała się jako Tamara Socha. Tamara od lat było jej pseudonimem artystycznym. Po rozczarowaniu z Waldemarem nigdy już nikomu nie pozwoliła mówić do siebie Jelena. Nazwisko Socha wybrała świadomie. Pasowało do Tamary, a pochodziło z romansu, który przeczytała w więzieniu. Historia bohaterki była naiwna, ale kończyła się dobrze. Jelena chciałaby mieć właśnie takie życie.

W dwudzieste szóste urodziny Paweł wręczył jej kopertę z grubym plikiem banknotów. Pomógł otworzyć pierwsze solarium. Interes szedł nieźle. Któregoś dnia do salonu przyszedł Waldemar z młodą dziewczyną. Miała nie więcej niż piętnaście lat. Jelena zobaczyła w niej siebie, ale jej Waldemar nigdy nie traktował z taką atencją. Nie poznał Jeleny, to zabolało ją najbardziej. Zrozumiała, że nie była dla niego nikim ważnym. Wyrzuciła ich oboje.

Tego dnia jedyny raz zamknęła zakład koło południa. Wróciła do domu, powiedziała mężowi, że boli ją głowa, a kiedy się położyła, obrazy z przeszłości powróciły. Na początku nikomu się nie zwierzała. Pracowała, żeby nie myśleć. Założyła podobne punkty w kilku innych miejscach.

Zaczęła słyszeć głosy domagające się zemsty, miała dziwne wizje. Tak bardzo bolała ją głowa, że uderzała nią o ścianę. Spali osobno, ale Buli zorientował się bardzo szybko. Najpierw był pewien, że Tamara udaje. Opowiedziała mu o wszystkim. Ale im więcej mówiła, tym było gorzej. W nieoczekiwanym momencie pojawiało się wszystko to, czego pamiętać nie chciała. Psychologowie twierdzili, że to normalne – nieprzepracowana trauma wojny. Wtedy Buli przyprowadził księdza Staronia. Już pierwsza modlitwa przyniosła ulgę. Tamara z miesiąca na miesiąc czuła się lepiej. Codziennie prosiła Boga, by miał nad nią pieczę.

– Amen – powiedziała teraz na głos i wyjęła z torebki komórkę. Zobaczyła, że ma siedem nieodebranych połączeń od męża. Wcisnęła „zadzwoń", Buli nie podnosił słuchawki. Odsłuchała pocztę. Nagrał się, że pojedzie na chwilę do Igły. Spotkają się przed klubem. Tam Tamara zostawi swoje auto.

Zawróciła gwałtownie i ruszyła na Pułaskiego. Kiedy dojeżdżała do przejścia dla pieszych przed skrzyżowaniem z Sobieskiego, na ulicę wbiegł mężczyzna. Nacisnęła hamulec. Torebka leżąca na przednim siedzeniu spadła na podłogę. Tamara wyskoczyła z wozu. Mężczyzna leżał przed maską bez ruchu.

– Boże, dlaczego akurat mnie się to wszystko przydarza? – lamentowała po serbsku.

Wtedy mężczyzna podniósł się z trudem.

– Skąd ty tutaj? – zdołała wydusić.

– Wszystko w porządku. – Uśmiechnął się i przytulił ją, bo cała się trzęsła. Poczuła wodę kolońską z nutą pieprzu. Pomyślała, że bardzo do niego pasuje, choć wcześniej nigdy nie używał perfum.

Jekyll wyjął z bagażnika metalową walizę ze sprzętem. Wezwanie otrzymał kwadrans temu, wyciągnęli go od wielkanocnego stołu. Żaden z gości nie zwrócił uwagi, że Jacek wychodzi. Wymienił tylko spojrzenia z żoną. Miała od niego pożegnać wszystkich, bo z pewnością rozjadą się do domów, zanim technik wróci po pierwszej turze oględzin miejsca zdarzenia.

Sam wpisał się na dzisiejszy dyżur.

– Niech sobie koledzy poświętują, jak pan Bóg przykazał – oświadczył na ostatniej odprawie. – Jekyll postoi.

Wiedział, że tym gestem utrwala i tak dozgonną wierność swojej ekipy. Podinspektor Jacek Buchwic był szefem techników w laboratorium kryminalistycznym KWP w Gdańsku. Nigdy nie było na niego najmniejszego zażalenia. Niewielu pamiętało, skąd wzięło się jego przezwisko. On sam dbał, by nie przypominano tej sprawy. Dawno już mógł być na emeryturze, ale ani jemu, ani nikomu innemu nie przyszłyby to do głowy. Jego odejście zakończyłoby pewną erę w policji. Wszyscy liczyli, że Jekyll będzie żył sto lat i pracował aż do śmierci.

Po drodze przemknął się do łazienki i z półki żony podkradł nowiutkie opakowanie lakieru do włosów, schował je za pazuchę, po czym jak gdyby nigdy nic zszedł do garażu. Wziął też dodatkowe opakowanie argentoratu, zestaw stolików GSR oraz wymazówek na ślady krwawe i pakiet pochłaniaczy. Dyżurny uprzedził go, że na miejscu zdarzenia jest dużo krwi. Dwie ofiary, postrzał z bliskiej odległości. Klub muzyczny Igła, najmłodsza córka Buchwica co sobota chodziła tam tańczyć. A potem, choć wiedział, że sprawa jest pilna, zawrócił jeszcze po słoik i drewnianą łyżkę. Pomyślał, że skoro wciąż leży śnieg, może uda mu się zabezpieczyć ślad traseologiczny kontrowersyjną metodą profesor Leonardy Rodowicz.

Kwadrans później dotarł do czerwono-białych taśm policyjnych przy Pułaskiego. Minął je jednak i swoją czteroletnią hondę CR-V, którą żona wygrała w loterii fantowej i która była ich największą skarbonką, zaparkował na winklu przy Sobieskiego. Mimo siarczystego mrozu zdjął kurtkę i schował do bagażnika. Włożył kombinezon czołgisty, który dostał od kolegi z AT, a na to narzucił fizelinowy płaszcz, tylko raz używany; pozostałe były w jeszcze gorszym stanie. Nowa partia miała przyjść dopiero po świętach. Wcześniej brakowało mu środków, by zrealizować zamówienie. Sam musiał ponosić koszty tego rodzaju luksusów. Większość polskich techników jednorazowe okrycia widuje tylko w serialu *CSI*. Jeśli któryś dostał od ojczyzny roboczy drelich, który zabezpieczał go przed uwalaniem się we krwi na miejscu zdarzenia, był zadowolony.

Ku rozpaczy Jekylla jego zwierzchnicy nie myśleli o kontaminacji*. Już słysząc to trudne słowo, dostawali wysypki. Tymczasem naniesienie własnych śladów na te z miejsca

---

* Kontaminacja – zachodzi wtedy, gdy DNA z innego źródła zmiesza się z materiałem zebranym z miejsca zdarzenia.

zbrodni mogło poważnie zaburzyć wyniki oględzin. Jekyll dbał więc o to za nich i nigdy nie używał trudnych słów w obecności bossów. Teraz ze schowka w drzwiach wyjął paczkę lateksowych rękawiczek i dopakował je do walizy. Nie mieściły się, więc wyciągnął latarkę czołową Petzl Duo Led 14 z podwójnym źródłem światła i od razu założył ją sobie na czapkę. Zabójstwa dokonano w piwnicach. Sprawca wcześniej uszkodził instalację elektryczną, jak zakładano, by opóźnić odkrycie ciał. Strażacy za kilka minut mieli dotrzeć z dwoma potężnymi agregatami, by oświetlić mu przestrzeń, w której będzie pracował. Punktowe źródło światła w tej sytuacji było nieodzowne.

Sprawdził raz jeszcze, czy auto jest zamknięte. Optymistycznie założył, że zostanie tutaj przez najbliższą dobę. Byłby szczęśliwy, gdyby udało mu się w tak ekspresowym tempie skończyć oględziny. Jeśliby w tym czasie ktoś się włamał do ukochanej hondy, żona suszyłaby mu głowę przez miesiąc. Znaleźliby ją pewnie, ale taka na przykład szyba do kultowego wozu kosztowała jedną trzecią jego pensji. Jekyll nie miał ochoty słuchać narzekań małżonki. Była farmaceutką. Jeszcze mi dosypie czegoś na rozwolnienie do żarła, a wtedy nici z zawodów strzeleckich, pomyślał całkiem serio.

Znów zaczął prószyć śnieg. Jekyll znacznie przyśpieszył kroku. Trup nie ucieknie, wszak czas to wróg oględzin, ale jeszcze chwila, a z metody profesor Rodowicz zostanie tylko garstka białego puchu. Kiedy wchodził do bramy, w której dokonano zabójstwa, jakaś kobieta wyjrzała z okna i na jego widok natychmiast się schowała. Uśmiechnął się. Wiedział, że wygląda, jakby wybierał się co najmniej w lot kosmiczny. Jekyll w kosmosie. Dobry tytuł serialu animowanego.

Tak, żona ucieszyłaby się, że choć na chwilę zszedł jej z oczu. Bo poza brudną pracą technika kryminalistyki, zawodami strzeleckimi i pasją falerystyczną był stuprocentowym domatorem. Każdą wolną chwilę przesiadywałby w domu – z nią i dziećmi. Rzadko nawet wychodził na piwo z kolegami z firmy. Gdyby mu zapłacili, małżonka sama wysłałaby go na inną planetę. Teraz też ucieszyła się z podwójnego trupa. Był tego prawie pewien. Miała co najmniej dwadzieścia cztery godziny wolnej chaty. Jak się domyślał, natychmiast wezwie psiapsióły, które miały go za kompletnego świra. Nie myliły się zanadto, a on starał się nie wyprowadzać ich z błędu.

Na miejscu nie było jeszcze zbyt wielu funkcjonariuszy. Jekyll wiedział jednak, że zmierzają tutaj wszyscy święci z jednostki. Nie krył radości, kiedy przed wejściem zauważył ślad obuwia na śniegu. Widać było wyraźny obcas, glankę* i rzeźbę protektora. Pochwalił się w myślach, że dobrze zrobił, wracając do domu po słoik. Czekał na taką okazję od lat. Kucnął, wyciągnął słoik, umościł go w śniegu, tuż obok protektora. Wlał do niego trochę wody i wsypał łyżeczkę soli, a potem zaczął rozrabiać gips chirurgiczny, mieszając go powoli drewnianą łyżką. Kiedy płyn nabrał już konsystencji gęstej śmietany, stopniowo pokrywał nim odcisk. Nie śpieszył się. Pierwsza warstwa musiała porządnie stężeć, by kolejne solidnie związały odbitkę. Następnie wyciął kawał śniegu ze śladem, włożył do kartonowego pudełka po butach i przekazał funkcjonariuszom z nakazem ekspresowego dowiezienia radiowozem do komendy.

---

* Glanka – przestrzeń między obcasem a śródstopiem, najcenniejszy fragment dla technika traseologii – tam producenci umieszczają zwykle nazwę marki, rozmiar i inne dane.

– Zostaw u mnie na kaloryferze. I ostrożnie – pouczył młodego funkcjonariusza, jakby w środku znajdowało się co najmniej jajo Fabergé.

Lubił swoją pracę. Niektórzy narzekali, że aż zanadto. Był upiornie dokładny, pracował wolno i solidnie. Śledczy wiedzieli, że jeśli Jekyll robi oględziny, będą mieli wszystko, co da się zdobyć na miejscu zdarzenia. Wiele śladów zabezpieczał na próżno, ale wierzył, że to ma sens. Oględziny rzecz niepowtarzalna. Bywało, że w ich trakcie śledczy wściekali się, bo terroryzował młodych policjantów, żeby pilnowali wygrodzonego terenu, na którym zbierał krew czy zapachy, albo grubo rugał za szwendanie się po jego terenie. Miał ze sobą praktycznie wszystko, co można było wymyślić. Folię aluminiową, siedem rodzajów pęset, zestaw pędzelków, włącznie z tym z puchu marabuta do zabezpieczania śladów z gładkich powierzchni, spreje, proszki, kleje, stoliki do GRS, gips chirurgiczny do odlewów, sylikon, szczypce, łopatki, a nawet młotek. Nigdy nie wiedział, jaką sytuację zastanie.

Kiedy ktoś go wkurzył, potrafił zrobić psikusa. Jak ostatnio po włamaniu do kawalerki namolnej nauczycielki. Tak pobrał jej ślady daktyloskopijne, że meblościankę musiała czyścić przez pół roku. Argentorat, czyli sproszkowane aluminium, nie jest specyfikiem brudzącym, pod warunkiem że zmywa się go zimną wodą. Ponieważ kobieta wtrącała się w jego robotę, wskazywała, gdzie i skąd powinien pobierać „paluchy", powiedział jej ze słodką miną, że zacieki po proszku zejdą najszybciej po użyciu gorącej wody z ludwikiem. Pani nauczycielka zrobiła dokładnie to, co jej polecił. I tym samym zaparzyła srebrne smugi na niemal całej powierzchni mebli. Przychodziła ze skargą trzy razy. Cała komenda miała z niej ubaw.

Jekyll bywał złośliwy, ale w gruncie rzeczy dusza człowiek. Jeden z niewielu zawodowców w Polsce, który pracował jak wół, a do tego przewidywał działania sprawców. Potrafił się też postawić, gdy prokurator żądał niemożliwego. Trudno było z nim dyskutować. Zapierał się rękami i nogami przed idiotycznymi sugestiami nadzorujących dochodzenie. Bez ogródek rzucał ordynarną wiązanką, w której zwrot „nie wpierdalać się" był wyłącznie pieszczotą. Działał niezawodnie, a to u technika ważniejsze niż szybkość. Przecież ten tutaj nie ucieknie, mawiał, wskazując ciało ofiary.

– Ile zajmuje podróż z Wrzeszcza do Sopotu? – huknął mu na powitanie komisarz Robert Duchnowski zwany Duchem, z którym współpracowali od lat, prywatnie zaś się przyjaźnili. Patykowaty brunet z kitką splecioną w warkocz aż zzieleniał ze złości. W przeciwieństwie do Jekylla był porywczy i oczekiwał natychmiastowych efektów. W tej relacji to Buchwic jednak rządził, głównie ze względu na wyższy stopień i doświadczenie, ale też Duchnowski tylko jego słuchał. Przydawało się to, kiedy zaczynało być naprawdę gorąco, a Duch wrzeszczał na wszystkich i rugał jak pijany szewc. Duch tylko trzy dni w swojej karierze był operacyjnym. Za bardzo się wyróżniał, z daleka „śmierdział" gliną i w naturalny sposób zajmował pozycję samca alfa. Lekko skośne oczy, ciemna karnacja. Gdyby założyć mu na czoło opaskę z piórkiem i skórzany chałat, spokojnie robiłby jako statysta w westernie.

– Niech będzie pochwalony, Duchu – odparł bardzo spokojnie Buchwic, po czym spojrzał na zegarek. – Trzynaście minut to tylko trzy zdrowaśki. A widzę, że i tak jestem wcześniej niż prokurator, o reszcie wierchuszki litościwie nie wspominając. Jak tylko strażacy się ustawią, zaczynam sumę.
– Rozejrzał się wokół i przystąpił do metodycznego rozkła-

dania sprzętu. – Gdzie młody? Będę potrzebował pomocy. Sama krew zajmie pół dnia. Możesz zabukować patrol. Za dwanaście godzin trochę się zdrzemnę. Potem apiać to samo. Żeby mi tu żadna masońska pizda nie wlazła.

– Odpalaj, chłopie, sprzęty. Nie czekamy na prokuratora – dodał już łagodniej Duchnowski. – Bmw jedzie. Im więcej zrobisz, zanim dotrze ta jędza, tym lepiej dla nas. Wezmę ją na siebie, jakby co.

– A niech cię Pan Bóg broni – jęknął Jekyll. – Choć przyznam, że wcale nie taka brzydka.

Duch zaśmiał się, całkiem już udobruchany.

– Nie w sensie matrymonialnym. Brzydka może i nie, ale mała i wredna owszem. Mówię, od razu bierz się do roboty, zanim zacznie sypać pomysłami.

– Puknąłby ją ktoś od czasu do czasu.

– Znajdź takiego śmiałka, stawiam mu litr szopena.

– Ja dołożę zero pięć od siebie. Ale na mnie nie licz.

– Ciemno tam jak w dupie u Murzyna – mruknął błyskotliwie Duchnowski. – Awaria instalacji elektrycznej zdecydowanie utrudni oględziny.

W tym momencie strażacy wnieśli lampy. Jekyll wybrał miejsce, pokazywał, pod jakim kątem je ustawić.

– I stała się jasność – oświadczył po włączeniu reflektorów. – Chwała Panu i Afroamerykanom.

Podał Duchowi ochraniacze na buty i ruszył do wejścia. Z daleka słychać było sygnał karetki pogotowia.

Jekyll ustawił snop światła latarki czołowej pod odpowiednim kątem. Obejrzał wnętrze. Krew była na ścianach i podłodze. Zaczął od pobierania śladów zapachowych, zanim ktokolwiek wejdzie do pomieszczenia. Potem wyjął paczki z wymazówkami, bezpieczne koperty i ampułki z aqua pro iniectione. Następnie opylił argentoratem oba skrzydła drzwi, parapety i klamki w oknach, by zabezpieczyć ślady daktyloskopijne. Kiedy pojawił się młody technik, wskazał mu miejsca, gdzie ma kontynuować czynności, sam zajął się blatem i kasą.

Ciało mężczyzny leżało pod antresolą dla didżejów plecami do góry. Na pierwszy rzut oka nie było śladów pobicia. T-shirt z nadrukiem był nieznacznie zakrwawiony. Zamiast głowy widniała krwawa miazga, mózg częściowo wypłynął na posadzkę, ale rysy twarzy dało się rozpoznać. Jekyll już na pierwszy rzut oka stwierdził, że sprawca musiał oddać strzał z bliskiej odległości, lecz nie z przyłożenia. Zauważył łuskę, która wturlała się pod ciało. Schował ją do pudełka po fotograficznej kliszy analogowej. Potem z dłoni ofiary pobrał niewidoczne gołym okiem ewentualne ślady prochu. To samo zrobił z drugą dłonią, do każdej używając dwóch stolików do GSR. Będą mogli potwierdzić lub wykluczyć samobójstwo.

W sąsiednim pomieszczeniu leżała druga ofiara. Młoda, dobrze odżywiona kobieta. Rutynowo zabrał się do roboty. Kiedy zbliżył się do niej, zamarł. Środkowy palec jej prawej ręki poruszył się nieznacznie.

Sasza wyszła z mieszkania matki, zanim rodzina ojca rozsiadła się za stołem i zaczęła biesiadę. Karol zajął miejsce u szczytu, spełniał się w roli głowy rodziny. Wiedziała, że za chwilę zaczną się wspomnienia o jej ojcu. Na stół wjedzie czerwone wino i cięższe alkohole dla mężczyzn. Będą mówili o tym, jak i dlaczego zginął Lech. Będą go idealizowali. Do niedawna bezdyskusyjnie wierzyła w te mity. Dziś wiedziała, że to przez niego zaczęła pić, a on sam do śmierci był czynnym alkoholikiem. Tyle że nauczył się dobrze funkcjonować między ciągami.

Była przed egzaminami na architekturę, kiedy zadzwoniła matka z informacją, że ojca zasztyletowali pod kontenerem na śmieci. Sprawców nie znaleziono. Nigdy nie leczył się z nałogu, ale cała rodzina była współuzależniona przez lata. Żyli w rytmie, który on narzucił. Zgodnie z sinusoidą: miodowych i toksycznych wychyleń krzywej. Książkowy przypadek. Życie dyplomaty doskonale maskowało nałóg. Bankiety, przyjęcia i wyjazdy służbowe były świetną okazją do picia, a kiedy nie było okazji, ojciec sam je znajdował. Załuscy zawsze prowadzili dom otwarty. Dla wszystkich jej ojciec był bez skazy (o zmarłych w Polsce nie wolno mówić źle), Sasza zaś okryła się hańbą, przyznając się do choroby.

Mężczyźni piją – to w Polsce normalne. Kobiety – tylko z patologicznych domów. Sama tak kiedyś myślała. Dopiero na terapii spotkała wiele eleganckich kobiet, które miały podobny problem. Dziś była w stanie rozpoznać alkoholiczkę po kilku minutach rozmowy. Po spojrzeniu, sposobie chodzenia, choćby się doskonale maskowała. Kobiety piją inaczej. Doskonale się ukrywają. Są w tym świetne. Przed ludźmi nawet słowem nie pisną, na przyjęciu tylko moczą usta, a w domu, w samotności, kiedy mężowie są w pracy, z gwinta wywalają pół litra czystej wódki. Flaszki mają pochowane za pościelą, ryżem, na pawlaczach. Na wszelki wypadek. Porządna kobieta nie pójdzie przecież w środku nocy po wódkę na stację benzynową. Wstyd nie jest jednak silniejszy niż nałóg. Sasza w najgorszym czasie miała w domu ukryte dwadzieścia pięć litrów wódki. Nie butelek, litrów. Tak, pod koniec upijała się czystą wódką. Piwo sączyła jak lemoniadę, by przetrwać dzień. Tylko „ślepotek" i F16 nie próbowała, ale gdyby nie ten wypadek, doszłaby i do tego.

Nie była wyjątkiem. Kobiety dziś piją na potęgę i Sasza to wiedziała. Zaczyna się niewinnie. Od codziennych szprycerów z białego wina, adwokatów po obiedzie czy słodzonych piw na tarasie. W ten sposób całymi dniami można być na rauszu, nikt nie zwraca na to uwagi. Inteligentne alkoholiczki nie śmierdzą, są umalowane, wyperfumowane i nigdy nie mają doła. Alkohol sprawia, że są wesołe i atrakcyjne. Przez jakiś czas to się udaje. Kłopoty zaczynają się wtedy, kiedy alkohol przejmuje kontrolę nad ich życiem. Najpierw pada praca, potem rodzina, wreszcie zaczynają się rzeczy niebezpieczne. Dalej już równia pochyła.

Wiele pije latami i jednocześnie intensywnie pracuje, jeździ autem po alkoholu, wozi dzieci do szkoły, będąc kompletnie na bani. A faceci tego nie dostrzegają. Są szczerze zdziwieni, że ich kobieta ma problem. Często rozwodzą się, dopiero kiedy żona przyzna się do nałogu i zaczyna o siebie walczyć. Trzeźwienie jest dla rodziny trudniejsze niż życie z alkoholiczką. Bo nie wystarczy abstynencja. Trzeba zrozumieć swoje problemy, zmienić życie, a jeśli się uda, przychodzi czas na test, który zwykle jest najtrudniejszy: akceptację całkiem nowej osoby. Kogoś, z kim się nie brało ślubu lub nie żyło na co dzień.

Sasza nie musiała daleko szukać. Jej bliscy mieli kłopot nie z jej byłym uzależnieniem, lecz z tym, jak zaczęła się zachowywać jako osoba trzeźwa. Nagle bez ogródek mówiła, co myśli, oskarżała ich o konformizm, tchórzostwo czy dulszczyznę. Nie wróciła do policji, urodziła dziecko. Do tej pory nikt nie wie, kto jest ojcem Karoliny. Nie wyszła za mąż i pewnie już nie wyjdzie. Zajmuje się czymś, czego nie rozumieją. A kiedyś była taka miła, dowcipna, przyjemna w użyciu. Ciotki przed chwilą pożegnały ją z ulgą, choć widziała, że mają przebłyski sumienia, bo w najważniejszym momencie wszyscy się od niej odwrócili. Sasza wiedziała, co będzie się działo, kiedy opuści dom Laury. Ciotka Adrianna po raz kolejny opowie historię, jaki ojciec był odważny i jako dziecko uratował ją, kiedy topiła się w morzu. Będą konwersowali o różnicy poziomu życia w Anglii i Polsce.

Karolina jest za mała, by cokolwiek rozumieć, będzie się na razie radośnie bawiła z kuzynkami. Ale za jakiś czas to się zmieni. Sasza liczyła, że wtedy już wszystko ułoży się, jak trzeba. Rodzina jest ważna, powtarzała sobie. Człowiek bez korzeni nigdzie nie znajdzie spokoju. Choć ona ich nie miała, chciała zapewnić córce podstawowy poziom bezpieczeństwa. Karolina lubiła być w grupie. Może dlatego, że nie wychowywała się w pełnej rodzinie. Zawsze szukała okazji, by się bawić, tańczyć, śmiać. Sasza patrzyła na nią i przepełniała ją duma. Nie mogła uwierzyć, że osobiście ją urodziła. Choć małej brakowało polskich słów, doskonale dogadywała się z dziećmi. Kiedyś terapeutka, do której chodziły, by przygotować się na pytania o nieobecnego od urodzenia ojca, powiedziała jej, że Karolina ma „lekką" naturę, zupełnie inną energię niż Sasza. Wtedy nie zrozumiała, o co chodzi.

– Powinna pani zapewnić jej dużo zajęć. Najlepiej coś związanego ze sztuką.

Doradziła też, by Sasza jak najszybciej znalazła sobie faceta.

– Mała musi mieć pozytywny wzorzec męski. Inaczej nie poradzi sobie w relacjach.

Łatwo powiedzieć, trudniej zrobić, zbiesiła się wtedy Załuska. Dziś było jej tylko smutno.

Zeszła do garażu. Laura bez oporów oddała jej samochód. Był zatankowany do pełna i lśnił czystością. Sasza zamierzała wrócić do domu, zabrać się do roboty. Nie myśleć, nie zastanawiać się. A jutro znaleźć najbliższy mityng AA. Potrzebowała grupy wsparcia. Zmiana to najgorsze, co może spotkać niepijącego alkoholika. Teraz tego doświadczała. Na każdym kroku był stres, wyzwanie i pokusa. Bała się, że popłynie. Nie mogła, nie chciała pić. Trwała w trzeźwości już siódmy rok. Nie wolno jej tego zaprzepaścić. Włożyła płytę do odtwarzacza CD. Z głośników poleciał *Jism* Tindersticks. Kiedy parkowała pod domem, rozległ się sygnał przychodzącej wiadomości. Chwyciła telefon i odczytała, że matka próbowała się z nią skontaktować. Oddzwoniła natychmiast.

– Słyszę muzykę, jesteś w jakimś klubie? – Laura była przestraszona. W tle słychać było podniesiony głos ciotki Adrianny. Sasza domyśliła się, że biesiada trwa w najlepsze i by porozmawiać, matka wyszła do kuchni. – Nic ci nie jest?

– Właśnie dojechałam do domu – odparła Sasza. – Nie piję, jeśli o to ci chodzi.

– Ja nie o tym. W radiu mówili, że koło was była strzelanina. Przestraszyłam się, że coś ci się stało.

– Mamo, ja już nie chodzę po klubach – uspokoiła ją Sasza.

– Dobrze, bardzo dobrze. – Laura odetchnęła z ulgą. – Karolinka zostanie u nas na noc. Jutro ciocia weźmie ją na wycieczkę. Zgadzasz się?

Dobiegł ją radosny jazgot bawiących się dzieci.

– Jeśli Karo ma ochotę, to ja się zgadzam.

– Cieszę się, że nic się nie stało.

– Nic – zapewniła ponownie Sasza i zawahała się. – A jak nazywał się ten klub? Podali?

– Igła, czy jakoś tak.

Załuska przekręciła kluczyk w stacyjce, zaczęła wycofywać samochód.

– Ucałuj młodą ode mnie. Zadzwonię po południu.

Wokół klubu zebrał się już spory tłum gapiów. Przed wejściem stały dwa wozy strażackie i kilka aut policyjnych z włączonymi niebieskimi kogutami. Sasza ustawiła się za fotoreporterami, wyjęła notes. Jakaś dziennikarka obrzuciła ją spojrzeniem.

– Nie wiesz, czy zablokowali wjazd od Fiszera?
– Dopiero przyszłam. – Sasza pokręciła głową. Chciała wydostać się ze strefy dla dziennikarzy, ale nie było przejścia. – A tam jest drugie wejście do klubu?

Kobieta spojrzała na nią, jakby Załuska nie znała abecadła.

– Było kiedyś, ale zamurowali. Ten sąsiad, który chciał ich wykurzyć, wywalczył to w gminie. Mają tam też parking. Można było postawić auto w monitorowanej strefie. Tutaj prawie wszędzie zainstalowali monitoring. Dwa kroki dalej stoi budynek straży miejskiej. Skąd jesteś? Chyba się nie znamy?

Dziennikarka wyciągnęła rękę i przedstawiła się, ale Sasza nie usłyszała nazwiska. Podjechała karetka na sygnale. Reporterka natychmiast rzuciła się do przodu, by lepiej widzieć. Sasza zanotowała: sąsiad, drugie wejście, monitoring.

– Podobno to Igła, ale nie chcą jeszcze potwierdzić.
– Dziennikarka wróciła na miejsce. – Ale wieje. Zapomniałam rękawiczek, cholera.
– Ten piosenkarz? – upewniła się Załuska. Przełknęła ślinę.
– To już pewne – włączył się do rozmowy nabity blondyn w futrzanej uszatce. – Już grzejemy to w Zetce. Ale akcja. Dopiero teraz *Dziewczyna* będzie hitem.

Nagle tłum się rozstąpił. Wyszło dwóch pielęgniarzy. Nieśli na noszach kobietę. Zanim wsunęli ją do karetki, jeden z nich krzyknął.

– Zatrzymała się!

Wynieśli defibrylator. Lekarka wskoczyła do karetki, podniosła koc izolacyjny, wstrzyknęła coś kobiecie w ramię. Przez radiotelefon rzuciła:

– Jedzie postrzał. Wstrząs hipowolemiczny. Od razu na salę operacyjną. Zadzwoń, niech się myją.

Fotoreporterzy pchali się, cykali zdjęcia, kiedy lekarz przykładał defibrylator do odsłoniętej piersi kobiety, a potem wypełniał ciche polecenia lekarki, wstrzykując kolejne ampułki do żyły nieprzytomnej. Kiedy jednak drzwi karetki się zamknęły, tłum znów obległ strefę przed taśmami.

– Cudownie zmartwychwstała. Dzięki Ci, Panie! – krzyknął ktoś z gapiów, po czym zaintonował modlitwę.

Wszystkie kamery i obiektywy aparatów skierowały się w stronę niemłodego już mężczyzny. Miał na sobie norweską czapkę i niebieski puchowy płaszcz typu „gąsienica". Modlił się z przymkniętymi oczami, w emfazie. Któryś z dziennikarzy się zaśmiał. W tyle rozległy się gwizdy.

– Dajesz, Gabryś!

Tymczasem kilka osób dołączyło już do modlitwy. Wspólnie odmówili dziękczynny psalm ocalonych.

Wysławiajcie Pana, bo dobry,
bo na wieki Jego łaskawość.
Niechaj to mówią odkupieni przez Pana,
ci, których wybawił z rąk przeciwnika
i których zgromadził z obcych krajów,
ze wschodu i zachodu,
z północy i południa.*

– Zwłaszcza z północy – mruknęła z przekąsem dziennikarka. Pobiegła za mężczyzną i próbowała zadać mu kilka pytań. Ten jednak przeżegnał się, odepchnął dziewczynę i operatora, po czym ruszył w kierunku wejścia do sąsiedniej kamienicy.

– Może przeżyje – usłyszała za plecami Sasza. – Znałem ją. Fajna laska.

– Kto to był?

– Menedżerka klubu – odparł dziennikarz Zetki. – Pewnie porachunki mafijne.

– A ten facet? – Wskazała drzwi do klatki naprzeciwko, w których zniknął mężczyzna w czapce.

– Jakiś świr. – Wzruszył ramionami.

– To ten sąsiad. Gabryś – wyjaśniła dziennikarka i pokazała kółko na czole.

– Dobra, spadam nadać relację.

– Cześć – odpowiedziała Załuska, wczuwając się w rolę. – Dzięki.

Kobieta z telewizji nagrywała obok stand-up. Szła na żywo. Kilka razy pokazywała palcem wejście do klubu. Sasza nie mogła się nadziwić, skąd dziennikarze tak dużo wiedzieli.

---

* „Wysławiajcie Pana, bo dobry..." – Pismo Święte..., Ps 107, 1–3, s. 671.

Po plecach przebiegł jej dreszcz, kiedy uświadomiła sobie grozę sytuacji. Dwie ofiary: piosenkarz i menedżerka, których przedwczoraj spotkała. Jeśli Iza przeżyje, być może wskaże sprawcę strzelaniny. Tak zresztą dziennikarze „grzali" ten temat. Mówili o pogróżkach wobec właścicieli klubu, dilowanych tam narkotykach i ochronie mafii. Wychodziło na to, że dane, które posiadała Załuska, nie były wcale tajne. Przeciwnie. Buli z niej zakpił. Wiedziała, dokąd skieruje swoje pierwsze kroki, kiedy się stąd wydostanie. Żałowała, że nie jest już policjantką. Dałaby teraz wiele, by wejść na miejsce zdarzenia. Odsunęła się od reporterów i ruszyła w stronę samochodu.

Wtedy w tłumie mężczyzn przed wejściem dostrzegła Roberta Duchnowskiego. Znali się ze szkoły policyjnej. Duch bardzo schudł, posiwiał na skroniach, ale poznała go bez trudu. Dziwnie wyglądał z tym warkoczem. Kiedyś robił się na pakera, ważył ze sto dwadzieścia kilo. Zaczęła się przeciskać w jego kierunku.

– Nie ma przejścia, proszę się rozejść – mruknął, nie patrząc na Saszę. Wskazał w nieokreślonym kierunku. – Do kamienicy można wejść z tamtej strony.

– Tak bardzo się zestarzałam, Duchu?

Komisarz zmierzył ją pogardliwym spojrzeniem.

– Teraz robisz w prasie czy jak?

Tylko twarde dane mogły go przekonać, że nie ma złych intencji. Był najuczciwszym, ale i najbardziej podejrzliwym facetem w firmie. No i łatwo się wkurzał.

– Kilka dni temu dostałam komercyjne zlecenie – oświadczyła. – Jeden ze wspólników bał się, że go skasują. Rozmawiałam z tą dwójką. W piątek.

Nie zmienił wyrazu twarzy. Ale była już pewna, że nie zamierza współpracować.

– Igła czy ten drugi?
– Drugi.
– Nic tu po tobie. Drugi ma się doskonale. Możesz sobie z nim gawędzić, ile dusza zapragnie – odparł po namyśle i zostawił ją samą przed czerwono-białą taśmą.

Widziała tłum oficjeli, większości nie znała. Duch podszedł do nich, szepnął coś na ucho niskiemu grubasowi w czarnej puchówce i adidasach. Nie zaszczycił jej spojrzeniem, ale jeden z mężczyzn wskazał ją palcem. Poczuła irytację. Chwilę jej zajęło, by przypomnieć sobie nazwisko grubasa. Konrad Waligóra, miała go za dupka. Teraz wyglądał na jednego z funkcyjnych. Nic tu po niej. Odwróciła się. W tym momencie chwycił ją w ramiona facet w kombinezonie i fizelinowym płaszczu technika.

– Wszelki duch Pana Boga chwali! Saszka? – krzyknął i zaraz ją ucałował.

– Jacuś? – Naprawdę ucieszyła się na jego widok. Z trudem go poznała, bardzo przytył i zdziadział. – Czy są tu wszyscy z naszej zawodówki?

Nachylił się do jej ucha.

– Mamy chujnię jak się patrzy. Siedzę tutaj od pięciu godzin. Jeśli były jakieś ślady, to zadeptali je święci, a resztę pogotowie. Będę tu kiblował do pojutrza. – Odsunął się znów na bezpieczną odległość. – Ale potem się spotkamy.

– Koniecznie. – Rozpromieniła się. Wcisnęła mu swoją wizytówkę do ręki. Zerknął natychmiast.

– Profiler! University of Huddersfield – aż zagwizdał. A potem puścił oko. – Słyszałem! Wiedziałem, że wyjdziesz na ludzi.

– Dobrze wyglądasz – skłamała.

– Bez takich. Ty dobrze wyglądasz, Calineczko. – Poklepał ją po policzku. – Ja jak zwykle. Stary dziadunio, ale eksperyment z mięsem wciąż pamiętam. Jeszcze go zrobimy.

– Znów psy zeżrą, zanim larwy się wyklują. – Roześmiała się.

– I tak było jeszcze dwa razy – westchnął. – Jakbym ich nie karmił. Larwy nic nie przeszkadzają moim padlinożercom.

– Zadzwoń – powiedziała bez uśmiechu.

– Jasne, zaraz jak tylko pobiorę zapach z metalowej kasetki – zakpił. – Z me-ta-lo-wej. Rozumiesz? Takie ma pomysły pani prorok. Sprawca musiałby chodzić z sejfem pod koszulą przez cały dzień, by cokolwiek się ostało. Wszyscy mistrzowie kryminalistyki! Czajniki poniemieckie, kacze dzioby!

– Zadzwoń, Jekyll. Muszę pogadać o tym tutaj – poprosiła.

Spoważniał.

– Niech cię Bóg broni, żeby wracać do tej roboty.

Zaprzeczyła kategorycznie.

– Niesłużbowo.

– Schłodzę czystą i sok pomidorowy, tak jak lubisz. – Puścił oczko. – Ja będę patrzył. Kościół mi nie pozwala.

Uśmiechnęła się wymijająco. Nie było czasu na wyjaśnienia.

– Wystarczy kawa. Jak nie zadzwonisz, sama cię znajdę.

– Wiem, że nie odpuścisz. Nigdy nie odpuszczałaś.

– Właśnie. – Ucałowała go w policzek. – W tym cały ambaras.

Wracając do samochodu, minęła bliźniaczy klub – Iglicę. Na jednej z szyb dostrzegła kilka dziur po kulach. Mróz narysował na spękanej szybie liściasty wzorek. Zrobiła zdjęcie telefonem. Potem wyjęła z torebki miarkę i zmierzyła każdy z trzech otworów wylotowych. Osiem milimetrów. Nietypowy kaliber broni. Strzały oddano od środka. Kiedy podniosła głowę, zauważyła, że w jednym z okien na ostatnim piętrze stoi ktoś, chyba w czarnej masce na twarzy. Po chwili firanka się poruszyła, a postać zniknęła w głębi mieszkania. Sasza uznała, że ta maska jej się przywidziała. Zapisała jednak w notesie, które to było okno.

– Był wspaniałym człowiekiem, wszyscy go lubili – płakała do słuchawki Klara Chałupik. – Nie wiem, kto mógł chcieć jego śmierci. To był wybitny piosenkarz, miał podpisany kontrakt w Stanach. Jakie porachunki mafijne? Nie wiem, czy był uzależniony od narkotyków! Możemy zakończyć już tę rozmowę? Źle się czuję. To chyba naturalne.

Rzuciła telefon na fotel. Rozpłakała się. Tamara podeszła do niej i przytuliła po macierzyńsku. Stały tak chwilę w milczeniu, ale kiedy telefon znów zawibrował, dziewczyna wyplątała się pośpiesznie z objęć. Pomieszczenie wypełnił dźwięk dyskotekowego hitu.

– Oni nie dadzą mi spokoju. – Klara otarła łzy, podeszła do komórki. Zdążyła w ostatniej chwili.

Tamara spojrzała na męża.

– Biedactwo.

– Wystarczy wyłączyć telefon – odparł Paweł Bławicki, nie podnosząc wzroku znad gazety. Oboje wiedzieli, że Klara wykorzysta swoje pięć minut.

– Tak, dziękuję – szczebiotała dziewczyna Igły. – Straszne! A z jakiej telewizji pani dzwoni, bo coś przerywa?

Buli nie mógł już tego słuchać. Tamara odczytała jego intencje bez słów. Otworzyła drzwi sypialni i kazała Klarze tam wejść. Było jej przykro z powodu Igły, Izy, a nawet

Klary, ale Buli miał rację. Gdyby naprawdę cierpiała, nie chciałaby rozmawiać z nikim. Dziennikarze szybko się zorientowali, od kogo mogą dostać informacje, dziś na wagę złota. Podeszła do okna. Na zewnątrz stała grupka paparazzich. Natychmiast się cofnęła.

– Widziałeś?

Buli skinął głową.

– Jesteśmy uwięzieni.

– Chwilowo tak.

Tamara dziwiła się, jak mąż może zachowywać tak wielki spokój.

– Szkoda, że nie wyjechaliśmy z samego rana – skarciła sama siebie. – Byłoby lepiej dla wszystkich.

– Chciałaś iść do kościoła.

– Musiałam pójść. – Pochyliła głowę. – Zresztą nie protestowałeś.

Podszedł do niej, pogłaskał po drobnej twarzy. Czarna, asymetrycznie ostrzyżona grzywka spadała jej na czoło.

– Teraz nie wiem, kiedy będziemy mogli wyjechać – oświadczył. – Muszę być do dyspozycji.

Chciała zapytać czyjej, ale się powstrzymała.

– Wiesz, kto to był? – Strząsnęła dłoń Bulego z własnej twarzy. Odsunął się na bezpieczną odległość. Kobieta zaś skuliła się, narzuciła na plecy pled. Patrzyła na niego z czujnością ptaka. – Wiesz, prawda?

Wstał, podszedł do sypialni, w której Klara nadal trajkotała do słuchawki, i sprawdził, czy drzwi są zamknięte.

– To logiczne – odparł bardzo spokojnie. – Izy szkoda. Nie powinno jej tam być.

Tamara była przestraszona.

– Nam coś grozi?

– Tobie nie.

Rozległ się dzwonek wideofonu. Buli położył palec na usta. Z sypialni wybiegła podniecona Klara.

– To do mnie. Telewizja.

Zanim Tamara czy Buli zareagowali, otworzyła furtkę. Potem schowała się w łazience. Kiedy wyszła, makijaż i fryzura były nieskazitelne. Szarpnęła za klamkę, zanim rozległo się pukanie.

– Dzień dobry. – Sasza wpatrywała się w Klarę. Obie były zaskoczone.

– Znów pani? – zdołała wydusić z siebie dziewczyna Igły.

– Tym razem szukam Pawła Bławickiego.

Buli wyszedł do przedpokoju. Wyprostował się.

– Słucham.

Sasza przyglądała mu się skonsternowana. W szarej kangurce i bojówkach wydawał się atletyczny. Miał gładko wygoloną czaszkę, za uchem widać było tatuaż z wężem. Na szyi nosił cieniutki złoty łańcuszek. W niczym nie przypominał mężczyzny z bistro na stacji benzynowej. Tego Pawła Załuska pamiętała doskonale. Kiedy ona trafiła do szkoły, był na ostatnim roku. Już pracował w sekcji operacyjno-rozpoznawczej. Wszyscy go podziwiali.

– Pan jest Buli? – Wbiła wzrok w podłogę. Na nogach miał białe skarpety. – Paweł Bławicki?

– My się znamy?

– Nie osobiście Musimy pomówić. Jestem… Jest pewien kłopot. Możemy na osobności?

Buli dał znak żonie i Klarze. Odeszły. Dziewczyna Igły obracała się kilka razy wyraźnie zaciekawiona.

– Ona była przedwczoraj w klubie – szepnęła Tamarze do ucha.

Sasza zdjęła czapkę. Włosy miała ściągnięte w koński ogon. Nos sczerwieniał jej od mrozu.

– Robię psychologiczne portrety nieznanych sprawców. Pomagam policji, prokuraturze.

- Wiem, kim jest profiler - przerwał jej. - Pracuje pani przy tej sprawie?

- Jeśli mamy dalej rozmawiać, poproszę o jakiś dokument - rzuciła, po czym wyjęła swój. Buli zawahał się, ale podszedł do szuflady i podał jej prawo jazdy.

Porównała zdjęcie, odczytała wszystkie dane, po czym nabrała powietrza i zaczęła mówić.

- Kilka dni temu zgłosił się do mnie człowiek. Podał się za pana. Mówił, że panu grożą, że ktoś chce pana zabić. Dał mi to. - Wyciągnęła z torebki szarą kopertę z materiałami o pracownikach klubu.

Mężczyzna bardzo powoli przeglądał dokumenty. Skrzywił się, widząc zdjęcie i dossier Tamary.

- Oraz piętnaście tysięcy jako zaliczkę - dokończyła Sasza. - Twierdził, że Jan „Igła" Wiśniewski, ten, który dziś zginął, chce pana zabić.

Buli długo wpatrywał się w materiały, po czym wybuchnął gromkim śmiechem. Śmiał się tak długo, aż Tamara i Klara wyszły z kuchni, by sprawdzić, co się stało. Wideofon znów zabrzęczał. Strażnik zaanonsował kolejnych gości. Klara podbiegła, by otworzyć. Tym razem z pewnością byli to dziennikarze telewizyjni.

- Dzwoń do matki, niech po ciebie przyjeżdża. - Buli nie podniósł głosu, ale wszystkie kobiety natychmiast poczuły respekt.

- Ale ja mam w domu remont - jęknęła Klara. - Igła kazał wyburzyć wszystkie ściany, zasłonić te okropne piece. Zresztą nie mogłabym. Tam wszędzie są jego rzeczy.

Rozpłakała się.

- Do pokoju! Na Zbyszka z Bogdańca na pewno nie wrócisz. - Pogroził jej palcem. - I ani mi się waż z kimkolwiek jeszcze gadać.

Łucja Lange obudziła się z potężnym bólem głowy. Dotknęła czoła, było rozpalone. Czuła, że łamie ją grypa. Zamiast wstać i wziąć środek przeciwbólowy, schowała się głębiej pod kołdrę. Nie widziała sensu w niczym. Już przedwczoraj, po rozmowie z ciocią, której skłamała, że pracuje i dlatego nie może przyjechać na Wielkanoc, czuła migrenową aurę. Teraz było tylko gorzej. Prawe oko pulsowało, miała mdłości. Fakt, że wczoraj wypiła kilka piw, tylko pogorszył sytuację. Już sama nie wiedziała, co jest przyczyną złego samopoczucia: grypa, migrena czy może zwykły kac.

Przyglądała się swoim paznokciom. Jeden z nich, najmniejszy, miał kolor bakłażana. Przytrzasnęła go drzwiami w klubie, dwa tygodnie temu. Bolało, mimo to pracowała cały wieczór za barem, nawet nie pisnęła. Wkrótce stary paznokieć zejdzie, pod spodem wyrastał już nowy. Jedyny pewnik w naszym życiu to zmiana. Ta myśl na chwilę poprawiła jej nastrój. Wygramoliła się z barłogu i spróbowała pozycji wertykalnej. Nogi jej się trzęsły. Miała dreszcze. Chyba jednak brała ją zaraza. Zawsze somatyzowała nieszczęścia, a teraz warunki do rozchorowania się były wprost idealne.

Iza, jej przyjaciółka, jej była przyjaciółka, osobiście wyrzuciła ją z pracy. Nazwała złodziejką przy całej ekipie.

Kazała natychmiast oddać klucze. Jakby sama nie podbierała pieniędzy z kasy. Wszyscy brali, to były przecież brudne pieniądze na haracz. Każdy to wiedział. Ale kto Łucji teraz uwierzy? Dzwoniła do Bulego, kiedy wygnali ją z klubu jak psa, ale umył ręce od sprawy. Spytał tylko, ile brakuje. Nie wiedziała. Nie zdążyła policzyć utargu. Iza musiała planować to kilka dni wcześniej, bo uprzedziła, że wykona za nią ten nieprzyjemny obowiązek. Wtedy naiwnie pomyślała, że przyjaciółka chce ją wyręczyć, nawet wyraziła swoją wdzięczność. Teraz była prawie pewna, że Iza dużo wcześniej dogadała się z Jankiem. Igłę łatwo było omotać. Chciał tylko świętego spokoju.

Jak to załatwili, dlaczego – nie obchodziło jej. Efekt był jeden: nie ma już pracy. Z czego zapłaci czynsz, kredyt? Co będzie jadła? Ma wrócić do cioci z pochyloną głową? Co powie? Że kradła? Matce trafi się okazja do zrobienia jej edukacyjnego wykładu. Łatwo się gada, będąc daleko. Zwłaszcza gdy samemu nie ma się czym pochwalić. Matka Łucji siedziała w norweskim więzieniu za malwersacje finansowe. Głównie za wymuszanie zapomóg z opieki społecznej. Była zaledwie słupem w szajce, miała papierowego męża Norwega i kilka wyroków na koncie. Do końca odsiadki zostało jej jeszcze trzy lata. Już mogła wychodzić na przepustki, ale nie opłacało jej się wydawać na bilety do Polski. Wolała doczekać końca kary, a pieniądze odłożyć. Tak mówiła. Dwa razy w tygodniu dzwoniła do córki i ją przesłuchiwała. Przerzucała na nią swoje frustracje. Twierdziła, że tylko ostrzega, by Łucja nie poszła jej śladem. Wmawiała jej, że ćpa, prostytuuje się albo kradnie.

– Chcesz skończyć jak ja? – pytała. – Najpierw ci się uda. Raz czy drugi. Potem, kiedy będziesz już pewna siebie, coś nie pójdzie, ktoś doniesie. Będzie chciał załatwić swój mały interesik. Psy cię wyniuchają, a potem już nie będzie wyboru. Nikt cię nie zatrudni do normalnej roboty.

To działało. Łucja od szesnastego roku życia ciężko pracowała. Czasem za grosze. Ale uczciwa praca nie hańbi – tak zawsze mówiła jej ciotka Krysia, przyrodnia siostra matki Łucji. To ona Łucję wychowała. Ojciec zaraz po porodzie ulotnił się z pola widzenia. Matki nigdy nie było. Wciąż w drodze albo w więzieniu. Robiła biznesy z kolejnym przyjacielem, a jeden lepszy od drugiego. Zawsze odchodził z łupem, a matka szła siedzieć. Łucja miała nadzieję, że nigdy nie wróci. Było dobrze, kiedy była daleko.

Gdyby jednak Łucja chciała okraść klub, wiedziałaby, jak to zrobić. Raz a dobrze. Sama, bez wspólników, którzy mogliby ją wydać. To prosty skok. Ale nie na nierejestrowany utarg. Wzięłaby kasę dla mafii, ze skrytki w wybebeszonym pudle po radiu z lat pięćdziesiątych, które stało w niedokończonym studiu nagrań. Raz w tygodniu Buli ją zabierał i wiózł dla kogoś, kto dawał im plecy. Część była dla Igły, w narkotykach. Czasem zamiast pieniędzy do skrytki trafiały dokumenty albo sztabki złota. Łucja tylko raz zajrzała do sejfu. Buli poprosił, by przywiozła mu teczkę z dokumentami. Nie zajrzała do nich, nie chciała wiedzieć, co przewozi. Zapłacił jej za to dwa tysiące. Potem jeszcze kilka razy, kiedy nie było nikogo w klubie, otwierała sejf. Widziała złoto, bursztyn i obligacje. Potem szef zmienił kod, ale Łucja umiałaby go znaleźć, gdyby chciała. To nie była kasa pancerna nowej generacji. Czy kradłaby drobne kwoty, wiedząc o tajnym sejfie? Aż się zaczerwieniła ze złości, kiedy przypomniała sobie znów tę scenę.

Iza krzyczała: „Wynoś się, złodziejko!", Łucja zaś nie pozostała jej dłużna.

– Zabiję cię, suko – powiedziała tak, by każdy usłyszał. By nikt nie miał wątpliwości, że Łucja, córka recydywistki, nie żartuje.

Wtedy przez moment widziała strach w oczach Izy. Przyjaciółka odsunęła się krok do tyłu, a potem spojrzała błagalnie na jednego z ochroniarzy. Podszedł, chwycił barmankę pod ramiona. Nie miała szans się przeciwstawić. Ale walczyła, gryzła, kopała. Aż skrzywiła obcas ulubionych botków w kolorze fuksji. W końcu wyrzucili ją z lokalu jak pijaną dziwkę. Kiedy gramoliła się z chodnika, Iza podeszła jak triumfująca królowa. Wyciągnęła dłoń.

– Klucze.

Łucja wstała, pozbierała rzeczy, zaczęła odchodzić.

– Wal się, tłusta świnio.

Ochroniarz brutalnie chwycił ją za ramię, do dziś ma siniaki. Wyrwał jej torbę, z której wygrzebał smycz z kluczami do klubu. Tasiemkę rzucił na ziemię jak niepotrzebny śmieć.

– Spierdalajcie – odpyskněła płaczliwym szeptem Łucja.

– Nie zbliżaj się tu nigdy więcej – syknęła Iza w odpowiedzi. – Jeśli cię zobaczę, wzywam policję. Niech to, co wzięłaś, stanie ci w gardle, złodziejko.

Tak było. Tyle usłyszała od przyjaciółki, która jeszcze kilka miesięcy temu zwierzała się jej z depresji poporodowej, „małpek" po wódce znajdowanych w śmietniku zawiniętych w brudne pieluszki czy problemów z erekcją męża. Ponoć po pijaku uderzył ich dwuletnie dziecko. Pan dyrektor na Europę Wschodnią wielkiego koncernu spożywczego. Na zewnątrz sielanka, para idealna. Wakacje na Capri, sylwester w Wenecji, rocznice ślubu w Grandzie. A Iza musiała harować w klubie, bo nie miałaby na krem pod oczy i bebiko dla dziecka. Zamożny mąż nigdy nie wyrobił jej karty płatniczej do swojego konta. Gdyby Iza chciała odejść, musiałaby zostawić dorobek ich kilkunastoletniego związku i wyjść z jedną reklamówką. Syna też by nie oddał. Nie z wielkiej ojcowskiej miłości, ale dla zasady. Źle by to wyglądało na zewnątrz. Do tego skrywana przemoc domowa, która nawet Łucji, wychowywanej przez różnych „wujków", nie mieściła się w głowie.

Czuła się podle. Miała Izę za przyjaciółkę. Wierzyła, że są nierozłącznym tandemem. Iza i Łucja. Menedżerka i jej prawa ręka. Wszechmocna barmanka znająca wszystkie tajemnice Igły i szefowa, która zawsze stanie w jej obronie. Akurat! Rodzisz się sam, żyjesz sam i umrzesz też samotnie. Tak brzmiało credo Łucji i jak zwykle znów się sprawdzało. A najgorsze, że tych pieniędzy nie wzięła. Od dawna już nie wzięła z kasetki ani grosza. I nikt jej nie wierzył.

Zaśmiała się. To było najbardziej kuriozalne. Oskarżyli ją o kradzież trzydziestu tysięcy złotych, wyrzucili z roboty, a ona zalega z ratami za samochód. Będzie musiała go sprzedać. Na cholerę jej w tej sytuacji alfa 156. Częściej stała w warsztacie, niż Łucja nią jeździła. Czuła, że znów ziemia usuwa się jej spod stóp. Zatoczyła jakieś diabelskie koło. Miała dwadzieścia sześć lat, była po rozwodzie i nie miała domu ani rodziny. Starała się żyć dobrze, ale nadal nikogo nie obchodziła. Może tylko ciocię. Ona jedna nigdy w nią nie zwątpiła. To dzięki cioci spłacała kredyt zaciągnięty jeszcze z Jarkiem. Co będzie, jeśli ciocia się dowie, dlaczego ją wyrzucili? Nie uwierzy, że Łucja nie poszła w ślady matki. Tylko o to prosiła siostrzenicę: bądź uczciwa.

Cisza w pokoju była dojmująca. Łucja nagle zapragnęła pomówić z ciotką. Jednak pojedzie, coś wymyśli, a kiedy wejdzie do domu, do swojego pokoju na Helskiej, poczuje się lepiej. Położy się do łóżka, dostanie herbatę z miodem. Ciocia natrze jej plecy. Łucja zaśnie, a kiedy się obudzi, wszystko okaże się koszmarem sennym. Jakoś się ułoży.

Zaczęła szukać torebki, w której miała telefon, ale nigdzie jej nie było. Przestraszyła się, że zgubiła ją wczoraj w tej spelunie we Wrzeszczu. Wszystko w niej miała. Dokumenty, karty, klucze do mieszkania. Bez dokumentów wozu i prawa jazdy nie będzie mogła pojechać do domu. Opanowała się, przecież jakoś tu weszła. Musi mieć klucze. Głowa natychmiast przestała ją boleć. Pleciona torba stała grzecznie obok wściekle różowych butów na szpilkach. Jeden obcas się chwiał. Szewc weźmie z pięć dych, cholera. Łucja przeszukała zawartość torebki. Jasne, telefon rozładowany. Podłączyła go do kontaktu, wpisała PIN. Zaczęły przychodzić wiadomości. Przejrzała resztę rzeczy. Prawie wszystko było na swoim miejscu. Brakowało tylko niebieskiej rękawiczki z ćwiekami. Obszukała kieszenie gotyckiego płaszcza do kostek, w którym chodziła przez całą zimę. Obeszła wszystkie miejsca w domu. Nie było tego chodzenia za wiele. Łucja wynajmowała dwudziestopięciometrową klitkę w falowcu na Jagiellońskiej. Mieściło się tu tylko rozkładane łóżko, biurko, na którym piętrzyły się wydruki fotograficzne i papierzyska – robiła z nich kolaże do swojego magazynu o zbrodni – oraz figurki kotów, teraz poprzewracane, jakby przeszła tędy wichura.

Zasadniczo nie gubiła rzeczy, a rękawiczki to był jej fetysz. Miała kilka zestawów kolorystycznych – do każdych butów inna para. Te niebieskie dostała od cioci na Gwiazdkę. Zwykle ubierała się na czarno, w długie powłóczyste spódnice lub skórzane obcisłe spodnie. Kolor był w dodatkach. Niebieskiej rękawiczki nigdzie nie znalazła. Łucja omal się nie popłakała.

Nastawiła wodę na herbatę, ale po namyśle wyciągnęła z szuflady zupę w proszku. Pogniotła liofilizowany makaron i wrzuciła do miski. Zalała wrzątkiem. Potem weszła pod prysznic, długo stała pod strumieniem gorącej wody. Dopiero kiedy zjadła i włożyła coś stosowniejszego niż koronkowa koszulka i majtki, wybrała numer cioci Krysi. Nie zdążyła się jednak dodzwonić, kiedy na wyświetlaczu pojawiło się „Buli". Kliknęła „odbierz", serce podeszło jej do gardła.

– Jesteś u siebie? Musimy pogadać.

– Już nie ma o czym. – Nie musiała udawać. Chciała, by Buli poczuł, że jest na niego wściekła. Wycofał się, choć powinien stanąć w jej obronie. Teraz było za późno.

– Przeciwnie. Zejdź na dół. – Rozłączył się.

Wahała się dłuższą chwilę, aż wreszcie podeszła do szafy. Miała dziś ochotę być Nikitą. Wbiła się w skórzane rurki. Wyciągała kolejno koszule i przykładała do siebie. Wybrała taką, która odsłaniała jeden z jej tatuaży. Oko opatrzności, w obrębicy tribalowej. Narzuciła zamszową kamizelkę, dobrała do tego fuksjowe buty (to nic, że obcas się chwiał, noga wyglądała w nich najszczuplej) i rękawiczki w tym samym kolorze. Potem nałożyła na powieki cień o takich właśnie wściekłych barwach. Nie śpieszyła się. Skoro Buli przyjechał i chce pogadać, poczeka. Ma interes. To nie jest facet, który traciłby czas bezproduktywnie. Może chce wszystko odkręcić. Zgodzi się, zdecydowała, ale zażąda podwyżki.

Telefon zadzwonił ponownie, nie odebrała. Usłyszała dźwięk przychodzących wiadomości. Podejrzewała, że w większości to życzenia świąteczne od obcych ludzi. Głównie idiotyczne wierszyki, przesyłane do wszystkich ze skrzynki adresowej. Miała to w nosie, ona nikomu życzeń nie wysyłała. Zerknęła jednak, bo jedna wiadomość nie dotyczyła jajeczka ani zmartwychwstania i tylko dlatego ją zainteresowała. Pochodziła z wczoraj.

„Dostałam Pani telefon od P. Bławickiego. Proszę o pilny kontakt. Ważne! S. Załuska".

Łucja na opakowaniu po zupie zapisała numer do kobiety, schowała notatkę do kieszeni i zeszła na dół. Buli czekał w aucie z zapalonym silnikiem. Wsiadła.

– Nic nie mów – polecił jej syczącym szeptem. Przejechali wzdłuż bloku, zatrzymali się na samym końcu falowca przed barem Azja – Kuchnia Wietnamska. Łucja jadła tutaj tylko raz. Wszystko smakowało tak samo. Wietnamczyk za barem z pewnością nie miał talentu kulinarnego. Ruszyli do ciągu handlowego, ale nie weszli głównym wejściem. Buli zastukał i od zaplecza otworzył mu zasuszony stary Azjata. To musiała być prawdziwa wietnamska knajpka, pełna ludzi. Mówili w swoim języku. Buli skinął na młodego chłopaka za barem, pokazał dwa palce.

– Sajgonki? – Spojrzał na nią z ukosa i uśmiechnął się chytrze. – Tyle namieszałaś, że musisz zjeść.

Potwierdziła, zaczęła się rozbierać. W pomieszczeniu było duszno. Jedyne okno było zaparowane.

– Telefon. – Wyciągnął rękę, po czym wyjął i złamał kartę SIM. Baterię położył osobno. Nie zdążyła zareagować.

– Ej! Oddajesz mi kasę – nadęła się, oglądając aparat w częściach. Nie miała nawet spisanego numeru do cioci.

Nie słuchał jej. To samo zrobił ze swoim. Zamarła.

– Załatwię ci alibi – oświadczył. – Iza przeżyła.

Podniosła głowę. Czuła, że oblewa się rumieńcem. Buli zmierzył ją bacznym spojrzeniem.

– Jesteś doskonałą aktorką – pochwalił ją ze śmiechem. – Tak trzymaj.

– O czym ty mówisz? – Dopiero teraz się zdenerwowała.

Wietnamczyk przyniósł sajgonki oraz dwie cole w puszkach. Zdawało się, że bardzo długo rozstawia na stoliku tacki, plastikowe sztućce, dzbanki z sosami. Kiedy odchodził, trzykrotnie kiwał głową.

– Załatwię ci dobrego adwokata. – Buli ukroił sobie kawałek wietnamskiego naleśnika. Długo dmuchał, zanim włożył jedzenie do ust. Łucja wpatrywała się w parę unoszącą się nad potrawą. Przełknęła ślinę. Była bardzo głodna. Być może dlatego dopiero po dłuższej chwili dotarło do niej, co mówił.

– Ale o co ci chodzi?

– Nic, nigdy, nikomu! Ani słowa. – Przesunął w jej kierunku białą kopertę. Była gruba, lekko zatłuszczona z boku.

– Co to?

– Schowaj, idiotko. – Łykał gorące kawałki sajgonek. Po chwili na jego talerzu została tylko surówka z kapusty. – I gadasz tak jak teraz. Nic nie wiem, nie przyznaję się, ewentualnie nie pamiętam. To zawsze najlepsza linia obrony.

– Ale ja nic nie zrobiłam. – Łucja przestała jeść. Chwyciła się za wygolone miejsce na głowie i roztarła skroń.

Buli wstał. Na stoliku obok niedojedzonej potrawy położył banknot stuzłotowy. Uśmiechnął się, przypominał teraz zapasionego lisa.

– Ja też nie – zapewnił całkiem poważnie. – Nawet jakby cię aresztowali, milczysz. Wyciągnę cię. Ufasz mi?

– Nie.

– Słusznie.

Wyszedł. Łucja spokojnie skończyła swoje sajgonki. Potem wypiła obie cole i dojadła resztki po Bulim. Pozbierała fragmenty swojej karty SIM, wrzuciła je do kosza razem ze zużytą plastikową zastawą. Wygrzebała z kieszeni opakowanie po zupie, przyjrzała się nazwisku kobiety, która chciała z nią mówić, i dorzuciła do śmieci. Bezużyteczny telefon schowała do torebki. Może da się go sprzedać, pomyślała. Wzięła banknot zostawiony przez Bulego, zapłaciła, odebrała resztę co do złotówki. Wyszła na dwór i spojrzała w niebo. Gdzieniegdzie wciąż jeszcze były chmury, ale nad sobą centralnie widziała Wielki Wóz. Zerknęła do koperty. Było tam z dziesięć tysięcy, może więcej. Drżącymi dłońmi schowała je do torebki. Potem, po namyśle, wsunęła kopertę za majtki. Pomyślała, że spłaci zaległą ratę kredytu, a potem kupi bilet do Maroka.

Ruszyła wzdłuż ulicy do domu. Im bliżej była klatki schodowej, tym mocniejsze stawało się przekonanie, że powinna zrobić odwrotnie. Najpierw Maroko, potem bank. Auto też sprzeda. I zostanie tam, gdzie cały rok jest upał. Minęła faceta z psem, przytrzymał jej drzwi do klatki. Podziękowała z uśmiechem. Przez moment zdało się jej, że zbyt wnikliwie się przyglądał. Obejrzała się. Nigdy go tu nie widziała. W mieszkaniu rozłożyła banknoty na stole i rozpromieniła się. Nie mogła uwierzyć w hojność Bulego. Na blacie w studwustuzłotowych banknotach leżało trzydzieści tysięcy. Miała w nosie, skąd pochodzą pieniądze. Potrzebowała ich. Całkowicie rozwiązywały jej problemy. Głowa przestała ją boleć. Kiedy rozległo się pukanie do drzwi, wciąż jeszcze się uśmiechała. Przez wizjer zobaczyła mężczyznę z dołu. Tym razem nie miał ze sobą psa.

Zdążyła pozbierać pieniądze i wcisnąć je do zaszytej kieszeni w płaszczu, kiedy drzwi do mieszkania wyważyła ekipa antyterrorystyczna. Powalili ją na ziemię, wykręcili ręce, rozłożyli szeroko nogi. Krzyczeli do siebie, że może być uzbrojona.

– Chcesz, to sama się w to baw. – Duchnowski pokręcił głową. Przesunął w kierunku Saszy plik zadrukowanych kartek i zdjęcia, w tym Igły i prawdziwego Bulego. – Nie potrzebuję kwasów z szefami.

Siedzieli w Arsenale, dawnym klubie policjanta. Sasza pamiętała go jako postpeerelowską spelunkę z plastikowymi siedzeniami. Dziś był to bar urządzony w stylu kolonialnym. Wciąż pełno było w nim gliniarzy, ale teraz każdy mógł wpaść tu na ozorek, móżdżek czy żurek z kiełbasą. Jekyll odłożył łyżkę i podniósł miskę do ust. Wysiorbał resztkę zupy. Pozostali nie jedli. Przed Saszą stało zimne espresso, Duch nawet nie ruszył soku pomidorowego. Wciąż dolewał do niego tabasco i mieszał zawzięcie.

– Czy cię nie pojebało, synek? – mruknął Buchwic. – Nie słyszałeś, co mówiła Saszka? Ktoś się nami zabawia, a ty trzęsiesz się o swoją chudą dupę. Jak pragnę zdrowia, moja żona by tego nie odpuściła.

– A ty co taki samarytanin się zrobiłeś? – odciął się Duch. – Możesz jej pomagać, ale we własnym zakresie.

– I pomogę. – Buchwic wypiął dumnie pierś. Wskazał na plik fotografii leżących na stole oraz portret pamięciowy tajemniczego mężczyzny, z którym kobieta spotkała się przed

Wielkanocą. Kilka godzin temu policyjny rysownik sporządził go na podstawie zeznań profilerki. Długi nos dominował na trójkątnej twarzy. Wąskie usta, szeroko rozstawione oczy, zawadiacko zaczesana grzywka. Sasza przyznała, że portret wiernie oddawał wizerunek poszukiwanego mężczyzny. Niestety, jak dotąd wszystkie próby ustalenia jego personaliów nie dały rezultatu. Sasza też nie rozpoznała go na żadnym ze zdjęć wytypowanych podejrzanych, które Duch przyniósł z komendy. Jekyll teraz podniósł jedno z nich. Ze zdjęcia sygnalitycznego wpatrywał się w nich kpiąco chudy oszust o pseudonimie „Ploska". – Ktoś ją wrabia – podkreślił. – Tylko nie wiem w co.

– I dlaczego – dodała Sasza.

– Ona zawsze się w coś wpierdoli. Po co brała kasę od tego gościa? Nie wie nawet, z kim gadała.

– Mam numer rejestracyjny wozu.

– Jest z wypożyczalni – huknął Duch. – Już sprawdziłem. Co mam zrobić? Ulotki wydrukować?

Sasza zagryzła wargi. Rozdarła saszetkę, wsypała cukier do kawy. Duchnowski miał rację.

– Hej, ona tu jest, pohamuj żądze – zaoponował Buchwic. – Jest okazja przypiąć się do pośladków Bławickiemu.

Duchnowski wybuchnął śmiechem, który zmienił się w ostry kaszel.

– Buli to stara piosenka – wychrypiał. – Zresztą, jak na razie, nic na niego nie mamy.

– Możemy to zostawić, jak jest – odezwała się wreszcie Sasza. – Nie będę was narażać. Dajcie mi tylko podręczne akta na dwa dni. Albo chociaż na noc – poprawiła się.

– Tylko? – żachnął się Duch. – Chyba cię głowa boli.

– Przydam się wam, niezależnie od mojej sprawy. Mogę pomóc – zapewniła.

– Pro-fi-lo-wa-nie – sylabizował Duch. – Już nie pijemy kawy z fusami. Neska jest tańsza i praktyczniejsza. Chcesz sobie powróżyć, to w domu. Sprawa jest prosta jak budowa cepa. Zresztą... – Zawahał się. – Mamy już sprawcę.

Buchwic i Sasza spojrzeli na Ducha zdziwieni.

– Tak mogłeś mówić dziesięć lat temu. Dziś profilowanie to uznana metoda – zaczęła Sasza. Jekyll gwałtownie jej przerwał.

– Jakiego sprawcę? Mamy tylko łuskę, kilka próbek z zapachem i odcisk podeszwy. I jeden paluch na klamce wejściowej. Ale przypominam, że to może być ślad jednego ze świętych, bo byli tam wszyscy, albo kogoś z pogotowia czy jakiegoś strażaka Sama, który rozpierdolił się na lampie. – wyliczał Jekyll. – Jest trzydzieści siedem osób do wyeliminowania! Kogo niby wytypowałeś? I kiedy? Na DNA za wcześnie. A może ja nic nie wiem o działaniach laboratorium kryminalistycznego, w którym pracuję?

– Dziś pracujesz, jutro możesz nie pracować – odparował Duch. – Iza Kozak odzyskała przytomność. Wskazała barmankę. Jest pewna na sto procent. Waligóra przy tym był.

– Szefunio? – zdziwił się Buchwic. – Sama góra pofatygowała się do szpitala? A was czemu nie wezwali?

– A co, medialna sprawa. Potem ją przesłuchamy, na razie źle się czuje – komisarz Duchnowski powtórzył słowa naczelnika wydziału.

– My? Czyli teraz trzymasz z Walim? – Jekyll uśmiechnął się z politowaniem. – Od kiedy ta zmiana frontu?

Duch zignorował przytyk. Odwrócił głowę do Załuskiej, jakby obawiał się, że Jekyll na końcu języka ma jakąś kąśliwą uwagę. Na szczęście zatrzymał ją dla siebie.

– To na razie tajna informacja. Żeby pismaki nie wyniuchały. Dostali lewe sanki, jeszcze żaden nie wyczaił przełomu w sprawie. Dzioucha zatrzymana, poćwiczymy z nią. Niezła z niej degeneratka. Matka recydywistka, ojciec autor nieznany. Karana. Co ci będę mówił, genetyka. – Rozłożył ręce.

Załuska łyknęła espresso, włożyła dokumenty do torby.

– Duchu, żeby była jasność. Rozumiem cię – powiedziała. – Dziwię się tylko, że jesteś w stanie to tolerować. Innego cię pamiętałam.

Spojrzał na nią z pogardą.

– Rozumiem – powtórzyła. – Rodzina. Dzieci. Emerytura. Pewnie masz już coś załatwionego za dobre pieniądze. Nie będę robiła ci wbrew.

– Bierzesz mnie pod włos? – Duchnowski uśmiechnął się krzywo. – Ty? A potem mnie sprzedasz. Pytanie tylko komu.

– Myśl sobie, co chcesz. – Sasza nie dała się wyprowadzić z równowagi. – Nie doniosłam na ciebie. Nigdy. Zawsze cię szanowałam.

Duchnowski zamyślił się. Nie uwierzył jej, ale widziała w jego twarzy wątpliwość. Wstał tak gwałtownie, że krzesło się zachwiało, ale nie upadło.

– Czas na mnie. Służba nie drużba. Psycholożka zaciążyła, muszę przypilnować jakiegoś dzieciaka po psychostudiach, żeby nie spalił cudownie przebudzonej ofiary.

Przyłożył palce do czoła, jakby salutował, ale nie odszedł. Patrzył na Buchwica, który z zapamiętaniem oblizywał kostkę po żeberku i głośno cmokał.

– Co? – Duch spojrzał na niego.

Jekyll odsunął talerz.

– Gówno, synek. – Wzruszył ramionami. Wskazał Saszę. – Ona jest psychologiem. I była w śpiączce, tak?

Duchnowski patrzył na kobietę, jakby zobaczył ją pierwszy raz w życiu.

– Tak?

Skinęła głową.

– Po pożarze. Dwa tygodnie.

– Nieważne, ile i kiedy. Była. Wszystko się bardzo ładnie komponuje – zirytował się Jekyll.

– Nie spierdoliłaś do Londynu jako ucho? – dopytywał się Duchnowski.

– Sama położyłam raport o zwolnienie – wyjaśniła. – Prawdą jest tylko, że za dużo piłam i spaliłam tę akcję. Zamiast iść na posterunek, dotarłam do monopolowego. Stamtąd mnie uprowadził. To moja wina, że wtedy nie złapaliśmy copycata* „Czerwonego Pająka".

Obaj patrzyli na nią zaskoczeni wyznaniem.

– Nie musisz się tak biczować – żachnął się Duchnowski. Usiadł z powrotem. – Bo się rozpłaczę.

Jekyll zaczął wyjadać owoce z kompotu.

– Mogłaby się wam przydać – wtrącił niby od niechcenia. – Oferuje pomoc. Nie chce nic w zamian. Gdyby ciebie ktoś wrabiał, odpuściłbyś, synek? Wątpię. Zresztą, jeśli nie weźmiesz Calineczki, i tak jej wszystko opowiem. Bławik, czyli obecny Buli, był w mojej grupie w Szczytnie. Zdolna bestia. Razem z Tedim, obecnie antyterrorystą, rządziliśmy tą budą we trzech: Bławicki, Buchwic i Mikruta. Potem mnie posunęli do laboratorium, Tedi spełnia się w kominiarce, a Buli wybrał wolność pod piracką flagą. Kasę zawsze lubił. Obserwuję gościa już trzecią dekadę. To człowiek Słonia, choć nikt mu nigdy niczego nie udowodnił. Jak sądzisz, dlaczego? Wszyscy o tym wiedzą. Waligóra z nimi współpracował. Kumplowali się. Gdyby Buli nie poszedł w bok, to on byłby dziś komendantem. Był najlepszy. A potem, sam

---

* *Copycat* (ang.) – naśladowca, papuga; *copycat crime, copycat murder* – przestępstwo wzorowane na innym.

wiesz. Nie dało się tego odkręcić. Zależności, kasa, prochy. Nawet raz widziałem go na robocie. Przyjechał po haracz z Majamim do mojego sąsiada. Fajnego miał pitbulla. Zgłosiłem, i co? Przenieśli mnie na technika do laboratorium w wojewódzkiej, żebym nie paszczył. A ty? Nigdy nie spotkaliście się po dwóch stronach? Nie wierzę. Swoje zresztą wiem.

Duchnowski zawahał się, ale twarz nadal miał zaciętą.

– A co mu mogę dzisiaj udowodnić? Że kolegował się kiedyś z mafiosami? Mało takich było? Dziś jest czysty. Jak łza, Jekyll. Legalne biznesy, mucha nie siada. Niech się z nim boksuje skarbówka.

– Każdy ma coś za kołnierzykiem, synek. I to się łączy z naszymi z firmy. Wali ruszył swoją tłustą dupę do śpiącej królewny, bo się czegoś scykał. Ona coś wie, ta cudownie ocalona. Wie i albo powie, albo nie. Wszystko zależy od ciebie. – Zawiesił głos. – Albo mu kazali pójść, ale to byłoby jeszcze grubiej. Ja w każdym razie tak to widzę.

Duchnowski nic nie odpowiedział, zacisnął usta, zastanawiał się. Jekyll skorzystał z jego skupienia. Dodał, wskazując profilerkę:

– A ona chce to rozwikłać. Szalona jakaś. Nie, odpuść sobie, niech dziewczyna wypierdala. Dobra decyzja, bardzo dobra.

Odsunął brudne talerze. Kolejno wyciągał z serwetnika kawałki papieru i wycierał nimi palce do czysta. Po chwili pojemnik był pusty, wokół Buchwica zaś leżał stos śmieci.

Duch wstał. Zamienił słówko z kobietą za barem. Sasza okrążyła stół i ucałowała Buchwica w sam czubek nosa.

– Za co? – zdziwił się.

– Za technikę przesłuchania – rozpromieniła się. – Pięknie go podszedłeś.

— W tym wieku każdy ma swój wrzód na dupie. – Buchwic wzruszył ramionami. – A jego rozsadza wkurw na Waligórę i jemu podobnych. Zaczynali razem w patrolu. I patrz, jak się porobiło. Tamten dupek jest komendantem, a nasz Duchu zapierdala na oględziny i bierze po sześć dyżurów tygodniowo, żeby nie myśleć, bo mu żona kazała robić wypad z baru. Ciężko to przeżył. Widzisz, jak niknie w oczach?

— Rozstali się? – zdziwiła się Załuska. – Marta i Robert byli nierozłączni. Myślałam, że ich nic nie poróżni. Zawsze byli razem.

— Nie ma zawsze, Saszka. Jest tylko teraz. – Jekyll machnął ręką. – Sam jest Duchu. Żyje z rudym, zezowatym kotem. Dzieci w niedzielę odwiedza, jak nie ma dyżuru. Nawet na kurwy nie pójdzie. Boi się, że na niego doniosą. Nie masz jakiejś chusteczki? Strasznie się uświniłem.

Sasza wyjęła opakowanie i położyła na stole. Jekyll otworzył i kontynuował przerwaną czynność, jakby miał czasu jak lodu.

— To nie jest porządny facet, ten Waligóra? – zmieniła temat.

— Bardzo. Doskonały do używania.

— Przez kogo?

— Oto jest pytanie.

— Dużo tych pytań.

— Dasz radę. Każdy normalny gliniarz marzy, by ktoś wreszcie wyczyścił przedpole, ale nikt nie chce tego zrobić. Ludzie się cykają. Ale pomogą, jak się ich poprosi o drobną przysługę. Tu pół litra, tam stówka, dwie. Jak trzeba, podstawię, komu należy, krzesełko i pętelkę. Pomogę ci, mam swój katechizm – zapewnił Jekyll. Obejrzał dłonie, oddał jej prawie pustą paczkę chustek. – Dzięki. I wiesz co, teraz jesteś ładniejsza. Wtedy byłaś taka pućka. A dziś klasowa. Tylko tę masońską kawę pijesz jak jakaś zagraniczna lala. Nie to, co kiedyś.

Sasza uśmiechnęła się do niego oczami.

– Nie mów do mnie więcej Calineczka – poprosiła.

– Kret już nie żyje, mała.

– Książę też. – Sasza posmutniała. – To była jedna i ta sama osoba.

Przerwała. Wrócił Duch. Był śmiertelnie poważny, podjął widać decyzję.

– Nie ma cię. – Wskazał palcem na Saszę. – Dziś o dziewiętnastej tutaj. Będziesz miała cztery godziny. Możesz kopiować, skanować, zeżreć je, ale ani minuty dłużej. Ja w tym czasie będę jadł i czytał nowego Nessera. A oficjalnie wpisuję cię jako psychologa nadzorującego odzyskanie pamięci Izy Kozak. Masz jakiegoś kwita z tej swojej szkółki? Muszę mieć podkładkę, dlaczego ściągam kogoś z zagranicy.

– Odzyskanie?

– Wskazała barmankę, ale podała, że strzelała z rewolweru. Balistyk wykluczył ten rodzaj broni. Trochę to nam osłabia jej zeznanie.

– Trochę? Adwokaci zaraz się tego chwycą.

– Dlatego przekonałem proroka, żeby poczekał z konferencją prasową.

– Od czego zginął Igła? – zapytała Sasza. – Jest tylko łuska, tak?

– Osiem milimetrów. Prawdopodobnie przeróbka z gazówki na ostrą.

– To było popularne w latach dziewięćdziesiątych. Ulubiona klamka gangsterów – zdziwiła się Sasza. – Dziś to antyk. Na mojego nosa to się jakoś wszystko ładnie połączy. Ale nie wiem jeszcze jak.

– Możesz sobie szukać tych połączeń. Byle nie za długo – mruknął Duch. – Na razie mamy podejrzaną i fajnie, jakbyś popatrzyła na nią z boku. Miesiąc temu zainstalowali nam nowe lusterko we firmie.

– Mam przyjść na komendę? Czy to legalne?

– A czy fotoradary są legalne? Czy handlowanie VAT-em jest legalne, czy ruchanie dzieci przez księży jest legalne?

Sasza wyciągnęła rękę.

– Dzięki, Duchu.

Zawahał się, ale uścisnął jej dłoń.

– Nie spóźnij się. Nie musisz się malować.

– Nie maluję się. Odstawię tylko dziecko do babci i będę.

– Masz dziecko? Wyszłaś za mąż? – zdziwił się.

Spoważniała.

– Córka, sześć lat. We wrześniu puszczam ją do szkoły.

– Dziecko daje dobrą kotwicę. – Posłał jej uśmiech. – Zmieniłaś się.

– Zrzuciłam skórę. Jestem teraz kimś zupełnie innym.

– Zawsze byłaś w tym dobra – pochwalił ją.

Oboje wiedzieli, że ma rację.

Trójkąt neurologiczny miał czerwony kolor, rączka była chromowana. Iza przyglądała się, jak neurolog Sylwia Małecka opukuje jej kończyny. Sprawdziła wszystkie odruchy, kazała jej zginać i prostować ręce, zaciskać dłonie w pięści. Potem drapała ją igłą po ciele i pytała, czy czuje ból tak samo po jednej i drugiej stronie ciała. Na koniec poleciła jej unieść ręce przed siebie i zatrzymać w tej pozycji przez chwilę. Prawa opadła nieznacznie. Była też wyraźnie słabsza. By to zauważyć, nie trzeba było wiedzy medycznej. Iza już wcześniej to spostrzegła. Palcami poruszała niezgrabnie, topornie. Nie umiała chwycić ołówka. Ale to na pewno da się jakoś wyćwiczyć. Kiedyś chodziła na rehabilitację. Spadła ze schodów, połamała się w biodrze. Cierpliwie ćwiczyła i wyszła z tego.

– Ma pani niedowład prawej ręki i nogi niewielkiego stopnia. I kłopoty z mową.

Iza wpatrywała się w nią, w dalszym ciągu nic nie rozumiejąc.

– Wszystko jest w porządku – pocieszyła ją lekarka. – Niedowład nie jest duży. Przejdzie pani rehabilitację. Odzyska sprawność w ręku. Pamięć także wróci. Czas działa na pani korzyść.

Przyszła pielęgniarka. Sprawnie podniosła Izę z łóżka i zmieniła prześcieradło. Kiedy kobieta leżała już z powrotem w świeżo zaścielonym łóżku, pielęgniarka wyjęła z kieszeni fartucha długopis i zaznaczyła coś w karcie. Iza zauważyła, że paznokieć najmniejszego palca pielęgniarki jest zsiniały, niemal czarny.

– Co to? – wychrypiała.

– Przytrzasnęłam drzwiami. – Pielęgniarka pokryła zawstydzenie śmiechem. Natychmiast zwinęła dłoń w pięść.

Iza uniosła rękę i wskazała długopis. Pielęgniarka przyjrzała się metalowemu produktowi reklamowemu w kolorze złota z logotypem słonia, po czym przekazała Izie. Ta chwyciła go niezdarnie. Z uwagą przyglądała się przedmiotowi, jakby coś jej przypominał.

– FinancialPrudentialSEIF.de – odczytała. – Skąd pani to ma?

– Dostałam, kiedy zakładałam lokatę. To firma ubezpieczeniowa i taki bank. Inwestują w kruszce. – Pielęgniarka wzruszyła ramionami. – Ale podobne długopisy zamawia teraz prawie każda korporacja. Nie mogę go pani zostawić. To mój prywatny.

Iza natychmiast oddała przedmiot.

– Mogę pożyczyć? – Podeszła do nich neurolog. Rzuciła okiem na pacjentkę, a potem usiadła przy stole obok i zaczęła pisać. Iza z zazdrością patrzyła, jak długopis tańczy jej w ręku.

„Niedowład połowiczny prawostronny i ośrodkowy niedowład nerwu VII prawego i XII prawego. Wycofująca się afazja ruchowa: deficyty pamięci bezpośredniej. Wskazana rehabilitacja ruchowa oraz mowy" – zanotowała lekarka w historii choroby.

Wstała, oddała pielęgniarce długopis.

– Powinna pani dużo odpoczywać – poradziła Izie. – Przyjdzie do pani rehabilitant. Proszę ćwiczyć. Ja albo któryś z moich kolegów ocenimy postępy za jakiś czas.

Po chwili już ich nie było.

Iza przymknęła oczy. Czuła, że znów morzy ją sen. Właściwie budziła się jedynie na wizytacje lekarzy. Kiedy przysypiała, przed oczami pojawiły się obrazy. Były bardziej jak flesze, krótkie migawki. Długopis z napisem, chromowana rączka trójkąta neurologicznego, a potem klucz. Iza natychmiast otworzyła oczy. Pokój nie zmienił się, nadal była w szpitalu. Wiedziała jednak, że to wspomnienie jest ważne. Dlaczego, nie miała pojęcia. Ale ten klucz dobrze znała. Był to nieduży wsad do drzwi antywłamaniowych Gerdy z kółkiem owiniętym fuksjową muliną. Należał do Łucji Lange. Czuła, że znów zasypia. Ale ostatkiem sił wychyliła się, wygrzebała z szafki opakowanie po herbatnikach i koślawiąc litery, lewą, silniejszą ręką zanotowała: „Klucz".

– Nie zrobiłam tego.

Gwałtownie poruszała nogą. Obcas zamszowych botków był nadłamany. Kabel splątany niczym wąż nie pozwalał na odejście od starodawnego aparatu, jaki wciąż był na stanie komendy policji. Miał więcej lat niż Łucja, podobnie jak reszta sprzętów w pomieszczeniu. Aż prosiło się o remont, ale brakowało pieniędzy nawet na papier do ksero czy długopisy. Kto by myślał o wymianie działających urządzeń?

– Nie obchodzi mnie, czy pan mi wierzy – rzuciła niezbyt uprzejmie i odsunęła słuchawkę od ucha. Pod oczami miała sińce z niewyspania. – Powiedziałam tylko, że nie obchodzi mnie... Dlaczego pan mi przerywa? Ludzkie życie tak, ale nie interesuje mnie, czy ktokolwiek mi wierzy.

Oddychała głęboko, coraz bardziej poirytowana.

– Tak, w sensie nie! Nie interesuje! A co to ma do rzeczy? Jestem niewinna.

Twarz wykrzywiona złością.

– Dzwonię tylko dlatego... – Zawahała się. W oczach miała teraz łzy bezsilności. – Nie mogę dodzwonić się do cioci. Nie chcę, by dowiedziała się z telewizji. Wiem, że codziennie jest w kościele. Nie opuściłaby żadnej mszy odprawianej przez księdza Staronia. Pomaga na plebanii. Na pewno pan ją zna! Krystyna Lange. Pracuje w czystepranie.pl, oddajecie jej swoje sutanny i pościel do magla. Czy może pan przekazać wiadomość księdzu, żeby on przekazał mojej cioci, że wszystko w porządku i nic mi nie jest? Że jak tylko stąd wyjdę, przyjadę.

Znów odsunęła słuchawkę. Zaczęła bezgłośnie liczyć do dziesięciu. Kiedy się odrobinę uspokoiła, przyłożyła ją ponownie do ucha.

– Nikt mnie nie bije – oburzyła się. – Tego nie powiedziałam. Proszę przekazać, żeby ciocia się nie martwiła, i zapewnić, że nie jestem jak matka. Wiem, że to dziwne. Ale mam prawo tylko do jednego telefonu, a numer cioci miałam w komórce, która nie działa. Ksiądz Marcin będzie wiedział.

Na twarzy kobiety odmalowało się przerażenie.

– Dodzwoniłam się do kościoła Bożego Narodzenia na Stogach? Z kim ja w ogóle rozmawiam? Wikary jak? Jakoś się pan chyba jednak nazywa.

Łucja zamarła w bezruchu. Ze słuchawki wydobywał się jednostajny sygnał zerwanego połączenia. Funkcjonariuszka podeszła do kobiety, wyjęła jej słuchawkę z ręki. Odłożyła na widełki aparatu w ścianie.

– To wszystko? – Skrupulatnie rozsupłała skręcony kabel. Musiała tu pracować od lat. Niewiele ją dziwiło. Wpatrywała się w podejrzaną, w końcu delikatnie poklepała ją po plecach, jakby chciała dodać otuchy. Łucji wydało się przez chwilę, że znajduje w jej oczach współczucie.

– Rzucił słuchawką – odezwała się drżącym głosem.

Liczyła, że policjantka zrobi coś poza rutynowymi czynnościami, ale ta milczała. Wyraźnie dawała do zrozumienia, że śpieszy się do kolejnych obowiązków. Kiedy skończyła z kablem, wezwała pstryczkiem ochronę i zaczęła składać dokumenty do teczki. Lange dalej mówiła do siebie. Nakręcała się.

– Przecież ten bezczelny uczeń na księdza nie przekaże mojej wiadomości. On tego nie zrobi! Dżizas! Czego ja się spodziewałam? Wypytał mnie o wszystko, a teraz mnie oleje.

Ukryła twarz w dłoniach. Słychać było pociąganie nosem, coś między chlipaniem a chichotem. Nagle zerwała się, próbowała chwycić wychodzącą policjantkę za ramię. Zaskoczona kobieta sprawnym blokiem odsunęła podejrzaną na bezpieczną odległość. Łucja z impetem upadła na podłogę. Obcas złamał się definitywnie. Kiedy policjantka wyciągnęła rękę, by pomóc Łucji wstać, ta odsunęła się, skuliła w rogu.

– Przepraszam – szepnęła pokornie.

Mundurowa wprawnym ruchem podniosła młodą kobietę, posadziła ją siłą na krześle. Jej głos nie był już miły. Łucja widać wyczerpała kredyt cierpliwości.

– Nie ruszaj się – policjantka wydała polecenie. – I żadnych więcej głupot, bo pogarszasz sprawę.

Załuska początkowo nie wiedziała, jak interpretować kompulsywne zachowania podejrzanej. Przez lustro weneckie nie widziała wszystkiego dokładnie. Dopiero kiedy Lange podniosła głowę, profilerka zrozumiała, że atak na policjantkę był ostatecznym gestem poddania się. Dała Duchowi znak, że chce pomówić z dziewczyną. On sam próbował już godzinę temu, bez skutku. Ustalili, że poczekają kilka godzin, zanim zabiorą się do niej ponownie. Załuska jednak zmieniła zdanie. Uparła się, by kuć żelazo, póki gorące. Podejrzana odmówiła składania wyjaśnień, konsekwentnie nie przyznawała się do winy. Nie miała alibi. Motyw był słaby, ale z braku innych przesłanek kurczowo się go trzymali.

Rabunek plus zemsta za oskarżenie o kradzież. Jeśli prokurator mądrze to przedstawi, mogło przejść w sądzie. Mieli wskazanie cudem ocalonej ofiary. Dla prasy wyglądało to spektakularnie, dla śledczych ślisko: żadnych twardych dowodów. Wystarczyło jednak do zatrzymania podejrzanej na czterdzieści osiem godzin. W tym czasie musieli zdobyć coś więcej, by sąd zdecydował o aresztowaniu Lange na kolejne trzy miesiące.

– Nie teraz. – Duch machnął ręką zniecierpliwiony. – Nadal nie ma jej adwokata. Jeśli nie pojawi się w ciągu kwadransa, zabieramy ją na badania. To ważniejsze. Po południu weźmiesz ją do konfesjonału.

Sasza kolejny raz przeglądała akta podręczne. Mimo mrówczej pracy Jekylla na miejscu zbrodni karta dowodów rzeczowych była krótka. Łuska od pistoletu kaliber osiem milimetrów, prawdopodobnie gazówka domowym sposobem przerobiona na ostrą. Śledczy puścili już farbę na mieście, że szukają takiego gnata. Niestety, jak nigdy, żadne ucho nie chciało zarobić kilku stówek. Mieli też odbitkę linii papilarnych wskazującego palca prawej ręki zabezpieczonych na klamce wejściowej – jedyną, która nadawała się do analizy porównawczej. Ale równie dobrze mogła pochodzić od pielęgniarzy, policjantów, jak i ofiar. Wiedzieli jedynie, że z pewnością nie należy do Łucji. Jej odciski były w bazie.

W pobliżu zwłok Janka Wiśniewskiego znaleźli klucze do Igły oraz Iglicy; jedno z kółek owinięte było muliną w barwie fuksji – ulubionym kolorze Łucji. Załuska zdziwiła się, że to połączenie z podejrzaną wymyślił któryś z policjantów. Niektórym mężczyznom wydaje się, że rozumieją kobiety. Odcisku buta na śniegu przed wejściem do klubu również nie dało się z nikim połączyć. Była wreszcie niebieska rękawiczka z ćwiekami. Damska mitenka z cienkiej skóry w rozmiarze medium. Jeszcze do niedawna musiała być stylowa. Teraz zgnieciona i ubrudzona brunatną substancją przypominała kawałek starej szmaty. Poza łuską była ich głównym dowodem. Najpierw sądzili, że należy do ofiary. Ale drugą, prawdopodobnie do pary, znaleziono w mieszkaniu Lange. Jekyllowi udało się zabezpieczyć na niej próbki krwi ofiar, a także krew innej osoby. Niewiele, zaledwie kroplę. Śladów linii papilarnych z takiego materiału nie było sensu brać pod uwagę. Nie nadawały się do badania. Ale zapach i ślady biologiczne były wystarczające. Wszyscy wiele obiecywali sobie po analizie DNA. Jeśli okaże się zgodne z kodem genetycznym Łucji, uniknęliby procesu poszlakowego pod okiem wszystkich możliwych telewizji, których obecności już teraz można się spodziewać na rozprawie. Gry hazardowej „na dwoje babka wróżyła", czyli procesu poszlakowego, bali się wszyscy. Zabójstwo celebryty budziło emocje i aż do wyroku sprawa z pewnością będzie pod obstrzałem mediów. Duchnowski miał telefony z góry, a na odprawach zawsze był ktoś od komendanta. Dziś nawet mądrzył się rzecznik. Wszyscy mówili to samo, jakby Duch pracował tu od wczoraj: „Nie możemy popełnić błędu".

– Albo na twardo udowodnię winę tej barmance i dam sądowi materiał, że mucha nie siada, albo wszyscy dostaniemy po uszach. Proces poszlakowy nie wchodzi w grę – oświadczyła prokurator Ziółkowska. Uparła się, by jak najszybciej rzucić Łucję na pożarcie prasie. Twierdziła, że zawsze znajdzie się jakiś życzliwy, gotów donieść na ekscentryczną koleżankę. Całe szczęście jej szef Jerzy Mierzewski zakazał organizowania konferencji prasowej do czasu wyników analizy DNA.

– Im dłużej da się utrzymać tę informację w tajemnicy, tym lepiej dla śledztwa – mówił.

Duch odetchnął z ulgą, że są jeszcze wśród oskarżycieli ludzie trzeźwo myślący. Szanował Mierzewskiego. Był, jego zdaniem, najlepszym prokuratorem w Polsce.

– Lalka, skąd mam ci wyczarować twarde dowody? – żachnął się teraz Duchnowski. Nie miał ochoty tłumaczyć się prawniczce. Był od niej dwa razy starszy. Przecież była tam, znała sytuację. Ten, kto strzelił do piosenkarza, nie zostawił prawie żadnych śladów, a resztę, jeśli jakaś była, zadeptali komendanci i pogotowie ratujące Kozak. Cała zbrodnia trwała kilkanaście minut. Sprawca oddalił się z miejsca zdarzenia tak szybko, że nikt go nie widział, nie słyszał. Znaczyło to, że albo miał wsparcie, albo coś im umknęło. Nie ma ludzi niewidzialnych.

– No właśnie o tym mówię! – chwyciła się tej hipotezy prokuratorka. – Lange dobrze znała klub i okolicę. Wiedziała, gdzie trzymają pieniądze. Miała konflikt z ofiarą. Załatwiła spluwę na czarnym rynku. Weszła, strzeliła, uciekła. Może miała wspólnika, ktoś stał na czatach. Przyciśnijcie ją!

– Jakim czarnym rynku? – Duchnowski złapał się za głowę. – Ta klamka starsza od węgla jest. Nawet ja miałbym problem.

– Macie nakaz, daję wam wszystkie glejty. Sprawdźcie jej lokal, rodziców, kochanków. Gdzieś ten pistolet musiała ukryć – upierała się Ziółkowska.

– Dziecko, nie ucz mnie, jak mam prowadzić śledztwo! – Duchnowski nie wytrzymał. – Robię, co mogę. Pracowałem w tej firmie, jak ty jeszcze siusiałaś w pampersy. Zresztą, jak jeszcze pampersów nie było, ja już dymałem na oględziny.

Chciał odłożyć słuchawkę, ale się powstrzymał. Bał się, że i tak przesadził. Prokuratorka przełknęła to, była zawodowcem, wiedziała, jak niewdzięczna jest jej rola. Zdawała sobie też sprawę, że pracuje z najlepszym śledczym w komendzie. Duch, choć bywał gwałtowny i nie zawsze miły w obejściu, znał się na swojej robocie. Zresztą wszystko to, co radziła, zrobili już na samym początku. Ciotka zatrzymanej omal nie zemdlała na widok kilku tajniaków, którzy jeszcze tego samego dnia wtargnęli na Helską. Choć zapewniała, że nie widziała siostrzenicy od kilku tygodni, przetrzepali dawny pokój Łucji i resztę mieszkania. Broni nie znaleziono.

Na wiele jednak w tej materii nie liczyli. Każdy przestępca wie, że broni najlepiej pozbyć się w częściach. Zakładali, że została zakopana w lesie, na wydmach albo trafiła do morza. Przeszukali wprawdzie zatokę i teren wokół falochronu, ale znaleźli tylko kupę złomu i kilka martwych zwierząt oraz zapewnili nocleg w izbie wytrzeźwień paru zmarzniętym menelokom. W końcu postawili na przesłuchania świadków. Liczyli, że w Wielkanoc ktoś mógł widzieć dziewczynę wybiegającą z Igły. Ktoś może słyszał strzały? Przesłuchano wszystkich mieszkańców sąsiednich kamienic – lokal po lokalu. Nikt, nic. Założyli, że ludzie byli zbyt zaaferowani świętami, awarią prądu, by zwrócić uwagę na uciekającą barmankę, choćby i z bronią w ręku. Jedenastu ludzi w ciągu kilkunastu godzin przejrzało wszystkie dostępne materiały z monitoringu. Teren w okolicy Monciaka jest naszpikowany kamerami. Jak się okazało, tego ranka na ulicach Sopotu, poza wzorowymi chrześcijanami, zwykle w wieku sześćdziesiąt plus, nie było zbyt wielu przechodniów.

– Tylko watahy babć w moherach – usłyszał Duchnowski. Bez entuzjazmu przeglądał spis ustalonych personaliów osób powracających z mszy w okolicach Pułaskiego przez Monte Cassino, Bema, Chopina czy Chrobrego. Sprawdzili wszystkie przejeżdżające tamtędy auta. Też nie było ich wiele. W większości przyjezdni lub służby miejskie. Uznali, że sprawczyni musiała jednak oddalić się na piechotę między kamienicami.

— Może się przebrała i ukryła w tym tłumie? — zasugerowała młoda policjantka, wskazując tłum na przystanku autobusowym. Jedna z babć na zdjęciu miała twarz zasłoniętą szalem.

To nie było takie głupie. Na nowo więc przeanalizowali materiały. Wiele z tych osób odwiedzono w domach. Policjanci wrócili z żołądkami pełnymi ciastek i świątecznych smakołyków, lecz z pustymi notesami. Nikt nie rozpoznał Łucji ani nie widział nikogo podejrzanego. Wszyscy w jednostce zgadzali się, że to co najmniej dziwne. W starej części Sopotu wszędzie jest blisko. To nie aglomeracja, w której można zachować anonimowość jak choćby na Śląsku czy w Warszawie.

— Wyparowała czy jak? — zdenerwował się Duch. — Może miała metę w okolicy? Ukryła się i opuściła miejsce zdarzenia, dopiero kiedy wszystko przycichło. To miałoby sens. A może po prostu...

— Jej tam nie było — zaryzykowała Sasza. — Może sama nie strzelała, lecz zleciła to zawodowcom? Dlatego milczy. Mogła nawiązać kontakt, pracując w tym barze. Zabójca pozbierał łuski, fachowo się oddalił. Tyle że nie dobił kobiety. Może nie jest zbyt doświadczony. Wziął chałturę, siedzi teraz i pije, bojąc się aresztowania.

— Bzdura! Sprawdziliśmy tę wersję operacyjnie. — Duch pokręcił stanowczo głową, ale widziała, że już o tym myślał. Nie mógł się przyznać, bo oznaczałoby to, że idą w złym kierunku. Było coś jeszcze, co wyraźnie wskazywało na związek Łucji ze sprawą. Nawet jeśli nie strzelała sama, mogła wiedzieć, kto maczał w tym palce. Buli twierdził, że z lokalu zginęło trzydzieści tysięcy złotych. Miał spisane numery banknotów. Dokładnie taką kwotę znaleziono przy podejrzanej. Ich numery się zgadzały.

– Barmanka jest winna. Ukradła pieniądze, nakryto ją, więc zabiła. Miała pecha, nie dobiła jednej z ofiar. Pewnie zabrakło jej amunicji – upierała się prokuratorka.

– A dlaczego Buli je spisał? – zastanowiła się Załuska. – Te numery. To dziwne. Dlaczego zapisał akurat te. Pytaliście?

– Dlaczego? – Prawniczka zawahała się i przeniosła wzrok na Ducha.

– Był okradany. Zawsze je zapisywał, zanim woził do banku. Tak twierdzi – padła odpowiedź.

– Lange o tym nie wiedziała? – Sasza zdjęła okulary i potarła zmęczone oczy. – Pracowała tam nie od dziś. Moim zdaniem to się nie składa. Nie kradłaby pieniędzy, które tak łatwo zidentyfikować.

– Składa się czy nie, mamy ją na dołku. – Duchnowski zakończył dyskusję i poderwał się do wyjścia. Sasza karnie ruszyła za nim.

– A ten Buli? – zapytała, kiedy byli już na korytarzu. – Jego nie wzięliście?

– Nic mi o tym nie wiadomo. – Duchnowski wsunął sobie do ust gumę do żucia. – Ma alibi od żony. Jeśli o mnie chodzi, w każdej chwili jestem gotów sprezentować mu śliczne metalowe bransoletki. Na razie mamy jednak tę Lange. Dobre nazwisko dla przestępczyni, nie?

– Znacznie lepsze niż Buli – mruknęła Załuska. – Choć fakt, zajmijmy się najpierw dziewczyną. Może działali razem?

Jeśli Iza Kozak nie wycofa zeznań, proces poszlakowy Łucja miała już zapewniony. Nie było źle, jak na dwa dni pracy. Choć z drugiej strony jeśli sprytny adwokat podważy tezę, że rękawiczkę zostawił sprawca, leżą na całej linii. Bo skoro Łucja pracowała w klubie, mogła zgubić ją wcześniej. Samo zeznanie Izy nie wystarczy, niepotrzebnie powiedziała o rewolwerze. I właśnie to wszystko dziś rano Duch powiedział swoim zwierzchnikom, a potem powtórzył prokuratorce.

– A kasetka? – upierała się Edyta Ziółkowska.

– Jaka kasetka?

– Ta na pieniądze. Motyw jest rabunkowy, to kluczowe. Skoro już chwytamy się tych zapachów.

– Edyto – westchnął zrezygnowany komisarz – już to ćwiczyliśmy. Nie ma na niej zapachu. Buchwic pobrał, jak prosiłaś, ale to metal. Nie jest dobrym nośnikiem. Ale jeśli chcesz, zrobimy ten eksperyment dla ciebie.

– Chcę – oświadczyła. – I paluchy.

– Bez zgodności – odbił piłeczkę.

– Jakiś włos? Ta dziewczyna ma długie włosy. Biologia?

– Nic nie mamy. Kasetka była czysta.

– Dobrze, idźmy w tę osmologię. Ale wystarczy, że zabraknie jednego ogniwa z łańcuszka poszlak, leżymy. – Prokuratorka nie kryła niezadowolenia.

– Dam znać, jak się pojawią nowe tropy. – Duch z ulgą zakończył dyskusję.

Potem poinformował Saszę, co sądzi o takim podejściu do śledztwa.

– Co się dziwisz, kobieta walczy o utrzymanie – skomentowała Załuska.

– Ostatnio spaliła mi sprawę kieszonek. Walczyliśmy z tym prawie pół roku. Dostała to na tacy i wszystkich wypuściła. To ma być prokurator?

– Załóż jej sprawę.

Duchnowski wybuchł gromkim śmiechem.

– Jej facet to szycha w Radzie Adwokackiej w Gdańsku. A przyjaciółka siedzi w tej komisji, która by ją badała. To klika.

– Z takim podejściem daleko nie zajdziesz.

– Ja po prostu nie chcę brać w tym udziału, z gierojstwa wyleczyłem się dawno temu. Tylko ludzi mi szkoda. Narobią się, a potem ta flądra wypuści zbójów. Głupiego robota.

– Rozejrzał się.

– No i gdzie ta papuga?

– Jakaż to sława palestry wzięła pod skrzydła naszą małą? – zainteresowała się Sasza.

Duch poklepał się po szyi na znak, że adwokat nie wylewa za kołnierz, po czym zaczął udawać, że idzie o lasce.

– Marciniak? – zdziwiła się profilerka. – On jeszcze pracuje? Jak on czyta akta? Przecież nic nie widzi.

– Podobno wzrok mu się poprawił. Mniej pije, ale laski nadal używa w sądzie. Dobrze działa na ławników. Miał być za kwadrans. Asystentka dzwoniła, że wyjechał z kancelarii. To by oznaczało, że jest raczej trzeźwy.

– A ja jestem czołgistką. Pamiętam go z dawnych sopockich lokali – mruknęła. I dodała: – Biedna dziewczyna. Tak jakby wcale nie miała adwokata.

– Coś ty, Marciniak nie pije od ponad roku. Siła woli.

– Spróbuj siłą woli powstrzymać sraczkę.

Duchnowski zmierzył ją zimnym spojrzeniem.

– Wydaje ci się, że jesteś zabawna?

– Wulgarna?

– Z pewnością.

Udało mu się ją zawstydzić.

– Nie żartuje się z chorych ludzi. – Zamyśliła się. – A jednak siłą woli nie wyleczysz alkoholika. Musi sam zrozumieć i przejść terapię. Zresztą nieważne. Kogo to obchodzi?

Duchnowski przemilczał odpowiedź. Załuska była mu za to wdzięczna.

– W takim razie daj mi kwadrans. Sprawdzę ją tylko na wykrywaczu kłamstw – rzuciła mu wyzwanie. – Jakby przybył mecenas, jakoś go przetrzymasz.

Komisarz podniósł brew, a potem – ku jej zdziwieniu – skinął głową na znak aprobaty. Zdawał się zaintrygowany.

– Dziesięć minut – zalicytował z szelmowskim uśmiechem.

– Dwanaście, potem ją zabierzecie.

Wyszukała w torbie papierosy i dyktafon. Schowała je do kieszeni kurtki. Potem podniosła głowę i powiedziała:

– Marciniak nie przyjedzie. Tyle to trwa, bo robią podmiankę. Ta dziewczyna nie zabijałaby dla trzydziestu tysięcy. I to numerowanych. Tu chodzi o coś więcej. Ktoś jej opłaci doskonałą papugę. Bądź czujny, Duchu.

– Ta – mruknął Duchnowski. – Powróżmy sobie. Skąd możesz to wiedzieć?

– Obroty firmy liczą się w milionach. Nie chodzi o ten klub. W grę wchodzą porachunki. Ta kobieta jest doskonałym słupem. Może nawet pójdzie siedzieć, ale to tylko wierzchołek góry lodowej.

– Wolne żarty, Załuska. Nie każda sprawa to międzynarodowa afera. Filmów się naoglądałaś w tej Anglii. Halo, jesteśmy u nas, na prowincji.

– Zakład, że zamiast Marciniaka przyjdzie adwokat z pierwszej ligi?

– Do niej? – Komisarz pokręcił głową z niedowierzaniem i wyciągnął rękę, przyjmując zakład. Załuska uścisnęła ją niepewnie. Już żałowała tego, co powiedziała. – O flaszkę? – zaproponował.

Droczył się z nią, była pewna. Zawahała się. Przełknęła ślinę.

– Nie te czasy – powiedziała dobitnie. – O jedno życzenie. Każdy może mieć swoje.

– Wszystko jedno jakie?

Roześmiała się. Duchnowski też się uśmiechnął.

– To nie ona – zablefowała. – Gdyby to była ona, drugiej rękawiczki byśmy nie mieli. Poza tym komuś bardzo zależy, żeby nas wrzucić na lewe sanki. Może ja mam być tym, kto zrobi ferment, ale nie dam się sprowokować. Wciąż jeszcze myślę trzeźwo.

Duchnowski skrzywił się. Nie wierzył w jej teorię.

– Myślisz, że wszędzie czają się sprytni zabójcy, którzy przewidują, że przyjdziesz i będziesz ich rozkminiać. Oni są w większości bardzo prości, a te historie podobne. Patole, alkohol, bicie, bieda. Do większości nie trzeba profilera. Wystarczą lata praktyki na dzielni i turystyka miejsc zbrodni.

– Sprawdziłam jej dossier. – Sasza weszła mu w słowo. – Ona nie jest głupia. I gdyby to zrobiła, nie siedziałaby wczoraj w tej norze na falowcu i nie czekała na kominiarzy*. Zresztą zaraz się tego dowiem, nawet jeśli nie odpowie.

– Ciekawa teoria. – Duchnowski ziewnął i włączył stoper w elektronicznym zegarku. – Czas mija.

Załuska zapięła pod szyją zamek znoszonej zamszowej kurtki, postawiła kołnierz. Pewnym krokiem weszła do pokoju przesłuchań. Zostało jej jedenaście minut i czterdzieści sekund, by bez urządzenia zrobić Łucji test Gwinera. Taktyka przesłuchania niedoceniana w Polsce, ale bardzo skuteczna w Wielkiej Brytanii. Tak zwany psychologiczny wariograf.

---

* Kominiarze – w slangu policyjnym: antyterroryści.

Kiedy pierwszy raz zmierzyły się wzrokiem, Sasza wiedziała już, że ta kobieta wcale nie ciągnie na dno. Łucja tylko stwarzała wrażenie buntowniczki. Wewnątrz chowała się mała dziewczynka, której jedynym grzechem była niewiara w siebie. Wygląd wiele o niej mówił. Oczywiście nie dało się nie dostrzec jej tatuaży, kolczyka nad wargą czy asymetrycznie wystrzyżonej głowy z długim kędziorem ufarbowanym na wściekły róż. Ten mundur mówił: nie zbliżaj się, gryzę. Sasza była jednak pewna, że Łucja to osoba niezwykle zorganizowana, a jej ekscentryczna maska ma odstraszać i jednocześnie chronić przed zbliżeniem. Łucja musi być wobec siebie bardzo surowa. Prawdopodobnie stara się perfekcyjnie wykonywać wszelkie obowiązki, narzuca sobie kontrolę i jest zadowolona, jeśli realizuje założenia punkt po punkcie. W pewnym sensie ta opinia pasowała do profilu sprawcy. Strzelec z Igły też wydawał się zorganizowany, przewidujący i inteligentny, a przede wszystkim – zdaniem Saszy – to nie był zawodowy kiler. Ale to znaczyło, że Łucja mogła zabić Wiśniewskiego.

Poza tym ta kobieta miała ambicje. Sasza widziała jej zdjęcia, jej magazyn internetowy Mega*Zine Lost & Found, który robiła charytatywnie, dla własnej frajdy. Przygotowywała go profesjonalnie, z wyczuciem estetycznym. Byłaby świetną animatorką kultury. I tylko z braku wiary w siebie pracowała w klubie. A może istniał inny powód? Pieniądze? W każdym razie Sasza nie miała wątpliwości: dno Łucji nie groziło, bo go zaznała. Teraz mogło być już tylko lepiej, choć sygnały tego jeszcze się nie pojawiły. Znała dobrze ten typ kobiety. Sama kiedyś taka była.

– Podobno bardzo rzadko zdarza się człowiek z dwoma tatuażami. – Położyła na małym stoliku dyktafon oraz paczkę R1, którą bardzo powoli zaczęła rozpakowywać z folii.

– Albo ma się jeden i na tym poprzestaje, albo robi się drugi i zaraz potem trzeci, czwarty. Do zrobienia każdego kolejnego zawsze znajdzie się okazja. Prawda czy fałsz?

Łucja podniosła głowę. Zerknęła na dyktafon, był wyłączony. Sasza dostrzegła w kąciku ust podejrzanej kpiący grymas.

– Fałsz – mruknęła prowokująco podejrzana. Obie wiedziały, że to prawda. – Odmówiłam składania wyjaśnień – dodała łagodniej.

– Nie będziemy mówić o sprawie. Chyba że sama będziesz chciała – zapewniła Sasza i uśmiechnęła się usatysfakcjonowana. Łucja łatwo dała się podejść. Kiedy kłamała, była spokojna, skupiona. Patrzyła profilerce prosto w oczy. Większość ludzi tak się maskuje. Wydaje im się, że są wtedy wiarygodni. Nic bardziej mylnego. Sasza nie znosiła słowa „intuicja". Miało zbyt ambiwalentne konotacje wśród policjantów, choć większość z nich posługiwała się intuicją na co dzień. Ale intuicja plus trzeźwa ocena faktów zawsze przynosiły efekt w pracy z ludźmi. Życie to codzienne przesłuchanie, tyle że nie wystarczy słuchać. Trzeba też widzieć. Wtedy nie tylko się słucha, lecz także słyszy.

– Ja nie odważyłam się nigdy pokolorować – ciągnęła profilerka. W trzech ruchach zgniotła rurkę papierosa, włożyła do ust, podpaliła. Przesunęła paczkę w kierunku Łucji. Kobieta poczęstowała się. – Właśnie dlatego, że szybko się uzależniam. Nie umiem się zatrzymać.

Łucja naciągnęła rękaw, starając się ukryć tatuaż na dłoni. Język ognia wydobywający się z czeluści paszczy smoka wciąż był widoczny.

– Twój adwokat jedzie. – Sasza podała podejrzanej ogień. Przystawiła sobie krzesło i usiadła obok niej, bardzo blisko. Poczuła zapach potu. Niemal słyszała przyśpieszony oddech. Łucja natychmiast odsunęła się o kilka centymetrów. Sasza znów przestawiła krzesło.

– W twojej rodzinie nie było zbyt wielu solidnych facetów, co? – zaatakowała w jej zdaniem najsłabszy punkt Łucji. – Zaliczam do tej plejady także i twojego byłego męża. On zasłużył na te muchomory, ale dlaczego chciałaś ukarać jego nową kobietę? Czytałam akta. Swoją drogą, szkoda, że nie zdradziłaś receptury.

Łucja przełknęła ślinę. Odwróciła głowę. Sasza sądziła, że teraz kobieta powie prawdę, choć była dla niej bolesna. Jednak ona milczała, zamknęła się tylko szczelniej w skorupie.

– To nie twoja wina. – Sasza wstała. – Genogram. Multiplikujący się w rodowodzie błąd. Znam to z autopsji.

Łucja spojrzała na nią nieufnie, ale była zaciekawiona. Zaczarować, skonfundować, zdenerwować, rozśmieszyć, wzruszyć lub w inny sposób wzbudzić silne emocje – to był główny cel śledczego w trakcie przesłuchania. Jeśli cokolwiek z tego uda się osiągnąć, człowiek zaczyna mówić. Niestety, większość policjantów używa tylko najprostszej metody: naprzemiennego wzbudzania strachu i udawanego współczucia. A metoda kopania i głaskania kotka działa głównie na osoby z patologii. Każdy ma swój słaby punkt, wystarczy go znaleźć i tam uderzyć. Nawet jeśli się nie rozsypie od razu, zostanie zdobyty przyczółek. Tak naprawdę ludzie kochają mówić. Zwłaszcza gdy znajdują się w sytuacji kryzysowej. Chcą zrzucić z siebie ciężar. Konfesjonał, najstarsza i najskuteczniejsza metoda pozyskiwania danych. A kiedy idzie się do spowiedzi? Gdy gryzie sumienie, gniecie jakiś problem, czujemy się nie w porządku wobec siebie czy innych.

Sasza lubiła się czasem pobawić w księdza. Oferowała w zamian za informacje pomoc, oczywiście bez stawiania sprawy tak jasno. Relacja wzajemności zawsze skutkowała. Bycie miłym i empatycznym daje większe efekty niż wzbudzenie strachu. Zależy jeszcze, na jakim etapie przesłuchania i śledztwa. To jasne. Tylko nie wolno obiecywać zbyt wiele. A już na pewno tego, czego być może nie uda się spełnić. Nawet jeśli podejrzani przyjmują milczenie jako linię obrony, chęć zwierzeń w nich nie zanika. Są tylko w mniej komfortowej sytuacji. Muszą się cały czas pilnować, bo milczenie nie jest naturalne. Nie można się jednak chować w nieskończoność. Wreszcie ciężar trzeba z siebie jakoś zrzucić. To dlatego przesłuchania zajmują czasem całe noce. Zmęczenie i strach przed izolacją – to dwa najważniejsze czynniki pomagające w roztrzaskaniu psychicznym człowieka. Ale i tak najlepsza jest współpraca.

– Nie musisz nic mówić. Tylko cię sprawdzam. Notuję ślady behawioralne. Potrzebne mi do profilu – oświadczyła Sasza zgodnie z prawdą. Faktycznie nie chodziło jej o informacje. Wiedziała, że kobieta nie zamierza ich udzielać. Planowała jedynie przetestować ją pod kątem różnych typów reakcji. Chciała poznać jej miny, zachowania, tembr głosu. Rozpoznawać, kiedy kłamie. Nie trzeba było wielogodzinnego przesłuchania, wnikliwie przygotowanej taktyki. Wystarczyły trzy neutralne pytania i jedno bolesne, choć niezwiązane z tematem. To wszystko Sasza już miała. Zerknęła na zegarek, minęło dziewięć i pół minuty. Teraz finał. Tak naprawdę chciała zadać tylko jedno pytanie. Musiała mieć pewność, że dobrze odczyta reakcję Łucji.

Tymczasem podejrzana wybiła Saszę z ustalonej drogi. Przyjęła informację do wiadomości. Nie zadała ani jednego pytania. Nie patrzyła na profilerkę, lecz w punkt poza jej ramieniem. Była sztywna, przygryzała wargę. Bawiła się złamanym obcasem. Wreszcie odwinęła rękaw, ukazując ponownie tatuaż, nabrała powietrza i zaczęła mówić.

– Moja babcia urodziła moją mamę w wieku siedemnastu lat. Kiedy ja przyszłam na świat, moja matka miała dziewiętnaście. Ja skończyłam dwadzieścia sześć. Udało mi się nie mieć dzieci i jestem z tego powodu dumna.

Sasza wypuściła dym, uważnie słuchała. To była jej główna rola: słuchać i patrzeć. Nic więcej.

– Kłamiesz – zablefowała.

Łucja poczerwieniała. Zerwała się gwałtownie, zgasiła w połowie niedopalonego papierosa. Popiół wysypał się z popielniczki na stół.

– Kłamiesz, bo nie sądzę, że jesteś aż tak głupia, by nie wiedzieć, co się dzieje. – Załuska mówiła dobitnie, nie podnosząc jednak głosu.

– Nic nie zrobiłam. Wrabiacie mnie! Nie powiem już ani słowa bez swojego adwokata.

Sasza wskazała kobiecie krzesło. Łucja karnie zajęła poprzednią pozycję. Milczały, każda patrzyła w inny kawałek ściany. Sasza pierwsza przerwała ciszę. Im dłużej mówiła, tym bardziej pogłębiała się lwia zmarszczka na czole Łucji.

– To ty zajmujesz się nimi obiema. I matką, i ciotką. A tatuaże to nie twoja siła, tylko przykrywka. Znam je wszystkie. Smok, kot, wąż, ćma, lilie i irysy, oko demona oraz maki. Ale ty umiesz się zatrzymać. Możesz palić normalne papierosy, nie tak jak ja, te słomki. Zresztą patrz, czasem sobie folguję. – Sasza podniosła głos do reprymendy, złamała filtr wzdłuż perforacji. Uśmiechnęła się. – Takie małe oszustwo. Teraz będą smakowały jak czerwone marlborki.

Łucja patrzyła na profilerkę jak na wariatkę. Zastanawiała się, kim ta kobieta jest, o co jej chodzi oraz dlaczego dała się podpuścić. Zaczęła swoją mantrę.

– Możecie mnie zamknąć. Nie mam z tym nic wspólnego. Kiedy wyjdę, złożę zażalenie za niesłuszne zatrzymanie, oskarżę was o zniesławienie. I niech pani zabierze te fajki. Można od nich dostać żylaków za uszami.

– Tak mówią. – Sasza zdusiła peta. Wstała. – Może i tego nie zrobiłaś. Ale coś albo kogoś kryjesz. Niesłusznie. Banknoty były numerowane, to były pieniądze z kasetki. Jeśli zmienisz zdanie, zgłoś się do mnie. Chętnie posłucham.

Łucja odwróciła głowę. Wyraźnie chciała się dowiedzieć więcej, ale opanowała ciekawość.

– Nie mam nic do dodania – oświadczyła.

– Odzyskałaś swoje pieniądze? – Sasza uśmiechnęła się prowokująco. Czekała, ale tym razem odpowiedziało jej uparte milczenie Łucji. – Ta drobna kwota naprawdę jest warta odsiadki? Za zbrodnię pierwszego stopnia grozi ćwiartka albo dożywocie. Do-ży-wo-cie. Nie oznacza, że będziesz siedzieć do śmierci, ale kiedy wyjdziesz na warunkowe, nie będziesz już miała nikogo bliskiego. Może twoja ciocia nie dożyje twojego wyjścia. Opłaci ci się? A może chodzi o jakiegoś faceta?

Łucja spojrzała na nią rozwścieczona, ale nie podniosła głosu. Nie zerwała się, pokrzykując histerycznie, jak ostatnio. Tylko kpiący grymas, pełna kontrola, brak kontaktu wzrokowego. Załuska była pewna, że w tym momencie podejrzana mówi jej najczystszą prawdę.

– Żałuję, że tego nie zrobiłam. Tak, chciałam. Marzyłam o tym i niech mi Bóg, w którego nie wierzę, wybaczy, ale Iza Kozak zasłużyła na śmierć. Nie wiem, kto i dlaczego to zrobił, ale jestem z nim całym sercem. Brawo, kimkolwiek jest. I gdyby to było możliwe, zaczęłabym się modlić, by ta krowa nigdy się nie obudziła. Niechby żyła, ale leżała przez lata jak roślina, gniła od środka. Bo trzeba być prawdziwą suką, żeby tak kłamać. Zrzuciła na mnie winę, choć wie, kto do niej strzelał. Mam nadzieję, że ten ktoś przyjdzie i zrobi to jeszcze raz. Tym razem skutecznie. Naprawdę żałuję, że to nie ja strzeliłam, bo gdybym to zrobiła, ona byłaby martwa, a ja dawno odpoczywałabym na Karaibach. Kiedy jestem dobra, jestem bardzo dobra, ale kiedy jestem zła, jestem jeszcze lepsza.

Sasza zerknęła na zegarek, zostało jej półtorej minuty.

– Tak właśnie myślałam. – Wstała. Położyła na stole wizytówkę. Łucja nawet na nią nie spojrzała. – Jeszcze jedno – ciągnęła psycholożka. – Te pieniądze zaszyte w płaszczu. Wzięliśmy je do badań. Buli, twój szef, podał numery banknotów zrabowanych z kasetki. Są zgodne, więc jeszcze długo będziemy się spotykać na Kurkowej. To na razie będzie twój dom. Przyzwyczajaj się. Oczywiście wszystko może jeszcze pójść w całkiem innym kierunku. Jeśli się wykaraskasz, sąd może ci je zwróci. Wtedy Karaiby będą bardzo aktualne. Może, różnie to bywa z sądami. Wiesz o tym, tak samo jak ja.

Łucja zbladła, zamrugała oczami. Naprawdę się przestraszyła.

– To pani dzwoniła do mnie i wysłała esemesa? – zapytała łagodniej.

Sasza skinęła głową. Czekała na ciąg dalszy, ale nie nastąpił. Łucja schowała wizytówkę do kieszeni, siedziała wciąż sztywno na krześle, mierząc Załuską wzrokiem. Sasza stała jeszcze chwilę w drzwiach, po czym wyszła bez pożegnania. Eksperyment mogła uznać za przeprowadzony prawidłowo. Była już pewna, że Łucja nie strzelała, ale coś łączy ją z zabójcą. Zaciekawiło ją też, że pozytywnie zareagowała na Bulego. Facet musi mieć związek ze sprawą. Była pewna, że ta informacja spodoba się Duchnowskiemu.

Otworzyła drzwi wyjściowe. Na korytarzu czekał już Duch z mężczyzną w staromodnym garniturze. Mecenas Stefan Marciniak nie miał dziś ze sobą laski. Sasza, przechodząc, skinęła mu głową.

– Przegrałaś – mruknął Duch, kiedy adwokat zniknął w drzwiach pokoju przesłuchań, a oni zostali na korytarzu sami.

– Zmieściłam się w czasie – odparła. Była zdziwiona, że do Łucji przyszedł jednak adwokat z urzędu.

Nawet w dwurzędowym garniturze mecenas Marciniak nie wyglądał świeżo. Wiedział o tym, więc z kieszeni wyjął odświeżacz w aerozolu i użył go kilka razy, zanim zaczął mówić. Walczył z kacem. Myślał tylko o tym, by strzelić małego pilznera. Tylko to lekarstwo uśmierzyłoby ćmiący ból czaszki. Trzęsącymi się rękoma ułożył na stole dokumenty, paczkę cameli oraz powyginane okulary w drucianej oprawie. Łucja przyglądała mu się nieufnie.

– Będę szczery, pani Lange – zaczął, nie patrząc na klientkę. Miał zadanie do wykonania i nie zamierzał poświęcać zbyt wiele czasu tej sprawie. W jego mniemaniu był to proces przegrany. Kolejny w jego karierze.

– Na to liczę.

Wpatrywała się łapczywie w paczkę papierosów, ale się nie poczęstowała.

– To dla pani. Prezent. – Uśmiechnął się słabo. – Tyle mogę zrobić.

Przerzucał kolejno kopie kart procesowych, wreszcie zatrzymał się na jednej z nich. Pierwszy raz zmierzył ją wnikliwym spojrzeniem. Kiedyś musiał być łebskim prawnikiem. Coś poszło nie tak. Z jego oczu Łucja wyczytała, co za chwilę powie.

– Niech się pani przyzna, złoży wyczerpujące zeznanie – poprosił. – Tak będzie szybciej i korzystniej dla pani. Ofiara panią wskazała. Są pani ślady na miejscu zdarzenia. Nie musi pani mówić, gdzie ukryła pani narzędzie zbrodni. Wystarczy, że pójdziemy w obronę konieczną. Poprosimy o dobrowolne poddanie się karze. Możemy powalczyć o osiem, może dwanaście lat. Zawsze to lepiej niż najwyższy wymiar. No i uniknie pani popisowego procesu. To niemiłe, wyczerpujące doświadczenie.

Łucja zamarła. Nie wiedziała, czy proces byłby trudniejszy dla niej, czy może dla niego. Zdziwiła się, jak łatwo przyszło jej zachować spokój. Jakby to, co słyszała, działo się obok. Już znała sytuację, była pewna, że nikt jej nie pomoże. Buli nie dotrzymał słowa. Dostała najgorszego adwokata, jaki był w Trójmieście. Ostatnia nadzieja runęła, Łucja zaś mogła powiedzieć, że jest tak, jak się spodziewała. Przypomniało się jej powiedzenie matki, która ostrzegała ją wiele razy, by nie dała się wciągnąć w nielegalne interesy. Jeśli coś może w twoim planie pójść nie tak, dokładnie tak będzie. Poza tym zdarzą się jeszcze inne, nieprzewidziane okoliczności. Nie ma sytuacji idealnych. Nie jesteś w stanie przewidzieć wszystkiego. I tylko z tego powodu Łucja nigdy nie robiła niczego wbrew prawu. Skusiła się tylko raz, wzięła pieniądze od Bławickiego. Teraz za to płaci, ale ma też na niego haka. Dał jej te pieniądze z jakiegoś powodu. Chciał, by ją zatrzymali. Teraz to zrozumiała. Była częścią jakiegoś planu, jego planu. Siedziała więc z dłońmi splecionymi na kolanach i wpatrywała się w czubki swoich różowych butów. Róg wizytówki szalonej profilerki gniótł ją w biodro przez kieszeń obcisłych spodni.

– Obcas mi się połamał. Załatwi mi pan wygodniejsze obuwie? – Spojrzała na niego lekko rozbawiona.

– Słucham?

– Mam w domu adidasy. Tylko jedne, łatwo pan znajdzie. Przydałby się też ciepły dres. Jest u cioci w szafie.

– To niemożliwe – nadął się adwokat. – Nie świadczę usług kurierskich.

– Ciocia odda panu pieniądze za fatygę. Jestem pewna, że zapłaci z nawiązką. Mieszka niedaleko, na Helskiej w Sopocie. Zna pan adres, jest w aktach. Tam jestem zameldowana.

– Buty i odzież mogę kazać przywieźć – poprawił się adwokat.

– I chcę spotkać się z ciocią.

Mecenas nabrał powietrza, wypuścił, znów nabrał. Potem odezwał się takim tonem, jakby był w sali sądowej, a nie przy chwiejącym się stoliku na Kurkowej.

– Widzenie z rodziną na tym etapie śledztwa jest raczej nierealne. Groźba mataczenia. Czy to znaczy, że pani się nie przyznaje?

– I jeszcze notatnik, kilka długopisów oraz kawę rozpuszczalną. Może być też wagon tych cameli – dodała Łucja.

Adwokat zaczął składać dokumenty. W gruncie rzeczy ucieszył się, że może już iść. W barze naprzeciwko mają zawsze zimne piwo.

– To wszystko, co ma mi pani do powiedzenia? – upewnił się.

– O to samo chciałam zapytać pana. – Łucja uśmiechnęła się szeroko.

Sasza z Karoliną weszły na sopockie molo. Plaża wciąż jeszcze była upstrzona plackami brudnego śniegu. Dziewczynka miała na sobie sztormiak, na nogach kalosze. Słońce chowało się już za horyzontem. Karolina biegała slalomem wzdłuż reklamowych słupków, na których wisiały plakaty informujące o koncercie George'a Ezry w Igle ze specjalnym udziałem didżejek z Holandii DJ Stare. Janek Wiśniewski jak żywy uśmiechał się do przechodniów z papierowej tablicy. Jakiś żartowniś dorysował mu aureolę i zęby wilkołaka. Za dwa tygodnie miał zagrać support z *Dziewczyny z północy* słynnemu Irlandczykowi, młodszemu od siebie o dwadzieścia lat. Na drzwiach klubu wciąż jeszcze wisiały blokady policyjne, ale do prasy podano komunikat, że być może koncert nie zostanie odwołany. Gdyby się odbył, do Sopotu przyjechałyby pewnie tłumy, które nawet nie słyszały o tych muzykach. Ponoć już teraz u koników bilet na koncert Ezry kosztował czterysta złotych. Zdobycie najtańszego, w części najbardziej oddalonej od sceny, graniczyło z cudem. Wejściówka do strefy VIP kształtowała się w granicach siedmiuset, a może i więcej. Śmierć Igły okazała się doskonałą reklamą dla klubu. Liczba polubień fanpejdża na Facebooku w ciągu jednej doby wzrosła o siedem tysięcy. Sasza dziś rano to sprawdziła.

Dziewczynę z północy znała już prawie na pamięć. Melodia łatwo wpadała w ucho, choć nie była to grzeczna piosenka. Kilka akordów, mocniejszy bit, ostre gitary i rozdzierający wokal Igły. Nic dziwnego, że stała się hitem. Sasza zastanawiała się, czy zabójca celebryty nie ukrywa się gdzieś w tle opisanej w piosence historii. Choć policja wciąż stawiała na Łucję, profilerka musiała wziąć pod uwagę wszystkie opcje. Spisała sobie tekst i wiele razy go analizowała. Kto napisał tę piosenkę? Dlaczego nazwisko jej twórcy nigdy nie wypłynęło? Odniosła wrażenie, że Janek Wiśniewski starannie ukrywał fakt, że nie jest jej autorem. Znalazła w internecie informację, że fani zespołu autorstwo tekstu przypisywali Igle, a on nie zaprzeczał. Chciała pomówić o tym z Bulim, choć nie wydawał się skłonny do współpracy. Zgodził się jednak z nią spotkać. Miała też uczestniczyć w przesłuchaniu Izy Kozak. Liczyła, że od tej dwójki dowie się więcej.

Nie rozumiała, dlaczego większość fanów uważała *Dziewczynę* za „pościelówę", a w radiu puszczano ją przeważnie wieczorową porą. Pewnie z powodu muzyki. Niwelowała smutek zawarty w tekście, kryła bijące z kolejnych zwrotek pragnienie zemsty. Ten, kto to napisał, uczestniczył w jakiejś makabrycznej historii, był jej częścią. Opowiadał ją też w określonym celu. Chciał wyzwać na pojedynek kogoś, kogo obwiniał o śmierć tych dwojga. Oni zaś musieli być autorowi bliscy. Pytanie brzmiało: kto zginął, dlaczego i kto jest temu winien?

Wyciągnęła teraz kartkę z tekstem i jeszcze raz go przeczytała.

Czasami o północy po schodach cicho kroczą
Trzymają się za ręce związane czarną wstęgą
On pali papierosa a ona czesze włosy
Rankiem zostaje zapach a pod stopami popiół

Dziewczyna o północy dziewczyna z północy
Na twarzy martwy uśmiech i przerażone oczy
Wiem że powróci znów i znów ich będę gościł
Potem rozpłyną się i wrócą stąd do wieczności

A miało być tak pięknie choć w niebie o niebo lepiej
I jest w tej historii ktoś jeszcze kto będzie się smażył w piekle
Dwa życia dwa nagrobki w gazetach nekrologi
I jest w tym wszystkim ktoś kto za tym wszystkim stoi

Wina
Alkohol
Lekarstwa
Depresja
Emocje
Miłość
Alkohol
Rezurekcja

I wtedy gdy przychodzą i patrzą na mnie niemo
Wiem co mam wtedy zrobić i pozostaje jedno
Więc kiedyś cię odnajdę stanę się twym koszmarem
A gdy zaśniesz na zawsze odejdę nad ranem

Wina
Alkohol
Lekarstwa
Depresja
Emocje
Miłość
Alkohol
Rezurekcja

Dziewczyna o północy dziewczyna z północy
Na twarzy błogi uśmiech i rozświetlone oczy
Wiem że powróci znów i znów ją będę gościł
Nim odpłyniemy wszyscy stąd do wieczności
Stąd do wieczności
Stąd

Złożyła kartkę, była zmęczona główkowaniem. Żałowała, że nie przyjrzała się piosence wcześniej, kiedy o wszystko mogła jeszcze zapytać Igłę. Kim był autor tekstu? Jaki ma związek z piosenkarzem? A może to Igła był mordercą tej dwójki i autor piosenki o tym wiedział, sprawa zaś nigdy nie została wyjaśniona? Zganiła się w myślach. Chyba się zagalopowała. Zdecydowała, że musi pogrzebać w życiorysie piosenkarza. Dane dostępne publicznie nie były wystarczające. Igła był zwykłym chłopakiem z Gdańska, który łaził po osiedlu z gitarą. Grał z kumplami w garażu ojca. Mieszkał w bloku, uczył się w zawodówce okrętowej. Nosił wranglery, palił jointy, słuchał Nirvany. Nie skończył studiów, nawet nie próbował zdawać egzaminów. Dziecko szczęścia, które od razu osiągnęło sukces. Takie rzeczy ponoć się zdarzają. Buli odkrył go grającego na dworcu i zrobił z niego gwiazdę. Choć kolorowe gazety były go pełne, nigdy o swojej rodzinie nie mówił nic poza frazesami.

O *Dziewczynie* zaś opowiadał, że to sen o niespełnionej miłości, jak zresztą każda dobra piosenka, a także, że jako jedyna miała najpierw tekst. Muzykę dopisał na plaży w Stogach w jedną noc. Z komentarzy internautów domyśliła się, że ostro wtedy ćpał. Chcieli wiedzieć, co trzeba wziąć, żeby przyszła do nich *Dziewczyna z północy*. Albo ta historia była nieciekawa dla prasy, albo została zbudowana na potrzeby dobrego PR zespołu. Zresztą większość dostępnych informacji na temat piosenkarza dotyczyła czasu, kiedy był znany. Z jej doświadczenia wynikało, że powinna to wszystko dokładnie sprawdzić.

Dała znak córce. Mała podbiegła, chwyciła matkę za rękę. Była rozgrzana od biegu, oczy jej się śmiały. Czapka zsunęła się z czoła, tworząc śmieszny smerfowy kapturek. Sasza poprawiła Karolinie szalik, wyciągnęła chusteczkę i pomogła wydmuchać nos. Dziewczynka przytuliła się do niej gwałtownie. Z mamą nie bała się niczego.

– *I love you* – powiedziała.

– Moja księżniczko. – Sasza pochyliła się i ucałowała córkę w czoło. Z kieszeni wydobyła gumę rozpuszczalną i wręczyła małej. Ruszyły na piechotę do domu. Sasza miała przygotowany makaron ze szpinakiem i ricottą, jej popisowy kulinarny numer, który Karolina mogłaby jeść codziennie, w zestawie z zupą pomidorową.

– Buczy mi w brzuchu – mruknęła dziewczynka. Zdarzało się jej jeszcze przekręcać polskie słowa. Gumę schowała do kieszeni i upomniała matkę: – Nie przed obiadem.

Sasza pokręciła głową. Jej córka była bardziej poukładana niż ona sama.

Po obiedzie Karolina poszła na górę bawić się w urząd pocztowy, a Sasza jeszcze raz znalazła na YouTube piosenkę Igły i włączyła ją na pełny regulator. Przyglądała się piosenkarzowi podczas występu i zastanawiała, o jakiej historii tak naprawdę śpiewa. Chwyciła dokumenty, które musiała wypełnić. Następnego dnia córka miała pierwszy raz iść do polskiego przedszkola. Sasza przeżywała to bardziej niż dziecko. Wiedziała, że Karolina sobie poradzi. Zawsze łatwo odnajdywała się w grupie rówieśniczej. Uzupełniła wszystkie rubryki, schowała papiery do torby i stanęła przed swoją ścianą płaczu.

– Kod – zwróciła się do gipsowej Matki Boskiej. – Numeryczny nie. Już liczyłam słowa. Treściowy? Skąd mam wiedzieć, gdzie i kiedy się to zdarzyło? Czy się zdarzyło? Co? Pomóż mi.

Odeszła od okna.

– Zakładam słuchawki! – krzyknęła do córki.

Schody wciąż nie miały barierki. Sasza ustaliła z właścicielem mieszkania, że zainstaluje prowizoryczną na własny koszt. Jutro mieli przyjść robotnicy. Remont to było ostatnie, czego teraz potrzebowała, ale bezpieczeństwo córki uznała za priorytet. To oznaczało, że cały jutrzejszy dzień przesiedzi w domu i popracuje. Miała nadzieję, że w jeden, dwa dni fachowcy się wyrobią. Potwornie się bała, że Karolina spadnie, choćby idąc w nocy do toalety. Dlatego dopóki barierki nie było, sypiała z nią na górze w jednym łóżku.

– Okay! – odkrzyknęła Karolina. – Nie będę schodzić.

Sasza połączyła się z Abramsem przez Skype'a. Podejrzewała, że wciąż jest w instytucie.

– Obecny. – Pojawił się zasapany. Otarł usta, przed chwilą musiał coś podjadać. Fryzura była jeszcze bardziej rozhulana niż zwykle. – Co tak wcześnie?

– Potrzebuję twojej pomocy – poinformowała go bez wstępów.

– Zamieniam się w słuch.

– Wzięłam śledztwo.

– Chyba oszalałaś! – prawie krzyknął i dołożył wiązankę wulgaryzmów. Mówił slangiem, większości nie zrozumiała. Tylko tyle, że się naprawdę wściekł. – Mówiłaś, że nie chcesz nawet pracować na uczelni. Koniec z trupami, sprawcami przestępstw. To twoje słowa!

– Zmieniłam zdanie.

Chwycił się za włosy i szarpał je. Bała się, że je sobie powyrywa.

– Nic mi nie jest. Nie przeżywaj tak – powiedziała jak skarcony uczniak. – Czuję się doskonale. Zresztą nie miałam wyboru, a teraz... Potrzebuję pomocy.

– Co się stało? – wychrypiał.

– Mówiłeś, że mogę na ciebie liczyć. Że w razie jakby co, mogę dzwonić. O każdej porze.

– Poproszę po kolei i całą prawdę. Zobaczymy.

– Prawdę i tylko prawdę. – Uśmiechnęła się. – Jak na spowiedzi, proszę księdza.

Streściła mu pokrótce, co zdarzyło się od ich ostatniej rozmowy. O nocnym telefonie, strzelaninie w Igle, spotkaniu kolegów ze szkoły policyjnej, wreszcie własnym wejściu do sprawy kuchennymi drzwiami, oskarżeniu barmanki. Na koniec przesłała mu tekst piosenki. Abrams nie odzywał się. Notował w trakcie jej wywodu, czasem kazał się zatrzymać. Potem znów popędzał, żeby się streszczała.

– I? – zapytał, kiedy skończyła.

– To wszystko. Myślę teraz, jaki kod może być w piosence. – Wzruszyła ramionami.

– Pytam o twoje hipotezy.

– Za mało danych. A te, które mam, muszę zweryfikować. Na przykład ta barmanka. Nie wydaje mi się, że to ona.

– Ja się nie pytam o zbieranie danych! Stąd ci nie pomogę. Zresztą jesteś w tym dobra. Ale masz już bardzo dużo. Pozbieraj to i wyciągnij pierwsze wnioski. Upływający czas działa na twoją niekorzyść. Proces myślowy: A do C. Słucham. Konkretnie. Motyw jest ważny, ale i tak wyjdzie obok. Nie myśl o „dlaczego". Nie myśl o barmance. Działanie sprawcy pokaże ci jego osobowość. I bez płci na razie. Nic się nie nauczyłaś. Dziewczyno, ty robisz u mnie doktorat!

Sasza znów czuła się jak na początkowych sesjach w instytucie, kiedy zadręczał ją i nic mu się nie podobało. Wzięła kartkę z drukarki, podzieliła ją na pół pionową kreską. Na jednej części zaznaczyła *Action*, a obok niej narysowała strzałkę i zapisała *Character*.

– No dobra, jeśli chodzi o A... – Zawahała się. Napisała: „brak śladów włamania". Skreśliła. Odłożyła kartkę. Postanowiła mówić, jak czuła. – Nie było śladów włamania. Sprawca wszedł do klubu, używając klucza, lub został wpuszczony, a więc ofiary mogły go znać. W klubie było zupełnie ciemno. Awaria energetyczna. Drzwi wejściowe znajdują się w bramie, potem schody w dół, duży przedsionek, dalej korytarz z szatnią, sala koncertowa, z której promieniście rozchodzą się wejścia do kolejnych małych salek i pomieszczeń.

– Rozrysowałaś to?

Spojrzała na niego z wyrzutem i wygrzebała ze stosu kartek plan klubu. Pokazała mu. Skinął głową.

– Zeskanujesz mi – rzucił. – Dalej.

– Ofiara: mężczyzna, lat trzydzieści siedem. Janek Wiśniewski, pseudonim Igła, piosenkarz, został znaleziony w sali głównej, koncertowej. Sprawca strzelał najpierw do niego. Pierwsze dwa strzały były chybione. Kule utkwiły w ścianach. Trzeci celny, ale chyba nie śmiertelny, bo dobił go z bliskiej odległości strzałem w głowę. Patolog jeszcze się nie wypowiedział. Jak będę miała opinię, uzupełnię dane.

– Dlaczego leżał na brzuchu?

Sasza zastanowiła się.

– Dostał w plecy. Chyba, sprawdzę, czy wszystkie kule.

– Ślady ciągnięcia, wleczenia ciała?

– Żadnych.

– Okay. A kobieta?

– Znaleźli ją w drugim, mniejszym pomieszczeniu, niedokończonym studiu nagrań. Tam gdzie była skrytka na pieniądze.

– Jaka skrytka?

– Nieduży metalowy sejf, nieprzytwierdzony do podłogi, przenośny. Stał obok niej.

– Można go zabrać ze sobą?

– Można, ale uniemożliwiłby skuteczną ucieczkę. Był otwarty, wewnątrz nie było pieniędzy. Trochę drobnych. Monet nie zabrał. Obsługa podała, że zginęło trzydzieści tysięcy złotych. To będzie około dziesięciu tysięcy dolarów.

– Niewiele – mruknął Abrams. I zaraz dodał: – Dalej.

– Klucze leżały obok jednej z ofiar. Koło faceta. Na razie zakładamy, że zostali zaatakowani, kiedy liczyli utarg. To trzeba uzupełnić. Będę wiedziała więcej po rozmowie z drugą ofiarą, jak lekarze pozwolą. Potwierdzę.

– Niech sobie przypomni wszystko, dosłownie wszystko, co działo się przed napadem. Pamiętaj o wyspach pamięci. Cenniejsza jest stara pamięć. Ta będzie wiarygodna. Jeśli chodzi o pamięć świeżą, może mieć prześwity z filmów, książek, nawet emocjonalne momenty z jej życia mogą się nałożyć jako zaistniałe fakty.

Zdawała sobie z tego sprawę.

– Odsieję to. Boję się tylko, czy będzie z nią wystarczający kontakt. Z tego, co mówili lekarze, ma kłopoty z mową. Nie wiem, jak z jej pamięcią. Będę ostrożna. Podała, że barmanka strzelała do niej z rewolweru, ale balistyk to wykluczył. Adwokaci pójdą w to, żeby podważyć zeznanie.

– Tym się na razie nie martw. To robota policjantów.

– U nas to robi prokurator.

– Dobrze, przygotuj pytania do ocalonej. Niech najpierw mówi sama. Tak ją zostaw. Wiem, że to trudne. Ale musisz uruchomić proces przypominania. Może wystąpić wchłonięcie pamięci wstecznej. Trzeba odkorkować pochłaniacz.

– Co?

– Dziura w pamięci, jak zaćmienie Słońca. Tak się u was nie mówi? Ona musi sobie przypomnieć sama. Odkorkować się. Jeśli widziała twarz i ma dobre intencje, to do niej wróci. Ale to może potrwać.

– Ile?

– Czasem kilka dni, czasem całe lata. To zależy głównie od niej, choć możesz jej pomóc. Pamiętaj o sile sugestii. Bądź tylko katalizatorem. Uruchom ją, uzbrój się w cierpliwość. Może nie chcieć pamiętać. To normalne.

– Wiem. U mnie było to samo.

– Właśnie. Człowiek broni się przez ponowną traumą. Nie chce przeżywać tego jeszcze raz, więc zapomina. Tylko mu się jednak wydaje, że jest bezpieczny, bo tego nie ma. Nie da się kontrolować amnezji. Wieczorem tego samego dnia powinnaś przyjść do niej jeszcze raz. Będzie czujna, pobudzona, może nawet zmęczona, ale nie daj jej już mówić samej. Pytaj tylko o rzeczy kluczowe dla zdarzenia. Unikaj sformułowania „sprawca", „zabójca" i tym podobnych, bo to może ją zamknąć. Idziemy dalej.

– Ona najpierw dostała w brzuch. Potem drasnął ją w rękę. Podejrzewam, że większość krwi jest stąd, choć rana nie była głęboka. Jest też jedna wlotowa na plecach. Pewnie zaczęła uciekać. Wciąż musiała być na nogach, bo krew jest na ścianach, rozmazy na długości kilku metrów. Chwytała się ścian, starała się nie upaść. Strzał w plecy powalił ją przy oknie. Tam ją znaleziono.

– Dlaczego jej nie dobił?

– Opcja pierwsza: zabrakło mu amunicji. Opcja druga: myślał, że nie żyje. Było ciemno. Sikała krwią. Może straciła przytomność? Mógł pomyśleć, że zabił, jeśli nie był zawodowcem.

– A co świadczyłoby o tym, że był?

– Raczej nie był – powiedziała.

– Nie pytam o raczej. Faceta dobił z bliskiej odległości.

Sasza zamyśliła się.

– Sprawnie wszedł i opuścił miejsce zdarzenia. Działał z zaskoczenia. Nie stracił zimnej krwi, poradził sobie z dwiema ofiarami.

– Właśnie sobie nie poradził – wszedł jej w słowo Abrams lekko poirytowany. – Niecelne strzały to raz. Pozostawienie jednej z ofiar żywej – dwa. Chaos działania świadczący o wielkich emocjach, z którymi sobie nie radził – trzy. Bieganie z pistoletem po klubie, w którym mieści się tysiąc osób. Ryzyko pozostawienia śladów obuwia we krwi – cztery.

– Nic nie zostawił. Chyba że zostały zadeptane. Tam byli wszyscy komendanci i ludzie z pogotowia. – Zamarła.

Nagle przyszło jej coś do głowy. – Działał chaotycznie. Mógł nie wiedzieć, że jest tam druga osoba. Był umówiony z kimś, na przykład z Igłą, coś go zaskoczyło i zareagował. Kiedy tam wszedł, panowała ciemność. Może tylko on miał źródło światła? To by wyjaśniało, dlaczego skutecznie ich odstrzelił. To jednak może być ta barmanka. Znała klub, mogła dorobić klucz i mieć go w domu, chociaż tamten jej zabrali. Doskonale wiedziała, gdzie znajdują się pieniądze. Przyszła rozmówić się z Izą. Wiedziała, że będzie liczyła forsę. Faceta się nie spodziewała. On wyszedł pierwszy, skasowała go. A menedżerka ujawniła się, dopiero kiedy usłyszała strzał. Wybiegła. Może obie były zaskoczone. Dostała w brzuch, ramię i potem w plecy. To musiało trwać nie dłużej niż dziesięć, piętnaście minut, włącznie z zabraniem gotówki i odejściem. Tylko dlaczego nikt jej nie zauważył?

– Jej? – przerwał Abrams. – Nie czas jeszcze na hipotezy, Sasza. W punktach prześlij mi A. W nocy albo jutro zajmiemy się C. Przynajmniej ramowo. Na początek wykluczymy cechy osobowości, które pozwolą na eliminację podejrzanych. To już coś dla śledczych. Zaimponujesz im.

– Dzięki, Tom.

– Masz bałagan – upomniał ją. – Weź się w garść. Zostaw na razie piosenki. I pamiętaj o HALT.

– Tak, profesorze.

– To ważne. Wiesz o tym.

– Głód, złość, przepracowanie, samotność. Dbam. Dziś jadłam doskonały makaron ze szpinakiem. Praca mnie nie stresuje.

– Ta robota infekuje. Jeśli przyjdzie taki moment, wiesz, dokąd wtedy iść?

– Dzwonię do ciebie.

— Zawsze do usług. — Uśmiechnął się. — Ale grupa wsparcia jest lepsza. Wiem, co o tym myślisz, a jednak gdy będzie ci ciężko albo przestaniesz radzić sobie ze złością, nie wahaj się. Schowaj dumę do kieszeni.
— Tak jest!
— Do usłyszenia. O! Cześć, mała!
Sasza odwróciła się i zobaczyła za plecami machającą do Abramsa Karolinę. Zdjęła słuchawki.
— Chcę pić — powiedziała dziewczynka. — Krzyczałam, ale nie słyszałaś, więc zeszłam na dół.
Sasza przytuliła córkę. Pomachała Abramsowi. Rozłączył się. Czuła, jak serce jej kołacze. Spojrzała na schody i zamarła. Gdyby dziecko było nieuważne, mogłoby spaść, a ona nawet by nie słyszała. Co by wtedy zrobiła, gdyby miała na sumieniu coś tak strasznego? Nieoczekiwanie przyszedł jej do głowy refren piosenki Igły.

Wina
Alkohol
Lekarstwa
Depresja
Emocje
Miłość
Alkohol
Rezurekcja

Teraz wreszcie zrozumiała jego sens. Tak, chodziło o zemstę, ale było w tym też poczucie winy. Być może dlatego powstał ten utwór. Z potrzeby odkupienia grzechu. Dlaczego autora tekstu dręczy koszmar? Co on sam ma na sumieniu?

Kim była dla niego dziewczyna z północy? Czy północ trzeba rozpatrywać w kategoriach geograficznych?

– Pomarańczowy czy jabłkowy? – zapytała, wyjmując z lodówki kartony z sokami. Starała się, by w jej głosie nie było zdenerwowania, choć cała się trzęsła. Karolina wskazała pomarańczowy i sama nalała sobie do szklanki, po czym łapczywie zaczęła pić. Sasza znów poczuła w ustach smak wódki. Przestraszyła się, bo tym razem pragnienie nie odeszło tak prędko jak ostatnio.

— Proszę umyć ręce. — Jekyll wskazał Łucji umywalkę w głębi pomieszczenia. Zanim odkręciła wodę, podszedł i zabrał mydło w płynie. Odstawił je na parapet, tuż obok stolika, przy którym nudził się Patryk Spłonka, dochodzeniowiec mający czuwać nad pobraniem zapachu porównawczego do najważniejszego badania osmologicznego w tej sprawie.

Spłonka nie wyglądał na fana osmologii. Przeciwnie, wszedł do pokoju jak skazaniec. I tylko widok Łucji na chwilę go ożywił. Zmierzył kobietę jak kobyłę na targu i posłał jej mydlane spojrzenie, które zatrzymało się na jej biuście. Łucja odruchowo się zgarbiła.

— O, limonka — odczytał Spłonka z etykietki, nie kryjąc szyderstwa. Odkręcił, powąchał, skrzywił się. Zapach raczej nie przypominał cytrusów.

Jekyll spiorunował młodego policjanta wzrokiem, po czym wyszedł, zostawiając Spłonkę sam na sam z podejrzaną. Przebieg badania obserwował przez lustro weneckie.

Na stole, obok dokumentów, leżały trzy duże paczki jałowych kompresów. Spłonka sprawdził, czy perforacja nie jest naderwana, zanotował coś w papierach. Włożył lateksowe rękawiczki. Kolejno wyjmował z opakowania kompresy i podawał Łucji. Kazał jej ugniatać zwinięte w dłoniach po piętnaście minut każdy, po czym wkładał do litrowych słoików, które szczelnie zakręcał. Na każdy ze słoików nakleił etykietkę. Zapisał na niej drukowanymi literami nazwisko podejrzanej, godzinę badania, numer sprawy oraz czas pobierania zapachu. Następnie przepisał dane do protokołu, a na dole złożył czytelny podpis. Nie było wątpliwości, że sceptycznie podchodzi do badań zapachowych. Tylko ze względu na respekt, jakim darzono Jekylla, nie pozwolił sobie na kpinę. Lange też musiała złożyć swój autograf. Po zakończonej pracy Spłonka dokładnie przeczytał dane na słoikach. Wszystko było w idealnym porządku, procedura została zachowana. Spłonka skończył pisać protokół, włożył go do papierowej teczki. Skinął głową Łucji, wyszedł pierwszy. Potem funkcjonariusze zabrali podejrzaną.

Jekyll czekał na nich w drzwiach. Raz jeszcze sprawdził etykiety trzech puszek zapachowych. Przyjrzał się białym kompresom zamkniętym w szczelnych słoikach i poczuł narastające podniecenie. W laboratorium kryminalistycznym czekał już na nie czteroletni owczarek niemiecki, wzięty ze schroniska. Jeśli potwierdzi się zgodność zapachu pobranego od podejrzanej z próbką zabezpieczoną na rękawiczce, prokurator Edyta Ziółkowska będzie mogła postawić Łucji Lange zarzuty, sąd zaś przedłuży jej areszt na kolejne trzy miesiące. Nie miało znaczenia, że Lange nie przyznawała się do winy. O tym, czy jest winna, zadecyduje sąd. Z poczuciem dobrze spełnionego obowiązku Jekyll wyszedł dziś z laboratorium punktualnie o szesnastej piętnaście.

Sasza z Karoliną obeszły już dwukrotnie cały budynek, ale nadal nie mogły znaleźć drzwi wejściowych. Mimo iż przedszkole było dwie przecznice od ich domu, i tak udało im się spóźnić. Profilerka do późna pracowała z Abramsem nad sprawą zabójstwa Janka Wiśniewskiego. Położyła się około trzeciej nad ranem. Zdawało się jej, że tylko przyłożyła głowę do poduszki, a kiedy ją podniosła, córka stała naprzeciw niej już ubrana, z rysunkiem w ręku, który zdążyła zrobić, zanim zdecydowała się obudzić matkę. Sasza zerwała się z łóżka z ogromnym poczuciem winy. Narzuciła na siebie wczorajsze ciuchy: męską koszulę w kratę, za duży sweter robiony na drutach i sprane dżinsy. Przygotowała córce symboliczne śniadanie i posadziła ją przy stole przed ciepłym kakao. Dopiero wtedy poszła do łazienki wykonać podstawową toaletę.

Przy trzecim okrążeniu zauważyły, że drzwi wejściowe do przedszkola znajdują się za placem zabaw, lecz są otwarte jedynie do ósmej trzydzieści. To dlatego nie mogły wejść. Władze placówki zamykały przybytek na cztery spusty, a dostać się można było jedynie, anonsując telefonicznie. Sasza od kwadransa trzymała komórkę przy uchu, ale nikt nie podnosił słuchawki. Zamiast tego słuchała irytującej muzyki. Wreszcie drzwi otworzyła kucharka w przekrzywionym czepku. W ręku miała worki ze śmieciami.

– Jest po dziewiątej – oświadczyła groźnie, skutecznie blokując przejście jak cerber. – Pani dzwoniła, żeby zostawić śniadanie?

– Nie – odparła Sasza i chwyciła skrzydło drzwi. – Możemy wejść?

Kucharka odsunęła się niechętnie. Sasza z córką weszły do przedsionka wypełnionego zapachem gotowanego kalafiora. Drzwi do szatni były zamknięte na klucz. Musiały wejść przez kuchnię. Przy stole zasłanym ceratą siedziało sześć kobiet w różnym wieku. Jadły drugie śniadanie i popijały kawę, żywo przy tym dyskutując. Na widok spóźnionej matki z dzieckiem natychmiast zamilkły. Załuska zrozumiała teraz, dlaczego nikt nie odbierał telefonu. Miała nadzieję, że jakieś nauczycielki są w salach z dziećmi. Przywitała się i wytłumaczyła, zgodnie z prawdą, że zaspała, czego żadna z nauczycielek nie skomentowała, wpatrywały się tylko w Saszę potępiająco. Zeszły wreszcie do szatni, Karolina zdjęła kurtkę, włożyła kapcie. I nagle rozpaczliwie rzuciła się w objęcia matki, jakby chciała ją zatrzymać. Sasza poczuła, że sama zaraz się popłacze.

– Szybko po ciebie przyjdę – obiecała. – Zaraz po obiedzie, chcesz?

Z trudem wyzwoliła się z objęć córki, rozejrzała na boki.

– Brzydko tu jak cholera – mruknęła.

Karolina parsknęła śmiechem.

– Nie mówi się tak przy dzieciach – upomniała matkę.

Polskie przedszkole w niczym nie przypominało angielskiego odpowiednika. Nie chodziło o jakość czy wyposażenie, bo było tutaj wszystko, czego dzieci mogły potrzebować, lecz o gust i podejście obsługi. Kakofonia barw, sztampowość, po prostu infantylna brzydota. Obrazki zawieszone na ścianach dawały jednak nadzieję, że nauczycielki wypełniają obowiązki narzucone przez kuratorium oświaty. Sasza poczuła znajome uczucie buntu. Zderzenie z systemem, którego nie można zmienić. Przez chwilę myślała, by zabrać córkę z przybytku, ale śpieszyła się na odprawę do komendy. Nie mogła przyjść na nią z dzieckiem. Postanowiła, że zajmie się tym dopiero następnego dnia. Przy okazji wypyta małą, jak się jej podobało. By zabrać dziecko z przedszkola, potrzebuje pretekstu. Laura bardzo się nagimnastykowała nad załatwieniem wnuczce przeniesienia w trakcie roku.

Wspięły się po schodach na najwyższe piętro do sali, w której dziewczynka miała swoją grupę. Wyszła do nich młoda wychowawczyni. W przeciwieństwie do wiedźm na dole wyglądała sympatycznie. Zagadnęła Karolinę, zaprowadziła ją do kółeczka, w którym siedziały już dzieci. Mała była spięta, wpatrywała się w Saszę wciąż stojącą w drzwiach. Nauczycielka przedstawiła nową dziewczynkę, poleciła jej wylosować jeden z kartoników leżących na środku. Jak się okazało, Karo trafiła na lekcję angielskiego. Teraz płynnie odpowiedziała na pytanie. Sasza stała jeszcze chwilę, ale nauczycielka dała jej znak, żeby natychmiast wyszła. Załuska zrobiła to, dopiero kiedy Karolina posłała jej całusa. Schodząc, znów zobaczyła kucharkę. Tym razem nie miała na głowie czepka. W ręku dzierżyła mop, którym umyła już niemal całą podłogę holu. Sasza zatrzymała się skonsternowana. Zastanawiała się, jak ma pokonać to mokre lustro. Zrobiła jeden krok, ale zaraz się cofnęła.

– Dookoła – rzuciła groźnie sprzątaczko-kucharka. Kuchnia, w której jeszcze chwilę temu siedziały biesiadujące pracownice przedszkola, była już pusta. – I niech następnym razem dzwoni. Porcje obiadowe są policzone, dziś oddałam swój przydział.

Sasza spojrzała jeszcze raz na świeżo umytą podłogę i ruszyła przez środek. Pokonała lustro, odwróciła się i zmierzyła wzrokiem wściekłą kobietę. Stała oparta o mop i w ustach mełła obelgi.

– Przepraszam – mruknęła z uśmiechem Załuska, choć wcale nie żałowała.

Wyszła z budynku z ciężkim sercem, martwiąc się, jak mała poradzi sobie w tej twierdzy.

Dojeżdżała właśnie do komendy, kiedy zadzwonił Duchnowski. Poinformował ją, że czeka u siebie. Odprawę przesunęli na piętnastą. Osmolodzy musieli zmienić godzinę badania, bo komendant i prokuratorka zapowiedzieli swoje przybycie. Za to pojawił się kolejny świadek, który twierdzi, że wie, kto zabił Iglę. Siedemnasty do kolekcji. Obiecała, że za chwilę będzie.

Zmartwiła się. To oznaczało, że musi znaleźć opiekę dla córki na popołudnie, matka miała dziś nagranie w telewizji. To, poza barierką, był kolejny problem do rozwiązania. Potrzebowała nowego przedszkola i dobrej niani.

– Imię i nazwisko?
– Waldemar Gabryś.
– Wiek?
– Pięćdziesiąt sześć.
– Stan cywilny?
– Rozwiedziony.
– Zawód wyuczony, wykonywany?
– Żołnierz. Obecnie szef ochrony w hotelu Marina.

Duchnowski podniósł głowę znad papierów.

– Przecież tam działa agencja Lemir. Nigdy pana nie widziałem.

– Świadczę indywidualne usługi... – Zawahał się. – Operacyjne.

– Może pan sprecyzować?

– Obserwuję, sprawdzam, przeglądam materiały. Nie muszę nosić munduru, by chronić mienie, które powierzono mojej uwadze. Tak samo jak pan. – Odchrząknął. – Też rzadko widuję pana pod pagonami.

Duch nie zamierzał dyskutować ze świadkiem.

– Czy był pan karany za składanie fałszywych zeznań?

– Nie.

– Pouczam świadka o odpowiedzialności karnej. Za składanie fałszywych zeznań grozi kara więzienia do lat trzech. Czy zrozumiał pan pouczenie? – Duchnowski postukał długopisem o blat i zerknął na Załuską, która do tej pory nie wypowiedziała ani słowa. Opierała się o parapet, zdawała się niezainteresowana rozmową. Wnikliwie przyglądała się dziurze wypalonej papierosem w zasłonce.

Waldemar Gabryś skinął głową. Był ubrany w marynarkę z kamizelką, białą koszulę i siedział naburmuszony. Mimo cywilnego stroju zachowywał się, jakby miał na głowie czapkę z otokiem.

– Nie jestem tutaj pierwszy raz, inspektorze – pouczył Duchnowskiego, który z trudem zachowywał powagę.

– Komisarzu – poprawił go Duch. – Co chciałby pan dodać do zeznań?

– Wiem, kto zabił tego piosenkarza.

– Cieszymy się. – Policjant uśmiechnął się kpiąco. – A zdradzi nam pan czy tak pan przyszedł towarzysko pogadać?

– Najpierw chciałbym mieć pewność, że zapewnicie mi ochronę.

– O! – Duchnowski wstał. Zaczął chodzić po niewielkim pomieszczeniu. Nagle się zatrzymał tuż za plecami Gabrysia. – Przecież to pan jest ochroniarzem.

– Widziałem go. Jak panią w tej chwili. – Gabryś wskazał Saszę, która teraz wkładała długopis w dziurkę w zasłonce i wyjmowała go. – Mogę go rozpoznać – zapewnił pośpiesznie kursującego znów po pokoju policjanta.

– A dlaczegóż to dopiero teraz pan z tym przychodzi? – Duchnowski odwrócił się gwałtownie, aż Gabryś podskoczył na krześle. – Rozmawialiśmy przecież kilka razy, panie Waldemarze.

– Nie miałem świadomości, że chodzi o tę osobę. – Gabryś pochylił głowę. – Bóg mi świadkiem, że nie kłamię. Przyszedłem, bo widzę, że błądzicie.

– Nazwisko. – Duch zajął swoje miejsce.

– Chcę ochrony.

– Przed kim, jeśli byłby pan łaskaw mnie oświecić? – Duchnowski chwycił się za włosy. – Kto ośmieliłby się zrobić panu krzywdę?

– Zła nie szukaj, samo cię znajdzie – odparł bardzo poważnie Gabryś.

– Dobrze, puszczę tam do pana patrol. Zadowolony? Igła zamknięta. Cisza, spokój. Marzenia się spełniają, co?

– Patrol mi nie wystarczy. To amatorzy, a ja się boję profesjonałów. – Niezadowolony świadek pokręcił głową. – Ostrzegałem pana ostatnio, że tak to się skończy. Nie słuchaliście mnie. Szatan dopiero zaczyna zbierać swoje żniwo.

– Szatan? Już nie szpiedzy? – zakpił Duchnowski, po czym zerknął na Saszę. Lewy kącik ust miała podniesiony w przeduśmiechu.

– Co mi pan insynuuje? – zirytował się Gabryś.
– Dobra, już dobra. – Komisarz machnął ręką.
– Nigdy nie przychodziłem bez powodu. Każde doniesienie miało solidne podstawy. Także te, które umorzyliście, bo nie potrafiliście zdobyć danych. Gdybym ja był na pana miejscu, zacząłbym od zupełnie innej strony.
– Panie Waldemarze, mamy mało czasu – jęknął Duchnowski. – Czy ma pan pojęcie, ile osób „wie", kto zabił piosenkarza?

Przekartkował papiery. Rzucił je w kierunku Gabrysia.
– Tyle było donosów. Który z nich jest pana? – Urwał. – Nazwisko. Mówisz pan i kończymy tę farsę.

Gabryś wpatrywał się w Ducha zaniepokojony.
– Żarty sobie robicie. Tak jak wtedy, kiedy była ta strzelanina w klubie obok. Dwa lata temu. I nikt nic nie zrobił. Ślady kul są wciąż na szybie, a sprawca nie poniósł kary. Gdybyście wtedy nie zawalili, dziś nie byłoby tych trupów.
– Mamy jednego trupa – sprecyzował policjant. – Na razie. Chyba że pan wie coś więcej niż policja.
– Gadasz pan jak do amatora. – Gabryś nadął się jeszcze bardziej. – Ten piosenkarz już raz strzelał do wspólnika. Ja to wszystko widziałem, macie moje zeznanie.
– Przecież je pan wycofał!

Świadek wzruszył ramionami.
– Ze strachu. Teraz, jeśli dacie mi ochronę, powiem wszystko jak na spowiedzi.
– Sugeruje pan, że tym razem Igła strzelił sam do siebie? – zirytował się Duch.
– Pan mnie nie słucha – odpowiedział bardzo spokojnie Gabryś. – Wydaje mi się, że przedstawiam sprawę jasno. Tam był poważny konflikt między wspólnikami. O to się rozchodzi.

– Mamy zeznania do każdej z siedmiu spraw, jakie były z pana inicjatywy założone właścicielom Igły. Wiemy dobrze, jak pan ich lubisz. Wszystkie umorzone. Procesów cywilnych niestety nie śledzę, ale czytałem w prasie, że łatwo nie odpuszczasz, szeryfie. Może się zamienimy miejscami. Tak mi się wydaje, że te metody są nawet skuteczne – kpił w najlepsze Duch, Gabryś zaś robił się coraz bardziej czerwony. Sasza pomyślała, że łatwo go sprowokować. Ciekawe, czym dokładnie zajmował się w tym wojsku.

– To Paweł Bławicki, wspólnik piosenkarza – wybuchnął wreszcie Gabryś. – Widziałem go przed Igłą z bronią w ręku. Był bardzo zdenerwowany, śpieszył się, odjechał z piskiem opon tym swoim czołgiem.

Sasza i Duch spojrzeli po sobie.

– Z bronią? – Duchnowski nadal nie brał poważnie zeznania sąsiada. – Może poda pan model? Zna się pan przecież na broni, bombach i, jak widzę, na czołgach też.

– Doskonale – potwierdził Gabryś, jakby nie dostrzegł kpiny. – Na czołgach zwłaszcza. To była moja specjalność.

Załuska zeskoczyła z parapetu. Podeszła do stolika, przy którym siedział świadek. W przeciwieństwie do Ducha była poważna.

– Gdzie pan wtedy stał?
– Kiedy?
– Wtedy kiedy widział pan podejrzanego – sprecyzowała. – I dokładna data by się przydała.
– Byłem w piwnicy, a widziałem go z okna. Do wysokości kolan, ręka z bronią była na wysokości moich oczu.
– W piwnicy? – zdziwiła się Załuska. – W Wielkanoc?
– Do wysokości kolan nie widać twarzy człowieka. – Duch rozparł się na krześle. Wyjął z szuflady papierosa i bez ceregieli zapalił.

Gabryś przeżegnał się, zacisnął powieki. Wzniósł oczy do nieba. Wyszeptał coś pod nosem jak zaklęcie. Po czym odparł bardzo spokojnie:

– W piwnicy byłem w Wielki Piątek. To ja przeciąłem kable instalacji elektrycznej. I zainstalowałem im kamerę na podczerwień zasilaną baterią. Aktywowała się w momencie wejścia do klubu człowieka.

Duchnowski najpierw zaniemówił. Potem pokręcił głową, zaczął się śmiać.

– To pan bardzo dobrze znasz się też na telewizji?
– Pan mi nie wierzy? Mam zasłoniętą twarz, ale to byłem ja. – Wyjął zza pazuchy małą kasetę, położył na stole. – A ten człowiek przed lokalem to Paweł Bławicki. Zadzwoniłem do was na dyżurkę, kiedy usłyszałem strzały. Tylko ja mogłem je usłyszeć. Lokal jest wyciszony. Tylko w piwnicy dobrze je było słychać. To dlatego kobieta została uratowana. Inaczej znaleźlibyście ich dopiero po świętach. Ona by zmarła. Bóg mi kazał tam zejść i naprawić błąd. Ocaliłem jej życie. Była godzina jedenasta trzynaście, czterdzieści trzy sekundy. Dzwoniłem z budki koło poczty pod numer alarmowy. Wszystko macie tutaj nagrane. Sfilmowałem go z okna.

Duchnowski wziął kasetę, otworzył opakowanie, schował ponownie. Zanotował w protokole kilka zdań. Sasza wzięła kartkę z drukarki. Narysowała front kamienicy, klub oraz ulicę, po czym kółkiem oznaczyła jedno z okien na najwyższym piętrze.

– Pan tutaj mieszka?

Gabryś zerknął na nią z szacunkiem, potwierdził.

– Poznaję panią. Była tam pani przed zabójstwem. Jest nagranie. Miała pani na sobie czarny płaszcz, beżową czapkę i ciężkie buty, jakby wojskowe. Kobieta z klubu nie chciała pani wpuścić. Już wtedy czułem, że jest pani z policji. A po strzelaninie witała się pani z tym technikiem jak z dobrym znajomym i rozmawiała z dziennikarzami. Z nim się pani pokłóciła. – Wskazał Duchnowskiego.

Sasza uśmiechnęła się.

– Ma pan dobrą pamięć do twarzy.

– To był mój zawód – odparł. – Rozpoznam tego bandytę w sądzie. Tylko dajcie mi ochronę. To gangster.

– Dlaczego wcześniej nic pan nie powiedział? – dopytywał się Duchnowski.

– Dwa tygodnie temu Bławicki obiecał mi, że wyniosą się z mojej kamienicy.

– Z pana kamienicy?

– Jestem przewodniczącym wspólnoty. Odpowiadam za to miejsce. Obiecał mi. Dodał tylko, że musi przekonać wspólnika. Byłem zadowolony, długo na to czekałem. A potem święta, w kościele tyle obowiązków. Dopiero dziś rano przejrzałem surówkę. – Wskazał kasetę. – Po prostu połączyłem fakty. Jeszcze umiem myśleć. Mogę wskazać numer rejestracyjny wozu, którym Bławicki przyjechał pod klub. Zresztą znam dobrze ten wóz, kupił go od naszego wspólnego znajomego z dawnych czasów. – Wyrecytował z pamięci model i numer rejestracyjny auta. – Jeśli zapewnicie mi ochronę, jestem gotów zeznawać. Oczywiście poniosę karę za dewastację instalacji. Działałem jednak w dobrej wierze. Był Wielki Piątek! Nie godzi się bawić, kiedy Syn Boży tak cierpi – dodał szczerze oburzony.

– Nie był pan w tym czasie w kościele? – zainteresowała się Sasza.

– Wróciłem wcześniej. Bóg kazał mi naprawić błędy. Wszedłem do piwnicy, żeby połączyć przewody. Miałem ze sobą taśmę izolacyjną, szczypce, klej i piłkę do przecięcia nowych kłódek. Ci durni elektrycy nie mogli znaleźć źródła awarii.

– Kiedy pan go widział? Po wyjściu z piwnicy czy na monitorze?

– Widziałem, jak odjeżdża – wyjaśnił świadek. – A na nagraniu zarejestrowałem, jak stoi pod klubem. Odległość jest zbyt duża, by rozpoznać twarz, ale wiem, że to był on.

Erratę, skundlonego owczarka niemieckiego płci żeńskiej o numerze ewidencyjnym HD-15022 Wiktor Bocheński odziedziczył po przewodniku, który dwa lata temu odszedł na emeryturę, a zaraz potem zmarł. Ponieważ Errata w policji służyła już pięć lat, uznano to za jej wiek i taki wpisano w papiery. Na początku Bocheński i Errata nie mogli dojść ze sobą do ładu. Suka rzucała się, nie poddawała tresurze, odmawiała współpracy podczas badań. Wreszcie dotkliwie go pogryzła. Kiedy weterynarz zakładał mu kolejny opatrunek, zastrzegł, że tym razem musi zgłosić incydent naczelnikowi. Zrobiła się afera. Wiktor obawiał się, że będzie ją musiał komuś przekazać. To by oznaczało konieczność wyrobienia nowego atestu w Sułkowicach, a nie wiadomo, czy Errata nie powtórzy numeru i nie wpadnie w furię, kiedy przydzielą jej nowego przewodnika. Szefowa pracowni nie kryła niezadowolenia. Szkolenie i utrzymanie Erraty kosztowało ich już trzynaście tysięcy, a z najlepszego dotychczas psa od narkotyków nie było pożytku. Tyła i leniuchowała. Nudziła się w kojcu i stawała coraz gwałtowniejsza. Brana do pracy dostawała małpiego rozumu. Podejrzewano wściekliznę, a nawet chorobę psychiczną. Psi psycholog wykluczył jednak, że Errata jest chora.

– Niezgodność charakterów. Bywa w najlepszym małżeństwie – odparł, kiedy Wiktor spytał, dlaczego suka tak się zachowuje.

Wtedy Bocheński zaproponował, że weźmie ją do domu. Jeśli przez najbliższe dwa tygodnie nic się nie zmieni, podejmą ostateczne decyzje. Najpierw złożył propozycję szefowej, a dopiero potem zapytał żonę. Spojrzała na zdjęcie psa w komórce, skinęła przyzwalająco głową. Zakazała wpuszczać Erratę do domu i zastrzegła, że dzieciom nie wolno się do niej zbliżać. Wiktor zrobił jej miejsce w składziku pod płotem. Ledwie nakarmił ją i zabrał się do szczotkowania, pogryzła go kolejny raz. W tajemnicy przed żoną zawinął sobie rękę szmatą i zostawił sukę samą sobie. Był naprawdę wściekły. Następnego dnia rozpoczął poskramianie złośnicy. Nie dostała jeść, nie wyszła na szkolenie. Nikt nie rzucał jej piłki. Biegała po ogrodzie wyraźnie oszołomiona przestrzenią. Całe lata przeżyła w kojcu, kręcąc się w kółko i śpiąc na ubitej ziemi w lecie, na sianie w zimie. Takie życie było jej bliskie. To, co działo się teraz, zupełnie jej nie pasowało. Kiedy drugi dzień nie dostała jeść, wylazła z posłania i ukryła się w zaroślach pod płotem. Leżała tam przez kilka dni zwinięta w kłębek jak wilk.

– Ty, co jej jest? – zaniepokoiła się Lena, żona Bocheńskiego. – Dziwnie się zachowuje.

Przewodnik nawet nie spojrzał w tamtym kierunku.

– Obraziła się.

– Obraziła?

Poszedł po piwo. Kiedy wrócił ze schłodzoną puszką w ręce, koło Erraty kręciły się jego czteroletnie bliźniaczki, Lena zaś głaskała zwierzę po głowie. Wiktor podszedł bliżej, Errata pokazała zęby. Lena odwróciła się z triumfującym uśmiechem.

– Naprawdę cię nie znosi.

Odszedł jak struty. Otwierał właśnie trzecie piwo, oglądając mecz Polska–Norwegia, kiedy jedna z dziewczynek wbiegła do pokoju ogromnie podekscytowana.

– Dawaj szmaty, tata!

– Co? – Odwrócił się leniwie w jej stronę. Był zły, właśnie przegapił świetną akcję na bramkę. Zerkał jeszcze chwilę na powtórkę, kiedy mała zaczęła go ciągnąć za rękaw.

– Stare ręczniki, szybko! Mama mówiła, że są w pralni na trzeciej półce.

Wciąż nie odrywał oczu od ekranu telewizora.

– Ożeż! – Uderzył się po udzie, bo piłka uderzyła w słupek bramki. Dopiero wtedy mógł skupić się na szmatach.

– Co tam mówiłaś? Po co wam ręczniki?

– Bułce leci krew. Szybko!

– Bułce?

– No, temu nowemu piesku – wyjaśniła dziewczynka. – Nóżki pachną mu jak bułeczki. Wąchałeś?

Wiktor rzucił się jak oparzony. Erracie nie mogło się nic stać pod jego opieką. Zapłaciłby najmarniej trzynaście tysięcy, bo tyle kosztowało jej wyszkolenie. Szefowa mu tego nie daruje. Po chwili wbiegł razem z małą i ręcznikami. Pies był znowu w składziku. Lena odwróciła się czerwona z wysiłku. Ręce i sukienkę miała w jakiejś brunatnej mazi. Krew? Serce podeszło mu do gardła.

– Żyje? – wyszeptał.

– Wszystko poszło dobrze – oświadczyła żona. – Dawaj to.

Wyrwała mu z rąk ręczniki i najpierw sama wytarła ręce, a potem zaczęła ścierać podłogę.

– Przynieś gorącą wodę, zaraz wyschnie! – krzyknęła. – No co tak stoisz?

Wiktor zlekceważył ją i podszedł bliżej do kąta, w którym leżała suka. Dopiero wtedy zobaczył cztery szczeniaki przyklejone do sutków Erraty.

– O kurtka – mruknął pod nosem. Nie był w stanie skomentować tego w żaden inny sposób.

– Dobra Bułeczka – pochwaliła psa jedna z bliźniaczek. – Wymyśliłyśmy imiona jej dzieciom: Rogalik, Chałka, Kajzerka i Chlebek.

– Jak wy pilnujecie tych psów? – dziwiła się Lena, która wróciła już z wiadrem wody. – I dlaczego nikt nie zauważył, że ona jest ciężarna? Pewnie dlatego tak się na ciebie rzucała.

Tym sposobem Wiktor uratował Erratę, odtąd już zawsze nazywaną Bułeczką, od wydalenia z policji. Po tajnym porodzie służyła w jednostce wzorowo kolejne dwa lata i nawet dostała kilka medali. Wiktor zostawił sobie dwa szczeniaki, pozostałe oddał sąsiadom. Kiedy suka została matką, diametralnie zmienił się jej charakter. Była spokojniejsza, stabilna emocjonalnie, uwielbiała rutynę. Nie nadawała się już do narkotyków. Była za to idealnym psem do badań osmologicznych. Wiktora i Bułkę stawiano za wzór na szkoleniach, bo odtąd byli najbardziej zgranym tandemem w jednostce. Czasami Bułka pokazywała zęby, żeby Wiktor nie zapomniał, że ma swój charakter, ale nigdy więcej nie ugryzła swojego przewodnika.

Dziś oboje mieli swój wielki dzień. Sprawa była priorytetowa i całe laboratorium postawiono na nogi, by eksperyment przeprowadzony został według wszelkich prawideł. Wiktor przywiózł Bułkę kilka godzin wcześniej, wybiegał ją, a kiedy dano mu sygnał, że eksperci są już gotowi do badania, zapiął smycz i poprowadził psa do śluzy przed rozpoznawalnią, gdzie czekały już na nich ciągi selekcyjne z próbkami zapachowymi głównej podejrzanej w sprawie o zabójstwo piosenkarza.

Pomieszczenie za szybą rozpoznawalni osmologicznej w laboratorium kryminalistycznym było pełne ludzi. Prokurator Edyta Ziółkowska wbiegła mocno spóźniona.

– Możemy zaczynać. – Skinęła głową komisarzowi Duchnowskiemu oraz całej ekipie osmologów, która zebrała się przed lustrem weneckim, by obserwować przebieg eksperymentu.

Czekało ich minimum sześć prób z pierwszym psem. Potem trzeba je powtórzyć z innym, by wynik był wiarygodny dla sądu. Anna Jabłońska, ekspert osmologii i tutejszy weterynarz, umieściła pochłaniacz kontrolny w drugiej z sześciu kamionek, po czym dołączyła do grupy. Drzwi śluzy otworzyły się. Do rozpoznawalni wszedł Wiktor z Bułką. Suka maszerowała równo przy nodze. Kiedy przewodnik podszedł do parapetu, na którym ustawiono talerz z pokrojoną w kostkę kiełbasą, zaczęła brykać jak szczeniak. Wiktor poczęstował Bułkę kilkoma kostkami smakołyku, a następnie odkręcił słoik z próbką zapachu kontrolnego, stanowiącego parę z umieszczonym na drugim stanowisku. Sprawnym ruchem umieścił w nim psią kufę. Nawęszając zapach, Bułka podskakiwała, broniąc się łapą przed nienaturalną pozycją. Nie wyjęła jednak nosa ze słoika, dopóki przewodnik nie rozluźnił chwytu. Potem rozkołysanym truchtem zbliżyła się do stanowisk. Zdawało się, że przewróci jedną z granitowych podstawek. Nic bardziej mylnego. Najpierw rutynowo wykonała ogólny „obchód terenu", a potem nieznacznie zbliżała kufę do każdej z kamionek, nawęszając umieszczone tam zapachy. Ostatni zainteresował ją najbardziej. Z jakichś powodów był dla niej atrakcyjny. Tańczyła wokół niego kilka minut. Ostatecznie jednak położyła się obok dwójki.

– Próbę kontrolną mamy wykonaną wzorowo – wyjaśniła śledczym nadkomisarz Martyna Świętochowicz, krótko ostrzyżona brunetka w minisukience. – Jeśli podobnie będzie z próbą zerową, damy jej do identyfikacji zapach podejrzanej.

– A jeśli nie?

– Próba zostanie przerwana. Ale można będzie spróbować z innym psem.

Wiktor zabrał Bułkę do śluzy. Drzwi się zatrzasnęły. Jabłońska wymieniła zapachy w kamionkach. Tym razem nie było tam tego, który przewodnik miał podać psu do zapamiętania. Rytuał identyczny: kiełbasa, nawęszanie, obchód. Pies nie wskazał żadnego zapachu. Próbę generalną przeszedł pozytywnie. To znaczyło, że był w formie i chciał pracować. Mogli kontynuować.

Teraz w jednym ze stanowisk Jabłońska umieściła zapach pobrany z rękawiczki znalezionej na miejscu zdarzenia. Przewodnik wszedł z Bułką do rozpoznawalni, otworzył słoik z zapachem Łucji pobrany zaledwie wczoraj. Osmolodzy czekali w napięciu. Śledczy z trudem ukrywali znudzenie.

– W którym jest? – nie wytrzymała Ziółkowska.

– Cicho – mruknął Duchnowski.

Kobieta wydęła usta, raz po raz zerkała na zegarek. Bułka szła slalomem, kolejno wkładała nos do kamionek. Czwórkę ominęła bez zatrzymywania, przy szóstce zakręciła się w kółko. Zdawało się, że trwa to bardzo długo. Wreszcie wróciła do czwórki, zatrzymała się.

– Mamy to? – Waligóra się odwrócił.

– Musi być pewna. – Szefowa zespołu osmologów zmroziła komendanta wzrokiem. – Będzie warowała.

Przewodnik z niewzruszoną miną czekał, aż suka się zdecyduje. Bułka wpatrywała się w niego, coraz wolniej merdając ogonem. Wreszcie odwróciła łeb i położyła się przy czwórce.

– Prawidłowo – oświadczyła Świętochowicz.

Wiktor z Bułką wyszli. Weterynarz znów zamieniła zapachy. Tym razem pies miał za zadanie rozpoznać zapach nieistotny dla sprawy, lecz potwierdzający jego zdolności.

– Długo to jeszcze potrwa? – ziewnęła znudzona Ziółkowska. Tym razem Duch nawet na nią nie spojrzał. Komendant zerknął na osmologów. Widać było, że myśli tak samo jak prokuratorka.

– Jeszcze trzy próby – poinformowała skupiona Świętochowicz i dodała: – Nie ma sensu, by tracili państwo tyle czasu. Zapraszam na kawę.

Waligóra i Ziółkowska chętnie skorzystali z okazji. Duchnowski odmówił, chciał obejrzeć przedstawienie do końca. Był sceptycznie nastawiony do tego typu metod, ale wiedział, jak bardzo potrzebują potwierdzenia zeznań Izy Kozak. Jeśli zapach wskaże Łucję, będzie podstawa do przedłużenia aresztu. Jeśli nie – muszą zweryfikować tę wersję śledczą.

Po wyjściu szefów i prokuratorki osmolodzy lekko się rozprężyli.

– Niewiele brakowało. – Jabłońska nachyliła się do ucha Wacława Niżyńskiego, najstarszego eksperta w tym laboratorium. – Bałam się, że nie zdecyduje albo wybierze ten najbardziej atrakcyjny.

– Zapach porównawczy był zbyt świeży – fuknął poirytowany. – Dlatego suka oszalała.

Jabłońska pochyliła głowę.

– Tylko ten pasował do klubu muzycznego – zaczęła tłumaczyć. Dołączyła do zespołu dopiero dwa miesiące temu.

W porównaniu z wieloletnią ekipą była całkiem nowa. – Miałam wziąć zapach z rzeźni czy któryś z meliny?

– Już dobrze. – Wacław pokiwał głową ze zrozumieniem. I dodał, zniżając głos: – Następnym razem przychodź z tym do mnie. Coś uradzimy. Nie gryzę, w przeciwieństwie do Martyny, która zje nas wszystkich w razie spalenia eksperymentu. Widziałaś, jaką miała minę, kiedy Errata tokowała przy szóstce?

Kobieta podziękowała, odeszła. Duchnowski zerknął na Niżyńskiego. Pomyślał, że to solidny człowiek, ale choć na zewnątrz zdawał się opoką, w środku aż gotował się ze zdenerwowania, że tak ważne badanie mogłoby pójść nie tak. Wtedy po raz kolejny osmologia byłaby wystawiona pod pręgierz kpin. Metoda i tak miała wystarczająco zły „pijar", by pogarszać jej opinię. Po słynnej porażce sądowej w sprawie o zabójstwo Wojtka Króla* większość śledczych stawiała eksperymenty zapachowe na równi z wróżbami, a może jeszcze niżej. Wnioski o zatrudnienie szaleńca, za którego Duchnowski miał najsłynniejszego polskiego jasnowidza z Człuchowa, wpływały nawet częściej.

Powody były prozaiczne. Człowiek nie był w stanie zweryfikować badań osmologicznych. Nawet najlepiej wykształceni fachowcy pracujący w tej komórce spełniali jedynie funkcję usługową. Organizowali badanie, zapisywali jego wyniki i przede wszystkim czuwali, by ogoniasty ekspert zadecydował, czy występuje zgodność zapachów podejrzanego z tym,

---

* Wojtek Król zginął od kuli 17 marca 1996 r. na ulicy Lwowskiej w Warszawie, prawdopodobnie przypadkowo. Strzelał jeden z bandytów, którzy napadli na handlowca z giełdy komputerowej. Bandyci wsiedli do taksówki i odjechali. Po tygodniu zostali zatrzymani. Przeciwko nim świadczył przede wszystkim zidentyfikowany przez psy zapach z taksówki, którą podobno uciekali. Pierwsze ekspertyzy zapachów zostały jednak wykonane z podstawowymi błędami. Powtórzone nie potwierdziły, aby domniemany zabójca był w taksówce. Zapadł wyrok uniewinniający.

który policjanci zabezpieczyli na miejscu zdarzenia, a który mógł pochodzić wyłącznie od sprawcy przestępstwa. To na psie spoczywał ciężar badania, choć czworonoga nie obchodziło, do jakich spraw jest wykorzystywany i jak wielką wagę ma jego opinia dla śledztwa. Merdał ogonem, żarł kiełbasę i wykonywał najnudniejsze zadania tylko po to, by przewodnik po wszystkim chwilę się z nim pobawił. Jego zasługą było posiadanie nosa, wrażliwszego od ludzkiego setki tysięcy razy.

Oczywiście, że nikt ze śledczych nie kwestionował tych umiejętności. Nawet gdyby udoskonalono sekwenator*, maszynę do odczytywania zapachów, psi nos nadal będzie skuteczniejszy. Choćby dlatego, że pies przebywa w różnych środowiskach, styka się z wieloma nowymi zapachami, a każdy z nich zapamiętuje i nawet po długim czasie potrafi je rozpoznawać. Tymczasem sekwenator – choć jak każde urządzenie, pozwala na analizę wyników, a na dodatek nazywa konkretne zapachy, podaje ich szczegółowy skład – nie rozwija się, nie uaktualnia systemu bez obsługującego go specjalisty. Każde nowe kombinacje trzeba zapisać w jego pamięci. Możliwości psa zaś są nieograniczone.

Problem polegał na czymś innym i tutaj śledczy upatrywali słabość metody. Nie było możliwe zweryfikowanie psiego wyboru. A kto to widział, by porządny gliniarz zaufał ekspertowi, który obżera się kiełbasą i gania za piłką. To tylko żywe stworzenie. Ma prawo się pomylić, bo źle się czuje lub po prostu nie chce mu się pracować. Nikt nie zagwarantuje poza tym, czy pies nie oszukuje, by przypodobać się przewodnikowi. Między innymi dlatego zapach, choćby był

---

* Sekwenator – tzw. sztuczny nos wykorzystywany obecnie do wykrywania np. materiałów wybuchowych. Potrafi wykryć substancję w rozrzedzeniu 1:4000, pies 1 do miliona (według innych nawet do 12 milionów), przy czym sztuczny nos analizuje pojedyncze substancje, a psi nos – cały bukiet.

koronnym śladem sprawcy, nadal pozostawał wyłącznie dowodem pomocniczym w sprawie.

– Zobaczmy, jak jej pójdzie – przerwał rozmyślania Duchnowski. Nie zamierzał wspierać osmologów, po prostu był ciekaw.

– Dobrze, a jak ma pójść? Ma ochotę pracować – zapewnił Wacław. – Zresztą w razie draki mamy jeszcze trzy próbki z zapachem.

– To znaczy, że możemy zbadać pod tym kątem jeszcze trzy osoby?

– Dwie i pół – odparł Niżyński. – Ta trzecia tylko w razie wielkiej awarii. Zapachu zostanie bardzo mało, trzeba by go powielić.

– Jak to się robi?

– Do konserwy zapachowej dorzucamy dodatkowy kompres. Trzeba uważać. Jeśli za bardzo się rozrzedzi, pies nie będzie w stanie go wskazać – wyjaśnił. – Ale bez obaw. Widzę, że to strzał w dziesiątkę.

Pies przeszedł właśnie ostatni slalom. Po raz drugi, bez wahania, wskazał zapach Łucji Lange. Wiktor w nagrodę za wzorowo wykonaną pracę podał Bułce resztkę smakołyku, a potem rzucił gumową piłeczkę. Odbiła się od ściany z głośnym plaśnięciem. Suka rzuciła się w jej kierunku. Łapała ją, przynosiła. Zdawało się, że tylko dla tej zabawy wykonała wszystkie ćwiczenia. Pracowała dla swojego przewodnika, dla jego satysfakcji. Kiedy chwalił ją za dobrze spełniony obowiązek i czochrał po karku, w jej oczach było prawdziwe psie szczęście.

– A więc barmanka była na miejscu zbrodni – powiedział Duch z ulgą, bardziej do siebie niż do ekspertów.

– Z całą pewnością była tam jej rękawiczka – uściślił Niżyński.

– Żeby tylko prokuratura nie spaliła mi tej sprawy – mruknął Duch i wyciągnął rękę do pożegnania.

– Na to już nie mamy wpływu.

– I jak? – krzyknął Wiktor do Niżyńskiego, kiedy pozwolono mu już wejść do rozpoznawalni. Nigdy nie wiedział, w której kamionce jest właściwy zapach. Wierzono, że przewodnik może zasugerować swojemu psu prawdziwą odpowiedź.

– Zuch – pochwalił Niżyński. Poklepał psa po zadzie, podrapał za uszami. Suka wpatrywała się w mężczyzn radośnie.

– Moja krew – Wiktor zwrócił się do rozbawionego psa jak do człowieka.

Skierowali się na wybieg. Potem ten sam zapach miał rozpoznawać inny pies.

– Damy znać, jak poszło – obiecał Niżyński. – Nie musicie asystować, choć oczywiście zapraszamy.

– Chyba nie będę mógł – wymigał się Duch i skierował do wyjścia z laboratorium. – Jekyll ma dyżur i z całą pewnością wszystko mi ze szczegółami opowie.

Łucja Lange uśmiechała się do kilkunastu zgromadzonych w salce konferencyjnej policjantów ze zdjęcia przybitego do tablicy korkowej. Po chwili Duchnowski przywiesił obok niej także Pawła Bławickiego. Wbił mu szpilkę w sam środek czoła.

– Zabiłeś mu, Duchu, ćwieka – rzucił ze śmiechem ktoś z tyłu.

– Co jest? – Konrad Waligóra wyjął elektroniczny papieros z etui.

Sasza siedziała naprzeciwko, w sporym oddaleniu od ekipy Ducha. Gniotła kartkę. Sprawiała wrażenie zagubionej.

– Nowy podejrzany – oświadczył komisarz i usiadł przy Załuskiej, u szczytu stołu, dokładnie naprzeciwko komendanta, który zajmował podobne miejsce po drugiej stronie. Zapadła cisza. Duch skorzystał z nadarzającej się okazji. Wyciągnął swoją długą jak gałąź rękę i zgarnął połowę herbatników umieszczonych na plastikowej tacce, po czym schrupał je głośno w trzech podejściach.

– Zaczynaj, to nie bankiet okolicznościowy. – Waligóra machnął ręką. Zdjął czapkę, odsłaniając spocone czoło. Włosy miał czarne, bez śladów siwizny, uczesane na Połomskiego.

Duch referował szybko i konkretnie. Powiedział o zgromadzonych dowodach, streścił przebieg planowanych działań. Podkreślił, że ocalała ofiara wskazała Łucję Lange. Wspomniała o rewolwerze, co wykluczył balistyk. Potem Duch podał wyniki dzisiejszych badań. Pies rozpoznał zapach barmanki na rękawiczce. Zapadła cisza.

– Czyli jesteśmy w domu – odezwał się wreszcie komendant. – Dziewczyna nieprędko zobaczy się z ciotunią.

Duch odchrząknął, wygarnął resztkę herbatników, ale tym razem nie włożył ich do ust, zatrzymał w dłoni.

– Ja bym się z tym jeszcze wstrzymał – stwierdził. – Niestety, badanie DNA nie wykazało zgodności.

Waligóra zamyślił się, pyknął kilka razy e-papierosa.

– No nie wiem – zaczął łagodnie. Parę wodną wypuścił nosem. – Trzeba coś dać dziennikarzom, zanim się zorientują, że nic nie mamy. Jakieś propozycje?

Duch wstał. Podszedł do zdjęcia Bulego.

– To wspólnik ofiary. Byli w konflikcie. Pieśniarza wszyscy znamy. Bulego, mam nadzieję, też niektórzy z was pamiętają. Eks-policjant, eks-przestępca. Obecnie biznesmen. Nie przycisnęliśmy go. Nawet nie został zatrzymany. Rzuciliśmy się na barmankę. A ten klient wciąż jest na wolności. Pytam się, dlaczego?

Poderwała się młoda policjantka.

– Był przesłuchiwany. Ja z nim rozmawiałam.

– I co z tego wynika? – rzucił Duch, ale nie zaczekał na odpowiedź. Wziął kartkę, przebiegł wzrokiem, po czym teatralnie podarł ją na strzępy.

– Oszalałeś, Duchu? – zbeształ go komendant. – Co cię napadło?

– To była kserokopia, szefie. – Jekyll ze stoickim spokojem pokazał oryginalny protokół.

Duch podszedł do tablicy, zdjął zdjęcie Bławickiego i cisnął szefowi na stół. Recytował podniesionym głosem:

– Niekarany, odszedł ze służby siedemnaście lat temu. Podejrzewany o współpracę z gangiem. Miał dostęp do broni. Wie, jak się jej pozbyć. Wie, jak pracujemy. Dlaczego, na Boga, nie bierzemy go pod uwagę? Czy ja prowadzę to dochodzenie, czy może tylko tak mi się wydaje?

Opadł z impetem na krzesło. Zapadła cisza, ale większość uczestników odprawy kiwała potakująco głowami.

– A co na niego masz? – odezwał się Waligóra. Był konkretny, skupiony. – Jak coś masz, to się do niego bierzmy. Nie widzę przeciwwskazań. Sam chętnie założę mu bransoletki. Byle na dłużej niż cztery osiem.

Jekyll przyjrzał się komendantowi. Waligóra poprosił o normalnego papierosa. Ktoś podał mu ogień. Zajął miejsce bliżej tablicy i dał znak, by Duch kontynuował.

– Co mam? – zapalił się Duchnowski. – Niewiele, ale zawsze coś. Dziś rano zdobyliśmy. Można powiedzieć świeżynka.

Skinął głową Jekyllowi, który włączył projektor. Na ekranie pojawiła się klatka filmu zrobionego ukrytą kamerą w podczerwieni. Widać było niewyraźnie postać pod budynkiem. Mężczyzna stał plecami do wejścia, naciskał klamkę, a potem odwrócił się wprost do kamery. O ile początek przypominał autorskie kino, które brak fabuły nadrabia konwencją trikowych zdjęć, to końcówka mogłaby spokojnie posłużyć jako materiał rekonstrukcji wydarzeń dla programu 997. Buchwic zatrzymał nagranie. Patrzył na nich Buli w całej okazałości, wypełniając kadr swoją głową i ramionami bez szyi…

– Dziś pozyskaliśmy świadka, który twierdzi, że słyszał strzały. To on zadzwonił do dyżurnego i zgłosił strzelaninę. Widział też Bławickiego dwa dni wcześniej w klubie, z bronią w ręku. Nikt nie mówi, że barmanka jest niewinna, ale może działała na zlecenie tego gościa? Jak to się mówi, wspólnie i w porozumieniu.

– Dwa dni wcześniej? Faktycznie niewiele macie – zakpił Waligóra. – Raczej miał prawo tam wejść. To jego lokal.

– Ale z bronią? – odezwała się młoda policjantka. – Mogę spróbować pomówić z nim jeszcze raz. Mówił, że broni nie posiada, o pozwolenie więc nie pytałam. Przeszukanie klubu też nic nie wniosło.

– A rewizja? – wtrąciła się Załuska. Ponieważ na dłuższą chwilę zapadła cisza, zadała drugą część pytania. – I dlaczego nie?

– Dobre pytanie. – Waligóra pokiwał głową. – Jak to się stało?

Duchnowski przerzucał papiery. Wyjął zmiętą kartkę.

– Był u nich posterunkowy. Wyprowadzano zemdloną dziewczynę Igły, jest notatka, że wezwali pogotowie. Chyba nam umknęło.

– Umknęło? – Komendant zmarszczył czoło.

– Wystąpić o nakaz? – Duchnowski zwrócił się do Waligóry. – Chyba musimy. Bo zarzucą nam manipulowanie śledztwem. Byli wspólnikami. Nawet w powieściach trafiłby zaraz na listę podejrzanych.

– Buli? – Waligóra pokręcił głową. – Dobra, wystąp. Chociaż nie wiem po co. To zawodowiec, nic nie znajdziecie. Zresztą niedawno sam z nim rozmawiałem.

– Kiedy? – zdziwił się Duchnowski.

– Po niej. – Wskazał Załuską. – Zadzwonił, żeby sprawdzić, kim jest i czego chce. Przejeżdżałem w pobliżu, wpadłem do niego. Faktycznie ta dziewczyna słabo się poczuła. Odwieźli ją do matki.

Duch zmarszczył czoło. Wszyscy zebrani czuli jakiś niesmak. Tego typu zachowania były niedopuszczalne. Najdziwniejsze jednak wydawało się to, że szef tak łatwo się do nich przyznał. Nikt nie śmiał na razie zabrać głosu, ale nie ulegało wątpliwości, że plotka zaraz pójdzie w świat.

– Skąd wiadomo, że to nagranie nie zostało spreparowane? – wskazał tymczasem ekran Waligóra. – I jeśli mogę wiedzieć, kim jest ów tajemniczy świadek, który pomawia Bulego? Wyskoczył dosyć nieoczekiwanie.

– Nagranie jest oryginalne – zapewnił Jekyll. – Pochodzi z dnia strzelaniny. Pasowałoby jako odejście z miejsca zbrodni. Godzina mniej więcej trafia w cel.

– A jeśli chodzi o świadka, szefie, to nie mogę zdradzić jego nazwiska – dodał Duch. Nie patrzył Waligórze w oczy, ale widać było, że zszokowało go przyznanie się do bliskiej zażyłości z Bulim. – Zapewniłem mu ochronę.

Sasza nie wierzyła własnym uszom. Wszystkie oczy zwróciły się na komendanta. Nie skomentował, po prostu przyjął do wiadomości decyzję Ducha.

– Jeszcze jakieś propozycje?

– Zatrzymajmy go – rzucił jeden z policjantów. – Co nam szkodzi.

– Odpada. – Duch wzruszył ramionami. – Takie rutynowe zatrzymanie trzeba było zrobić wczoraj. Spłoszymy go. Z jego doświadczeniem jest na to przygotowany. Dziś proponuję podsłuch, obserwację, analizę billingów jego i małżonki, niejakiej Tamary Sochy. Przyjrzałbym się też dziewczynie Igły oraz nie wypuszczał barmanki – dodał. – Tego faceta przesłuchano, ale zataił, że był na miejscu zdarzenia. Tu jest dowód. Nie spalmy tej wiedzy za szybko.

– Coś jeszcze? – Waligóra rozejrzał się po pozostałych. – Może pani psycholog? Pracuje pani już drugi dzień nad swoją opinią. Prawdopodobnie panią zaskoczę, ale wierzę w psychologię. Ograniczenie liczby podejrzanych bardzo by nam pomogło. Mamy aż dwie osoby.

Sasza przełknęła szyderstwo, spojrzała na Ducha. Odwrócił głowę.

– Według mnie działamy po omacku – zaczęła. – Ta osoba, sprawca lub sprawczyni, zaplanowała napad.

– Cóż za przenikliwość. – Waligóra odchylił się na krześle. Sasza kontynuowała niezrażona.

– Sprawca niekoniecznie musiał znać lokal. Korytarz prowadzi wprost do sali, gdzie doszło do zabójstwa. Nie trzeba być bywalcem lub pracownikiem Igły, by w kilka minut dotrzeć do miejsca, w którym dokonano zbrodni. Jeśli miał ze sobą latarkę, miał też przewagę nad ofiarami. Wykorzystał również element zaskoczenia.

Zamilkła, rozejrzała się po sali. Wstała, po czym przyniosła na biurko komendanta szarą kopertę, którą przed świętami dał jej mężczyzna w bistro na stacji benzynowej.

– Pewnie się państwo zastanawiają, co ja tutaj robię. Niechętnie uczestniczę w tym śledztwie. Właściwie zostałam w to uwikłana. Ktoś podał się za Bławickiego i wkręcił mnie w tę sprawę. Udostępnił mi kilka danych. Część jest ogólnie znana. Z mojego punktu widzenia nie bierzemy pod uwagę rzeczy najistotniejszej. Igła to lokal kontrolowany przez środowisko przestępcze. Płacono haracz. Handlowano tam narkotykami.

– Skąd to wiadomo? – zapytał jeden z policjantów. – Nie ma potwierdzenia. Tylko pogłoski. W większości lokali sypie się proch.

– Janek Wiśniewski był uzależniony od narkotyków. Sporo też pił. Rozmawiałam z nim dwa dni przed jego śmiercią. Klub służył za pralnię, przynosił straty. Między wspólnikami był konflikt. Możliwe, że broń, z której zginął Wiśniewski, znajdowała się w klubie i sprawca wcale jej ze sobą nie przyniósł.

– Śmiała hipoteza – wtrącił się komendant. – A na jakiej podstawie pani tak sądzi i co to dla nas oznacza?

– Na szybie w Iglicy są ślady po kulach – mówiła dalej Sasza. – Kaliber ten sam. Podobno Igła, czyli Janek Wiśniewski, strzelał do Bulego, znaczy Pawła Bławickiego, w Iglicy dwa lata temu. Podobno sprawa została umorzona, ale nie znalazłam jej akt.

Waligóra odchrząknął. Skulił się głębiej w fotelu.

– Nie umorzyliśmy, bo nie było postępowania. Były tylko działania operacyjne. Kryptonim „Ucho igielne", nie dały wyników. Żadnych ofiar śmiertelnych, Buli nie złożył doniesienia. Ot, wypadek przy pracy, po pijaku. Skończyło się na założeniu opatrunku. Artyści – wyjaśnił Duch. – Ustaliliśmy wtedy, że Wiśniewski nieudolnie próbował się odstrzelić. Bławicki go ratował, szarpali się, wtedy Igła go drasnął.

– Dobrze, skoro tak jest w dokumentach, tego się trzymamy – ciągnęła Sasza. – Jednak kaliber jest ten sam, a broni nie ma. Mamy zeznanie człowieka, który lubi się przebierać za Lorda Vadera i zażądał ochrony, ponieważ dwa lata temu widział Janka z pistoletem, a dwa dni przed zabójstwem dla odmiany widział ze spluwą Bławickiego. Może to był ten sam pistolet?

– A może nie – rzucił ze śmiechem ktoś z tyłu. – Do puenty.

– Te sprawy coś łączy.

– *Maybe yes, maybe no. Maybe, baby, I don't know.* – Komendant się roześmiał.

– Coś łączy Bulego i Iglę. Nie tylko wspólny biznes. – Sasza podniosła głos. Starała się być przekonująca. Widziała jednak znudzenie na twarzach uczestników odprawy. – Kiedy się poznali? Bardzo wiele lat temu. Igła został wykreowany przez Bławickiego. Sam mi o tym opowiadał. To Buli odkrył talent piosenkarza i go wylansował. Dlaczego prowadzili razem klub? Dlaczego Igła prowadził klub muzyczny, to raczej zrozumiałe. Ale dlaczego były bandyta, o, przepraszam, były policjant, bo udziału w zorganizowanej grupie przestępczej mu nie udowodniono, zajmuje się biznesem muzycznym?

Sasza wyciągnęła notes i odczytała:

– Buli jest udziałowcem kilku spółek. Igła, Iglica – kluby muzyczne. Hotel Roza, kiedyś to był bar ze striptizem i motel na godziny dla niemieckich turystów. Miał też Złoty Ul, ale po cofnięciu koncesji na alkohol budynek stoi pusty. Zasiada w radzie zarządu prywatnej telewizji, a ostatnio – dokładnie cztery miesiące temu – został drobnym udziałowcem spółki finansowo-ubezpieczeniowej FinancialPrudencial SEIF, którego prezesem zarządu jest niejaki Martin Duński, Szwajcar polskiego pochodzenia rzadko bywający w kraju. Sprawdziłam, że Komisja Nadzoru Finansowego prowadzi dochodzenie przeciwko tej organizacji. Ponoć to nie firma ubezpieczeniowa, lecz parabank. Czy może lepiej nazwać to piramidą.

– Każdy mógł kupić udziały tej spółki. Było ogłoszenie w gazetach – odezwała się młoda policjantka.

Załuska zamilkła, liczyła na bardziej entuzjastyczną reakcję zebranych.

– Niech pani mówi dalej – popędził ją komendant. – Jak na razie niewiele to wnosi do śledztwa. Sugeruje pani, że kto to w takim razie zrobił? Prezes SEIF-u? – zaśmiał się pod nosem.

– Może i niewiele, ale też niewiele zrobiliśmy. Skupiliśmy się na barmance i jej oskarżeniu przez ocalałą menedżerkę. Moim zdaniem tych dwóch facetów łączy coś jeszcze. Może biznes, a może przeszłość. Jakaś wspólna tajemnica. Niby dlaczego ktoś podszył się pod Bławickiego i zlecił mi dochodzenie w tej sprawie? *Dziewczyna z północy*, ta piosenka, mówi o jakimś wydarzeniu, które być może miało miejsce.

– Chyba już dość. – Jeden z policjantów zaśmiał się gromko. – Nie będziemy się teraz cofać do lat dziewięćdziesiątych. Wiemy, do czego pani zmierza. To bzdura. Jeszcze sobie pośpiewajmy.

– Nadkomisarz Leszek Łata, pezety, słuchamy – udzielił mu głosu komendant. Był wyraźnie zadowolony z obrotu sprawy.

– Wiemy dobrze, kto zacz Buli. Pracowaliśmy przy nim i przy ludziach Słonia. Mamy ich pod stałą obserwacją – wyjaśnił Łata. – Może kiedyś byli kimś w półświatku, ale to działo się kilkanaście lat temu. Dziś mamy inną mafię. Wyłudzają VAT, piorą pieniądze w ZUS-ie. Już nie ma zamachów bombowych ani strzelanin w klubach. To nie są gangsterskie porachunki, droga pani. Nikoś nie żyje od lat, a Gil, Makarow i reszta prowadzą biznesy. Ten ostatni ma fabrykę odzieży roboczej. Robi rękawice i ani mu w głowie strzelać po klubach. Po co tak ryzykować? Lepiej przeprać pieniądze i ręce mieć czyste. Buli działa w branży rozrywkowej, bo tam jest dziś pieniądz. Zresztą zawsze znał się na muzyce. Jak dla mnie to zwykły wypadek przy pracy. Laska się wnerwiła, załatwiła broń i zrobiła skok na kasę. Przy okazji trafiła dwie osoby, bywa. Może nie zamierzała zabijać, nie sądziła, że kogoś tam zastanie. Buli jest kuty na cztery łapy, nie pozwoliłby sobie na taki szum. Po co?

– A co to ma do rzeczy? – oburzyła się Sasza. – Zakłada pan rozwiązanie, zamiast analizować zgromadzone dane. Trzeba wziąć pod uwagę wszystkie hipotezy, a nie tę najbardziej oczywistą.

– Nie trzeba szukać mózgu w dupie, skoro jest w głowie – odciął się policjant. Koledzy wsparli go gremialnym śmiechem.

Sasza zmierzyła go zimnym spojrzeniem.

— Mogę dokończyć?

— Byle szybko. A jeszcze lepiej poszukaj tego gościa, co cię wsadził na lewe sanki – powiedział ktoś z tyłu. – Może się w tobie zabujał. Nieśmiały jakiś, taki podryw na niby-zlecenie.

Teraz już rwetes panował taki, że nie była w stanie ich przekrzyczeć.

— Ma pani coś jeszcze? – Komendant się nie śmiał, ale łatwo było zauważyć, po czyjej jest stronie.

Załuska starała się zachować spokój, chciała mówić dalej, lecz Duchnowski przerwał jej gwałtownie. Nie uznała tego za gest wsparcia. Opadła zrezygnowana na krzesło.

— Szefie, sprawdzimy hipotezy pani psycholog – zapewnił oględnie komisarz. – Pewne jest jednak to, że potrzebujemy twojej pomocy, Leszku.

— Zawsze do usług – odparł Łata. – Tylko nie każ mi szukać sprawcy w piosence Igły. Swoją drogą, ładna piosenka.

— On tej piosenki nie napisał – rzuciła zdesperowana Sasza. – Buli pobiera tantiemy. To są rocznie setki tysięcy złotych. Igła nie jest autorem *Dziewczyny z północy*.

Podniosła głos, choć hałas, jaki znów powstał w sali, upewnił ją, że i tak nie słuchają. Oblała się rumieńcem, była podłamana i wściekła. Wreszcie Waligóra podniósł rękę i uciszył wszystkich.

— Proponuję, by pani zajęła się piosenką oraz połączeniem przeszłości Bulego i Igły, a nam zostawiła obecną sprawę i się do niej nie mieszała – rozstrzygnął. – Profil chętnie przeczytamy, oby nie za rok. Bławicki pod obserwację, podsłuchy, ogon, wszystko na ful. Łata, sprawdzisz, czy nie kręcił ze Skórą i Wałkiem. Zgarnij informatorów, niech sypią, ile się da. Trzeba go wykluczyć, żeby prokurator nie nasrał nam na głowę. Wszystko nas interesuje, także hipotezy profilerki. Może się przydadzą, jeśli będą pisemne. Bierzemy pod lupę tę barmankę i sprawę szybciutko zamykamy. – Zatarł ręce, po czym dał znak, że odprawa zamknięta.

– A co z DNA? – zapytał Jekyll.

– Mówi się trudno. – Komendant rozłożył ręce. – To, co mamy, musi nam wystarczyć do przedłużenia aresztu. Działamy dalej, jak powiedziałem.

Ludzie zaczęli się rozchodzić. Tylko Sasza wciąż siedziała na swoim miejscu. Duch zbierał materiały, zabrał też tackę ze stołu komendanta, wciąż pełną herbatników, oraz przelał sobie resztkę kawy z termosu do papierowego kubka. Nalał w nadmiarze, musiał nadpić. Siorbał niemiłosiernie.

– Ale popłynęłaś, Załuska – mruknął, kiedy w sali konferencyjnej trochę się przerzedziło. Sekretarka weszła z kluczami, dała im znak, że muszą wyjść. Sasza podporządkowała się niechętnie. Uszy płonęły jej ze wstydu. – Masz, co chciałaś. Teraz nie jesz, nie śpisz, a ze wszystkiego cię rozliczę.

Przyśpieszył kroku, dołączył do Waligóry.

– Dziwne te wasze odprawy – burknęła Sasza. – Nikt nikogo nie słucha. Jakby wszystko z góry zostało ustalone. Trzeba tylko znaleźć dowody na człowieka, nie odwrotnie.

– Nie filozofuj. Masz w chuj pracy, Saszka. – Jekyll poklepał ją czule. – Trochę dałaś plamę, ale byłaś dzielna. I pokazałaś, że nie odpuścisz. To też się liczy.

Waligóra wziął Duchnowskiego na stronę. Podał mu zdjęcie Bławickiego.

– Jak będziecie go brali do magla, chcę przy tym być – oświadczył.

Duch spojrzał na szefa z niedowierzaniem.

– Jak komendant prosi, odmówić nie wypada. Buli powinien być zaszczycony. – Rozpromienił się. – Miło słyszeć, że gramy do jednej bramki.

– Nie myśl, chłopie. Działaj – odpowiedział Waligóra i kazał sobie podać normalnego papierosa. Duchnowski natychmiast wyjął z kieszeni zmiętą paczkę marlboro. Ruszyli do palarni.

Zostawili ją na korytarzu samą. Sasza chciałaby się teraz spokojnie zapaść pod ziemię. Potrzebowała rozmowy z Abramsem. Gdyby nie honor, już w trakcie odprawy poszłaby do domu i zapomniała o sprawie. Chyba jednak beznadziejna z niej profilerka. Tak z pewnością myśleli wszyscy w tutejszej komendzie. Kierowała się do wyjścia, kiedy podbiegła do niej młoda policjantka w mundurze bojowym. Drobna, oczy orzechowe, ciasny warkoczyk. Nie miała więcej niż dwadzieścia pięć lat. To ona słuchała Pawła Bławickiego zaraz po zdarzeniu. Sasza czytała protokół. Rzeczywiście nie było tam zbyt wiele.

– Niech się pani nie przejmuje tymi rarogami. – Uśmiechnęła się do Załuskiej i wyciągnęła rękę na powitanie. – Agnieszka Gołowiec, aspirant sztabowy. Swoje przeszłam w tej firmie i też tylko dlatego, że jestem kobietą. Na patrolach mnie wystawiali, szykany, seksualne wkrętki. Znam to. Przeczołgają panią, zanim zaczną szanować. Może, jeśli się pani nie da. Normalka. Zresztą tutaj nikomu nie chce się już tak pracować, jak pani by chciała. Każdy chce jak najszybciej wrócić do domu. Mój mąż jest w AT. Kłócimy się, kto odbierze dzieciaka ze szkoły. Zanim zaszłam w ciążę, wszystko było gites, ale potem namawiał mnie, żebym obiady gotowała. I gotuję. Nie obchodzi go, że mam czarny pas. Dziś tylko ze względu na tę odprawę nie lecę z językiem na brodzie po córkę. Pani jest wolna, ma dużo czasu. Podziwiam.

Sasza zerknęła na zegarek w telefonie i biegiem rzuciła się do wyjścia. Dochodziło wpół do piątej, a nie miała potwierdzenia od matki, czy zdąży zabrać Karolinę z przedszkola. Oczyma wyobraźni widziała córeczkę samą w sali zabaw pod opieką okropnej kucharki, która z pewnością będzie krzesać błyskawice z oczu, że Sasza odbiera dziecko w pierwszy dzień jako ostatnia. Nie tylko jestem najgorszą profilerką świata, ale też najgorszą matką, myślała, siedząc w taksówce, która ugrzęzła w korku.

„Odebrałaś Karolinę?" – wysłała esemes matce, a potem bratu. Wpatrywała się w wyświetlacz, zaklinając go dopóty, dopóki nie dostała odpowiedzi. Karol przysłał jej tylko znak zapytania. Oblał ją zimny pot. Po chwili jednak usłyszała sygnał kolejnej wiadomości.

„Ciotka Adrianna zabrała ją razem ze swoją wnuczką po leżakowaniu. Pojedź po nią po dobranocce. Niech się jeszcze pobawi z kuzynkami. Bądź miła dla cioci. I zjedz coś. Mama".

Sasza wrzuciła telefon do torby. Była wściekła. Na siebie, na świat. Miała ochotę w coś uderzyć. Złość, poniżenie w pracy i żal, że nic jej nie wychodzi. Mijali delikatesy. Kazała taksówkarzowi zatrzymać się na światłach. Kiedy odmówił, zrugała go, że i tak jest korek. Wjechał na chodnik, włączył awaryjne, patrzył na nią zaniepokojony. Była chodzącą furią. Wyskoczyła z auta jedynie z portfelem w ręku i ruszyła natychmiast do stanowiska monopolowego. Kolejka była długa. Jakaś para przy ladzie nie mogła się zdecydować na rodzaj wina.

– Weźcie oba – rzuciła do nich, po czym ustawiła się na końcu ogonka. Wpatrywała się jak zahipnotyzowana w wypełnione alkoholem półki. Butelki wyglądały magicznie, podświetlone na tle luster. Na chwilę zapomniała o czekającej taksówce, porażce na odprawie, a nawet córce, którą odebrał z przedszkola jej największy wróg. Liczyła się tylko ta jedna chwila: szkło pełne szczęścia w ręku. Kiedy przyszła jej kolej, bez wahania kupiła duży dżin. Kazała zawinąć butelkę w kilka warstw papieru i włożyć do nieprześwitującej reklamówki. Biegnąc do taksówki, przytuliła flaszkę do piersi jak skarb. Wsiadła, uśmiechnęła się do kierowcy. Znów miała wspaniały humor. Czuła się uskrzydlona. Wiedziała dlaczego. Pełna butelka spoczywała w jej torbie. Dawała poczucie bezpieczeństwa, poprawiała nastrój, koiła frustracje. Pal licho te kilka lat. Mam to gdzieś. Tylko jeden łyk, rozluźnię się, myślała, choć doskonale wiedziała, że się oszukuje.

Zadzwonił telefon. Na wyświetlaczu zobaczyła uśmiechniętą córkę. W stroju baletnicy, z włosami upiętymi w śmieszny koczek. Słała mamie buziaka. Zanim Sasza odebrała, zadrżała jej ręka.

– Kocham cię – usłyszała zamiast powitania. Dziewczynka była rozbawiona, w tle Sasza słyszała dziecięcą muzykę, śmiechy. Widać wszystkie kuzynki zostały sprowadzone z tej okazji. Laura na pewno zadzwoniła do ciotki, by mała skontaktowała się z Saszą. – Ciocia Ada mnie odebrała. Nie mogę rozmawiać, robimy pokaz mody. Jest kociołek – dodała Karolina.

To było ich hasło. Dziecko wagabunda często zostawało pod opieką innych ludzi. „Kocioł" oznaczało, że Sasza ma natychmiast po nią przyjeżdżać. „Kociołek" był pełnią radości.

– Przepraszam – zdołała wydusić Sasza. – Obiecałam, że zabiorę cię po obiedzie, ale nie zdążyłam. Był korek. – Rozpłakała się bezgłośnie.

– Mamo? – Dziewczynka zorientowała się, że coś jest nie w porządku. – Co się stało?

– Przyjadę po dobranocce. Nie spóźnię się tym razem. Baw się dobrze – starała się mówić spokojnie. – Kocham cię najmocniej na świecie, córeczko.

– Ja ciebie bardziej. Pa, pa. Buziaków sto dwa!

Rozłączyła się. Poprosiła, by kierowca znów zawrócił. Chciała teraz jak najszybciej znaleźć się na Kościuszki. Ten adres sprawdziła już wczoraj, po rozmowie z Abramsem. Mityng AA zaczynał się za kwadrans. Nie sądziła, że tak szybko będzie potrzebowała wsparcia. Taksówkarz tym razem nic nie odpowiedział. Pomyślał, że kobieta jest niezrównoważona i lepiej jej nie drażnić. Mruknął tylko pod nosem, że musi znów przejechać przez korki. Kiedy wysiadła, zawołał, że zapomniała paczki, ale nawet się nie odwróciła.

Początek był zawsze taki sam. Korek się kończył. Jechała wzdłuż morza aż do Jana Pawła. Przy starej stacji benzynowej skręcała na Jelitkowski Dwór i prosto do podziemnego garażu. Parkowała tyłem na swoim miejscu G8, między dwoma filarami. Silnik zwykle jej gasł. Zapalała stacyjkę ponownie. Wtedy rozlegał się pierwszy dzwonek telefonu. Komórka leżała pod dźwignią ręcznego hamulca, na wyświetlaczu widziała „Jeremiś", ale nigdy nie odbierała, dopóki nie zakończyła manewrów parkingowych. Kiedy samochód stał już na swoim miejscu, a ona poprawiała makijaż oraz pakowała się do wyjścia, otrzymywała lakoniczną wiadomość: „Jesteś w domu?".

Tym razem jednak wiadomość nie została dostarczona. Bateria telefonu padła, zanim Iza zdążyła nacisnąć „odbierz". Wrzuciła martwy telefon do torebki. Ruszyła po schodach, w ręku trzymając siatki z zakupami, własną torebkę, walizkę na laptop i dokumenty z pracy do przejrzenia. Tym razem czuła się bardzo słaba. Wydawało się jej, że nie da rady wejść na górę. Szła i szła, a czwarte piętro, na którym mieszkała, wciąż było daleko. Zakręciło jej się w głowie. Zatrzymała się, by odpocząć, a kiedy podniosła głowę, była już przed drzwiami mieszkania. Jak zwykle powitała ją Wiera, teściowa. Nie miała jeszcze sześćdziesiątki, ale wyglądała na znacznie starszą. Przez nadwagę, niedbały strój i rzadkie włosy wiecznie sterczące na boki. W każdym wypowiadanym przez nią zdaniu było „ciężko", „trudności", „szkoda" albo „niestety". Iza wiedziała, że teściowa chce jak najlepiej, ale jej stękanie i narzekactwo doprowadzało ją do białej gorączki.

Matka męża pragnęła być traktowana jak męczennica. Iza podejrzewała, że Wiera nie miałaby nic przeciwko przedwczesnej, zwłaszcza gwałtownej śmierci, jakiemuś udarowi mózgu, atakowi serca, czemuś spektakularnemu, co sprawiłoby, że w rodzie Kozaków opłakiwano by ją przez całe lata. W efekcie wszyscy skakali wokół niej, a ona umiejętnie wzbudzała w nich poczucie winy. Na każdym kroku podkreślała, jak bardzo się dla nich poświęca. Przecież jest tak chora, niedołężna i zmęczona, a zajmuje się ich dwuletnim synkiem. Gotuje, sprząta, pierze. Teraz też zaczęła podnosić pokrywki, pokazywać jedzenie, które przyrządziła. Iza jak zwykle chwaliła ją za umycie lustra i podlanie kwiatów. Widziała stertę naczyń w zlewie, ale nie zdobyła się na żadną kąśliwą uwagę. Nie rozumiała, dlaczego kobieta codziennie myje do czysta zwierciadło, ale statki w zlewie zostawia jak prezent dla synowej, by nie zapomniała o swoich obowiązkach. Jakby nie mogła ich wstawić do zmywarki. Zmusiła się do spróbowania zupy, której łyk teściowa podała jej na łyżce.

Tak było codziennie. Trwało dłużej, jeśli Iza spóźniła się choć kilka minut. Wiera nawet wychodząc, nie przestawała mówić. Iza nauczyła się nie słuchać. Odpowiadała jak automat: „Dziękuję, jest mama wspaniała, cudownie, ojej, niesamowite, dziękuję, dziękuję, bardzo dziękuję". Michałek spał już drugą godzinę. Iza wiedziała, że za chwilę się obudzi. Zawsze kiedy przychodziła, budził się z krzykiem. Pośpiesznie przebrała się w domowy strój i wzięła do brudnych naczyń.

Kiedy wrzucała resztki jedzenia do pojemnika na śmieci, dostrzegła małą butelkę wódki zawiniętą w zużytą pieluchę. Zamarła, rozwinęła. Sprawdziła kolejne. W każdej z nich była "małpka" – pusta flaszka po czystej, żubrówce czy wiśniówce o pojemności 0,25 litra. Ustawiła je na blacie jak gwardię małych żołnierzy. To znaczyło tylko jedno – Jeremi znów pił. Od ich ostatniej rozmowy nie minęły dwa miesiące. Pewnie nawet nie przestał, tylko skutecznie się przed nią ukrywał. Tym razem zachowała spokój. Nie jak przed rokiem, kiedy znalazła ukryte butelki pierwszy raz i miała wrażenie, że ziemia usuwa się jej spod stóp. Jej ojciec był alkoholikiem, zginął przez picie. Spadł ze schodów w ich rodzinnym domu, tym samym uwalniając jej matkę od ciężaru współuzależnienia. Matka Izy przeżyła z pijakiem ponad trzydzieści lat. Iza wiedziała, co to za życie. To było ostatnie, czego sobie życzyła, i pierwsze, czego się bała. A teraz te "małpki".

Wcześniej wypijane litry alkoholu, urlopy z pijakiem, jego znikanie pod pretekstem pracy po godzinach... Udawała, że nie widzi, dopóki mogła udawać. Teraz już miała pewność. Jeremi był uzależniony, a ona nic z tym nie zrobi, choć jako najstarsza córka z rodzeństwa pierwsza namawiała matkę, by uciekli, zostawili dom, cały dobytek. Byle dalej od potwora. Czy kochała męża? Nie wiedziała, co czuje. Gdzie byli oni, związek, rodzina, a gdzie przyzwyczajenie? Ale zostawał jeszcze strach. Przed tym, że będzie sama. Może dlatego, kiedy rozległ się dzwonek do drzwi, najpierw poczuła złość, że mąż obudzi synka, a dopiero potem złapała się na tym, że nie schowała flaszek i będzie zmuszona z nim o tym pomówić. Awantura i ciche dni wisiały w powietrzu jak miecz Damoklesa. Ruszyła w kierunku drzwi, bacznie nasłuchując, czy dziecko nie płacze. Otworzyła zasuwę. Klamka była metalowa, biała, okrągła – inna niż w domu. To ją zaniepokoiło. Potem zobaczyła bębenek rewolweru, palec z fioletowym paznokciem i wreszcie twarz Łucji.

– Powtórz to – rozkazała barmanka. Twarz miała zbolałą, wykrzywioną cierpieniem, nie wściekłością. Kiedy odezwała się ponownie, głos jej drżał. – Spójrz na mnie i powtórz to. Nie bój się, nie potnę się.

Iza się obudziła.

– Złodziejka – szepnęła już na jawie. Potem powtórzyła to samo ze znakiem zapytania. Wpatrywała się w biały sufit, przerzuciła wzrok na klamkę szafki. To klamka z jej snu. W domu takiej nie miała. Odwróciła się na bok, skuliła. Nie miała wątpliwości, że to Łucja do niej strzelała. Ale czy to była jej ręka? Czy zbolałą twarz barmanki widziała w Igle, czy może wcześniej, podczas awantury? Zamknęła oczy i znów spróbowała zasnąć. Zamiast tego dostała migreny.

Przestało padać, kiedy Sasza dotarła na dziedziniec kościoła Gwiazda Morza. Zeszła po małych schodkach do piwnicy. W małej salce tłoczyło się mnóstwo ludzi. W rogu pomieszczenia dwudziestokilkuletnia blondynka z grzywką à la Meg Ryan pokazywała, czym różni się oburęczny bekhend tenisowy od squasha. Mężczyzna w kolorowym T-shircie i bluzie z kapturem naśladował jej ruchy. Śmieli się oboje. Najwyraźniej darzyli się sympatią. Byliby ładną parą. Reszta zajęła swoje miejsca wzdłuż długiego stołu. Śniady chudzielec z wąsami i siwą kitką lidera disco relax zajął miejsce u szczytu. Hałaśliwie okazywał swoje zniecierpliwienie. Zażółconymi od papierosów palcami wertował leżące przed nim romansidło z pieczątkami biblioteki. Ponieważ nikt nie zwracał na niego uwagi, cmokał, dłubał w zębie. Wreszcie wyjął zapalniczkę, zapalił świeczkę stojącą na środku stołu, a do starego kapelusza wrzucił dwudziestogroszówkę wygrzebaną z kieszeni zbyt luźnych spodni. Udało mu się ściągnąć spojrzenia wszystkich. Pośpiesznie ruszyli do swoich miejsc przy stole.

Sasza przysiadła w kącie, na samym brzegu ławki. Wyszperała w portfela trochę drobnych i dołożyła się do składki. Zezowaty młodzik kucnął bardzo blisko niej, choć miejsca na ławce było jeszcze sporo.

– Pierwszy raz? – zagaił.

Zaprzeczyła, po czym szybko odwróciła głowę w kierunku mężczyzny z brodą, który się spóźnił i zamarł przy ścianie, by nie przeszkadzać innym. Był w tym gronie najstarszy. Wyglądał dobrotliwie, choć nie pachniał najlepiej. Szedł widać prosto z pracy, na nogach miał gumiaki uwalane wapnem. Musieli go tu dobrze znać, bo wielu uśmiechało się do niego z sympatią, mrugali mu na powitanie. Plastikowy zegar na frontowej ścianie, reklamujący margarynę bez cholesterolu, wskazywał pięć minut po osiemnastej. Obok wisiał prosty drewniany krzyż. Siedząca u szczytu stołu drobna, elegancka brunetka z wisiorkiem złotego dromadera na szyi obrzuciła zgromadzenie czujnym spojrzeniem. Poruszyła miedzianym dzwonkiem. Rozmowy ucichły. Ludzie wstali, wzięli się za ręce.

– Boże, użycz mi pogody ducha, abym godził się z tym, czego nie mogę zmienić, odwagi, abym zmieniał to, co mogę zmienić, i mądrości, abym odróżniał jedno od drugiego – odmówili wspólnie na głos.

Ktoś podał Saszy spis dwunastu kroków AA. Znała je na pamięć, ale położyła obok siebie.

– Mam na imię Anna i jestem alkoholiczką – przedstawiła się prowadząca. – Jedynym warunkiem przynależności do Anonimowych Alkoholików jest chęć zaprzestania picia. Ruch jest finansowany przez dobrowolne datki naszych członków. Jedyną rzeczą, którą należy ze sobą przynieść, jest dobra wola. Pamiętajcie, że mamy do czynienia z alkoholem: podstępnym, zwodniczym i zdradzieckim – podkreśliła.

Była oficjalna, budziła respekt. Sasza zazdrościła jej spokoju. Chciałaby kiedyś osiągnąć ten poziom trzeźwości. Anna miała piękne, hipnotyzujące oczy. Na jej twarzy nie było śladu spękanych żyłek ani opuchlizny, które cechują pijące kobiety.

W sali panowała absolutna cisza. Nawet facet z kitką nie ośmielił się cmokać.

– Na mityngach nie dajemy rad, nie wypowiadamy swoich opinii, nie krytykujemy wypowiedzi żadnego z poprzedników – ciągnęła Anna. Zapowiedziała, że na dzisiejszym spotkaniu będą mówić o czwartym kroku trzeźwienia. – Zrobiliśmy gruntowny i odważny obrachunek moralny – odczytała z książeczki przed sobą. Teraz lista ruszyła z rąk do rąk. Każdy przedstawiał się imieniem i odczytywał sentencję. Było ich dwanaście. Jedna na każdy miesiąc w roku. Sasza poczuła, że serce zaczyna bić jej szybciej. Policzyła osoby. Młodzian siedzący obok niej był ostatni. Wychodziło, że może zostanie oszczędzona. Miała wiele do opowiedzenia, ale dziś wolałaby milczeć.

– Mam na imię Adam i jestem alkoholikiem. Krok dwunasty. Przebudzeni duchowo w rezultacie tych kroków staraliśmy się nieść posłanie innym alkoholikom i stosować te zasady we wszystkich naszych poczynaniach – odczytał, jąkając się lekko, po czym wstał i przecisnął się do korytarza. Zaczął hałaśliwie szperać w kieszeniach kurtki. Sasza przyglądała mu się zaaferowana.

Anna podziękowała wszystkim, przeszła do spraw formalnych. Mówiono o zebranych składkach, wyjeździe do Częstochowy oraz anonimowym donosie, który ktoś wysłał do księdza udostępniającego im pomieszczenie na spotkania. „Drodzy uczestnicy klubu AA – pisał Życzliwy. – Miło by było, gdybyście zmywali po sobie brudne szklanki. W dniach 13–18 marca w szafce pod zlewem stało martini bianco, poj. 0,7. Uprasza się o zwrot do pokoju hydraulików".

Na twarzach wszystkich zebranych pojawił się uśmiech.

– To chyba nie do nas – skwitowała Anna. – Włożymy do szafki klubu seniora. Emeryci wypili martini, muszą odkupić.

Potem wszyscy jak na komendę spojrzeli na faceta w kangurce. Meg Ryan chwyciła go za ramię. Uśmiechnął się do niej, zarumienił jak sztubak i spuścił wzrok.

– Dziś nasz kolega ma pierwszą rocznicę. Gratulujemy, Marek. – Anna wskazała mężczyznę.

Z korytarza wyszedł Adam. W ręku miał małą babeczkę z wciśniętą weń świeczką w kształcie jedynki. Wszyscy wstali i odśpiewali Markowi „Sto lat". Mężczyzna zdmuchnął świeczkę, ale zanim schował ją do kieszeni, ważył jeszcze chwilę w ręku. Oczy miał zaczerwienione ze wzruszenia. Pierwsze urodziny nowego życia. Sasza rozumiała doniosłość tego wydarzenia. Trzysta sześćdziesiąt pięć dni bez picia. Ona wkrótce będzie obchodziła swoje siódme urodziny, a jeszcze przed chwilą omal nie zniszczyła tych wszystkich lat wyrzeczeń, jak kompletna idiotka. Wystarczyłby jeden łyk. Wszystko by runęło.

– Pamiętam, kiedy byłam już po detoksie i nie piłam całe trzy tygodnie, myślałam, że to coś. – Anna podjęła wątek. Pozostali kiwali głowami. Prawdopodobnie każdy z nich miał takie doświadczenie za sobą. – Tymczasem to był tylko początek drogi. Nie sądziłam, że uda mi się nie pić przez cały rok. Wydawało się to nierealne. Kilka razy omal nie popłynęłam. Wszyscy tutaj wiemy, że zrobienie „jedynki" dla alkoholika jest bardzo ważne.

Znów wszystkie oczy zwróciły się w stronę Marka. Czekali, by coś powiedział, ale on milczał. Był onieśmielony, lecz twarz miał promienną. Sasza znała ten widok. Ten facet przeszedł samego siebie, wytrwał. Różne osoby kolejno zabierały głos, opowiadając, jak „jedynka" wyglądała u nich, co zmieniło się w ich życiu, kiedy przestały pić.

– Nie wyobrażałem sobie, jak będę żył bez alkoholu. Jak to? Nigdy nawet jednego piwa, najmniejszego kieliszka? Bałem się, że będę wykluczony.

– Odzyskałem kontakt z dziećmi. Wyjechałem do Niemiec. Pierwszy raz utrzymałem pracę. Dziś nawet mówię po niemiecku. Pomagam Polakom na obczyźnie. Ludzie nie wierzą, że kiedyś byłem pijakiem.

– Pamiętam, jak kiedyś kupiłem puszkę piwa i przez cztery godziny z nią rozmawiałem. Kłóciłem się z nią, zwierzałem, nawet płakałem, ale nie otworzyłem.

– Odwiedziłam matkę na cmentarzu. Poszłam tam pierwszy raz. Wcześniej nie dawałam rady, nigdy nie byłam trzeźwa. U nas to norma. Ojciec chlał, brat i bratowa też. Nie przestali, nawet jak warunkowo zabrali im dzieci. Mieszkam z nimi, ale daję radę. Już czwarty rok. Gratuluję ci, Marek. Wielka rzecz – dodała Meg Ryan.

Teraz wstał „solenizant".

– Mam na imię Marek i jestem alkoholikiem. Kiedy tutaj przyszedłem pierwszy raz, nie wierzyłem, że to zadziała – wyznał. Mówił najpierw cicho, z pochyloną głową. Potem coraz głośniej. Wreszcie płynnie, jakby całe życie przemawiał. – Te modlitwy, kroki, świeczki. To ciągłe przedstawianie się, że jestem alkoholikiem. Jakaś sekta, myślałem. Słuchałem opowieści różnych ludzi i wątpiłem. Byłem przekonany, że to głupota. Nie zadziała, nie na mnie. I już nigdy nie napiję się nawet łyka? Do końca życia? Na początku przychodziłem dla matki. Obiecałem jej. Kilka razy się łamałem. Sklep jest naprzeciwko, matka nie zauważy, tylko jedna puszka. Ale nie miałem odwagi jej okłamywać, zawsze wracałem po przerwie. Trzeźwy. Nigdy nie odważyłem się kupić. Wypiłbym i wrócił do starego życia. Była tutaj jakaś siła, w was, ludziach, którzy też przychodzili po wsparcie. Bo wtedy jeszcze byłem zbyt hardy, by przyznać, że jestem słaby, przegrałem. Ale po mityngu jakoś nie wypadało pić. Nie wiem jak, ale z czasem coraz lepiej dawałem radę iść obok monopolowego i się nie zatrzymać.

Potem jeden z tutaj obecnych kolegów – wskazał najstarszego mężczyznę z brodą, ten zaś uśmiechnął się półgębkiem – powiedział mi coś praktycznego. Nie chodziło o zmianę duchową ani o wiarę czy nawet Boga. W kilku żołnierskich słowach opowiedział, że odkąd przestał pić, wszystko mu się poukładało. Kłopoty zniknęły. Nie od razu – Wiesiek nie pije już dwadzieścia jeden lat – ale stopniowo wszystko zaczęło wychodzić na prostą. Pomyślałem, że też bym tak chciał. I choć minął dopiero rok, dla mnie aż rok, wieczność. Każde dwadzieścia cztery godziny to cud. Zacząłem prostować swoje sprawy. Spłaciłem część długów, mam pracę. Sąsiedzi, którzy wcześniej nie chcieli mnie znać, mówią mi „Dzień dobry". Z komornikiem się dogadałem. Zacząłem odkręcać sprawy z byłą żoną. Wiem, że ją skrzywdziłem.

A teraz robię prawko na motocykl. Uczę się tych testów, biorę jazdy. Bawi mnie to. Wiem, że to głupie, ale chyba zacząłem dostrzegać inne rzeczy poza piciem. Kiedyś nie mogłem jeździć, nie było szans, wciąż byłem nawalony. Chodzi mi o to, że nagle zauważyłem, że mam jakieś marzenia i chcę je zrealizować. Zerwałem kontakty z ludźmi, którzy ciągnęli mnie do baru. Myślałem, że będę sam, nikt mnie nie zaakceptuje, ale mam innych znajomych. Niektórzy też rzucili chlanie. Inni piją dalej, ale nie tak, jak ja kiedyś. Nigdy przy mnie. To wszystko jest możliwe. I już nie przeraża mnie, że nigdy się nie napiję. Jest w życiu mnóstwo rzeczy, które można robić bez wódki.

Zamilkł. Rozległy się brawa. Wszyscy byli poruszeni. Wtedy rękę podniósł mężczyzna z kitką.

Anna udzieliła mu głosu.

– Gratuluję ci, Marek – zaczął. – Wspaniale słuchać, że ci się udało. Ja jednak mam problem. Nie wiem, czy wytrzymam choć minutę dłużej. Wczoraj dowiedziałem się, że od dwóch miesięcy ciężko pracowałem za darmo, bo facet, który mnie zatrudnił do remontu starych schodów, wygonił mnie bez grosza. Nie wiem, co robić. Czy mam pójść i powybijać szyby w oknach tego gościa, czy mam porwać jego dziecko. Jestem wściekły, przepełnia mnie nienawiść. Jak mam się zmienić, wytrwać, skoro świat jest tak podły, a ludzie źli?

Mówił jeszcze długo. Utyskiwał monotonnie, używając zbyt dosadnych słów. Sasza widziała, że prowadząca i najstarszy z grupy wymienili spojrzenia. Znali się tutaj wszyscy i niekoniecznie nawzajem lubili.

Właściwie w czasie spotkania nie odezwały się tylko dwie osoby: Załuska i jeszcze jedna kobieta. Sasza od początku dyskretnie zerkała w jej stronę. Blond spirale, aksamitna marynarka, białe cygaretki z kantem, torebka od Donny Karan. Pachniała addictem Diora. Miała zrobione paznokcie i perfekcyjny makijaż. Gdyby ktoś spotkał ją na ulicy, przez myśl by mu nie przeszło, że jest alkoholiczką. Tak samo jak na widok Saszy. Zdecydowana większość alkoholików nie osiąga poziomu zaawansowania choroby, jaki widzi się na dworcach, w podrzędnych spelunach i noclegowniach dla bezdomnych. Bardzo długo radzą sobie z ukrywaniem nałogu. Zostają na tak zwanym drugim etapie, kiedy jeszcze organizm nie jest wyniszczony. Są w stanie pić i utrzymać pracę. Dopiero jej utrata to start na równię pochyłą, w kierunku prawdziwego dna.

Każdy z obecnych tutaj je przeżył. Dotknął na swój sposób, odbił się. A ilu z nich już wiele razy wracało do picia!

Ich "urodziny" bywają przerywane alkoholowymi ciągami. Bo nikt poza samym zainteresowanym nie zdoła nakłonić alkoholika do leczenia. Nikt za niego nie wygra z chorobą, tak jak nikt nie zmuszał go, by pił nałogowo. Żaden życiowy problem nie tłumaczy choroby. Są ludzie, którzy przeżyli najpotworniejsze traumy, ale pić nie zaczęli. Picie to forma ucieczki. Alkoholik pije, bo nie potrafi rozwiązać swoich problemów i szuka rozwiązania na zewnątrz. Poszukuje, pragnie czegoś. Dlatego, nawet kiedy przestaje pić, wciąż musi uważać, by radzić sobie ze swoimi lękami. Sasza znała ten mechanizm i wiedziała, że choć jest abstynentką od tylu lat, wciąż nie wytrzeźwiała. Nadal ma kupę niezałatwionych spraw.

Mityng się kończył. Anna podziękowała wszystkim. Choć Sasza nie odezwała się słowem, czuła się jak po spowiedzi: lekka i spokojna. Złość minęła bezpowrotnie. Znów wierzyła, że podoła obowiązkom. Dostała do ręki *Dezyderatę*. Adam mrugnął do niej życzliwie.

– Mam na imię Sasza… – Zawahała się. Kolejne słowa ugrzęzły w jej gardle, ale wydusiła je w końcu bardzo cicho: – I jestem alkoholiczką.

Zaczęła czytać.

Kapitan Mariola Szyszko kończyła czytać *Zanim znowu zabiję*, kiedy usłyszała metaliczny dźwięk. Choć do końca powieści zostało jej zaledwie kilkanaście stron i aż skręcało ją, by poznać zakończenie, natychmiast odłożyła książkę i ruszyła korytarzem, by sprawdzić, czy jej podopieczne znów nie zaczynają pajacować. Dziś po południu na jej oddział przenieśli Łucję Lange, tę barmankę z Igły. Dziewczynie postawiono zarzuty zabójstwa piosenkarza i usiłowania zabójstwa menedżerki. Władze więzienia wpadły na idiotyczny pomysł, by ukrywać, za co Łucja siedzi. Tymczasem wszystkie media bębniły tylko o barmance i nikogo nie dało się oszukiwać. Pierwszy atak Łucja miała za sobą. Na szczęście udaremniony.

Mariola pracowała w służbie więziennej drugą dekadę i wiedziała, że pierwsze trzy miesiące aresztu są dla osadzonej najtrudniejsze. Potem będzie ich jeszcze wiele, ale w tym okresie należy się spodziewać najróżniejszych reakcji. Może być niebezpieczna dla siebie samej, dla innych, a przede wszystkim jest narażona na agresję tych, które siedzą już jakiś czas i chcą na kimkolwiek wyładować swoje frustracje. Nowa więźniarka świetnie się do tego nadaje. Jest zagubiona, przestraszona i nie zna reguł. Telewizje wprawdzie zapikslowały twarz Lange, bo media nie dostały zgody na publikację wizerunku domniemanej morderczyni, ale internet pełen był jej zdjęć. I choćby kobieta okazała się niewinna, już nigdy nie uda się usunąć tych fotografii z sieci. Mariola także je widziała, choć ani nie jest czytelniczką popularnych portali zastępujących dziś tabloidy, ani użytkowniczką żadnego z mediów społecznościowych. Ona nie jest, ale miliony Polaków tak.

Długo nie trzeba było czekać. Zmienniczka pokazała jej zdjęcia Łucji w swoim telefonie. Ktoś założył Lange fikcyjny profil na Facebooku, gdzie wklejano wszelkie nowinki dotyczące nowej celebrytki – zabójczyni piosenkarza. Jeszcze trochę, a stanie się słynniejsza niż matka Madzi, która zresztą też chwilę siedziała na ich oddziale. Funkcjonariuszka musiała przyznać, że młoda barmanka spełnia wszystkie warunki, by uznać ją za medialny szwarccharakter. Internauci toczyli dyskusje na temat jej autorskich drinków w Igle (miały zbrodnicze nazwy), tekstów publikowanych na blogu (o śmierci, zemście czy eutanazji) oraz fotografii martwych zwierząt, które zresztą już zgłoszono do zablokowania jako propagowanie przemocy. Jednocześnie powstało specjalne forum miłośników jej kąśliwych powiedzonek na temat świata. A magazyn popkulturalny Mega*Zine Lost & Found, który prowadziła, osiągał rekordy wejść. Rozpisywano się też o jej stylu. Zakolczykowana, z tatuażami, często w prowokująco obcisłych lub wydekoltowanych ciuchach. Róż z kanarkową żółcią. Zieleń z fioletem. Do wszystkiego czerń, nawet na powiekach.

Ta nagła popularność wybuchła błyskawicznie, tuż po tym, jak policja zakomunikowała, że ma sprawcę zabójstwa Igły. Mariola przeczytała na jakimś forum, że Lange przyjaźniła się z piosenkarzem. Okazało się nagle, że była w klubie popularna, miała swoich fanów. Nie używała pseudonimu, ale rzadko kto zwracał się do niej po imieniu. Znano chyba wyłącznie nazwisko. Czasem tylko, w niektórych postach, pojawiała się w wersji Lu. Tak czy owak, zdjęć kobiety było w sieci aż nadto. I oczywiście większość z nich znana była już tymczasowo aresztowanym. Skąd, tego Mariola nie wiedziała. Jeszcze nigdy nie złapała nikogo za rękę, ale wiadomo, że zdobycie telefonu komórkowego w więzieniu nie jest problemem, jeśli ma się pieniądze za bramą.

Tym bardziej starano się zapewnić Lange bezpieczeństwo. Po napadzie młodocianych dilerek w łaźni zastosowano ostrzejsze środki zapobiegawcze. Nie dali jej do izolatki, ale umieścili z długoterminowymi osadzonymi, które współpracowały z funkcjonariuszami. Mariola zaś dostała rozkaz, by chronić dziewczynę jak oka w głowie. Była szefem tutejszego oddziału i do czasu, aż sytuacja się nie wyklaruje, specjalnie brała nocki. Zresztą lubiła pracować po zmroku. Dużo wtedy czytała. Wyłącznie kryminały. Komedie i romanse ją brzydziły. Choć na co dzień stykała się z przestępczyniami, wciąż nie rozumiała, dlaczego robią tyle złego. W każdej historii był jakiś sekret, a Mariola lubiła odkrywać tajemnice. W swoim realnym życiu nie była jednak wścibska.

Szła teraz korytarzem z latarką w jednej ręce, drugą opierając na gumowej pałce, napięta jak struna. Słyszała tylko stukot własnych butów zwielokrotniony przez echo. W celach było zgaszone światło (zawsze wyłączano je o dwudziestej drugiej), panowała całkowita cisza (to było niepokojące). Dotarła do celi numer 45, w której ulokowano Łucję, zajrzała przez wizjer. Wszystko wydawało się w porządku. Dziewczyna leżała zwinięta w pozycji embrionalnej, częściowo przykryta kocem. Mariola z zaciekawieniem przyjrzała się kolorowemu malunkowi w dolnej części pleców, który wystawał spod kusej koszulki. Odetchnęła z ulgą. Mogła wrócić do przerwanej lektury. Pokonała ponownie korytarz, usiadła w swoim miniaturowym centrum dowodzenia z trzema lichymi monitorkami, chyba jeszcze z epoki lodowcowej. Przerzuciła szybko dla porządku screeny z więziennych korytarzy, po czym wstawiła wodę na kawę i odprężona rozsiadła się na krześle z książką w ręku.

Ledwie zabrała się do lektury, w głębi korytarza rozległ się głuchy trzask. A po chwili rytmiczne uderzanie o drzwi cel. Mariola zerwała się z miejsca, od razu wezwała posiłki. Niemal bez tchu biegła w kierunku celi Lange. Otworzyła drzwi i stwierdziła, że kobieta leży wciąż w tej samej pozycji. Poświeciła latarką. Dopiero teraz dostrzegła plamę krwi na materacu. Miała wrażenie, że powiększa się z każdą chwilą. Wbiegła pielęgniarka, położyli Łucję na noszach. Pośpiesznie opatrywali jej przedramiona. Mariola brutalnie chwyciła nieprzytomną kobietę za podbródek.

– Która ci to zrobiła?

Łucja milczała. Oczy miała nieruchome, była półprzytomna. Mariola bez wahania uderzyła ją w twarz. Wtedy Łucja się uśmiechnęła. Mariola zamarła. W ustach kobiety zobaczyła żyletkę. Uderzenie wbiło ją w dziąsła, siknęła krew. Mariola fachowo wyjęła ostrze, sama się przy tym raniąc.

– To ja sama – wymamrotała Łucja, zanim całkiem straciła przytomność.

Przed wejściem do Igły Załuska dostrzegła srebrnego range rovera. Numer rejestracyjny zgadzał się z podanym przez Gabrysia. Samochód musiał stać tutaj całą noc, na szybie była jeszcze szadź. Pomyślała, że traktor Chelsea, jak Brytyjczycy nazywali ten model wozu, należy do kogoś obrzydliwie bogatego i lubiącego się popisywać. Przyszedł jej do głowy tylko Paweł Bławicki. Samochód stał zaparkowany prawidłowo, na jednym z czterech miejsc parkingowych przed klubem. Mijając auto, zajrzała do środka. Wewnątrz była biała tapicerka.

Weszła na dziedziniec i wtedy dostrzegła ołtarzyk pamięci Igły. Jedyne drzewo rosnące wewnątrz „studni" było upstrzone kawałkami materiału jak pogańskie miejsce modłów. Pod nim leżały świeże kwiaty, stały dziesiątki zapalonych świec. Fani przynieśli liczne fotografie Janka „Igły" Wiśniewskiego. Niektórzy zostawili swoje zdjęcia, płyty, koszulki. Trafiały się też tradycyjne listy w folii, która miała chronić je przed zamoknięciem. Większość była już zawilgocona. Śnieg topniał gwałtownie. Po hałdach na poboczu nie było już śladu. A dziś był pierwszy poranek, odkąd Sasza przyjechała do Polski, kiedy słońce pojawiło się w pełnej krasie. Minęła ołtarzyk, skierowała się do drzwi klubu. Blokady policyjne usunięto. Na barierce wił się tylko unoszony wiatrem fragment taśmy z napisem „Policja". Był brudny, z zaciekami błota i soli. Na podwórzu nie dostrzegła nikogo z mieszkańców sąsiednich kamienic. Tylko ekipa elektryków przemierzała teren – naprawiali skutki awarii elektrycznej. Krzyczeli do siebie, nie szczędząc wulgaryzmów, przez zamknięte drzwi piwnic. Sasza nie trudziła się naciskaniem dzwonka. Klub był opustoszały. Mimo wczesnej pory panował w nim półmrok. W dzień sprawiał przygnębiające wrażenie.

Obeszła większość pomieszczeń, ale poza mężczyzną, który odnawiał ściany, nie zastała nikogo z obsługi. Każdy mógł wejść i wyjść niepostrzeżenie. Za barem wciąż kusiła bateria alkoholi. Dziś jednak nie widziała w nich zagrożenia, minęła je obojętnie. Automat z papierosami był prawie pusty. Nie uzupełniono brakującego towaru. Minęła szatnię – bez jednego nawet płaszcza – a potem rząd toalet, od wewnątrz wytapetowanych starymi gazetami, z hipsterskimi wlepkami na drzwiach. Ostatnim razem, pewnie z powodu ciemności, ich nie zauważyła. Wreszcie w niedokończonym studiu nagrań, tam gdzie znaleziono ranną Izę, zobaczyła Bulego. Stał odwrócony plecami do drzwi, wpatrując się w jedyne okno sutereny.

– Spóźniła się pani – powiedział, nie zmieniając pozycji.

Podeszła bliżej i dopiero dostrzegła, że Buli wpatruje się w drzewo pamięci Igły. Musiał ją widzieć, kiedy stała na podwórzu. Poczuła się nieswojo.

– Musiałam zawieźć dziecko do przedszkola – wyjaśniła bez skruchy. Była wyspana, tym razem nie spóźniły się, a nawet odbyła rozmowę z dyrektorką na temat odbioru dziecka przez osoby trzecie. Ciotka Adrianna dostała od niej bezterminowe upoważnienie. Codziennie odbierała swoje wnuczki. Sasza zdecydowała, że ze względów praktycznych na razie ogłosi zawieszenie broni.

Buli dopiero teraz się odwrócił. Twarz miał zmęczoną, nie patrzył jej w oczy, tylko w drzwi wejściowe, których nie zamknęła.

– Dzwonili do mnie z policji – powiedział. – Podobno to Łucja. Ma zarzuty.

Sasza zmarszczyła czoło, nie odezwała się. Zastanawiała się, skąd Buli ma takie dane. I co jeszcze mu powiedzieli.

– Zidentyfikowali klucz, którym otwarto lokal. Był jej – kontynuował.

– A pan? – zapytała.

– Co ja? – Zrobił minę niewiniątka.

– Co pan o tym sądzi?

– Moja opinia nie ma znaczenia – odparł. – Nie jestem sądem.

– Dla mnie ma.

– Sam już nie wiem. Trudno mi w to uwierzyć. Ale wiara nie ma tu nic do rzeczy.

– Czy to prawda, że mieliście „kosę"?

– Łucja zawsze była wobec mnie w porządku – zapewnił. Zdawało się, że szczerze.

– Chodzi mi o pana wspólnika. O Igłę.

Kiwnął głową.

– Od jakiegoś czasu nie mogliśmy się dogadać. Janek był mi winien pieniądze, miał też długi u dilerów. Nie wiem, ile dokładnie. Ale co jakiś czas przychodzili tutaj po kasę. Na początku go broniłem. Potem byłem za krótki. Dawno temu odszedłem, do branży weszli nowi, których nie znam. Te kwiaty, ryby w pudełkach. Naprawdę przychodziły i podejrzewałem Igłę. Ale to nie ja złożyłem pani propozycję. Jeśli o to pani pyta.

– Mówił to pan ostatnim razem – przerwała mu. – Dlaczego nie zgodził się pan, kiedy Igła chciał odejść?

– Chciał tylko wyjechać na rok – zaprzeczył kategorycznie Buli. – Sprawdzić, czy uda mu się pośpiewać za oceanem. Nie mogliśmy sobie na to pozwolić. Mamy kredyt. Właściwie od roku klub przynosił straty. Może pani sprawdzić w urzędzie skarbowym. Gdyby nie Iglica, nasza bliźniacza kawiarnia, byłoby ciężko. Zresztą to był lokal Janka. Uparł się, żeby go założyć. Ja tylko zaakceptowałem jego decyzję.

– Ma pan inne spółki. Przerzucał pan pieniądze z jednej do drugiej. Na samych marżach wyszedł pan na swoje.

Przyjrzał się jej.

– To nie do końca tak. Próbowałem się odbić. Potrzebowałem tych pieniędzy na pokrycie strat.

– Kiedy są straty, lepiej zamknąć działalność, a nie brnąć w długi.

– Rozważałem to – przyznał. – Ale pojawił się inwestor. Oddaliśmy mu część udziałów. Zarządził reorganizację. To on nie wyraził zgody na wyjazd Igły.

– Chodzi o SEIF? Dlatego cztery miesiące temu został pan ich udziałowcem?

Buli pierwszy raz spojrzał na nią z szacunkiem.

– Kto dokładnie jest tym inwestorem? Słoń? – zablefowała. – Taką w każdym razie ksywkę miał kiedyś.

– Jerzy Popławski nie jest prezesem zarządu SEIF-u, jak pani wie. Nie zgłosił się do nas osobiście, ale to był ktoś od niego. Mocno się nagimnastykowałem, żeby dostać te gwarancje.

– Domyślam się.

Buli zmierzył ją zimnym spojrzeniem.

– Papiery są w porządku. Wszystko jest legalne.

– Mogę je zobaczyć?

– Jeśli prokurator ich zażąda, wydam całą dokumentację. – I zaraz dodał: – Ta sprawa nie przynosi nam reklamy, wręcz przeciwnie. Musieliśmy odwołać siedem zakontraktowanych koncertów. Nie tylko trzeba oddać ludziom pieniądze za bilety. Jeszcze ekipa techniczna, zespoły supportowe, nagłośnienie. Nie chce pani wiedzieć, jakiego rzędu są to kwoty. To wszystko była moja inwestycja.

– Pańska? Wtedy jeszcze Igła żył.

– Igła miał to w nosie. Sam zdecydowałem o szyciu z marż*. To legalne, większość koncernów robi w ten sposób. Mieliśmy też podpisane umowy z browarem i takie tam. George Ezra, o którego zabiegaliśmy przez wiele lat, też nie zagra. Właśnie dostałem informację od jego menedżera. Panią pierwszą o tym informuję. Jestem bankrutem. Nie mówiąc o stratach moralnych. A to przecież nie koniec. – Westchnął ciężko. – Jak pani widzi, nie skorzystałem na jego śmierci.

Sasza rozejrzała się po pomieszczeniu. Na ścianach wciąż widniały brunatne rozbryzgi, ale też ślady zmywania. Pod ścianą stały puszki z farbą. Na szafkach rozłożono już folię malarską.

– Gdzie pan go spotkał? Jak to było? – Usiadła na krześle z szeroko rozstawionymi nogami. Zapaliła papierosa bez pytania.

Bulego zaskoczyła nagła zmiana tematu, ale wyraźnie mu ulżyło. Nabrał powietrza i zaczął mówić.

---

* Szycie z marż – mechanizm mający na celu wygenerowanie dodatkowego dochodu. Jest w pełni legalny i możliwy do zastosowania, gdy jeden właściciel ma kilka firm (np. zajmującą się produkcją, dystrybucją i logistyką). Firma produkcyjna sprzedaje z marżą logistyczną, a ta dystrybucyjnej – każda do produktu dolicza swoją marżę. W efekcie na każdym etapie kolejna marża zostaje „w kieszeni" u tego samego właściciela.

– Poznałem go ze dwadzieścia lat temu. Właśnie przenieśli mnie do narkotyków. Spora realizacja. Początki handlu amfetaminą. Do Polski powoli wchodziła meta, głównie szmuglowano ją do ruskich. Dla naszych była za droga. Iglę, takiego niegroźnego ćpuna, najpierw zwerbowałem jako informatora. Grał na dworcu. Miał jeden kawałek, który mi się spodobał. Zrobiliśmy z tego *Dziewczynę z północy*.

– Znam tę historię – przerwała mu.

– Więc o co pani pyta? – Wzruszył ramionami. Ani przez chwilę nie tracił kontroli nad wypowiadanymi słowami. Sasza nie zamierzała stosować żadnych wyszukanych technik. Był kiedyś policjantem, zna dobrze wszystkie taktyki przesłuchań. Postanowiła być z nim szczera. Na głos wypowiedzieć wszystkie dręczące ją pytania, choćby odpowiedzi nie miały znaczenia dla śledczych. Jeśli Łucja dostała już zarzuty, a akt oskarżenia się pisze, Sasza nie jest im do niczego potrzebna. Ona ma jednak własne śledztwo. Chciała wiedzieć, kto i dlaczego wkręcił ją w tę sprawę.

– Skąd on się wziął?

– W jakim sensie?

– O czym jest ta piosenka?

Buli zbaraniał, jakby całkiem zbity z tropu.

– To dwa pytania.

– I kto ją napisał – atakowała dalej. – Pan to wie, prawda?

Usta Bulego rozciągnęły się w uśmiechu, ale oczy pozostały zimne. Osoba, która na zawołanie potrafi przywołać na twarz taki uśmiech, kontroluje sytuację i niczego się nie boi.

– Zbyt wiele pani żąda, pani Załuska – poprawnie wymówił jej nazwisko, choć wcześniej nigdy go nie użył. Poczuła ciarki na plecach, bo nawet nie zauważyła, kiedy role się odwróciły. Teraz to on sprawdzał ją: ile wie, w jakim kierunku chce iść, jakie ma dane. Musiał być kiedyś doskonałym śledczym. – Tylko tych dwóch rzeczy nie wiem, choć bardzo chciałbym wiedzieć. Jeśli pani do tego dojdzie, proszę dać mi znać. Powiem pani za to coś, czego nie ma nikt, a już na pewno nie te szmatławce. Owszem, to ja pomogłem Igle. Spotkałem go na dworcu, faktycznie ujęło mnie, jak grał. Był świetnym materiałem na gwiazdę w tamtych czasach. Zwykły, niebrzydki chłopak z sąsiedztwa, z ujmującym głosem, bardziej próżny niż utalentowany, ale komu to przeszkadza. To wszystko jednak tylko pół prawdy. Zwróciłem na niego uwagę nie dlatego, że tak bardzo mnie zachwycił. Między nami mówiąc, był przeciętny. Dlatego też zrobił tylko jeden hit. Nie mogłem go jednak nie zapamiętać, skoro mając kilkanaście lat, przyszedł na komisariat policji z poszukiwanym przez nas pistoletem gangu, prosząc, byśmy ratowali mu życie. Trzeba mieć jaja, żeby zrobić coś takiego. – Urwał.

– Co było dalej?

– Zatrzymałem go do przesłuchania, oddałem do izby dziecka, prawie adoptowałem. – Buli wzruszył ramionami. – Twierdził, że znalazł tę spluwę. Słaby kit. Podchodziłem do niego ze cztery razy, ale nie pisnął ani słowa. Tam w bidulu dzieciaki umieją dochować tajemnicy.

– W bidulu? To nie wychował się we Wrzeszczu?

– Nie. – Buli się uśmiechnął. – Nie miał ojca mechanika. Nikt mu nie robił kanapek do szkoły, jak podawał w większości wywiadów. Prawdą jest tylko, że nie skończył zawodówki okrętowej.

I ku zdziwieniu Saszy, Bławicki zaczął opowiadać.

Janek pochodził z domu dziecka. Matka narkomanka, z dorobkiem kryminalnym. Nazywała się Klaudia Wiśniewska, pseudonim „Igła". Miała osiemnaście lat, kiedy go urodziła, a niespełna dziewiętnaście, kiedy zmarła. Nie była pewna, kto jest ojcem dziecka. Ale nie zrzekła się praw, bo licząc na łagodniejszy wyrok za udział w rozboju, zapewniała solennie, że będzie się nim opiekowała po zakończonym detoksie. Uwierzyli, że chce wyzdrowieć. Dostała zawiasy ze względu na płeć i wygląd aniołka. W trzeźwości wytrzymała dwa tygodnie. Obrabowała szafę z lekami i uciekła ze szpitala. Było ze dwadzieścia stopni mrozu. Kilka dni później przedawkowała kompot na zajezdni tramwajowej. To po niej Igła odziedziczył urodę oraz ksywkę. Tej zimy w Trójmieście zamarzło ponad trzydziestu bezdomnych. Klaudia miała żyły jak u starca. Nie było gdzie się wbić.

Janek jako dziecko nie miał nic. Słodyczy, ciuchów, nikt go nie obserwował, czy ma jakieś talenty. Uczył się słabo. Edukację zakończył na drugiej klasie zawodówki. To zresztą nie był zawód dla niego. Lubił śpiewać i grał ze słuchu. Buli to zauważył. Kupił mu gitarę, tę z dwiema siódemkami, z którą Igła potem fotografował się jako znakiem rozpoznawczym oraz grał na koncertach bez prądu. Był dla niego jak zastępczy ojciec. Dopiero potem został jego menedżerem.

– Sprawę wyczyściłem – dokończył opowieść były policjant. – A on w podzięce mi spierdolił. Szukałem go sześć tygodni. Powiedziałem wszystkim informatorom, że go zajebię, nogi z dupy powyrywam. Ale kiedy go znalazłem, wszystko mi odpuściło. Był na dworcu, chciał się zaćpać, jak matka. Wtedy zamknąłem go w ośrodku brata Alberta. Mógł mieć tylko gitarę i Biblię. Tam właśnie powstała ta piosenka.

– Mówił mi, że to nie on ją napisał.

– Też mi tak mówił, ale ja mu nie wierzę – zapewnił Buli. – Ta historia zawsze go gniotła. Czasem nawet chodził do kościoła. Ostatnio dużo mówił o samobójstwie. Raz chciał się zabić. Zostawiłem tę szybę, żeby pamiętał, gówniarz. On się cały czas czegoś bał, czekał na coś, na zemstę, nie wiem. To był strach, to go zabiło. Dziewczyny w niczym nie pomagały.

– A Klara?

– Była ona i kilkanaście innych. Dwie skrzypaczki, cały zastęp modelek. Klara miała szczęście, że z nim zamieszkała. Teraz może publicznie go opłakiwać, udawać Courtney Love.

– Zaśmiał się kąśliwie.

– A ta broń? – zaczęła Sasza. – Co to był za pistolet?

Buli wzruszył ramionami.

– Kwity nie zostały. Zutylizowaliśmy ją. Nie będę zgadywał.

Kłamał. Ale wiedział, że się zorientowała. Uśmiechali się do siebie jak równi sobie przeciwnicy.

– Ale to nie był na przykład röhm kaliber osiem milimetrów?

Buli nawet nie mrugnął okiem.

– Naprawdę nie pamiętam. Wracając zaś do Łucji – szybko zmienił temat. – Szkoda mi dziewczyny, dlatego wynająłem jej adwokata.

– Marciniak z pewnością ją z tego wyciągnie. Dobry z pana człowiek – szydziła.

Buli pozostał poważny.

– Wynająłem jej dobrego adwokata. Sama pani zobaczy – zapewnił. – Lubiłem ją. W dalszym ciągu życzę jej dobrze.

– W którym domu dziecka mieszkał Igła?

Podał jej dokładny adres.

– Niech pani pomówi z dominikaninem Andrzejem Zielińskim.

Sasza pozbierała rzeczy i ruszyła do wyjścia. Zatrzymała się w drzwiach i wzięła jedną z ulotek rozłożonych na blacie, po czym powiedziała na odchodne:

– W Iglicy na szybie są ślady kul. Kaliber osiem milimetrów. Z jakiej broni chciał się zabić Igła? Skoro pan go ratował, z pewnością pamięta pan model.

– Niech pani spyta naszego przyjaciela, jeźdźca Apokalipsy. – Buli się uśmiechnął.

– Słucham?

Buli wyciągnął z szuflady biurka niewyraźne zdjęcie z monitoringu. Patrzył na nią Lord Vader. Sasza natychmiast przypomniała sobie poruszającą się firankę oraz człowieka w masce. Buli był wyraźnie rozbawiony jej miną.

– To on uratował wtedy Igłę, zabrał mu spluwę. Ja przyszedłem później. Rozmawiali przez pół nocy. Kiedy wszedłem, sąsiad szybko się ulotnił, a Igła nagle wypalił do mnie. Może ze strachu? Może ten świr mu coś naopowiadał? Nie mam pojęcia. Jeśli mnie mój gliniarski nos nie myli, to on przed Wielkanocą uszkodził instalację elektryczną. To zresztą nie pierwszy raz.

– Pan to wiedział?

– Nikt inny nie wpadłby na tak debilny pomysł z maską. – Buli wzruszył ramionami. – Dowodów rzecz jasna nie posiadam. Tyle że teraz Waldemar Gabryś poszedł na całość.

– Czyli, jeśli dobrze rozumiem – upewniła się Sasza – ten człowiek uratował raz Igłę od śmierci, a potem przed jego zabójstwem odciął prąd mieszkańcom całej kamienicy?

Buli skinął głową.

– Po co?

– Może zbliża się koniec świata? – Zaśmiał się kąśliwie. – To świr, ale logiczny. I z pewnością jest bardzo zorganizowany.

- Gdzie znajdę tego Księcia Ciemności?
- Wyjeżdżał. Zaraz po tym, jak na mnie doniósł. Nie wiem, kiedy wróci. Nie tylko on mnie obserwuje. Też mam oczy i widzę, co się dzieje. Jeśli chciałaby pani z nim mówić, proponuję udać się na Pułaskiego siedem, lokal dziewięć, piąte piętro. – Buli nagle spoważniał. – A teraz, jeśli pani pozwoli, przeproszę. Za chwilę koledzy z byłej firmy przyjdą zatrzymać mnie do przesłuchania. Chcę zlecić ostatnie zadania robotnikom, by jak wrócę, nie było zastoju w biznesie. Nie wyjdę przecież przez najbliższe czterdzieści osiem godzin. Czy może się mylę?
- Nic mi o tym nie wiadomo – odparła Załuska.

Sasza zameldowała się u ordynatora. Kazał jej poczekać przed salą. Da im znak, kiedy mogą wejść. Ruszyła w tamtym kierunku.

Dwaj mundurowi nudzili się przed salą, w której leżała Iza Kozak. Pokazywali sobie coś w komórkach. Nie zwracali uwagi na Ducha, który drzemał na siedząco. W przeciwieństwie do Załuskiej komisarz był tego ranka przybity. Nie wyglądał najlepiej. Twarz miał zapuchniętą, jakby nie zmrużył w nocy oka. Kiedy zbliżyła się do niego, zrozumiała, że powód jest prozaiczny.

– Zakopaliście topór wojenny – mruknęła, starając się znieść odór trawionego alkoholu.

– Ten pijak Waligóra chciał mnie zniszczyć – odparł, nie otwierając oczu, Duchnowski. – Oczywiście bezskutecznie. Mam nadzieję, że umarł i smaży się w piekle.

– Jeśli zasłużył. – Wyjęła z torebki małą wodę mineralną i podała Duchowi. Wziął ją na ślepo i przyssał się spierzchniętymi ustami do butelki. W kilku haustach wypił połowę i dopiero uniósł powieki. Białka miał jak hodowlany królik.

– Nie masz jakiegoś piwa, piersióweczki, coś… – zagaił przymilnie.

Pokręciła głową.

– Tak tylko pytałem – zmartwił się. – Dla pewności.

Zaśmiała się. Zadziwiające, że kiedy patrzyła, jak się męczy, sama czuła się wspaniale.

– A ty, widzę, w najwyższej formie – dodał, ocierając nieogoloną twarz. – Spłynęło po tobie wczorajsze, i bardzo dobrze. Niełatwo cię złamać.

Nie była łaskawa skomentować. Prawdę mówiąc, tylko udawała, że jej przeszło.

– Wezmę to na siebie. – Wskazała salę, w której leżała Iza. – Możesz iść na kawę lub zostać i potowarzyszyć mi w milczeniu. Sprawdzisz, czy nie nawalam.

– Dam radę – żachnął się. I zaraz poprawił się z szelmowskim uśmiechem: – Dam radę cię sprawdzić.

– Wolałabym usłyszeć, że jestem aniołem.

– Nie jesteś – przekomarzał się. – Ale mogłabyś być, gdybyś chciała.

– Nic o mnie nie wiesz.

– Może tak właśnie wyglądają anioły. Kto powiedział, że mają być piękne i dobre.

– Wystarczy, że jestem piękna. Dobra już byłam.

– Normalnie ósmy cud świata.

– Za to ty siedem nieszczęść.

– Mówią, że przeciwieństwa się przyciągają. – Rozpromienił się.

Podszedł lekarz. Dał im znak, że mogą odwiedzić pacjentkę.

Sasza odwróciła się na pięcie i zmierzyła Ducha spojrzeniem.

– Podrywasz mnie?

– Gdzieżbym śmiał, cesarzowo – zaprzeczył, ale obrzucił spojrzeniem tylne kieszenie jej dżinsów. Przełknął ślinę i dodał: – Zwłaszcza upadłe mi się podobają.

– Uważaj, żebyś się nie potknął. – Przytrzymała go za ramię, bo zachwiał się i omal nie uderzył w szklane drzwi z napisem „Sala pooperacyjna. Nie wchodzić bez wezwania".

Iza miała pionowo ustawioną poduszkę. Oglądała telewizję, a raczej apatycznie patrzyła na migające obrazki na szklanym ekranie, umieszczonym nad jej łóżkiem na specjalnym stelażu. Sasza pierwszy raz widziała takie udogodnienia w polskim szpitalu. Pielęgniarka natychmiast nacisnęła przycisk „off", a potem tym samym pilotem odsunęła telewizor do ściany. W pomieszczeniu zapadła cisza.

– Czy możemy zostać sami? – Załuska zwróciła się do ordynatora. Zanim wyszedł, zerknął na kartę pacjentki. Sprawdził wyniki na urządzeniach, do których była podłączona. Pielęgniarka zmierzyła jej tętno.

– Jak się czujesz?

Iza w odpowiedzi tylko uśmiechnęła się słabo.

– Wystarczy pół godziny? – zapytał Saszę lekarz.

– Spróbujemy. – Pokiwała głową. Położyła na szafce obok łóżka sprzęt do nagrywania.

– Gdyby coś się działo... – Lekarz wskazał przycisk na blacie przy łóżku Izy.

Usiedli. Duch strategicznie zajął miejsce w pewnej odległości od pacjentki. Sasza przystawiła sobie stołeczek przy jej twarzy. Przedstawiła siebie i Ducha. Iza słuchała jej w skupieniu.

– Chciałabym, żeby powiedziała nam pani po kolei, co pani pamięta z krytycznego dnia – zaczęła profilerka. – Wiem, że trudno jest pani mówić. Mamy czas. Teraz nie będę zadawała pytań. Po południu przyjdę drugi raz. Wtedy zajmiemy się szczegółami. Będziemy tak pracowały jakiś czas. Tyle, ile będzie trzeba, by pamięć wróciła na swoje miejsce. Jeśli czegoś nie może sobie pani przypomnieć, proszę pokręcić głową. Nie męczyć się. Teraz tylko to, co jest w stu procentach pewne i klarowne. Czy się rozumiemy?

Iza nieznacznie skinęła głową. Nabrała powietrza i bardzo wolno, sylabizując, zaczęła opowiadać. Duch przysnął już w połowie jej relacji. Załuska trąciła go dyskretnie łokciem, żeby głowa nie przechyliła mu się na bok. Ocknął się. Udał, że jest czujny jak ważka. Tak w każdym razie skomentowałby to Jekyll.

Iza nie zamierzała pojawić się w klubie w Wielkanoc. Wszyscy pracownicy mieli wolne. Utarg był policzony i schowany w pancernej kasetce. Jakieś trzydzieści tysięcy, jak na ich obroty bardzo mała kwota. Zwykle gotówki spływało więcej: pięćdziesiąt, sto tysięcy. Różnie bywało. W niedzielę rano, około ósmej, Igła zadzwonił do niej, że musi koniecznie zabrać pieniądze. Nie chciała iść, ale słyszała przez telefon, że jest zdesperowany. Powiedział, że przyjedzie po nią, a potem odwiezie do domu.

– Zajmie nam to maks pół godziny – zapewnił.

Nie rozumiała, po co jest mu potrzebna. Chciała podwieźć mu klucze, poprosiła, by wysłał do niej Klarę.

– Jest Wielkanoc – przekonywała. Ale się uparł. Nie przyjmował żadnych argumentów.

– Musimy pogadać – przyznał wreszcie.

Kiedy po nią przyjechał, zdziwiła się. Był trzeźwy. Starał się być miły, co rzadko mu się zdarzało. Zapytał nawet o jej synka. Obiecywał, że jak tylko zainstaluje się w Stanach, przyśle małemu coś specjalnego. Weszli głównymi drzwiami. Wyłączyła alarm i monitoring wszystkich kamer. Igła kazał jej tak zrobić, wykonała polecenie bez słowa. Otworzyła i zamknęła zasuwy od wewnątrz. Ruszyli do pomieszczenia, gdzie były pieniądze. Tylko ona wzięła latarkę. Igła zapomniał, że wciąż nie naprawili awarii. Podała mu lampkę i czekała w ciemnościach w holu. Igła poszedł do skrytki. Wrócił stamtąd z szarą kopertą. Zawsze w takich kopertach wynosił pieniądze. Potem stali chwilę i rozmawiali. Igła opowiadał, że pokłócił się z Klarą, była o niego zazdrosna. Dawał jej powody. Mówił głównie o tym, skarżył się. Iza niezbyt uważnie go słuchała. Chciała jak najszybciej wrócić do rodziny.

Wtedy usłyszeli szmer, kroki. Ktoś był za drzwiami. Spojrzała na Igłę, kazał jej wyłączyć latarkę i ukryć się w ostatnim pomieszczeniu. Pod żadnym pozorem nie wychodzić do czasu, aż on załatwi sprawę. Myślała, że to Buli. Wspólnicy nie byli ostatnio w najlepszych stosunkach. Nie chciała, by Bławicki nakrył ich razem. Z miejsca straciłaby pracę. Była wdzięczna Igle, że stara się ją chronić. Czekała tam kilka minut, a potem usłyszała strzały. Chwilę później ktoś otworzył drzwi, oślepił ją. Nie zdążyła krzyknąć, padł pierwszy strzał. Pamięta tylko wymierzoną w siebie broń, bębenek i twarz Łucji. Potem miała dziurę aż do czasu przebudzenia w szpitalu.

Zapadła cisza. Iza w milczeniu przyglądała się Saszy, która kończyła robić notatki.

– Dziękuję – oświadczyła psycholożka. – Niech pani o tym nie myśli, jeśli pani zdoła. Niech pani się odpręży. Pytania po południu.

Duchnowski wstał i podszedł bliżej. Iza poczuła znajomy zapach. Policjant musiał wczoraj dużo wypić, może jeszcze nie wytrzeźwiał. Spojrzała na niego zaniepokojona. Kogoś jej przypominał. Była jednak pewna, że spotyka go w szpitalu pierwszy raz. Może pojawiał się w klubie?

– To wszystko? – upewnił się.

Nie był chyba zadowolony. Nie minęło nawet dwadzieścia minut, mieli jeszcze czas. Sasza wiedziała, że Duch ma ochotę na więcej. Chce doprecyzować zeznania poszkodowanej, tak postępuje się według klasycznej konwencji przesłuchania. Powstrzymała go jednak gestem. Zamierzała trzymać się rad Abramsa. W jego wiedzę wierzyła bardziej niż w dzisiejszą formę Ducha. Wstała, sugerując zakończenie przesłuchania. Iza popatrzyła na nią z wdzięcznością.

– Jest jeszcze coś – odezwała się nagle. – Pamiętam jej rękę. Ona mi się śni. Łucja miała uszkodzony paznokieć, taki granatowy. Jakby jej schodził.

Duch pokiwał głową. Wreszcie był jakiś konkret.

– A ten bębenek? Pamięta pani? Czy jest pani pewna, że to był rewolwer?

– Jestem pewna – odparła bardzo spokojnie Iza.

– Może tak się tylko pani zdawało? Może widziała pani tylko lufę? Nie mogła pani widzieć broni z boku. – Duch przechodził do ofensywy.

Sasza zaniepokojona przyglądała się koledze.

– Sprawdzimy to – starała się mediować. Bez skutku. Duch miał ochotę na konfrontację. Kilkuminutowa drzemka go zregenerowała.

– To był rewolwer – powtórzyła Iza. – Tego akurat jestem pewna.

– A czego nie? – Duch się nie poddawał.

Sasza zmierzyła go wściekłym spojrzeniem.

– Nie rozumiem? – Twarz Izy stała się momentalnie napięta. – Nie wierzycie mi? Sądzicie, że nie wiem, kto chciał mnie zabić?

Sasza natychmiast wzięła Duchnowskiego pod ramię i wyprowadziła niemal siłą, by nie zadawał poszkodowanej kolejnych pytań.

– Do zobaczenia po południu – pożegnała się już w progu. Duch jeszcze kilka razy się obracał i przyglądał kobiecie. Wreszcie skapitulował, lecz tym razem nie uniknął zderzenia ze szklanymi drzwiami.

Iza została sama i długo zastanawiała się, skąd zna tego faceta. Zamknęła oczy i jeszcze raz odtworzyła klatka po klatce swoje zeznanie. Kiedy dotarła do ostatniej sceny, do ręki z bronią, z uszkodzonym paznokciem, nie miała już żadnych wątpliwości: Łucja, strzelając do niej, była pijana. Ten zapach trawionego alkoholu Iza pamiętała jako ostatnie wrażenie z miejsca tragedii. Pamiętała dokładnie rękę, broń i ten zapach. Nagle uświadomiła sobie, że to wszystko widzi w wyobraźni dokładniej niż twarz byłej przyjaciółki. Przeraziła się, że policjantka dziś po południu wróci i będzie ją dręczyć właśnie o to. Nie była pewna, czy to zniesie. Nacisnęła guzik wzywający pielęgniarkę.

– Źle się czuję – powiedziała. Wskazała na brzuch.

Natychmiast dostała środek przeciwbólowy. Czuła, że odpływa. Z ulgą uciekła w sen.

– Sto dwadzieścia trzy. Okienko dziewięć – padł komunikat z głośnika nad głową Krystyny Lange. Starsza kobieta poprawiła okulary, rozejrzała się zdezorientowana po ogromnej poczcie, ale nadal nie wiedziała, dokąd ma się udać. Wreszcie ochroniarz wskazał jej migające światełko. Zerknęła na swój numerek. Jeden dwa trzy. Ruszyła pośpiesznie w tamtym kierunku, tak jak może się śpieszyć siedemdziesięcioletnia kobieta, ciągnąc za sobą kraciasty wózek z zakupami. Zanim dotarła, młoda dziewczyna za ladą już wcisnęła następny numer. Krystyna tłumaczyła, że teraz jej kolej, że zdążyła w ostatniej chwili. Młoda kiwnęła głową i odprawiła uśmiechem dorodnego dresiarza. Krystyna oddychała ciężko, z trudem łapała powietrze. Drżącą ręką wyjęła z zatłuszczonej koperty złożone we czworo rachunki do zapłacenia. Położyła na blacie odliczoną kwotę.

– Ma pani u nas konto? – zapytała kasjerka, rozwijając plik brudnych papierów. – Przelewy byłyby za darmo.

– Wiem – przyznała Krystyna. – Nie mam.

– Bo to będzie spora opłata pocztowa. Chce pani założyć?

Krystyna pokręciła przecząco głową. Wyciągnęła ze staromodnej torebki plastikowy portfel w księżniczki, zapewne spadek po wnuczce. Wewnątrz był tylko jeden nowiutki pięćdziesięciozłotowy banknot. Przesunęła go w kierunku kasjerki.

– Może pani mi tak wydać, żeby zostało osiem złotych? Chcę jeszcze pójść na obiad do stołówki przy kościele.

– Z opłatami za usługę wyjdzie czterysta sześćdziesiąt siedem. Jeszcze siedemnaście złotych – powiedziała kasjerka.

Krystyna zdenerwowała się. Trzęsącymi się dłońmi wygrzebała z wózka czerwoną kosmetyczkę, wysupłała kolejne dwadzieścia złotych. Były zgniecione w mały kwadracik.

– Tak słabo się czuję – zaczęła mówić, kiedy kasjerka wpisywała dane z rachunków do systemu. – Mam, wie pani, kłopoty osobiste. Sama jestem, siostra za granicą. I dziś telefon nieprzyjemny miałam. Zdrowie nie dopisuje. Jedną nogę mam sztywną. Pani widzi – pokazała.

Kasjerka kiwała głową ze zrozumieniem. Nie okazywała niezadowolenia, choć czekający w kolejce ludzie przysłuchiwali się ich rozmowie z wyrzutem. Wydała trzy złote reszty i przesunęła wszystkie dokumenty. Krystyna spojrzała na dwie liche monety. Posmutniała.

– Czyli to już wszystko? Pieczątka jest?

– Jest, dziękuję pani – odpowiedziała kobieta. – Do widzenia.

Ale Krystyna nie odchodziła.

– Może mnie skredytują? Znają mnie przecież w kościele. Nie chcę już chodzić do domu po pieniądze, schody takie wysokie.

– Jak znają, to pewnie, że skredytują. – Kasjerka się uśmiechnęła. Teraz była już lekko zniecierpliwiona. – Czym jeszcze mogę pani służyć?

Krystyna znów pochyliła się nad swoim wózkiem i wyjęła ulotkę, z której uśmiechał się ksiądz Marcin Staroń.

– To jeszcze chciałabym wypłacić. Z mojego konta. Cały wkład.

Kasjerka odsunęła kwitek.

– Chyba nie u nas. SEIF? Nie wiem, co to takiego. To bank czy firma ubezpieczeniowa?

– Bank. Tam mam właśnie konto – tłumaczyła bardzo poważnie Krystyna. – Ale siostrzenica w potrzebie. Muszę wycofać lokatę. Trudno, niech stracę odsetki.

Kasjerka spojrzała na Krystynę podejrzliwie.

– To siostra czy siostrzenica w potrzebie?

Krystyna speszyła się. Pomyślała, że kobieta w okienku ma ją za oszustkę albo co gorsza żebraczkę. Pośpiesznie zaczęła zbierać wszystkie swoje rzeczy, pakować do wózka. Dziewczyna wzięła ulotkę do ręki, dokładnie ją przeczytała.

– Musi pani pójść do jednej z tych placówek. W internecie znajdzie pani wszystkie dane – pouczyła ją na odchodne i wcisnęła kolejny numerek. Wyświetlił się 127.

– Przepraszam. – Rosły mężczyzna agresywnie przesunął wózek Krystyny, ulotka SEIF-u spadła na podłogę. Kasjerka zaczęła obsługiwać nowego klienta. Żartowali chwilę ze starszej kobiety, ale ona już tego nie słyszała. Kiedy podnosiła ulotkę, nagle ją olśniło. Postanowiła, że zrezygnuje dziś z obiadu i pójdzie zaraz do księdza Marcina, poprosi go o pomoc dla Łucji. Skoro pomaga potrzebującym, egzorcyzmuje i jeździ do więzień, może wesprze i jej siostrzenicę. Przeżegnała się, poczuła silniejsza. Bóg jej pomoże. Nigdy w życiu nie zrobiła nic złego. Przy okazji zapyta, gdzie znajduje się siedziba tego banku, który poleca ksiądz Marcin.

Krystyna ulokowała tam wszystkie swoje oszczędności. Dwadzieścia trzy tysiące w złocie i diamentach. Z odsetkami powinno być tego więcej. Ksiądz na ulotce obiecywał trzydziestoprocentowy zysk na długoterminowych wkładach.

Dodatkowe dziesięć zainwestowała w usługę pogrzebową. Nie mogła przecież liczyć na siostrę, a jak się okazało, także i siostrzenica wplątała się w jakieś kłopoty. Wczoraj przecież była u niej na rewizji policja. Miejsce na cmentarzu Krystyna już wykupiła, obstalowała nagrobek, wprawdzie nie marmurowy, lecz granitowy. Nie dalej jak miesiąc temu wpłaciła zaliczkę. Jej osobiście wystarczyłby prosty drewniany krzyż, a takie robią teraz za darmo. Mogłaby wycofać zadatek od kamieniarza. Tak zrobi, jeśli będzie trzeba ratować Łucję z więzienia, zdecydowała.

– Nie przychodziła do kościoła?

Ksiądz Marcin trzymał w ręku zdjęcie komunijne Łucji, które Krystyna Lange wyjęła z czerwonej saszetki. Nosiła je zawsze ze sobą. Sama prowadziła Łucję do komunii. Jej matka była wtedy na wczasach w którymś z więzień. Chyba nawet w Polsce, Krystyna już nie pamiętała. Łucja ze zdjęcia komunijnego nie przypominała w niczym dzisiejszej buntowniczki. Przeciętnej urody szatynka o solidnym nosie. Duże oczy, głęboko osadzone, nadawały jej wygląd przestraszonej sowy. Nie uśmiechała się do zdjęcia. Między brwiami miała lwią zmarszczkę. Ciocia nazywała to zdjęcie „chmura gradowa". Cała Łucja. Dla niej nic się nie zmieniła.

Krystyna siedziała teraz w wielkim pluszowym fotelu. Na stoliku obok czekała zimna już herbata. Nawet jej nie tknęła. Nie miała śmiałości udzielić odpowiedzi, po prostu się wstydziła. Ona sama była na każdej mszy, ksiądz to wiedział. Od kilku lat, kiedy Staroń podjął się opieki nad małym kościółkiem na Stogach, pomagała na plebanii. Brała pranie, gotowała, czasem przynosiła świeżo upieczone ciasto. Ksiądz płacił jej tyle, ile mógł. Często pracowała za darmo. Wiedziała, że on sam niewiele ma. Tylko kiedy potrzebował jej pomocy w kościele garnizonowym Świętego Jerzego, mogła liczyć na wypłatę. Coraz rzadziej jednak zlecali jej robotę. W trudnych czasach konkurencja była duża, a każda praczka miała o połowę mniej lat niż Krystyna.

– Teraz wszyscy trzymają zdjęcia w komputerach – wytłumaczyła się. – Nie mam żadnego nowego.

Ksiądz pokiwał głową. Miał na sobie sutannę, ubrudzoną i mokrą, z podwiniętymi rękawami. Tak właśnie zastała go Krystyna, kiedy zgarniał kawały gruzu i wywoził je taczką. Dziś rano w kościele Bożego Narodzenia odpadł kawałek zagrzybionej ściany. Ktoś musiał to natychmiast uprzątnąć. Ksiądz wykonał pracę osobiście, ale tylko na tyle, by nie zagrażała bezpieczeństwu wiernych. Wezwał już fachowców, by zagipsowali ścianę. Na razie nie wyglądała najlepiej. Ksiądz nie wiedział, skąd wziąć pieniądze na remont małego kościółka, ale liczył, że jak zwykle Bóg pomoże mu znaleźć rozwiązanie.

– Na razie nie wiem, co zrobić. – Wzruszył ramionami. – Są różne ośrodki. Nie tylko chrześcijańskie. Niech siostrzenica się tam zwróci. Co innego, gdyby sama przyszła. Mógłbym z nią pomówić.

– Ona uwierzy – szepnęła Krystyna. – Ona w głębi ducha wierzy. To dobra dziewczyna. Nie miała łatwego dzieciństwa.

– Niech pani mi powie, co dokładnie zrobiła. O co ją oskarżają? I gdzie jest?

Kobieta zaczerwieniła się.

– Nie chcieli powiedzieć. Przeszukali cały dom. Chyba coś ukradła – wydusiła. – Pewnie ukradła.

– Ukradła?

– Szukali pieniędzy. Ale oczywiście nie znaleźli. Pytali, czy coś mi dawała na przykład do sprzedania. Odpowiedziałam, zgodnie z prawdą, że było odwrotnie. Powiedzieli, że się do mnie odezwą, kiedy przyjdzie pora. Nie wiem, gdzie jest teraz. A dziś musiałam z samego rana wyjść z domu, rachunki opłacić, żeby prądu nie odłączyli. Telefon tylko od siostry odebrałam. Znów chce, żeby jej paczkę wysłać. A co z Łucją? Nie wiem. Chyba jej nie zamknęli? Mam w każdym razie taką nadzieję. – Zamarła.

– Czego pani Krysia ode mnie oczekuje?

– Ja księdzu już mówiłam. – W Krystynę znów wstąpiła nadzieja. – Jeśli Łucja ukradła, powinna ponieść karę. Skoro będzie musiała siedzieć, znaczy, że Bóg tak chciał. Ale jakby się okazało, że to jakaś pomyłka, to ksiądz mógłby wziąć ją do siebie. Jako pomoc, przydałaby się tu damska ręka. To byłaby dla niej dobra terapia.

Ksiądz uśmiechnął się dyplomatycznie. Od lat odmawiał przyjęcia gosposi. Pani Krystyna jako dorywcza pomoc w zupełności mu wystarczała. Do pomieszczenia zajrzał młody wikariusz.

– Niech ksiądz wejdzie, a nie czai się za drzwiami – zwrócił się do niego ksiądz Marcin.

Wikariusz Grzegorz Masalski był mężczyzną wyjątkowo drobnym. Gdyby nie sutanna, mógłby uchodzić za nastolatka. Oczy miał rozbiegane, jakby cały czas się czegoś obawiał, ruchy gwałtowne. Twarz lisa, dłonie nieskalane pracą fizyczną. Został wydalony z poprzedniej plebanii za niesubordynację wobec przełożonych oraz zawieszony w obowiązkach na ponad rok. Bał się wracać do swojej wioski pod Łodzią, z której pochodził, bo dla jego rodziny to byłby dyshonor. Od małego chowali go na księdza, właściwie nie miał wyboru. Uduchowiony, delikatniusi, urodzony do sutanny – mawiała jego matka. Kiedy wpadł w kłopoty, przyszedł do księdza Marcina i poprosił o wsparcie. Był gotów przyjąć wszystkie winy na siebie, byle go tylko nie wydalali. Mógłby pojechać na misję na Ukrainę, co oznaczało życie w prawdziwym ubóstwie i pracę na ugorze. Mówiono mu, że tam nikt w nic nie wierzy, wszyscy mają diabła za skórą albo są heretykami, co wychodziło na to samo. Kościoły katolickie palono, a nielicznych chrześcijan prześladowano. Ukraina była zsyłką dla każdego szanującego się księdza. Grzegorz wolałby jednak podjąć takie wyzwanie, niż wracać do matki. Ksiądz Staroń wysłuchał go, a kiedy tak szczerze rozmawiali, Grzegorz wreszcie przyznał, co wydarzyło się na poprzedniej plebanii i z czego wynikały jego kłopoty.

– Niemiłe mi było obcowanie cielesne ze zwierzchnikiem, a tego się tam wymagało – wyznał ze skruchą, jakby to była wyłącznie jego wina.

Ksiądz Marcin nie wahał się ani chwili i wziął go do siebie na Stogi. I tak już rok i trzeci miesiąc służyli razem. Grzegorz wciąż jednak chodził opłotkami, czasem kontakt z nim był utrudniony. Miał też nieprzyjemny zwyczaj podsłuchiwania pod drzwiami. Rozmawiali o tym już wiele razy, ale jak dotąd Staroniowi nie udało się tego wyplenić.

– Mogę księdza na osobność? – wydukał w tej chwili Masalski. Schował ręce za siebie, coś w nich trzymał. Ksiądz Marcin zerknął na wikariusza, odetchnął głęboko.

– Przepraszam panią Krysię – zwrócił się do kobiety. – Herbaty się pani nowej napije? Bo ta już wystygła. Każę zrobić. Chyba jeszcze jest.

Wyszli na korytarz. Plebania była nieduża, opustoszała. Poprzedni ksiądz zabrał większość mebli. Księdzu Staroniowi to nie przeszkadzało. Jego dobytek stanowiły głównie książki.

– Jakaś dziwna kobieta dzwoniła do księdza – zamruczał z pochyloną głową Masalski.

– Mów normalnie, Grzesiu. Patrz na mnie – upomniał go Staroń.

– Proszę księdza, to było, jak ten sufit się zawalił. Dzwoniła i najpierw myślałem, że jest pijana. Coś o cioci, księdzu, że ją zna i że jej w więzieniu wcale nie biją.

– Czy ty nic nie piłeś?

– Nigdy w życiu, ani grama, proszę księdza proboszcza.

– Nazwisko tej pani.

– Nie zapisałem. – Znów pochylił głowę. – Imię tylko pamiętam. Łucja.

– Łucja? – zdziwił się ksiądz Marcin, a potem podparł się pod boki. – Podsłuchiwałeś?

Grzegorz dreptał w miejscu.

– Ksiądz ma taki donośny głos, że nawet gdyby drzwi były zamknięte, musiałbym słyszeć – tłumaczył się nieudolnie.

– No więc? Co chcesz powiedzieć? Czy ja muszę z ciebie wszystko wyciągać?

– Bo ta Łucja, ona mówiła, że się nie przyznaje, że nie jest winna. I na początku myślałem, że to jakaś szalona, wie ksiądz, takie, co z więzienia do nas dzwonią po egzorcyzmowanie.

– Tak?

– I ona powiedziała, że jej nie zabiła, że nie obchodzi jej ludzkie życie, ale prosi mnie, żebym ja poprosił księdza, żeby ksiądz powiedział jej cioci, bo ona ją strasznie kocha, najbardziej na świecie, i martwi się, że ciocia dowie się z telewizji. A w telewizji nic nie było. Ani o niej, ani o tym, że ksiądz zna jej ciocię – wyrzucił z siebie i wyciągnął dzisiejszy „Super Express". Na okładce gazety opublikowano uśmiechnięte twarze Izy Kozak i Janka „Igły" Wiśniewskiego. Obok nazwiska mężczyzny umieszczono czarną wstążkę i krzyżyk z napisem „śp.". A nad nimi ogromne zdjęcie Łucji prowadzonej w kajdankach do policyjnego radiowozu. Podpisano: *Zemsta Łucji L.*

– A teraz ta kobieta mówi o Łucji i coś mi się zdaje, że ja zapomniałem o tym telefonie księdzu powiedzieć, bo teraz już pamiętam, sobie przypomniałem, że ona miała na nazwisko L. jak Lange i jak tamta pani, co nam pranie zabiera co tydzień i co teraz tam siedzi u księdza na herbacie – dokończył, z trudem łapiąc powietrze.

Ksiądz jeszcze chwilę stał nieruchomo. Wpatrywał się w gazetę, w zdjęcia osób na czołówce, przelatywał wzrokiem krótki tekst. W czerwonej chmurce zaznaczono: NAGRODA! „Szukamy autora *Dziewczyny z północy*. Daj cynk lub udowodnij, że to ty napisałeś ten hit. Zgarnij milion!!!". Dalej widniał numer telefonu, na który trzeba było wysyłać esemesy.

Marcin nie czytał dalej, gazeta była zgięta na pół. Rozprostował okładkę, jeszcze raz obrzucił spojrzeniem wikariusza. Następnie chwycił księdza Grzegorza za ramię i wprowadził do sąsiedniego pokoju.

– Niech ksiądz się stąd nie rusza i zatka uszy. Choćbym krzyczał, ksiądz ma nie słyszeć. Czy ksiądz mnie rozumie?

Wikariusz kiwał głową jak dziecko z chorobą sierocą. Patrzył na własne ramię, na którym wyższy o trzy głowy ksiądz Marcin wciąż trzymał ciasno rękę.

– Przepraszam – skonfundował się Staroń i rozluźnił uścisk. Złożył gazetę i wcisnął do schowka pod ławką. Wychodząc, oświadczył: – Nie podsłuchujemy! Będę teraz spowiadał.

Wikariusz zamknął oczy i usiadł przy swoim biurku z zatkanymi uszami. Kiedy jednak drzwi za Staroniem się zamknęły, natychmiast się do nich przykleił. Nagle odskoczył. Staroń zamknął go w pokoju na klucz. Dla pewności szarpnął klamkę i ruszył korytarzem do swojego gabinetu.

– Pani Krysiu – ksiądz Marcin zmierzył staruszkę bacznym spojrzeniem i zwrócił się do niej szeptem, jak do dziecka – proszę się teraz ubrać. Pojedziemy do mojej znajomej. Ona jest adwokatem. Myślę, że Łucja faktycznie ma kłopoty.

– Adwokatem? – Kobieta zawahała się, ale wstała, zaczęła wygładzać spódnicę. – Ja nie mam pieniędzy. Nie zdążyłam wypłacić. Gdyby ksiądz mi powiedział, gdzie jest najbliższa placówka. – Wyciągnęła złożony w kostkę druk reklamowy. Ksiądz machnął ręką. Oddał kobiecie ulotkę.

– Ona nie weźmie pieniędzy. To osoba wierząca. Pomogłem jej kiedyś, teraz ona pomoże Łucji.

– Ja księdzu oddam – zarzekała się Krystyna. – Czyli ksiądz weźmie Łucję do siebie? Ona odpracuje każdą złotówkę. Ja będę pomagała do końca życia. Ksiądz wie, że może na mnie liczyć.

Ksiądz Staroń uśmiechnął się smutno.

– Najpierw trzeba sprawdzić, w co wplątała się pani siostrzenica.

Lange leżała na kozetce w więziennym szpitalu, kiedy drzwi otworzyły się z trzaskiem i za strażniczką w mundurze weszła kobieta wyglądająca jak milion dolarów. Nie była młoda ani ładna. Gdyby Łucja miała stworzyć jej portret pamięciowy, nie potrafiłaby. Dokładnie za to mogłaby opisać jej granatowy garnitur, lakierowane półbuty wiązane po męsku i wiśniową skórzaną teczkę, z której kobieta wyjęła plik dokumentów. Rozłożyła je na stoliku przytransportowanym specjalnie na tę okazję z innego pomieszczenia. Do lufki włożyła cygaretkę, zapaliła, a potem zaczęła bez słowa uzupełniać dokumenty.

– Proszę podpisać – oświadczyła, kiedy sześć kartek leżało już na stole obok łóżka Łucji.

– Ale… – Osadzona zawahała się. Nie była w stanie wypowiedzieć ani słowa więcej. Usta miała pokaleczone, pod okiem solidne limo. Na prawej ręce opatrunek, przedramiona podrapane, rany zaś widoczne były nawet mimo kolorowych malunków na skórze. Wpatrywała się teraz jak sroka w wielki onyks zwisający na szyi nowo przybyłej. Wreszcie z jej gardła wydobył się zachrypnięty głos.

– Kim pani jest?

– Twoim obrońcą, dziecko. – Kobieta uśmiechnęła się szeroko. – Mecenas Małgorzata Piłat, kancelaria adwokacka

Piłat i Wspólnicy. Nie uprzedzono cię, że przyjadę? Przejęłam twoją sprawę od kolegi Marciniaka. Trochę to trwało, wybacz. Nie to, że nie chciał oddać. Pocałowałby mnie w dupę, gdyby mógł, za to, ile dostał w nawiązce. Po prostu ciężko było ustalić bar, w którym aktualnie… – odchrząknęła – ciężko pracuje.

Łucja podniosła się z trudem, spuściła nogi do fuksjowych botków. Oba obcasy były odłamane. Drugi urwała sama, nie bez nadludzkiego wysiłku, bo siedział jak się patrzy, a tylko bez szpilek mogła się tutaj jako tako poruszać. Podeszła do adwokatki, koślawiąc stopy.

– Nie przyznałaś się. Bardzo dobrze – Piłat mówiła spokojnie, rzeczowo. – Nie masz z tym nic wspólnego. Nie kradłaś. Nie wiesz, o co chodzi.

Łucja spojrzała na kobietę. Prawie rozpłakała się ze szczęścia. Zgodziłaby się na każdą jej propozycję. Chciałaby mieć taką matkę. Wzięła do ręki drogi długopis, zaczęła na ślepo podpisywać papiery. Nagle przerwała, uderzyła się w pierś jak do przysięgi.

– Poprzedni mecenas namawiał mnie do czegoś innego. Mówił, że powinnam się przyznać i zeznać, że to była obrona konieczna. Niech pani mi wierzy, ja tego nie zrobiłam – zapewniła.

– Mnie nie interesuje, co zrobiłaś, kochanie – mecenas Piłat przerwała jej ostro. – Mnie interesuje, co jest w dokumentach. A mają na ciebie zupełne zero, może nawet są na minusie. Więc szykuj się, wkrótce wychodzisz. Podpisuj, bo nie mam czasu. Moja minuta kosztuje kilka tysięcy baksów. To nie żart. – Zgasiła cygaretkę, schowała lufkę do teczki.

Łucja zamarła. Spojrzała na papiery. Adwokatka odczytała jej myśli. Zdecydowała się udzielić lakonicznych wyjaśnień, choć wcześniej najwyraźniej nie czuła takiej potrzeby.

– To zażalenie za niesłuszne zatrzymanie. – Mecenas Piłat kolejno zabierała podpisane dokumenty i wkładała je do foliowych koszulek, a potem do teczki z napisem „Łucja Lange, 148". – Tutaj zbiorowy pozew o publikację twojego wizerunku w internecie. Prośba o zmianę środka zapobiegawczego z aresztu na dozór. A to dowód, że ciocia cię potrzebuje jako jedynego żywiciela, i wniosek o wszczęcie dochodzenia w sprawie pobicia podczas przesłuchania i przeniesienie do innej jednostki na czas nieokreślony oraz oskarżenie o próbę zabójstwa w areszcie śledczym – wyrecytowała na jednym oddechu. Ostatni kwit trzymała w ręku dłużej. – A to upoważnienie bezterminowe do reprezentowania cię w sądzie karnym, cywilnym, a nawet w urzędzie podatkowym, jeśli zajdzie taka potrzeba.

– Ale nikt mnie nie bił – wyjąkała Łucja.

– Nic nie szkodzi.

Adwokatka policzyła dokumenty, schowała teczkę do skórzanej aktówki. W połowie spaloną cygaretkę położyła na stoliku, a potem metodycznie zapięła guziki w garniturze.

– Mam nadzieję do niezobaczenia. – Wyciągnęła rękę na pożegnanie.

– Ale co ja mam teraz robić? – zapytała skonsternowana Łucja.

Małgorzata Piłat wzruszyła ramionami.

– Odpocznij sobie. Od tej chwili już nic złego cię nie spotka. Jesteś pod moją opieką. Porozmawiamy, jak będziesz na neutralnym gruncie. – Uśmiechnęła się i zawołała familiarnie do strażniczki: – Pani Mariolko, jeszcze trzy minuty. Już kończymy.

Łucja rzuciła okiem na szefową ochrony, pokręciła głową i zniżyła głos do szeptu.

– Ale co ja mam mówić? Co teraz będzie?

– Z nikim nie rozmawiaj. – Adwokatka chwyciła ją za policzek. – Z nikim ani słówka. Nawet o pogodzie. Kapewu? Mowa jest srebrem, ale milczenie złotem. Tak w każdym razie mówiła moja babcia i miała rację. Tego się trzymajmy.

Kiedy wyszła, kapitan Mariola Szyszko przyniosła karton, w którym Łucja znalazła kosmetyki, czysty ręcznik, nowe tenisówki w swoim rozmiarze, bawełniany dres, dwa opakowania papierosów po dwadzieścia sztuk każde, kawę, kilka rodzajów herbat i podpaski. Między nimi tkwiła koperta opieczętowana przez władze więzienia: „Ocenzurowano". Łucja natychmiast wyjęła list.

„Bądź dzielna. Bóg Cię kocha. Ciocia Krysia" – przeczytała.

Przycisnęła kartkę do piersi i się rozpłakała. A potem wypaliła do końca cygaretkę adwokatki. Była waniliowa. Łucja nigdy nie próbowała niczego tak smakowitego.

"Bidul" to nie było trafne określenie Domu Dziecka im. Janusza Korczaka w gdańskim Wrzeszczu. Potężne zamczysko z czerwonej cegły, do którego wchodziło się przez wysadzany cyprysami dziedziniec, a na tyłach boisko szkolne z nowiutkimi bramkami do gry w nogę, z którego rozciągał się wspaniały widok na panoramę miasta.

Młody dozorca w uniformie zauważył ją, zanim Sasza przekroczyła bramy placówki. Odłożył zieloną miotłę z PVC i podszedł do recepcji. Zdjął rękawice ochronne, z klasą poprosił o nazwisko. Sasza pokazała mu dokument, spisał z niego dane do komputera. Wydał identyfikator z napisem „Gość". Nad głową dozorcy widniała tabliczka portowa: „Nie dobijać dziobem. Kapitan statku". Sasza pomyślała, że w tym miejscu jej treść jest cokolwiek absurdalna.

– Pani dyrektor, pokój numer dwadzieścia trzy, piętro drugie – oznajmił, po czym niezwłocznie zawiadomił sekretarkę dyrekcji, że zmierza do nich policja.

Sasza skierowała się do schodów, ale po drodze zmieniła zdanie i wsiadła do przeszklonej windy. Dźwig ruszył bezszelestnie, Załuska zaś zajęła się czytaniem ogłoszeń o naborze do Agencji Statystów Gawlicki. Większość karteczek z numerem telefonu była zerwana. Poszukiwano dzieci w wieku 6–13 lat do serialu telewizyjnego. Miały się zgłaszać na zdjęcia próbne do sekretariatu w pokoju numer 13. Potrzebowano głównie chłopców lub dziewczynek z krótkimi włosami. Mile widziana była umiejętność gry na instrumencie. Kiedy winda się zatrzymała, a oszołomiona Sasza wyszła na korytarz, zobaczyła pusty hol zwieńczony monstrualnym posągiem w postaci głowy patrona placówki. Rzeźbiarz dokonał srogiej pomsty na autorze *Kajtusia Czarodzieja*. Marmurowa twarz przypominała raczej Hannibala Lectera niż dobrotliwego działacza społecznego, znanego obrońcy dzieci.

We wskazanym pokoju nie było sekretarki. Jej biurko było perfekcyjnie uprzątnięte, jakby nikt tam nie pracował, na parapetach stały trzy białe orchidee. Sasza bez wahania ruszyła do pokoju dyrektorki. Zapukała i nie czekając na odpowiedź, nacisnęła klamkę. Jej oczom ukazał się widok trzech dorodnych kobiet siedzących na podłodze i debatujących nad belą czerwonego płótna flagowego.

– Proszę zaczekać! – krzyknęła najchudsza z nich, o wadze około stu kilo. Musiała tutaj rządzić, bo w ręku miała ogromne nożyczki.

Sasza grzecznie cofnęła się do sekretariatu. Słyszała, jak szepczą do siebie, kłócąc się, czy zostawić pięć, czy sześć metrów. Po chwili dyrektorka wyszła, wzięła Saszę pod rękę i zaprowadziła do przeciwległego pomieszczenia ukrytego za szafą, w której stały segregatory z literami alfabetu na grzbietach.

– Słucham. – Wskazała Saszy krzesło, sama włączyła czajnik z wodą, zaczęła myć filiżanki. Wyglądały na stare, złocenia na brzegach się wytarły, ale była to cieniutka porcelana. Laura z pewnością potrafiłaby rozpoznać z daleka, w jakiej fabryce i którym kraju zostały wyprodukowane.

Profilerka przedstawiła się, ale odniosła wrażenie, że kobieta słucha niezbyt uważnie.

– Byli już u mnie dziennikarze. Chodzi o Janka Wiśniewskiego?

– Właśnie. – Sasza starała się ukryć zdziwienie. Czyżby coś przeoczyła? Zdawało jej się, że Buli podał jej tę informację w tajemnicy. Znów szła po czyichś tropach. W ten sposób nie rozwiążę tej sprawy, zganiła się w myślach.

– Nie pomogę – dyrektorka od razu zaczęła mówić. – Pracuję tutaj od siedmiu lat. Poprzedni dyrektor już nie żyje. Nikt nie pamięta Igły. Rozpytywaliśmy wszystkich, a dziennikarze przesłuchali połowę dawnej kadry. Jedyne, co mogę pani pokazać, to tableau. Chyba nie mamy więcej pamiątek akurat po tym podopiecznym.

Zaczęła przeszukiwać szuflady, ale nie mogła go znaleźć.

– Jadziu! – krzyknęła wreszcie. – Gdzie to archiwalne tableau, co dawałam telewizji? I przynieś ten dziennik z dziewięćdziesiątego trzeciego, co go znalazłyśmy w piwnicach.

Potem zwróciła się do Saszy.

– Tam też nic ciekawego nie ma. Niczym się nie wyróżniał, nic nie zapowiadało, że będzie znanym piosenkarzem. – Uśmiechnęła się.

Sasza bardzo powoli wychodziła z szoku.

– Pierwszy raz widzę taki państwowy ośrodek. To naprawdę dom dziecka?

Dyrektorka z radością przyjęła komplement. Przesunęła w kierunku Saszy folder na kredowym papierze.

– Remont skończyliśmy dopiero w ubiegłym roku. Mamy sponsora. Spółka finansowa SEIF nam pomaga. Jesteśmy fundacją, robimy zbiórki, nasze dzieciaki grają w filmach, mamy swój budżet. Poza tym udało nam się zdobyć trochę pieniędzy z Unii. Jeśli myśli pani, że Igła dał nam choć kilka złotych, myli się pani. Nigdy nie przyznał, że się tu wychował. Dziennikarze to odkryli. Sama byłam zdziwiona.

Sekretarka przyniosła powykrzywianą planszę, na której umieszczono siedemdziesiąt małych czarno-białych fotografii podopiecznych. Była w kilku miejscach złamana, widać nie wisiała latami za szybą.

– Kiedyś się takie robiło. Dziś mamy ponad trzysta dzieciaków. Ale staramy się, by jak najwięcej trafiało do rodzin zastępczych. Takie wielkie placówki nie są dobre dla rozwoju młodego człowieka.

Sasza bezradnie przyglądała się fotografiom dzieci mieszkających tutaj w 1993 roku. Każda z nich była mniejsza niż znaczek pocztowy. Choć bardzo się starała, nie umiała znaleźć Igły. Dyrektorka to zauważyła i zaraz wskazała palcem, jakby na chybił trafił.

– Niepodobny, co? – Uśmiechnęła się.

Sasza przyjrzała się niezbyt ładnemu brunetowi z niemodną dziś fryzurą pazia.

– Faktycznie – mruknęła. – Ciemne włosy.

Dyrektorka wzruszyła ramionami.

– Mieszkał u nas niemal od urodzenia. Były próby stworzenia mu rodziny zastępczej, ale z tego, co wiem, trzykrotnie nieudane. Czy to prawda, że był narkomanem? – wypaliła znienacka, pragnąc zaspokoić także swoją ciekawość.

Sasza spojrzała na nią rozbawiona. Chyba źle trafiła. Ta kobieta wiedziała mniej niż ona.

– Nic mi o tym nie wiadomo – odparła. – W momencie zgonu stwierdzono jedynie śladową ilość środków odurzających. Resztę wykaże śledztwo.

Dyrektorka była niepocieszona.

– Nie ukrywam, że mamy tutaj niemały problem z narkotykami. Dilerzy werbują dziś już bardzo małe dzieciaki. – Westchnęła ciężko.

– Czy pracuje u was dominikanin, ksiądz Andrzej? – Sasza zapytała bez zaangażowania, wyłącznie rutynowo. Nie liczyła, że cokolwiek ugra.

– Oczywiście! – Dyrektorka rozpromieniła się. – To święty człowiek. Zaraz go wezwiemy. Ale on raczej nie miał styczności z Igłą. Przyszedł do nas w dwutysięcznym. Jadziu! Zawołaj Andrzejka! – krzyknęła gromko, nie siląc się na wychodzenie z pokoju, po czym zwróciła się do Saszy. – Mam doskonałą afrykańską kawę. Właśnie Andrzej przywiózł z misji. Napije się pani, prawda?

Sasza skinęła głową. Dyrektorka była wyraźnie zaintrygowana. Pewnie zechce uczestniczyć w rozmowie z dominikaninem.

– Widziałam ogłoszenie w windzie. Dlaczego zgodziła się pani, by dzieciaki werbowano na zdjęcia próbne do telewizji? – zapytała.

– To wymóg naszego sponsora – wyjaśniła kobieta. – Nie widzę w tym nic złego. Jeśli dzieci mogą zarobić, dlaczego nie.

– To telewizja im płaci?

– Dom dziecka przechowuje im te pieniądze na specjalnym funduszu – odparła pani dyrektor. Uwijała się w tym czasie przy kawie. Mieliła ją w ręcznym młynku, przesypywała do specjalnej kafeterki. – Potem, kiedy osiągną pełnoletność, przekażemy im je na konta w SEIF-ie. Każda z naszych gwiazd ma swoją lokatę, najwyżej oprocentowaną. Przydadzą się na nowej drodze życia.

– To coś jak fundusz penitencjarny dla więźniów?

– Można tak powiedzieć, z tym że to dużo większe pieniądze. – Kobieta uśmiechnęła się. – Zresztą lepiej, by grały w filmach, niż siedziały na boisku pod bidulem, prawda?

– Czy pani widziała te filmy, do których są angażowane? – zapytała jeszcze Sasza.

Dyrektorka spojrzała na nią zaniepokojona.

– Co pani sugeruje?

Sasza wzruszyła ramionami.

– Pytam tylko, czy widziała pani efekty tych sesji. Choćby tych próbnych zdjęć.

– To wszystko jest legalne, zawsze jeździ z nimi wychowawca. Niektóre dzieci trafiają do bazy, inne faktycznie zostają wzywane na plan i zarabiają. Mamy już kilka gwiazd. Widziała pani takiego ciemnoskórego Mateuszka – od roku gra w *Ziarnie*, a Ewelinka w tym serialu o rodzinie zastępczej.

– Raczej nie.

Schowała foldery do torebki i zanotowała w notesie nazwisko szefa agencji statystów.

Wszedł szczupły mężczyzna z brodą i burzą splątanych włosów przetykanych siwizną. Na sobie miał szary rozpinany sweter i zielony T-shirt oraz proste spodnie z materiału. Dominikanin Andrzej Zieliński od pierwszego wejrzenia budził sympatię. Załuska była pewna, że doskonale odnajduje się w pracy z dziećmi. Nie musiał się odzywać, by zaskarbić sobie szacunek. Po prostu czuło się, że ten człowiek żyje tak, jak chce – w zgodzie ze sobą i swoim Bogiem. Wiedziała, że jeśli cokolwiek wie, podzieli się z nią tą wiedzą. Niestety, nie liczyła na zbyt wiele i z trudem ukryła rozczarowanie. Nie było szansy, by Zieliński pamiętał Igłę. Był w jego wieku, może nawet młodszy.

– Możemy zostać sami? – zapytała dyrektorkę. Kobieta opuściła pokój bardzo zawiedziona.

– Nie zajmę panu dużo czasu – uprzedziła zakonnika. Był skupiony, ale twarz miał pogodną. – Powiedziano mi, że znał pan Igłę.

– Igłę? – Zmarszczył brwi. Chciał pomóc, ale ta ksywka nic mu nie mówiła.

– Janka Wiśniewskiego. Paweł Bławicki skierował go do pana. To było dosyć dawno. Może spróbuje pan sobie przypomnieć?

– Niestety. – Rozłożył ręce. – Większość dzieciaków pamiętam, choć nie wszystkie z nazwiska. Gdyby pani miała zdjęcie, jakiś drobiazg, cokolwiek.

– Chodzi o tego piosenkarza, który w Wielkanoc został zastrzelony w klubie muzycznym. Musiał pan słyszeć.

– No tak. O tym słyszałem. Ale nie miałem okazji znać Igły. Pracuję tutaj od lat, tylko że... Chyba nie pomogę.

Mężczyzna kręcił głową zdezorientowany.

– Paweł Bławicki przed laty przyprowadził go do ośrodka pomocy młodzieży z problemami, do brata Alberta. – Wskazała główkę Igły na tableau. Starała się podać jak najwięcej danych. – Mówili na niego Buli.

– Buli? – powtórzył kilka razy. – To przezwisko skądś znam.

– To były policjant. Prowadził z Igłą klub.

– Policjant?

– Tak, ale nie nosił munduru – dodała bez nadziei, że dominikanin cokolwiek sobie przypomni. Chciała jeszcze powiedzieć, że pracował też dla gangu, ale się powstrzymała. Nie miała na to dowodów. – Dziewięćdziesiąty czwarty rok. Chłopak z gitarą. Pisał piosenki. Tam ponoć powstała *Dziewczyna z północy*. Był uzależniony od narkotyków.

– Tę piosenkę kojarzę. I piosenkarza oczywiście też. Jesteśmy prawie w tym samym wieku. – Zaczął mówić chaotycznie, próbując jak najwięcej sobie przypomnieć. – Ale narkoman z gitarą... Był wtedy tylko jeden. Trudno było go nie zauważyć. Nie chodzi o Staronia? Został księdzem. Niesamowita postać. Nie wiedziałem, że miał kiedyś ksywkę Igła. To on nie żyje?

– Księdzem? – teraz Sasza się zawiesiła. Zaczęła wyjaśniać: – Nie żyje piosenkarz. Igła. Ksiądz, z tego co wiem, ma się świetnie. Tak w każdym razie myślę. Uporządkujmy. Osoba, która mnie do pana wysłała, powiedziała, że pan wie coś o Igle. Mam pana o niego zapytać.

– Igła? – Dominikanin znów szukał w pamięci. – Niestety.

– A ten ksiądz?

– Staronia znam bardzo dobrze. Byliśmy razem w seminarium. Niesamowity człowiek, choć ludzie różnie o nim mówią. Trafił do Alberta po próbie samobójczej. Rzucił się pod autobus, przeżył naprawdę cudem. To wszystko sam opowiada, nie zdradzam żadnych tajemnic. Wtedy jednak mówiono, że był uwikłany w śmierć swojej dziewczyny i jej brata. To była dość głośna sprawa. Nie pamiętam tego Igły, ale Marcina doskonale. Gitarę zabrali mu zaraz po przyjeździe. Zresztą i tak na niej nie grał. Ale pisał piosenki, wiersze, małe opowiadania. Miał talent.

– Śmierć dziewczyny i jej brata?

– Ją znaleziono martwą w wannie. Ponoć przedawkowała. Jej brata potrącił samochód. Tego samego dnia po południu. Marcin znał ich, w dziewczynie był chyba zakochany. Spowiadał się z tego. Nie znam szczegółów. Na mityngach głównie mówił o swojej winie i ćpaniu. Kiedyś też ostro dawałem w palnik, ale ja kompot, te sprawy.

Sasza siedziała jak na szpilkach. Czuła, że zbliża się do czegoś ważnego. Wreszcie znalazła coś, co spaja wszystkie elementy. I była to, jak podejrzewała, piosenka.

– Kiedy i gdzie to się stało? Czy to Marcin napisał *Dziewczynę z północy*? – zarzuciła go pytaniami.

Dominikanin zaśmiał się, ale też był podekscytowany. Za wszelką cenę starał się przypomnieć sobie jak najwięcej.

– Nie wiem, czy to Staroń ją napisał. Wcześniej nawet nie pomyślałem, że Marcin może mieć z tą piosenką coś wspólnego. Oczywiście wiedziałem, że pisze piosenki. Ale nie chwalił się tym, nie dawał do czytania. Zawsze był zamknięty w sobie, skromny. Można powiedzieć, że nawet mruk. Najlepiej, żeby poszła pani do samego Staronia. On z pewnością opowie z pierwszej ręki. Mówi przecież publicznie o wszystkim, czego doświadczył. Pomaga ludziom. Szczerze go podziwiam. Zresztą śledztwo zostało umorzone, a on nie był winny. Nawet go nie przesłuchali. Czy ksiądz Staroń mógłby napisać taką piosenkę? – zastanowił się Andrzej Zieliński i roześmiał jak z dobrego żartu. Sasza pozostała poważna, więc zamilkł. – Może i tak, ale gdyby przyznał się do takiego hitu, wyrzuciliby go z roboty. Ale teraz przypominam sobie, że dziewczyna miała na imię Monika i że kiedyś Marcin pokazał mi, gdzie ją znaleziono. To był klub ze striptizem. W pokoju sto dwa chyba.

Dwa życia dwa nagrobki w gazetach nekrologi
I jest w tym wszystkim ktoś kto za tym wszystkim stoi

– przypomniała sobie Sasza i poderwała się z miejsca.

– Jedźmy tam.

– Teraz? – Uśmiechnął się z niedowierzaniem. – W sumie dlaczego nie? Choć nie wiem, czy nie wprowadzam pani w błąd.

– Przeciwnie – zapewniła Sasza. – Bardzo się cieszę, że pana spotkałam.

Kiedy wychodzili, dyrektorka odprowadzała ich wzrokiem. Być może słuchała ich rozmowy, ale to nie miało znaczenia. Sasza podeszła i uścisnęła ją serdecznie.

– Dziękuję. I bardzo panią proszę, dziennikarzom ani słowa. Działania operacyjne policji są tajniejsze niż spowiedź.

Hormon przywitał księdza Staronia „na niedźwiedzia". Aż zaskrzypiała jego skórzana kurtka, kiedy bandyta go obejmował. Kolejni osadzeni też podchodzili i mocno ściskali mu dłonie.

– Graba, ojcze – mruknął grubas, gdy tylko powstał z klęcznika. Było już po mszy, atmosfera zrobiła się luźniejsza. Ksiądz Staroń oczywiście nie miał na sobie sutanny, lecz dżinsy, czarny golf i skórzaną kurtkę. To w niej odprawił właśnie krótkie nabożeństwo w intencji zebranych. Zdjął stułę, schował ją do zdobnego etui, a to z kolei do skórzanego plecaka, który przyniósł ze sobą. Pozostali, najwyraźniej stali bywalcy więziennej kaplicy, mówili ściszonym szeptem. Zaledwie kilkunastu, ale uczestniczyli we wszystkich mszach, które Staroń odprawił na Kurkowej w ciągu ostatnich trzech lat.

Kaplica była malutka i dawno nieremontowana. Dwa małe okna dawały niewiele światła. Zamiast szyb umieszczono w nich kolorowe witraże wykonane przez więźniów. Misterny ołtarz z zapałek zrobił Jacek Czachorowski zwany Czachą. Dwadzieścia pięć lat temu zabił i zjadł własną matkę. Wychodził za miesiąc na wolność po pełnym odbyciu kary. Nie skorzystał z żadnej przepustki, nie starał się o warunkowe. Teraz podszedł i próbował pocałować księdza w dłoń. Staroń natychmiast wyrwał rękę.

– Z Bogiem. – Pogładził przestępcę po żubrzym łbie. – A jak wyjdziesz, zgłoś się na plebanię. Zatrudnię cię do remontu naszego kościoła na Stogach. Luksusów nie gwarantuję, ale strawę i dach nad głową, zanim sobie ułożysz życie, masz zapewnione.

– Niech Bóg cię błogosławi, Staruchu. – Przestępca skłonił się i wyszedł, kołysząc się na boki.

Kilku wytatuowanych mężczyzn wciąż stało w rzędzie. Jeden z nich, najmłodszy, pochylił głowę, przymknął oczy. Na powiekach miał chmurki. Ksiądz podszedł i go pobłogosławił.

– Módl się – szepnął. – Jezus jest silniejszy od złego ducha.

Mężczyzna rzucił się na kolana. Staroń podniósł go, przytulił jak syna.

– Prowadź normalne chrześcijańskie życie. Spowiedź, modlitwa. I rozmawiaj z kimś, kto rozumie te sprawy – powiedział na odchodne. A do reszty: – Widzimy się za tydzień. Z Bogiem.

Wyszedł. W progu zmierzył się z tutejszym kapelanem. Stanisław Waszke od dawna uważał Staronia za rywala. Nie tolerował jego zachowań, zbytniego zbliżania się do wiernych, używania przekleństw w trakcie spotkań rekolekcyjnych. To zaś, że ksiądz nie tylko chodził w takim stroju, ale jeszcze na dodatek odprawiał „w cywilu" msze, uważał za profanację. Nie dziwiło go, że alternatywnego księdza tutejsi osadzeni kochają bardziej od niego. Zwłaszcza że Staroń zachowywał się czasem gorzej od nich. Nie tylko przychodził z zarostem i bez sutanny, a jeśli już, to w starej, która wymagała wycerowania albo i prania. Bratał się z przestępcami, jadł więzienną strawę. Widziano go też, jak palił tytoń z osadzonymi. Waszke żałował, że nie złapał księdza na gorącym uczynku. Miałby powód, by napisać kolejną skargę do kurii. Niestety, jak dotąd nie był w stanie zagrozić pozycji Staronia. Z jakiegoś powodu kuria stała za nim murem. Co najwyżej mógł krytykować go za plecami w gronie dyrekcji służby więziennej i czekać cierpliwie, aż coś się zmieni. Ale Waszke był cierpliwy. Umiał czekać. Wiedział też, że Staroń denerwuje nie tylko jego.

– Ojcze... – Do Staronia podszedł jeden z wychowawców oddziału terapeutycznego. – Czy mógłby ksiądz odprawić rytuał egzorcyzmowania? Osadzony od tygodnia nie je, nie chce wychodzić z celi. Białka mu skaczą. Na leki nie reaguje.

– Może kapelan? – Ksiądz Marcin wskazał Waszkego. – Strasznie się śpieszę.

Wychowawca nawet nie spojrzał w tamtym kierunku. Pochylił się i szepnął:

– Wolałbym, żeby jednak ksiądz. Sprawa delikatna, a kapelan ma masę swoich obowiązków.

Staroń westchnął, zapytał, która jest godzina, i posłusznie ruszył za wychowawcą. Szli korytarzem. Ksiądz co jakiś czas odpowiadał skinieniem głowy na przywitanie więźniów. Jego wojskowe buty były podkute na piętach. Dawały solidny pogłos.

– Szczęść Boże – huknął na nich jeden z osadzonych. Wychylił się znienacka zza winkla, uśmiech miał szeroki. Porowatą twarz przecinała spora blizna. Błękitne tęczówki błyszczały radością. Cieszył się jak dzieciak, któremu udał się psikus.

– A ty, Piotrek, czemu nie byłeś dziś na mszy? – Staroń uśmiechnął się do więźnia.

– Widzenie miałem z dzieciakiem.

– Urósł?
– Po byku. Nie poznałem młodego. Ale kobita ma z nim kłopoty. Prochy. Towarzycho. Sam ksiądz wie, trudny wiek. Cieszę się, że go jeszcze nie zapuszkowali. Ja w jego wieku zaliczyłem już trzy poprawczaki.
– Brak autorytetu.
– Jakim ja dla niego jestem wzorem? Tylko złym. Ksiądz może coś doradzi? Pomoże? Obiecałem kobicie, że księdza poproszę.
– Teraz mam robotę. Zajrzę potem do ciebie. Ustalimy, gdzie młody ma się zgłosić.
– Pan wychowawca pozwoli?
– Co ma nie pozwolić. – Wychowawca skinął głową. – Jeśli ksiądz znajdzie czas, nie widzę przeszkód.
– Dziękuję, proszę księdza. – Więzień pochylił głowę. – Fajna kurtka.

Dotarli do celi, w której przebywał tylko jeden więzień. Leżał na pryczy jak w trumnie.

– Nie chcą z nim siedzieć. Rzuca się po celi. Wczoraj zrobił miotacz ognia z dezodorantu.
– Skąd wziął?
– A bo to ja wiem. Trwa dochodzenie. A teraz zapadł w letarg albo pajacuje. Już nie wiemy, co robić.

Staroń dał znak wychowawcy, by zostawił go samego z młodym mężczyzną, który faktycznie wyglądał jak martwy. Nachylił się nad nim. Zero reakcji. Płytki oddech, jak w transie. Ksiądz położył mu rękę na głowie i zaczął odmawiać „Ojcze nasz".

– Amen – skończył i wykonał znak krzyża. Nagle oczy więźnia się otworzyły. Nie widać było tęczówek, białka poruszały się jak oszalałe. Staroń chwycił mężczyznę za przegub, zmierzył puls. Potem zadarł rękaw, obejrzał sznyty na przedramionach. Założył stułę, wyjął święconą wodę, krzyż i zaczął się modlić. Ciałem mężczyzny wstrząsnęły drgawki. Staroń nie przerywał modlitwy. Z ust więźnia zaczęły się wydobywać dźwięki: „Ałła", „Llla", jakby razem z księdzem intonował pieśń.

Ksiądz podniósł krzyż do ust egzorcyzmowanego, ale ten gwałtownie odwrócił głowę. Ksiądz przytrzymał go, siłą zmusił do pocałowania krucyfiksu. Po czym zostawił więźnia i wyszedł.

Pod drzwiami stała już grupka funkcjonariuszy.

– Udaje – oświadczył ksiądz Staroń. – Ten bezruch to hipnoza. Któryś kumpel wprowadził go w stan płytkiego transu. Słaby numer. Nabrał was. – Zaśmiał się, widząc miny zdziwionych klawiszy.

Nagle w celi usłyszeli jazgot. Funkcjonariusze wpadli tam, we trzech z trudem obezwładnili więźnia.

– Zajebię cię, pedale! – krzyczał więzień. – Nie żyjesz, klecho!

– No! Zdrów jak ryba – ucieszył się wychowawca. – Egzorcyzm uważam za udany, proszę księdza.

– Ja również. – Staroń pokiwał głową. – Jeśli nie zechce jeść, weźcie go pod kroplówkę.

Ksiądz kierował się już do celi Piotrka, by pomówić o jego synu. W przedsionku zatrzymał się i poprosił szefa ochrony o przysługę.

– Muszę jeszcze dziś być w areszcie śledczym dla kobiet. Jestem umówiony na trzynastą z tymczasowo aresztowaną Łucją Lange. Ale jak widzę, nie dotrę na czas.

– Zadzwonię, będzie czekała w kaplicy – zapewnił major. – Tylko chłopaków spławię, bo jak ładna, to żyć nam nie dadzą do wieczora, głodomory.

– Wielkie dzięki.

– Zawsze ksiądz może na nas liczyć. Jakby komuś trzeba było coś tego, krzesełko odsunąć czy jak. To ksiądz wie, gdzie szukać. – Funkcjonariusz mrugnął i oddalił się do swoich zadań.

Ksiądz Staroń bezskutecznie czekał w kaplicy do czternastej trzydzieści. Łucji Lange nie przyprowadzono. Dostał wiadomość, że osadzona odmówiła spotkania. Wychowawca z szacunku dla duchownego pominął wszystkie wulgarne wyrazy, którymi się posłużyła, by określić swój stosunek do wiary katolickiej i jej kapłanów.

Prokurator Edyta Ziółkowska ostatni raz przed wyjściem z domu spojrzała w lustro. Żałowała, że w sądzie będzie musiała włożyć togę, która zasłoni jej ostatni nabytek – czarną princeskę przed kolana od Max Mary. Żeby się w nią ubrać, od kilku miesięcy jadła tylko sałatę i mandarynki. Zero masła, oliwy, żółtego sera. Jeśli białko, to tylko chudy twaróg. Mięso – gotowany kurczak bez przypraw, bo sól zatrzymuje wodę w organizmie. Smaku makaronu i chleba nie pamiętała od lat. Zdradliwe węglowodany nie były w stanie zagrozić jej nieskazitelnej sylwetce. Drakońska dieta, którą stosowała, doskonale ilustrowała jej podejście do życia. Samochód miała zawsze czysty, nawet dzieciom siostry nie pozwalała łazić po beżowej tapicerce. Do domu co drugi dzień przychodziła pomoc sprzątająca. Ziółkowska nawet w ciemności była w stanie znaleźć potrzebne przedmioty, a kody, PIN-y, numery kont oraz sygnatury prowadzonych spraw znała na pamięć. Miała tylko jedną wadę. Wszędzie się spóźniała. Mimo nastawianych kilku budzików zasypiała do pracy, myliła dni umówionych spotkań. Odkąd jednak po rozwodzie związała się z Jakubem Węclem, adwokatem, a obecnie członkiem zarządu funduszu powierniczego SEIF, on pilnował, by na ważnych spotkaniach Edyta była zawsze na czas.

Usłyszała sygnał przychodzącej wiadomości. „Czy z osobą na F. jest dobrze, czy niedobrze?" – odczytała.

Uśmiechnęła się.

„Z tą sprawą moja umówiła się na dziś rano, na rozmowę już taką ostateczną, czy to przejdzie, czy nie przejdzie" – odpisała.

„Baba ma dać ostateczną odpowiedź w poniedziałek. Mój mówi, że zmięknie, ale ja muszę mieć pewność, bo boczni SR są chujowi" – przeczytała po chwili.

„Pon na 99% będzie ok".

Zanim skończyła pisać wiadomość, usłyszała sygnał.

„Miód".

Zastanowiła się chwilę. Umalowała w tym czasie usta cielistą pomadką. Była zadowolona z efektu.

„Ale nie jest bosko" – napisała. A po chwili wysłała jeszcze: „Nie jest tak, jak mówił".

Włożyła zamszowe kozaki na szpilkach. Będą widoczne spod togi. Do ręki wzięła małą torebkę oraz aktówkę na dokumenty. Była gotowa do wyjścia.

„To może olać?" – dostała kolejną wiadomość.

Wahała się chwilę i wreszcie nic nie napisała. Zerknęła na zegarek.

– Cholera – mruknęła. – Znów będę spóźniona.

Wybiegła i na ulicy złapała taksówkę.

Łucja wysiadła z suki policyjnej i natychmiast narzuciła na głowę obszerny kaptur nowej bluzy dresowej. Funkcjonariusze otoczyli dziewczynę ze wszystkich stron, chroniąc, ile się da, przed obiektywami fotoreporterów. Kajdanki wpijały się jej w przeguby. Szła równym krokiem, tenisówki Lacoste, które dostała od adwokatki, były bardzo wygodne, choć nie wyglądały wystrzałowo. Dopiero któraś z osadzonych zauważyła małego krokodyla koło pięty. Łucja poczuła się silniejsza. Czuła, że postępuje dobrze. Buli obiecał jej ochronę i jak na razie dotrzymuje słowa. Zgodnie z umową nie zamierzała nic zmieniać w swojej linii obrony.

– Dlaczego strzelałaś, Lange? – usłyszała krzyk i zza winkla dopadła ją ekipa telewizyjna. Umięśniony mężczyzna wciskał jej pod nos mikrofon.

– Proszę się odsunąć. – Funkcjonariusze szybko poradzili sobie z dziennikarzami.

Weszła do sali. Na wokandzie dostrzegła czerwoną pieczątkę: „Za drzwiami zamkniętymi". Z trudem powstrzymała uśmieszek. Czuła się prawie jak gwiazda. Kiedy wskazano jej ławę oskarżonych, zdjęła kaptur z głowy, wyprostowała się i spokojnie czekała na rozwój wydarzeń. Jej adwokatka była już na miejscu. Dziś mecenas Małgorzata Piłat wyglądała tylko na pół miliona. Pewnie strategicznie, by nie drażnić sędzi. Zdawała się nie zauważać klientki, ale po chwili, kiedy protokolantka odeszła na chwilę od stołu sędziowskiego, odwróciła się i zrugała ją:

– Tak ubrana nie może pani przychodzić.

Łucja zdziwiła się. Adwokatka sama przecież przekazała jej te rzeczy.

– Biała bluzka. Czarna marynarka. Włosy spięte i te kolczyki out. – Wskazała ucho, nos i wargę. I wysyczała: – Proszę się ich pozbyć. Natychmiast!

Łucja karnie zaczęła usuwać biżuterię. Adwokatka wyciągnęła rękę. Łucja oddała.

– Ale nie zgubi pani?

– Będą bezpieczniejsze niż w sejfie, moje dziecko – zapewniła i schowała je do aktówki.

Miejsce dla oskarżyciela było puste. Sędzia co chwila zerkała na zegarek, utyskiwała na upływający czas i brak szacunku dla Wysokiego Sądu. Wreszcie zaczęła dyktować odroczenie rozprawy. Dochodziła do grzywny za utrudnianie pracy wymiarowi sprawiedliwości, gdy do sali wbiegła wystrojona prokuratorka. Skinęła głową, szepnęła „przepraszam" i stanęła w miejscu oskarżyciela, pośpiesznie wkładając togę. Sędzia rozpoczęła rozprawę pełna pretensji.

Ziółkowska odczytała wniosek o przedłużenie aresztu na kolejne trzy miesiące, umotywowała postawione zarzuty. Mówiła o wskazaniu sprawczyni przez ocaloną, rękawiczce z zapachem oraz banknotach. Wydawało się, że jest doskonale przygotowana.

– Dziękuję, pani prokurator – powiedziała sędzia, po czym dodała z przekąsem: – Następnym razem ukarzę panią grzywną za spóźnienie. Wniosek był prawie gotów.

Prokuratorka usiadła. Na twarzy miała triumfujący uśmieszek. Mierzyła się z adwokatką wzrokiem. Nie była w stanie ukryć satysfakcji. Mecenas Piłat wstała i zanim wygłosiła swoją mowę, przedłożyła sądowi plik kartek w dwóch kompletach. Jeden z nich protokolantka natychmiast przekazała prokuratorce. Edyta Ziółkowska zaczęła je pobieżnie przeglądać.

– Wysoki Sądzie – zaczęła zbolałym głosem adwokatka. – Wnoszę o przyjęcie tych wniosków dowodowych do akt sprawy oraz zmianę środka zapobiegawczego na dozór policyjny. Nie będę się siliła na dłuższą przemowę, gdyż sąd musiałby to zaprotokołować, a wtedy konieczne byłoby wszczęcie rewizji. Tak więc poczekam, aż Wysoki Sąd podejmie decyzję. W razie czego jestem przygotowana.

W sali zapadła cisza. Sędzia powoli czytała dokumenty. Wreszcie zwróciła się do mecenas Piłat. Była ostra i dobrze się w tej roli czuła.

– Dlaczego dopiero dziś obrona wskazuje błędy formalne przeprowadzonej ekspertyzy?

– Wysoki Sądzie. – Adwokatka znów odetchnęła ciężko, jakby cierpiała, składając te papiery. – Również ubolewam, ale dopiero wczoraj przejęłam obronę klientki. Musiałam mieć czas na wnikliwą analizę akt sprawy. Jak sądzę, Wysoki Sąd również je czytał i zauważył te rażące uchybienia w prowadzonym dochodzeniu. Te materiały to jedynie rutynowe zwrócenie uwagi.

Sędzia poprawiła łańcuch na szyi. Przejrzała jeszcze raz dokumenty i zapytała:

– Skoro dziś rano pani mecenas znalazła rażący błąd, a dopiero wczoraj przejęła od mecenasa Marciniaka substytucję podejrzanej, jak udało się zebrać ponad tysiąc podpisów pod wnioskiem w obronie Łucji Lange?

Łucja siedziała, wpatrując się w plecy swojej adwokatki, i aż skręcała się z ciekawości. Nie miała pojęcia, co zostało złożone do akt. Żałowała, że zanim podpisała dokumenty, nie przeczytała ich. Teraz było już za późno. Jak widać, wszyscy je znali poza nią i może prokuratorką, która zresztą zamiast uważać na rozprawie, pisała esemesy pod stołem.

– Ksiądz Marcin Staroń ogłosił wczoraj na mszy swoje stanowisko w sprawie i wierni się podpisali. Zważywszy na niską frekwencję w kościele Bożego Narodzenia wobec tego, ile osób przychodzi na kazania księdza do kościoła garnizonowego i innych trójmiejskich bazylik, to i tak niewielka liczba.

– Czy deklaracja księdza jest ostateczna?

– Oczywiście – zapewniła mecenas Małgorzata Piłat. – Jest gotów w każdej chwili potwierdzić ją osobiście, jeśli Wysoki Sąd uznałby to za konieczne.

Sędzia zwróciła się do prokuratorki.

– Czy oskarżyciel ma coś do dodania?

– Proszę o uchylenie tych wniosków – jęknęła Ziółkowska. – Nie miałam czasu się z nimi zapoznać.

– Czy mam rozumieć, że prokurator wnosi o przerwę w rozprawie, by mogła się zapoznać z materiałami? Czy prokurator prosi o uchylenie wniosków? Sąd prosi o sprecyzowanie. Przeczytanie sformułowania „mydło o zapachu limonki" zajmuje kilka sekund, nie wymaga przerwy. Jak sądzę, prokurator zna materiał zebrany w sprawie, skoro wnosi o areszt na trzy miesiące i postawiła podejrzanej zarzut zabójstwa oraz usiłowania zabójstwa. – Sędzia z lubością zmiażdżyła Ziółkowską.

Kobieta na chwilę straciła mowę. Pochyliła głowę i wpatrywała się w akta przed sobą. W tym momencie zawibrował telefon. Sędzia jeszcze mocniej zacisnęła usta w cienką kreskę.

- Sąd prosi o sprecyzowanie - powiedziała złowieszczo.

Ławnicy w milczeniu obserwowali tę scenę. Jeden z nich szepnął coś przewodniczącej składu.

- Proszę o uchylenie wniosków dowodowych - oświadczyła prokuratorka, po czym zdruzgotana opadła na swoje miejsce.

Sędzia poprawiła łańcuch i dała znak protokolantce. Zaczęła dyktować:

- Proszę napisać, że sąd odrzuca wniosek prokuratury o uchylenie wszystkich trzech wniosków dowodowych obrońcy w sprawie o przedłużenie aresztu Łucji Lange. Przychyla się do odrzucenia wniosku dowodowego, iż podejrzana była bita w trakcie przesłuchania. Nie ma to związku z niniejszą rozprawą. Obrona może ów wniosek złożyć w prokuraturze lub w trakcie procesu, jeśli wobec zaistniałych okoliczności do niego dojdzie. Sprawę przekazuje do uzupełnienia, ekspertyzę zapachową do powtórzenia, podejrzanej zaś zmienia areszt na dozór policyjny od chwili obecnej. Orzeczenie nie podlega apelacji i jest prawomocne.

Łucja wydała okrzyk radości i pocałowała jedną z chroniących ją funkcjonariuszek.

- Proszę o spokój - zgromiła ją sędzia. Po czym zwróciła się do prokuratorki. - Pani prokurator. To sąd, nie cyrk. Proszę następnym razem roztropniej zbierać materiał dowodowy. Sąd nie ocenia obecnie winy podejrzanej i daje prokuraturze szansę na audyt zebranych dowodów, choć powinien zarządzić rewizję dochodzenia bądź zmienić oskarżyciela. Niestety, w tej sytuacji wniosek o areszt jest bezpodstawny. Czy pani prokurator zrozumiała łaskawą postawę sądu?

- Tak, Wysoki Sądzie. Dziękuję - szepnęła Ziółkowska.

Wszyscy wstali. Skład sędziowski opuścił salę. Funkcjonariusze tym razem nie zatrzasnęli na rękach Łucji kajdanek.

– Czekam pod aresztem za trzy godziny, bo tyle zajmie procedura wyjścia. – Adwokatka uśmiechnęła się. – Najpierw pojedziemy do twojej cioci, a potem pójdziesz do spowiedzi. To obiecałam księdzu. Gdyby nie on, nigdy bym tej sprawy nie wzięła. A spróbuj uciekać! – Pogroziła jej palcem. Wyszła.

Łucja stała jak słup soli. Długo wpatrywała się w jej plecy, nic nie rozumiejąc. Więc się pomyliła. Buli nie zrobił nic, by ją wyciągnąć. Adwokatkę załatwiła jej ciocia, za nią zaś poręczył ksiądz Staroń, którego na dodatek nie dalej jak wczoraj okrutnie obraziła.

– Co jest? Nie chcesz wychodzić? – spytała jedna ze strażniczek, śmiejąc się. – Dawno nie byłam na lepszym przedstawieniu. Gratuluję.

— Powiedziała pani, że ktoś otworzył drzwi i zobaczyła pani wymierzoną w siebie broń — zaczęła Sasza, nagrawszy na dyktafon rutynową formułkę kolejnego przesłuchania poszkodowanej Izy Kozak. Duch nie mógł przyjść. Prawdopodobnie zajmował się już Pawłem Bławickim. Załuska przedstawiła inspektorowi pisemnie pytania do Izy, zaakceptował je, dołożył kilka swoich sugestii. Wyglądało na to, że nie liczył na żaden przełom.

— Dasz sobie radę. — Poklepał ją po plecach.

Obiecała, że komisarz jak najszybciej dostanie raport na biurko. Nawet słowem nie wspomniała o wizycie w domu dziecka. Zdecydowała, że nie pozwoli się już więcej publicznie ośmieszyć. Dopóki nie znajdzie niczego konkretnego, będzie pracowała sama.

— To znaczy, że lufę miała pani wymierzoną w twarz?

— Tak — zapewniła Iza. Jednak po chwili zmieniła zdanie. — Ale najpierw zobaczyłam bębenek.

— Bębenek. — Sasza notowała na niewielkiej kartce najważniejsze tropy. — Ile ma pani wzrostu?

— Metr sześćdziesiąt pięć.

— A Łucja?

— Jest ode mnie wyższa o kilka centymetrów. I nosi obcasy.

– Czyli około stu osiemdziesięciu centymetrów? – Zapisała.
– W jakiej pozycji znajdowała się pani, kiedy otworzono drzwi?
– Stałam wyprostowana.
– Nie klęczała pani, nie kucała?
– Nie.
– Kiedy zobaczyła pani twarz osoby trzymającej broń? Przed oślepieniem czy później?
– Nie rozumiem pytania.
– Została pani oślepiona. Tak pani zeznała dziś rano. Twarz sprawcy widziała pani wcześniej czy później?
– Wcześniej.
– Kto do pani strzelał?

Iza zawahała się.

– Łucja – odparła bardzo cicho. Sasza zerknęła na monitory, poszkodowana zdenerwowała się, ale jeszcze nie trzeba było wołać lekarza. – Kazała mi powtórzyć, co wcześniej powiedziałam.

– Słucham?

– Złodziejka – Iza spróbowała mówić głośniej. – Nazwałam ją złodziejką. Łucja nie mogła tego przeżyć.

– Wtedy kiedy stała z bronią, kazała pani to powtórzyć? – upewniła się Sasza.

– Chyba tak.

– Chyba?

– Była nietrzeźwa.

Sasza nie odezwała się. Przyglądała się Izie. Czekała.

– Śmierdziała wódką – dodała poszkodowana. – Jakby długo w przeddzień piła. Jestem tego pewna. Znam dobrze ten zapach.

Sasza przełknęła ślinę, zanotowała informację w notesie.

– Czy Igła otwierał przy pani kopertę? Widziała pani, ile tam jest pieniędzy?

– Nie. Ale wiem, ile było. Przed świętami osobiście liczyłam utarg.

– Dzień.

– Słucham?

– Proszę podać dzień, kiedy pani je liczyła.

– Piątek. Wieczorem, po pani wyjściu od nas.

– Widziała pani, czy w kopercie są pieniądze?

– Właściwie nie. Nie przyszło mi to do głowy.

– Czyli nie widziała pani pieniędzy w jego ręku? Nie była pani w momencie, kiedy wyjmował je z kasetki?

– Nie.

– Gdzie znajdowała się kasetka?

– W pomieszczeniu dla zespołu.

– Tam gdzie było jajeczko?

– Tak.

– A dokładnie?

– W szafie, tam zwykle stała. Czasami stawialiśmy ją na oknie.

– Na oknie?

– Na parapecie, kiedy szafa była potrzebna na ubrania dla muzyków.

– A tego dnia? Gdzie była?

– Nie wiem. Nie wchodziłam za nim.

– Jak pani sądzi, dlaczego Igła kazał się pani schować, kiedy usłyszeliście kroki?

– Buli. Chyba o niego chodziło. Może nie chciał, żebym miała kłopoty?

– Jakie kłopoty?

– Te pieniądze nie były rejestrowane. Dzielili się nimi. Czasem dostawałam kilka setek za fatygę.

– Czyli Igła chciał je zabrać dla siebie i nie zamierzał dzielić się nimi z Bulim?

– Nie wiem. Może.
– Chciał podzielić się z panią?
– Nie sądzę.
– Ale kilka setek by odpalił?
– Słucham?

Sasza nie odpowiedziała.

– Czy widziała pani kiedykolwiek Łucję z bronią? Umiała strzelać? Pasjonowała się tym?
– Nigdy o tym nie mówiła.
– Co między wami zaszło?
– Między kim?
– Między panią a Łucją.
– Zwolniłam ją. Nie mogła mi darować, że zwalniam ją za kradzież.
– A wcześniej?
– Przyjaźniłyśmy się.
– Nie mogła pani jej zwolnić inaczej? Na przykład pomówić na osobności?

Iza nie odpowiedziała.

– Skoro się przyjaźniłyście, trochę nieładnie się pani zachowała.
– To ona unikała mnie od jakiegoś czasu. Nie odbierała telefonów, spóźniała się do pracy. Nie tłumaczyła się. To był zły przykład dla innych pracowników. Może mogłam to inaczej załatwić. Ale nie byłam w stanie. To nie ja zdecydowałam.
– A kto?

Milczenie.

– Kto kazał ją zwolnić?
– Paweł Bławicki.
– Buli? A nie Igła?
– Igła się nie interesował. Buli miał kogoś na miejsce Łucji. Mówił, że ma za długi język.

– O co mu chodziło?
– Nie wiem. Jestem już zmęczona. Długo to potrwa?
– Jeszcze chwilę. – Sasza znów zerknęła na monitory. Jej zdaniem nie było powodów do niepokoju, choć Iza wyglądała na bardzo zdenerwowaną. – Czy Bulego widziała pani z bronią?
– Nie, ale wiem, że był policjantem. Musiał umieć strzelać. Nigdy nie widziałam go z bronią.
– Ile wzrostu ma Buli?
– Nie mam pojęcia. Jest wysoki. Dużo wyższy ode mnie.
– Wyższy od Łucji?
– Raczej tak.
– Około metra osiemdziesięciu?
– Więcej. Tak mi się wydaje.
– A Igła?
– Był mojego wzrostu. Może kilka centymetrów wyższy.
– Jak Łucja?
– Tak. Choć w obcasach była nawet wyższa.
– Widziała pani lufę i bębenek, tak? Rękę z uszkodzonym paznokciem. Na wysokości wzroku, kiedy stała pani wyprostowana?
– Tak.
– Rozumiem. – Sasza przejrzała notatki. – Czy pani umie posługiwać się bronią?
– Ja?
– Tak.
– Nie, dlaczego?
– Czy kiedykolwiek pani strzelała?
– Z wiatrówki w harcerstwie. Nie rozumiem pytania – zirytowała się Iza. – Może sama się jeszcze postrzeliłam?
– Czy kiedykolwiek wcześniej ktoś mierzył już do pani?
Iza długo milczała.

– Czy zrozumiała pani pytanie? Czy ktoś już kiedyś do pani mierzył?

– Tak.

– Kto?

– Igła.

– Kiedy?

– Już nie pamiętam. Chyba po jakimś koncercie. Dla żartu. Był naćpany.

– Widziała pani tę broń przed sobą?

– Tak.

– Stała pani wtedy? Czy była w innej pozycji?

– Stałam. Był pijany.

– Jaką miał broń?

– Nie wiem, dokładnie nie widziałam. Nie znam się na tym.

– Ale nie rewolwer?

– Nie.

– Czy Igła trzymał w klubie broń?

– Nie wiem.

– Nie wie pani czy nie chce powiedzieć?

– Tak mówiono. Ale ja nie widziałam.

– Kto mówił?

– Kelnerzy. Kiedyś, ale Buli mu zakazał.

– Gdzie?

– W tej kasetce.

Sasza podniosła głowę.

– W kasetce? Na pieniądze?

– Tak słyszałam.

– Czy w tej kopercie były pieniądze, czy mogła być też broń?

– Nie wiem. Nie mam pojęcia. Naprawdę jestem już zmęczona.

– Wie pani na pewno, kto do pani strzelał?
– Tak.
– Kto?

Zawahała się.

– Czy jest pani pewna, że pamięta pani twarz osoby, która strzelała? – powtórzyła wolno Sasza.

– Nie – przyznała Iza. Rozpłakała się. – Nie jestem pewna. Ale wydaje mi się, że to była Łucja. To musiała być ona. Pamiętam jej twarz. Śni mi się.

Tachykardia podskoczyła gwałtownie, kobieta oddychała ciężko. Jej ręka leżała tuż obok przycisku do wzywania pielęgniarek.

– Czy jest pani pewna, że to był rewolwer?
– Niech mnie pani już zostawi – poprosiła Iza przez łzy. – Nie wiem. Teraz już nie jestem niczego pewna.

Sasza nagrała formułkę o końcu przesłuchania, podała dokładną godzinę i miejsce, po czym wyłączyła dyktafon.

– Niech pani odpocznie – powiedziała łagodnie. – Pamięć wróci. W nieoczekiwanym momencie zobaczy pani twarz tej osoby. Najważniejsze teraz to oddzielić prawdę od domysłu. Dziękuję, że pani odpowiedziała szczerze. To ważne.

Iza wpatrywała się w nią z wdzięcznością. Bała się reprymendy, skutków prawnych. Okazało się, że Sasza jest po jej stronie. Wyjęła nawet chusteczkę i otarła jej łzy. Wszedł lekarz, spiorunował Saszę wzrokiem. Rytm serca Izy powoli wracał do normy.

– Przyjdę jutro – rzuciła Sasza na pożegnanie.

Kiedy tylko wysiadła z windy, wybrała numer do komisarza Duchnowskiego, ale nie odbierał. Zeszła do bufetu, założyła słuchawki i szybko spisała przesłuchanie słowo po słowie. Nie opłacało jej się wracać do domu. Zanim odbierze dziecko z przedszkola, chciała jeszcze odwiedzić rodziców

Moniki i Przemka – rodzeństwa, które przed laty zginęło tego samego dnia w tajemniczych okolicznościach. Duchowi wysłała esemes, w którym poinformowała o wyniku przesłuchania Izy. Odpisał natychmiast:

„Nie mogę teraz gadać. Lange wyszła. Dochodzeniowiec spierdolił protokół. Jest tutaj cała prokuratura. Spłonka zawieszony w czynnościach. Zaraz pewnie i mnie posuną. Buchwic rozpierdolił puszkę Schimmelbuscha i pogonił Spłonkę z wyjałowionym nożem".

„Co to jest puszka Schimmelbuscha?" – zapytała.

„Nie wiem, ale miała ponoć pięćset lat i wszyscy o tym gadają. Nie przyjeżdżaj, idź do dziecka, na grzyby, jak najdalej stąd. Ja tu oszaleję. Bez odbioru".

Morze było dziś spokojne. Tylko przy falochronie wzbijało pianę. Ksiądz wpatrywał się w nie zadumany. Nie usłyszał, kiedy cicho jak kot podszedł wikariusz i stanął obok.

– Obiad stygnie – oświadczył Grzegorz Masalski.

Staroń odwrócił głowę w jego kierunku i pokazał latarnię morską, dobrze widoczną ze skarpy.

– Tam właziłem, jak byłem mały. Wydawało mi się, że tu kończy się świat. – Uśmiechnął się. – A ty? Kim chciałeś być?

– Tancerzem. – Masalski pochylił głowę.

– Naprawdę?

– Mama zapisała mnie na balet. Ale chodziłem tylko kilka miesięcy. Tata się wstydził.

– Masz dobrą budowę do tańca – ocenił go Staroń. – Dlaczego zostałeś księdzem?

Masalski wzruszył ramionami. Milczał.

– Ja najpierw chciałem się schować – snuł opowieść Staroń. – Wcześniej szukałem wolności, ale tak naprawdę tylko uciekałem. Każdy, kto ma problemy, ucieka. Tymczasem ze strachem trzeba się mierzyć. Każdego dnia. Bóg daje siłę, by pokonać każdą przeszkodę.

– Ja przy księdzu niczego się nie boję – zapewnił Masalski.

Staroń zaśmiał się. Pomyślał, że dzieciak jeszcze z tego księdza.

– Bać się trzeba. To naturalna ochrona. Dzięki temu nasz gatunek przetrwał. Strach jest dobry, Bóg czasem chce ludzi nastraszyć. Pokazuje im w ten sposób, że źle postępują.

– Obiad księdzu wystygnie.

– Idź jeść, ja jeszcze postoję – odprawił go Staroń i znów zatopił się w zadumie.

Myślał o przeszłości. O tym, kim mógłby być, gdyby urodził się w innym miejscu, w innej rodzinie. Ale Bóg tak zdecydował. Tego od niego oczekiwał. Czy jest dobrym księdzem? Czy dobrze wypełnia swoje obowiązki? Czy naprawdę jest takim dziwadłem, jak o nim mówiono? W głębi serca czuł się zwykłym chłopakiem z Wrzeszcza, który nigdy nie żył naprawdę. Bał się cały czas. Dlatego został klechą. Ze strachu. Taka była prawda. Najpierw ukrył się w klasztorze, ale na mnicha się nie nadawał. Poszedł do seminarium. Musiał być wśród ludzi. Czasem myślał o dzieciach. Czy byłby dobrym ojcem? Dziś musiały mu wystarczyć jedynie te duchowe. Ci wszyscy ludzie, którym pomagał, to były jego dzieci. Im bardziej krnąbrni, pokiereszowani, zbuntowani, tym większym uczuciem ich darzył. Lubił, kiedy wracali na jasną stronę mocy. Kiedy wygrywali ze złem. Ale czy to Bóg ich nawraca? Czy instytucja Kościoła im pomaga, czy bez niej On i tak nie prowadziłby ich za rękę, jak kiedyś Jezus zagubione owieczki?

Wiedział, że takie myślenie to herezja w czystej postaci. Z nikim nie mógł o tym porozmawiać. Nikomu nie mógł zdradzić, że od pewnego czasu wątpi. Wciąż czuł nieokreśloną pustkę, jakiś brak, którego nie da się niczym wypełnić, choć starał się żyć dobrze. Kiedyś pewien stary dominikanin, jeszcze u brata Alberta, powiedział mu, że człowiek bez rodziny jest jak roślina bez korzeni. Z czasem usycha. Teraz to rozumiał. Chciałby położyć głowę na kolanach matki i się wypłakać. Z ojcem nie spotykał się od lat. Czasem Marcin widywał go w kościele, ale ojciec nigdy nie podchodził. Marcin uśmiechał się do niego, a on kiwał mu tylko nieznacznie głową. Potem nie pojawiał się przez kilka miesięcy.

Ludzi wokół było wielu, ale to wszystko obcy, nikomu nie pozwolił się do siebie zbliżyć. Wiedział, że mu nie wolno. Z żadną kobietą ani mężczyzną nigdy nie będzie już blisko. Może to strach, a może działanie w dobrej wierze. Uważał się za Jonasza, który niesie pecha. Bóg tak go pokarał. Był przeklęty, ale nie wiedział, jak odczynić zaklęcie. W trakcie każdej modlitwy prosił o błogosławieństwo, o wiarę, by nie zwątpić, ale czuł, że wierzy coraz mniej. Coraz więcej w nim słabości, pokus. Tylko zasady kazały mu jeszcze trwać. Od dawna był figurantem. Dziś złapał się na tym, że choć wykrył, iż więzień próbuje oszukać władze więzienne i markuje opętanie, ma ochotę nie wydać go i w ten sposób mu pomóc. Bo ten człowiek wierzył. W wolność, własne siły, w życie. Ksiądz Staroń od dawna działał jedynie z obowiązku, bez przekonania. Budził się co rano, pracował, podejmował się każdego najpodlejszego zadania, byle nie mieć czasu na myślenie. I czekał. Na co?

Spojrzał na słońce i ocenił, że jest już po czwartej. Ruszył ze skarpy w stronę kościoła.

Obiad był zimny. Nie miało to znaczenia. Gołąbki w sosie pomidorowym, ziemniaki, sok pomarańczowy. Ciocia Łucji bardzo się postarała. Odwinął kapustę i wydłubał mięso, odłożył na bok talerza. Ziemniaki zjadł wszystkie. Nie dopił jeszcze soku, kiedy zajrzał wikariusz.

– Przyjechały.

Ksiądz z ulgą odsunął talerz. Wytarł usta serwetką.

– Niech wejdzie tylko dziewczyna – polecił, po czym ze szkatułki wyjął wszystkie banknoty i podał zwitek wikariuszowi.

Masalski z drżeniem wziął pieniądze do ręki. Nie było tego wiele, zaledwie kilkaset złotych. W szkatule zostały same monety z tacy. Nie mieli więcej pieniędzy, bo ksiądz Staroń wszystkim pomagał za darmo.

– A jak zapłacimy robotnikom? Trzeba kupić gips, cement. A kuchnia? – jęknął.

– Bóg nam pomoże. – Staroń machnął ręką. – Podziękuj pani Małgosi i powiedz, że więcej nie możemy zapłacić. Jeśli nie będzie chciała wziąć, powiedz, że ja proszę. Będzie jeszcze okazja, by pracowała za „Bóg zapłać".

Łucja wciąż była w dresie i tenisówkach. Na to miała narzucony swój czarny długi płaszcz do kostek. Cały dobytek zmieścił się w reklamówce, niewypełnionej nawet w połowie. Adwokatka obiecała, że następnego dnia pojadą pod eskortą policji uprzątnąć jej wynajmowane mieszkanie. Rozmawiały w czasie jazdy. Kobieta zdawała się głęboko wierząca. Łucja obiecała pełną poprawę, wzorowe zachowanie. Zapewniła, że umie gotować, sprzątać i nie zrobi żadnej głupoty. Kiedy na spotkanie wybiegł im wikariusz, adwokatka zaś kategorycznie odmówiła przyjęcia pieniędzy, zrozumiała, jak wielką moc posiada ów ksiądz. Była to już kolejna osoba, która się nim zachwycała. Teraz Łucja też była gotowa zrobić wszystko, o cokolwiek ją ten człowiek poprosi, byle na zawsze wyciągnął ją z kabały.

Ciocia nic nie powiedziała. Przytuliła ją ciasno i szepnęła, że kocha i jej wierzy.

– Jestem niewinna. I nie zawiodę cię nigdy więcej – przyrzekła staruszce. Kiedy się rozstawały, Łucja miała łzy w oczach. Starsza kobieta otarła je pomarszczoną dłonią.

– Bóg z tobą, Łucuś. Jesteś w dobrych rękach.

A potem, żeby nie przedłużać, odeszła za adwokatką do samochodu. Łucja machała jej, nawet kiedy auta nie było już widać.

Małgorzata Piłat w czasie jazdy pokrótce wyjaśniła Łucji, jak udało się jej tak błyskawicznie wyciągnąć ją z aresztu. Wszystko przez mydło o zapachu limonki. Głównym dowodem winy Łucji było oskarżenie Izy Kozak. Okazało się jednak niewystarczające, bo postrzelona kobieta podała, że Łucja mierzyła do niej z rewolweru. Użycie zaś tego rodzaju broni zdecydowanie wykluczył balistyk. Prokurator oparł więc zarzuty na numerowanych banknotach oraz na badaniach osmologicznych, które wskazały Łucję jako sprawczynię napadu i zabójstwa. Wystarczyłoby to tylko do sporządzenia aktu oskarżenia, bo o jej winie lub niewinności i tak musiałby zadecydować sąd podczas rozprawy.

Do samego eksperymentu nikt nie miał najmniejszych zarzutów. Chodziło o moment pobrania jej zapachu. Policjant, który sporządził protokół, zapisał, że Łucja przed wzięciem do rąk jałowych kompresów umyła ręce mydłem o zapachu limonki. Było to niezgodne ze sztuką i oznaczało, że badanie jest niewiarygodne. Zresztą dobrze pamiętała, że nie myła rąk mydłem. Starszy policjant odstawił je, zanim odkręciła wodę. Adwokatka jednak chwyciła się tego błędu i wykazała, bardzo zresztą logicznie, że w tej sprawie to tylko jedno z niedociągnięć i żaden z zebranych dowodów nie potwierdza w najmniejszym nawet stopniu, że Łucja była w Igle krytycznego dnia. Banknoty Bulego też były niewystarczająco silnym dowodem, bo, jak wykazała adwokatka, on również jest podejrzany. Tym samym do czasu, aż prokurator nie zbierze solidniejszych dowodów winy Łucji, podejrzana, zamiast w areszcie, może poczekać na plebanii u księdza, który za nią poręczył.

Z jej życiorysu Małgorzata Piłat wybrała tylko te „święte" elementy, o których Lange sama już zapomniała. Fakt, Łucja była kiedyś aktywistką oazową, chodziła na pielgrzymki, udzielała się we wspólnocie świętego Franciszka. Zachowała czystość przedmałżeńską. Jej eks-mąż był jej pierwszym partnerem seksualnym. Poznali się w kościele, razem wstąpili do świeckiego zakonu. Dalsza historia Łucji nie wyglądała już tak kryształowo, ale to sądowi wystarczyło, by uznać, że Łucja znów uwierzyła w Boga i zamierza prowadzić się godnie, a nawet przywdzieje habit, jeśli będzie trzeba. Łucja chętnie poddała się owej manipulacji i nie miała nic przeciwko temu, by tak ją teraz widziano. Wolała być świętą niż córką norweskiej oszustki czy niedoszłą trucicielką, choć, Bóg jej świadkiem, zamierzała męża i jego nową kochankę tymi marynowanymi muchomorami ukatrupić.

Przed wejściem na plebanię wytarła dokładnie buty, przekroczyła próg i poczuła zapach wilgoci słabo ogrzewanego wnętrza. Zapowiadało się, że jej nowa cela będzie chłodniejsza niż areszt śledczy na Kurkowej.

– Szczęść Boże – powitał ją głos z głębi gabinetu.

– Szczęść Boże – odparła pośpiesznie, odkładając pod ścianę reklamówkę.

Kiedy weszła do pokoju i zobaczyła księdza Staronia, zaniemówiła.

– Miałaś dobrą podróż? – zapytał. Odsunął jej krzesło przy stole, na którym stały parujące gołąbki.

W innej sytuacji rzuciłaby się na nie w jednej chwili. Jej ciocia była kulinarną mistrzynią. Teraz jednak usiadła okrakiem i nawet nie udawała, że jest w głębokim szoku. Żałowała tylko, że ledwie napoczęty wagon cameli zostawiła w progu.

– Chyba musimy sobie coś wyjaśnić – zaczął ksiądz bardzo spokojnie.

– No raczej – potwierdziła Łucja. I spojrzała mu wyzywająco w twarz: – W sutannie też wyglądasz nieźle.

Po czym wstała i bez ceregieli ruszyła po papierosy. Bez dymka nie dałaby rady odbyć tej rozmowy. Ksiądz nie wiedział, co powiedzieć. Spodziewał się krnąbrnej dziewczyny, ale nie takiej bezczelnej tupeciary.

Na środku wielkiej sali stało tylko jedno krzesło z ułamanym oparciem. Duch przestawił je o kilka centymetrów. Skrzypnęły drzwi. Wszedł Konrad Waligóra. Twarz miał spoconą, oczy przekrwione. Duchnowski rozpromienił się, nie kryjąc satysfakcji. Po jego spadku formy nie było już śladu. Wziął z parapetu kolorowe gumy do rozciągania. Zaczął ćwiczyć. Przy trzydziestym powtórzeniu zasapał się, zdecydował zrobić pauzę.

– Na kaca najlepsza jest praca – wychrypiał. Złapał w locie zbolałe spojrzenie kolegi. Wykonał jeszcze kilka rozciągnięć na plecach, po czym dołożył do sprzętu najciaśniejszą, czarną taśmę. Podał komendantowi, ale ten pokręcił głową z niechęcią.

– Chyba ocipiałeś – burknął.

Z korytarza dobiegły ich śmiechy. Duch i Waligóra spojrzeli w tamtą stronę zaskoczeni.

Funkcjonariusze wprowadzili Pawła Bławickiego. Buli szedł w asyście, ale twarz miał pogodną, oczy błyszczące. Obrzucił spojrzeniem pokój, a potem mrugnął do komendanta.

– Ten tron dla mnie?

Duch rozmyślił się. Zdjął czarną taśmę i rzucił ją na parapet. Spadła z impetem na podłogę. Policjant ruszył, by ją podnieść, jakby nie zauważył podejrzanego. Wrócił do ćwiczenia tricepsu.

– A zasłużyłeś? – mruknął pod nosem.

– Staram się, jak mogę. Od lat bezskutecznie.

– Skutecznie czy nieskutecznie, to się okaże. Siadaj, nie kokietuj mnie jak panienkę. – Waligóra zachęcił go gestem, po czym pyknął z elektronicznego papierosa. – Jest kilka spraw do omówienia.

– Siadasz czy ci pomóc, bałwanku? – huknął Duch i w dwóch krokach już był przy krzesełku.

Buli nawet nie drgnął. Przestawił siedzisko o kilka centymetrów w złudnym przeświadczeniu, że da mu to namiastkę kontroli nad sytuacją, wreszcie klapnął z impetem. Przedramiona oparł o kolana.

– Więc jesteśmy w komplecie. – Duch ścisnął Bulego za ramię. – Zmizerniałeś. Ostatni raz widzieliśmy się sto lat temu. Nieoczekiwana zmiana miejsc, co?

– Łapy przy sobie! – żachnął się Bławicki.

Duchnowski napiął triceps i zaprezentował Bulemu.

– A ja mam taki. Chcesz sobie pomacać?

– Wal się, cioteczko. – Buli strzyknął śliną na podłogę, rozdeptał butem.

– Tyle z ciebie zostanie, geszefciarzu. – Duch wskazał plwocinę i pchnął Bulego. Niegroźnie, dla rozgrzewki. Buli to wiedział. Policjant tylko się z nim drażnił.

– Dobra. – Waligóra przerwał im zapasy. – Buli, co ci będę ściemniał. Siedzisz po uszy w gównie.

– Ja? – Podejrzany uśmiechnął się. – To wy kręcicie się jak gówno w przeręblu.

– Ten egzorcysta cię widział. Po chuj tam polazłeś? – Waligóra westchnął, jakby się martwił o kolegę. – I co ja mam teraz zrobić? Sam włazisz nam w szkodę.

Buli założył nogę na nogę.

– Nie wiem, o co ci chodzi, Wali.

– Weź mu wytłumacz, bo mnie wnerwia – rzucił komendant do Duchnowskiego, ale ten nawet nie spojrzał. Oparł się o ścianę i wędrował wzrokiem po rurze gazowej biegnącej u sufitu. Wesoło przy tym pogwizdywał.

Buli rozejrzał się lekko zaniepokojony.

– Ludzie, odpierdolcie się ode mnie. Zarobiony jestem. Biznes mi stygnie.

– Sił już nie mam na tego parcha – mruknął Duch. – Myśli, że jeszcze coś ugra. A wszystko pozamiatane.

– Ty strzelałeś czy tamta mała? – spytał Waligóra i wyjął papierosa z paczki Ducha.

Milczenie.

– Nie pajacuj – zniecierpliwił się komendant. – Sprawa nam się zgrzała. Albo idziesz na współpracę, albo bierzemy cię na ostrą.

– Co?

– Ostrą. Nie ściemniaj, że nie pamiętasz. Ty jeden i nas dziesięciu. – Duch zarzucił mu gumę na ramiona i zacisnął, ale Buli skutecznie go zablokował.

– Spierdalaj – fuknął, jakby odganiał natrętną muchę. – Możecie mi naskoczyć.

– Fiuuu! – gwizdnął Duch. – Jeszcze siła w nas. Ale już dziewięciu, myślę, wystarczy.

– Jest ciśnienie, by sprawę wykryć – odezwał się Waligóra i włożył Bulemu do ust zapalonego papierosa. Drugiego odpalił sobie. – Twoja pani wyszła z aresztu. Prorok sra nam do gniazda. Albo rozmawiamy normalnie, albo...

– Grozisz mi? To ja cię tutaj umieściłem! – zdenerwował się wreszcie Bławicki.

Duch w milczeniu przypatrywał się czerwonej twarzy komendanta.

– Albo wołaj swoją adwokatkę – dokończył Waligóra.

Buli spoważniał.

– Nie mam z tym nic wspólnego.

– Nic? Masz motyw, kwalifikacje. Wyciągnie się trochę starych spraw. I byłeś tam. Jest paluch na klamce i nagranie Lorda Vadera.

– Też mi świadek – prychnął Buli.

– Nie tylko on cię widział.

Buli podniósł głowę.

– Wpuszczasz mnie!

– Tak myślisz?

– Mam alibi.

– O! – wykrzyknął Duchnowski. – To ci dopiero.

– Byłem w domu z Tamarą.

Waligóra rozłożył ręce, jakby mu było przykro.

– Jeśli chodzi o szanowną małżonkę, to właśnie ona puściła parę. Nie trzeba było jej cisnąć. Policjantka z dwuletnim stażem sporządziła notatkę. Zaraz tu będzie prokurator. Twoja koleżanka zresztą. Edycia też jest za tym, żeby cię jak najszybciej zakisić. Co ty na to? Szybka decyzja, Buli. Współpraca czy jak młokos idziesz w zaparte? Jak stryjenka uważa. Ale ryzyk-fizyk w twojej sytuacji.

– Co chcesz wiedzieć? – przerwał mu Buli.

Duchnowski zaśmiał się.

– Jeszcze się pyta.

– Sam zdecyduj, ile puszczasz – oświadczył Waligóra.

Zaczął nerwowo chodzić po pomieszczeniu.

– A ty? – Buli spojrzał na niego. – Nie boisz się, co powiem?

Komendant się zatrzymał.

– Każde gówno da się zmyć – odparł. Podał Bulemu plik kartek i plastikowy długopis. – Liczę na ciebie. Jest zamówienie z góry, żeby kogoś poświęcić.

– I to mam być ja?

– Ty albo ktoś inny. Na wojnie ofiary muszą być. Decyduj.

– Może poświęcimy ciebie?

– W życiu trzeba dokonywać selekcji, Buli.

– Myślisz, że mnie nastraszysz, Wali? Przecież wiem, że to u nas nie ma znaczenia procesowego – prychnął podejrzany.

– Brak wyboru to też wybór. – Waligóra wyszedł z pomieszczenia.

Duch zabrał swoje gumy, ruszył za nim. Buli odprowadzał ich wzrokiem. Kiedy zamknęli drzwi, Duchnowski spojrzał na szefa.

– Wszedł w to?

Waligóra wzruszył ramionami.

– Zobaczymy. Pilnuj, żeby sobie nie pomógł.

– Za daleko pojechałeś z tym blefem. Tamara da mu alibi. Nie mamy teraz żadnego punktu zaczepienia.

– Może – przyznał Waligóra. – Poniosło mnie. Gramy teraz o coś więcej niż zabójstwo celebryty. Tylko tak możemy uratować honor.

Honor? Chyba stanowisko, i nie chodzi o moje, pomyślał Duchnowski, ale tego nie powiedział.

– Po której ty właściwie jesteś stronie, Konrad? – Duch spojrzał podejrzliwie na komendanta. Nagle przyszło mu do głowy, czy to jego nie wrabiają. Buli zbyt łatwo zgodził się sprzedać dawnych kumpli.

– Po właściwej, komisarzu – zapewnił komendant. – Zawsze jestem po właściwej stronie. Idę walnąć jakąś setę, łeb mnie napierdala. Zawołaj radiowóz, nie będę przecież płacił za taksę.

Duchnowski zajrzał przez wizjer do pokoju, w którym znajdował się Buli. Mężczyzna wciąż siedział bez ruchu z kartką w ręku. Kiedyś Duchnowski oddałby królestwo za taką sytuację. Teraz czuł jedynie litość. Po hardym gliniarzu, który trząsł przed laty Trójmiastem, nie pozostał nawet ślad. Słoń go uwiódł, przeżuł, a teraz wypluje. Wystarczyło tylko poczekać. Piracka flaga dawno była w strzępach. Szkoda, że Buli za późno to zrozumiał.

Zgodnie z umową Załuska zostawiła w dyżurce protokół z przesłuchania Izy Kozak z adnotacją „Komisarz Duchnowski, pilne". Upewniła się, że Karolina jest pod dobrą opieką, i zdecydowała, że zrobi sobie podróż w czasie. Pogoda zmieniła się momentalnie. Ochłodziło się, z nieba spadały mokre płaty śniegu. Wsiadła do niebieskiego uno matki i z muzyką na pełen regulator wyjechała z garażu. Ledwie zatrzymała się na światłach przy Morskiej, silnik zdechł. Jeszcze kilka razy próbowała go odpalić, ale rozrusznik tylko zarzęził metalicznie, poszła iskra i rozległ się głuchy trzask. Wyłączyła pośpiesznie stacyjkę, wcisnęła awaryjne. We wstecznym lusterku widziała, że ustawił się już za nią spory ogonek.

Tuż obok zauważyła wolne miejsce parkingowe. Wysiadła, podeszła do kierowcy nowiutkiego lexusa stojącego tuż za jej kufrem i choć po minie zorientowała się, że z trudem hamuje wściekłość, poprosiła go o pomoc w przepchnięciu strucla na pobocze. Prośbę okrasiła bezbronnym uśmiechem, zadziałało. Patrzyła, jak na jego jedwabny garnitur padają placki mokrego śniegu. Wsiadła za kierownicę nieczynnego auta, ustawiła lusterka. Mężczyzna sam nie był w stanie ruszyć wozu, zwerbował przechodnia z siatkami pełnymi zakupów.

Kiedy uno fire stało już na chodniku, pozbierała swoje rzeczy porozrzucane na przednim siedzeniu pasażera i nie trudząc się wrzucaniem pieniędzy do parkometru, ruszyła piechotą do SKM-ki. Deszcz zacinał, nie miała parasola. Pomyślała, że to nieodpowiedzialne. Jeśli się przeziębi, zarazi Karolinę i czeka ją co najmniej tydzień siedzenia w domu. Może i dobrze, pocieszyła się. Wreszcie zrobi barierkę do schodów, bo robotników ze względu na nawał pracy musiała odwołać. Na rogu od ulicznej handlarki kupiła chiński parasol jednorazowy i maszerowała dalej, już w doskonałym humorze. Minąwszy tunel pod placem przy Monciaku, usłyszała głuchy wystrzał. Widziała ludzi biegnących w przeciwnym kierunku, słyszała syrenę strażacką, ale nawet się nie obejrzała.

Pogrążyła się w rozmyślaniach o sprawie. Musiała przyznać, że coraz bardziej ją wciągała. Zamierzała teraz, zgodnie z planem, zbadać tę starą historię, a jeśli uda jej się ustalić adresy, odwiedzić rodziców zmarłych dzieciaków z Wrzeszcza. Nagle ogarnęły ją wątpliwości. A jeśli szuka zbyt daleko? Jeśli sprawa jest o wiele prostsza? Może to Igła strzelał do Izy? Ona kradła, Igła ją nakrył. Wyrwała mu broń i wypaliła. To ona miała latarkę. Może w klubie nie było nikogo trzeciego? Jaką mają pewność, że Iza mówi prawdę? Żadnej. Jeśli kwota w kasetce była wyższa, niż podawali, to zupełnie inaczej ustawiało to stawkę gry. Broni nie ma, forsy też. Jest tylko trzydzieści tysięcy, które podsunął im Buli. Po co?

Jak na razie nie wiedzieli nawet, co tak naprawdę stało się w Igle. Uwierzyli Izie, bo cudownie przeżyła. Prokuratura przedwcześnie chwyciła się Łucji. A przecież zeznanie Kozak pozostawiało wiele do życzenia. Rewolwer, oskarżenie barmanki. To nie trzymało się kupy. Nie wykluczało Bulego, Łucji, jak również samej poszkodowanej. Tylko Igła był poza podejrzeniem. Zresztą jedynie dlatego, że nie żył. Kto powiedział, że menedżerka nie brała w tym udziału. Nie znaleźli broni. Żadnych odcisków, biologii. Tylko jedną łuskę, bo pozostałe wyzbierano. Ktoś, kto zbiera łuski po zabójstwie, zwłaszcza w ciemnościach, ma doświadczenie kryminalne. Tej jednej nie zauważył, bo wturlała się pod trupa. A może jej nie zabrał ze zwykłego pośpiechu. Spodziewał się, że ktoś usłyszy strzały, szybko się oddalił. To także wskazywałoby, że nie mają do czynienia z amatorem. Tak więc nie wolno wykluczyć żadnej z tych osób. To, że Łucja wyszła z aresztu, nie miało znaczenia. Nadal jest podejrzana. Kluczem zaś pozostaje miejsce zbrodni. Sasza miała ochotę udać się tam teraz, kiedy Bulego zatrzymano, by nikt jej nie przeszkadzał w ustaleniu właściwego przebiegu zdarzeń. Zganiła się natychmiast za poprzednie hipotezy. Tak naprawdę powinna była wziąć pod uwagę wyłącznie miejsce zdarzenia. Widziała dokumentację fotograficzną, była tam kilka razy. Nawet narysowała przebieg zdarzeń na planie. Ale go nie analizowała. Motyw ma znaczenie drugorzędne, sam wypłynie, zresztą miał go każdy z nich.

Wyjęła notes i zapisała:

– Łucja – zemsta za niesłuszne zwolnienie i „odszkodowanie" – nie zapłacili jej za ostatni miesiąc + oskarżenie o kradzież
– Buli – wyeliminowanie niewygodnego wspólnika + tantiemy z piosenki
– Iza – rabunek + eliminacja świadka (sprawdzić)
– Ktoś związany z Izą? (zbadać)

– Igła? – sam do siebie nie mógł strzelić, chyba że z jakiegoś powodu chciał skasować Izę i podczas szamotaniny wyrwała mu broń. Z tym że nie było śladów walki (ale Iza wszystko o tym klubie wiedziała, znała każdą tajemnicę – jakie były?)

– Cyngiel wykonujący pracę na zlecenie? Czyje zlecenie? Każdy z nich miałby interes zlecić tę zbrodnię.

Zbyt wiele pytań, za mało danych. Najbardziej interesowała ją ocalała poszkodowana. Dlaczego pogrążyła przyjaciółkę? Po co? Co ukrywała? Po dłuższym namyśle Sasza zdecydowała, że musi sprawdzić sytuację osobistą i materialną Izy. Choć była już dwukrotnie w szpitalu, nie widziała tam jej męża, matki czy dziecka. Przeczytała w aktach, że jej małżonek to dobrze zarabiający menedżer, synek miał dwa latka. Opiekowała się nim starsza pani Kozak, matka Izy jeszcze żyła. Na pierwszy rzut oka wspaniała rodzinka. Z doświadczenia Sasza wiedziała, że w każdej rodzinie jest czarna owca. A kiedy mamy do czynienia z ideałem, zawsze pod stołem tkwi bomba. Nie ma rodzin perfekcyjnych. Na każdej powierzchni jest jakieś pęknięcie. Tak właśnie dostaje się do wnętrza światło. Jak to możliwe, że nikt Izy nie odwiedza? Dziwne wydało się też Załuskiej, że zamożna kobieta pracuje w klubie muzycznym jako menedżerka. Może było tam o wiele więcej pieniędzy? Utarg nierejestrowany to przestępstwo skarbowe, chętnych zaś do podziału zysków było jak zwykle sporo. Jeszcze jest kwestia mafii w białych rękawiczkach, która kontrolowała Igłę. Co z Iglicą? Jaki jest jej status? Tam padły dwa lata temu pierwsze strzały.

Złożyła kartkę na czworo i schowała do kieszeni. Spojrzała na rozkład, okazało się, że kolejkę ma za dwadzieścia minut. Kupiła sobie w budce frytki, dobrze je posoliła, a potem zadzwoniła do Jekylla. Odebrał po pierwszym dzwonku.

– Szczęść Boże i niech im ziemia lekką będzie. Amen, co się dzieje? – powitał ją, jak zwykle nie czekając, aż się przedstawi. Wyobrażała sobie jego zadowoloną minę: czuł, że jest nieodzowny. Zadał pytanie, ale nie poczekał na odpowiedź. – Jeśli chcesz wiedzieć, co myślę o Spłonce, to pohamuj ciekawość, gdyż musiałbym użyć wyrazów niegodnych twych wspaniałych uszu.

Uśmiechnęła się. Naprawdę lubiła Jacusia.

– Jedno pytanie i nie dotyczy mydła o zapachu cytrusowym – uspokoiła go.

– Limonkowym, Saszo – poprawił ją. – Takie właśnie zakupiono po przetargu na potrzeby naszej jednostki. I badana kobieta nie myła nim rąk, choć tak ten pojeb zapisał, ale już niedługo pożyje. Zaduszę i zakopię pod mchem koło mojego domu, a puszkę Auerbacha każę odkupić trzeciemu pokoleniu. Z gardła wycisnę.

– Nie Schimmelbuscha?

– Duch nie zna się na robocie. Przekręcił raz i zawsze to robi. Wiesz, co tam było i jaki zrobiłem użytek z wyjałowionego narzędzia zbrodni, domniemanego rzecz jasna.

– Chodzi mi o GSR-y – weszła mu w słowo, by się zanadto nie rozkręcił, wyjaśniając jej na przykład, do czego służy puszka o tajemniczej nazwie. – Może pytanie jest głupie, ale nie znalazłam tego w aktach. Albo coś mi umknęło.

– Tobie nic nie umyka. Ale dawaj, byle szybko. Kto pyta, nie błądzi. Za sto, może dwieście złotych napiwku zaśpiewam ci nawet karaoke. Co chcesz wiedzieć, Saszeńko, bo spiąłem się jak struna i trwam w oczekiwaniu.

– Sprawdziłeś może, czy Igła nie mógł strzelić do Izy?

– Nareszcie ktoś, kto choć trochę używa mózgu – ucieszył się. – Oczywiście, że to wykluczyłem.

– Wykluczyłeś? – Zmarkotniała. Jedna z jej błyskotliwych hipotez właśnie trafiła do kosza.

– Sam Władysław Dmitruk z Centralnego Laboratorium Kryminalistycznego sprawdzał to pod mikroskopem elektronowym. Nie stwierdził drobin prochu. Kobieta też chyba nie miała, ale u niej zdołałem zebrać tylko jeden stolik GSR. Kiedy pobierałem ślady, zauważyłem, że zaczęła się ruszać. Zaraz pogotowie wyjęło mi ją spod łopaty.

– Czyli nie można jej wykluczyć?

– Nawet trzeba – odparł kategorycznie. – Nie strzelała. GSR-y u niej pobrałem jeszcze w klubie. Chyba że strzelec umył ją mydłem limonkowym.

– Ale mierzyć mogła?

– Dasz mi gnata, to ci powiem. Na razie możemy sobie tylko powróżyć. Ja mam Marsa w Pannie, a ty?

Sasza z trudem powstrzymała śmiech.

– Ale on nie strzelał?

– Na bank. Ani ona, ani on.

– Dzięki, zawsze to coś konkretnego.

– Do usług. Jak to się mówi: do końca świata i jeden dzień dłużej.

– Jeszcze jedno. Jak wpadłeś na tę kroplę krwi sprawcy... – Zawahała się. – Czy sprawczyni?

– Nie ja, tylko osiągnięcia medycyny i kryminalistyki, ku chwale ojczyzny. Test Hem-Check to wykazał. A resztę zrobiły już koleżanki od badań DNA. Rękawiczka leżała unurzana we krwi ofiar, te kilka kropli to z pewnością wypadek przy pracy. Może zamek się zaciął po pierwszym strzale, może w wyniku szarpaniny. Różnie bywa. Zwłaszcza jeśli broń była stara. A była, sądząc po łusce. Na framudze drzwi, bo przestrzelił je, zanim wszedł do pomieszczenia, gdzie znajdowała się kobieta, zostały ślady prochu. Tej broni nie używano latami. Tak można założyć. Józek mówił. Zobacz sobie ekspertyzę balistyczną.

– Czyli nie pracował w rękawiczkach?

– Ciężko walić z gnata w rękawiczkach. Chyba że miał lateksowe. Chociaż też mogły się rozerwać.

– Ale musiałby o tym pomyśleć wcześniej.

– Raczej tak.

– A jeśli to krew Łucji Lange? Na przykład skaleczyła się i włożyła rękawiczkę.

– Niestety, to nie jest jej krew, nad czym ubolewam – zapewnił technik. – Zresztą, gdyby nawet była stara, dałbym radę ustalić, czy pochodzi sprzed roku, czy z krytycznego dnia.

– Jednym słowem, masz DNA sprawcy.

– Jo, Sasza. I zapach. Na szczęście sam go pobierałem z miejsca zdarzenia. Nikt mi nie zarzuci, że konserwa zapachowa jest wybrakowana.

– I jak długo da się go badać?

– Sasza… – Technik zawiesił głos. – Zapach ma to do siebie, że jest ulotny. Można zwiększyć liczbę pochłaniaczy, ale kosztem stężenia zapachu. Jest ryzyko, że pies go nie wskaże. Po poprawce z barmanką możemy zbadać pod tym kątem tylko dwie osoby. Trzecią w razie draki, jeśli osmolodzy zaryzykują.

– A DNA?

– DNA to pewniak. Tak jak przyznanie się, zeznanie naocznego świadka. To w połączeniu z zapachem, można tak powiedzieć, gwóźdź do trumny. Ale oddzielnie nic nam nie dają. Z tym że DNA można badać przez najbliższe pięć tysięcy lat, a eksperyment osmologiczny do tej sprawy zrobić jeszcze tylko dwa i pół razy. Do dwóch i pół razy sztuka.

Potem *over*. Już schowałem próbki zapachowe do sejfu, żeby żaden debil nie pożyczył sobie słoika na ogórki albo coś.

– Chyba że znajdziemy broń.

– Chyba że. Jak ją znajdziesz, lecę do ciebie na skrzydłach, aniele.

– Więc jednak przyda się dobry profil, żeby ograniczyć grono podejrzanych. I podjąć decyzję, kogo badamy pod kątem choćby zapachu.

– Jeśli szczerze, wiele bym sobie nie obiecywał – zająknął się Jekyll. – Po procesie w sprawie zabójstwa Wojtka Króla nikt normalny w tej firmie nie zaufa jakimś odorom. Już prędzej uwierzą w twoją psycholandię albo urzeknie ich historia druida z Człuchowa. Reasumując, weź się do roboty, bo widzisz, żeś potrzebna.

– I u Igły na rękach nie znalazłeś śladów prochu? – zapytała jeszcze raz, by się ostatecznie upewnić.

Jekyll westchnął ciężko.

– No, chyba żeby strzelał nogami. Kończę, bo mi tu żona patrzy wilkiem. Tak się patrzy, bo zorientowała się, że mówię z kobietą, i nie wierzy, że tak długo zdołałaś nie zasnąć na moim wykładzie. Aua! – jęknął. – Patrz, i przemoc domowa. Do czego te baby teraz zdolne.

– Ciao, Jack. Już nie przeszkadzam. Ucałowania dla Anielki.

– Trzymaj się, Saszeńko.

Wsiadła do SKM-ki i zatopiła się w rozmyślaniach. Skoro Igła nie strzelał, odpadała wersja konfliktu z Izą. Trójkę pozostałych należało sprawdzić. Czekał ją ogrom pracy. Zamierzała działać metodycznie, we własnym rytmie. Nawet jeśli na rozwiązanie tej zagadki miałaby wydać wszystkie pieniądze otrzymane od mężczyzny, który podszył się pod Bulego.

Siódmy komisariat miejski znajdował się trzy przecznice od dawnego hotelu Roza, gdzie dwadzieścia lat temu znaleziono martwą dziewczynę. Dziś hotelu nie było, zamiast niego stało ogromne gmaszysko stylizowane na Tadż Mahal, w którym swoje siedziby miały banki, księgarnia Empik i agencja reklamowa. Sasza przyjechała tutaj wczoraj z dominikaninem Zielińskim i przez całą drogę rozmawiali o Bogu oraz księdzu celebrycie. Postać duchownego w tej historii była niespodzianką, lecz Sasza najpierw chciała zbadać wszystkie okoliczności starej sprawy, a dopiero potem ruszyć na przesłuchanie Staronia. Na razie informację o księdzu zachowała dla siebie. Planowała, że po zebraniu danych skonsultuje sprawę z Abramsem.

Przed wejściem do komisariatu stały dwa radiowozy, ogromny motocykl pod plandeką i kilka cywilnych passatów. Załuska od razu ruszyła do dyżurki i poprosiła o spotkanie z naczelnikiem. Oficer, za stary na dyżurnego, zmierzył Saszę czujnym spojrzeniem, a potem wstał i zaczął się ubierać. Na jego miejsce do okienka podeszła leniwie kobieta do złudzenia przypominająca Larę Croft. Była nawet lepsza, bo nie narysowana. Cera jak krew z mlekiem, czarny warkocz grubości pięści, obcisły T-shirt uwydatniający spory biust i talię osy oraz dwa gnaty w kaburach przytroczonych do pasa munduru bojowego. Z pewnością potrafiła strzelać z nich w biegu. Sasza nawet nie wiedziałaby, jak wyjąć broń z nowoczesnych kabur. Lara miała w rękach saganek z napisem „Baczność" pełny parującej zupy. Oficer stał w drzwiach, już ubrany, i obserwował kobiety z zaciekawieniem.

Sasza pokazała glejt od Ducha, po czym położyła na blacie angielską wizytówkę. Kobieta długo ją czytała, jakby zawierała treść objętości co najmniej umowy z RWE, odwróciła się do oficera i dopiero wtedy poinformowała chropawym głosem, że szefa już nie ma. Załuska pojęła w jednej chwili: ten, którego szukała, stał w dyżurce i nie chciało mu się tracić na rozmowę z nią ani sekundy. Musiała jednak grać ich kartami. Natychmiast poprosiła o połączenie z jego komórką, a kiedy dostrzegła ruch ręki Lary wskazujący, że okienko za chwilę się zatrzaśnie, przechyliła się za ladę i wyjęła zdziwionej kobiecie słuchawkę z ręki. W ich kierunku z korytarza szedł na odsiecz młody funkcjonariusz w mundurze. Pasował do Lary. Był przystojny i wysportowany.

– Podinspektor Ryszard Nafalski? – zdążyła zapytać, wskazując dyżurkę, ale po naczelniku nie było już śladu. Podniosła głos. – Pracuję przy sprawie zabójstwa na Pułaskiego. Muszę pomówić z szefem tej placówki albo pracownikiem najstarszym stażem. Kimś, kto był tutaj w dziewięćdziesiątym czwartym.

Funkcjonariusz nie słuchał. Starał się jej wyrwać słuchawkę, grożąc aresztowaniem. Sasza zdążyła tylko mruknąć do Lary:

– Proszę zabrać stąd swojego człowieka, bo będzie miała pani na głowie Waligórę.

Nie dostała z powrotem telefonu. Funkcjonariusz trzymał go przy uchu, ale po jego minie widziała, że szef coś mu tłumaczy.

– Jest już w domu, proszę przyjść jutro – próbował ją zbyć.

Wyjęła notes i długopis. Funkcjonariusz kazał recepcjonistce podać wizytówkę, odczytał nazwisko Saszy do słuchawki.

– University of Huddersfield – powtórzył. – Nie znam jej, szefie. Pierwsze słyszę.

– Adres. Przyjadę – powiedziała stanowczo. – Pilne.

Funkcjonariusz spojrzał jej w oczy, po czym odłożył słuchawkę.

– Tak się nie załatwia spraw, proszę pani profiler. – Uśmiechnął się kpiąco.

Odwróciła się na pięcie. Zatrzymała się jednak na schodkach i wyciągnęła telefon, wystukała numer Jekylla.

– Znasz takiego gościa, Ryszarda Nafalskiego? – zapytała bez wstępów. – Siódmy komisariat miejski. Daj mi jego adres domowy i numer służbowej komórki. Wyślij esemesem. Pilne. Bardzo.

Rozłączyła się. W oczekiwaniu na wiadomość zapaliła papierosa, wpatrywała się w deszcz. Jeden z cywilnych samochodów właśnie ruszał z parkingu. Po chwili usłyszała sygnał przychodzącego esemesa. Odczytała i zaraz wybrała numer. Auto się zatrzymało. Mężczyzna miał przy uchu słuchawkę. Zaczęła iść w jego kierunku, ale nie zdążyła. Samochód włączył się do ruchu.

– Znów Załuska – powiedziała. – Witam ponownie.

Milczenie.

– Numer rejestracyjny pana wozu to HPZ dwa dwa trzy cztery – odczytała z tablicy rejestracyjnej. Ostatniej liczby nie była pewna, ale chciała, by wiedział, że go zdemaskowała. Zadziałało. Nie odłożył słuchawki.

– Dziwne ma pani metody. Proszę zgłosić się jutro. Siódma trzydzieści, zapraszam.

– Ja też nie rozumiem pana zachowania – odparowała. – Mnie godziny pracy nie obowiązują. Mam wolny zawód, nie jestem na służbie. Interesuje mnie za to sprawa dziewczyny znalezionej w wannie w dawnym klubie ze striptizem Roza. Rok dziewięćdziesiąty czwarty.

– Raczy pani żartować? Czy ja jestem archiwum miejskie?

– Wiem, że może pan nie pamiętać – nie przestawała mówić. – Chcę tylko pańskiej zgody.

– Proszę się zgłosić jutro. A jeszcze lepiej do wojewódzkiej. Rzecznik może by pomógł. Oni mają świetne archiwum. Pomogą przeszkoleni do tego ludzie.

– Chcę dziś, teraz! Muszę dostać akta tej sprawy i pomówić z osobą, która prowadziła dochodzenie.

– Żegnam.

– To ma związek ze sprawą zabójstwa piosenkarza. – Zarzuciła go danymi. – Przedstawiłam na recepcji stosowne dokumenty i prośbę o pomoc w wykonaniu profilu. Działam na zlecenie prokuratury wojewódzkiej, a bezpośrednim zwierzchnikiem jest komisarz Duchnowski, wydział kryminalny. Nie będę składała wniosku o wyjęcie z archiwum. Nie mam czasu. Jadę teraz do pana. Znam adres domowy. Jeśli pan mi nie pomoże, będzie miał pan kłopoty – dokończyła.

– Proszę mi nie grozić – odparł bardzo spokojnie i dodał, zanim odłożył słuchawkę: – Sądzę, że kłopoty będzie miała pani, i to szybciej niż się pani tego spodziewa.

Wrzuciła komórkę do torebki, zamachała na przejeżdżającą taksówkę. Auto nie zatrzymało się, ochlapało ją tylko kaskadą brudnej wody. Parasolkę zostawiła chyba na blacie recepcji. Zawróciła, ale nigdzie jej nie było. Lara siedziała przed monitorami za zamkniętym okienkiem. Na jej widok wykręciła numer na pulpicie. Załuska natychmiast opuściła posterunek. Przed wyjściem jeszcze raz zerknęła na mężczyznę, który przed chwilą wyrywał jej z ręki telefon. Stał wyprostowany, nie spuszczając z niej oka. Wyszła na zewnątrz. Było jej już zimno, ale nadal stała w miejscu. Musiała ochłonąć. Woda lała się jej po twarzy. Czapka powoli przesiąkała wodą. Wtem dobiegł ją szczęk otwieranej parasolki.

– Nic tu pani nie ugra – usłyszała głos za plecami. Funkcjonariusz zbliżył się, osłonił ją przed deszczem. Dopiero wtedy na niego zerknęła. Mówił cicho, ale dobitnie.

– Wszystkie czynności przeprowadzała wojewódzka. Nie mamy tych akt. Nikt z tej ekipy już tu nie pracuje. Dochodzenie nadzorował Waligóra. Dostał wtedy awans z patrolu do kryminalnego. To była jedna z jego pierwszych spraw tego kalibru. Dwa wypadki, które miały zakończyć się umorzeniem. Pewnie szef już do niego dzwoni, żeby się naradzić, co mogą dać pani jako wersję oficjalną.

Pierwsza jej myśl była taka, że funkcjonariusz jest zbyt młody, by pamiętać tę sprawę. Druga, że choć niezbyt dobrze patrzy mu z oczu, chce jej pomóc. Kiedy bez słowa zszedł po schodkach, ruszyła za nim. Zatrzymali się na parkingu obok szeregu cywilnych radiowozów. Zdjął plandekę jedynego motocykla zaparkowanego przed komisariatem, podał jej kask.

Tamara straciła rachubę, jak długo trzyma głowę pod zimną wodą. Na początku działało, ale teraz chłód tylko nieznacznie koił ból. Zakręciła kurek, chwyciła ręcznik. Nie była w stanie go utrzymać, spadł z powrotem do wanny. Łazienka była przestronna, pełna luster, w których odbijała się jej zwielokrotniona drobna sylwetka. Nie włączała światła. Czarne marmury chroniły ją w ciemności jak zimna trumna. Chwyciła się wanny, wyczołgała na czworakach z pomieszczenia, przytuliła do ściany. Ból promieniował aż do kończyn. Ręka zaciskała się w pięść. Tamara wyobraziła sobie, że jest w kościele, i instynktownie rozłożyła ręce na boki, tworząc krzyż. Z trudem się modliła. Wtedy dobiegł ją sygnał esemesa. Leżała dłuższą chwilę, ale ręka sama kierowała się w stronę telefonu. Przychodziły kolejne wiadomości. Nie była w stanie dokończyć modlitwy. Wstała więc, podeszła do stołu, odczytała esemesy.

„Panie Jezu, oddaję ci Tamarę, która w Tobie położyła całą swoją nadzieję. Panie Jezu Chryste, pomóż jej, by znalazła drogę wyjścia, by znalazła Ciebie, Tobie zaufała. Tamaro! Bóg cię kocha. Módl się głośno. Głośno, gdziekolwiek jesteś. Jestem z tobą. Ksiądz Marcin" – odczytała.

Odetchnęła głębiej. Zmusiła się do wypowiedzenia kilku słów modlitwy, ale w trakcie „Ojcze nasz" z jej ust padło:

– Spierdalaj, klecho.

Zszokowana zauważyła, że jej dłonie piszą te słowa w wiadomości. Zaintonowała jeszcze raz modlitwę, zacisnęła powieki. Czuła, że ból odpuszcza. Przerwała. Przeszukała kolejne esemesy. Tak jak się spodziewała, wcześniej wysłała księdzu Marcinowi już kilka pełnych wulgaryzmów oskarżeń i obelg. Z jej oczu popłynęły łzy. To nie ona je pisała. To demony, które nią znów zawładnęły. Nie chciała ich pisać i nie pamiętała, kiedy to zrobiła. Wstukała znany na pamięć numer. Kilkakrotnie próbowała dodzwonić się do księdza, ale połączenie rwało się za każdym razem, kiedy Staroń odbierał.

– Uwolnij mnie, proszę Cię o to, Panie Jezu Chryste. – Rozpłakała się i chwyciła znów za głowę. Ból wrócił ze zwielokrotnioną mocą i teraz rozsadzał jej czaszkę. Nie była w stanie tego znieść, chciała rozbić ją o ścianę.

Zadzwonił telefon. Na wyświetlaczu zobaczyła „Ks. Marcin".

– Znów się zaczęło – jęknęła, zanim jakaś siła zmusiła ją, by z impetem uderzyć skronią o marmurowy kant umywalki. Zdołała jedynie wyszeptać: – Niech ksiądz mnie ratuje.

– My już nie chcemy zemsty. Może się myliliśmy. – Elżbieta Mazurkiewicz zdjęła fartuch, zawiesiła go na krześle.

Siedzieli przy stole w kuchni. Słychać było tykanie zegara. Kobieta była nieprawdopodobnie otyła, ledwie się poruszała. Zwróciła się do policjanta, który przyprowadził Saszę do ich mieszkania.

– Arek, podaj z lodówki surówkę. Zje pani z nami – zarządziła.

Policjant pochylił się i z dolnej półki bardzo starej lodówki wyjął domowej roboty surówkę z marchewki. Na stole wylądowały płaskie i głębokie talerze oraz waza z barszczem grzybowym. Zapach ziemniaków gotowanych z odrobiną masła i mleka, ze świeżym koperkiem, przypomniał Saszy o domu babci Jasi. U niej pielęgnowano rytuał jedzenia wspólnych obiadów. W domu Załuskiej nikt nie miał na to czasu. Ojciec wciąż na placówkach, matka w pracy. Saszę wychowała niania. Ale Sasza nigdy jej tak nie nazywała, zawsze była dla niej i będzie babcią Jasią. Choć rodzice płacili pani Janinie za każdą godzinę spędzoną z Saszą, to właśnie niania pamiętała o jej urodzinach, siedziała nocami przy jej łóżku, kiedy Sasza gorączkowała. Nawet kiedy Załuska chodziła już do liceum, czasem u niej nocowała. Babcia Jasia robiła jej swetry na drutach i cerowała podarte rajstopy. Prasowała białe bluzki na akademie, piekła szarlotki, lepiła pierogi. Pewnie umiała też przyrządzić takie żeberka w sosie chrzanowym, jakie teraz stały na stole. Choć było w nich coś dziwnego. Sasza przyjrzała się mięsu. Ciemne, żylaste. Pachniało jednak wybornie.

– To dziczyzna. – Gospodyni uśmiechnęła się. – Mąż trochę poluje. – Wskazała zamrażarkę. – Nie ma komu tego jeść. Dzieciaki rozjechały się po świecie. Tylko Arek został przy rodzicach, ale i tak rzadko wpada. Chudy na tej garmażerce, a w domu tyle jedzenia – narzekała.

– Mamo – obruszył się policjant.

Elżbieta chwyciła łyżkę wazową, rozlała po solidnej porcji zupy. Potem złożyła ręce do modlitwy, podziękowała Bogu za te dary. Arkadiusz nie powtarzał za nią, dodał tylko „amen". Zaczęli jeść. Sasza też się przyłączyła, choć dziwnie czuła się w tej sytuacji. Była wdzięczna policjantowi, kiedy przerwał ciszę.

– Mamo, gdzie są dokumenty od detektywa? Przyniosę.

Wstał od stołu i po chwili wrócił z tekturową teczką.

– Pierwsza rzecz to sprawa oględzin – zaczął, po czym znów zabrał się do jedzenia. – Ciało Moniki było w wannie. Leżała tam naga, kilka godzin. Nie stwierdzono obrażeń, udziału osób trzecich. Nie była zgwałcona. Błona dziewicza nie została przerwana. Tylko to przedawkowanie. Ecstasy.

– Ona nigdy nie próbowała narkotyków – wtrąciła się matka. – Była porządną dziewczyną.

– Mamo, teraz ja mówię – pouczył ją syn. – Tymczasem treści jelitowe wskazywały, że kilka godzin wcześniej jadła obfitą kolację. Jedzenie nie zdążyło się strawić. Inne rzeczy też nie pasowały. W pokoju znaleziono na przykład wypełnioną petami popielniczkę, puszki po piwie, alkohol. Siostra nie piła. W dokumentach nie ma o tym ani słowa, nawet śladowych ilości alkoholu we krwi. Nigdy nie ustalono, kto tam był i co robił. Jak Monika się tam znalazła? To był podejrzany klub, motel na godziny, a ona miała szesnaście lat! Jak tam weszła? – Zamilkł.

Sasza odłożyła łyżkę. Jedzenie było przepyszne, ale nie była w stanie przełknąć ani kęsa więcej. Wzięła do ręki teczkę, zaczęła przeglądać.

– A brat?

– Znaleźli go na trasie w okolicy Elbląga. – Arkadiusz wzruszył ramionami. – Ponoć był pijany. Ponad dwa promile we krwi. Też nie stwierdzono udziału osób trzecich. Czytałem opinię biegłego tysiąc razy. Znam ją na pamięć. – Wskazał odpowiednią kartę z akt. – Te obrażenia mogły powstać, gdyby ktoś w niego wjechał z dużą prędkością, ale także jeśli byłby pobity do nieprzytomności, uderzenie zaś tylko go dobiło.

Elżbieta zaczęła płakać. Arkadiusz otoczył ją ramieniem.

– Niech mama pójdzie się położyć – poprosił.

Pokręciła głową.

– Chcę zostać.

Sasza wzięła zdjęcia z wypadku.

– Skąd pan je ma?

– Jak tylko dostałem się do policji, zacząłem węszyć – wyjaśnił. – Mamy wszystkie kopie policyjnych akt.

– Numeru auta, które go potrąciło, nie ustalono? – Sasza znała odpowiedź, chciała się jednak upewnić.

Oboje pokręcili głowami.

– Jeszcze żył, kiedy ten samochód w niego uderzył. Nawet nie połączyli tych spraw. To robiła inna komenda.

Arkadiusz wyjął z teczki materiałowy segregator. Zaczął wyciągać zdjęcia.

– To ksiądz Marcin w wieku osiemnastu lat – powiedział.
Sasza przyjrzała się fotografii. Szlachetne rysy twarzy. Dłuższe włosy w strąkach spadające na twarz à la Cobain, rozpinany sweter w kolorowe pasy, T-shirt z nadrukiem: *I hate me*. Wyglądał raczej na pozera, lekkoducha niż przyszłego duchownego.

– Przyjaźnił się z Przemkiem. Byli praktycznie nierozłączni. Ja widziałem go tylko raz. Przyszedł do nas po wigilii. Monika uciekła z płaczem do swojego pokoju. Mamo, ty lepiej pamiętasz.

Elżbieta otarła oczy brzegiem fartucha i zaczęła opowiadać.

– Zmieniła się. Od razu zauważyłam. Chodziła nieobecna, wyładniała. Zaczęła się inaczej ubierać, tak po kobiecemu. Dziś wiem, że się zakochała, ale wtedy do głowy mi nie przyszło, że to tak na poważnie. I że chodzi o Marcina. Myśleliśmy, że jest za młoda na chłopców. Dla nas była jeszcze dzieckiem. Dziś inaczej to widzę. Ale dziś jest inna młodzież, szybciej dojrzewa. Martwiliśmy się bardziej synem. Był najstarszy, pełnoletni. Liczyliśmy, że skończy studia. Dostał się do Conradinum, miał budować okręty, być inżynierem. Tam się zresztą z Marcinem poznali. Edward zabraniał Przemkowi spotykać się z tym chłopcem. Jego ojciec pracował dla mafii. Wszyscy wiedzieli, że jest powiązany z grupami przestępczymi. Edward bał się, że Przemek wpadnie w złe towarzystwo. Poza tym Marcin chyba się narkotyzował. Przemek nigdy, bardzo tego pilnowaliśmy. Tak samo z alkoholem. Czasem ojciec pozwalał mu wypić w domu, pod kontrolą, razem z nim kieliszek, dwa, żeby poza domem nie miał takich potrzeb. Ale oni i tak się spotykali, potajemnie. Tej wigilii nie zapomnę do końca życia. Ostatnia ze wszystkimi dziećmi. – Elżbieta znów się rozkleiła.

– Dlaczego sądzicie, że Marcin miał coś wspólnego z ich śmiercią?

– Wśród rzeczy Przemka, które odbierałam z kostnicy, był pager Motoroli należący do Marcina – odparła Elżbieta Mazurkiewicz. – Takie urządzenie do przekazywania wiadomości. Nie wiedzieliśmy nawet, co to takiego. Nas nie było stać. Marcin miał go od wuja z Niemiec. Potem Edward odczytał wiadomości. Był tam nasz numer stacjonarny i tej budki koło nas na przystanku. Nie mieliśmy wątpliwości, że to Przemek kontaktował się z Marcinem. W jakich okolicznościach pager znalazł się u Przemka, nie wiemy. Poszliśmy z tym na policję, ale nawet nie sprawdzili. A Marcin nigdy nie został przesłuchany.

– Tutaj ma pani spis tych wiadomości. – Arkadiusz podał Saszy kartkę. – Dla ułatwienia dodaliśmy imiona, żeby było wiadomo, kto i kogo prosił o kontakt.

– A to? – Załuska wyjęła zgniecioną kartkę w kratkę, najwyraźniej wydartą z zeszytu. Były tam dwa charaktery pisma. Dialog naprzemiennie zapisano kopiowym ołówkiem i długopisem. Na dole tusz był rozlany. Ktoś zielonym pisakiem dodał litery P. i M.

– P.: *Pękasz, debilu?*
– M.: *Dziś pod szkołą, wieczorem*
– M.: *Będę miał*
– P.: *M. nie może się dowiedzieć*
– M.: *Nikt się nie dowie*
– M.: *Prędzej wujo mnie skasuje*
– P.: *Oby nie, bo ja z tobą*
– M.: *To nie żyjemy?*
– P.: *R. OK. Pojutrze. Jakbyś pękł, ja sam*

- *M.: Nie!*
- *M.: Jakby co*
- *P.: Co?*
- *M.: Dzwoń do ciotki na koszt abonenta. Oni tam mnie zawiozą*
- *M.: Kończę z tym*

– To ojciec znalazł w rzeczach brata. W szufladzie, pod książkami. Analizował to milion razy. Dopisał nawet, kto co mówi, żeby ułatwić policji. Oczywiście nikt się tym nie zainteresował. Powiedzieli, że nie ma związku – wyjaśnił Arek Mazurkiewicz.

Załuska długo trzymała kartkę w rękach.

– Mogę zatrzymać? – zapytała wreszcie. – Zeskanuję i oddam.

Policjant i jego matka skinęli głową. Załuska wahała się chwilę, wreszcie zadała pytanie:

– Czy Przemek... wiem, że to zabrzmi dziwnie... czy pisał może piosenki?

Oboje zaprzeczyli kategorycznie.

– Prędzej zapasy, sport, siłownia. Modelarstwo.

Sasza zanotowała odpowiedź w notesie.

– Długo zwlekali, zanim wydali zwłoki Przemka – odezwał się znów Arkadiusz. – Skoro to był wypadek, nie rozumiem dlaczego. Zabronili rodzicom otwierać trumnę na pogrzebie. Że niby widok drastyczny.

– Była metalowa, zalaminowana ponoć ze względów sanitarnych – dodała Elżbieta. – Taka jak do samolotu. Kosztowała fortunę, ale nikt nie kazał nam płacić.

– Kto identyfikował ciało? – zapytała Sasza.

– Edward – szepnęła Elżbieta. – Ja nie byłam w stanie. Pojechałam z nim rano do kostnicy oglądać Monikę, a w nocy dowiedzieliśmy się o Przemku. Poszłam razem z mężem, ale nie dałam rady, czekałam w poczekalni. Ponoć tak go poturbowali, że trudno było rozpoznać rysy twarzy.

– Tata zdobył nawet pozwolenie na ekshumację. Podejrzewał, że to nie syna wtedy pochował.

Sasza podniosła głowę zaintrygowana.

– I?

– Nie doszło do niej. – Arkadiusz wzruszył ramionami. – Przekonali jakoś ojca, że to będzie dla nas bolesne.

Sasza zamyśliła się. Zanotowała informację w notesie.

Elżbieta wyjęła album. Pokazywała kolejne fotografie z wigilii.

– Czas. – Potarła powieki. – Dzieci rosły, a my się starzeliśmy.

Załuska przyjrzała się zdjęciom. Zauważyła, że kiedy w rodzinie zabrakło Moniki i Przemka, święta wydawały się smutniejsze, ale kilka lat później wszystko wróciło do normy. Prawie wróciło. Każdego kolejnego roku na zdjęciach brakowało na świętach kolejnych dzieci.

– Szkoła, studia. Nie po drodze im było. Rozumiem to. – Matka pociągnęła nosem.

Sasza zarejestrowała, że Elżbieta jest już babcią. Na rękach Anety, drugiej w kolejności po Monice córce Mazurkiewiczów, leżał noworodek. Obok stał niewysoki przystojny brunet. Pochylał głowę, nie dałoby się go rozpoznać. Obejmował młodą kobietę ramieniem. Przerzuciła kolejne fotografie. Wyglądało na to, że tylko Aneta z licznej rodziny Mazurkiewiczów ma dziecko. I na żadnym z późniejszych zdjęć nie było ani jej dziecka, ani męża.

– Monika miałaby dziś trzydzieści sześć lat, Przemek trzydzieści osiem.

– A Igła? – zapytała Sasza. – Janek Wiśniewski. Znała go pani?

– Nie pamiętam tego chłopca. – Elżbieta pokręciła głową. – Nigdy u nas nie bywał.

Sasza spojrzała na Arkadiusza, ale w jego oczach też zobaczyła pustkę. Kiedy doszło do tej tragedii, miał piętnaście lat. Wzięła wszystkie materiały, jakie mieli na temat tej sprawy, i obiecała, że zwróci w komplecie, jak tylko zrobi sobie kopie.

– Widzi pani, ja bym tylko chciała wiedzieć, dlaczego ktoś to zrobił – odezwała się Elżbieta. – Nie wierzę, że to były wypadki. Tak nie musiało się stać. Mało brakowało, a straciłabym wiarę. Bardzo mało. Edward nie chodzi już do kościoła. Mówi, że nie może patrzeć na tę czarną mafię. Ale ja wierzę. Bóg widać miał wobec nas jakiś plan – dokończyła.

– Niby jaki? – żachnął się Arkadiusz. – Niech mama nie zaczyna.

– A Staroń? – przerwała mu Załuska. – Rozmawialiście z nim?

Elżbieta pochyliła głowę.

– Kiedyś przyszedł, był już w seminarium. Miał przyjąć święcenia. Prosił o wybaczenie. Ja nie byłam gotowa. Powiedziałam, że nie chcę rozmawiać, i mąż przegonił go z domu. Chyba nawet postraszył bronią, chciał strzelać. Wściekł się, ledwie go odciągnęłam. Marcin nigdy więcej się z nami nie kontaktował. Teraz jednak, kiedy czasem go widzę, już księdza, w telewizji, jest mi go szkoda. Nie wiem, jaki miał w tym udział, ale mu wybaczyłam. Inaczej nie umiałabym dalej żyć. I nie wierzę, że mógłby zrobić coś tak potwornego. To nie on. Człowiek, który robi tyle dobrego, nie może być zły.

– Ja tam nie wiem. – Arkadiusz rozłożył ręce. Wziął żeberko i zaczął ogryzać. Załuska miała wrażenie, że się waha, chce coś wyznać. Matka też była zdziwiona. Kiedy jednak zaczął mówić, przytaknęła pośpiesznie... – Niech pani tego nikomu nie mówi, ale raz wykorzystałem swoją pozycję i wezwałem go na komendę. Że niby chcę go przesłuchać, bo pojawiły się nowe okoliczności. Bardzo mu zależało na rozwikłaniu tej sprawy. Przyjechał od razu. Nie mówiłem oczywiście, że jestem bratem Przemka. Ale i tak mnie poznał.

– Jesteś podobny do ojca, tak samo jak Monika – wtrąciła matka.

Arkadiusz machnął ręką i kontynuował:

– Dziwne to było. Zmartwił się, że nie ma nic nowego. Nie miał pretensji, że go sprawdzam. Prosił, żebym namówił ojca na spotkanie, bo chciałby porozmawiać. I przekonywał, że ich nie zabił. Zależy mu na naszym wybaczeniu. Nie potrafiłem mu go dać. Ojciec też odmówił.

– Zabił?

– Sądzi, że przez niego nie żyją. Mówił, że to on powinien był zginąć. Tak powiedział. Ale wtedy nie byłem jeszcze zbyt dobrym śledczym.

– Wobec tego ja z nim pomówię – zdecydowała Sasza. – Czy ma pan coś jeszcze, co mogłoby mi się przydać?

– Raczej nie – odparł po namyśle Arkadiusz. Wskazał teczkę. – Wszystko jest tutaj. Chyba że... Właściwie jest coś. A raczej ktoś, kto zna prawdę. Marcin zerwał kontakty z rodziną. Jego matka zmarła kilka lat po tym wszystkim. Marcin akurat został wyświęcony na księdza. Ojca nie odwiedza. A ten całkiem nieźle się miewa. Zaraz jak tylko wyszedł z więzienia, otworzył autoryzowany salon samochodowy. Ma kilka filii w Polsce. Sprzedaje amerykańskie wozy terenowe. To bardzo zamożny człowiek. Może on by pani pomógł. Sądzę, że wiedział, co się wtedy stało. Był w samym środku tej historii. Może po tylu latach zdecyduje się mówić. Jeśli na przykład obieca mu pani, że ksiądz się z nim spotka?

– Ojciec Staronia siedział w więzieniu?

Arkadiusz roześmiał się.

– To był przecież nadworny mechanik Słonia, są nawet skoligaceni. Koło fortuny. *Show must go on*. Wie pani, dlaczego mój staruszek tak się wściekł, kiedy Marcin przyszedł do nas powiedzieć „sorry"? Miał go za bananowego chłopaczka, który zamiast siedzieć w pudle, opływa w zbytki i unika kary.

Sasza rozejrzała się.

– A pana ojciec? Z nim też chciałabym pomówić.

– Dobry pomysł – przytaknął policjant. – Tata wie najwięcej. Choć już nie wierzy, że ta sprawa się wyjaśni. Wraca za tydzień. Jeździ ciężarówką. W Wielkanoc, zaraz po śniadaniu, wyjechał na Białoruś.

– Po śniadaniu wielkanocnym? Czy pana ojciec ma pozwolenie na broń? – zapytała Sasza.

– Na myśliwską. – Elżbieta skinęła głową.

– I sportową – dodał syn. – Wciąż jeździ na strzelnicę. Ma nawet kartę klubowicza.

Elżbieta wskazała niedojedzone żeberka.

– Ale nie pozwalam mu trzymać tych trofeów w domu. Wynajął jakiś garaż we Wrzeszczu, w okolicy Hallera, gdzie kiedyś mieszkał Staroń z rodziną. Ten dom został dawno sprzedany. Mąż wynajął tam kawałek pomieszczenia i zrobił sobie królestwo myśliwego. Nikt z nas tam nie bywa. Ja nie mogę patrzeć na wypchane zwierzęta. Wystarczy mi, że muszę patroszyć, czyścić, mrozić to mięso.

Załuska przełknęła ślinę. Obiad podszedł jej do gardła. Elżbieta zamilkła, wpatrywała się w psycholożkę z nadzieją.

- Myśli pani, że tak starą sprawę da się jeszcze rozwikłać?

- Zależy, czy uda mi się dotrzeć do odpowiednich ludzi i czy będą chcieli współpracować – odparła kobieta. Włożyła dokumenty do torby, wstała. Wskazała stół. – Doskonały obiad. Nie jadłam nic tak pysznego od dzieciństwa. – Uśmiechnęła się.

- Daleko pani zajdzie – powiedziała Elżbieta.

- Już i tak przeszłam wystarczająco długą drogę – odparła Sasza. Wskazała na Arkadiusza. – Może pani być dumna z syna.

Buli leżał na pryczy przykryty cienkim więziennym kocem i cały drżał. Dawno się tak nie bał. Może nigdy. Faktycznie był feralnego ranka w Igle. Widział ciała Janka i Izy. Ona jeszcze żyła. Mógł ją dobić i wyrzucał sobie, że tego nie zrobił. Szybko oszacował sytuację i zdecydował się na ucieczkę. Pewnie go widziała. Miał w ręku broń. Ale to nie on strzelał. Przyjechał za późno. Wtedy był przede wszystkim wściekły, bo ktoś spartaczył robotę. Na dodatek Lange, która miała wrzucić policję na ślepe tory, nie sprawdziła się i wyszła dzięki „Pile", znanej trójmiejskiej adwokatce, a wcześniej wieloletniej karnistce Sądu Okręgowego w Gdańsku. Buli nie miał pojęcia, kto i dlaczego pomógł Łucji. Znał przeszłość barmanki. Był pewien, że go nie wyda, weźmie kasę i co najwyżej w trakcie procesu zacznie puszczać farbę, ale wtedy byłoby już za późno. Nie docenił też wojskowego. Nie sądził, że jest on aż tak szalony, by nagrywać wszystkich i jeszcze donosić o tym policji. Powinien się bać, wcześniej groźby działały. Ktoś chyba dał mu plecy. Buli podejrzewał kilka osób. Kiedy wyjdzie, skasuje Gabrysia jako pierwszego. Jakiś wypadek przy pracy, może umrze w swojej ulubionej masce. Uśmiechnął się na tę myśl.

Poza tymi szczegółami wszystko przebiegało zgodnie z planem. Rękawiczka Łucji, numerowane banknoty w jej mieszkaniu, klucz dorobiony od jej wkładki, zwolnienie za kradzież jako motyw. Problem polegał na tym, że sprawa wymknęła się spod kontroli i choć Buli zaczął grę, ktoś inny przejął stery. Bał się, bo to znaczyło tylko jedno. Wydano na niego wyrok. Nieważne, czy sypnie kogo trzeba, czy będzie milczał. Jeśli nawet pójdzie na współpracę i wyjdzie z tego dołka, za pierwszym rogiem cyknie go jakiś młody cyngiel albo potrąci samochód. Pójdzie na basen, utopi się w jacuzzi albo zaginie na urlopie w Grecji. Ciała nigdy nie znajdą. Ale dopadną go. Buli za dużo wiedział.

Nie wierzył, że Tamara na niego doniosła. Nic nie wiedziała. Waligóra blefował i w ten sposób dał mu znać, że Buli ma kreskę. Z Tamarą łączyło go tylko kilka zobowiązań. Ale dla nich obojga tak istotnych, że nie odważyłaby się tego zrobić. Jeśli on pójdzie na dno, ona razem z nim. Zresztą i tak nie dziedziczy po nim majątku, mają intercyzę. Zadra jednak pozostała, gdzieś w głębi duszy niepokoił się, czy żona potwierdzi jego alibi. Może faktycznie zbratała się z kim trzeba. Zawsze wiedziała, gdzie stoją konfitury. Życie nauczyło ją, jak przetrwać w najtrudniejszych warunkach. Nie, Tamara by tego nie zrobiła, pocieszał się.

Trzeba teraz myśleć o sobie. Opracować jakiś plan. Donieść i pierdolić wszystkich, schować się w lisiej norze, zniknąć? Ale co to za życie, w ciągłym strachu przed odstrzałem. Nie będzie przecież wciąż uciekał jak Masa. Nie pomoże mu papuga ani opłacony sędzia, jeśli nie dostanie polecenia z odpowiednich ust. Nikt nie stanie w jego obronie. Zresztą wszyscy się od niego odwrócą. Kapuś zawsze zostaje sam. Spokojnie, jest jeszcze nadzieja. Przynajmniej kilka możliwości. Tutaj jest najbezpieczniejszy. Na razie, bo nie wyobrażał sobie siedzenia dłuższego niż trzy miesiące. Nie teraz.

Kiedyś, parę lat temu, może by wytrzymał. Teraz wolałby zginąć, niż żyć jak ci wszarze, na piętnastu metrach w ósemkę, w poniżeniu, rygorze, ubóstwie.

Dlaczego się nie przygotował? Wiedział przecież, że go zatrzymają. To było ustalone, choć wszystko miało przebiegać inaczej. Przewidywał, że teraz wezmą go na badania. Nie znajdą niczego. Nie zostawił śladów. Ten paluch na klamce i ślad buta na śniegu nie wystarczą do oskarżenia o zbrodnię. Nie mają też broni. I nie znajdą jej. W takich sprawach nigdy nie znajdują. Pewnie jest zakopana gdzieś w częściach. On sam tak właśnie by zrobił. Wiele razy tak robił, nigdy nie znajdowali.

Łamał się. Może jednak iść na współpracę i całe życie uciekać? Czy lepiej umrzeć z honorem i brnąć w to, co zaczął? Jutro rano miał spotkanie z adwokatem. To był jego człowiek, sprawa była dogadana. Poszło na to sporo forsy. Czy ją odzyska? Waligóra wciąż jest po jego stronie, załatwi mu komórkę i będzie mógł stąd zarządzać biznesem, póki nie wyjdzie. Załatwi sobie ochronę, żeby nie sprzątnęli go, jak będzie siedział na klopie, albo nie powiesili w nocy na klamce. Dopóki jest sam, jest bezpieczny. Ale tak nie będzie zawsze. W końcu trafi do wieloosobowej celi. Wystarczy, że opłacą jednego frajera, by mu dyskretnie odkręcił czaszkę. Potem wpiszą, że popełnił samobójstwo. Czysta sprawa.

Najważniejsze teraz to dowiedzieć się, kto go zastąpił. Kto strzelał do Igły, kto miał interes, by wrobić Bulego. Gdzie jest spluwa? Kto to zlecił, Buli dobrze wiedział. Słoń podmienił go na jakiegoś młodziaka. Żaden doświadczony cyngiel nie zostawiłby świadka. Może to był czyjś chrzest? Gówno go to obchodziło. Dla niego pewne było to, że Słoń dał mu sygnał: twoja rola się skończyła. Gniew napełnił go wolą walki. Nie puści pary z ust, wrzuci ich na lewe sanki, będzie zgrywał idiotę. A kiedy już wyjdzie, pójdzie prosto do Słonia, tego starego dziada, któremu chronił dupę przez lata, na którego harował, służył mu wiernie jak pies, i jeśli on nie będzie chciał mu powiedzieć, kto zajął jego miejsce i dlaczego go wystawili, skasuje zbója, choćby potem miał odstrzelić sobie głowę na jego tureckim dywanie w Olivia Business Centre.

Zasnął bardzo spokojny. Nawet nie zauważył, że już świtało.

Wiało niemiłosiernie, kiedy Sasza dotarła na Stogi do kościółka Bożego Narodzenia, w którym na stałe rezydował ksiądz Marcin. Kobieta wspięła się na skarpę i strzelista kopuła kościoła wyłoniła się z ciemności. Wokół było pusto i cicho. Nie dostrzegła w pobliżu żywego ducha. Kiedy przed jej stopami przebiegł kot, poczuła ciarki na plecach. Skierowała się wprost do plebanii, małego domku przyklejonego do budynku kościoła. Przez chwilę zawahała się, czy nie zawrócić i nie przyjść z rana, ale nie chciała odwlekać rozmowy.

Ciężkie drewniane drzwi były lekko uchylone. Wystarczyło je popchnąć, by dostać się do środka. Wewnątrz panowała ciemność, ale w głębi dostrzegła smugę światła. Pachniało domowym ciastem.

– Dobry wieczór – powiedziała głośniej, niż powinna. Liczyła, że ktoś do niej wyjdzie, zanim wezmą ją za myszkującego złodzieja. Kiedy znalazła się pod drzwiami pokoju, zawahała się i zaczęła nasłuchiwać. Wewnątrz z pewnością ktoś był, słyszała w tle grające radio. Sasza bez pukania nacisnęła klamkę.

Łucja gwałtownie odwróciła się od biblioteczki. Pstryknęła przycisk w wieży, zapadła cisza. Odruchowo schowała za siebie ręce, coś w nich trzymała. W pomieszczeniu znajdowały się tylko solidne biurko z krzesłem do kompletu, skrzynia malowana w kaszubskie kwiaty i biblioteka wypełniona książkami aż po sam sufit. Pod ścianą Sasza dostrzegła profesjonalne głośniki. Z boku, w głębi, stała tania szafa z Ikei. Wąska, z ażurowymi skrzydłami drzwi, z których jedne były uchylone. Wisiały tam sutanny, a na półce widać było czubki wojskowych butów.

– Było otwarte, więc weszłam.

Łucja, w pierwszej chwili zaskoczona najściem, zaraz odzyskała rezon. Odłożyła na miejsce grubą księgę, którą trzymała w ręku, i podeszła do profilerki. Załuska była zbyt daleko, by przeczytać tytuł na grzbiecie okładki. Zapamiętała jednak półkę, na którą kobieta odstawiła tomisko.

– Dobry wieczór – przywitała się Łucja. – Czym mogę służyć?

– Szukam księdza Staronia.

– Wyjechał po południu.

– Poza panią jest tutaj ktoś jeszcze?

Łucja wzruszyła ramionami. Przeniosła spod okna wiadro, wlała do niego obficie płynu, tworząc dużą pianę, i zaczęła ścierać parapety. Sasza oparła się o framugę i wpatrywała w pracującą kobietę.

– Mogę poczekać? – odezwała się po dłuższej chwili.

Łucja skinęła głową i dopiero kiedy skończyła sprzątanie, zwróciła się do gościa.

– Napije się pani kawy? Upiekłam tort – powiedziała bez uśmiechu. Oczy miała czujne, świdrujące. Sasza pierwszy raz widziała ją bez makijażu i w takim stroju. Lange była w szarym dresie i tenisówkach. Włosy schowała pod chustką. Żadnych kolczyków. Prawie nie było widać tatuaży. Nie przypominała osoby, z którą Sasza rozmawiała w komendzie.

– Chętnie – odparła.

Ruszyły do kuchni. Łucja zabrała ze sobą szmaty i wiadro. Ciemność jej nie przeszkadzała. Sprawnie ominęła stojący na środku korytarza pakunek, Sasza omal się o niego nie przewróciła.

– Dlaczego siedzi pani w ciemnościach? – zainteresowała się profilerka, kiedy Łucja wyjęła już z lodówki ogromny czekoladowy tort i odkroiła gościowi wielki kawałek. Łucja w odpowiedzi pstryknęła światło.

Kuchnia była urządzona w skandynawskim stylu. Białe ściany, blat, stół. W oknach zasłonki w kratkę vichy. Na parapecie, zamiast kwiatów doniczkowych, rosły zioła. Sasza przyjęła talerzyk z poczęstunkiem, usiadła przy stole. Łucja zrobiła herbatę, wyszła z pomieszczenia.

Sasza zawahała się, wzięła łyżeczkę.

– Nie jest zatruty. Może pani spokojnie jeść. – Łucja uśmiechnęła się. Wróciła do kuchni omotana szalikiem. Dopiero teraz Sasza dostrzegła podbite oko Lange.

– Co się pani stało?

– Uderzyłam się.

– W areszcie?

– Ostatnio nigdzie indziej nie przebywałam – mruknęła Łucja z przekąsem. Też nałożyła sobie tortu.

– A to z jakiej okazji? – Sasza wskazała tort. Rozkroiła kawałek, dostrzegła, że biszkopt znajduje się w pozycji pionowej, a nie w poziomie, jak zwykle w tego typu cieście.

– Bez okazji. – Łucja wzruszyła ramionami. – Lubię dekorować torty. Tylko dlatego je piekę.

– Ma pani talent. – Spróbowała, po czym rozciągnęła usta w uśmiechu. – Ja właściwie nie lubię słodkiego, ale ten zjem. Wygląda na dobry. Jak sprawy?

Łucja zamyśliła się.

– Jest coś, o czym powinna pani wiedzieć – powiedziała po namyśle. – Ale nie powiem tego w sądzie. Tylko do pani wiadomości. W Igle była skrytka. Nie chodzi o tę kasetkę, którą badaliście.

Sasza przerwała jedzenie, słuchała jej uważnie.

– Stare radio z lat pięćdziesiątych, we wnęce studia nagrań, tam w głębi. Wystarczy wyjąć obudowę, wewnątrz znajduje się sejf. Nie był to utarg z klubu, tylko pieniądze, które przynosił Buli. Jedynie on znał kod. Igła o nich nie wiedział albo udawał, że nie wie. Podejrzewam, że tego dnia z Izą poszli właśnie po tę kasę. Nie chodziło o trzydzieści tysięcy, ale kwotę znacznie wyższą. Sto, dwieście tysięcy. Nie wiem, ile dokładnie. Bo to nie było w gotówce, ale w złocie.

– W złocie?

– Trafiała się też waluta. Rzadko.

– Skąd pani wie?

– Raz podejrzałam Bulego, jak przekładał sztabki do walizki. Wyglądało to niewiarygodnie, jak na filmie. Pierwszy raz coś takiego widziałam. Zresztą i ostatni. Były tam też jakieś teczki z papierami w etui, może obligacje czy inne wartościowe dokumenty. Nie znam się na tym. Klub miał być zlikwidowany już w ubiegłym roku, ale Jankowi udało się go uratować. Nie wiem, co zrobił, z kim się dogadał. Wtedy Igła oficjalnie zaczęła przynosić straty. A co do utargu, który był nierejestrowany, wszyscy brali sobie, ile się dało. Iza też. Nikt tych pieniędzy nie liczył. Afera byłaby, gdyby zginęło wszystko. Buli doskonale o tym wiedział. Te pieniądze, które znaleźliście, on sam mi dał. Żeby mnie wrobić. Teraz to rozumiem.

– Dlaczego pani mi to mówi?

Łucja zastanowiła się.

- Chcę pomóc.

Załuska przyjrzała się jej, po czym wróciła do jedzenia ciasta. Lange złagodniała.

- Mam swój interes. Wkurwili mnie. Chcę wiedzieć, o co tu chodzi.
- Kto?
- Buli, Izka. Igła też miał swoje za uszami. Jebnięty był. Ćpał i dymał laski. Tylko to mu było w głowie. Nie miał żadnego menedżera. Żadnego kontraktu. Buli to wiedział. Nie wiem, po co go ratował na siłę. Pomogę pani, bo jeśli pani to wykmini, pomoże mnie. To wszystko.
- Pojedziemy tam teraz? – zapytała Sasza. Nie przypominała sobie w klubie żadnego radia. Ani za pierwszym, ani za drugim razem, kiedy była w Igle. Historyjka brzmiała zbyt niewiarygodnie. – Zrobimy sobie taką małą wizję lokalną. Klucze zdobędę w godzinę.

Łucja odsunęła talerzyk z niedojedzonym ciastem, pokręciła głową.

- Muszę tu być. Czekać na księdza. Ten pojeb wikariusz na mnie doniesie. Nie chcę mieć kolejnych kłopotów. Nie mogę tam wrócić. – Wskazała siniec pod okiem.

Sasza uśmiechnęła się, wstała, podeszła do okna. Nie wierzyła w bajeczkę. Zerwała listek bazylii i włożyła do ust. Miła odmiana po baterii cukru.

- To wszystko bardzo łatwo sprawdzić. Radio, sztabki złota. Słaby kit. Dlaczego policja nie odkryła ich w trakcie oględzin?
- Bo Buli zlikwidował to przed zabójstwem? – Łucja wzruszyła ramionami.
- Zabójstwem?
- Myślę, że to jego robota. Wiem, że mi pani nie wierzy, ale... – przerwała, podeszła do szuflady na sztućce, podniosła

plastikowy pojemnik i wyjęła spod niego lekko zmiętą ulotkę. Położyła na stole. Z ulotki uśmiechał się ksiądz Marcin Staroń.

– Słyszała pani o funduszu powierniczym SEIF? – Podniosła głowę. – To bank, w którym moja ciocia ulokowała wszystkie swoje pieniądze. Nie jest tego dużo, ale uwierzyła księdzu. On jest dla niej jedynym gwarantem bezpieczeństwa. To wszystko, co ma. Co kiedykolwiek wypracowała. SEIF ma setki placówek w Polsce, udziela pożyczek, sprzedaje polisy na życie, lokaty długoterminowe. Inwestuje w złoto, diamenty, obligacje. Wszystko znajdzie pani na stronie internetowej. Może pani pójść do pierwszej lepszej placówki i się zapytać. Problem polega na tym – zawahała się – że SEIF prawdopodobnie jest niewypłacalny. To przekręt Słonia. Dziś byłam tam z ciocią, chciała wypłacić pieniądze. Kazali nam czekać, wreszcie wydano dziesięć tysięcy. Resztę mają przygotować na jutro. Adwokatka, która mi pomaga, kazała nam z samego rana tam się pojawić i zabrać wszystko, co do grosza, zlikwidować konto, dopóki jeszcze czas. Mówiła, że to piramida. Przeciwko tej firmie Komisja Nadzoru Finansowego już siódmy rok prowadzi dochodzenie. A prokuratura w Gdańsku zamiast pomagać, gra na zwłokę, żeby sprawy nie było. Przerzucają papiery tam i z powrotem. Jeden z dokumentów leżał tam ponoć trzy lata bez decyzji, a ci z SEIF-u werbowali kolejnych klientów. Dają na telewizję, domy dziecka, finansują piłkarzy. To wszystko, żeby mieć dobry PR. Zresztą tak się doskonale pierze pieniądze. Buli jest udziałowcem tej spółki. Ludziom z SEIF-u sprzedał bankrutujący klub. Po co? To dwie różne bajki. Ale po tej inwestycji – Łucja pokazała dwoma palcami cudzysłów – zaczęły się pojawiać w Igle sztabki złota i obligacje. Sądzę, że sprawa zabójstwa w Igle ma związek z tą spółką. Ja nie rozumiem połowy rzeczy, które wyjaśniała mi dziś pani mecenas.

Sasza wzięła do ręki ulotkę.

– Jacy ludzie? Jaki bank?

– Nie wierzy mi pani? – zmartwiła się Łucja. – A myślałam, że właśnie na panią mogę liczyć.

Dobiegł ich warkot silnika, trzaśnięcie drzwi.

– Niech pani nie mówi księdzu, że na niego doniosłam. Proszę na razie mnie nie ujawniać. Pomogę pani – szepnęła i pośpiesznie zaczęła krzątać się po kuchni.

– Ale co on ma z tym wspólnego? – zdziwiła się Sasza i jeszcze raz przyjrzała się zdjęciu Marcina Staronia na reklamie SEIF-u. To wszystko wydało jej się zbyt kuriozalne, by mogło być prawdziwe.

– Spróbuję dowiedzieć się więcej. Może pani na mnie liczyć – zapewniła szybko Łucja. I dodała: – Nie zabiłam Igły, niech mi pani uwierzy. Nie było mnie tam. A jeśli chodzi o rękawiczkę, chyba wiem, jak się tam znalazła.

Sasza zdążyła schować ulotkę, zanim do pomieszczenia wszedł ksiądz Staroń z wikariuszem. Na ich ramionach wisiała Tamara Socha. Była półprzytomna, bełkotała.

– Pani Łucjo, proszę o gorącą wodę, czyste ręczniki i krzyż. – Ksiądz wskazał stojący na półce srebrny krucyfiks. – Grzesiu, szybko, do kościoła. Będę odprawiał rytuał. Panie, proszę, zostańcie tutaj. Jeśli będę potrzebował pomocy, zawołam.

Mężczyźni wyszli, niemal ciągnąc za sobą Tamarę. Łucja pozbierała wskazane przedmioty, wybiegła za nimi. Sasza usiadła przy stole i spokojnie dokończyła ciasto. Była zbyt ciekawa, co się tutaj dzieje, by teraz wyjść. Zadzwoniła tylko do córki, upewniła się, że mała leży już w łóżku.

– Opowiesz mi bajkę? – poprosiła Karolina. – Ciocia nam nie przeczytała.

Sasza zaczęła opowiadać o Śpiącej Królewnie. Dziewczynka jej przerwała.

– Mamo, a dlaczego ja nie mam taty?

Załuska przełknęła ślinę.

– Są takie rodziny dwuosobowe – próbowała wyjaśniać. – Czasem tak się zdarza. Nie jesteś jedyna. Niektóre dzieci nie mają żadnego z rodziców. Mieszkają w domu dziecka. W takim przedszkolu, tylko że są tam cały czas. Dzień i noc. Ty masz mnie, a ja ciebie. Kocham cię, skarbie, nad życie. Nikt nigdy nie będzie ważniejszy od ciebie. Rozumiesz?

– Tak – odparła córka i ziewnęła. Zaczęła opowiadać ze śmiechem, jak bawiła się z kuzynkami i jak wujek, tata jednej z dziewczynek, udawał królika. Sasza śmiała się, choć było jej ciężko. – Chciałabym mieć tatę – zakończyła Karolina.

– Też bym chciała, ale na razie nic nie możemy z tym zrobić.

Obiecała córce, że jutro przytuli ją na dobranoc. Kiedy się rozłączyła, miała wrażenie, że w gardle tkwi jej kolec.

Wróciła Łucja.

– Jeśli chodzi o tę rękawiczkę – podjęła przerwany wątek – w przeddzień tej strzelaniny zgubiłam ją w kościele garnizonowym. Podejrzewam, że zostawiłam ją w konfesjonale. Pierwszy raz od lat poszłam do spowiedzi. Nie wiem, jaki diabeł mnie podkusił.

Wybiegła, bo wikariusz zawołał ją, by pomogła trzymać Tamarę. Sasza też ruszyła za nimi, ale ksiądz zabronił jej wejść. Wyglądał inaczej. Był skupiony, działał pewnie i stanowczo. Załuska dostrzegła tylko, że kobieta wije się w rękach Łucji i wikariusza. Oczy miała półprzymknięte, mruczała coś pod nosem, z kącika ust ciekła jej ślina.

– Niech pani stąd idzie – rozkazał Załuskiej Staroń i zamknął jej przed nosem drzwi. Po chwili z kościoła dobiegł jego głos intonujący modlitwę w dziwnym języku, jakiego nigdy jeszcze nie słyszała.

W pierwszym odruchu zamierzała go usłuchać, ale potem coś ją podkusiło i skierowała się do gabinetu, w którym zastała dziś Łucję. Nie miała zwyczaju myszkować w cudzych domach, tym razem jednak uznała, że cel uświęca środki. Obejrzała się, czy nikt jej nie obserwuje. Korytarz był pusty. Wytarła buty w leżącą na progu ścierkę, by nie zostawić brudu na lśniącej podłodze. Ruszyła szybkim krokiem wprost do półki, na której bez trudu odnalazła grubą księgę. Tę, którą Lange oglądała przed jej przyjściem. Z trudem ją wyciągnęła, biblioteka była ciasno nabita woluminami. Dopiero wtedy zobaczyła, że to nie książka, ale staroświecki album w okładce ze spękanego skaju. Otworzyła.

Czarny wystrugany z drewna pistolet wyglądał jak prawdziwy. Ktoś precyzyjnie wyrzeźbił na rękojeści nazwę firmy Carl Walther Waffenfabrik/Ulm Do, modell PPK, kal. 7,65 mm. Sasza wzięła go do ręki i pomyślała, że z daleka można pomylić atrapę z najpopularniejszym samopowtarzalnym pistoletem kompaktowym.

– Przemek zabrał ten prawdziwy – zakończył wyznanie Staroń. – Nigdy więcej go nie zobaczyłem.

Był w granatowym swetrze w serek i wytartych dżinsach. Na nogach miał wojskowe buty, które widziała wcześniej w szafie. Bez sutanny i z dwudniowym zarostem w niczym nie przypominał duchownego. Kiedy wrócił po egzorcyzmie, zmęczony, wypompowany z energii jak po monstrualnym wysiłku fizycznym, zdziwił się, że Sasza wciąż na niego czeka. Poprosił o kilka minut, by doprowadzić się do porządku. Łucja zabrała sutannę – miała rozdarcie na rękawie, nadawała się do prania.

Rozmawiali całą noc. Ksiądz opowiedział psycholożce wszystko jak na spowiedzi. Sam użył tego określenia. Mówił z przejęciem. Drżał mu głos, kiedy wspominał dawne czasy: od momentu spotkania Moniki aż po nieudaną próbę samobójczą, po której leżał w śpiączce, i cudowne przebudzenie, które – wtedy w to wierzył – zawdzięczał boskiemu miłosierdziu. Nie chciał żyć wśród ludzi, pragnął tylko im służyć. Odciąć się od przeszłości, uciec od zła. Dlatego poszedł do seminarium.

– Autobus uderzył mnie bokiem, przeleciałem na trawnik. Lekarze nie mogli uwierzyć. Miałem tylko złamaną nogę, trochę stłuczeń. Dziś nie został nawet ślad. – Podrapał się po nosie. – Zapadłem w śpiączkę pourazową, nie chciałem się budzić. Ale Bóg zdecydował za mnie. Myślałem, że to cud. Poczyniłem śluby: nigdy więcej nie powiem o tej sprawie ani słowa. Teraz wiem, że zostałem ocalony tylko po to, by żyć z tym piętnem.

Sasza przyglądała mu się, mało odzywała. Zdawało się, że ta historia nadal jest w nim żywa. Opowiadał o ojcu, Słoniu, zamordowanym rodzeństwie Mazurkiewiczów – jego zdaniem ich śmierć to nie był wypadek – jakby te dramatyczne zdarzenia rozegrały się zaledwie wczoraj. Z pewnością wybaczył oprawcom, bo tak nakazuje wiara chrześcijańska, ale sobie nie potrafił wybaczyć. Pomagał bezinteresownie innym, by odkupić winę i głosić w ten sposób swój rozpaczliwy apel: „Ja też potrzebuję pomocy". Co gorsza, wiedział o tym. Przyznał, że wiele razy spowiadał się z grzechów, mówił o tym ze swoimi przewodnikami duchowymi, ale nadal nie rozumiał. Pragnął, by ktoś zdjął z niego ten ciężar. A przynajmniej wyjaśnił mu, co się stało. Dlaczego? Po co dobrotliwy Bóg tak ich doświadczył?

Załuska była czujna, podejrzliwa. Album poświęcony Igle, atrapa broni, którą jej pokazał, wreszcie wczorajsze wyznanie Łucji – to wszystko rzucało cień na postać kryształowego duchownego, za jakiego do tej pory go miała. A jednak złapała się na tym, że mu współczuje. Ten mężczyzna nie zazna spokoju, dopóki sprawa śmierci rodzeństwa Mazurkiewiczów nie zostanie rozwikłana.

– Podejrzewam, że właśnie dlatego Przemek zginął – podkreślił raz jeszcze ksiądz, wskazując pistolet-zabawkę. – Nie chodziło tylko o kradzież, ale o wiedzę, jaką przy okazji posiadł. Może nie powiedział mi wszystkiego? Dziś już się nie dowiem. A ci, którzy wiedzą, nie mają interesu niczego zdradzać. Zmowa milczenia jest dla nich gwarantem bezpieczeństwa. Dlaczego zabili Monikę, nie wiem do dziś. Tak samo jak nie mam pojęcia, dlaczego mnie oszczędzili. Przecież wiedzieli, że brałem w tym udział. Może ojciec się za mną wstawił? Pewnie tak. Byli tylko dzieciakami, które wplątały się w coś grubego. Nie musieli ich zabijać. Żadne nie było świadkiem niczego, co mogłoby ich pogrążyć. Jedyne, co zrobili, to ukradli pistolet. Przemek go wziął.

– Kim są ci „oni"? – Załuska ostro przerwała mu litanię. Też była zmęczona. Miała podkrążone oczy, czuła kwaśny odór swojego potu. Marzyła o kąpieli i własnej poduszce.

– Powiedziałem. – Wzruszył ramionami. – Podałem pani nazwiska wszystkich osób, które przewijały się w tej sprawie. Nic więcej nie wiem.

Profilerka odłożyła atrapę na stół. Wskazała album, który leżał obok. Zawierał pełną dokumentację kariery Igły. Ostatni wycinek o jego śmierci nie został jeszcze wklejony, choć ksiądz wyciął go z gazety i włożył do teczki.

– Nie bał się ksiądz, że ktoś to znajdzie? Połączy księdza ze sprawą dzieciaków? – spytała.

– Kiedyś tak – potwierdził. – Ale kiedy zginął Igła, zrozumiałem, że moje śluby milczenia były błędem. Oni chcą, bym siedział cicho. I ja głupi postępowałem tak przez lata. Teraz mam dosyć. Chciałbym wiedzieć, kto za tym stoi.

– Bez pomocy księdza nie uda mi się tego odkryć.

– Może pani na mnie liczyć w każdej sprawie, chyba że rzecz będzie dotyczyła spowiedzi. Staram się być nie najgorszym księdzem. Tej zasady nie mogę złamać.

– Rozumiem. – Westchnęła.

Wstał, wyjął prymitywną włoską kafeterkę. Przyglądała mu się, kiedy nalewał wody, precyzyjnie, nie roniąc ani odrobiny, wsypywał kawę, odkręcał płomień pod metalowym dzbankiem. Po chwili postawił przed nią parującą filiżankę. Sam usiadł po drugiej stronie stołu. Okno było niebieskie. Świtało. Za chwilę światło lampy nie będzie już potrzebne. Sasza bardzo lubiła ten moment. Kiedyś, gdy nie miała jeszcze dziecka, pracowała nocami i dopiero o tej porze kładła się spać. Podniosła głowę, bo znów zaczął mówić.

– Są w życiu momenty, które zmieniają jego bieg na zawsze. Po nich nic już nie będzie takie samo. Bóg czuwa nad nami, daje nam duży kredyt zaufania, prowadzi. Ale to my podejmujemy decyzje. Jest wszechwiedzący, wszechmocny, może, ale nie chce nas do niczego zmuszać. Nie powie: wybierz tak, bo to dla ciebie lepsze. Tylko wskazuje: oto dobro, a to zło. Wybieraj. Czasem jednak zło ukrywa się pod postacią piękna. I dajemy się uwieść. Nie ma ludzi złych, są tylko ci, którzy dokonali złych wyborów lub nie dokonali ich wcale. I potem pragniemy, by to był tylko sen, chwilowa ułuda, ale nie da się niczego cofnąć. Wtedy człowiek do śmierci będzie dążył, by naprawić błąd, podjąć inną decyzję, cofnąć czas.

Patrzyła na niego zaniepokojona. Tak nie powinien mówić ksiądz. Tak mówi osoba, która wymaga terapii.

– Nie da się niczego cofnąć – przerwała mu – ale zawsze można zacząć jeszcze raz, stworzyć całkiem nowe zakończenie.

– Znam. – Uśmiechnął się. – Carl Bard. Pięknie pisze, jak prawdziwy chrześcijanin. Ja już nie mam w sobie tyle optymizmu. Właściwie nie powinienem być księdzem. Czasem sobie myślę, że straciłem wiarę.

Załuska poruszyła się na krześle.

– Jak to? Ksiądz pomaga innym, odprawia egzorcyzmy. Sama widziałam.

– Innym potrafię pomóc. Sobie niekoniecznie. – Machnął ręką. – Gdybym miał w sobie choć odrobinę siły, odszedłbym na pustynię i umarł. Jestem jednak tchórzem. Boję się kary boskiej. Boję się szatana. I samego siebie.

Zamilkł. Siedzieli długo w milczeniu.

– Czy ksiądz pisał kiedyś? Wiersze, piosenki? – przerwała ciszę Załuska.

Uśmiechnął się delikatnie.

– Bardzo słabe. Nie mam talentu. Nie mam w sobie tyle dyscypliny. Nigdy nie zapisałem nawet kazania. Po prostu mówię, co mi w duszy gra.

– Czy ksiądz kiedyś skłamał?

– Tak. – Pochylił głowę. – Złamałem wszystkie dziesięć przykazań. Już mówiłem.

– Wszystkie dziesięć?

– Zabiłem tych dwoje. To przeze mnie zginęli.

– Ksiądz sobie nie wybaczył.

– Właśnie skłamałem kolejny raz – westchnął. – Wiem, że muszę sobie wybaczyć. Ale to wciąż wraca. Kiedyś chciałem zemsty, chciałem uśmierzyć wściekłość agresją. Ale przecież wiem, że odwet nie działa. Tylko że modlitwa też już nie działa. Jak mam przekonywać innych, skoro sam nie wierzę w jej skuteczność?

Zamilkł. Wstał i przyniósł paczkę z cukrem, uzupełnił pustą cukiernicę.

– Mogę zadać jeszcze jedno pytanie? – Sasza się zawahała. – Niech ksiądz się nie obrazi.

– Proszę. Niech pani pyta o wszystko.
– Czy to ksiądz napisał *Dziewczynę z północy*?

Patrzył na nią zdziwiony, nie odpowiadał. Sasza przez moment czuła, że potwierdzi, że wreszcie znalazła autora. Żeby go zachęcić, powiedziała:

– To zresztą bardzo piękna, choć straszna piosenka. Jest w niej pragnienie zemsty. Teraz, kiedy znam tę historię, myślę, że nie ma innej możliwości. Igła jej nie napisał.

Staroń uśmiechnął się tajemniczo i zaprzeczył kategorycznie.

– Znów ksiądz kłamie. – Nie spuszczała z niego wzroku.

Westchnął ciężko.

– Czym jest kłamstwo? Prawdą w masce. – I dodał bardzo spokojnie: – Szkoda, że Igła już nie żyje. On wiedział, mógł mi pomóc, ale nie wykorzystałem okazji. Był tu dwa tygodnie przed śmiercią. Przyszedł do spowiedzi. Nie wiedział, że jestem w konfesjonale. Kiedy się ujawniłem, przerwał w połowie i wyszedł z kościoła. Nie został dłużej na mszy. I nie chciał mi powiedzieć. Tajemnicę zabrał do grobu, ale przynajmniej wiem trochę więcej. Może i dlatego moja wiara tak osłabła. Boję się. Co będzie, kiedy całkiem ją stracę? Kim będę? To wszystko, co mam.

– Co księdzu powiedział?

– Tajemnica spowiedzi. – Spuścił wzrok. – Ale dojdzie pani do tego bez mojej pomocy. Wszystko jest w tej piosence.

– A to? – Sasza wyjęła ulotkę SEIF-u z podobizną Staronia. – Też tajemnica spowiedzi?

Nawet nie spojrzał.

– Nie mam z tym nic wspólnego – zapewnił. I zaraz dodał: – Zresztą nie ma tu mojego nazwiska.

– Jest fragment kazania księdza o wdowim groszu – pokazała Sasza. – To wielka firma. Chce mi ksiądz wmówić, że nic o tym nie wie?

Nie uwierzyła mu. Poczuł to wreszcie. Wziął ulotkę, wpatrywał się w nią w milczeniu.

– Czy kuria wyraziła zgodę na udział księdza w reklamie?

Podniósł głowę.

– To jakieś oszustwo.

– Zgadza się, choć klienci SEIF-u jeszcze o tym nie wiedzą. Przeciwko tej firmie jest prowadzonych kilka postępowań. Radziłabym szybko podać ich do sądu. To jawne naruszenie dóbr osobistych. Inaczej ksiądz może mieć poważne kłopoty – ostrzegła go.

– Zastanowię się – mruknął, odsunął od siebie świstek. Nie zamierzał nic więcej dodawać. Momentalnie zamknął się w sobie.

Sasza wstała. Myślała, że zbyt wiele nitek łączy Igłę i księdza Staronia. Niby żadna z nich bezpośrednio, ale przeszłości nie da się wymazać. Czy tak dobrze udaje? Czy faktycznie ktoś bezprawnie wykorzystał jego wizerunek do sprzedaży polis na życie bogobojnym Polakom?

– Czy ksiądz był kiedykolwiek karany? – zapytała. – Popełnił ksiądz jakieś przestępstwo?

Zaprzeczył kategorycznie.

– Staram się żyć uczciwie – zapewnił.

Sasza nie była zadowolona. Źle sformułowała pytanie. Była już zmęczona. Nie mógł inaczej odpowiedzieć. Ksiądz wstał, dolał sobie kawy i dodał z wyrzutem:

– Ale czasem, nawet jeśli chcemy dobrze, wychodzi odwrotnie. Sama pani wie.

Musiała przyznać mu rację. Też się starała. Nie kląć, nie palić, być dobrą matką. Wychodziło różnie. Większość przestępców się starała, a mieli na koncie czyjąś głowę. Mówili, że świat im nie sprzyjał. Więzienia są pełne tych, którzy mieli dobre intencje, ale im nie wyszło.

– A może to nie ksiądz? – drążyła. – Na tym zdjęciu?

– Rozpoznaję sam siebie, jeśli o to pani chodzi – uciął.

– Gdzie ksiądz był w Wielkanoc między godziną jedenastą a dwunastą trzydzieści?

Staroń obrzucił ją spojrzeniem.

– Byłem w kościele. Właśnie kończyła się msza.

Sasza patrzyła na niego, wahała się. Czyżby jej nie zapamiętał? Nie wierzyła, że to on, ale musiała zadać to pytanie.

– Wiem, że ksiądz był w kościele do jedenastej. Też tam byłam, podobnie jak setka wiernych. Ale zabójstwa Igły dokonano niespełna kwadrans później. Od Świętego Jerzego do Igły spacerkiem jest kilka minut. Mniej, jeśli się biegnie. Czy ksiądz ma alibi na czas po mszy? Wikariusz, inni księża, z którymi ksiądz jadł śniadanie? Wiem, że ksiądz odwołał transport z dostojnikami. Miał ksiądz dotrzeć na Stogi we własnym zakresie.

– Zgadza się – potwierdził. – Nie dotarłem na to śniadanie. Pojechałem na plażę. Tę, o której dziś mówiłem. Jeżdżę tam co roku. Proszę Boga o wybaczenie. I o spokój duszy Moniki i jej brata.

– Czy ktoś był wtedy z księdzem?

– Pani sądzi, że to ja strzelałem do Janka? – W jego głosie brzmiało niedowierzanie.

Sasza odstawiła kubek z kawą. Skierowała się do wyjścia.

– Niech ksiądz się zastanowi nad oficjalną wersją odpowiedzi na to pytanie, bo jak na razie ksiądz aktywnie uczestniczy w całej sprawie. Jak się okazuje, nie ma też ksiądz alibi na czas zabójstwa. Nie wygląda to dobrze. Następnym razem policjanci wezmą księdza na przesłuchanie do komisariatu.

Patrzył na nią długo w milczeniu. Wreszcie wskazał krzesło.

– Wiem chyba, kto jest na tym zdjęciu. – Wskazał ulotkę. – Niech pani usiądzie. To dla mnie trudne. Nie godzi się donosić na brata.

– Brata? – zdziwiła się Sasza. – Dopiero teraz ksiądz mówi?

– Rodzice rozdzielili nas po aresztowaniu ojca. Wojtka umieścili tymczasowo u jednej ciotki w Hamburgu, mnie zawieźli do drugiej w Matemblewie.

– Gdzie brat mieszka? Adres.

Wzruszył ramionami, odwrócił głowę. Pierwszy raz w trakcie rozmowy.

– Nie utrzymujemy kontaktu.

Załuska przyjrzała mu się badawczo. Nie miała wątpliwości, że skłamał.

– Ale powiem pani coś, co pozwoli go znaleźć.

Ponownie usiadła za stołem. Za oknem było już całkiem jasno. Ksiądz wyłączył lampę.

Na talerzu zostały tylko jedna kiełbaska smażona „na jeża" i ćwiartka pomidora. Duchnowski wyrzucił warzywo do śmietnika. Talerz postawił na podłodze, by jego kot mógł się posilić.

– Zapomniałem o tobie – zwrócił się ze skruchą do rudego kocura, który siedział na krześle naprzeciwko niego i przewiercał spojrzeniem drzwi lodówki. Nie miał imienia. Policjant nazywał go kundlem albo zwracał się do niego swoją własną ksywką. – Nic więcej nie będzie. Żryj, Duchu.

Ponieważ kot nie poruszył się nawet na milimetr, Duchnowski przesunął talerz bliżej. Bez skutku. Wiedział, że kot tak naprawdę nie patrzy na lodówkę, lecz na niego. Rozbieżny zez sprawiał, że spojrzenie kończyło się za jego ramieniem. Komisarz pękł pierwszy. Wyszedł z kuchni bez słowa. Na wieszaku czekał jego mundur. Duch nie wkładał go zbyt często. Na klapie dostrzegł plamę od musztardy, która musiała powstać na ostatnim święcie policji. Zdrapał żółtą kropkę paznokciem, uznając czyszczenie za zakończone. Odszedł dwa kroki do tyłu. Jego zdaniem prawie nie było widać. Zaczął się przebierać.

Dziś z samego rana został wezwany przez sekretarkę komendanta na oficjalne spotkanie. Potem zadzwonił Waligóra i kazał mu się ubrać służbowo, chociaż była sobota. Spodziewał się gości. Duch obstawiał, że z głównej, skoro Wali tak się ceregieli.

– Ale co się szefowi nie podoba? – fuknął.

– Że marynarki nie nosisz, jakoś wytrzymam. Ale ogolić to byś się czasem mógł. – Komendant zaśmiał się protekcjonalnie, co od razu wzbudziło podejrzenie Roberta.

– Chcesz mieć fizola do roboty czy pedała do reprezentacji? – odciął się i odłożył słuchawkę.

Kocur jeszcze chwilę przyglądał się swojemu panu, kiedy ten się golił (oskrobał policzek tylko z prawej strony, na drugim zostawił swój stały zarost), a potem wkładał czystą koszulę. Była sztywna. Matka Duchnowskiego była bodaj ostatnią osobą, która w dzisiejszych czasach krochmaliła ubrania. Kołnierzyk wpijał mu się w szyję, guzik pękł podczas zapinania mankietów. To go lekko wyprowadziło z równowagi, więc pośpiesznie schował luźny mankiet pod marynarką. Zdjął z wieszaka krawat. Nigdy go nie rozwiązywał, zaciskał tylko jak pętlę na szyi. Obejrzał się. Kota nie było. Widać stracił nadzieję, że cokolwiek wyżebrze. Duch poczuł ulgę. Żaden koci kundel nie będzie go terroryzował. Z nienawiścią spojrzał na eleganckie buty, które wypastował wczorajszego wieczora. Były twarde, błyszczące i co gorsza będzie musiał je włożyć. Dwoma palcami rozsznurował je, jakby trzymał zdechłego karalucha, i dopiero wtedy dostrzegł, że wewnątrz są mokre.

– Ty porąbańcu! – Rzucił obsikanym butem w posłanie kota. Było puste. Obszedł całe mieszkanie, ale zwierzę jakby zapadło się pod ziemię. Tracił czas. Bestia nie wylezie. Dobrze wie, co nabroiła. Mimo tego szukał go i mruczał pod nosem przekleństwa, co mu zrobi, jak go złapie. Kot widać znał cały jego repertuar, bo nie wystawił nawet wyleniałego wąsa. W końcu policjant papierowymi ręcznikami wytarł do sucha obuwie, ale nadal się go brzydził. Odstawił buty, włożył czarne sneakersy. Od razu poczuł się swobodnie.

– Będą kłopoty, Duchu – mruknął, starając się nie patrzeć na siebie w lustrze. Marynarka od munduru była na niego za duża, wyglądał jak przebieraniec. Z pewnością nie projektował jej Hugo Boss, ale nie tutaj był właściwy problem. Odkąd intensywnie ćwiczył, zrzucił piętnaście kilogramów. Powinien był wystąpić o nowe odzienie galowe do ojczyzny, ale tak rzadko je przywdziewał, że wciąż odkładał tę sprawę na później.

Wziął klucze od kawalerki, w której mieszkał, odkąd wyprowadził się od małżonki, po czym zawrócił i otworzył lodówkę. Nie było w niej nic poza wędzoną makrelą i truskawkowym serkiem. Prawdę mówiąc, nie pamiętał, kiedy go otwierał. Z pewnością nie w tym tygodniu. Najpierw wyjął serek, podniósł wieczko. Na zajęciach ZPT dostałby piątkę za imponującą pleśń. Wrzucił więc do kociej miski rybę. Podejrzewał, że też nie była pierwszej świeżości, ale nie miała więcej niż sześć dni. Skoro jednak on sam zjadł starą kiełbasę, Duch-kot może się posilić rybim truchłem. Jest jakaś cena za wolność matrymonialną. Brak żarła. Kot natychmiast wylazł spod szafki kuchennej, otarł się o jego nogawkę. Spojrzał w nieokreślonym kierunku, miauknął coś na kształt „nareszcie".

– Nie dość, że rudy, to jeszcze zezowaty – rozczulił się Duch. – Trzymaj kciuki. Dziś wieczorem będzie normalna żywność. Wytrzymasz. Twardym trzeba być, nie miętkim. Jako żeś Duch. Roman Bratny byłby z nas dumny.

Wyszedł. Wsiadł do swojej buraczkowej hondy civic aerodeck, rocznik 1998, i poczuł zapach paliwa. Już od dawna powinien był pojechać do stacji kontroli, by sprawdzić instalację gazową. Przycisnął pstryczek, zdecydował się jechać na benzynie. Dzień nie zapowiadał się najweselej, ale Duch nie spodziewał się niczego innego. W radiu leciała *Dziewczyna z północy*. Prowadzący audycję śpiewał refren razem z Igłą, więc policjant natychmiast zmienił stację. Ze wszystkich sztuk walki karaoke sprawia najwięcej bólu, pomyślał. Rzygał już tą piosenką, którą puszczali wszędzie, i tak samo miał dosyć tej sprawy. Choć tyle się dotąd przy niej narobił, ani na milimetr nie posunęli się do przodu.

Jeśli każą mi napisać raport o zwolnienie, to go dostaną, postanowił. Czas zarabiać pieniądze. Może jeśli będzie miał górę hajcu, odzyska Cyrkówkę, jak pieszczotliwie nazywał byłą małżonkę, która jedyne, co umiała, to ze wszystkiego zrobić cyrk. Myślał, że po rozwodzie się od niej uwolni, ale jak dotąd dostrzegał same minusy życia w pojedynkę. Wciąż dzwoniła do niego, by jej pomagał. A to z autem, to z dzieciakami, nawet ze spłuczką w kiblu, bo się zablokowała. Jakby ten jej nowy gach nie mógł przejąć jego obowiązków. Jak nie „umi", to niech się nauczy, powiedział ostatnim razem. Richard jest stworzony do innych zadań, odparła i tym samym na amen go wkurzyła. Od tamtej chwili nie odbierał od niej telefonów i nie zapłacił na czas alimentów. Niech Richard się wykaże, skoro zajął jego miejsce w domu. Teraz jednak przyszło mu do głowy, że może z pełnym kontem byłby w stanie znosić huśtawki nastrojów Cyrkówki. Jakby się upierała, mógłby do niej nawet mówić po angielskiemu. Zwłaszcza w niektórych sytuacjach.

Waligóra czekał na niego razem z trzema smutnymi facetami w cywilu. Kiedy wszedł Duch, przerwali ożywioną dyskusję. Jeden z nich miał szklane oko. Był wysoki, ale nawet z obiema gałkami nie mógłby uchodzić za przystojnego.

Duchnowskiemu zdawało się, że cyklop zamiast na jego pagony gapi się na obuwie. Natychmiast przypomniał mu się jego zezowaty druh. Miał nadzieję, że rudy obszczymur nie zdycha teraz w męczarniach po spożyciu nadgniłej makreli.

– Poznajcie się. – Komendant go przedstawił. – To twoi nowi ludzie w wydziale. Zostali oddelegowani do nas z Białegostoku. Komisarz Stroiński, inspektor Wiech i nadkomisarz Pacek z CBŚ. Nadal nadzorujesz dochodzenie. Panowie mają tylko kilka sugestii.

Duch usiadł wyprostowany, ogoloną częścią twarzy od strony szefa. Zerknął na klapę galowej marynarki. Musztarda wciąż była widoczna. Komisarz miał wrażenie, że smutni panowie wpatrują się tylko w tę plamę. Czekał na instrukcje. Czuł, że kiełbasa pali go w żołądku.

– Ponoć macie profilera pracującego przy tej sprawie – zaczął Stroiński, najmłodszy z nich. – Może Meyer? Robił dla nas sprawę mafii bursztynowej. Kiedy budowali rafinerię, to była prawdziwa plaga. Pierwszy raz trzymałem wtedy w rękach bursztynową bryłę o wadze kilo osiemdziesiąt. Wyglądała jak spory bochen. Kopacz znalazł ją podobno na Stogach. Wszyscy wiemy, jak mu się przypałętała. Rurą do zapuszczania igłofiltru. – Zaśmiał się w głos. – Z tego, co wiem, została sprzedana za jakieś sto pięćdziesiąt tysięcy. Dziś warta by była trzysta. Nie miała inkluzji, ale też żadnych wrostów gałęzi. Czyściutki mleczno-pomarańczowy bursztyn. Przy okazji udało się też złapać na gorącym paru klientów podczas kradzieży ropy. Niezły jest, skurwiel. Wskazał konkretną ulicę i klient tam mieszkał.

Duch zaprzeczył ruchem głowy.

– To nie Meyer.

– Staraliśmy się o niego, ale po powrocie z lasu na łono Górnego Śląska boss nie pozwala mu na razie pracować poza terenem jednostki. Ma ponad sto osiemdziesiąt seryjnych u siebie do złapania. Robota pali się gościowi w rękach – dodał Waligóra, nie zwracając uwagi na zdziwione oblicze Duchnowskiego.

– Może Grzyb? Ten uczelniany wilczek, po internetowych kursach u Turveya? Lansuje się w każdej gazecie i uczy w Warszawie. Nic nie zrobił, tylko chodzi po telewizorach. Nie chcę go.

– Kobieta – poinformował Duchnowski. – Sasza Załuska.

– Nie znam – burknął zamiast odpowiedzi Stroiński.

– Dopiero wróciła do Polski. Siedziała na uczelni w Huddersfield. Jest dobra.

– To ta od Cantera – domyślił się Pacek. – Robiła kiedyś przy Śliwie.

– Dobra? Dlaczego nie słyszałem?

– W Polsce nie ma jeszcze spektakularnych sukcesów – pospieszył z wyjaśnieniem Duch. – Ale sprawę zabójstw na dachach wieżowców w Londynie nieźle obczaiła. Tak w każdym razie słyszałem.

– Profilowanie geograficzne – dodał Pacek. – W tym się specjalizuje. Wytrwała, choć zbyt zagłębia się w detale. Ale niech będzie. Zobaczymy, jak sobie poradzi.

– Była kiedyś policjantką – uciął rozważania Waligóra. Przesunął w ich kierunku jakieś dokumenty. – Pracowała pod przykrywką w pierwszym oddziale CBŚ. Odeszła na własną prośbę w dwa tysiące szóstym roku. Zna się na rzeczy. Jeszcze o niej usłyszymy.

Policjanci spojrzeli po sobie. Cyklop zanotował nazwisko profilerki i postawił przy nim znak zapytania. Nadal się nie odzywał.

– Niech będzie – zdecydował komisarz Stroiński. – Na razie przyda się na zasłonę dymną.

Duch wyprostował się. Czuł, że ktoś mu sra do gniazda. I to bez oszczędzania. Ale na razie zdecydował się nie odzywać.

– Kiedy będzie opinia?

– Nie ustaliliśmy terminu – wyjaśnił zgodnie z prawdą Duch. – Załuska jest w trakcie czynności, zbiera materiał. Pomaga przy przesłuchaniu poszkodowanej. Lada moment powinna być gotowa.

– Niech zrobi na jutro rano – polecił Stroiński.

– Wydam rozkaz – odparł bardzo spokojnie Duch. – Coś jeszcze?

– Jeszcze nie zaczęliśmy. – Stroiński uśmiechnął się. – Sprawa jest delikatna. Dostaliśmy informację, że macie Pawła Bławickiego. Nie ma jeszcze zarzutów?

– Dopiero wczoraj go zatrzymaliśmy. Dziś ma spotkanie z adwokatem. Nie poszedł na współpracę, nie przyznaje się. – Duch zerknął na zegarek. – Za pół godziny będą wyniki badań porównawczych. Jeśli DNA się potwierdzi, zostawimy go, będziemy cisnąć. Jeśli nie, nic poza paluchem i bucikiem Kopciuszka nie mamy. Aha, wieczorem będzie porównywany zapach. Prokuratorce tym razem nie śpieszy się tak bardzo jak ostatnio.

Stroiński przerwał mu.

– Nie będzie żadnych eksperymentów. Buli ma wyjść. Damy mu ogon.

Duchnowski wyraźnie czuł się przesuwany na boczny tor.

– Mamy jeszcze dwadzieścia cztery godziny – zaperzył się. – Proszę o więcej szczegółów. Jeśli mam nadal nadzorować to dochodzenie, chcę wiedzieć, w co gram.

– Spokojnie, szeryfie – pierwszy raz odezwał się ten ze szklanym okiem. – To będzie wabik na grubszego zwierza. Taka okazja nie trafia się często.

Wyjął ze sportowej torby plik dokumentów, położył przed Duchem. Potem skinął na Waligórę, a ten zadzwonił po sekretarkę. Wjechała z metalowym wózkiem wypełnionym po brzegi aktami. Duch aż się zapowietrzył na samą myśl, że miałby to czytać.

– Pracujemy nad sprawą gangu ze Stogów oraz jego powiązań z biznesem i polityką od sześciu lat – zaczął inspektor Wiech. Duch odwrócił głowę, nie mógł patrzeć na sztuczną gałkę policjanta. Już wolałby czarną opaskę pirata. – Sprawa jest rozwojowa i nie chodzi o lokalny biznes. Jeden z podejrzanych gra w piłkę z premierem. Tylko czekamy, aż zbierzemy komplecik, żeby go zatrzymać.

– Ośmiu – sprostował Pacek, trzeci z grupy wywiadowców. – Od ośmiu lat.

Inspektor Wiech podziękował mu spojrzeniem.

– Ja jestem w temacie od dwudziestu – dodał. – Byłem wtedy w innym wydziale, w całkiem innej roli, zresztą nieważne. Znam Słonia, Bulego i szanownego pana komendanta dłużej niż wszystkie niedoszłe żony. To cenna wiedza.

– Zgadza się – potwierdził Waligóra. – Razemśmy ten las zasadzili, Wiechu.

– I teraz przyszedł czas na wywózkę drewna do tartaku – dodał cyklop bez uśmiechu.

Duch skoncentrował się. Zdawało mu się, że gdzieś już gościa widział. Nie mógł sobie jednak przypomnieć. To musiało być bardzo dawno temu.

Wiech tymczasem wskazał na plik z nadrukiem „Komisja Nadzoru Finansowego", a potem przeniósł wzrok na wózek pełen akt operacyjnych.

– Tu są materiały dotyczące kilkunastu, może nawet kilkudziesięciu osób, które podejrzewamy o działalność na szkodę państwa. Malwersacje finansowe, oszustwa, korupcja w Kościele, zwłaszcza sprawa komisji finansowej. Tym zajmuje się teraz polska mafia. Jeśli chce pan się z tym zapoznać, zapraszam. Jeśli nie – niech zrobi to ta kobieta. Profil musi być na rano. Od jutra zaczynamy przesłuchania.

– A co z zabójstwem?

– Nas drobna przestępczość nie interesuje. Może pan to przybić, komu tylko pan chce.

Wstali. Duch też się poderwał.

– Potem trzeba ją wyautować – oświadczył jednooki inspektor. – Ale dyskretnie. Może wróci na uniwerek? I niech myśli, że jest w grupie. Im mniej osób wie o polowaniu na niedźwiedzia, tym lepiej.

– Pan o to zadba. – Komendant wskazał Duchnowskiego.

– Pan? – Duch spojrzał na kumpla ze zdziwieniem. Dopiero teraz Waligóra dostrzegł, że druga część twarzy policjanta wcale nie jest ogolona. Zamarł na chwilę, ale nie dał nic po sobie poznać. Nawet nie mrugnął okiem.

– Odmaszerować – rzucił.

Duch uznał, że to wszystko, czego od niego chcieli. Murzyn wykona pracę i może odejść. Czy tak samo łatwo usuną go ze stanowiska, jak teraz wyeliminowali Saszę?

Jak na tak złe wiadomości, był nadzwyczaj spokojny. Znał te mechanizmy. Zasalutował, opuścił gabinet.

Łucja wpatrywała się w stary liniowany zeszyt podpisany „Maszyny i urządzenia elektryczne". Kartki były zżółknięte, brulion zaledwie w połowie zapisany notatkami z lekcji. Piosenka znajdowała się na końcu, wraz z innymi nielicznymi wierszami. Niektóre były nieskończone, inne pokreślone lub całkiem zamazane. Większość kartek wydarto. Ksiądz musiał być bardzo krytyczny wobec swojej twórczości. Wiedział, że podstawą pracy poety jest umiejętność używania kosza na śmieci. Znalazła w biurku dokumenty parafialne księdza, porównała pismo. Zmieniało się przez lata. Litery stały się mniejsze, łączyły się teraz w jedną kreskę, ale już na pierwszy rzut oka dostrzegła podobieństwo. Pochylenie w prawą stronę. Wielkie litery rozpoczynające zdania były zamaszyste. Brak kropek nad „i", „ż". Ogony liter „y", „j" czy „g" wychodziły poniżej dwóch linijek. Kiedyś ksiądz trzymał się linii, teraz litery jakby unosiły się nad nimi. Przełknęła ślinę, jej poszukiwania można było uznać za zakończone sukcesem.

Od początku wydawał się jej podejrzany. Ich pierwsza pojednawcza rozmowa jedynie zmyliła jej czujność. Teraz zastanawiała się, jak poskładać posiadane dane w całość. W szufladzie z pastami do butów już wcześniej odkryła pudełko z nabojami. Było stare, gdyby sądzić po napisach na opakowaniu, sprzed kilkunastu lat. Bez wieczka. Zostały tylko cztery sztuki. Wzięła jedną z kul. Była zimna, niezbyt duża. Łucja pierwszy raz w życiu miała w ręku nabój. Wytarła go krańcem rękawa, jak widziała na filmach, zanim odłożyła do pudełka. Zastanowiła się, co dzieje się z ciałem ludzkim, kiedy coś takiego w nim utkwi. Jak wielki ból czuje wtedy człowiek? Miała nadzieję, że tego właśnie doświadczyła Iza Kozak w Wielkanoc. Była przyjaciółka nadal leżała w szpitalu, a jej stan zdrowia z dnia na dzień się poprawiał. Obok pudełka Łucja odkryła też atrapę broni polakierowanej na czarno. W pierwszej chwili sądziła, że to prawdziwy pistolet tworzący komplet z nabojami. Dopiero kiedy wzięła go do ręki, zorientowała się, że to tylko drewniana zabawka. Teraz nie było jej w szufladzie księdza.

Podeszła do biblioteki. Poza książkami, których mogła się spodziewać, znalazła również podręczniki do jogi, medytacji, opracowania na temat New Age, a także wszystkie dzieła Lutra. Były zaczytane, niektóre fragmenty poznaczono markerem. Przerzuciła kilka kartek i schowała wszystko, tak by nikt się nie zorientował, że tu myszkowała. Wyszła na korytarz. Oczywiście natknęła się na wikariusza. Na pewno ją podglądał. Patrzył na nią teraz spod oka. Minęła go bez słowa i zamknęła się w kuchni. Ale i tak polazł za nią.

– Widziałem w telewizji, jak prowadzili cię do sądu – zaczął z miną niewiniątka.

– Idź stąd – prychnęła Łucja i zabrała się do obierania ziemniaków.

– Jeśli parafia będzie miała przez ciebie kłopoty, pożałujesz. Może ksiądz dał się nabrać, ale ja nie jestem tak głupi – syknął, po czym opuścił pomieszczenie, zamaszyście zamiatając sutanną.

Siedziała chwilę, wsłuchując się w ciszę. Młody ksiądz poszedł do siebie. Rozmawiał ściszonym głosem przez telefon. Zamknęła drzwi, irytował ją sam tembr jego piskliwego głosu. Ale niepokój i złość nie mijały. Po chwili ściągnęła z głowy chustkę, odłożyła nóż na blat stołu. Chwyciła kurtkę i torebkę Tamary. Sprawdziła, czy wewnątrz są klucze do mieszkania oraz samochodu i portfel z dokumentami, po czym ruszyła do wyjścia. Przechodząc obok pokoju wikariusza, rzuciła przez zamknięte drzwi:

– Jadę po śmietanę do mizerii.

Szybko odpaliła auto i wyjechała z posesji.

Wikariusz zbyt późno wybiegł na próg plebanii. We wstecznym lusterku widziała, jak stał wpatrzony w kufer samochodu Sochy. Coś krzyczał, ale nie słyszała. Skierowała się wprost do apartamentu na Wypoczynkowej, w którym mieszkał Buli z Tamarą. Nigdy wcześniej tam nie była. Wiedziała, że mają tam solidną ochronę, ale była pewna, że sobie poradzi.

– Tutaj są kluczyki do mojego wozu. – Duchnowski podał je Bulemu, po czym odwrócił się, by nie patrzeć na triumf bandyty, za którego wciąż miał Bławickiego. – Instalacja gazowa nawala. Silnik dobrze chodzi na benzynie. Bak jest napełniony w połowie. Zwracasz mi tę samą pojemność – dodał.

Kiedy usłyszał trzaśnięcie drzwiami, zasiadł przy swoim biurku. Wyjął akta operacyjnego dochodzenia Generalnego Inspektora Informacji Finansowej i Komisji Nadzoru Finansowego przeciwko spółce SEIF. Zaczął je ponownie przeglądać. Kolejne faktury, postanowienia i zażalenia wzmagały tylko jego ziewanie. Z trudem mógł się skupić, współczuł tym z Białegostoku, że na co dzień muszą obcować z takimi sprawami. Wciąż gubił się w nazwiskach, nazwach firm, kosztorysach i gwarancjach. Ale walczył, nie wyszedł nawet na obiad. Sasza miała przyjść za godzinę. Chciał być przynajmniej pozornie zorientowany. Nie uprzedził jej. Bał się gdziekolwiek dzwonić. Podejrzewał, że jemu też założyli już pluskwę. Niczego nie mógł być pewien.

Waligóra od felernego poranka z ludźmi z CBŚ nie odezwał się do niego nawet słowem. Dla postronnych sprawa zabójstwa w Igle nadal wyglądała na klapę. Wiedział jednak, że w południe zadzwoni prokuratorka, która wścieknie się, że nikt jej o niczym nie informuje. Waligóra obiecał, że weźmie ją na siebie. Ponoć wypuszczenie Bulego dawno załatwili z Mierzewskim, a to dla Ducha była wystarczająca gwarancja jakości. Duch nie rozumiał tylko, jak taki solidny prokurator mógł zgodzić się na niemoralną propozycję CBŚ.

Kwadrans później zrobił się już tak senny, że zdecydował się orzeźwić prostymi jak budowa cepa aktami zabójstwa w Igle. Jeszcze raz przejrzał surówkę Lorda Vadera, na monitorach wyraźnie widział Bulego. Spisał się Książę Ciemności, to trzeba mu przyznać. Duch westchnął ciężko. Kiedyś nie było takich dowodów. Dziś normą są nagrania domową kamerą, komórką czy długopisem. Czasy Wielkiego Brata. Dzięki monitoringowi drastycznie spadła liczba niewykrytych kolizji, bójek i rozbojów. Zawsze jakaś kamera miejska mogła złapać uciekającego sprawcę. Nic nie powiedział tym trzem frajerom z CBŚ, którzy – zanim zamienił się na samochody z Bulim – zainstalowali w jego aucie najnowocześniejszy chip lokalizujący miejsce pobytu, ale kazał swoim chłopcom nie spuszczać Bławickiego z oka. Analogowa metoda śledzenia podejrzanego zawsze jest najlepsza. Tak uważał. Nie bardzo wierzył w nowoczesne technologie. Nie chciał, by przez jakąś grubą sprawę, nad którą pracuje tych trzech drabów, wymknął mu się potencjalny sprawca zabójstwa.

– Kicha. – Jekyll zadzwonił na służbowy, Duch zaś słuchał go w trybie głośnomówiącym. Jekyll nie musiał nic więcej mówić. DNA z rękawiczki nie wykazało zgodności z kodem genetycznym Bławickiego. – Nawet procenta. Sorry, mistrzu – dodał Buchwic. – Zapachy robimy?

– Przecież mówiłem.

– Są jeszcze dwa. Mamy dwa strzały.

– Nie robić. Taki jest rozkaz.
– To co teraz?
– Nie wiem – przyznał. – Może przycisnąć tę menedżerkę. Niech sobie coś nowego przypomni.
– Ona wie tylko tyle, że nic nie wie.
– To tak jak ja.
– Jak będę potrzebny, dzwoń – dodał na pocieszenie Jekyll.
– Czuwaj. – Komisarz odłożył słuchawkę.

Buli tym samym został wyautowany, a oni nadal nic nowego nie mieli. Nawet porządnego przesłuchania, bo jakieś zarozumiałe pojeby z CBŚ zabrały mu klienta sprzed nosa. Chwycił kurtkę i postanowił raz jeszcze pogadać z Łucją Lange. Zamierzał wrócić przed przyjazdem Saszy albo przełożyć spotkanie z nią na później. Schował dokumenty do szafy pancernej i po namyśle wyjął z niej służbowego glocka w kaburze. Dawno już go nie używał. Odłożył go z powrotem na półkę. Zamknął szafę. Odwrócił się i spojrzał za okno. Lało. Nie zamierzał jechać tramwajem. Otworzył jeszcze raz szafę i wyjął z niej kluczyki do range rovera Bulego. Bez wahania zarekwirował wóz jako samochód zastępczy, nie martwiąc się o żadne stosowne glejty. Przynajmniej raz w życiu zamierzał poczuć się jak zbój. Kiedy siedział już w wygodnym białym fotelu, z włączonym masażerem pleców, zadzwoniła Ziółkowska. Była wesoła jak skowronek. To go zaniepokoiło.

– Mamy nowego podejrzanego – zaćwierkała. – Wy sobie nie radzicie, a obywatele za was sprawy wykrywają. Zbigniew Pakuła przyznał się, że było zlecenie na Igłę. Powie, kto je wziął.

– Pakuła? To stary kanciarz. Cztery razy karany za składanie fałszywych zeznań. Już od dawna nie korzystamy z jego informacji – odburknął.

– Puszczam ci mejlem skan jego zeznania. Zajrzyj w wolnej chwili. Chłopcy z Białego wystawili ci go do przesłuchania.

– Mejlem. Chyba cię głowa i obie nogi bolą.

– Mamy dwudziesty pierwszy wiek. Nie przesadzaj.

– A hakerzy?

– Filmów się pan komisarz naoglądał – fuknęła. – Zresztą już wysłałam Lotusem*.

Powstrzymał się przed wybuchem złości i przycisnął gaz do dechy. Stwierdził, że maszyna Bulego doskonale poprawia mężczyźnie nastrój.

– Mam pilną sprawę – mruknął pojednawczo. – Ktoś z moich go weźmie. Albo wystawię go Załuskiej. Nie chce mi się z tym kanciarzem gadać.

– Masz być przy tym osobiście. To ściśle tajne dane – uparła się.

– Tak tajne, że zaraz zobaczysz skan na Facebooku.

Nie odpowiedziała.

– Jesteś? – rzucił zaniepokojony. – Chyba się nie obraziłaś?

– Ta dziewczyna nie – powiedziała ostro. – Zobacz skan, zanim ją uruchomisz. A poza tym wyeliminuj ją jak najszybciej ze śledztwa. To polecenie Jurka. Dziś z nim rozmawiałam.

– O! To gratuluję audiencji u mistrza. Takich nam prokuratorów trzeba.

– Ściśle tajne – powtórzyła. – Dałam z potwierdzeniem odbioru. Będę widziała, czy otworzyłeś i o której. To raczej wiele zmienia.

– Czy wy wszyscy się wściekliście z tą tajnością? Mów normalnie, Edyto. Nie wiedziałem, że pracuję teraz w wywiadzie.

---

* Lotus – system pocztowy IBM Lotus jest używany w polskiej policji.

- Pezety przejęły sprawę. Im teraz podlegasz. Dowiedz się. I załatw tego Pakułę, czy jak mu tam.

- Nie mogę gadać, policja – skłamał i rzucił komórkę na siedzenie.

Dojechał do Monciaka, przedefilował pod Grandem, a potem potulnie zawrócił do komendy. Żeby poprawić sobie humor, w budce naprzeciwko pierwszy raz kupił sobie hamburgera z podwójną porcją cebuli.

Siedziba SEIF-u znajdowała się w szklanym budynku Olivia Business Centre. Sasza wjechała na piąte piętro. Ruszyła po żółtym dywanie z nadrukiem logo firmy – bursztynowym słoniem. Nad głową recepcjonistki wisiały cztery zegary wskazujące godzinę w różnych strefach czasowych, a pod nimi złotymi zgłoskami wypisano: *Safety – Elephant – Investment – Finance*.

Poza długim blatem recepcji i kilkoma designerskimi fotelami w stylu któregoś Ludwika ogromna przestrzeń była pusta jak lotniskowa poczekalnia. Okna zasłonięto. Wnętrze oświetlały lampy nowej generacji dające ciepłe, przytulne światło i gdyby nie zegary, trudno byłoby odgadnąć, jaka jest pora dnia.

Biuro obsługi dla klientów detalicznych, utrzymane w tym samym stylu, znajdowało się na parterze. Załuska już tam była. Przejrzała wszystkie ulotki, przeczytała foldery, przyjrzała się pracującym jak mrówki konsultantom, z których uszu wystawały kabelki słuchawek. Na żadnym z plakatów nie było księdza Staronia. SEIF reklamowały wyłącznie uśmiechnięte gęby laureatów rozmaitych talent-show, aktorki serialowe (jedna w lekarskim kitlu) oraz uczestnik którejś edycji Big Brothera, który chciał być politykiem.

Sasza żadnego z nich nie kojarzyła. Nie czytała kolorowej prasy, nie oglądała telewizji. Ale czekając w długiej kolejce, dowiedziała się, kto jest kim.

Zaskakujące było, że w czasie kryzysu tłoczyli się w SEIF-ie ludzie pragnący pomnożyć swoje oszczędności do potęgi entej. Ona sama, nawet gdyby miała jakieś odłożone pieniądze, nie zainwestowałaby ich tutaj. Nie chodziło o to, że nie należała do grupy docelowej firmy. Spółka celowała w potrzebę szybkiego wzbogacenia się młodych wilczków lub długoterminowego zainwestowania ostatnich funduszy przez drobnych ciułaczy. Ale firma już na pierwszy rzut oka sprawiała wrażenie wydmuszki. Przerost formy nad treścią zawsze budził wątpliwości Załuskiej. A tutaj wszędzie były emblematy bogactwa: złoto, diamenty, symbol dolara. Jak w sekcie.

Wzięła numerek. Kolejka szła zaskakująco szybko. Zanim się obejrzała, wezwano ją do okienka. Obsługa była doskonale zorganizowana. Sasza odniosła wrażenie, że zatrudniano więcej pracowników, niż było to konieczne. W większości młodzi ludzie, pewnie studenci. Ładni, dobrze wyglądaliby w telewizji. Kiedy pokazała w okienku wizerunek księdza Staronia, usłyszała, że te ulotki wycofano już z obiegu.

– Ale były?

Przestraszona dziewczyna wzruszyła ramionami. Nie przeszkolili jej na taką okoliczność. Na klapie żakietu miała przyczepione: *I speak English. Ask me.*

– Pracuję tu od niedawna.

– Od kiedy?

– Jedenasty miesiąc – szybko odpowiedziała dziewczyna i spojrzała błagalnie na stojącego za jej plecami menedżera. Mężczyzna ruszył w ich kierunku.

- Jak płacą? - zdążyła jeszcze zapytać Sasza po angielsku, ale dziewczyna spojrzała na nią z przestrachem, zbyła ją, mówiąc *Okay, thank you*, i natychmiast nacisnęła numer kolejnego klienta.

- Nie jestem upoważniona do udzielania takich informacji - dodała po polsku, wyraźnie się usprawiedliwiając.

Teraz Załuska była pięć pięter wyżej i czekała na rzecznika prasowego. Wokół na ogromnych tablicach umieszczono „wyjaśnienie dla niepełnosprawnych", jak tego typu instrukcje nazwałby Jekyll. Słowem - były tam w przystępny sposób opisane schemat działania trustu i kalkulacje zysku, jaki SEIF osiągał, skutecznie inwestując na giełdzie papierów wartościowych oraz w szlachetne kruszce. Diagramy i prezentacje elektroniczne, które migały jej teraz przed oczami, wyglądały przekonująco. Wielu mogły oszołomić. Niektóre lokaty, zwłaszcza dwudziestopięcioletnie polisy na życie dla osób po sześćdziesiątym roku życia, gwarantowały prawie czterdziestopięcioprocentowy zysk. Sasza wyobraziła sobie, że dobrze sytuowani emeryci, pragnący zabezpieczyć swoje dzieci i wnuki, walą do SEIF-u drzwiami i oknami.

Kobieta w recepcji też nie trafiła tutaj z urzędu pracy. Niebrzydka, androginiczna, ubrana w służbowy kostium i już na pierwszy rzut oka widać było, że ma na koncie przynajmniej jeden fakultet. Na jednej z tablic umieszczono zdjęcia i dossier szefów kolejnych oddziałów oraz listę sześćdziesięciu trzech jednostek terenowych spółki w całej Polsce. Załuska wstała, przyjrzała się mapce oraz fotografiom. Na żadnej z nich nie dostrzegła prezesa. Zamiast twarzy czterdziestodziewięcioletniego Martina Duńskiego, szefa SEIF-u, była złota moneta okolicznościowa z wizerunkiem słonia trzymającego na trąbie wagę z wdowim groszem – wypukłe logo firmy. Saszy wydało się to co najmniej dziwaczne.

Zanim tu dotarła, trzy godziny poświęciła na przeczytanie wszystkiego, co kiedykolwiek napisano o SEIF-ie w prasie branżowej. Nie zdołała zgłębić mechanizmów działania firmy, ale wyrobiła sobie zdanie na jej temat. Nie było pochlebne. Owszem, SEIF-owi doradzali najlepsi eksperci finansowi i cenieni komentatorzy telewizyjni, w tym były minister z poprzedniej kadencji czy czarnoskóry Mgu Nabuta – celebryta finansowy największej prywatnej stacji TV. A ostatnio na stanowisko jednego z dyrektorów zatrudniono syna wysoko postawionego polityka – donosił o tym komunikat na stronie internetowej SEIF-u. Na jedenastu menedżerów spółki siedmiu pracowało wcześniej w bankach lub w instytucjach finansowych, trzech z nich zaś to wieloletni pracownicy Ministerstwa Finansów oraz Ministerstwa Administracji i Cyfryzacji.

Załuska musiała przyznać, że zebranie tak wielkiej liczby czołowych ekspertów było imponujące. Podobnie jak publikowane w tabelkach dane, z których wynikało, że SEIF, choć działa dopiero od pięciu lat, stworzył portfele inwestycyjne dla ponad siedemdziesięciu tysięcy Polaków. W tym krótkim czasie spółka dwukrotnie podwyższała własny kapitał zakładowy. Początkowo opiewał na kwotę miliona złotych, teraz zaś wynosi pięćdziesiąt pięć milionów. Niewiarygodnie dobry wynik, pomyślała. Kwota miliona była dla niej wystarczająco abstrakcyjna. Pięćdziesiąt pięć nie mieściło się jej w głowie. Liczba zatrudnionych w firmie ludzi przekroczyła właśnie osiemset pięćdziesiąt osób. Załuska bardzo długo nie mogła się zorientować, kto dowodzi tym interesem. Prezes nie udzielał wywiadów, nie komentował doniesień. Nazwisko Martin Duński pojawiało się wyłącznie w oficjalnych komunikatach i gratulacjach dla klientów. Jego twarz – nigdy.

– Przyczyna jest prozaiczna – wyjaśniał rzecznik. – Sława jest dla aktorów i piosenkarzy. Prezes pragnie zachować anonimowość, gdyż nie życzy sobie wszędzie chodzić z ochroniarzem.

Konferencje prasowe prowadzili zawsze eksperci, ewentualnie finansowi celebryci lub dziennikarze, którzy odeszli z mediów do SEIF-u, a z nim mają podpisane kontrakty na wyłączność.

– Misją SEIF-u jest wypracowanie wizerunku stabilnej i wiarygodnej instytucji finansowej oraz zadowolenie klientów. Twarz prezesa nie jest nikomu do niczego potrzebna – dodawał jeden z asystentów prasowych Duńskiego.

Prawdopodobnie jedyną osobą, która widziała szefa wszystkich szefów spółki, jest Bertold Kittel, niezależny dziennikarz śledczy, który pierwszy ujawnił, że firma działa niezgodnie z prawem. Kittel przeprowadził własne śledztwo, a kiedy zgromadził dane, przez kilka miesięcy zabiegał o spotkanie z twórcą spółki. Wywiadu twarzą w twarz z prezesem nie zrobił, za to trafił do więzienia na trzy miesiące, oskarżony o hakerstwo. Kittel nie zaprzeczył zarzutom i przyznał, że tak, materiały, które posiadł, zdobył, włamując się na serwery SEIF-u, lecz działał w słusznym interesie społecznym. Sąd zwolnił oskarżonego z aresztu, proces ślimaczy się już drugi rok. W tym czasie spółka zażądała od dziennikarza trzech milionów złotych nawiązki na cel charytatywny w ramach odszkodowania, jeśli sąd uzna, że dziennikarz popełnił przestępstwo. Dodatkowo Duński założył mu sprawę cywilną o obrazę dóbr osobistych.

„SEIF to piramida – napisał na swoim blogu Kittel, zupełnie nie przejmując się konsekwencjami. – W skarbcach tej instytucji finansowej nie ma żadnych pieniędzy. Pan prezes jest figurantem i w przeszłości już dwukrotnie odsiadywał wyrok za malwersacje finansowe".

Po czym opublikował wszystkie zgromadzone podczas swojego śledztwa materiały, udzielał wywiadów mediom, a także sporządził listę znanych osób, jego zdaniem skorumpowanych przez SEIF. Byli na niej prokuratorzy, sędziowie, biznesmeni, bandyci, dziennikarze, celebryci. Lista Kittla wstrząsnęła opinią publiczną i sprawiła, że niemal wszędzie reporter stał się persona non grata. Od tej chwili jego dom zaczęli nachodzić ludzie z CBŚ, większość mediów zaś przestała z nim współpracować. Nikt nie chciał publikować jego tekstów. Milczenie było gorsze niż jakiekolwiek oskarżenia. Wkrótce dopadły go prawdziwe kłopoty. Przede wszystkim nie miał z czego żyć.

Sprawą jednak zainteresowała się ABW, której funkcjonariusze weszli na piąte piętro Olivia Business Centre, a już następnego dnia do prokuratury wpłynęło doniesienie o niejasnych źródłach finansowania spółki. Wkrótce uaktywniła się także Komisja Nadzoru Finansowego i Generalny Inspektor Informacji Finansowej. Tymczasem ośmielony dziennikarz nie bacząc już na konsekwencje, każdego dnia dokładał na swój blog kolejne dane o SEIF-ie. W ten sposób klienci dowiedzieli się, że SEIF za ich pieniądze zakupił właśnie bankrutujące węgierskie linie lotnicze, co sprawiło, że spółka matka jest niewypłacalna. Musi zwerbować co najmniej pięćset tysięcy nowych klientów, by móc dawać gwarancje, jakie oferuje. To dlatego tak bardzo złagodzono warunki udzielania kredytów, lokaty zaś są nieprzyzwoicie opłacalne, przynajmniej w teorii. Wszystkie pieniądze bowiem zostały zainwestowane w kolejny remont pasa startowego na lotnisku Modlin lub czterdzieści niesprawnych samolotów oraz pięciuset nowych pracowników w placówkach linii MIG.

Któryś z mądrzejszych doradców doradził prezesowi, by zaprzestał bitwy prawnej z prasowym amstaffem, a zamiast tego udzielił wywiadu i przeciągnął go na swoją stronę. Duński warunkowo wyraził zgodę na rozmowę. Liczył zapewne, że w ten sposób wyjaśni wszelkie wątpliwości oraz zatka usta reporterowi. Stało się inaczej. Ów wywiad przeprowadzono przez Skype (prezes był ponoć za granicą), Kittel zaś opisał tę rozmowę bardzo szczegółowo, nie szczędząc własnych komentarzy.

„O ile prezes Duński mógłby godzinami opowiadać o realizowanej w firmie polityce *compliance*, której istotą jest, aby w spółce przestrzegano przepisów prawa oraz standardów charakterystycznych dla instytucji finansowych – pisał Kittel – o tyle nie ma on pojęcia o tym, co dzieje się z pieniędzmi spółki. Lub może jest inaczej? Jak w klasycznej piramidzie te pieniądze puszcza dalej, werbując kolejne ofiary. Właśnie to tłumaczyłoby, dlaczego przychód i zysk wymyśla z głowy, w zależności od potrzeb. Trzeba jednak przyznać, że byłby doskonałym oszustem. Ma refleks, umie zachować zimną krew, szybko ripostuje i da się go lubić".

Dalej dziennikarz opisuje, jak po dokonaniu autoryzacji wywiadu walczył o prostą sprawę: bilans finansowy spółki.

„Chciałem jedynie sprawdzić, czy prezes mówi prawdę, roztaczając przede mną lukrowane profity i stopy zwrotu. Społeczeństwo nie musi ufać prezesowi na słowo. Potrzebuje zobaczyć cyfry".

Najpierw mówiono, że dokument jest tajny, choć każda tego typu instytucja ma obowiązek ujawnić go najdrobniejszemu ciułaczowi. Potem Kittla odesłano do strony internetowej i całymi tygodniami zwlekano z zamieszczeniem dokumentu, aż w końcu opublikowano tylko bilans sprzed dwóch lat. Następnie w rozmowie telefonicznej Kittlowi podano kwoty: przychodów – niespełna dwieście milionów, i zysku – pięćdziesiąt milionów. Dziennikarz zdziwił się, bo prezes mówił w wywiadzie o trzystu milionach przychodu oraz siedmiu milionach zysku.

– Skąd ta zmiana? – zapytał. – Nie są to kwoty po przecinku. To różnica stu milionów!

– Teraz dane obejmują też inwestycję w linie lotnicze. Tamte są osobne, nie dla całej grupy kapitałowej – otrzymał gotową odpowiedź. Kiedy powołał się na dane sprzed tygodnia, które opublikowano na stronie internetowej, i podkreślił, że one są jeszcze inne, otrzymał natychmiastowe wyjaśnienie:

– Doszło do stu milionów przychodu, ale inwestycja zjadła zysk, dlatego wyniósł jedynie siedem milionów.

– Co dzieje się z wkładami? Jak są inwestowane? – pytał dziennikarz.

Prezes obiecał, że każe przesłać raport, ale dziennikarz nigdy go nie dostał. Za to jego skrzynkę mejlową bombardowano komunikatami i zapewnieniami:

„SEIF to spółka uważana przez klientów za firmę o wysokim potencjale inwestycyjnym oraz oferująca standard obsługi na najwyższym poziomie. Aktualnie pozycjonowana jest do roli lidera wśród instytucji oferujących usługi o zbliżonym charakterze w ramach sektora finansowego. Wszystkie inwestycje w ramach SEIF-u prowadzone są przez wykwalifikowaną kadrę pracowników celem uzyskania zadowolenia oraz sprostania wszelkim oczekiwaniom klientów w procesie tworzenia długoterminowych relacji typu B2C (Business to Client)".

– Słucham panią. – Do Saszy wreszcie wyszedł blondyn z grzywką, której nie powstydziłby się młody Lou Reed. Na ramieniu miał tekturową torebkę reklamową z materiałami prasowymi, a w dłoni trzy telefony komórkowe. Zaprosił ją do małej salki konferencyjnej z widokiem na panoramę Gdańska. Sasza usiadła tyłem do okna. Mężczyzna postawił przed nią materiały reklamowe. Sam zajął miejsce po drugiej stronie stołu. Odmówiła picia czegokolwiek. Jeśli miałaby dziś wypić jeszcze jedną kawę, pęcherz odmówiłby jej posłuszeństwa.

– Nie interesują mnie na razie malwersacje finansowe ani dochodzenia prowadzone przeciwko spółce – powiedziała łagodnie. – Na razie mam prostą zagadkę. Poznaje pan?

Wyjęła zmiętą ulotkę. Przesunęła w kierunku rzecznika. Mężczyzna zerknął, po czym odparł bardzo spokojnie, z przyklejonym uśmieszkiem:

– To chyba jedna z naszych pierwszych reklam. Już ją wycofaliśmy. Layout mamy całkiem inny i uprościliśmy logo.

Załuska wskazała palcem twarz księdza Staronia.

– Może niejasno się wyraziłam. – Nabrała powietrza. – Zaczniemy jeszcze raz i ostatni tak uprzejmie. Co ten facet ma wspólnego z wami?

Lubie zostało już tylko piąte piętro. A dokładniej gabinety szefów SEIF-u, dwie sale konferencyjne oraz newsroom informatyków. Liczyła, że skończy pracę przed północą. Następnego dnia jej córka miała w szkole występ. Dziś w nocy zamierzała jeszcze wypruć fastrygę z krakowskiego stroju regionalnego, który uszyła córce, odtwórczyni głównej roli – Pyzy. Na Ukrainie, skąd pochodziła, wykładała fizykę. Tutaj, odkąd dostała kartę stałego pobytu, bardziej opłacało się jej być sprzątaczką. Dorabiała też sobie jako krawcowa.

Wypchnęła wózek z detergentami z windy, przyłożyła kartę chipową do drzwi. W korytarzu było ciemno. Luba miała na rękach żółte rękawice. Musiała je zdjąć, by włączyć światło. Jarzeniówki rozbłysły aż do końca korytarza. Kiedy szukała klucza do gabinetu prezesa, wyczuła zapach dymu papierosowego. Zdziwiła się. W całym budynku obowiązywał całkowity zakaz palenia tytoniu, a na suficie migotały na czerwono czujniki przeciwpożarowe. Jak widać, nie działały. Pomyślała, że musi jednak zostać trochę dłużej, pootwierać okna, przewietrzyć halę. Inaczej będzie miała kłopoty. Wózek zostawiła na korytarzu i weszła do newsroomu, gdzie wzdłuż ciągu okien znajdowało się kilkadziesiąt stanowisk dla specjalistów IT obsługujących SEIF. Dopiero wtedy dobiegła ją przyciszona rozmowa.

– Co chcesz z tym zrobić?

– Nie wiem – padła odpowiedź. Na długi czas zapanowała cisza. A potem prośba: – Zrozum mnie. Muszę.

– Zawsze musisz coś robić?

– Powinienem.

– Nic nie powinieneś. Chyba że chcesz.

– Jest jeszcze coś.

– Jeszcze coś?

– Ktoś tam jest – mężczyzna ściszył głos do szeptu.

Dalej Luba już nie słyszała. Ruszyła z wózkiem w kierunku rozmawiających. Po drodze metodycznie przecierała biurka. Pracownicy mieli przykazane, by nie trzymać niczego na blatach – żadnych osobistych drobiazgów. Przed wyjściem z pracy chowali wszystko w małych szafkach pod biurkami, zamkniętych na klucz. Klucze były identyczne, ale większość tego nie wiedziała. Wystarczył jeden, by otworzyć kilkadziesiąt różnych szafek. Zwykle Luba obrabiała się z tą częścią biura w dwadzieścia minut. Mężczyźni nie powiedzieli już ani słowa. Jeden z nich wyłączył komputer. Potem przeniósł brudne szklanki w specjalnie wydzieloną do tego strefę, a popielniczkę opróżnił do kosza. Drugi mężczyzna stał bez ruchu, bokiem do niej. Nie odzywał się. Kiedy do niego podeszła, odwrócił się plecami, chwycił z wieszaka płaszcz.

– Dzień dobry, pani Lubo. – Wojtek Friszke uśmiechnął się. Znała go, zaczął pracę w biurze dopiero zeszłego lata, ale go zapamiętała. Często siedział nocami. Bywało, że na cały regulator włączał ostrą muzykę. Zaglądała mu czasem przez ramię, ale niczego nie rozumiała. Na ekranie były tabelki, wykresy, jakieś wydruki rachunkowe. Teraz zwrócił się do niej, jak zwykle najuprzejmiej: – Zostawiłem towar do umycia, da pani radę czy mam to zrobić?

Machnęła ręką. Zawsze po nim zmywała. Nigdy wcześniej nie był taki wygadany. Pomyślała, że jest taki miły, bo coś knuje.

– Niech pan się lepiej wyśpi – odparła z akcentem i ze zdwojoną energią zaczęła czyścić popiół i zacieki po kawie z jego blatu. Nie należał do pedantów. To było pewne.

Friszke chwycił kartę wejściową, dał znak towarzyszowi. Wtedy tamten się odwrócił i ukłonił z szacunkiem. Luba oniemiała. Byli identyczni. Zanim ten drugi zawinął wokół szyi kraciasty szalik, dostrzegła przy jego kołnierzyku koloratkę.

Sama abstynencja nie oznacza trzeźwienia. Sasza przerabiała to ze swoim terapeutą, można było o tym przeczytać w każdym biuletynie Anonimowych Alkoholików. Jej picie nie brało się z patologii. Na mityngach często słyszała przygnębiające historie o biciu, molestowaniu, braku miłości. Bzdura. Są miliony osób, które przeżyły traumę, a jakoś nie trafiają do AA. Choć skłonność do picia dziedziczy się w genach, to sam ten fakt nie determinuje uzależnienia. Sasza przez całe lata zastanawiała się, dlaczego ona zachorowała. Nadal wstydziła się określenia „alkoholiczka" i rzadko wypowiadała je na głos. Wiedziała, jakie uczucia budzi u większości ludzi. A przecież nigdy, nawet w największym amoku, nie przypominała menelki. Tak zresztą długo się pocieszała. Nie jestem taka jak oni: stali bywalcy barów, ci spod budki z piwem, leżący w kanale dworców bezdomni. Nie spadłam aż tak nisko. Nigdy nie spadnę, łudziła się. Zawsze schludnie ubrana, pachnąca, długo była w stanie normalnie pracować. Miała jednak w sobie jakąś pustkę, brak, który chciała wypełnić fizycznie. Dlatego nie umiała się zatrzymać i na tak długo związała z flaszką.

Jak się zaczęło? Gdzie jest granica między normalnym piciem a nałogiem? W którym momencie powinna była zacząć się bać? To główny problem w procesie trzeźwienia. Ustalić moment wejścia do piekła. Jego dno nie znajduje się tak daleko. A spada się błyskawicznie. Na początku każdemu alkoholikowi wydaje się, że potrafi kontrolować picie, zapewnia sam siebie: to tylko jeden drink. Bo jestem smutna, wesoło mi, nadarza się okazja. Zawsze jest okazja, a jak jej nie ma, to się ją znajdzie. Może granicę przekroczyła już jako sześciolatka? Pierwszy łyk w towarzystwie ojca. Pozwolił jej spić pianę od piwa. Albo lampka wina w eleganckiej restauracji z okazji zdania matury? Nigdy nie piła w domu, przy rodzicach. Alkohol traktowała jak coś odświętnego – gwarantował celebrę, festyn.

Zawsze była nieśmiała, akuratna, obowiązkowa. Całkowite przeciwieństwo przebojowej matki. Wystąpienia publiczne, nowi ludzie, egzaminy ustne, to wszystko ją przerażało. Wiedziała, że to wynika z nadmiernej perfekcji. Strachu przed kompromitacją. Wolała się schować w kącie, niż wystąpić na scenie, nawet przed nieliczną grupą kuzynów i ciotek. W czasie spotkań rodzinnych zwykle siedziała jak trusia i nie odpowiadała na zaczepki o szkołę, chłopaka, wybór kierunku studiów. Taka grzeczna dziewczynka! Dlatego tak trudno było wszystkim zrozumieć, co się stało. Dlaczego nasza Saszka się rozpiła? A odpowiedź okazała się prosta. Alkohol likwidował jej zahamowania. Dzięki niemu czuła się odważniejsza, bardziej dowcipna, życzliwsza, weselsza, wartościowa i sexy. Pozwalał być coraz to kimś innym, w zależności od sytuacji. Jak aktorka, za każdym razem mogła grać inną rolę.

Pozbywała się siebie, uciekała. Tworzyła własny wizerunek i wychodziło jej to: była lubiana. Ale lubili ją czy raczej maskę, którą akurat zakładała? W ostatniej fazie nie wiedziała już, kim jest naprawdę. Czy Sasza to ta zabawna dziewczyna w grupie znajomych, prawdziwa dusza towarzystwa, a może sumienna policjantka i jednocześnie kobieta bez zahamowań, której zależy nie na trwałej relacji, ale wyłącznie na damsko-męskiej przygodzie? To był jej zapalnik, jak mawiał Abrams w trakcie superwizji, kiedy przygotowywała doktorat. Strach przed zbliżeniem, zdemaskowaniem. Każdy ma coś takiego. Coś, co tkwi w człowieku i wcześniej czy później doprowadzi do jego zguby. To dlatego jej życie musiało pęknąć. Bomba od początku tykała pod stołem. Sasza spaliła akcję policyjną nie dlatego, że się upiła i prawie zginęła, narażając życie kilku osób. Ale dlatego, że nigdy nie umiała być sobą.

A teraz? Czy już znalazła spokój? Wie, kim jest? Tom prowadził kiedyś badania na temat uzależnionych od alkoholu sprawców przestępstw. To on pierwszy zadał te pytania. Jaka jesteś? Co ukrywasz w środku? Jaka byłaś, zanim zaczęłaś grać, i od czego uciekasz? Odpowiedzi szukała kilka lat. I gdyby nie Tom, pewnie nigdy by ich nie znalazła. Pozwalaj sobie na gniew, nie tłum go, mawiał. Pozwalaj sobie na radość, euforię, egoizm dziecka – to cię uniesie. Znajdź w sobie rzeczy wspaniałe i zacznij od pokochania siebie. Jesteś dzieckiem Boga, jakkolwiek Go pojmujesz. Jesteś wyjątkowa, jak każdy z nas. Mamy odmienne DNA i nie da się go sfałszować ani zmienić. Nie ganiaj za ludźmi, nie muszą cię lubić. Ci, którzy pasują do ciebie, znajdą cię i zostaną. A wtedy nie udawaj nikogo i nie dopasowuj się. Staraj się tylko być, aż poczujesz spokój. Słabości są potrzebne, nie musisz się ich wstydzić.

Do tego sprowadzał się w gruncie rzeczy jej proces trzeźwienia. Nie piła już siódmy rok, lecz czasem nadal czuła w ustach smak alkoholu. I bała się, że któregoś dnia popłynie i wiadra wódki będzie za mało. Pamiętała czasy, kiedy w mieszkaniu zawsze miała ukryty alkohol. Nic wymyślnego – najtańsza wyborowa. Chodziło tylko o procenty i zapach: im mniej czuć wódkę od alkoholika, tym łatwiej się zamaskować. Kiedy we flaszce pojawiało się dno, a nie miała kolejnej, traciła grunt pod nogami i była zdolna do wszystkiego, byle zdobyć pełne szkło.

I tak właśnie zdarzyło się wtedy, w Krakowie, podczas jej ostatniej akcji w CBŚ. Poszła po wódkę, podczas gdy powinna była siedzieć na tyłku i czekać na dyspozycje od szefów. Poszukiwany psychopata porwał ją i uprowadził spod sklepu. Trzymał przez kilka dni w piwnicy. Do dziś nie wie, ile to trwało. Straciła rachubę czasu. Przeżyła horror, ale też pierwszy raz od lat nie piła tak długo. Sama nie wiedziała, co było straszniejsze. To co zrobiła, by ratować życie, czy może to, że naraziła życie innych osób. Przez nią zginęła niewinna dziewczyna. Kolejna ofiara wystawiona na wabia, której ona sama obiecywała bezpieczeństwo. Wszystko stało się dlatego, że wyszła po pół litra. Chciałaby zapomnieć, ale nie mogła. Słowa, które wyrzucał z siebie dziś rano ksiądz Staroń, trafiały w punkt w jej historię. Miała wrażenie, że mówi o niej, nie o sobie. Ale trzymała się, nie "przypucowała". Stchórzyła, jak on kiedyś.

Jeden moment, który zmienia bieg naszego życia na zawsze. Po nim nic nie będzie takie samo i nie da się tego zmazać. Chciała wtedy umrzeć, wstydziła się żyć. Za granicą było jej łatwiej, nie musiała patrzeć w twarz tym wszystkim ludziom, których zawiodła. A potem, kiedy tkwiła w największym dole, po detoksie, bez perspektyw, dowiedziała się, że jest w ciąży. To był największy cios. Myślała, że niżej nie można upaść, a jednak okazało się to możliwe. Ojcem dziecka był podejrzany, którego rozpracowywała. Wprawdzie zmarł, zanim doszło do procesu, ale to nie zmieniało sytuacji. Ona wiedziała i przerażało ją, jakie geny nosi w swoim łonie. Zaproponowali jej oczywiście, że może dokonać aborcji. W końcu to owoc gwałtu.

– Byłaś więziona, dręczona. Ryzyko zawodowe. Nie musisz mieć skrupułów – przekonywali.

Zgodziła się. Nie chciała żadnych dzieci. Bała się deformacji genetycznych. Wiedziała, z jakimi wadami rodzą się dzieci pijaczek. Ale zmieniła zdanie tuż przed zabiegiem. Poszła na USG, zobaczyła płód na monitorze, posłuchała małego bijącego serca i pomyślała, że pragnie tej istoty. Lekarz powiedział, że dziecko jest zdrowe. Oniemiała. Pomyślała, że ta mała fasolka, która żyje w niej, nie jest winna niczemu i nikomu. A już na pewno nie ponosi odpowiedzialności za to, jakich ma rodziców. Odziedziczy geny zabójcy i alkoholiczki, ale to nie znaczy, że urodzi się diabłem.

Może tylko dzięki ciąży przestała pić. Inaczej chyba nie znalazłaby w sobie dość siły, by wyjść z piekła na powierzchnię, spojrzeć w niebo i powiedzieć: chcę żyć. Zresztą było coś jeszcze. Nikt o tym nie wiedział, bo przecież nie mogła tego napisać w raporcie. To było skrajnie nieprofesjonalne. Od razu by ją odwołali z misji, więc zataiła ten fakt przed zwierzchnikami: on jej nie zgwałcił. Można nawet powiedzieć, że Karolina jest owocem wielkiej fascynacji. Sasza nie wierzyła w szukające się po świecie połówki ani czerwone serduszka. Ale chemii, owszem, nie wykluczała. W Łukaszu zadurzyła się dużo wcześniej, zanim uznano go za głównego podejrzanego. Sama nie wiedziała, kiedy to się stało. Początkowo nie miał pojęcia, że Sasza jest policjantką. Działała pod przykrywką, miała nową osobowość. Znał ją pod imieniem Milena. Ona zresztą też nie miała pojęcia, z kim naprawdę ma do czynienia. Byli oboje doskonale zamaskowani.

Łukasz nie był klasycznym zabójcą seryjnym: obleśnym, wulgarnym czy agresywnym. Przeciwnie. Uzdolniony fotograf po ASP, z dobrej rodziny, o ujmującej twarzy. Miał dziewczynę, ale rzadko się z nią spotykał. Podobał się Saszy. Może trochę zakompleksiony, ale uznała, że to właściwe dla artysty. Był też doskonałą „wtyczką" do środowiska, które inwigilowała. Nieświadomie pomagał jej zbierać dane: o podejrzanych członkach klubu, plotkach, twórcach krwawych performance'ów. Dzięki niemu zapraszano ją w miejsca, w których mogła się dowiedzieć o wiele więcej. Poza tym był opiekuńczy, troskliwy, odpowiedzialny. Po prostu jej przychylny. Czuła to. Nawet raz okazał zazdrość, kiedy flirtowała z kimś innym.

To trwało jakiś czas. Całkiem platonicznie. Sądziła, że między nimi zaczyna się dziać coś naprawdę ważnego. Wtedy powiedziała mu, kim jest. To był jej największy błąd. Niedługo potem dziewczyna Łukasza zaginęła bez śladu, a w jego mieszkaniu Sasza odkryła zaginiony bohomaz „Czerwonego Pająka" – kwiaty wylewające się z kobiecego łona. Znalezisko było wystarczającym dowodem, że Łukasz ma znacznie bliższy związek ze sprawą, niż sądziła. Za późno zrozumiała, że to on mógł być copycatem najsłynniejszego polskiego seryjnego zabójcy, który jako jedyny trafił do archiwum FBI. Ten wątpliwy zaszczyt nie przypadł potem żadnemu z polskich zwyrodnialców: Marchwickiemu, Pękalskiemu czy nawet Trynkiewiczowi.

Spaliła akcję, bo się upiła i postanowiła się z nim rozmówić, zanim zgarną go tajniacy. W tamtym czasie praktycznie nie trzeźwiała. Stres, strach, ciągłe napięcie i obowiązek. Nie była w stanie zasnąć, funkcjonować ani zrelaksować się bez szklanki dżinu. Rzuciła mu w twarz prawdę – tak może postąpić jedynie alkoholik, bo wydaje mu się, że jest co najmniej wszechwładnym smokiem i nic mu nie grozi. Łukasz w jednej chwili zmienił się nie do poznania. Uwięził ją, przywiązał do krzesła, zaczął opowiadać o swoich zbrodniach. Wytrzeźwiała momentalnie. Była pewna, że to jej ciało z rozprutym brzuchem znajdą następnego dnia koledzy, a do komendy i mediów trafi artystyczne zdjęcie: jej wnętrzności, jak krwawe kwiaty z obrazu Staniaka. Byłaby piąta, ostatnia. Tak zapowiedział w listach do policji następca „Czerwonego Pająka" i słowa dotrzymał. Nigdy ich nie ujawniono opinii publicznej, zapanowałaby panika.

Działania policji były wyłącznie operacyjne. Sasza w Klubie Miłośników Sztuki występowała jako Milena. „Calineczka" to był kryptonim jej misji. Wtedy nie miała wsparcia, stopnia ani broni. Uruchomiła swoją jedyną broń. Była kobietą. Nie liczyła na wiele. Grała na zwłokę. Choć przerażona, poszła z nim do łóżka. Nie skrzywdził jej ani wtedy, ani później. Odprężył się, zaufał. Zaczęli rozmawiać. Wątpiła, że taki człowiek może zabijać. Nie była w stanie uwierzyć, że za chwilę, może jutro, kiedy mu się znudzi, rozpruje jej brzuch, a potem zrobi fotografie, które wyśle policji. Tak minął jeden dzień, drugi. Każda kolejna sekunda życia była jak bonus. Wreszcie tydzień. Wypuścił ją z piwnicy i zaprowadził do swojego mieszkania, w tej samej kamienicy na piętrze. Od razu zauważyła telefon. Śmiała się, kiedy mówił, że nawet gdyby zabił te wszystkie kobiety, jej by nie potrafił, bo czekał na nią całe życie. Ona go wyleczy. Płakał, że tylko przy niej panuje nad sobą, czuje się mężczyzną. I że to wszystko jest tylko złym snem. Była z nim wtedy z pełną świadomością. Może to był syndrom sztokholmski, może fascynował ją nawet bardziej, kiedy okazał się diabłem. Wtedy jeszcze ciągnęła na dno. Udało jej się uśpić jego czujność i wezwać pomoc. Wydała go, by ratować siebie. A on nawet nie pisnął, udawał, że nic nie wie, nawet kiedy się przyznała.

Ale zanim weszła brygada antyterrorystyczna, wzniecił pożar. Oświadczył, że nie wezmą go żywcem. Ją wypchnął na balkon, by nie udusiła się od dymu. Wtedy właśnie płonąca zasłona przylepiła się jej do ciała. Na dole byli już strażacy. Skoczyła na płachtę. Zdawało jej się, że całe życie przeleciało jej przed oczami. Zamknęła je więc i otworzyła dopiero cztery tygodnie później. Złamana noga zrosła się bardzo dobrze, zostały tylko ślady po oparzeniu i niewielkie rozdarcie ucha, prawdopodobnie od zerwanego kolczyka. Nie pamiętała, kiedy to się stało. Potem, kiedy była już w Anglii, dowiedziała się, że Łukasz zmarł w szpitalu w wyniku poparzeń. Sprawę zamknięto. Nigdy nikomu nie postawiono zarzutów. Mówili jej, by odpoczęła i wróciła, ale nie chciała. Złożyła raport o zwolnienie z policji.

A teraz, kiedy siódmą godzinę siedziała nad przekazanymi jej przez Ducha aktami sprawy gangu ze Stogów oraz powiązanymi z nią kilkoma operacjami policji, złapała się na myśli, że gdyby wypiła choć jeden łyk wina, myślałoby się jej lepiej. Plecy bolały niemiłosiernie. Alkohol zawsze pomagał się rozluźnić. Na szczęście zaraz zaświeciła się jej czerwona lampka: HALT. *Hungry, angry, lonely, tired*. Była głodna, wściekła, samotna i przepracowana. Idealne warunki, by znów pić. Lata abstynencji poszłyby w niepamięć. Znała osoby, które wracały do nałogu po dwudziestu latach. Wiele już nie żyje. Ale nie wszystkie zapiły się na śmierć. Zmarły na raka, udary, zawały. Kiedy się długo pije, organizm przestaje rozpoznawać choroby. Poddaje się. Odporność jest zerowa.

Czasami więc dopiero groźna choroba zawraca ludzi z dna alkoholowego piekła. Dopiero takie tąpnięcie uświadamia im, że są śmiertelni.

Miała przyjaciółkę w Londynie, z którą świętowały pierwszą rocznicę trzeźwości. Pięćdziesięcioseścioletnia Lucy, wybitny chemik, z listą publikacji długą jak książka telefoniczna, już nie żyje. Piła przez niemal całe dorosłe życie. Zmarła jednak trzeźwa, zaledwie rok po siódmym detoksie. Sasza rozmawiała z nią w szpitalu po ostatniej chemii. Kiedy Lucy przestała pić, okazało się, że ma groźniejszego wroga. Rak rozwinął się błyskawicznie, zajął większość jej organów. Na operację było za późno. Kobieta wiedziała, że śmierć to kwestia miesięcy, ale była szczęśliwa. Wyzwolenie spod jarzma flaszki okazało się dla Lucy ważniejsze niż życie. Daj czasowi czas, powiedziała jej wtedy Lucy, i weź przykład ze mnie. Alkoholikiem jest się do końca życia. Tak jak nosicielem wirusa HIV. Ty powinnaś żyć, masz dla kogo. Córka cię potrzebuje. Po prostu uważaj, bądź czujna.

Odłożyła akta i ruszyła do kuchni, by zrobić sobie herbatę i makaron z pesto. Gotowanie nigdy nie było jej pasją, ale opracowała kilka potraw, które jej smakowały i których przygotowanie nie zajmowało zbyt wiele czasu. Potrzebowała wciąż tych samych produktów. Makaron durum, dobra oliwa z oliwek, bazylia, pomidory, bakłażan, awokado, prawdziwy włoski parmezan oraz dużo czosnku. Nie była ideową wegetarianką, po prostu nie używała mięsa. Zamiast niego jadła migdały, sery, tuńczyka lub wędzonego łososia. Z tego skromnego zestawu potrafiła w ciągu kwadransa wyczarować całkiem znośne danie. Zabrała się do pichcenia. Nie przeszkadzało jej, że jest po północy. Mogła jeść o każdej porze. Brzydziła się wysiłkiem fizycznym. Każda forma aktywności, która powoduje pocenie się, ją odstręczała. Mimo to ubrania, nawet te sprzed lat, i tak nie kurczyły się w szafie, na co narzekały kobiety w jej wieku. Kiedy pytano ją, ile waży, podawała pięćdziesiąt osiem kilogramów, ale nie miała pewności, czy tak jest naprawdę. Nigdy nie miała własnej wagi.

Gotowanie w środku nocy jest właściwie czynnością przestępczą, więc Sasza starała się zachowywać cicho i nie brzdękać za bardzo garnkami. Karolina spała czasem bardzo płytko. Sasza powinna dalej pracować, czasu do rana zostało niewiele, ale miała teraz ochotę na najdoskonalszy reset systemu. Chciała zająć ręce, dać odpocząć głowie, by za chwilę nie wyjść na poszukiwania otwartej stacji benzynowej ze stanowiskiem mono. Czynności wykonywane w czasie gotowania są jak mantra. Wymagają zachowania kolejności, całkowitego skupienia, uwaga zaś skoncentrowana jest na wrzącej wodzie, czosnku, który trzeba posiekać, czy wybraniu momentu do wrzucenia fety, żeby się nie zwarzyła. Gotowanie zaś w nocy ma więcej zalet dla nałogowca niż dla każdego innego człowieka. Bo jeszcze lepiej, gdy alkoholik ma dla kogo gotować. To pozwala nie myśleć o piciu, a zapach świeżego jedzenia nieznacznie niweluje smród tytoniu w pomieszczeniu. Sasza całymi nocami wietrzyła swój gabinet, by córka rano nie zastała jej w kłębach dymu. Kiedy tylko zakończyła jeden ze swoich popisowych numerów – makaron z łososiem, fetą i rukolą – momentalnie zniknął głód. Zapach jedzenia zapełnił pustkę. Może niepijący alkoholicy powinni przechodzić terapię w kuchni żywienia zbiorowego? Miała taką koleżankę. W młodości była anorektyczką, na alkohol przerzuciła się dopiero przed czterdziestką. Bardzo poprawiało jej nastrój robienie setki naleśników do restauracji czy czterystu kanapek dla ekipy filmowej. Lubiła gotować, nie jeść.

Sasza skubnęła kilka kęsów pasty, po czym usiadła z herbatą na sofie. Ekran komputera migotał jak wyrzut sumienia. Przeczytała większość akt, wchłonęła dane. Wciąż jednak nie znalazła połączenia sprawy zleconej jej przez Ducha z zabójstwem Igły.

Janek Wiśniewski zginął od pięciu strzałów we własnym klubie. Sprawca dostał się tam za pomocą dorobionego klucza. Nie bez powodu jedynym dowodem rzeczowym, jaki zabezpieczyli, była rękawiczka Lange z zapachem oraz krwią ofiar. Pistoletu nie znaleziono. Została jedna łuska, która wskazywałaby na broń używaną masowo przez przestępców w latach dziewięćdziesiątych. Iza nie została dobita. Żadna z jej ran nie była śmiertelna. Zawodowiec nie zostawiłby świadka. Chyba że ktoś go spłoszył. Wciąż nie mieli potwierdzenia, czy w klubie była jakaś skrytka oprócz metalowej kasetki. Przy Łucji znaleźli trzydzieści tysięcy, które Buli podał jako zrabowane pieniądze. On sam był jednak podejrzany, jego zeznanie uznano za niewiarygodne. Dodatkową wątpliwość budził też fakt, że spisał numery banknotów. Potwierdzało to jedynie, że Łucja od początku miała być uwikłana w sprawę. Jeśli przyjąć, że kropla krwi na jej rękawiczce niepochodząca od ofiar jest nośnikiem DNA sprawcy, mogli wykluczyć kobietę. Nawet jeśli Łucja miała związek ze zbrodnią, do Janka i Izy strzelał błękitnooki blondyn ze skłonnością do chorób serca.

Dziwne jej się wydało, że wypuścili Bulego bez wykonania podstawowych badań pod tym kątem, ale to nie ona prowadziła dochodzenie. Może coś przed nią zatajono. Była przecież tylko zewnętrznym ekspertem. Jako psycholog musiała wciąż brać go pod uwagę. Jej wątpliwości budził motyw. Założyli na początku, że sprawca wszedł po pieniądze. A jeśli w kasetce ich nie było? Mogło być przecież tak, że Buli zabrał je wcześniej, by Igła z Izą oskarżyli Lange o kradzież i na tej podstawie wyrzucili z pracy, a potem udawał sojusznika Łucji, by wzięła je jako zadośćuczynienie, co miało być dodatkowym dowodem jej winy. Gdyby nie pomyłka dochodzeniowca, Łucja byłaby wciąż w więzieniu, może nawet przygotowano by akt oskarżenia. Ostatecznie DNA by ją jednak wykluczyło, ale niekoniecznie by wyszła, podejrzana o to, że odgrywa w sprawie pośredni udział. Sprawców mogło być dwóch. Łucja mogła stać na czatach lub, kiedy trwała jatka, plądrować lokal. Wiele by na to wskazywało. Na miejscu zbrodni była jej rękawiczka, jej zapach, to jej kluczem otwarto drzwi klubu.

Tymczasem ktoś inny – na przykład Buli – mógł rękawiczkę podrzucić specjalnie, by winą od razu obciążyli barmankę. Klucz także mógł dorobić i posłużyć się nim zupełnie świadomie. Wiedział, że policja jest w stanie ustalić pochodzenie dorobionej wkładki. Poza tym jest wyćwiczonym strzelcem, był w grupie przestępczej, z łatwością zdobyłby trefny pistolet. Umie działać pod presją czasu, zna branżę, prawdopodobnie przewiduje działania policji. Przez lata działał po obu stronach barykady. Wiedział na przykład, że łuski są cennym dowodem, więc je pozbierał. Czy zapomniałby o tej, którą znaleźli? Wturlała się pod ciało Igły, ale takiego błędu zawodowiec nie popełnia. Amator mógłby to przeoczyć, było ciemno. To odcisk palca Bulego znajdował się na klamce, podeszwa buta została potwierdzona na śniegu, widział go Waldemar Gabryś, jest jego nagranie. Buli wreszcie ma motyw i znał

Igłę od lat. Znów pytanie, jakie się nasuwa: dlaczego go wypuścili? Kto miał w tym interes?

Teraz kolejna zagadka, której policja w ogóle nie bierze pod uwagę. *Dziewczyna z północy* – piosenka, do której autorstwa nikt nie chce się przyznać, opowiada historię z czasów, kiedy Buli był jeszcze policjantem, choć już na usługach Jerzego Popławskiego, pseudonim „Słoń". Ksiądz potwierdził, że kryje ona kod. W niej jest wszystko. Ale co poza opowieścią, którą już znała? Żałowała, że nie mogą wydusić ze Staronia tych danych. Tajemnica spowiedzi. Sprytne. Na razie wiedziała tyle: Igła przyniósł Bulemu broń zrabowaną przez dzieciaki jednemu z gangsterów w Rozie, klubie dziś już nieistniejącym. Tam właśnie znaleziono martwą dziewczynę. Tak się poznali z Igłą. W tym wszystkim przed laty brał udział Marcin Staroń, obecnie ksiądz celebryta.

Ta postać wydawała się jej najbardziej ambiwalentna. Pozornie nie można mu było niczego zarzucić, a jednak to on wziął pod swoje skrzydła Łucję, opłacił jej adwokata, poręczył za nią, choć ponoć wcześniej jej nie znał. Mówi, że zrobił to ze względu na jej ciocię. Co ciekawe, ksiądz rodzinnie powiązany jest ze Słoniem. Maria, matka duchownego i rodzona siostra Słonia, zmarła na pęcherzycę, zanim jego ojciec, Sławomir Staroń, dostał wyłączną koncesję na sprzedaż w Polsce amerykańskich wozów terenowych. Wcześniej był podejrzewany o udział w grupie przestępczej, został oczyszczony z zarzutów. Ksiądz twierdzi, że nie utrzymuje kontaktów z ojcem ani ze Słoniem, choć dziś obaj to nie przestępcy, lecz biznesmeni. Minęło wiele lat. Ludzie już nie pamiętają, skąd wzięli pierwszy milion. Słoń był karany tylko raz, i to za drobne przewinienia.

Co ciekawe, zarówno Bulego, jak i Słonia oraz księdza dodatkowo łączy pewna spółka – SEIF. Buli jest tam udziałowcem, Słoń członkiem zarządu, zdjęcie księdza zaś zdobi pewną starą ulotkę reklamową. I choć ksiądz zarzeka się, że nie ma teraz z nimi nic wspólnego, łączy go z nimi postać ofiary. Jako nastolatek brał z Igłą udział w nieudanej napaści na gangstera. Ukradli wtedy broń, którą potem przyniósł Bulemu Igła. Trzeci uczestnik napadu – Przemek – nie żyje. Podobnie jak jego siostra Monika, w której ksiądz był kiedyś zakochany. Teraz zaś duchowny nie ma alibi na czas zabójstwa w Igle. Sprawa jak dotąd wydawała się klarowna. Fakty mówiły za siebie. Te wszystkie osoby łączyła jakaś tajemnica. Może nikt z nich nie mówił całej prawdy, dlatego Sasza wciąż nie mogła się przebić przez zasłonę dymną. Kłębek danych był splątany. Musi znaleźć małą nitkę, by rozsupłać węzeł. Klucz tkwił w piosence. Miłość? Pieniądze? Tralalala. Miłość, szmaragd i krokodyl. Dalej były same znaki zapytania.

Po pierwsze bliźniak księdza. Istnieje, wychowywali się razem do tragedii Mazurkiewiczów. Wyjechał do Niemiec i zapadł się pod ziemię. Czy na pewno? Czy przypadkiem ksiądz nie kryje brata? Księdza należy natychmiast przesłuchać i sprawdzić pod kątem dowodów. Gdyby była choć jedna przesłanka, by zbadać jego DNA, powinni to jak najszybciej zrobić. Rozmawiali dziś o tym z Duchem, kiedy Sasza przyniosła mu nowe dane. Sprawa była delikatna. Zatrzymanie trzeba by przeprowadzić dyskretnie.

Podobnie rzecz miała się ze Słoniem. Dziś to pan prezes. Mogła co najwyżej umówić się na wizytę w jego biurze. Tego właśnie oczekiwali od niej ludzie z pezetów. Ich nie interesował zabójca Wiśniewskiego. Chcieli, by znalazła im haka na Słonia. Coś, co ściśle powiąże go ze sprawą morderstwa w Igle, spółką SEIF, a najlepiej jeszcze ze starymi sprawami gangu ze Stogów. Chcieli, by pomogła im zdemaskować strukturę mafijną. Sama? Na podstawie akt? Na jutro rano?

Poza tym zostawała jeszcze kwestia podrabianego Bulego. Ktoś przyszedł do niej, udał Bławickiego, powołał się na służby, wcisnął jej do ręki gotówkę. Dała się nabrać, ale nie była wariatką. Wtedy w nocy przez telefon rozpoznała ten głos. Tak jej się w każdym razie wydawało. Wiedziała, z którym oficerem rozmawia. Nigdy go nie zapomni. To on dowodził akcją „Calineczka". Dziś podzwoniła trochę, próbowała go znaleźć. Nieprawda, że pracował w kryminalnym. Mówili jej, że dawno odszedł, może wyjechał za granicę. Komuś wysłał kartkę z Ibizy. Sasza była pewna, że wciąż pracuje, tyle że nie chcą go ujawnić. Klasyk. Potrzebowałaby znajomego, by dowiedział się dyskretnie. Nie miała nikogo takiego. Dawno straciła kontakty.

Mijała druga nad ranem. Zdecydowała, że pójdzie spać, dopiero kiedy skończy i wyśle profil Duchowi i Waligórze. Opisała już rzetelnie miejsce zbrodni, wykonała analizę wiktymologiczną ofiar, zbudowała ostatnią linię życia ofiary. Ustaliła kilka cech nieznanego sprawcy na podstawie akt i dostępnych danych. W nawiasach zapisała sobie hipotezy, by móc jeszcze je poprawić. Kilka razy łamała się, by zadzwonić do Abramsa, ale się powstrzymała. Pośle mu ekspertyzę i jutro to przegada. Teraz nie ma czasu na rozmowy. Musi się wziąć w garść i zrobić to sama. Da radę. Nie takie kryzysy już pokonywała.

Cechy charakteru nieznanego sprawcy
Sprawa zabójstwa Janka Wiśniewskiego, ps. „Igła"
sygn. V Ds $^{47}/_{13}$

1. **Wiek: 35–45 lat.** Spore doświadczenie życiowe, zachował zimną krew na miejscu zdarzenia, szybkie odejście z miejsca zbrodni, wykorzystał element zaskoczenia.

2. **Płeć: mężczyzna, włosy ciemny blond.** DNA – rękawiczka.

3. **Wzrost, budowa ciała.** Minimum 185 cm wzrostu (zeznanie Izy Kozak, widziała lufę wycelowaną w siebie na wysokości twarzy), szczupły, sprawny fizycznie, być może wysportowany, zwinny, prawdopodobnie o dobrej tężyźnie ciała, np. trenuje, pracuje fizycznie (zapanował nad dwiema ofiarami, szybko oddalił się z miejsca zdarzenia, nie zostawił śladów, musiał być mobilny).

4. **Inteligencja: wysoka + spryt życiowy.** Zaplanował napad, przyniósł ze sobą broń lub wykorzystał jej dostępność na miejscu zdarzenia. Emocjonalnie stabilny. Zareagował skutecznie na nowe okoliczności (sprawdził obecność innych osób w pomieszczeniach w głębi klubu, wyszedł, zamykając drzwi, klucz usunął). Prawdopodobnie śledzi postępy pracy policji w mediach. Niewykluczone, że stara się prowadzić normalny tryb życia. Czeka, aż sprawa ucichnie. Może w niedługim czasie próbować zorganizowanej ucieczki. Planuje kilka kroków naprzód. Musi mieć sojuszników, niekoniecznie wiedzą, że jest sprawcą zabójstwa. Przy zatrzymaniu zastosować metodę „kotwicy", by – jeśli się przyzna – wyszedł z tego z twarzą. Raczej zapewnił sobie alibi. Być może znajduje się wśród „sojuszników" policji, by mieć dostęp do danych dochodzenia. Raczej nie znajdował się w tłumie gapiów, kiedy odkryto zwłoki (zbyt duże ryzyko, poza tym czas reakcji policji i pogotowia był zbyt krótki od zdarzenia – druga ofiara przeżyła).

5. **Wykształcenie.** Z pewnością absolwent szkoły średniej technicznej (zorganizowane miejsce zdarzenia + posprzątał łuski). Może mieć wykształcenie wyższe lub niepełne wyższe. Mógł rozpoczynać kilka różnych kierunków studiów. Przebieg zdarzenia wskazuje na działanie metodyczne, wymagające modyfikacji planu w trakcie realizacji, zapanował nad ofiarami, jednocześnie pamiętał o łuskach, zabrał ze sobą broń i skutecznie ją ukrył, ale nie doprowadził sprawy do końca, pozostawił świadka.

6. **Status zawodowy.** Ma swoją firmę, którą sam stworzył (wykreował), lub pracuje na kierowniczym stanowisku. Jeśli jest szeregowym pracownikiem, dobrze sobie radzi, działając w pojedynkę, ale chętniej zleca zadania. Nie jest perfekcjonistą. Może być liderem w zespole, jest dosyć zorganizowany, działa „skokami", obowiązkowy, ale nie obsesyjnie, może „zawalać" sprawy, a potem wykonywać je hurtem, podejmuje się zadań poniżej swoich kompetencji tylko w przypadku konieczności. Działa spektakularnie, by wzbudzić podziw, może być próżny.

7. **Miejsce zamieszkania.** Nie mieszka w okolicy ani w Sopocie, ale mógł pracować, bywać służbowo lub wychować się tutaj, znał klub – bywał w Igle. Może znajdować się na zdjęciach na Fb lub innych umieszczanych przez klub w internecie, ewentualnie obserwował miejsce zdarzenia wcześniej. Dzięki temu mógł wtopić się w tłum, wiedział, jak skutecznie się oddalić. Prawdopodobnie pochodzi z Trójmiasta. Osiedla patologiczne i bloki robotnicze można wyeliminować. Nie-

wykluczone, że mieszka w lepszej dzielnicy (mieszkanie deweloperskie) lub ma własny dom. Jest on zadbany, chroni prywatność (solidna brama, żywopłot, może mur). Na krótko przed planowanym przestępstwem mógł wynająć mieszkanie w pobliżu (w kwadracie ulic Pułaskiego, Chopina, Monte Cassino i Chrobrego) i się w nim ukryć, zanim zakończyła się policyjna obława. To by tłumaczyło, dlaczego „zniknął" po zdarzeniu.

8. **Wygląd zewnętrzny.** Obuwie wygodne, ale nie sportowe typu adidasy – raczej ciężkie (Iza słyszała kroki). Nie ma pewności, że protektor obuwia zabezpieczony na śniegu jest śladem sprawcy. Mógł mieć ochraniacze na nogach. Nie zostawił śladów na rozmazach krwi (chyba że pogotowie zadeptało), neutralne barwy (nikt nie zauważył krzykliwie ubranego człowieka), raczej lekka odzież (musiał mieć swobodę ruchów przy oddawaniu strzałów), prawdopodobnie nosił rękawiczki (brak dodatkowych odcisków palców na klamkach wejściowych i skrzydłach drzwi), potem jednak musiał jedną z nich zdjąć – skaleczył się (może zamek zaciął go po pierwszym strzale), pewnie czapka lub kaptur – zasłaniający twarz. Nie można wykluczyć przebrania na „legendę": sutanny lub kombinezonu elektryka etc.

9. **Samochód.** Raczej posiada, nawet jeśli jest wysportowany i oddalił się pieszo, mógł zaparkować kilka przecznic dalej (szybko zniknął z miejsca zdarzenia). Prawdopodobnie miał pomocnika. Ktoś go podwiózł/ostrzegł/stał na czatach. Jego samochód będzie stosunkowo nowy, czysty wewnątrz, praktyczny, niezawodny, model

duży (wzrost mężczyzny), zwracający uwagę lub drogi (próżność).

10. **Doświadczenie kryminalne.** Posiada, mógł być też karany. Zadbał o sprzątnięcie łusek, utrudnienie dostępu do miejsca zbrodni – zamknięcie klubu kluczem, brak pozostawionych śladów (rękawiczki). Zna sposoby pracy policji. Przewiduje działania śledczych. Zapewnił sobie alibi.

11. **Związek z ofiarami.** Mógł znać Igłę (rany na plecach + postrzał w głowę), Izę – raczej nie (błąd lub oszczędził ją – patrz pkt 12).

12. **Stan cywilny.** Nie ma stałej partnerki. Prawdopodobnie nigdy nie był w stałym związku (małżeństwo). Kobiety darzy jednak szacunkiem i uwagą. Angażuje się w płytkie, komfortowe dla siebie relacje, być może z kobietami zajętymi lub bardzo młodymi, niedoświadczonymi. W relacji z żoną/partnerką zachowuje autonomię i dominację. Wiele robi dla ozdoby, jeśli związek jest niesatysfakcjonujący, rezygnuje z niego. Może mieć zaburzenia sfery emocjonalnej i seksualnej. Niezaspokojenie, bez dewiacji (chaos emocjonalny, potrzeba wyładowania – zadaniowość, brak zachowań agresywnych na miejscu zdarzenia). Może mieć słabość do kobiet (nie dobił Izy), może mieć do nich stosunek: rycerz, opiekun. Ale boi się zaangażowania. Chce zachować tzw. wolność.

13. **Dzieci.** Nie posiada. Duże ryzyko działania, zakres – spektakularny. Brawura. Zbrodni dokonał w Wielkanoc.

Zatrzymała się. Skreśliła ostatni punkt. Nie była go pewna. Przecież ona sama miała dziecko, a wykonywała ryzykowną pracę. Wybór podejrzanego należał do policjantów, ale już teraz widziała, że żaden z dotychczasowych typów nie pasował do profilu w całości. Wciąż kręcili się w próżni, strzelec zaś był na wolności i z każdą chwilą mieli mniejsze szanse na jego zatrzymanie.

Mimo późnej pory zdecydowała się zadzwonić do Abramsa. Może on jej podpowie, jak znaleźć niemieckiego bliźniaka księdza.

Sędzia Filip Szymański znał kodeks ludzki i boski. Wiedział, co jest dobre, a co jedynie wypada. Zło nie istnieje, przekonywał, wzbudzając ogólne oburzenie. I dowodził, że to tylko abstrakcyjne pojęcie, które staje się ciałem, dopiero gdy człowiek pozwala sobie na słabość. Gdyby sprawca miał w sobie choć odrobinę siły, zatrzymałby się w odpowiednim momencie. Ofiara zaś nie weszłaby w rewir działania sprawcy. Zbrodnia nie jest niczym nadzwyczajnym. Nie atakuje jak błyskawica najwyższą sosnę. To nie Bóg karze ludzi za grzechy, diabeł nie kusi, żadna karma się nie wypełnia. Agresja jest dowodem słabości. Znakiem, że człowiek sobie nie radzi, zagubił się lub ucieka. Śmieszyli go ludzie zafascynowani kilerami, seryjnymi zabójcami, doszukujący się w ich rozpaczliwych działaniach tajnych mocy.

Sędzia Szymański zdawał sobie oczywiście sprawę, że alkohol, narkotyki i brak wzorców sprzyjają zbrodni oraz skutecznie trenują przyszłych sprawców, lecz wiele jest przykładów ludzi, którzy mimo że pochodzą ze środowisk patologicznych, wyszli na prostą. Pewnie, że zbrodnia lęgnie się w mózgu. Każdy sprawca był kiedyś ofiarą. W pewnym sensie popełniane przestępstwo jest tylko wydłużoną zemstą za zranienie. Zwykle nieuświadamianą. Ale by do zdarzenia doszło, ofiara i zabójca muszą do siebie pasować. Są jak idealni kochankowie. Tyle że zamiast miłości łączy ich uczucie strachu. Zabójstwo to ponoć najintymniejsze z doznań dla obojga. Nie bez powodu psychopaci czerpią z zabijania więcej przyjemności niż z seksu. Dlatego przypadkowe zbrodnie też mają swoją genezę. To, co niektórym wydaje się niezrozumiałe, jest proste jak dziewięcioskładnikowe puzzle dla trzylatków. Wystarczy przejrzeć życiorysy bohaterów dramatu i zagadka fatum wyjaśniona. Ale ludzi to nie obchodzi. Wolą proste wytłumaczenia (motyw rabunkowy, zazdrość, zemsta) lub wierzą w tajemne moce (Bóg tak chciał).

Takie naskórkowe postrzeganie tematu bardzo go nudziło. Nie ufał też ludziom świętym, uważanym za nieskończenie dobrych, wspaniałomyślnych i czystych jak łza, a już zwłaszcza tym, którzy poświęcali życie dla innych. Twierdził, że po prostu bali się je przeżywać. Zdrowy egoizm i umiejętność zaspokajania swoich prawdziwych potrzeb to są jego zdaniem klucze do szczęścia. Oczywiście Szymańskiemu nie chodziło tu o poglądy Nietzschego, choć często go czytywał, ale o umiejętność kochania siebie, jakkolwiek banalnie by to brzmiało. Wszystko jest subiektywne i zależy od punktu widzenia. Problem w tym, że żyjemy za krótko – mawiał. To dlatego tak rozpaczliwie walczymy, a czasem tańczymy jak małpy na drucie, choć muzyka nie do końca nam odpowiada. Raz polka, innym razem requiem. Hip-hop, a za chwilę potańcówka w remizie. Znał oczywiście takich, którzy powiedzieliby: basta. Sam kiedyś do nich należał. Ale stopy większości znanych mu ludzi zdołałyby się ułożyć do każdego rytmu. Stąd trupy, kradzieże i kłamstwa. Wszystkiemu winien krótki termin przydatności ludzkiego życia.

On sam skończył właśnie pięćdziesiąt dziewięć lat i zdecydował, że pożyje jeszcze dwadzieścia jeden. Lubił równe rachunki. Nigdy nie prosił o wydawanie reszty. Nie powiesi się, cierpi na lęk wysokości. Raczej strzeli sobie w głowę. Pistolet już miał. Ostatnio coraz częściej myślał o tym, co będzie, kiedy zgaśnie światło. Co jeszcze chciałby zrobić? Czy ma coś do naprawienia? Zło nie istnieje. To tylko pojemny worek, do którego można wrzucić tabu – wszystko, co ciemne, niedotykalne i niezrozumiałe. Ale ambicje, pragnienia i przede wszystkim strach istnieją naprawdę. Człowiek czuje je po wielokroć każdego dnia. To one napędzają walkę lub taniec. Nie ma co się wstydzić, należy to przyjąć z godnością. Każdy może być przestępcą. Każdy jest w jakimś stopniu słaby i może się bardzo bać.

Ludzie jednak wolą się oszukiwać, że są z gruntu uczciwi. Nigdy nie zrobię nic tak okropnego – mówią. Słyszał to w salach sądowych setki, tysiące razy. Nawet kiedy dowody nie pozostawiały wątpliwości. Dlatego sędzia Szymański stworzył swój własny kodeks i zawsze postępował według jego zasad. Od dawna już nie mówił głośno tego, co myślał. I tak nie miało to większego znaczenia dla sprawy. Był szefem Sądu Okręgowego w Gdańsku już siedemnasty rok i nigdy nie polubił tej pracy. Zaczynał jako karnista w byłym systemie. Wtedy wierzył w coś innego. Mówiło się na to „sprawiedliwość". Jego zdaniem pojęcie dziś nieistniejące, piękna teoryjka, podobnie jak zło. Proces sądowy to tylko przedstawienie – raz bardziej spektakularne, innym razem kameralne. Mistrzostwa ligowe: prokurator kontra adwokat. Co myśli sąd, nikogo nie obchodzi. Mógł tylko dawać żółte i czerwone kartki, przyznawać punkty. Jeśli z dokumentów wynikało, że szala Temidy przechyla się w stronę oskarżonego, gola zdobywał adwokat. W przeciwnej sytuacji to prokurator był zadowolony. Kodeks Szymańskiego mówił wyraźnie: jeśli wina sprawcy nie została udokumentowana, nie można nikogo skazać. Lepiej wypuścić zbira, niż mieć na sumieniu osobę, co do której pewności brak. Dlatego też sędzia Szymański spał spokojnie. Tak było do dzisiejszego wieczoru.

Do jednej z piękniejszych willi na ulicy Polanki w Oliwie dotarł na piechotę. Samochód zaparkował koło meczetu. Nie chciał, by ktoś go przyuważył. Zresztą przed wejściem i tak nie było już miejsca. Obejrzał auta i stwierdził, że przyszli prawie wszyscy. Rozpakował z celofanu fioletową kulę alium i nacisnął dzwonek. Po chwili usłyszał brzęczyk. Bramka odskoczyła. Wydało mu się, że na końcu kolumny wozów zaparkowanych przed wejściem zatrzymało się buraczkowe auto. Zarejestrował, że to stare combi. Nie lśniło czystością. Kierowca nie wysiadł z wozu, nie wyłączył silnika. Szymański zwolnił, po plecach przebiegł mu dreszcz. Pomyślał, że to policja. Po ostatnich zdarzeniach muszą obserwować dom Słonia. Nikt jednak nie zabroni mu chodzić z kwiatami, do kogo mu się podoba. Druga myśl była gorsza. Może się tak zdarzyć, że nie dane mu będzie przeżyć tych dwudziestu jeden lat. Może wystarczy pięćdziesiąt dziewięć. Nie bał się. Jeśli umrze śmiercią gwałtowną, kilka osób pociągnie za sobą. Na świecie nie ma ludzi czystych, o nieposzlakowanej opinii. A on ma swój notesik, w którym wszystko jest pieczołowicie wypunktowane. Każdemu po sprawiedliwości, ile mu się należy. Żółte, czerwone kartki, plusy i minusy. Jak babcia Temida nakazywała.

Wszedł, robiąc wielki krok nad kałużą. Jerzy Popławski uśmiechał się już do niego w drzwiach. Wózek inwalidzki asekurowali długonoga hostessa dekadę młodsza od córki Szymańskiego oraz ochroniarz bez szyi. Zmrużone powieki salamandry lustrowały każdy ruch.

– Sto lat, panie Jurku. – Sędzia wyciągnął w kierunku Słonia kwiat. Hostessa przejęła go, zanim Popławski go dotknął. Obejrzała go dokładnie, dopiero potem włożyła do wazonu, jakby podejrzewała, że zawiera ładunek wybuchowy. Szymański westchnął ciężko na przejaw takiego braku zaufania. Dodał niskim barytonem: – Niech ci się wiedzie, a nam wszystkim nie doskwiera bieda. SEIF niech rozpleni się na cały świat.

– Mam nadzieję, że nie przyjechałeś samochodem? – Słoń się rozpromienił.

– Niestety – westchnął Szymański. – Ale wódki się napiję. Liczyłem, że jak zwykle twój kierowca mnie odwiezie.

– Choćby i na Ibizę. Dostarczą cię bezpiecznie.

Drzwi się zatrzasnęły.

Szymański słyszał muzykę klasyczną. Wewnątrz byli stali bywalcy. Tylko kilku młodych wilczków nie znał. Domyślił się szybko, że to zwerbowani do SEIF-u anglosascy finansiści. Mówili w języku, którym Szymański władał niezbyt biegle. Oddalił się dla bezpieczeństwa, by nie musieć z nimi konwersować. Po drodze skinął głową prokuratorowi okręgowemu, dwóm duchownym w cywilu i bardzo pijanemu już radnemu, któremu towarzyszyły trzy dzierlatki. Były w takim wieku, że do hostessy przy drzwiach powinny mówić „ciociu". Na pierwszy rzut oka nie wyglądały na dziwki, ale jeśliby sądzić po ich aparycji, bez sowitej zapłaty nie pojawiłyby się tutaj z własnej nieprzymuszonej woli. Przy drugim spojrzeniu już był pewien, że do tanich nie należały. W drugim pokoju kręciło się ich jeszcze więcej. Niektóre wciąż były wolne, patrzyły na sędziego hipnotyzująco. Starał się nie nawiązywać kontaktu wzrokowego. Nigdy nie korzystał z usług takich panienek, choć gospodarz zapewniał, że jest to relaks bezpieczny.

Wziął kieliszek białego wina i ruszył do kolejnego pomieszczenia. W połowie drogi Popławski znów go zaczepił. Wskazał sędziemu niemłodą już, ale wciąż zmuszającą mężczyzn do wciągnięcia brzucha blondynkę. Włosy miała do połowy ucha, podwijały się do środka. Nie farbowała ich, pojedyncze siwe pasma dodawały jej uroku.

– Poznaj Ksenię Duńską. Jej męża Martina znasz.

Sędzia nieznacznie skinął głową. Kobieta była ubrana niestosownie do okoliczności. Bryczesy, oficerki do jazdy konnej i biała męska koszula. Zdawała się wyższa o dwie głowy od męża, który nawet nie zaszczycił sędziego spojrzeniem. Drobny szpakowaty brunet o wąskiej szczęce i zbyt dobrym jak na niego ubraniu. Oczy miał rozbiegane, wąskie usta zacisnął, zdradzając nieufność. Gdyby nie żona, Szymański wziąłby go za geja. Wiedział, że to obecny szef SEIF-u, a także że jutro ma być aresztowany. Wyrok napisze mu osobiście, oczywiście skazujący. Na razie Martin myślał, że nie wyjdzie tylko przez najbliższe trzy miesiące, jego miejsce zaś tymczasowo zajmie małżonka i będzie pełnić obowiązki do czasu, aż sprawa nie przycichnie lub się nie rozpęta. Szymański obstawiał pół roku, nie więcej. Potem sytuacja będzie już klarowna. Może wtedy stanowisko obejmie ktoś właściwy, żaden słup. Był ciekaw, czy on wie i czy ona wie, co ich naprawdę czeka. Pokazał, że idzie zapalić, i ruszył na taras. Kobieta dołączyła do niego. Mąż tylko skinął przyzwalająco głową, wyraźnie zadowolony, że pozbył się małżonki. Wreszcie mógł przemieścić się w kierunku dam all inclusive.

– Nabroiłam, a teraz pan musi sprzątać? – zagaiła Ksenia bez uśmiechu. – Bardzo przepraszam.

A więc wie. Pomyślał, że ta kobieta utrzyma się na stanowisku znacznie dłużej niż jej mąż. Z błyszczącej paczki wyjęła slima i niedbale włożyła do ust. Bezskutecznie czekała na ogień. Sędzia spłonił się. Od razu się zorientowała, że nie zamierzał palić, a jedynie pozbyć się jej towarzystwa. Nie pokazała po sobie urazy. Wyjęła swoją zapalniczkę i po prostu mu ją podała. Był to przepiękny, inkrustowany bursztynem drobiazg. Szymański nie bardzo wiedział, jak go skutecznie użyć, ale na szczęście rozszyfrował zmyślne urządzenie i użyczył jej ognia. Ręka mu tylko lekko zadrżała, kiedy koszula Kseni się rozchyliła i spostrzegł, że kobieta nie nosi stanika, jedynie męską bokserkę, przez którą prześwitywały drobne piersi.

– Te linie lotnicze to był błąd – powiedział lodowato. – Niepotrzebnie zwróciły uwagę mediów.

– Mówiłam mu. – Pochyliła głowę jak skarcona i westchnęła teatralnie. – Ale w tym kraju mężczyźni nie słuchają kobiet.

– Nie wszyscy – zaoponował pośpiesznie.

Podobała mu się. Była mądra i nie szczebiotała. Gdyby nie miał żony, z pewnością by się nią zainteresował. Wyczuła to, bo rozciągnęła usta w ładnym uśmiechu. Pasował do jej fryzury. Figlarna grzywka odejmowała jej lat.

– To się na szczęście zmienia. – Wydmuchała dym wprost w jego twarz, a potem podała mu papierosa z błyszczącej paczki. Wziął, niezdarnie użył bursztynowej zapalniczki i zaciągnął się niezbyt mocno. Dym drapał go w gardło.

Papieros mu nie smakował, lecz nie dał tego po sobie poznać. Zastanawiał się, dlaczego akurat dla tej kobiety złamał jedną ze swoich zasad.

– Zresztą Rusow strasznie się do tego zapalił – dodała Ksenia. – Ma kozacką fantazję. Myśli, że wkrótce dzięki uprzejmości Słonia zacznie rządzić światem.

– Prostak z Kaliningradu. Kilogramy złota, jakie nosi na sobie, nie rozświetlą mu mózgu – podsumował.

Ta odpowiedź spodobała się Kseni. Uznała go za równego sobie partnera do rozmowy.

Kelnerka podeszła z tacą pełną wódki. Szymański wziął dwa kryształowe kieliszki, jeden z nich podał kobiecie, ale odmówiła. Tonem cesarzowej zażądała białego wina. To z kolei spodobało się jemu.

– Tak naprawdę niewiele mogę zrobić. Kilka osób trzeba popisowo skazać – powiedział jej szczerze. Zakasłał kilka razy, nie zgasił jednak papierosa. – Ale tylko kilka, najmniej potrzebnych. Pieniądze wyprowadzono, zostało mniej niż dziesięć procent kapitału. GIIF i KNF już wiele wiedzą. To musi się wydać. Rozumiem, że reszta poszła na straty?

Spojrzał na jej profil. Miała nieduże oczy, spory nos, nieładnie marszczyła czoło, kiedy przyglądała się różowemu niebu. Ale byłaby idealna do niemego kina. Wyrazista, charyzmatyczna. Słoń zawsze miał gust.

– Kogoś trzeba poświęcić – odparła. – Jeśli chodzi o nas, ustaliliśmy, że Martin weźmie to na siebie. Ja na szczęście nigdy nie pokazałam twarzy mediom.

Odwróciła się.

– Nie bardzo rozumiem.

Szybko wypił drugi kieliszek. Kelnerka podała Kseni wino.

– Chyba nie sądzi pan, że to Martin zarządza firmą? – Umoczyła usta i uśmiechnęła się. – Nie wierzę, że pan nie wiedział. Doskonały żart.

Szymański stał skonsternowany. Ksenia zdecydowała się więc wszystko wyjaśnić.

– W papierach Martin figuruje jako prezes, ja jestem tylko udziałowcem. Tak naprawdę jednak w jego biurze siedzę ja. On uparł się na te linie i wszystko spieprzył. Naprawdę nie mogłabym być jego żoną. To prostak. Zresztą to on nosi moje nazwisko, nie odwrotnie.

– Pani może się czuć bezpieczna.

– Słowo?

Szymański oblał się rumieńcem i pokiwał głową. Zaskoczyła go. Ewidentnie go kokietowała.

– A co z tym zabójstwem? – zagaiła niby o pogodzie. – Słyszałam, że mają zatrzymać księdza. To prawda?

– Sprawa jest w toku. Za wcześnie, by cokolwiek powiedzieć. Na pani miejscu byłbym jednak spokojny.

– Taką mam nadzieję. Wolałabym już być wdową, niż jeszcze choć miesiąc dłużej znosić gawędy Martina. A pan? Dlaczego nie przybył pan tu z małżonką?

Przerwała, bo usłyszeli rwetes w salonie. Żadne nie rzuciło się, by sprawdzić, co się dzieje. Dopiero kiedy wygasili papierosy, opuścili taras. Początkowo przez tłum w korytarzu nie byli w stanie niczego dostrzec. Przecisnęli się bliżej i dostrzegli muskularnego mężczyznę w szarej kangurce. Był pijany, wymachiwał pistoletem przed oczami Słonia, wreszcie przyłożył mu lufę do potylicy. Ochroniarze otaczali go z każdej strony. Jeden z nich sunął po przeciwległej ścianie, ukrył się w bibliotece. Jakaś kobieta, bardzo ładna, pisnęła przeraźliwie. Szymański rozpoznał Edytę Ziółkowską, młodą prokuratorkę. Wiedział, że jej kariera już się skończyła. Wkrótce i ona się o tym dowie.

– Zdziwko, nie? – wychrypiał Paweł Bławicki, sprawnie ciągnąc przed sobą zakładnika. – Zapomniałeś mi wysłać zaproszenia. Ale Buli zna adres i przyszedł po swoje.

– Zostawcie nas – wydał polecenie Słoń. Ochroniarze rozstąpili się, ale broń wciąż mieli w pogotowiu. Popławski zwrócił się chrapliwym szeptem do Bulego: – A ty, frajerze, puść starca. Pogadajmy na osobności, spokojnie. Zasiadajcie państwo do stołu, wypijcie moje zdrowie.

Rozpromienił się i wykonał zapraszający gest. Goście jak gdyby nigdy nic ruszyli do jadalni. Niektórzy nie zwrócili uwagi, jaki był powód zamieszania. Znów słychać było muzykę, ściszone rozmowy i śmiechy.

Słoń ponownie umościł się na wózku i wjechał do biblioteki. Buli ruszył za nim, nie spuszczając z niego muszki. Kiedy tylko przestąpił próg biblioteki i zamknął szczelnie drzwi, ochroniarz ukryty między regałami wyskoczył i powalił go na ziemię. Obezwładnił go kilkoma ciosami. Buli ciężko dyszał. Kiedy próbował podnieść głowę, dostał kolbą od pistoletu. Z kącika ust pociekła mu krew. Opadł bezwładnie na podłogę. Dopiero teraz wszedł sędzia Szymański i jeszcze dwóch ochroniarzy. Słoń dał znak, by wynieśli Bulego przez gabinet.

– Nie kasujcie go jeszcze – rzucił. – Może będzie potrzebny.

Sędzia usiadł na fotelu. Słoń wstał z wózka. Nalał do rżniętych szklanek po centymetrze whisky, dorzucił lodu i dosiadł się do Szymańskiego. Wziął z małego stolika skrzynkę na cygara. Poczęstował sędziego jednym z nich.

– Fajna Ksenia, co? – Puścił oko do sędziego. Szymański udał, że nie wie, o co chodzi. – Może być twoja. Chytra jak skurwysyn. Jakby moja córka. – Zaśmiał się.

Szymański nie odpowiedział. Przeciął końcówkę cygara, zapalił.

– Może jego małżonka by nam pomogła? – Wskazał drzwi, którymi wyprowadzono Bulego. – Sprawa byłaby czysta, a kłopot miałbyś z głowy. CBŚ zaczyna grzebać przy sprawie. Byli w prokuraturze. Tego Kittla też trzeba by jakoś ogłuszyć. Masz za dużo karnych, Jurek. Żółte nic nie znaczą, ale czerwonych nie zbieraj więcej. Znasz moje zasady?

Słoń milczał. Zastanawiał się.

– Tamara? – zapytał wreszcie.

– Skoro tak ma na imię. – Sędzia wydmuchał dym. Pokiwał głową z aprobatą. – Pyszności.

Słoń pokręcił głową.

– Ona nie – zdecydował. – Ale ta menedżerka mogłaby sobie coś przypomnieć.

– Iza Kozak procesowo jest spalona. Muszę mieć czyste kwity. Mój człowiek wyda niezawisły wyrok, choć już zażądał premii za trudne warunki. Całkowicie go rozumiem.

– To nie bazar, nie licytujemy się – uciął Słoń.

Siedzieli w milczeniu. Szymański zgasił cygaro. Wstał.

– Daj znać, co zdecydowałeś. Ale nie oczekuj cudu. Nie w tej sytuacji, gdy po piętach depcze nam CBŚ. Lepiej nie ryzykować.

– Nie możemy skasować Rybaka. On wymyślił SEIF. Jest potrzebny. Jak zacznie gadać, polecą głowy. Poza tym nikt do końca nie wie, jak działa ten algorytm, że wirtualna kasa rośnie na bilansach. Gość ma łeb. Moja rodzina, a nie dawałem za niego kiedyś nawet centa. Uwierzysz?

– To masz kłopot. – Szymański wzruszył ramionami. – Bo jego braciszka już mają. Nie chciałbym być na twoim miejscu. Kogoś musisz poświęcić. Stracisz, to pewne, ale przynajmniej nie wszystko. Musisz zaryzykować. Daj mu trochę siana, zadań, żeby miał co robić, jakby się nudził w areszcie. Przeczeka rewolucję, a potem wyjdzie i wróci do roboty. Pomogę ci. Nie będzie drożej, stała stawka, jak zwykle.

Słoń zaczął się rozciągać. Kopnął ze wściekłością wózek.

– Tamara się zgłosi – zdecydował. – Dziś poślę do niej człowieka.

Ruszyli do jadalni. W tle słychać było ożywione rozmowy, muzykę, w powietrzu unosił się zapach wspaniałej uczty. Szymański posiedział jeszcze kwadrans, ale nie dostrzegł nigdzie Kseni, więc po angielsku opuścił przyjęcie.

Następnego dnia w swoim gabinecie otworzył gazetę i wcale się nie zdziwił, kiedy na pierwszej stronie lokalnej popołudniówki zobaczył zdjęcie księdza Marcina Staronia z podpisem: „Domniemany zabójca Igły zatrzymany. Kuria mówi: Skandal!".

Gdy jednak dalej przeglądał gazetę, przeraził się. Musiał usiąść, przeczytać jeszcze raz krótką informację na siódmej stronie w szpalcie z kryminałkami, by pojąć nowy plan Słonia. Gazeta lakonicznie informowała o wybuchu instalacji gazowej w aucie na gdańskich Stogach. Podano tylko inicjały ofiary, która spłonęła we wnętrzu samochodu. Strażacy nie mieli szans jej uratować. Szymański rozparł się wygodniej w fotelu i wyjął z kieszeni na wpół wypalone cygaro, pamiątkę z wczorajszych urodzin Popławskiego. Zamierzał je zapalić, przypomnieć sobie magiczną Ksenię, ale po dłuższym namyśle położył je obok akt, które wróciły z apelacji. Odsunął plik dokumentów do podpisania. Nacisnął pstryczek i wezwał sekretarkę.

– Pani Aniu, proszę o kawę z wkładką.

– Ławnicy są już w sali dziesięć dwadzieścia cztery. Czekają.

Skinął głową, że przyjął do wiadomości, choć nie mogła tego widzieć.

– Może być podwójna – dodał.

Po czym zaczął kasować esemesy i kontakty ze swojego prywatnego telefonu.

Iza wiedziała, że musi spać, ale od rozmowy z kobietą z policji nie była w stanie zmrużyć oka bez leków. Leżała w ciemnościach i kręciła się na łóżku. Czuła się już znacznie lepiej. Wczoraj odłączyli ją od aparatury i przenieśli na normalny oddział. Nadal jednak była całkiem sama. Poza rehabilitantami i pielęgniarką nie miała z kim zamienić słowa, przed jej drzwiami zaś non stop stał policjant. Nie wyglądał na takiego, który obroniłby ją, gdyby ktoś chciał zrobić jej coś złego. Miał jednak broń i spojrzenie wilka. Początkowo nawet obawiała się napadu, potem zaczęło ją to śmieszyć. Jak ktokolwiek zdołałby niepostrzeżenie pokonać tyle szpitalnych korytarzy, wejść na oddział i znaleźć jej pokój? Uznała, że co najwyżej może być zagrożona po wyjściu. Poprosiła, by odłączyli jej cewnik, i choć podbrzusze wciąż bardzo bolało, sama wstawała do toalety. Lekarz powiedział, że to dobrze. Nie będzie miała odleżyn, ruch sprzyja rekonwalescencji.

– Rana goi się bardzo dobrze, jak na psie – dodał.

Ale pamięć wciąż szwankowała. Pamiętała dokładnie wszystko do momentu, kiedy weszli z Igłą i stała oparta o blat baru, aż do tych kroków za drzwiami. Igła kazał jej się schować. Potem miała lukę. Twarz Łucji wracała we śnie niemal po każdym przymknięciu powiek. Iza chciała jak najszybciej wrócić do domu, do dziecka. Mąż więcej już jej nie odwiedził. Twierdził, że lekarze nie pozwalają mu przyprowadzać synka, a nie ma go z kim zostawić. Nie uwierzyła mu, pewnie podrzucił dziecko matce, sam balował na całego. Od jutra będą mogli odwiedzać ją na normalnym oddziale i już się nie wymiga. Bardzo się na to cieszyła.

Wychyliła się i chwyciła komórkę. Sprawną ręką wcisnęła przycisk aktywujący telefon. Na wyświetlaczu pojawiła się twarz dziecka w ramionach Jeremiego. Chciałaby zadzwonić, ale wiedziała, że śpią. Budziła się zwykle o tej porze, w środku nocy. Mąż ciężko pracował, opowiadał, że ma teraz trudny czas w firmie. Zwolnili z jego działu pięćdziesiąt osób. Cud, że go nie zdegradowali. Liczył się z obniżką pensji. Zapewniał, że matka bardzo mu pomaga. Iza mruknęła, że z pewnością, że bardzo dziękuje, to wspaniale. Ale w głębi duszy nie była zadowolona. To kolejny dług, znów będzie musiała się płaszczyć. Poczuła, że musi do toalety. Spuściła nogi, wsunęła stopy w kapcie. Wstała z trudem. Wystarczyłoby zawołać pielęgniarkę, ale chciała się przejść. Po drodze poprosi o środek nasenny, zadecydowała.

Ruszyła w kierunku drzwi. Policjant drzemał na korytarzu. Uśmiechnęła się, tak właśnie jej pilnują. Czujny jak cerber. Bezpieczeństwo to podstawa. Kiedy będzie wracała, a on się nie obudzi, zrobi mu psikusa.

Toaleta była obok. Załatwiła się, słyszała przesterowany dźwięk telewizora z pokoiku pielęgniarek. Słychać było nagrane śmiechy, oglądały jakiś sitcom. Łazienka składała się z dwóch pomieszczeń. W pierwszym była umywalka, w drugim tylko sedes i kosz na śmieci. Zamknęła się na zamek w tym drugim. Główna zasuwka nie działała. Kiedy odpoczywała oparta całym ciężarem o umywalkę, zbierając siły do powrotu do swojej sali, w smudze światła przecinającej ciemność dostrzegła na korytarzu cień postaci odwróconej do niej plecami. Intruz kręcił się w kółko, wyraźnie kogoś szukał. Najpierw pomyślała, że to policjant. Może się obudził, ma poczucie winy, że zaspał. Jej łóżko było puste, pewnie wpadł w panikę. Wychyliła się, na ile zdołała, zaskrzypiały drzwi. I wtedy rozpoznała postać, mimo że ta miała naciągnięty kaptur na głowę. Prawa ręka kobiety kryła się za plikiem dokumentów. Iza od razu wyobraziła sobie, co trzyma w tej dłoni. Serce zabiło jej szybciej. Po chwili miała wrażenie, że wyskoczy jej z piersi.

Schowała się ponownie do toalety. Drżącą ręką próbowała przesunąć zasuwkę. Nie dała jednak rady nawet domknąć drzwi. Nagle wszystko jej się przypomniało. Znów była całkowicie pewna swoich zeznań. To Łucja strzelała do niej w Igle, a teraz stoi za tymi cienkimi drzwiami i pewnie ma broń. Dokładnie jak tamtego dnia. Przed oczami jak na zwolnionych obrotach pojawiły się obrazy. Pamiętała każdy krok byłej przyjaciółki, jej spojrzenie, swój paraliż. Była niemal pewna, że Lange za chwilę do niej wymierzy, ale tym razem nie będzie cudu. Nie ma szans na ucieczkę. Chciała krzyczeć, wołać o pomoc, ale nie była w stanie wydobyć głosu. Osunęła się po ścianie, skuliła i czekała, aż Lange ją znajdzie. Zacisnęła powieki, jakby to miało ocalić ją przed zbliżającym się końcem. Po chwili drzwi zaskrzypiały ponownie. Iza dostrzegła czubki szarych tenisówek, wyszytego na tkaninie zielonego krokodyla z wysuniętym jęzorem. Zdawało jej się, że śmieje się szyderczo. Była już pewna, że to nie był rewolwer. Pamiętała dokładnie czarną lufę, nacięcia do nakręcenia tłumika i huk wystrzału. Straciła przytomność.

Łucja całą noc czekała na księdza Staronia w jego gabinecie. Wczorajszego popołudnia nie znalazła w mieszkaniu Bulego i Tamary nic, co zbliżyłoby ją do poznania prawdy. Przetrząsnęła wszystkie szafki, pobieżnie przejrzała papiery. Nie starała się nie zostawiać śladów. Włożyła wprawdzie lateksowe rękawiczki, ale wiedziała, że jeśli będą chcieli wrobić ją we włamanie, polegnie. Podobno dziś nawet z drobin łupieżu wyłuskują DNA. Dlatego po przeszukaniu zostawiła Bulemu liścik, w którym informowała, że była, ale niczego nie ukradła. Pożyczyła jedynie segregator z dokumentami dotyczącymi SEIF-u i odebrała swój depozyt w Au*.

Potem zrobiła w supermarkecie zakupy i wróciła na plebanię. Miała ochotę zrobić klopsiki i upiec makowiec. Samochód zaparkowała przed bramą. Klucze auta Tamary odłożyła na miejsce. Zabrała się do gotowania. Wikariusz chyba spał, bo kiedy wszedł do kuchni, przecierał oczy. Chciała postawić przed nim nakrycie, ale powstrzymał ją gestem. Zrobił jej moralizatorski wykład na temat jej skandalicznego zachowania oraz uprzedził, że zawiadomił policję o ucieczce i uprowadzeniu wozu.

---

* Depozyt w Au – depozyt w złocie (Au – symbol złota, od łac. *aurum*).

– Szukają cię – Zawiesił głos, licząc na efekt.

Łucja nie zareagowała. Kończyła obierać marchewkę, zmniejszyła ogień pod garnkiem z ogórkową. W odpowiedzi wręczyła mu makutrę. Zabrała się do przygotowywania ciasta.

– Tak naprawdę nie zadzwoniłem na policję – odezwał się po chwili Grzegorz Masalski i zaraz zamilkł. Podniosła głowę, wpatrywała się w niego w oczekiwaniu. Instynkt podpowiadał jej, że dopiero teraz czai się wokół niej niebezpieczeństwo. Wikariusz był zadowolony z efektu. Kontynuował: – Powiadomiłem twoją ciocię. Obiecała, że cię znajdzie. Ksiądz z nią pojechał. To podobno trzydzieści kilometrów stąd, w Dolinie Radości. Macie tam działkę? Też jako dziecko bawiłem tam u ciotki.

Łucja skaleczyła się w rękę. Poderwała się. Chwyciła telefon i zadzwoniła do księdza Marcina. Włączył się automat poczty głosowej. Wiedziała, że w tamtych rejonach czasem nie ma zasięgu. Nagrała się, że jest już na miejscu i nic złego nie zrobiła. Musiała tylko coś sprawdzić. Telefon położyła na stół. Liczyła, że ksiądz oddzwoni. Komórka jednak milczała uparcie. Wikariusz obserwował Łucję z satysfakcją, najwyraźniej nie zamierzał wychodzić.

– Lepiej już było wystawić mnie psom! – krzyknęła płaczliwie. Zabrała mu makutrę i zaczęła gwałtownie ucierać.

– Wyglądasz jak zawodowiec – mruknął. – Jesteś kucharką z wykształcenia?

Nie odpowiedziała. Jeszcze słowo, a przyłoży mu wałkiem. Nigdy wcześniej nie spotkała faceta, który tak ją irytował.

– Dobre te ciasta robisz – dodał służalczo Masalski.

– Odwal się – syknęła. I zaraz przekrzywiła figlarnie głowę. – Nie boisz się, że cię otruję?

Na moment się wystraszył. Odpuścił jej.

– Nie bój się, wcale mi się to nie opłaca – pocieszyła go.

– Zaraz wykipi. – Wskazał na kuchenkę, na której stało kilka garnków.

Pokrywka jednego z nich gwałtownie podskakiwała. Łucja podbiegła i jeszcze zmniejszyła płomień pod zupą.

– Możesz sobie już iść – oświadczyła. – Pomodlić się albo co wy tam robicie w wolnym czasie. Za dziesięć minut będzie gotowe.

– Już jadłem. Pani Tamara zrobiła kanapki. Miła z niej kobieta. – Masalski rozsiadł się wygodniej. Uparł się widać, by z kimś rozmawiać. – Zresztą jestem przyzwyczajony do suchego prowiantu. Dopóki ciebie nie było, wciąż tak się żywiliśmy. Nie jestem głodny, ale ksiądz Staroń pewnie będzie. Od drugiej cię szukają. To będzie już z sześć godzin. Siedem – poprawił się, kiedy zerknął na zegarek.

– A jakbym po drodze kogoś zabiła, okradła? Co byście mi zrobili? – zadrwiła. I dodała całkiem serio: – Nawet o tym myślałam, ale nikt się nie napatoczył.

Też się uśmiechnął. Za tym grymasem krył się mały inkwizytor.

– Nie wierzę, że to zrobiłaś – udał szczerość. – Znam się na tym. Ale i tak jesteś dziwna.

– Fajnie, bo ty nie. – Łucja wyjęła mąkę, jajka i stolnicę do zagniatania ciasta. Zastanawiała się, czego on chce, po co tutaj siedzi. To, że nie zadzwonił na policję, wydało jej się podejrzane. Była prawie pewna, że tak zrobi. Nagle przyszło jej na myśl, że wcale nie chce z nią rozmawiać. Po prostu jej pilnuje, żeby znów nie uciekła. Z tyłu głowy zaświeciła się lampka alarmowa. Obejrzała się i oświadczyła twardo: – Możesz mnie zostawić samą? Nie gniewaj się, akurat rozmyślam.

– Rozmyślasz? – Wstał, wyraźnie obrażony. – Masz pewnie o czym – bąknął. – Trudno. Idę sobie więc.

– W przeciwieństwie do ciebie mam o czym – odcięła się i uśmiechnęła jednym z akuratnych grymasów, które u innych nazywała „niewidzialny ołówek w zębach". Ten uśmiech zamarł jej na twarzy na dłuższą chwilę, bo kiedy Masalski wychodził, wyjął coś z kieszeni sutanny. Za późno się zorientowała. Podbiegła, chwyciła za klamkę, ale wikariusz już przekręcił klucz w zamku.

– Ksiądz ma drugi. Uwolni cię – usłyszała przez drzwi. – Dobranoc.

– I bardzo dobrze, mały, krzywy fiutku! – krzyknęła i roześmiała się histerycznie.

Wydało jej się zabawne, że wcale nie opuściła więzienia. To tutaj było nawet gorsze, bo musiała być miła, starać się. Najpierw chciała wszystko rzucić i wyskoczyć oknem, ale zrezygnowała. Miała interes do księdza. Musieli sobie jeszcze kilka rzeczy wyjaśnić. Odejdzie dopiero wtedy, kiedy pozna prawdę, zdecydowała. Teraz nie ma już nic do stracenia. Skończyła swoją robotę w kuchni, pozmywała, zapaliła papierosa. Na popiół wyjęła porcelanową filiżankę z odświętnej zastawy w kredensie. Ten mały psikus bardzo poprawił jej humor. Już widziała minę wikariusza. Powie mu, że skoro została zamknięta na klucz, nie mogła wyjść na zewnątrz. Cóż za wspaniałe wytłumaczenie.

Paliła chwilę, ale zaraz dźgnęło ją poczucie winy. Nie chodziło o Masalskiego, tylko o księdza Staronia. Tytoń przestał jej smakować. Podeszła do okna i wystawiła żarzący się niedopałek za okno, by dym nie wlatywał do pomieszczenia. Czuła się jak w liceum, kiedy jeszcze mieli dom w Kartuzach i na strychu potajemnie popalała zagraniczne papierosy matki. Spojrzała na zegarek, było po dziesiątej. Na plebanii panowała całkowita cisza. Zadzwoniła po raz kolejny, ale znów nikt nie odebrał. Zasięg jednak był. Automat załączył się dopiero po kilku sygnałach. Uznała, że to dobry znak. Musiała mu się wyświetlić. Przystawiła ucho do drzwi, ale usłyszała tylko swój przyśpieszony oddech. Wyjęła z włosów szpilkę, rozgięła ją i włożyła do zamka. Zajęło to dłużej niż zwykle, nie miała już wprawy, ale wytrych znalazł wreszcie zapadkę i zamek odskoczył. Była wolna. Tym razem nie uciekła z plebanii, czego obawiał się wikary. Równym krokiem skierowała się do gabinetu księdza.

Przygotowała się do poważnej rozmowy. Wyjęła ze schowka naboje, atrapę broni i materiały o Igle. W gabinecie już się nie szczypała. Zanim się obejrzała, wypaliła prawie całą paczkę cameli. Spędziła tam noc, do mniej więcej czwartej drzemiąc w ubraniu na sofie, przykryta tylko cienkim kocem, bo nie chciała, by Masalski słyszał jej kroki, a pokój, w którym zwykle spała, mieścił się zaraz obok jego sypialni.

Ale ksiądz Staroń nie wrócił już na Stogi. Ani tego dnia, ani następnego, już nigdy. Nieoczekiwanie zniknęła Tamara. Łucja poza pierwszym wieczorem nigdy jej nie widziała, nie zamieniła z nią nawet jednego słowa.

Po południu zaś z kilkoma urzędasami z kurii przyjechał stary dziadyga, którego Łucja widziała kiedyś w telewizji we fioletach. Grzegorz Masalski rozpłaszczył się przed nim jak naleśnik. Biskup pozwolił mu ucałować swój ogromny pierścień, pogładził księżula po głowie, udzielając błogosławieństwa, po czym przekroczył próg skromnej plebanii jak car ze swoją świtą. Zjadł podwójną porcję klopsów, pochwalił makowiec i zwolnił Łucję z jej obowiązków.

– Nie będzie pani już potrzebna. Szczęść Boże.

Kiedy odchodziła, tłum ludzi wypełniał mały domek. Zdawało się, że za chwilę pęknie. W kółko ktoś wchodził, wychodził. Wynosili i przenosili rzeczy. W dawnym pokoju Łucji lokowała się czterdziestoletnia sowa. Łucja od razu zgadła, że ta stara panna w organizacji Kościoła pełni funkcję podobną do kontrolera NIK. Spod burej długiej spódnicy wystawały jej słoniowe kostki. Popielaty sweter dokładnie ukrywał kobiece krągłości. Włosy – oczywiście szare i bezkształtne – miała okryte chustką, o dziwo kolorową. Kobieta najpierw włożyła fartuch i zabrała się do czyszczenia plebanii, a potem zażądała ksiąg oraz wszystkich dokumentów finansowych, które zamierzała przeglądać. Łucja w kilka minut spakowała swoje rzeczy oraz segregator Bulego. Kiedy zorientowała się, że wszystkie rzeczy księdza są gdzieś wywożone, bez wahania zabrała znaleziska z gabinetu i wrzuciła je do swojej reklamówki. Po namyśle wzięła też starą kasetę Róż Europy. Nie miała jej gdzie odtworzyć, ale skoro była razem z dokumentami, musiała mieć jakieś znaczenie.

Wyszła, tak jak przyszła. W tenisówkach i dresie. Nikt jej nie spytał, czy ma gdzie się podziać. Nie widziała w oddali policyjnych kogutów ani ludzi, którzy przyszliby ją aresztować. Na komisariacie meldowała się dopiero za kilka dni. Do cioci nie pojedzie. Dość już dołożyła staruszce zmartwień. Nabrała powietrza w nozdrza. Wolność pachnie. Wiosną i makowcem, którego kawałek dostała na drogę od zadowolonego z siebie wikariusza. Na odchodne wręczył jej też wynagrodzenie – całe pięćdziesiąt złotych w drobniakach z tacy. Wzięła jałmużnę, starczy na trzy paczki fajek.

– Hej, o co tu chodzi? – szepnęła konfidencjonalnie, udając dla odmiany przyjaciółkę.

– Nie jestem upoważniony do udzielania odpowiedzi – usłyszała.

– A Tamara? Wiesz przecież...

– Ksiądz wie – poprawił ją. – Albo ojciec. Tak też możesz do mnie mówić. Nie jesteśmy kolegami.

Lange zaniemówiła. Zmełła w ustach stek wyzwisk, ale tylko dlatego, że nie mogła wyjść z szoku.

– Proszę o przekazanie pani Krystynie, że pieniądze za ostatnie pranie otrzyma od nas przelewem.

– Jakim przelewem?

– Odezwiemy się, jeśli będziemy potrzebowali pomocy. Ale lepiej by było, żeby ani ona, ani pani już nigdy się tu nie pojawiały. Dla waszego i naszego dobra – wyrecytował.

– Gadaj zdrów – rzuciła mu na odchodne. I dodała: – Ja na pewno nie przyjdę. A co do cioci, to ksiądz Marcin zdecyduje.

– Ksiądz Marcin? – Wikariusz zawahał się i obejrzał strachliwie na tłoczących się wokół funkcjonariuszy kościelnych. – Staroń został przeniesiony, a właściwie zawieszony. Można powiedzieć, że nigdy go tu nie było. Teraz to ja o wszystkim decyduję. Radziłbym powstrzymać język. Zwłaszcza w tej sytuacji. Bóg z tobą.

Łucja w jednej chwili zrozumiała, co się stało. Nie dzwonił do księdza, tylko do swoich zwierzchników. Przyjechali posprzątać, zatuszować sprawę. Co się stało? Nie wiedziała. Ale ta gnida doniosła na Staronia. Szpicel. To dlatego przez ostatnie dni udawał miłego. Karmiła go, wysłuchiwała. Pomagała sprzątać w kościele. Nawet zacerowała mu podartą kurtkę. Teraz żałowała, że nie wsypała mu trutki na szczury do zupy.

– Jak ci nie wstyd, skurwielu? – krzyknęła i szarpnęła go na wypadek, gdyby nie dosłyszał. Odwrócił się przestraszony, więc dodała z kąśliwym uśmiechem: – A te klopsy z sosem grzybowym były z muchomorami. Za mało na zgon, ale liczę, że przynajmniej dostaniecie sraczki. Ten najgrubszy zjadł najwięcej, nie wyjdzie z klopa do jutra.

Masalski nie dał się nabrać. Nie zaszczycił jej nawet spojrzeniem. Odszedł wolnym krokiem. Nie mogła wyjść z szoku, jak bardzo się zmienił. Był teraz władczy, wyniosły. Dobrze wiedział, komu i kiedy się przypodobać oraz na kogo naskarżyć. Wróżyła mu wielką karierę w służbie Kościoła.

- Trzecia z lewej, jestem pewna – powtórzyła Iza Kozak. Wpatrywała się w twarz Łucji Lange stojącej w szeregu kobiet za lustrem weneckim i kurczowo zaciskała dłonie na barierkach wózka inwalidzkiego, na którym przywieziono ją ze szpitala. Od kilku minut jej reakcje obserwowali wszyscy zebrani.

– Proszę podać numer – upomniał ją Duch.

– Numer trzy. To ona do mnie strzelała. Nie pamiętam już, jaka to była broń, ale nie rewolwer. Wtedy mi się pomyliło.

– Jest pani pewna?

– Zapamiętam tę twarz do końca życia – zapewniła skwapliwie Iza.

– Dziecko, przemyśl to jeszcze – wybełkotał Duch, ale prokurator Ziółkowska spiorunowała go wzrokiem. Miała dziś na sobie czerwone szpilki, usta umalowała szminką w tym samym kolorze. Wyglądała tylko odrobinę mniej wystrzałowo niż zwykle. Jedynie wnikliwy obserwator dostrzegłby podkrążone oczy i delikatne drżenie rąk prokuratorki. Z pewnością obecni na okazaniu urzędnicy kościelni nie mogli oderwać od niej wzroku.

– Czy potwierdza pani wcześniejsze zeznanie, że ta kobieta w dniu wczorajszym wdarła się do szpitala i ponownie panią zaatakowała? – odczytała Ziółkowska.

Komisarz ostentacyjnie odwrócił się na pięcie. Dziwne było to okazanie, tak jak cały dzisiejszy dzień.

Wszystko zagęściło się dziś o północy. Najpierw szpital zawiadomił o ataku na pacjentkę. Na szczęście poza chwilową zapaścią i kilkoma siniakami od upadku Izie Kozak nic więcej nie dolegało. Lekarze zapewnili, że jej stan jest stabilny. Zaraz przeniesiono ją na oddział zamknięty, a przed drzwiami sali stanęło pięciu uzbrojonych po zęby funkcjonariuszy. Kolejnych dziesięciu przeczesywało teren wokół szpitala. Zatrzymali Łucję, kiedy na głównej ulicy próbowała złapać taksówkę. Nie stawiała oporu.

– Nic Izce nie zrobiłam – tłumaczyła się. – Chciałam tylko pogadać.

Nie znaleziono przy niej broni. Jedynie stary zeszyt z notatkami oraz plik dokumentów księgowych. Od razu ich poinformowała, że pożyczyła je od Bławickiego.

– Pożyczyłaś? – wyśmiał ją jeden z funkcjonariuszy i zabrał papiery pod Szczecin, dokąd pojechał na akcję z AT. Mieli je odzyskać dopiero pojutrze, bo okazało się, że akcja nie tylko była tajna, lecz także się przedłużyła. Kiedy Duchnowski się o tym dowiedział, klął przez pół godziny bez przerwy:

– Pourywam im te kacze łby, poniemieckie czajniki, jak ich dopadnę!

Potem było tylko gorzej. Zanim nastąpiła zmiana oficera dyżurnego, o ósmej dwadzieścia dwie do komendy przyszła

Tamara Socha, żona Bulego, i oświadczyła, że chce złożyć zeznanie. Uparła się, by rozmawiać wyłącznie z komisarzem. Czekała na krzesełku dla oczekujących do piętnastej, bo Duch z Jekyllem i ekipą techników pojechali na Stogi, gdzie, jak wynikało z pierwszych oględzin, doszło do wybuchu wadliwej instalacji gazowej. Kierowca zginął na miejscu. Duch od dawna nie zajmował się taką drobnicą, ale Waligóra kazał mu przyjechać na miejsce zdarzenia.

– Jesteś w mieście? – upewnił się, po czym podał dokładny adres. – To zapierdalaj i weź najlepszych ludzi. I nie płacz, ale już po duchowozie. – Rozłączył się.

Szczątki buraczkowej hondy civic aerodeck bez wątpienia należały do Ducha i policjanci mieli z tym fantem nie lada kłopot. Wprawdzie zainteresowani wiedzieli, że szef kryminalnego kilka dni temu wymienił ją na traktor Chelsey Bulego, ale nie było na to ani jednego kwitu. Ludzie, którzy na zlecenie Ducha mieli obserwować wypuszczonego na wabia podejrzanego, nie zauważyli nic godnego uwagi. Zainstalowany chip nie zadziałał. Wszczęto w tym kierunku dochodzenie, wreszcie znaleziono go w kontenerze pod hotelem Marina w Sopocie. W związku z tym funkcjonariusze zdecydowali się oprzeć na informacjach „ogona analogowego". Natychmiast wezwano ich na dywanik do Waligóry.

– Buli zaparkował duchowóz pod kościołem na Stogach i nigdzie nim nie jeździł – raportowali. – Po mieście poruszał się taksówkami. Ostatnim miejscem, gdzie go widziano, była willa Jerzego Popławskiego. Chyba wyszedł z niej około dwudziestej drugiej o własnych siłach i wsiadł do taksówki.

– Chyba? Dlaczego ja nic o tym nie wiem?! – wściekł się Duchnowski.

– Dzwoniliśmy, nikt nie odbierał. A potem były mistrzostwa na Eurosporcie... Kto mógł wiedzieć? – Wzruszali ramionami.

– Ja wam dam mistrzostwa! Sportu wam się odechce do śmierci.

Na szczęście Jekyll odciągnął go od tajniaków.

Co się stało, dlaczego instalacja zaiskrzyła, miał zbadać ekspert. Na razie pewne było wyłącznie to, że strażakom nie udało się wydostać Bulego z wozu. Zginął w płomieniach, zanim przecięto blachy. Stuprocentową tożsamość ofiary pożaru określą na podstawie DNA, czyli przynajmniej za tydzień. Duch bardziej żałował auta niż bandziora. Problem jednak polegał na tym, że nie miał nawet świstka, który dowodziłby użyczenia go Pawłowi Bławickiemu. Tym samym posiadał wóz Bulego bezprawnie, co do swojego zaś nie zgłosił kradzieży. Wraz z ciałem Bławickiego spłonęły dokumenty i polisa. Nie miał co liczyć na zwrot od ubezpieczyciela. Co gorsza, w skrytce znaleziono szczątki służbowej broni Ducha oraz komplet amunicji. Policjant był pewien, że trzymał ją w szafie pancernej w swoim gabinecie. Istniało uzasadnione podejrzenie, że oddał swój wóz bandziorowi wraz ze służbowym sprzętem lub miał udział w wysłaniu Bulego na drugą stronę mocy. To bez wątpienia rzucało cień na jego niepoaszlakowaną opinię policjanta. Przynajmniej w świetle zebranych dowodów.

– Nie wiem, jak to się stało – zdołał tylko powiedzieć Waligórze. I zaraz dodał, widząc minę zwierzchnika: – Chyba nie sądzisz, że miałem z tym coś wspólnego?

Chciał jeszcze podzielić się podejrzeniem, że ktoś w coś go wrabia, ale się powstrzymał, słysząc oficjalne ostrzeżenie:

– Muszę wszcząć wewnętrzne postępowanie sprawdzające... – Szef zawiesił głos. – I wolałbym, żebyś mi przez jakiś czas nie właził w oczy.

Duch zrozumiał w lot. Waligóra naprawdę go podejrzewał. Teraz mógł zrobić tylko jedno. Poczekać, aż go odwołają, lub sam honorowo położyć raport o zwolnienie. Wyprostował się i ostatkiem sił próbował żartować.

– Zrozumiałem. Jestem spakowany, wracam za kilka dni. Będę pił wodę z kałuży, napierdalał saperką i będę poza zasięgiem.

Waligóra odwrócił się zdziwiony.

– Nie fantazjuj mi tu o dezercji! Wracaj do pracy. Ten ogień za bardzo się rozprzestrzenia. Czuj go przy dupie i działaj, byle z głową.

Skarcony Duch wrócił na komendę. Rzeczywiście jego służbowa klamka znikła. Kabura była pusta, szafa zamknięta. Zapytał kolegów z pokoju, czy któryś był w nocy w firmie. Popatrzyli na niego jak na wariata. Nie zdążył nic zjeść. Znów poszedł do automatu. Zainwestował kolejne dwa złote w brązową lurę, którą wypił ze wstrętem w trzech łykach. Dopiero potem wezwał na przesłuchanie Tamarę. Sytuacja była trudna. Już miał jej powiedzieć, że jej mąż nie żyje, kiedy wszedł Waligóra i zabrał kobietę do swojego gabinetu. Miało to trwać tylko kwadrans, ale zajęło godzinę z okładem. Tymczasem Duch wysłał jakiegoś szczyla z patrolówki po hamburgera, lecz zanim go dostał, dostarczyli mu żonę Bulego.

Oczy miała czerwone od płaczu, ale była w miarę opanowana. Poprosiła tylko o szklankę wódki, którą wypiła jednym haustem. Duch chciałby zrobić to samo, ale się powstrzymał. Dawno już funkcjonariusze nie pili w komisariatach. Zasady są po to, by je łamać, ale racjonalne myślenie wzięło górę nad emocjami. Nie wiedział, jak długo potrwa jego dzisiejszy dyżur.

– Jeśli pani chce, możemy pomówić innego dnia – zaproponował niezbyt przekonująco. I bez jej zeznań miał dużo pracy. Liczył też, że młody policjant przyniesie mu wreszcie jakiś ochłap jedzenia. – Ale w końcu i tak będę musiał panią przesłuchać. Może lepiej oboje miejmy to już za sobą.

Nie zmieniła pozycji. Patrzyła pożądliwie na szafkę, w której trzymał prawie pełną butelkę. Zrozumiał ją bez słów, ale tym razem zdecydował nie ułatwiać jej sprawy.

– Muszę to panu powiedzieć, choć przyszłam złożyć zupełnie inne zeznanie – zaczęła, Duch zaś momentalnie się skupił.

– Paweł został zamordowany – dodała. – Nie wierzę w niesprawną instalację.

– Jeszcze za wcześnie, by cokolwiek powiedzieć. Nie ma ekspertyzy. Być może to był tragiczny wypadek.

Kobieta przerwała mu gwałtownie.

– To był zamach, przecież pan wie – podniosła głos o jeden ton. Usłyszał jej obcy akcent. Wiedział już, że będzie forsowała tę tezę. Uzbroił się w cierpliwość. – Po wyjściu z aresztu nie wrócił do domu. Sądzę, że w ciągu całego dnia odwiedził kilka osób, zbierał dane. Wieczorem przyjechał złachany, zjadł i wyszedł bez pożegnania. Kiedy jadł, chwilę rozmawialiśmy. Było na niego zlecenie i liczył się ze śmiercią. Wiem, jestem pewna, że wczoraj wieczorem poszedł się z kimś rozmówić. Jego śmierć nie jest przypadkowa – zakończyła.

– Z kim pojechał się spotkać?

Tamara wzruszyła ramionami.

– Jerzy Popławski miał wczoraj urodziny. Każdego roku organizuje z tej okazji wystawne przyjęcie – zaczęła i zaraz umilkła.

To by się zgadzało, pomyślał Duch. Wciąż krążyli wokół jubilera inwalidy. Trzeba go będzie wreszcie przesłuchać. Duchnowski podejrzewał, że Słoń jak zwykle wymiga się od wszystkiego, bo nie mieli nic, co mogłoby go przynajmniej drasnąć. Teraz już nie dziwił się, dlaczego kobieta zabawiła u komendanta aż godzinę. Pewnie i jemu tyle samo zajmie wysłuchanie jej wersji. Słyszał, jak burczy mu w brzuchu. Młody pewnie zeżarł jego kanapkę. Nie mógł jednak tego sprawdzić. Musiał dokończyć przesłuchanie.

– Ma pani jakieś konkrety? – Starał się być uprzejmy. – Coś, co pomogłoby nam w dochodzeniu?

Spojrzała na niego jak na idiotę, po czym odparła:

– Wystarczająco ryzykuję, obciążając Słonia. To pan jest policjantem. Chyba możecie to sprawdzić. Przynajmniej tyle jesteście winni Bulemu.

– Sprawdzić możemy. – Komisarz pokiwał głową.

Jeśli o niego chodzi, uważał, że miejsce Bulego już dawno było w piekle. Nie miał wobec niego żadnych zobowiązań, a jeśli już mówimy o długach, to było raczej odwrotnie. Ugryzł się jednak w język. Siedziała przed nim rozgoryczona wdowa, która też swoje przeżyła. Wrażliwość się stępia od twardości krzesła, na którym się siedzi. Duch też miał twardo, ale jak na razie solidnie i z oparciem, a na dodatek siedział po lepszej stronie stołu. Zmieniać tego nie zamierzał. Dodał więc łagodniej:

– Zapewniam, że sprawdzimy skrupulatnie, ale potrzebujemy więcej danych. Dlaczego ktoś nastawał na życie pani męża? Czy otrzymywaliście groźby? Ktoś go nachodził? Kiedy? Jak wyglądał szantażysta? Mąż bał się? Kogo? Konkretniej. Pani chyba nie muszę uczyć, jak się składa zeznania.

Zmierzyła go nienawistnym spojrzeniem.

– Na razie mam jedynie pani domysły – spłoszył się. Przeholował. Jeszcze babka wyjdzie i nic mu nie powie. Znał ten typ. Kobieta bandyty, jeśli chce, umie trzymać język za zębami. – Rozumie pani? Każdy ma prawo mieć urodziny. To nic nie znaczy. – Tamara poruszyła się niespokojnie na krześle. Udobruchał ją.

– Buli nie był zaproszony – mruknęła. – Pierwszy raz od lat.

– Może dlatego, że siedział w areszcie? Tam tortu nie podają.

– Zaproszenia przychodzą zawsze dwa tygodnie wcześniej – odparła już spokojniej. – W tym roku nie dostaliśmy. To nie było przeoczenie. Buli nie mógł nie wyciągnąć wniosków.

– Dlaczego? – Duch się sprężył. Dotarło wreszcie do niego, że kobieta chce puszczać farbę. Chce mówić o wszystkim, czego nigdy by nie powiedziała, gdyby Buli wciąż żył. Zadał to pytanie w kontekście konfliktu Bulego i Słonia, ale tak naprawdę zastanawiał się, dlaczego ona zdecydowała się sypać.

– Dopóki Buli nie wiedział, że jest wyrok na Igłę, był bezpieczny.

– Na Igłę?

Skinęła głową.

– Paweł miał go wykonać. Potem jednak wszystko się skomplikowało i ktoś mu tę robotę wyjął. Nie on strzelił do Igły. Przyjechał za późno. Widział zwłoki. Nasuwało się tylko jedno pytanie: czy i jego będą chcieli unieszkodliwić – wyjaśniła i popadła w stupor.

Duch sięgnął po butelkę, nalał jej jeszcze setkę. I tym razem łyknęła szota wódki jak małe espresso. Nawet się nie zmarszczyła. Podziałało. Znów się zaktywizowała.

– Wczoraj najwyraźniej dostał tę wiedzę. Stał się zbędny, ale też uwierał. To chyba proste. Wiadomo komu.

Duch milczał długą chwilę. Malował kratki długopisem. Strzałki wychodziły promieniście, do nich dołączał kolejne kratki. Chwilę później stworzył mozaikę na pół strony. Tamara obserwowała go cały czas w milczeniu. Kiedy się odezwała, w jej głosie nie było wyrzutu. Po prostu konkretne pytanie.

– Nudzę pana?

Musiał przyznać, że cierpliwa z niej bestia. Podniósł głowę. Odsunął od siebie zeszyt z biało-niebieską mandalą. Była prawie gotowa.

– Wręcz przeciwnie. Staram się zrozumieć.

Wstał, zapalił papierosa.

– Może zaczniemy od początku. Jak rozumiem, pani męża i Jerzego Popławskiego łączyły przez całe lata stosunki, nazwijmy to, biznesowe. – Zawahał się, szukał słowa. – Raczej szczególnego typu.

– Oficjalnie tak.

– A nieoficjalnie?

Tamara odparła bez wahania. Mówiła pewnie, bez emocji.

– Jak to wyglądało kiedyś, sam pan wie. Pod koniec lat dziewięćdziesiątych Buli odszedł z policji, otworzył Igłę.

– Wyrzucili go. Miał sprawę karną i postępowanie dyscyplinarne – sprostował komisarz.

Tamara nie zareagowała. Łagodnie, jakby rozmawiali o pogodzie, kontynuowała rozpoczęty wątek. Kiedy mówiła dłużej, czuło się jej miękki akcent, choć Duchnowski musiał przyznać, że po polsku porozumiewała się doskonale.

– Wtedy znalazł Janka, pomógł mu w karierze. Sam w młodości trochę grał na gitarze. Życie inaczej się ułożyło, ale miał gust muzyczny. Kiedy *Dziewczyna z północy* zdobywała kolejne nagrody, a Igła był na topie, Paweł zaproponował mu spółkę. Przez całe lata działali zgodnie. Różnie bywało, ale wspólnie tworzyli magię tego miejsca. Może też dlatego się udało, że Janek dosyć szybko zaczął się wycofywać z firmy.

– Co pani ma na myśli?

– Zawalał sprawy, znikał bez uprzedzenia. Wyjeżdżał w trasy z jakimiś kobietami, przypadkowymi ludźmi. Obiecywał im rzeczy niemożliwe, na przykład że ich zatrudni, weźmie do zespołu. Był stadny, śmiał się wtedy Buli. Igła zawsze chciał mieć rodzinę, ale nie umiał jej stworzyć, zadowalał się zastępnikami, tak zwanymi przyjaciółmi, świtą. Wystarczyło mu, że go uwielbiają, że nie jest sam. Bardzo bał się samotności, a jednocześnie nikomu nie pozwalał się zbliżyć. Tylko Buli miał do niego dostęp. Był dla niego jak ojciec.

Nikt z nas nie zauważył, kiedy niewinne rausze, haje zamieniły się w ostry ciąg. Igła ćpał i pajacował. Buli początkowo starał się tuszować te ekscesy. Potem stracił nad tym kontrolę. Zresztą część z nich paradoksalnie powodowała większe zainteresowanie klubem. Buli uznał, że jeśli chłopak chce się stoczyć, nikt mu nie może przeszkodzić. Nadal się nad nim trząsł, ale przyjął pozycję bezpiecznego obserwatora. Tylko kiedy Janek zawalał sprawy służbowe, wściekał się. Prowadzili rozmowy, były szpitale, detoks, terapeuci, nawet kościół. Huśtawka: raz na górze, raz na dole. Potem głównie na dole. Ustalili więc, że Janek nie wtrąca się do firmy, ale też nie ma wpływu na prowadzenie Igły. Buli co miesiąc wypłacał mu pensję. Za koncerty i działkę z tantiem dostawał pieniądze osobno. Tylko że, jak wiadomo, apetyt rośnie w miarę jedzenia. Janek zaczął mieć pretensje do zarządzania Igłą.

Sytuacja zaogniła się dwa lata temu, kiedy zaczęli mieć poważne kłopoty finansowe. Igła wciąż była kultowym miejscem, niestety przez lata fani Janka, a raczej *Dziewczyny*, znacząco się wykruszyli. Większość z nich pozakładała rodziny, mieli dzieci. Nie chodzili już po klubach. Młodzi słuchają dziś hip-hopu, każda telewizja lansuje nowego grajka. Igła przestał się liczyć, a nie potrafił zrobić nic nowego. Coś tam komponował, coś wydawał. Nie sprzedawało się, nie zrobił nowego hitu. Kiedy proponowali mu support dla Skubasa czy Comy, odmawiał. Był zbyt zadufany w sobie, by przyznać się do porażki. Buli chciał, by ogłosił zakończenie kariery, zajął się prowadzeniem klubu, ale Janek wciąż żył mrzonkami. Może nawet ćpał po to, być żyć w iluzji. Nie radził sobie z przemijaniem. Nie wiem, nie jestem psychologiem. Miał za to nieuzasadnione pretensje. Na przykład, że Buli stara się odmłodzić target Igły. Że zainstalował telebim, organizował komercyjne potańcówki dla firm, zupełnie nie w stylu starego klubu, albo wpuścił młodych piosenkarzy z *Idola*, którzy nie przeszli selekcji. Janek mówił, że gardzi tymi popłuczynami, ale tak naprawdę stracił szacunek do samego siebie i był zazdrosny. Słusznie sądził, że Buli już w niego nie wierzy. Miał też obsesję, że ktoś go zastąpi. Że Buli stworzy nowego Igłę, chociaż Paweł nie miał już takich dojść. Tylko kilka razy do roku organizował koncert dla dinozaurów, czyli fanów Janka.

Mimo tych wszystkich zabiegów klub przynosił straty. Wierzyciele domagali się spłaty długów. Paweł i Igła mieli całkiem różne pomysły na rozwiązanie problemów. Janek chciał zamknąć klub, łudził się, że wyjedzie do Stanów, gdzie ktoś przy stole z fetą obiecał mu wielki *come back*. Paweł zaś wierzył, że Igłę da się uratować. Trzeba tylko znaleźć inwestora i odmłodzić publiczność. Renomę mieli. Byli jak sopocki Złoty Ul albo gdyński Maxim. Te trzy kluby starzy bywalcy wymieniali jednym tchem. Żeby była jasność, Buli zainwestował w ten biznes wszystkie swoje pieniądze. Mówił, że zawsze zdąży ogłosić bankructwo. Jeszcze chciał powalczyć.

– No i co? – zniecierpliwił się Duch. – Nie widzę na razie związku z obecnymi zdarzeniami.

– Udał się do kilku znajomych z dawnych lat.

– Nazwiska.

– Nie znam wszystkich, ale to byli ludzie, których pan dobrze zna. Margielski – dziś deweloper, zbudował to wypasione osiedle w Jelitkowie; Majami – były policjant z pezetów w latach dziewięćdziesiątych, z tego, co wiem, ma fabrykę odzieży roboczej i kilka hoteli; Wróbel, cyngiel Nikosia – prawie wszystkie kamienice na jednej z ulic przy głównym placu w Sopocie należą do niego; czy wreszcie Sławomir Staroń, wcześniej nadworny mechanik Słonia, a dziś diler dżipów na Polskę.

Duch kiwał głową. Każdy z nich przed laty przewijał się w sprawach kryminalnych, które robiła ich komenda. Miała rację, to były znajome twarze.

– Ale też spotkał się z ludźmi z urzędu miejskiego, prokuratorką Ziółkowską i jej konkubentem, prawnikiem SEIF-u. Mieli wejścia w sądzie, we władzach Trójmiasta. Nie znam nazwisk, ale łatwo je pan ustali – dodała znacząco.

Duch wiedział, że kobieta dobrze znała te nazwiska. Wiedza to rzecz cenniejsza niż góra złota, ważne tylko, by umieć ją dozować. A Tamarę życie nauczyło tej sztuki.

– Każdy z nich obiecywał wiele, ale kiedy przyszło co do czego, odmówili pomocy. Wtedy Buli zdecydował się pójść po plecy do Popławskiego. Na jego polecenie każdy z tych mniejszych wyraziłby zgodę na współpracę według własnych możliwości. Słoń oficjalnie jest rencistą, ale wiadomo, w jakiej willi mieszka i ile kosztuje metr kwadratowy w Oliwie. Jego ludzie siedzą w radach nadzorczych wielu firm. Nie mam pojęcia, jak to załatwili. Miesiąc później długi były spłacone, a zaraz potem naprzeciwko Igły otworzyła się Iglica. To był w całości konkurencyjny biznes Janka. Buli miał wielkie pretensje, że nikt nie zapytał go o zdanie. Zaczęły się ryby w pudełkach, nocne telefony, a kilka miesięcy później doszło do strzałów w bliźniaczym klubie. To pan już pamięta.

– Podobno piosenkarz chciał się zastrzelić. – Duch spojrzał na Tamarę. Liczył, że opowie mu o tym więcej, ale nie widziała takiej potrzeby.

– Podobno – przytaknęła. – Ale to ja opatrywałam w nocy Bulego. Jeździłam z nim do znajomego chirurga, by wyjął kulę. To nie było draśnięcie, jak podał do akt. Igła omal go nie zabił. Ale jakoś się dogadali i oficjalnie prowadzili to wszystko razem. Chwilę był spokój. Niecałe dwa lata.

– Są jakieś dokumenty? Dowód tej transakcji? Chodzi mi o inwestycję Słonia w klub. Czy Buli załatwił to na gębę?

– W żadnym wypadku – zaoponowała natychmiast. – Buli znał Słonia na wylot. Wiedział, że jeśli grać, to z pełną talią. Jest podpisana umowa, wszystko legalnie zgłoszone do urzędu skarbowego. Papiery leżały u nas w domu i to była najcenniejsza rzecz, jaką mąż posiadał. Nawet mnie nie pozwalał ich ruszać. Ta dziewczyna z baru je zabrała. Zostawiła kartkę, że wzięła do depozytu. Ponoć mają państwo cały segregator. Tam jest potwierdzenie, że mówię prawdę. Buli po to go trzymał. W razie takiej właśnie potrzeby. I żebym ja była dzięki temu bezpieczna. – Potarła oczy, ale już nie płakała.

– Zbadamy to, oczywiście. – Skinął głową. Nie mógł jej przecież powiedzieć, że jeszcze nie miał dokumentów w ręku, bo antyterrorysta trzyma je w swoim bagażniku gdzieś pod Szczecinem.

– Z tych dokumentów wynika, że Buli sprzedał Igłę Popławskiemu w zamian za udziały w spółce SEIF i kilku innych organizacjach. Pieniądze, które mąż otrzymał i które całkowicie pokryły długi, równoważyły te należności. Tym samym Buli i Janek stali się jedynie menedżerami, prawowitym właścicielem zaś był Słoń, choć na umowach figurowało inne nazwisko.

– Jakie? – przerwał Duch.

– Tego nie wiem. Nigdy nie czytałam tych papierów. Myślałam, że pan je posiada. – Tamara zmierzyła komisarza długim spojrzeniem. Podejrzewał, że kolejny raz skłamała, zaznaczył to w notesie.

– A Igła? Nie miał nic do powiedzenia? Musiał podpisać umowę sprzedaży.

– Podpisał – przytaknęła Tamara. – Jego podpis widnieje na dokumentach. Może był pijany albo naćpany, bo jakiś czas później twierdził, że niczego takiego nie pamięta. To bzdura. Wiem, że nikt nie fałszował jego podpisu. Wtedy też Buli zaczął węszyć, dlaczego, z kim i za co Igła założył Iglicę. Oczywiście podejrzewał, że Igła ma cichego wspólnika, który woli pozostać anonimowy. Pozwolił na to tylko po to, żeby Janek się uspokoił. Ale jak się okazało, Iglica nie przynosiła spodziewanych dochodów, do Janka zaś wkrótce zaczęli przychodzić różni ludzie. Nie mogło być różowo, bo za pół ceny sprzedał jedno piętro swojego domu na Sobieskiego, a potem poszedł w długą z kokainą i było coraz gorzej. Opowiadał na prawo i lewo, że wyjeżdża, zamyka interes. Oskarżał Bulego, oczerniał go publicznie. Wreszcie naprawdę próbował się zabić albo może po prostu przedawkował. Buli, jego anioł stróż, znów go ocalił. Rozmawiał z nim wtedy, ale dowiedział się tylko, że wspólnik Igły jest Niemcem, nie mieszka w Polsce i nalicza mu bandyckie odsetki. Kiedy Janek podał nazwisko tego człowieka, okazało się, że to ta sama osoba, która jest właścicielem Igły. Pamiętam, że padła ksywka Rybak. Reszta w dokumentach.

Duchnowski zapisał sobie drukowanymi literami: KIM JEST WŁAŚCICIEL IGŁY I IGLICY – DOKUMENTY – SPRAWDZIĆ. Pisał wyraźnie, nie zasłaniając się, żeby Tamara to widziała. Zareagowała prawidłowo.

– To oczywiście tylko słup, ale ktoś od Popławskiego. Może jakiś kuzyn, siostrzeniec albo nieślubna córka. Słoń zawsze chował się w cieniu i jak szara eminencja pociągał za sznurki. To sprawdzony sposób działania. Wykorzystał ich konflikt i przejął oba bary. Oczywiście nie z miłości do muzyki.

– Gdzie dwóch się bije... – mruknął Duch.
– *Dokle se dvoje svađaju, treći se raduje.*
– Też ładnie.
– Znaczy prawie to samo. – Tamara westchnęła. – Muzyka, koncerty i imprezy to była tylko przykrywka. Od tej chwili klub był doskonałym miejscem do przekazywania pieniędzy, narkotyków albo złota. Nie wiem, czy mąż wiedział, skąd są te przesyłki. Sądzę, że tak. Odbierał je i woził w określone miejsca, przywoził kolejne. Narzekał, że po tylu latach

harówy w policji, a potem nadstawiania karku dla Słonia zamienił się w kuriera. Schudł ze dwadzieścia kilo. Zjadał go potworny stres, dosłownie. Bałam się o niego. Tymczasem Janek nagle stał się aktywny. Już chciał być biznesmenem, zależało mu na forsie. Coraz bardziej cisnął męża, żeby oddał mu prawa do piosenki. Twierdził, że chce zamknąć wszystko, żyć z tantiem, ale to nie była prawda. Potrzebował kasy, by się opłacać, by żyć. Dlatego Buli nie chciał mu oddać *Dziewczyny*. Zresztą, jak znam życie, Igła zaćpałby się w dwa tygodnie, a *Dziewczyna z północy* była wtedy naszym jedynym pewnym dochodem.

– Naszym?

– Igła jej nie napisał. Owszem, skomponował muzykę, choć też przy pomocy Pawła. Wzięli jakiś znany amerykański riff gitarowy i po prostu skopiowali go pod tekst. Igła ją wykonywał, ale produkcję, aranże i całą resztę zrobił Buli. Mówiłam, że znał się na muzyce, miał doskonały słuch. Nie potrafił śpiewać. Nigdy nie kształcił się instrumentalnie, nie nadawał się na estradę, ale miał muzykę we krwi. Nie bez powodu odszedł z grupy Słonia i założył klub. Tylko dlatego *Dziewczyna* stała się hitem. Buli miał do niej prawa warunkowo, bo znał nazwisko prawdziwego autora. A ten autor wolał pozostać anonimowy. Nawet ja nie wiem, kim jest. Gdyby się teraz zgłosił, miałby prawo domagać się pieniędzy za te wszystkie lata wykonywania i emisji.

– To doskonały motyw do zbrodni – zauważył Duch z przekąsem. – Czy przyszła pani tutaj, by oskarżyć męża o zbrodnię? Nieładnie, chłopina nie może się już bronić.

– To nie on strzelał – zapewniła pośpiesznie Tamara. – Ale wiedział, że w poranek wielkanocny Igła zamierza okraść tajny sejf ze złotem i dokumentami SEIF-u. Umówił się z Bulim, że po tej kradzieży zniknie. Nie będzie miał żadnych roszczeń. Prosił tylko, by Paweł pomógł mu w ucieczce. Mąż był przeciwny. To były pieniądze Słonia, a z nim nie warto zadzierać, bo on nie zapomina urazy. Tylko że Igła jak zwykle się uparł. Wymyślili więc, że winą obarczą Łucję Lange. Była krnąbrna, Igła jej nie lubił. Kiedyś go odrzuciła czy coś. Gdy zginęły pieniądze z tej nieszczęsnej kasetki na drobniaki, awanturowała się, że o wszystkich machlojkach doniesie urzędowi skarbowemu, prokuraturze, słowem, zniszczy ich. W gruncie rzeczy niewiele wiedziała. Jej złość była skierowana głównie na menedżerkę, kiedyś się przyjaźniły. Zresztą nie mam pojęcia, jaka była rola Izy Kozak. Czy znalazła się tam przypadkowo? Czy wiedziała, po co tam jedzie? Tam było w sztabkach i obligacjach ponad dwa miliony złotych. Może i więcej. To były pieniądze, które wyprowadzano z SEIF-u. Dlatego skarbce są puste. Nie dlatego, że przeinwestowano. Ich nie inwestowano. Kradziono je i dzielono między odpowiednie osoby. Dlatego spółka o podejrzanej renomie przez prawie trzy lata nie doczekała się nawet jednego procesu. W tym bierze udział cała siatka. Czy pan wie, ile osób trzeba było opłacić?

Duchnowski przerwał jej gestem.

– SEIF-em zajmiemy się później. Sprawę prowadzi inna jednostka. Chętnie wysłuchają pani detalicznej. Wróćmy do zabójstwa. Czy Igła miał klucz do klubu?

– Oczywiście – odparła Tamara. – Ale użył tego, który dorobił od klucza Łucji. Niech pan ją zapyta. Z pewnością pamięta, jak kilka miesięcy temu Igła pożyczył od niej klucz, bo swojego nie mógł znaleźć.

Duch bacznie przyjrzał się Tamarze.

– Skąd pani to wszystko wie?

– Plan ustalano u nas w domu. Była przy tym też Klara. Może pan ją zapytać. Najpierw zaprzeczy, będzie szlochała, ale potem potwierdzi. Miała wyjechać z Igłą do Kalifornii. Jak wielu innym obiecywał jej gruszki na wierzbie. Ona się złapała. Zakochała się, biedaczka.

– Jak Buli chciał wyjaśnić kradzież mocodawcom?

– Wszystko było zaplanowane. Padał okrutny śnieg, więc zdecydowaliśmy, że korzystając z aury, w sobotę rano wyjedziemy na narty. Pensjonat we Włoszech zabukowaliśmy od niedzieli wieczór dla czterech osób na czternaście dni.

– Sprytne – pochwalił Duch. – Czyli dokładnie dla kogo?

– Dla mnie, Bulego, Janka i Klary. Oczywiście Janek miał dojechać do nas później lub wcale. To zależało od rozwoju sytuacji. Ale w piątek w nocy zadzwonił z pretensjami, że Buli go wystawił. Mówił o jakiejś podstawionej policjantce, którą Buli podobno wynajął, żeby go udupić. Był wściekły, przerażony, że został „sprzedany", i z pewnością nietrzeźwy. Oświadczył, że jeśli Buli gra nieczysto, to on też może i będzie. Wtedy o tym wszystkim nie wiedziałam. Paweł powiedział mi dopiero wczoraj, kiedy wrócił z aresztu, że Janek poszedł do Słonia i naskarżył jak przedszkolak, że Paweł planuje napad. Po prostu odwrócił kota ogonem. Tego samego dnia przyszedł do nas pewien człowiek, zabrał męża na rozmowę gdzieś na mieście i złożył mu propozycję nie do odrzucenia. Kiedy Paweł wrócił, poinformował mnie, że pojedziemy na narty trochę później. W niedzielę pozwolił mi iść do kościoła. Gdyby ktoś pytał, miałam mówić, że byliśmy razem. Zresztą zawiózł mnie, pokręcił się chwilę przed wejściem. Ludzie mogli nas widzieć na mszy. Potem pojechał do Igły, dostałam esemes, że widzimy się w domu. Miałam być gotowa do wyjazdu. Niestety, wszystko wymknęło się spod kontroli.

– Co to była za propozycja?

– Wydaje mi się, że Buli miał zabić Igłę. Buli zawsze mnie chronił, tak było i tym razem. Ale rytuał przygotowań do egzekucji dobrze znałam. Zadbał też o mnie, by nic mnie nie łączyło ze sprawą w razie wpadki. Dawno już tego nie robił. Z piętnaście lat.

– Tylko piętnaście?

– Nie będę o tym mówiła – odparła bez ogródek. – Ale tak. Tylko piętnaście. Niech pan nie ciągnie mnie za język.

– Kim był ten człowiek?

– Posłaniec. Kiedyś mówiło się: żołnierz. Nikt ważny. Wyglądał jak taksówkarz. Wąsy, bura kurtka, kaszkiet.

– Rozpozna go pani?

– Raczej tak. Nie jestem pewna. Tak, chyba rozpoznam.

– Kto go wezwał? Ten posłaniec do kogo zawiózł męża?

– Myślę, że to było spotkanie z samym Popławskim. Głowy nie dam. Nie wiem, naprawdę – odparła szybko. A potem dodała: – Ale mąż nie strzelił do Igły ani do Izy. Przyjechał za późno. Kiedy wrócił, był zdenerwowany, przestraszony nawet. Pierwszy raz widziałam go w takim stanie, a przecież znamy się od lat. Ten, kto to zlecił, sądził pewnie, że naśle ich na siebie i się nawzajem powystrzelają, a on będzie miał kłopot z głowy. Wtedy w Igle ktoś zastąpił Bulego. Izy omal nie zabił tylko przy okazji.

– Skąd ta pewność?

– Paweł mi powiedział – odparła po prostu.

– Wspaniale. Chciałbym mieć taką żonę, która wierzyłaby we wszystko, co gadam – stwierdził Duch z przekąsem.

– Ja mu wierzę, bo... – Przerwała. – Ja chyba wiem, kto mógł to zrobić. Nawet Pawłowi tego nie powiedziałam. Może powinnam była. Może by żył. Ale ten człowiek jest dla mnie ważny. Uratował mnie, kiedy byłam... poważnie chora.

- O! - Duchnowski podniósł brew i uśmiechnął się kpiąco. - Wreszcie coś konkretnego. Byle jakieś inne nazwisko niż to na P i żeby nie miało trąby w ksywie ani odstających uszu w realu.

Tamara spłoniła się jak nastolatka. Duch miał wrażenie, że pożałowała tego, co przed chwilą wyznała.

- Zamieniam się w słuch - zachęcił ją.

- W dniu zabójstwa Janka potrąciłam na ulicy Chopina mężczyznę. Wcześniej nie myślałam, że to może mieć związek, bo ta osoba była całkowicie poza jakimkolwiek podejrzeniem, ale teraz, tym bardziej teraz, kiedy już tak wiele się zdarzyło, chcę, żeby pan to sprawdził. Pewności nie mam. Nie chcę nikogo oskarżać bezpodstawnie. To bardzo dobry człowiek. Anioł. Ja przez lata go za takiego miałam. I wielu innych ludzi też. Dlatego tak trudno mi teraz o tym mówić.

- Rozumiem - mruknął Duch i pomyślał, że o Bulim nie mówiła z takim pietyzmem. Wyjął flaszkę, by napełnić jej na zachętę szklankę, ale przykryła szkło dłonią.

- Już mi lepiej. Chcę się tego pozbyć.

Powiedziała, że mężczyzna wynurzył się od Fiszera, tam gdzie są schodki i pod górkę wychodzi się na przejście dla pieszych. Miał prawo jej nie widzieć. Ona jechała Chopina, wracała z mszy w kościele garnizonowym. Czuła się rozbita, zdecydowanie przekroczyła dozwoloną prędkość. Facet wbiegł jej wprost na maskę. Za późno go zauważyła, nie zdążyła zahamować. Na jezdni była szklanka. Przekoziołkował i upadł na drugą stronę jezdni. Natychmiast wysiadła, podeszła. Wydawało jej się, że nie żyje, ale podniósł się, otrzepał. Był tylko lekko oszołomiony. Poznała go, była zrozpaczona, że akurat dziś coś takiego się jej przytrafiło. Zaoferowała, że zawiezie go na izbę przyjęć na Chrobrego. Odmówił. Powiedział coś dziwnego: że się śpieszy czy musi natychmiast jechać. Myślała, że to szok po upadku. Mógł mieć wstrząśnienie mózgu, jakieś obrażenia wewnętrzne. Nie chciała mieć go na sumieniu. Podwiozła go na izbę przyjęć, w trakcie jazdy chwilę rozmawiali. Wysiadł bez pożegnania, pomachał jej tylko zza szklanych drzwi. Stała jeszcze chwilę, zanim zniknął w korytarzu, a potem odjechała.

– Kto? – Duch zadał tylko jedno pytanie. Miał dosyć tych sążnistych opowieści.

Tamara podała nazwisko mężczyzny i twarz policjanta zbielała. Oczywiście, że znał go, jak każdy w tym kraju. Poczuł kołatanie serca i niepokój, czy kobieta się nim nie zabawia. Czy nie została wysłana na przykład przez Słonia? Na taką minę dawno nikt go nie wpuścił. Jak miałby to sprawdzić, nie robiąc afery?

– Jak wyglądał ten klient? Rozpozna go pani na okazaniu? Powtórzy pani zeznanie w sądzie?

Potwierdziła dwukrotnie. I podała szczegółowo to, co pamiętała. A pamięć miała doskonałą. Poza skórzaną kurtką i dżinsami zapamiętała też pieprzowy zapach wody kolońskiej.

– Wydaje mi się, że wtedy pomogłam mu w ucieczce.

– Piękna opowieść. – Duch starał się zachować spokój, nie zdradzić podniecenia. Zgrywał teraz glinę nieufnego, wątpiącego, znudzonego gadaniną, choć w środku aż palił się, by krzyknąć „nareszcie". – Ale dlaczego sądzi pani, że to on zastrzelił Igłę?

– Bo to Marcin Staroń w schronisku brata Alberta, na detoksie, napisał *Dziewczynę z północy*. Ja ją jedynie poprawiłam do tej wersji, która jest wykonywana i do której prawa mamy Buli i ja. Może pan sprawdzić w ZAiKS-ie. Buli miał prawa, przepraszam, wciąż nie dociera do mnie, że nie żyje.

Poza tym byłam wtedy w apartamencie sto dwa w Rozie, kiedy zmarła Monika, i wiem, że nie popełniła samobójstwa. To Igła dał jej narkotyki. Nie chciał jej zabijać, ale była osłabiona po aborcji. Ojcem dziecka był Marcin. Może to on wtedy poprosił wuja Słonia, by zlikwidował jej brata, a swojego jedynego przyjaciela, bo ten domagał się zemsty i groził ujawnieniem sprawy. Nie muszę chyba mówić, kto osobiście wykonał to zlecenie.

– Kto?

– Dobrze zna pan to nazwisko. Widzieliście się godzinę temu, a z pewnością spotkacie się jeszcze nie raz.

Duch nie odzywał się przez chwilę.

– Igłę też Marcin w to uwikłał?

– Tak. Zmusił go do oddania pistoletu, który wykradli z Przemkiem człowiekowi Słonia. Tak Buli poznał Janka. Przyszedł do niego przerażony dzieciak z bidula z gnatem mafii i ściemą, że znalazł go w gołębniku. Kiedy ksiądz dowiedział się o winie Igły, nie wiem. Może dopiero dwa lata temu. Wtedy Janek zaczął przychodzić do Staronia, dużo rozmawiali. Niewykluczone, że dlatego Janek próbował się zastrzelić. Marcin zawsze był dla niego jak guru. Igła skradł mu osobowość. Przebierał się za niego, ufarbował nawet włosy na blond. W pewnym sensie go kochał. Tak jak się kocha idola. Pragnąc być taki jak on. Ale był tylko mizerną kopią. I pewnie dotarło do niego wreszcie, że całe życie zbudował na tej jednej piosence, której tekst zresztą zmieniliśmy, żeby nikt nigdy nie skojarzył jej z tamtą sprawą. Drobna kosmetyka, ale jednak zmienia sens i znaczenie opowieści. Teraz ja będę dostawała te cholerne tantiemy, bo ksiądz nigdy się nie przyzna. To oznaczałoby przyznanie się do udziału w zbrodni. *Dziewczyna* opowiada tę tragiczną historię. Niech pan jej uważnie posłucha.

Rozległo się pukanie do drzwi. Młody funkcjonariusz dostarczył Duchowi gorącą kanapkę.

– Dziękuję, sierżancie. – Duch odchrząknął i zwrócił się do Tamary, jakby poprzednie jej słowa nie zrobiły na nim wrażenia. – A teraz niech pani powie, jakie zeznanie przyszła pani złożyć i kto kazał pani przyjść.

Tamara obejrzała się. Młody policjant pośpiesznie zamknął drzwi gabinetu.

Karolina produkowała kolejne księżniczki. Na stole leżało już kilka kolorowych portretów kobiet w rozłożystych sukienkach. W tle stukali robotnicy. Obiecali, że dziś skończą barierkę. Załuska wybrała metalową, z satynowanej stali, cokolwiek to znaczyło.

– Mamo, odwróć się! – krzyknęła sześciolatka do stojącej przy kuchni Saszy.

Kobieta posłusznie zapozowała, zamarła w bezruchu z uśmiechem na twarzy. Wreszcie nie wytrzymała, wybuchnęła śmiechem i posłała dziecku całusa. Dziewczynka oddała lotny pocałunek, przyjrzała się jej wnikliwie, jak zawodowa portrecistka, po czym wróciła do rysowania.

Sasza wytarła ręce w ścierkę i podeszła obejrzeć jej dzieło. Kiedy jednak się zbliżyła, córka zakryła rysunek dłońmi i krzyknęła po angielsku:

– Jeszcze niegotowe. Powiem ci kiedy.

Sasza zdołała jednak rzucić okiem na pracę. Na obrazku była kobieta w okularach z burzą rudych loków i wysoki mężczyzna bez twarzy, za to we wściekle niebieskim kombinezonie. Do złudzenia przypominał jednego z robotników pracujących przy barierce. Sasza poczuła suchość w gardle. Dorośli trzymali za rękę dziecko. Nie było wątpliwości, że Karolina tak wyobraziła sobie siebie samą. W długiej różowej sukience, ze złotymi włosami rozsypanymi na plecach. Małą kopię matki. Po chwili podniosła dzieło i zaprezentowała, oczekując na brawa, których Sasza jej nie szczędziła.

– To ja? – udała zdziwienie. – Nawet nieźle wyszłam. Mała pokiwała głową.

– A to? – Załuska dotknęła palcem mężczyzny bez twarzy. Karo nie zdążyła odpowiedzieć, bo Sasza musiała podbiec do kuchenki. Makaron omal nie wykipiał.

– Jakie masz oczy? – zapytała dziewczynka.

– Zielone.

– A ja niebieskie. Dlaczego?

– Bo ty masz oczy po tacie.

– A kiedy poznam mojego tatę?

Sasza zastanowiła się.

– On nie żyje.

– A dlaczego?

– Umarł.

– Czyli mój tata jest aniołem?

Sasza odlewała już makaron, zahartowała go zimną wodą.

– Każdy, kto już nie żyje, może być aniołem.

– Albo diabłem.

– Diabły to upadłe anioły. Tak mówią w kościele.

– A dlaczego nie mamy jego zdjęć?

– Kiedyś pojedziemy na jego grób – obiecała Sasza. – Wtedy go zobaczysz. Pozbieraj rysunki i umyj ręce. Siadamy do stołu.

– Ale ładnie pachnie – pochwaliła rezolutnie dziewczynka i pobiegła do łazienki. – A wyjdziesz jeszcze za mąż? – dodała, przekrzykując huk strumienia wody. – Mogłabym być twoją druhną.

– Zobaczymy – odparła Sasza. I zapewniła bez przekonania: – Jeśli wyjdę, na pewno nią będziesz.

Nałożyła obiad na talerze. Pozbierała kredki, papier, złożyła je na kupkę na brzegu stołu. Dziewczynka z pewnością będzie chciała dokończyć rysowanie. Jej uwagę zwróciła inna praca córki. Była to swego rodzaju krzyżówka, podobna do zadań w książeczkach dla dzieci. W pionowym rzędzie Karolina narysowała obrazki: ręka, osioł, dom, znak, igła, nos, agrafka. Obok rysunków koślawymi literami napisała pierwsze litery przedmiotów. RODZINA – odczytała Sasza. Zamyśliła się. Zerknęła raz jeszcze.

– *ręka*
– *osioł*
– *dom*
– *znak*
– *igła*
– *nos*
– *agrafka*
RODZINA

Postawiła talerze na stole i pobiegła do swojego gabinetu. Wygrzebała ze stosu papierów tekst piosenki. Wzięła kartkę i kolejno zapisała pierwsze litery każdego z wersów refrenu.

– *Wina*
– *Alkohol*
– *Lekarstwa*
– *Depresja*

– *Emocje*
– *Miłość*
– *Alkohol*
– *Rezurekcja*
WALDEMAR

Początkowo nie była w stanie przypomnieć sobie nikogo o tym imieniu, kto przewijałby się w śledztwie.

– Mamo, już umyłam ręce – usłyszała z kuchni głos córki.

Wtedy pojawił się przed jej oczami mężczyzna w czarnej masce. Sąsiad, który przeciął przewody w Igle. Fanatyk religijny – uratował Igłę przed samobójstwem, choć był jego największym wrogiem. Waldemar Gabryś. Ruszyła do kuchni, usiadła do stołu, ale kiedy tylko Karolina zaczęła jeść, wysłała esemes do Duchnowskiego, że muszą pogadać.

Szukali go kilkanaście godzin. Wikariusz mówił, że proboszcz nie wrócił na noc, nie odprawił wieczornej mszy, nie dał znaku życia. Zatrzymali go późnym popołudniem, kiedy wsiadał na prom. Twierdził, że całą dobę nie było go w Trójmieście. To było wszystko, co zdołali z księdza wydusić. Potem nie odezwał się nawet słowem. W bagażniku miał spakowaną walizkę, a w niej ważny niemiecki paszport na nazwisko Wojciech Friszke oraz zwitek gotówki w euro.

Jego zatrzymanie miało odbyć się dyskretnie, ale pierwszy telefon z kurii zadzwonił już godzinę później. Kilku biskupów dawało księdzu alibi na czas zabójstwa w Igle. Jeden z dostojników kościelnych zaznaczył, że na mszy tego dnia było ponad tysiąc wiernych. Groził, że jeśli policja poda tę bzdurną informację do mediów, sprawa skończy się w sądzie. Przepychanki trwały do dwudziestej pierwszej. Ksiądz uparcie milczał. Nie stawiał jednak oporu. Dał sobie pobrać odciski i krew do badań. Ze spotkania z adwokatem wyszedł po kilku minutach, zanim Małgorzata Piłat zdołała przedstawić mu swoją propozycję linii obrony.

W tym czasie komisarz Duchnowski jeszcze kilka razy wysyłał młodego policjanta po hamburgery i sałatkę coleslaw dla całej ekipy. Kobieta w budce z naprzeciwka musiała błogosławić ten dzień. W kilka godzin zrobiła miesięczny utarg. Wreszcie policjanci doszli do porozumienia z kościołem. Duchnowski zgodził się, by dostojnicy uczestniczyli w eksperymencie okazania, choć nie omieszkał zrobić awantury Waligórze, że pozwala na naciski. Uspokoił się dopiero po obietnicy, że jeśli sprawa się potwierdzi, będzie mógł podać do prasy informację o groźbach.

– Potwierdzam. To był on – Tamara wskazała księdza Marcina Staronia bez żadnych wątpliwości. – Nie miał wtedy sutanny. Był w normalnym ubraniu.

Dodała, że zna go bardzo blisko i da sobie uciąć rękę, że to właśnie jego wiozła w dniu strzelaniny w Igle.

– Bardzo blisko? – żachnął się jeden z przedstawicieli kurii.

– Nie w tym sensie – sprostowała. – Po prostu mi pomagał. Swego czasu dużo rozmawialiśmy. Jest najlepszym księdzem, jakiego znam. Bardzo szanuję to, co robi. Mam nadzieję, że nie pomawiam go o nic, czego nie zrobił.

Jeden z urzędników parsknął z powątpiewaniem.

– Dziękuję. – Zmęczona całodziennym pobytem na komendzie prokuratorka odłożyła dokumenty i skierowała się do wyjścia. O dwudziestej drugiej nie wyglądała już tak wspaniale jak z samego rana. Szminkę zjadła, szpilki na platformie piły ją niemiłosiernie, więc zmieniła je na schodzone baleriny. W płaskim obuwiu jej łydki wyglądały zanadto potężnie. Przedstawiciele kurii wyszli za nią. Mundurowi odwieźli Tamarę do domu. Dostała dyskretną ochronę. Była zbyt cennym świadkiem, by cokolwiek mogło się jej stać.

Śledczy zostali sami. Prokuratorka wyraźnie dała im do zrozumienia, że jutro zamierza poinformować o zarzutach prasę. Potrzebuje dowodów. Łucja czy ksiądz. A może oboje?

Teraz Duch z Waligórą zastanawiali się nad tym, jak wybrnąć z sytuacji. Dwóch świadków, dwóch sprawców. Oba zeznania musieli rozważyć i szybko dokonać wyboru, żeby nie skończyć jak ten osioł z bajki. Co gorsza, wiadomo już było, że nie tylko o wykonawcę zbrodni tu chodzi. W sprawie wciąż plątał się inwalida jubiler i kilka innych osób, które znali z dawnych lat. Celem stało się teraz zatrzymanie zleceniodawców, na co, obaj wiedzieli, nie mieli na razie szans.

– Jakie są rozkazy, szefie? – odezwał się Duchnowski.

– Chujowy ten profil. – Waligóra rzucił na stół ekspertyzę Saszy. – Kobietę wykluczyła. O księdzu nic nie napisała. Do niczego nam się nie przyda.

– A co miała napisać, że strzelał w sutannie? Przecież był w cywilu. Tak też go schwytaliśmy.

Duchnowski podszedł do drzwi, dokładnie je zamknął. Podniósł głowę, zerknął na czujnik przeciwpożarowy, wspiął się na biurko i zakleił go gumą do żucia. Dopiero wtedy zapalił papierosa. Waligóra odłożył swojego elektronicznego i wyciągnął rękę po paczkę marlboro.

– Ej, przestałbyś udawać. Kup se – stęknął Duch.

– Jutro oddam ci cały pakiet – obiecał Waligóra i wyjął od razu dwa. Jednego zapalił, drugiego schował do futerału na długopisy. – Na czarną godzinę.

Palili, gapiąc się na pustą okazalnię.

– Co to za ksiądz, który biega po mieście w cwaniackiej skórze? I jeszcze wsiada na promy do Szwecji. – Waligóra się zamyślił. – Kupy się to nie trzyma.

– Nie szata zdobi księdza. – Duchnowski nie zamierzał bronić Staronia, ale także trudno mu było w to uwierzyć.
– Mnie też zawsze traktowali jak posterunkowego, bo z reguły byłem po cywilnemu. Przywykłem, że mój stopień notorycznie obniżali, a na imię dawali Darek.

Waligóra zaśmiał się krótko.

– Z drugiej strony ten ksiądz bardzo mi pasuje. Byłby huk jak się patrzy. Oby tylko DNA wyszło pozytywnie.

– Dam znać, jak tylko coś się okaże – zapewnił Duch.

– Tylko dlaczego cudownie ocalona tak upiera się przy tej Lange? – ciągnął komendant. – Szyki nam psuje.

– Coś jej się tam ubrdało – westchnął Duchnowski. – Złość jej nie chce minąć, to i pamięć płata figle. Zresztą wiesz, jak jest. Kobiety są bardzo wyrozumiałe. Potrafią wybaczyć mężczyźnie nawet rzeczy, których nie zrobił.

Komendant się ożywił.

– Co masz na myśli?

– Nic. Taka złotoduszna myśl. Jakiś interes musi mieć. Dowiemy się w swoim czasie.

– A nie mogłaby go wskazać? – Waligóra zdjął okulary i potarł zmęczone powieki. – Ty masz te swoje sposoby. Może ta spalona psycholożka coś by pomogła. Podpowiedziała świadkowi dyskretnie, jakiej wersji lepiej się trzymać.

– Wysłała mi godzinę temu esemes. Na razie nie odpowiedziałem. Jeszcze jej nie odsuwać?

– Się zobaczy. – Waligóra zgasił peta. Spojrzał na sufit. – To naprawdę działa.

– Klasyczna wlepka hotelowa. Jekyll wie, co, gdzie i jak działa. Tylko marynarki nie może nosić. Zawsze mu się krawat uwala w argentoracie.

– Ale za to zawsze jest ogolony.

– Przynajmniej na gębie. I to całej.

Roześmieli się obaj. Wreszcie Duch klepnął się po udach.

– Czyli czekamy na DNA i podejmujemy decyzje.

Komendant skinął głową. Duch wstał, zabrał pustą puszkę po coli, do której wrzucali pety, by zatrzeć ślady przestępstwa.

– Stosunkowo udanej nocy życzę. – Ukłonił się.

Waligóra wskazał mu sufit.

– Przecież nie dosięgnę. Pan Bóg dał wzrost Kaczora Donalda, to się ulituj nad kolegą.

Duch zrobił gest, że zapomniał, wdrapał się, ale gumy nie usunął. Odpalił jeszcze jednego papierosa. Podał komendantowi.

– Teraz to kolega, a dziś rano jak było?

Waligóra wzruszył ramionami.

– Za dużo gapiów. Doświadczony funkcjonariusz drogówki potrafi odczytać z ruchu warg słowo „kurwa" z dowolnej odległości. A co dopiero pobłażliwe traktowanie funkcjonariuszy policji podejrzanych o współpracę z gangiem.

– Grubo, widzę, idziesz.

– Tak to wyglądało na pierwszy rzut gały. Gdybym cię nie znał, miałbyś już obsrane gacie. Mógłbyś straszyć nimi niedźwiedzie. A duchowozu szkoda, nie powiem. – Po chwili Waligóra znów był poważny. – Powiedz lepiej, kto ci spłatał figla z tą klamką?

– Kto to może wiedzieć? – Duch wzruszył ramionami. – Mało to uszu chciałoby mnie pogrążyć?

– Tym się na razie nie przejmuj – zapewnił Waligóra. Wciąż był jednak zafrasowany. – Mnie to zostaw. Ale trzymaj rękę na pulsie. Wici na mieście rozpuść. I na medal na razie nie licz ani premię. Teraz ci nie mogę dać. Niech się sprawa wyciszy.

– Gdzieżby – żachnął się Duch. – Tylko mnie to wnerwiło. Niuch mam jeszcze dobry, a coś śmierdzi. I niedźwiedzi nie widać. Same słonie. Chyba mnie nie wrabiacie w coś? Po tylu latach?

– W nicoś. – Komendant podniósł rękę, tym samym zamykając temat. – Obiecałem kościółkowym na razie całkowitą dyskrecję, ale wiesz, jeśli wszystko będzie w ręku, dajemy dymem na całą Polskę. Wtedy i podwyżka, i premia. Medale też. A klamkę dostaniesz nową. Bądź spokojny. Jakoś to załatwimy.

– Fajowo – ucieszył się Duch. – Bo sprawdziłem dzisiaj stan konta i pieniędzy starczy mi do końca życia. Pod warunkiem że umrę w następną środę.

Waligóra uśmiechnął się półgębkiem, wskazał plik kartek przysłanych przez Saszę.

– Ale wtedy to też musi się zgodzić.

– Będzie DNA, poprawimy – zapewnił Duch. – Ty, słuchaj, może jeszcze ten zapach dla pewności. Byłby komplet.

– Żadnych zapachów. Po mydle limonkowym chłopaki mają z nas niezłego łacha. – Waligóra zerknął na zegarek. – Komplet będzie, jak klecha się przypucuje. Coś by się dało zrobić, żeby zaczął gadać? Tylko nie ta profilerka. Ona już z nim rozmawiała. I dupa z tego blada.

Waligóra zaciągnął się aż po sam filtr.

– Dobre, co? Nie to, co te twoje pary wodne. – Duch otworzył puszkę z red bullem, wypił połowę, głośno gulgocząc.

Komendant zgasił niedopałek.

– Zastanawiam się, co teraz z tą dziewczyną.

– Obsrańca zamknęliśmy, nic jej nie grozi. Jak chcesz, postawimy jej przed drzwiami całą eskadrę na straży.

– Mówię o tej psycholożce. Nie podoba mi się jej opinia. W ogóle nie pasuje. Nikogo takiego nie mieliśmy. I po co wyciągać te stare historie? Nie mają związku. A smród będzie. Wiesz, o czym mówię. Jak ona na to wpadła?

– Nie do końca nie mają związku. Dają księdzu motyw. Trzeba to wykorzystać. A jakby tak spojrzeć, wiele cech się zgadza. Nie panikuj, poprawi się. Wszystko się przepisze. Papier wytrzyma.

– Albo faktycznie olać – wahał się komendant.

Patrzył przez lustro weneckie na pusty pokój, w którym przed chwilą znajdowali się podejrzany i kilku figurantów. Specjalnie ustawili go w ciągu jako drugiego. Ludzie, nawet niepewni, zwykle wskazywali to miejsce. Duch nie wiedział, dlaczego tak się działo.

– Dobra, to jedziemy z tym koksem, ale ja się muszę trochę zdrzemnąć – mruknął. – Te klechy mało mnie nie wykończyły. I znów jestem głodny.

– Mówiłem, zostaw to mnie – zastrzegł Waligóra. – Na razie robimy swoje. Reszta jest do wyciszenia.

– Do wyciszenia? – zdziwił się Duchnowski.

– Jakbym musiał teraz zmieniać prowadzącego dochodzenie, sprawa utknęłaby na miesiąc.

Duch nieznacznie pochylił głowę. Rozumiał, że dla dobra wszystkich musi siedzieć teraz cicho.

– Tylko dla prasy jesteśmy megapalantami, którzy nie robią zupełnie nic. Czytam, to wiem. Jestem na bieżąco. I mam wygadanego rzecznika. Słyszałeś ten dowcip o młodym policjancie z kursu podstawowego?

– Który?

– No, jak koleś zapytany na egzaminie, kto jest zwierzchnikiem w śledztwie, odpowiedział, że rzecznik prasowy. Takich mamy młodych ludzi we firmie.

– Jak patrzę na te ich profile, to nie wiem, skąd się biorą. Przed wojną takich nazwisk nie było.

Waligóra uśmiechnął się.

– Wiesz, ile mnie kosztowało, zanim zamknąłem dzioby sępom, żeby nie podali, że Buli nie odpadł naturalnie? – mruknął. – Musiałem napompować zaginięcie trzynastolatki, która ostatecznie znalazła się u tatusia w Paryżu. Matka zapomniała, że mała miała wyjechać. Żenua. Ale rzucili się na to. Mamy spokój na tydzień. Ciesz się, że nie masz na okrągło pod pokojem radia i telewizji. A tak by było, gdyby któryś z tych szpicli dowiedział się o czarnej wronie biegającej w skórach do Igły. Zresztą, jeśli chodzi o kurię, jak znam życie, już go sprawdzili. Pedofilów kryją, tutaj też nic nie wskóramy. Nie ma sensu z nimi walczyć. Jak DNA się zgodzi, działamy po swojemu. Nie rób tylko więcej dymu bez porozumienia ze mną.

– Dlatego się zgodziłeś, żeby przyszli? Żeby mieć w nich sojuszników?

– Dlatego. Srego. Niech się pierdolą albo robią to wzajemnie. Nie pamiętam, kiedy ostatnio byłem w kościele. Kiedy Jekyll będzie gotów?

– Obiecał załatwić priorytetowo. DNA możemy badać przez najbliższe pięć tysięcy lat. Jak nie ten, znajdziemy innego klechę. Nie bój nic. A teraz mamy chwilę, by popracować z kolegą. Pamiętasz go? Już go raz spotkaliśmy.

Komendant jakby nie usłyszał ostatniego pytania.

– Idźcie w to, że DNA już mamy. Trafiony zatopiony.

– Chcesz mnie, starego ojca, uczyć, jak się dzieci robi? Waligóra wstał.

– To czuwaj. – Nie odchodził. – Ty chyba nie masz do mnie żalu?

Duchnowski zmierzył go wzrokiem.

– Każdy nadaje się do innej roboty. Ty wybrałeś i ja wybrałem. Chcę tylko wierzyć, że dziś jesteś swój chłop.

– Włos ci z głowy przy mnie nie spadnie – zapewnił Waligóra.

– Nie do końca o to mi chodziło. – Duch uśmiechnął się krzywo. – Ale w coś wierzyć muszę. Ten ksiądz to przecież tamten dzieciak od Słonia z trefnego wozu w lesie. Nie mów, że nie pamiętasz. Ja doskonale. Ten laluś w garniaku, który zabrał wózek i dziewczynę, też odpadł nie do końca naturalnie.

Waligóra spojrzał na pusty pokój za lustrem weneckim.

– Gadasz!

Duchnowski zmierzył szefa czujnym spojrzeniem. Był pewien, że Konrad pamięta. Niezbyt dobrze grał naiwniaka. Musiał pamiętać. Od tamtego zdarzenia zaczęła się jego błyskotliwa kariera, a i Duchnowski wiele na niej skorzystał. Miał tylko nadzieję, że nie jest kompletnym idiotą, bo wierzył, że skoro sam nie brał łapówek i dobrze wykonywał swoje obowiązki, nie był używany do cudzych gierek.

– Buli już w krainie wiecznych łowów albo, mam nadzieję, w najgłębszym kotle, to nie potwierdzi, ale nam go wtedy wyjął. Drugi raz nie pozwolę się tak załatwić jak wtedy. Ale liczę, że klecha może jeszcze jaką juchę o Stogach puści.

Waligóra spiął się, podniósł rękę na znak protestu.

– Tego nie ruszaj – zastrzegł. – Niech zrobi to Białystok. Nam nic do tego.

– Żartujesz chyba – oburzył się Duch.

– Tak właśnie ma być. Jak wiesz, nie mam poczucia humoru – zakończył dyskusję Waligóra. – Są w delegacji, niech się wykażą. Wiech przejął sprawę i wydał nam rozkazy. Dostałeś wytyczne.

– Chcesz mi zabrać tego gościa? Mam go im wystawić?

– Mówię serio, odpuść Stogi i starą sprawę – powtórzył komendant. – To ich człowiek. Pilnuj tylko, żeby nasi procedur się trzymali.

– Co masz na myśli?

– To, że dopóki oni to robią, nasza dupa jest powyżej ognia. Nas interesuje tylko ten trup. Niech sobie grzebią przy sejfach.

– Jak chcesz. – Duchnowski wzruszył ramionami. – Ja tu tylko sprzątam.

Waligóra wyszedł już na korytarz, kiedy zadzwonił telefon od dyżurnego. Duchnowski odebrał. Usłyszał, że jest połączenie zewnętrzne. Zasłonił słuchawkę rękawem.

– Konrad! – krzyknął do komendanta. – Jedno pytanko.

Waligóra zawrócił. Ziewnął przeciągle. Też był zmęczony.

– Czego?

Duch zastygł w oczekiwaniu. Przyglądał się Konradowi.

– Jakim wozem jeździłeś w dziewięćdziesiątym czwartym zaraz po sylwku?

– O co ci chodzi? – zdziwił się komendant.

– Marka wozu. Kolor, rocznik.

– Nie pamiętam. To było sto lat temu.

– Bo sam sprawdzę – zagroził Duch.

Pojedynkowali się chwilę wzrokiem, wreszcie Waligóra skapitulował.

– Chyba nie miałem swojego auta – odpowiedział łagodnie. – Służbowy zawsze najlepszy. Na co ci to?

– Tak tylko pytałem – odpowiedział Duchnowski i odsłonił słuchawkę. – Łączyć.

Waligóra pośpiesznie wyszedł na korytarz, ruszył do windy. Po chwili jednak zmienił zdanie, skierował się do schodów. Na półpiętrze wyjął telefon i napisał esemes:

„Jutro najwcześniej 14. Grand. Sama".

Duch zaś tymczasem sprawdził, czy guma nie odkleiła się z czujnika przeciwpożarowego, a ponieważ audyt przebiegł pomyślnie, wyjął z paczki ostatniego marlborka.

– Siedzisz? – usłyszał głos Załuskiej.

– Stoję, a co? Wolno mi. – Zaciągnął się porządnie. – Jest środek nocy. Lubię sobie postać w komendzie. Zwłaszcza że mój kot zdechł pewnie już za szafą z głodu i tęsknoty, więc nie muszę się śpieszyć. Co tam, znajdę se nowego. I tak był zezowaty. Może pluszowego. Nie będzie mi szczał do galowego obuwia. I jeśli chodzi ci o piosenki, to może nazwę go Waldemar. Śliczne imię dla pluszaka. W czarnej masce będzie mu do twarzy.

– Nie o tego Waldemara mi chodziło. Sprawdziłam już u źródła – odparła. I zaraz dodała: – Ale nie będę cię dręczyła niepotwierdzonymi hipotezami. Sama gościa przesłucham. Pewnie to i tak nie ma dla was większego znaczenia. Dotyczy starej sprawy i wcale nie o północy, ale na wschodzie.

– Wspaniale. To co tym razem, bo spać się chce. Mam wolną chatę. Reflektujesz? Też, widzę, nie możesz zasnąć. Wschód też lubię, byle nie w pojedynkę.

Sasza nie była jednak skłonna do żartów. Gwałtownie mu przerwała.

– To dobrze, że stoisz. Szybciej zejdziesz na dół. Jestem zaparkowana przed wejściem. Wybacz to jawne podważenie autorytetu, ale nie mogę ruszyć się z wozu. Mam dla ciebie klienta. Chciałby się zgłosić.

– Gdzie, za przeproszeniem, zgłosić?

– Do aresztu, Duchu.

– Jeszcze jeden? Daj go na rano. Głodny jestem.

Sasza jęknęła.

– To wyślij tu kogoś.

– Kogo? Zamknij go w lodówce, w sejfie, w pralni. Nie wiem.

– Jak wiesz, nie znam żadnej sztuki walki i nie lubię się pocić, a będzie taniej nie lecieć po niego do Hamburga, skoro już sam się pofatygował. Ma bilet na samolot. Jeszcze zdąży, jeśli będzie chciał. Odprawę zamykają dopiero za trzy godziny. Nie będę tu sterczała do rana. I telefon odbieraj. Ledwie cię znaleźli.

Rozłączyła się.

Duch bardzo powoli wszedł na stół, odkleił gumę, wrzucił ją do kosza na śmieci. Ogarnął papiery i dopiero wtedy ruszył do wyjścia. W drzwiach zderzył się z Waligórą. Obaj zdziwili się z ponownego spotkania. Komisarz dał znak dyżurnemu, żeby przysłał mu człowieka do pomocy w zatrzymaniu. Podeszli do czarnej limuzyny z przyciemnionymi szybami.

– Znów ktoś umarł? – mruknął Duch.

Sasza dała znak siedzącemu obok mężczyźnie. Wysiadł.

– Przedstawiam wam Wojciecha Friszke. Z domu Staroń. Drugi z bliźniaków.

Facet był wierną kopią księdza. Na sobie miał sutannę. Nie odezwał się nawet słowem. Skłonił się tylko Załuskiej, zabrał małą torbę podróżną i w milczeniu poszedł za mundurowymi.

– Na dwoje babka wróżyła. Tak to chyba szło? – mruknął Duch do Waligóry. – Czy ten dzień będzie trwał wieki?

– Noc już, chłopie – poprawił go komendant lekko rozbawiony. – A nawet północ. I jest dziewczyna o północy.

– Spoko, damy radę – zapewnił Duch z miną szachisty. – Nie takie imprezy kładłem.

– W tej sytuacji życzę państwu stosunkowo udanego wieczoru – pożegnał się Waligóra.

– Nie dziękuję. – Sasza wskazała wóz. – Należy do kurii. Trzeba go im odstawić. Ale na razie rekwiruję. Muszę rano odebrać dziecko od matki, bo zapomni, jak wyglądam, albo opieka społeczna się zainteresuje.

– Ja panią odwiozę – zaproponował całkiem już poważny komendant. Duch podniósł tylko brew w grymasie niedowierzania. – Raz już pożyczyliśmy auto bez kwitów. Lepiej nie kusić losu po raz kolejny.

Załuska bez słowa wręczyła kluczyki Duchnowskiemu i ruszyła za komendantem.

– A co ja, parkingowy? – krzyknął za nimi.

Nawet się nie obejrzeli. Słyszał tylko, jak Waligóra się śmieje, widocznie kobieta coś mu opowiadała po drodze.

Duch stał jeszcze chwilę bez ruchu. Spojrzał na budkę z hamburgerami. Kiedy skończy robotę, akurat ją otworzą. Wtedy wyśle do niej kogoś, żeby kupił mu kanapkę. Tym razem nie będzie to nikt z patrolu. Po hamburgera dla pana komisarza poleci jutro z samego rana ktoś, kto na szaszłyku ma coś więcej niż kilka stokrotek*. Już widział minę Konrada, kiedy Duchnowski zadzwoni do niego z takim poleceniem. Zemsta zawsze jest słodka. To mu odrobinę poprawiło nastrój.

---

* Na szaszłyku ma coś więcej niż kilka stokrotek – w slangu policyjnym: Na pagonie ma coś więcej niż kilka gwiazdek. Duchnowski jest komisarzem (odpowiednik porucznika w wojsku), ma więc trzy gwiazdki, inspektor (pułkownik) Waligóra – trzy gwiazdki i dwie belki. Należy zaznaczyć, że w Policji obowiązują gwiazdki ośmioramienne, stąd skojarzenie ze stokrotkami (w Wojsku Polskim są to gwiazdki pięcioramienne).

Łucja znów siedziała w areszcie. O ile poprzednio z trudem zachowywała spokój, o tyle dziś była tylko lekko podminowana. Znała już procedury. Wiedziała, jak się zachowywać na śledczym. Zdawała sobie sprawę, że skoro ksiądz został aresztowany, nie ma co liczyć na cud. Adwokatka nie przybędzie z nagłą pomocą. Tym razem się nie bała. Buli, jej główny adwersarz, nie żył. Na szczęście dla niej Iza Kozak wciąż jeszcze tak. Wprawdzie znów powiedziała, co miała powiedzieć, ale Łucja była pewna, że teraz nikt jej oskarżeń nie weźmie na serio. Więcej wrogów nie miała. Może dlatego nie wściekała się już na byłą przyjaciółkę. Raczej jej współczuła, bo skoro na widok intruza Iza zareagowała nagłym omdleniem, to znaczy, że kierował nią teraz wyłącznie strach.

Łucja nie rozumiała wprawdzie, dlaczego żaden z lekarzy dotąd nie zeznał, że to ona uratowała Izie życie. Ale wyprostowanie tej sprawy to tylko kwestia czasu. Kiedy znalazła Izę nieprzytomną w łazience, natychmiast zawiadomiła pielęgniarkę. Nawet jej nie dotknęła. Nie chciała jej ruszać, nie wiedziała, co jej dolega. Do sali, w której leżała cenna pacjentka, mógł wejść każdy. Nawet dziecko wywabiłoby znudzonego policjanta spod drzwi. A po wszystkim Lange wcale nie uciekała, choć tak zanotowano w protokole. Po prostu nie miała czasu czekać i oczywiście nie chciała zeznawać. Nie czuła potrzeby tłumaczyć się przed nikim.

Kiedy ją zatrzymali, zrozumiała, że sama najlepiej o siebie zadba. Po prostu zacznie mówić. Wiedziała tyle, że wykupi się informacjami. Martwiła się jedynie, że zabrali jej dokumenty Bulego. Oby tylko ich nie zniszczyli. Liczyła, że to będzie jej karta przetargowa, potwierdzenie słów, dowody rzeczowe. Miała wprawdzie kopie, ale to nigdy nie to samo co oryginały. Nie wiedziała też, czy policja nie zrobi ich odpowiedniej selekcji. Na szczęście zdążyła dobrze ukryć skany. Do Izy poszła jedynie, by usystematyzować zgromadzone dane. Nie wierzyła, że Iza Kozak kiedykolwiek powie prawdę. Może maczała w tym palce i nie leżało w jej interesie nikogo wystawiać. Albo naprawdę ma zaniki pamięci i nie jest pewna, kto do niej strzelał. Tylko że wtedy powinna się do tego od razu przyznać.

Poza tym z premedytacją kłamała w innych, ważniejszych sprawach. Po ewidentnej egzekucji na Bulim dużo ryzykowała. Ale Iza zawsze była łatwowierna. Na jej miejscu barmanka już dawno odeszłaby od męża pijaka. Różniły się we wszystkim. Tylko dlatego ich pseudoprzyjaźń okazała się możliwa. Łucja nie uważała się za hazardzistkę, ale kiedy trzeba, potrafiła wszystko postawić na jedną kartę. Musiała mieć jednak pewność, że przyniesie jej wygraną. Teraz pragnęła po prostu przeżyć. Była nic nieznaczącym pionkiem w tej rozgrywce i musiała pilnować własnej dupy. Nigdy wcześniej ani później tak bardzo nie wierzyła w sens tych słów.

Stała w ogonku przed automatem więziennym, obmyślając pierwsze słowa, jakie wypowie. Kiedy przyszła jej kolej, gładkie zdania, które ułożyła tak precyzyjnie, uleciały w mgnieniu oka. Zdecydowała się pójść na żywioł.

Wyciągnęła wizytówkę profilerki i wykręciła numer. Wciąż miała prawo do jednego telefonu. Nie wykorzystała go na rozmowę z ciocią ani adwokatem. Wiedziała, że tylko Załuska może jej pomóc. Mimo wszelkich dziwactw psycholożka wydała się jej osobą w miarę wiarygodną. Przede wszystkim dlatego, że była „z zewnątrz". Łucja nie ufała już trójmiejskiej policji, prokuraturze czy nawet sądowi. Większość kluczowych procesów powiązanych z tą sprawą została ustawiona i nie miało to nic wspólnego z teorią spiskową. Sama była tego żywym przykładem, choć prawdopodobnie nikt nie zdołałby tego udowodnić. Sieć powiązań organów ścigania, biznesu i typów działających poza granicami prawa wciąż pozostawała bardzo szczelna. W innym kraju ten system połączeń nazwano by mafią. W Polsce nikt niczego nie dostrzegał. Określenie „mafia" wciąż rezerwowano dla łysych karków w dresach z kijami bejsbolowymi w rękach. Ludzie w białych rękawiczkach załatwiający wielomilionowe „dile" byli o wiele bardziej niebezpieczni i choć się im przyglądano – sprawę z całą pewnością monitorowały jakieś tajne służby – nikt się nie kwapił, by cokolwiek im udowodnić.

Kiedy uzyskała połączenie, w tle usłyszała jakieś stuki, wibrowanie oraz perlisty śmiech dziecka, które odebrało telefon i zapytało ją po angielsku o nazwisko. Łucję w pierwszej chwili zatkało. Nie przedstawiła się, łamaną angielszczyzną zapytała, czy może prosić kogoś dorosłego. Po chwili przy aparacie była już Załuska. Łucja nie zauważyła w jej głosie zdziwienia ani radości. Sasza spytała tylko, czy Łucja znów będzie z nią pogrywać, bo nie chce jej się umawiać opiekunki do dziecka na darmo. Łucja zapewniła ją, że dopełnieniem jej zeznań będą dokumenty, które odebrali jej dziś w nocy policjanci.

– Tam jest wszystko – dodała i zamilkła, czekając na reakcję.

– Postaram się załatwić widzenie – rzuciła profilerka niezobowiązująco. Ale po chwili dodała już cieplej: – Nie wiem, jak szybko mi się uda. Potrzebna jest zgoda prokuratury. Jeśli zmieniłabyś zdanie, daj znać przez wychowawcę.

– Nie zmienię – zapewniła osadzona i odwiesiła słuchawkę.

Poszła zrobić sobie kawę. Koleżanka spod celi usłużnie pożyczyła jej cztery łyżeczki. Łucja nie wiedziała, kiedy będzie mogła zaopatrzyć się w więziennej kantynie. Poza pieniędzmi od wikariusza nie miała ani grosza. Jałmużna, którą jej wcisnął na odchodne, wystarczyła na dwie taksówki. Gdyby wtedy nie czekała na ekotaxi i złapała coś droższego, może by jej nie drapnęli. Ktoś, kto powiedział, że pieniądze to nie wszystko, nigdy nie był biedny.

Na zamku wszyscy wiedzieli, kim jest „Langelka", jak ją ostatecznie przechrzczono, i za czyją głowę siedzi. Krążyły plotki o pieniądzach, które zrabowała mafii. Liczba zer z każdym dniem rosła. Łucja przestała czemukolwiek zaprzeczać. Odkryła, że tylko niektórzy okazują jej pogardę. Zdecydowana większość traktuje ją z respektem, może nawet trochę się boi. Zdziwiło ją to, ale połechtało próżność. Nie zamierzała wyprowadzać ich na razie z błędu. Poważanie w tym miejscu bardzo ułatwiało życie. Za kawę Łucja obiecała papierosa (miała jeszcze pół wagonu cameli od adwokata) i sztamę. Skazana rozpromieniła się i natychmiast zaczęła jej usługiwać. Lange wyprosiła ją z celi królewskim gestem.

– Będę potrzebowała służącej, to sobie znajdę.

Matka mogłaby być z niej dumna. Umiejętność adaptacji w każdych warunkach Łucja miała w genach. Zalała fusy wrzątkiem i korzystając z nieobecności koleżanki, wzięła z jej pudełka pięć kostek cukru. Skoro ma pić plujkę, to niech chociaż będzie słodka. Pomyślała, że człowiek jest w stanie przyzwyczaić się do wszystkiego, ale jeśli ma choć odrobinę ambicji, zawsze będzie knuć, jak poprawić swoją sytuację. Nagle uświadomiła sobie, że właśnie dokonała pierwszej kradzieży. Zawahała się, a potem obok pudełka z cukrem położyła koleżance kolejne dwa papierosy. Honor to podstawa.

- Nie wiem - przyznała Tamara Socha.

Wezwali ją rutynowo, by, zanim dokonają konfrontacji, zerknęła najpierw na zdjęcia sygnalityczne bliźniaków. Żaden z braci nie przyznał się do zabójstwa Igły. Obaj odmówili zeznań. Zostali sfotografowani w cywilnym ubraniu. Koloratka i sutanna trafiły do więziennego depozytu wraz z małą torbą podróżną, w której znajdował się cały dobytek księdza. Kuria zarekwirowała stułę i wszelkie przedmioty potrzebne do odprawienia mszy. Podpisano stosowny protokół odbioru. Widać tym samym Kościół zmienił front i jak najszybciej chciał się odciąć od kłopotliwego księdza. Kilku dostojników kościelnych już wycofało alibi dla Staronia. Duch był pewien, że jeśli zdobędzie wystarczające dowody, będzie miał w nich wsparcie. Tak samo silne, jak okazywana mu do tej pory wrogość. Księża - dotychczas murem stojący za swoim człowiekiem - najbardziej na świecie lubili mieć czyste ręce. Odwlekał jednak ich przesłuchania, by nie wprowadzać niepotrzebnego chaosu.

- Nie wiem, którego z nich wtedy wiozłam, ale to był jeden z nich - stwierdziła Tamara.

- Może pani odejść - poinformował ją Duchnowski.

Dzisiejszej nocy nie zmrużył oka, bo zdecydował się jednak przesłuchać natychmiast kolejnego podejrzanego. Adrenalina do tej chwili trzymała go w pionie. Na stole walało się kilka plastikowych kubków po kawie, pod stołem opakowania po jedzeniu, które dostarczali mu od rana wszyscy. I nie były to tylko hamburgery z budy naprzeciwko. Miał dziś swoje małe święto policji i nawet nie musiał wkładać munduru. Podobała mu się rola bohatera.

Rozsiadł się teraz wygodniej na krześle i po raz kolejny zabawił w dziecinną grę „wytęż wzrok". Bliźniacy byli do siebie podobni, ale nie identyczni. Duch wprawdzie nie spał, ale umysł miał jasny, myśli klarowne. Wreszcie śledztwo nabrało tempa i policjant wyraźnie czuł, że zbliżają się do rozwiązania zagadki. Nie mógł jedynie patrzeć na lurę z automatu. Adrenalina i cola w zupełności mu wystarczały.

Teraz Tamara była ich kluczowym świadkiem. Nikt nie miał do niej pretensji, że nie potrafi odróżnić od siebie dwóch ludzkich klonów. Zdawało się to nawet potwierdzać jej wiarygodność. Bo kiedy do zdjęć ustawiono bliźniaków obok siebie, każdemu dwoiło się w oczach. Wreszcie mieli jednak coś konkretnego. Jeśli analiza DNA się potwierdzi, będą mogli uznać, że któryś z bliźniaków strzelał do piosenkarza. Duch był dobrej myśli. Wystarczy tylko udowodnić winę jednemu z nich.

Obaj mieli krótkie ciemnoblond włosy, kanciaste szczęki, wysokie kości policzkowe i głęboko osadzone oczy, prawie białe brwi. Ważyli około osiemdziesięciu kilogramów przy stu dziewięćdziesięciu centymetrach wzrostu (ksiądz ważył siedemdziesiąt dziewięć, był też o centymetr wyższy, ale z daleka ta różnica nie była widoczna). Mimo tak różnych zajęć i trybu życia strzygli się i czesali niemal identycznie. Ale diabeł tkwi w szczegółach. Choćby ten kącik ust, który podnosił się u obydwóch przy delikatnym uśmiechu. U księdza lewy, u brata – prawy. Jakby byli własnym odbiciem w lustrze. Ksiądz był praworęczny. Jego brat biegle posługiwał się obiema rękami. Jak już policjanci wiedzieli, lewej używał do fałszowania podpisów. W większości przypadków robił to bezbłędnie.

Choć bliźniacy przed aresztowaniem bardzo starali się do siebie upodobnić, Duchnowski sądził, że wystarczy bliższa analiza i znajdą różnice. Na starszych zdjęciach ksiądz miał dłuższe włosy, w sutannie wyglądał też dużo szczuplej. Dziś jednak, kiedy wraz z Tamarą Duchnowski przyglądał się ich zdjęciom, zdawało mu się, że widzi podwójnie. Strasznie dziwne, wkurwiające uczucie, pomyślał. Dlaczego akurat mnie trafiła się ta sprawa?

Wściekłość i obawy komisarza były w pełni uzasadnione. Substytucja to stały myk jednojajowych przestępców, nie tak znowu rzadki przypadek w kryminalistyce. Znane były w Polsce i za granicą sprawy karne, jak choćby przeciw bliźniakom dokonującym gwałtów, napadów czy nawet zbrodni. Wykorzystując podobieństwo, kryli się nawzajem i dawali sobie alibi. Skutecznie manewrowali ławą przysięgłych, podważali wiarygodność świadków. Korzystali w ten sposób z błogosławieństwa prawa każdego demokratycznego kraju – domniemania niewinności. Przed organami ścigania stało wtedy nie lada zadanie: należało udowodnić udział w przestępstwie tylko jednemu z nich, drugi był niewinny lub groził mu zarzut współudziału i składania fałszywych zeznań. Jeśli to się nie uda wobec braci Staroniów, trzeba będzie wypuścić obydwóch. Wszyscy w komendzie o tym wiedzieli. Duchnowski był pewien, że bliźniacy doskonale zdawali sobie z tego sprawę. Nie bez powodu wybrali taką taktykę zamiast ucieczki. To znaczyło jednak także, że policja nie ma do czynienia z niewiniątkami. Jeden z nich jest zabójcą, drugi kryje brata. Bierze więc czynny udział w matactwie. Przypadek jest wykluczony. Tylko kwestią czasu było znalezienie dowodów winy. Nie ma zbrodni doskonałej.

Duch wpatrywał się wnikliwie w wizerunki Staroniów i myślał, że jest w tym jednak jakaś tajemnica losu. Choćby ubrań, drobnych przedmiotów, płyt z muzyką czy książek nie mogli tak szybko zdublować. A jak się okazało po przeszukaniu ich lokali, obaj mieli w swojej szafie skórzane kurtki (ksiądz zamszową), ciężkie buty (ksiądz zamszowe) i niebieskie dżinsy (ksiądz bez przetarć). Obaj używali pasty do wrażliwych dziąseł (ksiądz ziołowej) i spreju do czyszczenia skóry tej samej firmy, sprowadzanego z Niemiec (ksiądz bezbarwnego). Obaj słuchali rocka z lat dziewięćdziesiątych oraz klasyki, głównie mszy żałobnych. Na ich półkach były książki czołowych filozofów, a – co Duch uznał za szczególną ciekawostkę – w niewielkiej biblioteczce Wojtka Friszke znaleźli stos książek religijnych, o których posiadanie powinni byli raczej podejrzewać księdza. Egzemplarz *Kapitału* Marksa i wszystkie dzieła Lutra obaj mieli zaczytane i poznaczone – każdy na swój sposób. Tego nie dałoby się zrobić w jedną noc.

O ile kryminalne konto księdza było czyste, jego dossier zaś znane praktycznie wszystkim w komendzie (był przecież osobą publiczną), o tyle Wojciech Friszke, bardziej znany jako Rybak – ratownik medyczny z wykształcenia, który nigdy nie pracował w zawodzie – miał imponujący dorobek przestępczy. Na temat jego dokonań spływały właśnie faksy z jednostek policji polskiej i niemieckiej. Ksiądz przez całe lata mieszkał w Trójmieście, z małą przerwą na misję w Kolumbii, jego brat zaś podróżował po całym świecie, także po zagranicznych zakładach karnych. Fotografie księdza znane były Polakom jako wizerunek osoby godnej naśladowania. Zdjęcia Wojtka zdobiły kilkanaście tomów akt najrozmaitszych spraw kryminalnych. Jak ustalili policjanci, już od dziewiętnastego roku życia zniemczony bliźniak był notowany przez policję za drobne oszustwa, a trzy razy odsiadywał kilkuletnie wyroki. Zaczynał od fałszowania czeków, wyłudzania ubezpieczeń, potem trafił za kratki za kradzież pieniędzy powierzonych mu w ramach firmy Rechnung.de, na koniec obrabował kasę zapomogowo-pożyczkową, którą sam wcześniej założył i rozkręcił w Gdańsku.

Z opinii psychologicznych dołączanych do akt wynikało, że intelektem ksiądz przewyższa oszusta o głowę. Od siedmiu lat Friszke nie popełnił jednak ani jednego przestępstwa, w styczniu tego roku zatarł mu się ostatni wyrok. Z punktu widzenia prawa był czysty jak łza.

Jeszcze tydzień przed zatrzymaniem pracował w grupie kapitałowej SEIF na stanowisku szeregowego analityka. Śledczym wydało się jednak dziwne, że jego miesięczna pensja – jako jedynego z zespołu – sięgała kilkudziesięciu tysięcy złotych. Ziomek „z więziennych wakacji" – obecnie informator policji – twierdził, że to Rybak wymyślił piramidę, pieniądze zaś na jej rozkręcenie dała mafia rękami Martina Duńskiego, znanego bardziej jako Maciek Łopata, z którym Rybak siedział przez rok w jednej celi w Niemczech. To, zdaniem Duchnowskiego, było jedynie więzienną legendą, choć mogłoby tłumaczyć tak sowite wynagrodzenie w SEIF-ie. Komisarz liczył, że tym odpryskiem zajmie się specgrupa z Białegostoku. Jak się zorientował, ci nudziarze lubili sprawdzać takie spiskowe teoryjki. Natychmiast zlecił jednak zarekwirowanie komputera pracowniczego Wojciecha Friszke. Niestety, jak się okazało, za późno – był już wybebeszony z danych. Poza pustynnym pulpitem Microsoftu nie było w nim nic godnego uwagi. SEIF zobowiązał się do stworzenia „backupu" danych z serwera i natychmiastowego dostarczenia go do jednostki.

– Jeśli będzie to możliwe, niezwłocznie przekażę – obiecał rzecznik.

I dziś rano z SEIF-u przyszedł faks z oświadczeniem o braku w ich systemie kopii danych z tego komputera. Przypadek?

Jak się spodziewano, Friszke nie chciał zeznawać. Zaprzeczył, że był na miejscu zdarzenia, i oświadczył – identycznie jak brat – że nie ma z tym nic wspólnego, po czym zamilkł.

Ksiądz Marcin potrafił wygłaszać uduchowione kazania, ale poza podstawową znajomością włoskiego nie wykazał się żadnymi praktycznymi umiejętnościami. A jednak charyzmatycznego księdza kochały tysiące wiernych, a oszust miał tylko wrogów. Do komendy spływały właśnie doniesienia poszkodowanych firm, które Friszke próbował naciągnąć lub od których przed laty wyłudził mniejsze czy większe kwoty, po czym zniknął. Nie mogli go znaleźć pod rodowym nazwiskiem, gdyż w więzieniu listownie poznał godną siebie kobietę, ożenił się z nią i skutecznie ukrył za jej personaliami. Po wyjściu na wolność nie utrzymywał z nią kontaktu. Żyła z kimś innym, także recydywistą, tyle że specjalizującym się w przestępstwach przeciwko życiu i zdrowiu. Duchnowski zlecił swoim ludziom analizę tych dokumentów. Mógł tam być detal, który pomoże im złamać milczenie bliźniaka. Wtedy jeszcze komisarz był przekonany, że rozwiązanie sprawy jest wyłącznie kwestią czasu.

Wszystko pogmatwało się dopiero wtedy, kiedy przyszedł wynik analizy kodu genetycznego.

– Coś zdechło w lesie? – Duch spytał Jekylla, który wszedł z kwitem w jednym ręku, a w drugim z książką do savoir-vivre'u dla milicjantów. Znalazł ją na Allegro i wylicytował za sto dziewięćdziesiąt cztery złote, o czym nie omieszkał Duchowi ze szczegółami opowiedzieć.

– Jest zgodność, oczywiście. – Ekspert kryminalistyki rzucił dokument na stół, ale nie wyglądał na szczęśliwego.

– Dobra robota. – Duch się rozpromienił.

– Czy ja wiem? – Jekyll wzruszył ramionami. – Tak jak mówiłem, kropla krwi na rękawiczce, czyli materiał zabezpieczony na miejscu zdarzenia, wykazała dziewięćdziesięciodziewięcioprocentową zgodność z kodem genetycznym obydwóch podejrzanych. – Opadł z łoskotem na krzesło i wyciągnął rękę po papierosa. – To akurat była dobra wiadomość.

– Czyli to jeden z nich?

– Zgadza się.

– To coś taki skwaszony?

Jekyll otworzył książkę i odczytał:

– „Zawsze warto zastanowić się, co się powie. Może o tym nie należy mówić? A jeśli tak, to w jakie ubrać słowa? Nigdy nie mówi się krzykliwym głosem. Po pierwsze to niegrzeczne, po drugie ogromnie męczące dla słuchaczy. Jeśli inni zamilkną, nie znaczy, że zostali przekonani. A więc, żeby umieć rozmawiać, trzeba umiejętnie władać językiem i nauczyć się milczeć".

– Co ty mi tu trujesz?

Jekyll wzruszył ramionami.

– Cytat z książki *Uprzejmy milicjant*. Irena Gumowska, wydanie z tysiąc dziewięćset sześćdziesiątego czwartego roku. Właśnie o tym mówię.

– Nie wkurwiaj! Mów po ludzku!

Jekyll rozsiadł się i zaczął wyjaśniać:

– Bliźniacy jednojajowi, jak nazwa wskazuje, powstali z jednej komórki jajowej, którą, jak wiemy, zapłodnił jeden plemnik.

– Bez pierdolenia.

– Bez pierdolenia zapłodnić by się raczej nie udało.

– Do rzeczy!

– Zarówno komórka jajowa, jak i plemnik mają pojedynczy zestaw genów, organizm (powstały z ich połączenia) ma podwójny. Jak z tego wynika, zestaw genów bliźniąt jednojajowych jest identyczny. To nadal jest ta dobra wiadomość.

– Poproszę wersję dla debili. – Duch wreszcie znalazł zapalniczkę. Zapalił sobie i Jekyllowi. Dodał: – Lub blondynek.

– Zmieniłeś kolor włosów, synek? Nie zauważyłem. A sądziłem, że wyrażam się jasno.

– Zaraz osiwieję! – Duch podniósł się gwałtownie.

– Obawiam się, że to już nastąpiło. Siwy Duch, też ładnie brzmi – zaciągając się, rzucił Jekyll. – Z naszą sprawą już trochę gorzej.

– Który? No dawaj, bo nie wytrzymam.

Jekyll z zaciekawieniem oglądał żar z papierosa.

– Nie wiem – odparł.

– Chcesz mi powiedzieć, że nie można stwierdzić, który z nich? Nie wierzę. Mamy dwudziesty pierwszy wiek! – wściekł się Duchnowski i rzucił wiązanką przekleństw.

Jekyll natychmiast skorzystał z okazji i chwycił poradnik dobrego wychowania dla milicjantów.

– „Ostatecznie «cholera» to straszna choroba, «psia krew» – nic strasznego. Nawet «kurwa» (po łacinie *curva* – krzywa, linia, dróżka) nie jest wcale brzydkim słowem w tym języku".

Duch wyrwał mu książkę z ręki, schował do szuflady.

– Rekwiruję to gówno. Zeznajesz! Co to dla nas znaczy? I nie chcę słyszeć, że nie da się ustalić który!

– Tego nie powiedziałem. – Jekyll rozparł się wygodniej. – DNA bliźniąt jednojajowych są bardzo podobne, ale nie identyczne. Bardziej wnikliwa analiza może wykazać zmienność liczby kopii fragmentów DNA. Z angielskiego CNV, *copy number variation*. CNV pojawia się, kiedy brakuje odcinka sekwencji kodującej DNA lub kiedy wytwarzane są dodatkowe kopie danego odcinka DNA. Takie różnice mogą wyjaśniać, dlaczego na przykład jeden z bliźniaków choruje na serce albo ma skłonności do nowotworów.

– Co ty pierdolisz?

– Tłumaczę ci, że tylko taka bardziej wnikliwa analiza mogłaby ujawnić te różnice, lecz koszt takiego badania to – sprawdziłem – jakiś milion euro. Tyle właśnie w ubiegłym roku zainwestowali w Genui Francuzi. Zależało im na odkryciu, który z bliźniaków napadł na bank. Mieli takich dwóch jak my. Tyle że żaden nie był księdzem. To dobra czy zła wiadomość, jak uważasz?

Duch się zawahał.

– O kurtka jego mać! Już widzę minę Waligóry, jak ma wyłożyć okrągłą bańkę na te CNV czy inną chujnię.

– To nadal była dobra wiadomość. – Jekyll pokręcił głową. – Bo problemem nie jest tu kasa.

– To pożycz kilka stów, podinspektorze, jak kasa nie jest dla ciebie problemem – wciął się komisarz i rozciągnął usta w szerokim uśmiechu.

– Duchu, ty nie rozumiesz. – Jekyll pozostał poważny. – Nawet jakbyś zgromadził ten milion, nie możemy zrobić badania. W Polsce nie ma procedur dopuszczających takie ekspertyzy. To byłoby nielegalne.

Iza zobaczyła tę kobietę przez szybę, kiedy mąż z Michałkiem zbierali się do wyjścia. Załuska rozmawiała z lekarzem, głównie on mówił. Kobieta tylko od czasu do czasu zadawała pytania.

– Zasnął – oświadczył Jeremi, wskazując śpiącego w wózku syna. – Będziemy lecieć. Potrzebujesz czegoś jeszcze?

Pokręciła głową. Od kilku dni czuła się już o wiele lepiej. A odkąd przed jej drzwiami stała prawdziwa eskorta, spała jak zabita.

– Przyjdziecie jutro? Powinni mnie za kilka dni wypisać.

Mąż nieznacznie skinął głową. Pochylił się i pocałował ją w policzek. Poczuła silną woń wody kolońskiej.

– Mama narzeka?
– Nie bardzo.

Spakował rzeczy do wózka.

– Jeremi... – Wyciągnęła do niego rękę. Podszedł. Dotknął jej palców. – Tamto nie miało znaczenia – dodała szeptem. – Naprawdę.

– Też tak uważam – odparł.
– Spróbujemy jeszcze raz?
– Zobaczymy.

Wyszli. Odprowadzała ich wzrokiem. Jeremi zatrzymał się obok policjantów, psycholożki i lekarza. Przez kilka minut z nimi rozmawiał. Uśmiechał się szeroko, jak miał to w zwyczaju wobec obcych. Ludzie go lubili. Kobieta zadała mu kilka pytań. Iza dałaby wszystko, żeby wiedzieć jakich, ale szyby skutecznie uniemożliwiały nasłuch. Potem psycholożka przeprosiła męża i lekarza, weszła do jej sali. Tym razem nie miała dyktafonu ani torby z komputerem, tylko małą skórzaną aktówkę, z której wyjęła plik kartek. Przywitała się, zapytała, jak Iza się czuje, a potem położyła je na szafce obok łóżka. Pacjentka dostrzegła logotyp firmy SEIF. Zbielała na twarzy.

– Mam tylko kilka pytań – zaczęła bardzo powoli Załuska. – Nie będę dziś nagrywała.

Iza nieznacznie skinęła głową. Słuchała bardzo uważnie.

– To, o czym chcę pomówić, nie dotyczy zdarzenia. Powinna pani doskonale te fakty pamiętać. To stara pamięć. Rozumiemy się?

– Tak.

– Jak to się stało, że trafiła pani do pracy w Igle?

– W Igle?

– Wcześniej pracowała pani w firmie transportowej. Koordynowała pani wysyłkę towarów na wschód.

– Tylko przez półtora roku.

– To pani zerwała umowę. Zna pani język rosyjski, była pani jedyną osobą z takimi kwalifikacjami w firmie. Dlaczego pani zrezygnowała z tak dobrej posady na rzecz klubu muzycznego?

Iza zamyśliła się.

– Praca nocami, użeranie się z pijanymi klientami, nienormowany czas, pensja niewiele większa. Trwała pani w klubie całe lata.

– Dostałam propozycję, wydała mi się ciekawa. W logistyce bardzo się nudziłam. To nie moja bajka.

– Nie pani bajka?

– W Igle robiłam to samo, tyle że to było ciekawsze. Znani ludzie, muzyka, kultura.

– I Wiśniewski.

– Był moim szefem. To zrozumiałe.

– Co was łączyło?

– Nas?

– Panią i Janka.

– Co pani sugeruje? – Iza nabrała powietrza, oddychała ciężko, ze świstem. – Byliśmy znajomymi z pracy. Podlegałam mu.

Sasza wzięła plik dokumentów, przejrzała je.

– Pani Izo, proszę być ze mną szczera. Romans to jeszcze nie przestępstwo. Zresztą papiery rozwodowe zostały wycofane, sprawdziłam. A jeśli pani kłamie w takich sprawach, jak mam pani wierzyć w tych kluczowych dla śledztwa?

– To teraz ja jestem podejrzana?

– Nie powiedziałam tego.

– Kochałam się w nim, jak połowa Polski, platonicznie. Kiedyś – przyznała wreszcie Iza.

– A ostatnio? Jaka była wasza relacja?

– Był w złym stanie psychicznym. Pił, ćpał. Sama pani widziała. Pod koniec głównie mu matkowałam.

– Mąż wiedział o was?

– Chyba się domyślał... Ale to już skończony rozdział.

Sasza milczała. Iza znów nabrała powietrza, rozległ się świst. Zaczęła mówić.

– Właściwie wtedy, w Wielkanoc, pieniądze były tylko pretekstem. Wiedziałam, że jest w złym stanie. Pojechałam, bo...

– Bała się pani, że zrobi sobie krzywdę – dokończyła Sasza.

– Tam mogła być broń. Po incydencie w Iglicy Buli zamknął ten pistolet w sejfie. Igła o tym wiedział. Kiedy zadzwonił i zapytał, czy mam klucze, bałam się, że pojechał po pistolet.

– Dlaczego wcześniej pani nic nie mówiła o broni?

– Nie wiem.

– A nie było przypadkiem tak, że to pani miała ten pistolet u siebie, dla pewności, żeby Igła nie zrobił sobie krzywdy? I wtedy, w Wielkanoc, go pani przywiozła, bo Igła tego zażądał?

– Nie, w żadnym wypadku! – oburzyła się Iza. – Jak pani śmie?

– Proszę się uspokoić.

– Pani mi coś insynuuje.

– Proszę spokojnie odpowiadać na pytania. Na razie nie nagrywam tej rozmowy, ale mogę zacząć.

Iza natychmiast zamilkła.

– Kto do pani strzelał? Pytam ostatni raz. Bo to nie była Łucja Lange i wiemy o tym obie.

Po czym wyjęła z pliku dokumentów zdjęcia trzech mężczyzn: Marcina Staronia, Wojciecha Friszke oraz Edwarda Mazurkiewicza. Wskazała trzecią fotografię:

– To ojciec Moniki i Przemka, którzy zginęli przed laty. Zna go pani, podobnie jak historię opisaną w piosence. Zlecała pani Mazurkiewiczowi wyjazdy na Białoruś i Ukrainę. To przez niego poznała pani Igłę i Bulego. Prawda?

Po obu stronach autostrady ciągnęły się płaskie jak naleśnik pola. Edward Mazurkiewicz już od godziny był głodny, ale chciał zrobić jeszcze co najmniej dwieście kilometrów. Przycisnął pedał gazu. Przed Terespolem był parking, na którym zwykle jadł i tankował. Prowadząca bar kobieta robiła najlepsze pierogi z grzybami na świecie. Nawet jego Ela nie mogła się z nią równać. Kiedy pomyślał o cienkim jak papier cieście i aksamitnym farszu z borowików z cebulową zasmażką, głośno przełknął ślinę.

– Stoją jeszcze na trzydziestym siódmym kilometrze, Edi? – padło zapytanie z CB-radia. Podniósł słuchawkę.

– Było czysto, ale minąłem ich z dziesięć minut temu.

– Szerokości – padło w odpowiedzi.

Jechał, wsłuchując się w mruczenie radia. Zetka zaczynała trzeszczeć, lepiej łapało już białoruskie stacje. Nagle we wstecznym lusterku dostrzegł pędzącą osobówkę. Minęła go z głośnym trąbieniem. Stwierdził, że to nowy lexus po tuningu. Identyczne egzemplarze miał zapakowane na podnośnikach przyczepy TIR-a. Po chwili CB znów zatrzeszczało:

– Jak jeździsz, idioto? Chcesz kogoś zabić?

Zawahał się, zanim odpowiedział. Był doświadczonym kierowcą, jeździł na TIR-ach kilkanaście lat z okładem.

– Laweta ci się poluzowała! – dodał ścigacz. Znikał już z zasięgu wzroku.

Edward natychmiast zwolnił, przestawił lusterka i zerknął na wyświetlacz. Zdawało się, że wszystko w porządku. Zdecydował, że na najbliższym parkingu się zatrzyma. Niedługo później poczuł, że zaczyna nim zarzucać. Zwolnił do czterdziestu na godzinę i spiął się. Ciasno chwycił kierownicę. Na horyzoncie dostrzegł parking dla ciężarówek. Wrzucił kierunkowskaz i zaczął skręcać. Odetchnął z ulgą, dopiero kiedy wygasił silnik. Wysiadł, obszedł ciężarówkę dookoła. Zabezpieczenia były uszkodzone, koła białego lexusa zwisały znad lawety. Tylna szyba wozu była stłuczona. Przełknął ślinę. Trzeba wezwać rzeczoznawcę. Całe szczęście nie przekroczył jeszcze granicy. To prawdziwy cud, że wóz nie sturlał się przy skręcie. Edward od dawna nie był wierzący, ale teraz wzniósł oczy ku niebu i podziękował za łaskę. Już wiedział, co na to Elżbieta, kiedy jej o tym opowie. Miał nadzieję, że auto nie jest bardziej uszkodzone, zabezpieczenia zaś da radę naprawić samodzielnie. W brzuchu poczuł bulgotanie. Tęsknie zerknął na parking. W oddali majaczył jakiś podły barek. Oddałby królestwo za schabowego z ziemniakami, choćby i twardego jak podeszwa. Nie mógł jednak tak zostawić wozu. Wrócił do kabiny, wyjął skrzynkę z narzędziami i zabrał się do zabezpieczania lawety.

– Dudek? – Aż podskoczył, kiedy ktoś poklepał go po plecach. – Kopę lat!

Edward podniósł głowę. Przed nim stał szczupły mężczyzna w okularach przeciwsłonecznych. Obaj zaczynali w jednej firmie przewozowej. Edward sam uczył chłopaka jazdy na ciężarówce. Ostatnio rzadko mijali się na trasach. Kiedyś nawet planowali spotkania, kilka razy pili w jego kabinie. Darek woził do krajów postsowieckich drzwi antywłamaniowe

Gerdy. Większość kierowców bała się jeździć na Białoruś, Ukrainę czy do Azerbejdżanu. Na samotnych kierowców napadano tam częściej niż w innych częściach świata. Drogi były kiepskie, więc nierzadko sami musieli usuwać usterki. Edward też nie wyprawiał się ostatnio dalej niż do Rosji. Darek słynął z bezwypadkowej jazdy i odwagi. Woził ze sobą łomy, pałki, a nawet broń, choć nie miał pozwolenia. Twierdził, że tylko dla postrachu, ale mówiono, że przez moment był w młodej gwardii Nikosia. Na szczęście szybko się wycofał. Dziś większość jego kumpli nie żyje lub odsiaduje wyroki. Mazurkiewicz naprawdę ucieszył się na jego widok. Będzie miał z kim pogadać przy obiedzie. Uścisnęli sobie ręce. Powspominali chwilę dawne czasy. Wreszcie Darek wyznał, że zakłada swoją firmę i szuka ludzi. Na razie jednak, dopóki biznes się nie rozkręci, sam też będzie jeździł.

– Ciężko dziś znaleźć dobrego woźnicę. – Zmarkotniał. – Może ty byś do mnie przeszedł?

– Kto wie? – Edward wzruszył ramionami. – Jak dasz dobre warunki?

Darek wyjął papierosa, Edward odmówił. Nigdy nie był uzależniony od nikotyny. Otworzył skrzynkę narzędziową. Na samej górze leżało zawiniątko we flanelowej szmacie ciasno obwiązane sznurkiem. Mężczyzna wyjął je i ułożył obok. Darek bacznie lustrował każdy jego gest.

– Patrz, jaki szajs. – Edward wskazał uszkodzone zabezpieczenia. Kolega obejrzał je fachowym okiem.

– Ktoś tu majstrował?

– Raczej nie – mruknął Edward. – Niby kto? Zmęczenie materiału. Tarcze się zgrzały i skuwka pękła. – Pośpiesznie przeglądał narzędzia w skrzynce. Wreszcie wyjął zawartość na ziemię i ponownie zaczął układać. – Masz może ósemkę? – zwrócił się do Darka. – Chyba zostawiłem na zakładzie.

Mężczyzna uśmiechnął się i poszedł do swojego wozu. Edward szybko schował zawiniątko do kieszeni. Następnie wspiął się na lawetę, głośno przy tym stękając, bo w jego wieku nie było to takie proste, po czym drżącymi rękami umieścił zawiniątko w drzwiach uszkodzonego lexusa. Obejrzał się. Darek wciąż był przy swoim wozie. Mazurkiewicz zmienił zdanie. Wychylił się i spróbował wydobyć przedmiot. Kiedy wreszcie go dosięgnął, sznurek się poluzował, szmatka rozwinęła, a z flaneli wychynęła lufa pistoletu. Edward szybko schował broń do kieszeni. W jego kierunku szedł już Darek. Miał identyczną skrzynkę, a w ręku klucz, o który prosił Mazurkiewicz.

– Mam dwa takie same, mogę ci zostawić – zaproponował.

– Nie trzeba – odpowiedział Edward. – Ja i tak nie wracam już do kraju.

Tylko dla grymasu zdziwienia na twarzy rozmówcy warto czasem powiedzieć coś takiego, pomyślał Edward z satysfakcją.

Sasza w pół godziny przejechała zielone miasteczko o wdzięcznej nazwie Hajnówka. Zatankowała na miniaturowej stacji benzynowej. Była tam tylko kasa, żadnych lodówek z napojami gazowanymi, hot dogów czy kawy w papierowych kubkach. Nie przyjmowali płatności kartą. Wyciągnęła banknot stuzłotowy. Mężczyzna w uniformie nie pozwolił jej dotknąć dystrybutora. Zatankował do pełna, nie przyjął napiwku. Zerknął na numer rejestracyjny niebieskiego uno, które dopiero wczoraj odebrała z warsztatu, i zapytał, jaka pogoda nad morzem.

– Wieje. – Uśmiechnęła się.

Jechała już ósmą godzinę, słuchając muzyki ze starych kaset. Na pytanie, jak daleko do pasieki w Teremiskach, zmarszczył czoło i ze wschodnim zaśpiewem odparł, że sporo.

– Nie wieje. Ale mogą wychodzić łosie – ostrzegł, a Sasza pomyślała, że to wyjątkowo celna uwaga. Dodał, że pszczelarz, którego szuka, mieszka na kolonii, z dala od wioski.

– Waldemar robi dobry miód, ale o tej porze roku może nie mieć już zapasów. Sezon zaczyna się dopiero za kilka miesięcy.

Podziękowała i ruszyła dalej. Mijała siedemnasta. Na ulicach prawie nie było przechodniów. Miasteczko wyglądało na wyludnione. Żadnych łosi. Przy wyjeździe z Hajnówki minęła dwa cmentarze – katolicki i prawosławny. Na obydwóch paliły się znicze. W małej cerkiewce odprawiano właśnie nabożeństwo, chyba pogrzeb. Znak wskazywał, że wyjechała z obszaru zabudowanego. Do Białowieży zostało jej jeszcze osiemnaście kilometrów. W oddali dostrzegła rowerzystę w odblaskowej kamizelce. Prawie nie było pobocza. Zwolniła obok niego, odkręciła szybę. Na uszach miał wielkie słuchawki.

– Teremiski. Daleko jeszcze? – krzyknęła.

Zerknął na śpiącą w foteliku dziewczynkę, wskazał ręką w prawo. Rzeczywiście kilka kilometrów dalej dostrzegła znak. Był też szyld o miejscu pamięci pomordowanych. Obok na słupie wisiała na jednej śrubie drewniana reklama pasieki. Wyglądało na to, że nie otworzyli jej wczoraj.

– Jesteśmy? – Karolina przetarła oczy i przeciągnęła się. Wyjrzała przez okno zaciekawiona. – Ale ciemno.

Faktycznie, droga była wąska, wzdłuż niej ciągnął się ciasny szpaler drzew. Zdawało się, że jest później, niż wskazywał zegarek. Sasza podniosła telefon, mapa zniknęła. Nie było zasięgu. Miała ochotę przekląć, ale się powstrzymała ze względu na dziecko. Znajdzie i bez GPS-u.

Mężczyzna stał przed płotem. Czerstwy, wciąż jeszcze niestary, w zielonej parce i kaloszach. Na lewym oku miał czarną przepaskę, jak u pirata. Sasza zatrzymała się tuż przed nim, wysiadła, nie gasząc silnika. Przez drzwi kierowcy wytarabaniła się za nią córka.

– Sasza Załuska – przedstawiła się. – To ja panu zawróciłam głowę wczoraj po południu. Dziękuję, że zgodził się pan porozmawiać.

Skinął głową, otworzył bramę. Wsiadły ponownie, wjechała na posesję. Zaparkowała przed samym domem. Drewniana chata pomalowana na niebiesko, z białymi framugami okien. Obok rząd brzozowych krzyży. Nie miały więcej niż kilka lat. Po obejściu chodziły dorodne kury. Pies wygrzewał się w nieśmiałych promieniach wiosennego słońca. Mężczyzna stał już w progu, w ręku miał drąg wyższy od niego samego. Wyciągnął solidny topór i ociosał go z gałęzi. Karolina schowała się strachliwie za matką. Dopiero kiedy wzięły z samochodu gościniec w postaci zgrzewki pustych słoików w folii, który on sam zamówił, zorientowała się, że mężczyzna ostrzył kolejny krzyż. Mniejszą, także brzozową poprzeczkę przywiązał sprawnie sznurkiem. Wskazał brudny stół na werandzie. Postawiła na nim słoiki. Otworzył szeroko drzwi. Z mieszkania wyskoczyła z rozpostartymi skrzydłami pomarańczowa kura, głośno gdakając, a za nią wypadł tłusty szczeniak.

– Ażeż ty – mężczyzna przegonił zwierzęta. I dodał szeptem: – Niech panie się rozgoszczą.

Weszły, usiadły na malowanych krzesłach. Na stole rozpostarto haftowaną serwetę. Sasha pomyślała, że to specjalnie dla nich. Stół wyglądał nadzwyczaj odświętnie. W łóżeczku spało dziecko.

– Pan Waldemar? – upewniła się Sasha.

Nie odpowiedział. Postawił na stole termos z herbatą, a obok spodek z konfiturą.

– Z panem rozmawiałam przez telefon?

– Żurawina – oznajmił. – Czyste źródło witaminy C. Bratowa zrobiła. Szkoda, że nie wiedziałem, zabrałaby się z wami. Dopiero za godzinę przyjeżdża autobus.

– Nie miałam zasięgu – wytłumaczyła się Załuska. – Nie było łatwo znaleźć pana dom.

- Nie ukrywam się. - Spojrzał na nią. Twarz miał ogorzałą od słońca. Zdrowa tęczówka była błękitna. Musiał być kiedyś przystojny, teraz raczej nie przywiązywał wagi do swojego wyglądu. - Kto chce, znajdzie. Różni tu przyjeżdżają.

Sasza rozejrzała się po izbie. Pachniało stęchlizną, ale było stosunkowo czysto, choć pomoc społeczna miałaby pewnie zastrzeżenia co do wychowywania niemowląt w takich warunkach. Karolinę dopadł szczeniak. Skakał wokół niej, próbując polizać po twarzy. Dziewczynka śmiała się, przemawiała do psa po angielsku. Po chwili z pokoju obok wychyliła się umorusana twarz dziewczynki.

- Wyjdź, Aniu, nie bój się - mężczyzna zwrócił się ciepło do dziecka. - Koleżanka do ciebie przyjechała.

Mała była mniej więcej w wieku Karoliny. Wpatrywały się w siebie lekko zawstydzone.

- To pani córka? - zapytał Saszę. Zza pazuchy wyjął czekoladę i wręczył małej. Wzięła z ociąganiem. - Chodzisz już do szkoły?

Pokręciła głową.

- Ma dopiero sześć lat. W przyszłym roku - odparła Załuska.

- Ania jest już w drugiej klasie. Pokażesz koleżance huśtawkę?

Kiedy wybiegły, wyjaśnił:

- Moja bratanica. Jej ojciec, nasz najmłodszy brat, siedzi w Anglii, na zmywaku. Razem z żoną pojechali. Tutaj nie ma perspektyw. Dobrze, że gospodarka została. Ziemia wykarmi każde dziecko.

Sasza położyła na stole ostatnie zdjęcie Igły, a potem dołożyła archiwalne fotografie Moniki i Przemka wraz z rodziną, które pożyczyła od Mazurkiewiczów.

- O co tutaj chodzi?

Mężczyzna nabrał powietrza, upił łyk herbaty.
– Z tym nie do mnie.
Sasza wpatrywała się w niego zaniepokojona.
– A do kogo?
Wyszedł bez słowa. Sasza potrzebowała chwili, by otrząsnąć się z szoku. Spojrzała za okno, zobaczyła bawiące się dziewczynki. Z daleka nie była w stanie rozróżnić, która jest jej, a która tutejsza. Widziała, jak wspinają się po konarze, a potem mężczyzna, z którym rozmawiała, podchodzi do nich i zawiesza prowizoryczną huśtawkę z opony na solidnych sznurach. Ania bez obaw wskoczyła na gumowe siedzisko, sprawnie je rozbujała. Kiedy mężczyzna zaproponował zmianę miejsc, Karolina pokręciła głową. Sasza szybko opuściła mieszkanie i podeszła do nich.

– Nie odpowiedział pan na moje pytanie – starała się mówić spokojnie, ale trudno jej było powstrzymać złość. – Jechałam cały dzień. Nie dam się tak łatwo zbyć. Akta znam.

Spojrzał na nią zdziwiony.
– Nikt nie chce pani zbywać. Bratowa zaraz przyjedzie. Cierpliwości.
– Bratowa?

Mężczyzna wskazał fotografię, którą Załuska trzymała w ręku.

– Nie jeździ autem. Ale jak poczekacie, to inspektor też dojedzie. Pewnie jednak po kolacji. Może i dobrze. Dzieciaki pójdą spać. Dzwonił, że wrócił w nocy z Trójmiasta i miał kupę roboty w komendzie. Myślałem, że się rozmówiliście?

Jedno patrzyło na drugie i niewiele rozumiało. Nagle rozległ się krzyk. Karolina zsunęła się chyba z huśtawki. Leżała na ziemi, z kącika ust sączyła się cienka strużka krwi. Sasza rzuciła się w jej kierunku, podniosła małą, zanim wracająca opona uderzyła dziewczynkę ponownie.

Temperatura była powyżej zera, ale zapowiadali, że w nocy znów będzie przymrozek. Zaczął sypać śnieg, który rozpuszczał się po zetknięciu z ziemią. Na jezdni skrzył się już zwodniczy sorbet. Duchnowski skręcił w Obrońców Wybrzeża, lekko nim zarzuciło. Traktor Chelsey Bulego trzymał się jednak jezdni bez porównania lepiej niż jego świętej pamięci duchowóz. Szerokie opony range rovera plus kontrola trakcji dawały radę nawet w poślizgu. Duch pomyślał, że warto wybulić tyle hajsu na taki czołg. Ubawiła go gra słów, która niechcący mu wyszła.

Zaparkował przed samym wejściem i ruszył do wietnamskiego baru u szczytu falowca. Był pięć minut przed czasem, ale nie zamierzał sterczeć przed wejściem. Tutaj Ploska wyznaczył mu spotkanie. Choć komisarz nie wierzył w rewelacje cwaniaka, zgodził się przybyć. Miał ochotę na porcję glutaminianu sodu w innej postaci niż kanapki z baru przed komendą.

Rozejrzał się. Tylko dwóch skośnych przy ladzie. Uśmiechali się do niego w swoim nic nieznaczącym stylu. Zajął miejsce przy oknie zafoliowanym tapetą w pagody. Do ręki wziął papierową rozpiskę. Bar nie miał dobrej sławy, ale Duch spotykał się tu czasem z informatorami. Pierwszy raz widział takie wyludnienie. Jeden z Wietnamczyków zaraz do niego podszedł i stanął z małym notesikiem, czekając na zamówienie. Komisarz bardzo się zdziwił. Nigdy nie było tu kelnerów, żarło zamawiał zwykle przy barze. Miał ochotę spytać, czy zabrakło im gołębi do dania z kurczaka, ale się powstrzymał i z ponad setki dań wybrał makaron sojowy smażony z cielęciną.

– Tylko na ostro – mruknął. – I bez kapusty.

Zerknął na zegarek. Była punktualnie siedemnasta. Przez okienko widział uwijającego się przy woku kucharza. Żywo dyskutował z kolegą, tym, który przyjął zamówienie. Wyglądało, że się kłócą, ale może tylko pieszczotliwie konwersowali, bo po chwili na stole komisarza parowała już nieokreślona masa. Pachniała niebo lepiej niż hamburger. Dopiero kiedy do lokalu wszedł żylasty mężczyzna w kaszkiecie i z ochroniarzem podłączonym do kabla w uchu, Duch zrozumiał, że Ploska nie przybędzie. Pustka przy barze też była nieprzypadkowa. Zwątpił, czy zdąży zjeść obiad, zanim go wyciągną i wcisną do bagażnika auta Bulego. Pierwszy raz od lat pożałował, że nie ma ze sobą broni. Zanim zorientują się w komendzie, że Duch coś długo nie wraca, ci zaparkują go w oliwskim lesie, przywiązanego do drzewa, z lokówką w dupie.

– I dorwałem cię wreszcie, Duszyczko. – Kaszkiet zaśmiał się gromko na powitanie. Dziś budził znacznie większy respekt niż przed laty. Jego ochroniarz, młodzian na sterydach, o nieruchomej twarzy, został przy drzwiach. Wielkie jak buły bary ledwie mieściły się w czarnej kurtce z dużą liczbą trzech pasków. Duch zastanawiał się, czy zdejmuje ją, kiedy używa tricepsów.

– Majami, kruszyno – odburknął. – Tak nisko upadłeś, że wabisz mnie na Ploskę?

Kaszkiet rozsiadł się. Duch zauważył, że przybyły jest mocno nietrzeźwy. Poczuł się pewniej, bo skoro Majami wypił na odwagę, żeby się z nim spotkać, nie grozi mu nic, czego mógłby nie przewidzieć. Znali się dobrze. Majami zaczynał w grupie rozpoznawczej Bulego, chodził za nim jak cień, wpatrzony w szefa jak w ikonę świętego Pawła. Kiedy Buli przeszedł na ciemną stronę mocy, Majami też położył raport o zwolnienie. Ale potem go wycofał. Przez kilka lat obaj pracowali jeszcze w miejskiej komendzie, tyle że kręcili już dile dla Słonia, Nikosia, Tygrysa i innych bonzów. Wtedy wszyscy w firmie mieli Majamiego za buraka. Tylko on opowiadał wojskowe dowcipy z brodą i sam się z nich śmiał. W dzień szlifował policyjne korytarze, a nocami stał na bramce w Maximie. Wielu policjantów łatało tak domowy budżet. Duch też kilka razy stał obok bandziorów, z których twarzy nie wyczytasz ani jednej myśli poza odruchami: „jeść, pierdolić, spać". Szybko zrezygnował. Nie chciał się z nimi bratać. Wolał żyć w ubóstwie, zachować godność. Na co mu teraz ta godność? Jak widać, głupek Majami wyszedł o wiele lepiej. Ma nawet swojego ochroniarza.

– Nie wierzyłem, że się uda. Ale Edyta zapewniała, że nie macie wyboru.

– Edyta... – Duch się zawahał. – Ona sama już nie ma wyboru. Ale to nie moja sprawa. – Zmierzył Majamiego czujnym spojrzeniem. – To twoja kumpela?

– Jej facet mnie bronił. – Wzruszył ramionami. – A koleżanka orzekała w apelacyjnym. Nie uniewinniający – zapewnił.

– Zawiasy?

– Diagnoza kryminalna bardzo dobra. No i duża nawiązka na cele charytatywne.

– Nie wątpię.

Milczeli.

– Co jest grane? – odezwał się Duch. – Zgadywać nie będę.

– Mam romans do ciebie – zaczął wreszcie Majami. – Buli był spoko ziomem. Nie można tego tak zostawić. Najpierw on, a potem wszystkich po kolei wykasują. Jak w życiu, sytuacja tylko się odwróciła. Jak to się mówi: raz pod wozem, raz pod wozem. Mogę pomóc. Gdyby sądzić po tym, co gadają na mieście, jesteście w sporej dupie.

– Każda dupa jest wystarczająco dobra. Zwłaszcza dla ciebie – odciął się Duch.

– Dziś jestem wzorowym mężem. Żona mi się nie zestarzała. Dobrze zainwestowałem.

Duch uśmiechnął się. Pierwszy raz spotkał obecną kobietę Majamiego w kultowym burdelu Paradiso na obrzeżach Gdyni, znanym bardziej pod nazwą Pieścidełko. Wyselekcjonowana klientela, dewizowi marynarze: Norwegowie, Angole, żółtki. Trafiały tam dziwki najwyższego sortu. Wtedy Majami miał inną żonę – Agatę. Akurat zażądała rozwodu. Miała dosyć życia z gliną o sylikonowym kręgosłupie. Bała się, że któregoś dnia będzie musiała go zbierać w częściach do puszki albo pochowa pustą trumnę, bo po wybuchu nic z niego nie zostanie. Było ich wielu walczących po obu stronach barykady. Każdy chciał zarobić, czasy były ciężkie. A bandyci mieli dobrą marchewkę i potrzebowali ludzi.

Majami właśnie uwierzył w siebie. Miał kumpli, którzy szybko załatwiali takie sprawy. Zarzekał się: odstrzeli Agatę razem z tym jej zagranicznym kochasiem albo każe zakopać żywcem na Stogach. Duch szanował ją, bo choć zaczynała, kręcąc kuprem przy rurze, i jak wszystkie miała zrobione cycki, była inteligentna i obdarzona instynktem gazeli, która wyczuwa kłopoty, zanim się pojawią w zasięgu wzroku, a na ucieczkę będzie za późno. Dało się z nią wiele załatwić. Często korzystał z jej informacji. Do Pieścidełka chodzili wtedy wszyscy. Klechy, marynarze, urzędnicy, gliny i zbóje. Duch też miał propozycje poruchania za darmo, ale nigdy nie skorzystał. Dziś trochę żałował.

Agata wiedziała, że nie uda się jej odejść. Majami musiał wyjść z tego z twarzą. Wyjechała bez uprzedzenia, a wcześniej, by uśpić czujność męża, podsunęła mu koleżankę. Jola była kilka lat młodsza i oficjalnie nosiła tace w Maximie. Agata zakazała jej choćby się zająknąć, że w Pieścidełku razem zdejmowały majtki za wizerunki amerykańskich prezydentów. Majami długo nie płakał. Stwierdził, że się zakochał i albo Agata wraca do domu, albo on ma inną kandydatkę. Rozwód załatwili korespondencyjnie. Sprawa nie była trudna, bo dzieci nie mieli, a małżonka nie chciała od eksmęża ani grosza z ich wspólnego majątku. Poprosiła tylko, żeby pomógł sprzedać mieszkanie (było na jej babcię). Obiecała mu solidny procent.

Policjant zrobił, jak prosiła. Przy okazji skorzystał z kontaktów i zainwestował w łapówkę, by dostać komunalny lokal przy Sobieskiego trzy minuty od placu Wolności w Sopocie. Dziś należy do niego prawie cała ulica. Był najmłodszym deweloperem w Trójmieście. Potem wygrał przetarg na budowę hotelu naprzeciwko Grandu. Stworzył coś masakrycznego, w stylu tajskim. Żadnych rur, striptizów czy nawet kasyna. Elegancka restauracja na dole, pokoje klimatyzowane, dziś po pięćset złotych dwójka, i dyskoteka Sofa, w której latem dudniło techno, a zimą hulał wiatr.

Wszyscy się dziwili, że zadowolił się nowszym modelem Agaty. Dziewczyna przypominała ją zresztą tylko do czasu, aż otworzyła usta, ale za to przez lata wyglądała wystrzałowo. To Majamiemu w zupełności wystarczało. Miał co pokazać, zawsze lubił gadżety. A co ciekawe, jak wynikało z dzisiejszego raportu, żyli dotąd długo i szczęśliwie. Duch przypominał sobie, że dużo plotkowano wtedy o rozstaniu Majamiego z żoną, bo Agata nigdy już do Polski nie wróciła. Otworzyła naprzeciwko Berlin Hauptbahnhof bar szybkiej obsługi i przez całe lata spotykali się tam mafiosi w delegacjach. Mówiono, że speluna była też miejscem kontaktowym polskiego kontrwywiadu. A potem Agata zniknęła bez śladu, bar zamknięto. Kiedy ostatnio Duch był w Berlinie, zastał w tym miejscu niczego sobie kebabownię.

– Waldemar – powiedział Majami. – To on wyjął mi pierwszą żonę. Nie z nim wyjechała, ale mieli romans, kiedy pracował dla Słonia. Taki goguś, woźnica. Musisz pamiętać. Był z nami, kiedy zgarniałem z Bulim od was tego dzieciaka Słonia. Tego księdza. Albo tego drugiego. Nigdy ich nie odróżniałem.

Duch zastanowił się. Odsunął pustą tackę. Otarł usta serwetką.

– Nie mówiłem ci tego. Nie ode mnie się dowiedziałeś – zastrzegł Majami. – Ale chcę, żebyś gościa złapał. Pracował pod przykrywką. Pił z nami, ruchał, wciągał koks. Jak brat. Donnie Brasco jebany. Wystawił grupę Słonia, udaremnił nam wielki przerzut narkotyków. Gdyby nie te dzieciaki, zgarnęliby nas wszystkich, włącznie z Waligórą. Białystok to robił. I dzisiaj nie Nikoś byłby królem trójmiejskiego gangu, ale Słoń. Choć wyszedł na tym lepiej, wciąż żyje ten cwany jubiler. Jacek Waldemar. To była jego ksywa. To on odstrzelił tego piosenkarza.

– Skąd wiesz?

– Bo Igle odjebało i chciał koniecznie wyjść z interesu. A przy tym zarobić. Szantażował Popławskiego, choć wszyscy wiedzieli, że pracował dla wywiadu.

Duch zaśmiał się gromko.

– Janek „Igła" Wiśniewski był na kontakcie wywiadowczym? – zaprzeczył gwałtownie. – Za blisko przestępców. W wywiadzie zaufanie to podstawa.

Nie wierzył Majamiemu. Był pewien, że tylko chce namieszać w sprawie i wrzucić go na ślepy tor. Albo gada, co mu ślina na język przyniesie. Kompletnie pijany.

– Od maja do września dziewięćdziesiątego trzeciego roku nie było w Polsce sejmu ani senatu. Jak sądzisz, z czego finansowano te kampanie? Kto miał wtedy pieniądze na politykę? Skąd pochodził pierwszy prezydent wolnej Rzeczypospolitej i dzisiejszy premier? Dziecko jesteś?

Duch zbielał na twarzy.

– Czego chcesz?

– Znajdź Waldemara i go posadź.

– Mam już zatrzymanego. Pewniak.

– Jaki pewniak? – obruszył się Majami. – Macie księdza i Rybaka. Jeśli któryś z nich strzelał, działał na jego polecenie.

– Zdecyduj się, Majami, bo chyba się upiłeś. Kto w końcu strzelał? Ten twój Waldemar, ksiądz czy Rybak? A może ty?

Majami wstał.

– Niczego się nie nauczyłeś.

– Niby od kogo?

– Mam rzucać nazwiskami?

– Skoro tu przyszedłeś donosić, byłoby miło. – Majami się zawahał. – Zresztą, skoro przykrywka się nie spaliła, to po co miałby dziś ryzykować?

– Popełnił błąd. Zabrał dziewczynę. Zaryzykował akcję dla siksy.

Duch miał dosyć. Kiwał głową, czekał, aż Majami sobie pójdzie. Może ześwirował do reszty. Nudzi się w tych swoich apartamentach.

- Waldemar to Wiech – perorował dalej Majami. – Cyklop z pezetów, siedzi w głównej. Szef grupy wywiadowczej, która pracuje nad grupą Słonia i między innymi SEIF-em. Tak naprawdę ma na celu przykrycie wszystkich akcji, bo to kasa na kolejne wybory. SEIF jest pusty, pieniądze się wyprowadza i inwestuje w konkretnych polityków. Nikt ci tego nie powie, ale tak jest. Dobrze wiesz, jak powstawał Sopot. Kto i gdzie włożył swoje pieniądze do pralki.

- Jeśli nie da się tego udowodnić, znaczy, że tego nie ma.
- Może tego nie udowodnisz. Może jesteś za krótki. Ale masz już wiedzę i wyjaśnisz sobie małą sprawę zabójstwa, którego nie było.
- Ubawiłem się.
- Mówię ci, zrób ekshumację zwłok Moniki Mazurkiewicz. Tej dziewczynki z Rozy. Jej brat zaciągnął się do Słonia. Już na pierwszej akcji miał pecha. A potem obejrzyj sobie żonę Wiecha. I zobacz, jak awansował. W wieku trzydziestu siedmiu lat był już podinspektorem. Pytania?

Położył na stół kartkę. Duch kątem oka dostrzegł przy kodzie pocztowym nazwę „Teremiski".

- Jak ty go nie uciszysz, ja to zrobię – zapewnił.

Duch przypominał sobie jak przez mgłę mężczyznę, który przez jakiś czas był kierowcą Słonia. Kręcił się w Rozie, Złotym Ulu, Marinie. I faktycznie w dziewięćdziesiątym czwartym, jakoś w połowie, zniknął. Mówili, że zasztyletował go przed dyskoteką nożownik zazdrosny o dziewczynę. Ale może faktycznie to była tylko kontrolowana zagrywka, by policjanta odwołać z akcji. Teraz już Duchnowski nie był niczego pewien. Tę sprawę, w przeciwieństwie do pozostałych rewelacji Majamiego, dało się jednak sprawdzić jednym telefonem.

– Nie musisz płacić – rzucił Majami i ruszył do drzwi.
– To mój lokal, ale nie mów nikomu, bo wstyd. Te żółtki strasznie gotują, w Trójmieście nie ma ich wielu. Wszystkie zakisiły się w Wólce Kosowskiej pod Warszawą. Nie ma to nic wspólnego z dobrym chińskim żarłem. Co najwyżej cię wezdmie, ale trucizny nie sypiemy.

Wyszedł bardzo zadowolony.

Sławomir Staroń jak zwykle zaczął dzień od miseczki ryżu na mleku. Dopiero potem zaparzył sobie kawę. Dziś był czwartek, więc posłodził dwie łyżeczki. Umył zęby, zdjął z krzesła przygotowane wczoraj ubranie, założył okulary fotochromowe i ruszył na piechotę do biura. Po drodze jak zwykle mijał znajome osoby. Uchylał nieznacznie kapelusza, zdjął go na widok Waldemara Gabrysia, który wychodził z kościoła. Zdawało mu się, że dzisiaj mężczyzna przygląda mu się bardziej wnikliwie. Szybko odwrócił głowę, by nie sprowokować go do rozmowy.

Poluzował szalik, szykowała się piękna pogoda. Salon samochodowy, którego był właścicielem, działał sprawnie i bez jego udziału, ale i tak codziennie przychodził do biura. Czasem też szedł do mechaników, pomagał im rozwiązywać problemy z naprawą aut, choć w dzisiejszych wozach wszystkim sterowały komputery. Wiedział, że mechanicy patrzą na niego jak na wariata. Na jego miejscu żaden nie przebierałby się w kombinezon, by z własnej woli brudzić się w kanale. Ale Staroń tęsknił do dłubaniny. Lubił, kiedy niesprawne auto znów zaczynało działać. Jakby dawał mu nowe życie. Choć te nowe bryki nie miały w sobie duszy. Były błyszczące, komfortowe, ale to nie było to samo.

U samego wejścia dopadła go sekretarka. Zawiesiła na nim pytające spojrzenie i szepnęła dyskretnie do ucha:

– Szefie, policja. Jest pan?

– Prosić – oświadczył, jakby pytanie było nie na miejscu.

Kobieta pośpiesznie zabrała płaszcz oraz kapelusz. Odeszła, stukając obcasami. Staroń skierował się do akwarium, gdzie miał gabinet. Po chwili przez szybę dostrzegł zbliżającego się mężczyznę. Wysoki, patykowaty brunet ze szpakowatą kitką. Staroń nie znał osobiście Duchnowskiego, ale wiedział, jaką funkcję pełni w komendzie. Powstrzymał ciekawość. To nie mogło być nic złego. Nie dostał żadnych wytycznych. Wskazał policjantowi krzesło i zapytał, kiedy już uścisnęli sobie dłonie:

– Czym mogę służyć?

Duch zajął miejsce, splótł ręce na kolanach. Milczał. Staroń czuł, że drętwieją mu palce u stóp. Miał ochotę wyjąć nogi z butów, jak zawsze robił po przyjściu do biura. Od aresztowania w dziewięćdziesiątym trzecim miał kłopoty z krążeniem. Niepotrzebnie włożył dziś nowe półbuty. Zajrzała sekretarka z plikiem dokumentów w rękach.

– Nie łączyć. – Pokręcił głową. – I dwie herbaty z cytryną. Napije się pan?

Duch potwierdził bez przekonania.

– Drzwi – rzucił do sekretarki Staroń. Kobieta zasunęła je bezgłośnie.

– Chodzi o pana syna – oświadczył komisarz, kiedy zostali sami.

– Co znów Wojtek nawywijał?

Duch wpatrywał się w biznesmena.

– Ma pan dwóch synów. Obaj są u nas.

– Obaj? – szczerze zdziwił się ojciec.

– Oni muszą zacząć mówić. – Komisarz streścił pokrótce sytuację bliźniaków. – Sprawa jest poważna. Jeśli chce pan uratować choć jednego z nich, proszę namówić ich do zeznań. Dla ich dobra.

Sławomir nie odpowiedział. Zdjął okulary. Duch zobaczył zniekształconą powiekę. Mężczyzna widział, ale wyglądał bez okularów jak Frankenstein. Staroń przyzwyczaił się chyba do badawczych spojrzeń, bo nie zwrócił nawet uwagi. Powoli pochylił się, uwolnił spuchnięte stopy. Potem wstał, ubrał się. Wyszli, zanim sekretarka przyniosła gorące napoje. Pod biurkiem wciąż stały buty szefa. Były całkiem zasznurowane.

Marcin chodził w kółko. Wojtek siedział na krzesełku, dłubał przy paznokciu. Nie patrzyli na siebie. Nie zamienili ze sobą ani słowa, jakby byli obcymi dla siebie ludźmi. Kiedy Duchnowski wprowadził do pomieszczenia ojca bliźniaków, Wojtek jeszcze raz przeciągle zerknął na brata. Ksiądz wycofał się do ściany. Staroń zajął wolne krzesło, przygarbił się. Mokre skarpety zostawiły ślady na podłodze.

Byli tylko we trzech. Ojciec i jego dwaj synowie.

– Niech tata się nie martwi. – Wojtek niezgrabnie poklepał Staronia po ramieniu. – Przecież tata wie, jaki on jest.

Zapadło milczenie. Mężczyzna podniósł głowę.

– Dlaczego go kryjesz, synku? – zapytał. – Skoro zawinił, musi ponieść karę.

– Łatwo pouczać innych – odezwał się spod okna ksiądz. – Przez lata chowałeś głowę w piasek, a teraz nagle wielki mi bohater. Sam nigdy byś nie przyszedł. Kto cię przysłał? Słoń?

– Przestań – Wojtek stanął w obronie ojca. Syknął:
– Pewnie to nagrywają.

– Mam to gdzieś. – Marcin wskazał ojca. – Gdyby nie on, wszystko byłoby inaczej. Mama by żyła.

– A co on mógł zrobić? – zapytał Wojtek Friszke i zamilkł. Nikt nie udzielił odpowiedzi.

Sławomir Staroń przełknął wszystkie obelgi ze spokojem. Podbródek chylił mu się coraz niżej, dolna warga lekko drżała. Ale nie dał się sprowokować, czekał, aż syn wyładuje złość.

– Chcę tylko powiedzieć... – odezwał się po dłuższej chwili – ...przeprosić. I choć to nie najlepsze miejsce, cieszę się, że wreszcie jesteśmy razem. To wszystko nie jest takie, jakie się wam wydaje.

Marcin wybuchnął niekontrolowanym śmiechem, podszedł do drzwi, zastukał.

– Koniec widzenia – oświadczył.

Nikt mu nie otworzył. Stał bez ruchu, wreszcie uderzył pięścią zrezygnowany.

– Daj ojcu skończyć – próbował ratować sytuację Wojtek. Był wyraźnie poruszony, oczy miał zaczerwienione.

– Miał swoje pięć minut – odburknął ksiądz i pocierał przeguby. W miejscu zapięcia kajdanek widniały czerwone pręgi.

Sławomir wstał, przytulił Wojtka.

– Myśl po swojemu, nie daj się mu zdominować – mruknął. – Nie wiem, który z was to zrobił, ale pamiętajcie, że zawsze będę was kochał. Obaj jesteście dla mnie bardzo ważni.

– Przemówienie pierwsza klasa – szydził ksiądz. – Tego właśnie oczekiwaliśmy od ojca. Radźcie sobie sami. Jak zwykle.

Podszedł do jednej z szyb w pomieszczeniu i przyłożył do niej twarz.

– Po zawodach – zawołał. – Jeśli o mnie chodzi, przyznaję się. To ja strzelałem. Lubię sobie postrzelać w wielkanocny poranek po mszy.

Policjanci natychmiast weszli do pomieszczenia. Ksiądz siedział zrezygnowany na krześle.

– Wezwijcie mecenas Piłat – szepnął. – Więcej nie powiem ani słowa bez adwokata. Choćby przyszła tu nasza zmarła matka.

Jego brat, Wojtek, nie odezwał się nawet słowem. Kiedy mundurowi już wychodzili, jednak wstał i podszedł do nich.

– Przecież on kłamie. Nie wierzcie mu!

– Ja nie żartowałem – zapewnił bardzo poważnie ksiądz. – Przyznaję się do wszystkiego. Ale zeznań nie złożę. Mam prawo do odmowy i z niego skorzystam. Sami musicie dojść, jak to się stało.

Duchnowski z ojcem bliźniaków zostali w pokoju sami. Obaj wiedzieli, że interwencja Staronia tylko pogorszyła sytuację. Mimo kilkugodzinnego przesłuchania ksiądz nie powiedział nic więcej. Brat zaś go bronił i zapewniał, że to nieprawda.

– Marcin jest niewinny, po prostu się załamał – wyjaśniał Staroń.

Komisarz podejrzewał, że wiedzą, iż takie żonglowanie to w ich przypadku najlepsza linia obrony. Teraz na jego głowie będzie udowodnienie księdzu winy. A wskazanie, którego z nich kroplę krwi zabezpieczyli na miejscu zdarzenia, było na razie niemożliwe.

– Niech pan pyta – zachęcił Ducha Staroń. Widział, że policjant się waha, może sądzi, że ojciec podejrzanych trzyma stronę synów i nie udzieli odpowiedzi na zbyt intymne pytania.

– Podejrzewa pan któregoś?

– Bóg mi świadkiem, że chciałbym pomóc. Uratować chociaż jednego z nich. Ale nie mam pojęcia, jak ich przekonać. Logika wskazywałaby na Wojtka, ale to Marcin jest w gorszej kondycji. Ostatni raz był tak rozwścieczony po tej sprawie z Moniką. Zresztą to bez sensu. Nie zmusi ich pan.

– Dlaczego? – nie rozumiał Duch. – Dlaczego wziął winę na siebie?

– Zawsze tak było. Kłócili się i tłukli od dziecka, ale w razie wpadki trzymali sztamę.

– Zawsze?

– Może inaczej. Zwykle to Wojtek ratował Marcina z opresji. Był silniejszy, bardziej zorganizowany. Marcin szybciej się rozklejał, był podatny na wpływy. Wcale nie są podobni. Marysia odróżniała ich bezbłędnie. Nigdy nie rozumieliśmy tej ich komitywy, zwłaszcza kiedy zamieniali się rolami i próbowali nas oszukiwać. Jeden poszedł na wagary, drugi napisał za brata klasówkę, odbijali sobie nawzajem dziewczyny, oczerniali przed kumplami. Tłukli się w swoim pokoju, a potem jeden brał winę drugiego na siebie. Zamiast po prostu przyznać, że coś poszło nie tak. Zwykle karę dostawali obaj.

– Tym razem tak być nie może – mruknął Duchnowski.

Staroń spojrzał na swoje spuchnięte stopy.

– Mam to od siedzenia w więzieniu. Lubię czuć twarde podłoże. Gdyby szwagier mnie nie wyciągnął, nie rozmawialibyśmy teraz. Nie byłoby tego wszystkiego.

Duch nie odpowiedział. Znał historię Staronia. Zaczęli rozmawiać o starych czasach.

– Każdy z nas zapłacił. Wtedy myślałem, że robię dobrze. Chciałem zapewnić im spokojne życie. Jak się okazało, to nie pieniądze są najważniejsze, ale rodzina. Pomyliłem się.

– Dlaczego Marcin próbował popełnić samobójstwo?

– Był rozbity. Obwiniał się o śmierć tej Moniki. Nas zabrakło. Marysia starała się trzymać wszystko w karbach, ale nie wychodziło. A Wojtek? Jak on sobie poradził? Sam nie wiem. Zawsze wydawał mi się twardy jak tur. – Staroń ciężko westchnął. – Długo udawało mu się nas oszukiwać. Sądziłem, że Marcin skończy na dnie, a Wojtek będzie wielki. Stało się odwrotnie. Sam nie wiem dlaczego. Wojtek już jako dziecko był genialny. Matematyka, fizyka, przedmioty techniczne – to jego żywioł. Miał umysł ścisły. Mówił o interesach, jakie zrobi, kiedy dorośnie. To były naprawdę świetne pomysły. Na przykład przewidział telefonię komórkową. Kiedy go wysłaliśmy do Niemiec, szwagier chwalił go pod niebiosa. Ponoć Wojtek tak pomagał mu w księgowości, że zapłacili o połowę mniejszy podatek. Ale potem przyszła kontrola i dowalili im karę. Wojtek coś zachachmęcił. Szwagier do dziś nie wie, o co chodziło, ale to było przestępstwo skarbowe.

Potem przestali się już nim zachwycać. Zaczął stwarzać kłopoty. Rok później zawiadomili mnie, że zamknęli mi syna w ośrodku dla trudnej młodzieży. Nie radzili sobie z nim, nie skończył szkoły. I nie chciał wracać do kraju, chyba się wstydził. A potem zaczęły przychodzić wezwania z różnych stron świata. Szukali go listem gończym. Używał różnych nazwisk. Czasem przyjeżdżał, nie wolno mi było go ujawnić. Spotykaliśmy się w barach, rzadko bywał w domu. Mówił, że jest pod obserwacją. Nigdy nie wiedziałem, gdzie siedzi. Zabronił mi siebie odwiedzać. Prosił o paczki, papier listowy albo komputer z programami do liczenia. Załatwiałem i miałem nadzieję, że to ostatni raz. Nie wiem, kiedy to tak zdolne dziecko skręciło w złą stronę. Tak dobrze się zapowiadał, a te jego przekręty były takie liche. Szybko wpadał. A może tylko ja myślałem, że on jest genialny?

A Marcin? Sam pan widzi. Wyszedł na ludzi. Czasem przychodziłem do kościoła go słuchać. Wzruszałem się, jak tysiące wiernych. Odnosiłem czasem wrażenie, że to nie mój syn mówi, ale jakiś święty, ktoś obcy, kogo tylko mieliśmy zaszczyt wychowywać. Dziwne uczucie. Tak, każdy z nich poradził sobie na własny sposób po tym, jak nas zabrakło.

– Czyli żaden z synów nie kontaktował się z panem. Dlaczego?

Staroń wzruszył ramionami.

– Żal tych wszystkich lat. – Pochylił głowę.

– Po co Wojtek fałszował dokumenty, budował lewe biznesy? Mógł przyjść do pracy u pana.

– Może chciał mi coś udowodnić?

– Nie zaproponował mu pan pracy?

– Nie chciał. Mówił, że to brudne pieniądze. Poza tym na początku wydawało się, że świetnie sobie radzi. Kiedy opowiadał, pękałem z dumy. Gdzie on nie bywał, co widział. Zjechał kawał świata. Co miałem mu dać w zamian? Pracę przy biurku w salonie aut terenowych? Wierzyłem w niego, naprawdę. A Marcin, no cóż, nie byłem z początku zachwycony, że postanowił zostać księdzem. Ale jego przynajmniej częściej widywałem. Oczywiście, nie był to taki kontakt, jaki powinien być. Ostatni raz rozmawialiśmy niedługo po tym, jak go wyświęcili. Całą noc siedział, popłakałem się.

– O czym mówiliście?

Sławomir Staroń zamyślił się.

– O przebaczeniu, śmierci Marysi, tych dzieciach, co zginęły. Chciał, żebym zamknął firmę i oddał pieniądze biednym. Żebym żył jak święty Aleksy. Żądał, żebym zadośćuczynił Mazurkiewiczom. Mówił, że to nasza wina, że oni nie żyją. Mamy krew na rękach i takie tam. – Staroń zamilkł. Po chwili nabrał powietrza i zaczął na nowo: – Odmówiłem. Nie wierzyłem, że on tak na poważnie. Nie mogłem przecież z dnia na dzień zamknąć biznesu. To nie takie proste. Kredyty, zobowiązania, kolejne filie. Przecież nie można tego zniszczyć. Budowałem to latami, całe życie. Dobrze, Marcin wybrał służbę Bogu, nigdy nie będzie miał rodziny, ale jest jeszcze Wojtek, myślałem. Jakby się ustatkował, może ożenił... Miałbym wnuki. Dla kogoś to wszystko ciągnę. Przecież nie dla siebie. Dla nich. – Potarł chore oko.

– Obraził się?

– On? Nie. Przecież jest księdzem. Współczującym, rozumiejącym. Od tamtej pory jednak mnie unikał. Przysyłał życzenia na święta, czasem chodziłem do kościoła go słuchać. Nigdy nie podchodziłem. Można powiedzieć, że to ja się na niego obraziłem. – Zwiesił głowę.

– Znał pan piosenkarza, który zginął? Przed laty przychodził do was ten Janek?

Staroń pokręcił głową.

– Nigdy go nie widziałem. Marcin przyjaźnił się z Przemkiem. Janka zupełnie nie pamiętam. Widzi pan, nie mieści mi się to w głowie. Dlaczego któryś z nich miałby strzelać do człowieka? Wydawało mi się, że robiłem wszystko, by ich przed takim losem ochronić.

– Jak ich pan odróżniał?

Staroń zawahał się. Nie od razu odpowiedział.

– Kiedyś to było łatwiejsze. Byli jak ogień i woda. Dziś upodobnili się do siebie tak bardzo, że nawet ja miałbym z tym kłopot. Marcin sprawia wrażenie delikatniejszego, kierującego się emocjami, ale jest o wiele bardziej uparty. Do Wojtka zawsze trafiały argumenty. On chowa się za maską racjonalizmu. Jeśli chciałby pan nakłonić do zeznań któregoś z nich, radziłbym pomówić z Wojtkiem. Ja nie pomogę. Nigdy mi nie wybaczył, że wybrałem Marcina, by został z nami w kraju. Wtedy sądziliśmy, że Wojtek lepiej sobie poradzi bez rodziny. Czas pokazał coś innego. Marcin jest silny, Wojtek to rozdygotany duży dzieciak. Stał dziś przy oknie i nawet do mnie nie podszedł.

– Wojtek stał przy oknie? – upewnił się Duchnowski.
– Wydawało mi się, że to Marcin.

Duch patrzył na Staronia wyczekująco, ale ten natychmiast zaprzeczył:

– To Marcin mnie atakował. A zwykle było odwrotnie. Marcin starał się łagodzić sytuację. Umiał mediować. Wojtek milczał, ale kiedy wybuchał, jakby eksplodował ładunek.

Duchnowski spojrzał jeszcze raz na Staronia, a potem odprowadził go do drzwi. Spojrzał na bose stopy mężczyzny i kazał odwieźć go do firmy radiowozem. Na zewnątrz znów padała mżawka.

– Jeśli byłbym jeszcze potrzebny, proszę mną dysponować – zapewnił Staroń.

Kiedy tylko mężczyzna wyszedł, Duch wezwał Jekylla i kazał ponownie pobrać odciski palców obydwóch bliźniaków.

– Po uprzednim oświadczeniu personaliów – zastrzegł.
– Po co? – zdziwił się Jekyll. – Na miejscu zdarzenia nie było paluchów żadnego z nich. Zresztą już to sprawdzaliśmy. Obaj figurują w bazie.

– Swędzi mnie ręka. Zrób, jak powiedziałem – zbył go Duch. Usiadł przy biurku i wygrzebał ze stosu plastikowych tacek kawałek kanapki. Połknął ją jednym kęsem.

Rozległ się dzwonek telefonu stacjonarnego. Komisarz podniósł słuchawkę. Jekyll widział, że Duch zmarszczył czoło, wyjął papierosa. Słuchał długo, z trudem powstrzymując wściekłość, wreszcie syknął przez zęby:

– Znajdę je. Nie wykonam tego rozkazu. Pierdol się.

Rzucił słuchawką. Jekyll wpatrywał się w kolegę bez słowa.

– Kwity Bulego się zawieruszyły – wyjaśnił wreszcie Duch. – Przypadek?

– Stare dzieje.
– Przeciwnie. – Załuska wskazała zdjęcie Janka „Igły" Wiśniewskiego. – Ta sprawa jest w toku.

Zniżyła głos.

– Zastrzelono go w Wielkanoc. Napisał piosenkę, w której pani występuje.

– Ja? – Młoda kobieta uśmiechnęła się.

Załuska pomyślała, że dobrze gra. Jeśli nie zechce, nic jej nie powie. A wystarczy, że nabierze wody w usta, i cała wyprawa na marne. Kobieta nie mogła być osobą, na którą Załuska czekała. Bratowa zadzwoniła w ostatniej chwili, że musi jeszcze kilka godzin zostać w pracy. Inspektor też nie dojechał. Zamiast nich pojawiła się w bramie młoda dziewczyna. Ania, z którą bawiła się Karolina, znała ją, bo zaraz rzuciła się jej w ramiona. Sasza miała wrażenie, że jest skoligacona z Waldemarem, ale nie potrafiła przyporządkować dwudziestolatki do konfiguracji rodzinnych.

Dziewczyna była bardzo szczupła i wysoka. Miała włosy ostrzyżone na zapałkę i małe perełki w uszach. Fryzura uwydatniała jeszcze bardziej wysokie kości policzkowe i pełne usta. Na palcu nosiła obrączkę, a na nogach ciężkie buty, wokół których tworzyła się już brudna kałuża. Wciąż była w zielonej parce. Dopiero teraz zaczęła odkręcać z szyi szalik.

– Jeszcze nikt nie napisał o mnie piosenki. A powinien – powiedziała, wzruszając ramionami. Uśmiechnęła się szeroko. – Chyba coś się pani pomyliło.

– Nie sądzę – odparła Sasza. I zaraz dodała: – Jeśli chodzi o formalności, to oficjalnie nie ma mnie w śledztwie. Jestem tylko niezależnym ekspertem zatrudnionym do wykonania opinii. Już ją oddałam. Mogę sobie odpuścić dalsze dochodzenie. Ale nie chcę, bo ktoś podstępem zwerbował mnie do sprawy. Nie wiem, o co chodzi.

Powiedziała w kilku słowach o werbunku w barze.

– Ja tym bardziej nie rozumiem. Ma pani niemały problem. Życzę powodzenia. – Kobieta obejrzała się na Waldemara. – Jacek? Odprowadzisz panią?

– Jacek? – zdziwiła się Załuska.

– Mam na imię Jacek. Waldemar to ksywa mojego zmarłego brata. Ale niektórzy tak na mnie mówią. Ojciec miał tak na imię. Znany był tutaj w pewnych kręgach, powiedzmy ogólnie, monopolowych. Zostało nas tylko troje. Ja, Andrzej i Krysia, którzy są teraz w Anglii.

– A brat, który nie ma ochoty ze mną rozmawiać?

– Możecie się sami umówić. Nic nam do tego. Chcemy dalej żyć w spokoju.

Załuska zawahała się. Miała już dosyć tego biernego oporu. Chciała wrócić do domu, odpocząć, pójść na rozmowę o pracę w banku. Swoje zadanie wykonała. Profil został przyjęty. Wyglądało, że tylko jej zależy na rozwiązaniu tej zagadki. Wyczuwała jednak coś niepokojącego w tej zmowie milczenia. Nie była w stanie przejść nad tym do porządku. Czuła narastającą wściekłość.

Podeszła do łóżka, w którym Karolina zasnęła obok nowej koleżanki, z trudem podniosła małą i bez pożegnania ruszyła w kierunku samochodu. Dziewczyna zamknęła za nią drzwi. Zasunęła zasuwę.

– Pomogę. – Mężczyzna wziął z rąk Załuskiej śpiące dziecko i usadowił je w foteliku. – Na szczęście nic wielkiego się nie stało. Trochę najadła się strachu.

– Nie powinien pan sadzać tam dzieci – mruknęła Załuska i wskazała huśtawkę. – To było straszne. Nigdy w życiu się tak nie bałam.

– Dzieci wychowane w tutejszych warunkach nigdy nie zrobiłyby sobie krzywdy. Pani córka to mała księżniczka. Tylko dlatego zdarzył się ten wypadek.

– Może – burknęła. Miała dosyć jego tyrad. – Może to był wypadek, a może zaniedbanie i mogło do niego nie dojść.

– Tak zawsze jest z wypadkami – skwitował. – Może do nich nie dojść, ale dochodzi.

Załuska wyjęła kluczyki, włączyła ogrzewanie w wozie, zamknęła drzwi auta i podeszła do Waldemara.

– Minęło prawie dwadzieścia lat. Nie zamierzam wznawiać tego dochodzenia. Chcę tylko wiedzieć, co tam się stało. – Postukała palcem w zdjęcia dzieciaków. – Nie ma żadnego brata, tak? Bo dlaczego niby nie przyjechał?

– Jest – zapewnił mężczyzna. – Choć nie łączą nas więzy krwi.

– A jakie?

– To już nasza sprawa.

– Podaj choć jego prawdziwe nazwisko – poprosiła. Płynnie przeszła na ty. Nie był od niej dużo starszy. Tyle że zaniedbany. – O nic więcej nie proszę.

– Wiech – odparł. – Pracuje w głównej, oddział w Białymstoku. Naprawdę istnieje, łatwo go znajdziesz. Gdyby mógł, przyjechałby. A jej w to nie mieszajmy. – Wskazał zamknięte drzwi domu.

– Jaki związek z Waldemarem ma inspektor Wiech? – Sasza nie rozumiała.

– Pracowali razem w policji – wyjaśnił.

Sasza wpatrywała się w niego bez słowa.

– Tyle że ten Waldemar, którego szukasz, już nie żyje.

– Myślałam, że to ty jesteś Waldemarem – wybuchła Załuska. – Tak mi powiedzieli w dawnej firmie. Nie tłukłabym się tylu kilometrów z dzieckiem na pogawędki o braterstwie krwi!

– Jacek Waldemar nie żyje – podkreślił stanowczo mężczyzna. – Zginął od trzech ciosów w dziewięćdziesiątym czwartym. W tętnicę szyjną, płuco i serce. Tak widnieje w papierach i to oficjalna wersja. Naprawdę nazywał się Krzysztof Różycki. Tak widnieje na pomniku cmentarnym. Możesz sprawdzić. Moje nazwisko Jacek Różycki. Jestem pszczelarzem i z tą sprawą nie mam nic wspólnego. Waldemar to było imię naszego ojca. Wiech zwerbował Krzyśka do sprawy, był wtedy szefem CBŚ w Białymstoku. Potrzebowali pseudonimu i Krzysiek wziął nasze imiona – moje i ojca. Zrobili mu pod to dokumenty. Pewnie komuś wydało się to zabawne. To Wiech rozpracowywał sprawę mafii ze Stogów w latach dziewięćdziesiątych. Jemu składał raporty Krzysiek, czyli Jacek Waldemar. Wiech zna sprawę dzieciaków. Odpowie na twoje pytania, jeśli będzie chciał. Myślę, że się dogadacie. On też nie odpuszcza. Pozna cię. Widział cię w trójmiejskiej komendzie. Nie wszystko może trafić do akt.

Załuska momentalnie się uspokoiła. Mężczyzna też wyglądał na opanowanego. Widziała, że chce powiedzieć więcej, ale z jakiegoś powodu nie może.

– A to? – Wskazała przepaskę na jego oku.

– Wypadek przy pracy – burknął. – Praca pszczelarza nie zawsze jest bezpieczna. Zwłaszcza jak się pracuje bez ochraniacza na twarz.

– To tak jak w CBŚ. – Spojrzała mu prosto w oczy. – *Wina. Alkohol. Lekarstwa. Depresja. Emocje. Miłość. Alkohol. Rezurekcja.* Waldemar. Odczytałam kod z piosenki. To oczywiście nic nie znaczy. Prawda, Krzysiek? Bo skąd niby tyle wiesz o tajnej akcji brata? Czy może wolisz, kiedy mówią do ciebie Waldemar?

Wpatrywał się w nią bez ruchu. Milczał, ale nie odszedł do domu.

– Chcę wiedzieć, jak zginęli – oświadczyła. I zastrzegła: – Nie ruszę się stąd. Będziesz musiał użyć siły.

– Nie wiem nic więcej niż to, co jest w aktach.

– Akta znam. Dopiero kiedy poznam twoją wersję, pójdę do Wiecha. Nigdy więcej tu nie przyjadę. – Położyła rękę na piersi.

– Myślałem, że skoro do mnie dotarłaś, wiesz, co się stało – mruknął.

– Wiem albo nie wiem. Skierowali mnie do ciebie twoi dawni szefowie. Nic więcej nie powiedzieli. Tylko tyle, że ty to ty. Nie musisz mi mydlić oczu.

– Ja nie mam żadnych szefów. Tylko przyroda mi mówi, jak mam żyć – odparł bardzo spokojnie.

Założyła rękę na rękę, odwróciła głowę, zbierała myśli. Nie przyjechała tutaj grać żadnej roli.

– To się nadal dzieje – powiedziała po namyśle. – Nie rozumiesz? Tylko ty zostałeś. I wiesz, jaka jest prawda. Bulego wysadzili w powietrze. Ksiądz i jego brat są w areszcie. A stara sprawa nikogo nie obchodzi. To tylko moje idée fixe. Tylko ja chcę wiedzieć. Jeśli o mnie chodzi, możesz opowiadać mi o pszczołach, braciach czy o czym tylko chcesz. Wiem, kiedy to się stało. – Wskazała znów przepaskę na oku. – I kto ci to zrobił. Nie musisz się kajać. Chcę wiedzieć, kto kazał ich skasować. I jak do tego doszło.

– Nie pomogę ci. – Zbierał się do odejścia.

– Nie wierzę w te wypadki. Słoń? Wiech? Ty? Dlaczego? I kim jest ta kobieta? – wyrzuciła na jednym oddechu. Zatrzymał się. – Twoją żoną?

Przestraszył się. Zawrócił.

– Zostaw Anetę w spokoju!

– Skoro tak ma na imię...

– Ona nic nie wie. W każdym razie tylko tyle, ile potrzeba. Chciałbym, żeby tak zostało.

Sasza natychmiast skinęła głową. Mówił cicho i szybko. Jakby bał się, że ktoś mu przerwie albo sam się rozmyśli.

– Monika nie była dziewicą, kiedy znaleźli ją martwą, choć tak wpisano w dokumentach. Prawdą jest też, że nie była pobita ani zgwałcona. Na jej ciele nie znaleziono żadnych śladów walki. Po prostu przedawkowała. Patolog jednak stwierdził, że kilka dni wcześniej urodziła dziecko. Noworodka nigdzie nie było. Rodzicom bardziej zależało na jej dobrej opinii po śmierci niż na szukaniu tego dziecka. Wszyscy sądziliśmy zresztą, że umarło przy porodzie albo zostało zabite. Mazurkiewiczowie sami błagali o zatuszowanie sprawy. Ale to nie było wszystko. Kilka miesięcy wcześniej brat Moniki, Przemek, przyszedł do mnie w łaskę. Udawał gorszego, niż był w rzeczywistości. Myślał, że jak się wykaże, dołączy do młodej gwardii. Nic nie wiedział o ciąży siostry.

– Monika była w ciąży? Z Marcinem Staroniem? – upewniła się zaskoczona Sasza.

– No, była – przytaknął Waldemar. – Jej rodzice o niczym nie wiedzieli, ale Staroniowie tak. Oni to nagrywali. To dziecko miało się nie urodzić. Przemek był wściekły, że pogoniłem go z gwardii Słonia. Kiedy Marcin oskarżył mnie o gwałt, wykorzystał to jako pretekst. Nie brałem tego na poważnie. Dzieciaki miały niefart. Sprawa była śliska. Tego dnia szykował się duży transport narkotyków. Wystawiałem to ludziom z firmy. Już wcześniej chciałem się wycofać. Nie potrzebowałem kolejnych zobowiązań. Ale obiecałem sobie, że zajmę się Moniką. Będę miał na nią oko. Rozmawialiśmy. Była rozgoryczona. Kiedy wyjeżdżałem, sadzałem przy Monice niejakiego Janka Wiśniewskiego, naszego chłopca na posyłki. Znała Igłę, miała do niego zaufanie. Nie odstępował jej na krok.

Któregoś dnia, kiedy szykowała się duża akcja zatrzymań gangu ze Stogów, do mojego pokoju w Rozie wpadli we dwóch: Marcin i Przemek. Igła stał na czatach. Zaatakowali mnie, chyba naprawdę mieli zamiar mnie zabić. Powiedzieli, że Monika zrzuciła winę na mnie, że to ja ją wtedy zgwałciłem. Wygnałem ich, ale któryś ukradł mi pistolet. To była klamka Słonia, ale zgłosiłem ją w firmie. Gdyby ktoś z niej zginął, łatwo byłoby ją połączyć ze mną. A gdyby wpadła w ręce ludzi Bulego, byłbym zdemaskowany, że jestem pod przykrywką. Mnie wkrótce mieli szczęśliwie odwołać. Jakoś uciszyli Przemka, ale spluwy nigdy nie odzyskali.

Potem była cisza. Do czasu, aż się okazało, że Monika na ten zabieg nie poszła i zaraz będzie rodzić. Igła przywiózł ją do Rozy, bo Marcina już rodzina ukryła gdzieś u ciotki. Zostawił Monikę z pakietem piguł – jego zdaniem na uspokojenie – a potem poszedł do Bulego i wszystko mu wyśpiewał. Zanim dotarłem do pokoju sto dwa, ona już nie żyła. Dawka, którą wzięła, nie byłaby groźna dla ćpunów, takich jak Staroń czy Igła, ale ona była czysta. Przedawkowała. Przemek uciekł. Zatrzymali go, jak łapał stopa na trasie do Warszawy. Zginął w pościgu. Nikt go nie chciał zabijać. Po prostu pijany wyskoczył z pędzącego samochodu. Jeden z policjantów w niego wjechał. Obie sprawy szybko zamknęli, żeby uniknąć kłopotów. Dziś tego nie dowiedziesz. – Zamilkł.

– Może wystarczy, jeśli zrozumiem. Jeśli ci uwierzę.

– Nie musisz mi wierzyć. – Wzruszył ramionami. – To były tylko dzieciaki, które wplątały się w grube sprawy dorosłych. Dziewczyna z północy i jej brat. – Zaśmiał się gorzko. – Co za bzdura.

– Rozmawiałam z księdzem – weszła mu w słowo Sasza. – Mówił, że to ty skrzywdziłeś Monikę. Przez ciebie zginęła. Opowiedział mi o plaży na Stogach. I o tym, co się stało potem.

Waldemar zaśmiał się nieprzyjemnie.

– O tym właśnie mówię. Słowo przeciwko słowu. Nie rozwikłasz tego.

– Była niby w ciąży? Nie ma tego w dokumentach. Zresztą może i tak, ale z tobą.

Nie dał się sprowokować.

– Wpisano „bez udziału osób trzecich", bo tak chciała rodzina. Przedawkowanie, zatrzymana akcja serca. Prosta sprawa, żadnych obrażeń. Bo ich nie miała, ale poród był.

– A dziecko?

– To też pominęli. Tylko pod tym warunkiem Edward Mazurkiewicz zgodził się milczeć. Wynegocjował też większy lokal. Kiedyś mieszkali na kupie w falowcu, a dziś kierowca ciężarówki jest posiadaczem ogromnego domu Staroniów na Zbyszka z Bogdańca. Przypadek?

Sasza zaniemówiła.

– Staroń oddał mu swój dom?

– Jako zadośćuczynienie. Marcin wymógł na ojcu, jak już był księdzem. Możesz zresztą sprawdzić, kto figuruje w księgach wieczystych. Teraz go chyba wynajmują. Dzieci Mazurkiewiczów rozjechały się po kraju. Ta historia całkiem rozbiła ich rodzinę. Starym siedemdziesiąt metrów w zupełności wystarcza. Ale Mazurkiewicz często bywa we Wrzeszczu. W garażu ma swoje królestwo myśliwego. Od tamtej pory namiętnie strzela do zwierząt. Sam załatwiałem mu odstrzały dewizowe u nas w nadleśnictwie, tuż na granicy z rezerwatem.

– Dziewczyna sama wzięła te narkotyki czy Igła jej podał?

Pokręcił głową.

– Nie było mnie przy tym. Na miejscu zabezpieczono jeszcze sporą ilość. Towar należał do Słonia. Policja wzięła do depozytu. Przez pokój sto dwa w Rozie przewinęli się wszyscy. Z petów dałoby się wyciągnąć DNA wielu obecnie pracujących w komendzie. Prawie każdy z nich awansował. Ale zapytaj też księdza. On wie wszystko. Powtórzy słowo w słowo, co ja ci teraz powiedziałem.

– Księdza? – żachnęła się Sasza. – Pytam ciebie. Do księdza pójdę jutro, masz jak w banku.

Mężczyzna miał dość, ale tym razem użyła dobrej kotwicy. Chciał się bronić, oczyścić.

– Popełniłem błąd. To prawda. Niepotrzebnie się wmieszałem w tę sprawę z dziewczyną. Ale była jeszcze dzieckiem. Wydawała się zagubiona. Ptak bijący skrzydłami o klatkę. Nie wiem, co działo się w tej rodzinie, miała zaledwie szesnaście lat i dawno już straciła cnotę. Ale ja jej nie zgwałciłem. Ani wtedy w lesie na Stogach, ani nigdy. Byli ze

Staroniem parą, kochali się. Poszło nie tak. Patolog potwierdził, że urodziła. Nie byłem ojcem tego dziecka. Nie tknąłem jej. Nie w takim sensie.

– A w jakim?

– Dziewczyna to tylko trybik. Przeszkadzała. Nie widzisz tego? Prawie wszyscy już nie żyją. Nieśmiertelny Buli też. I ten klaun Igła. Mnie też już nie ma. – Waldemar uśmiechnął się krzywo.

Sasza pożałowała, że przywiozła tu córkę. Nie chciała, by się obudziła i po tym, co już przeszła, jeszcze tego słuchała. Waldemar zaś ciągnął. Pomyślała, że tak naprawdę chciał się tym podzielić. Teraz już nie starała się nakłaniać go do zwierzeń.

– Igła znaczył najmniej. Był zawsze nikim i na tym polegał jego główny problem. Do tego stopnia, że ukradł Staroniowi tożsamość. Nie zdziwiłbym się, gdybym się dowiedział, że sam Bławicki wyznaczył mu datę śmierci. Stworzył go i zniszczył. Boski Buli. Zawsze chciał zająć miejsce Słonia. Marzył o tym, ale nigdy nie był wystarczająco bezwzględny, jak kaleka jubiler. Ksiądz też wie, jak zawinił. To on zapłodnił dziewczynę i przez niego sięgnęła po prochy. Od niego się zaczęło. Mnie Słoń kazał wyczyścić sprawę, śledztwo wziął Waligóra. Wspólnie zamknęli historię *Dziewczyny z północy*. Gdyby nie piosenka, nie byłoby cię tutaj.

– Kto napisał tę piosenkę? Kto zabił Igłę? Twoim zdaniem. Ty wiesz najwięcej.

– Nie wiem nic.

– A broń?

– Nigdy jej nie odzyskałem. Podobno Igła dał ją Bulemu. Może to prawda. – Wzruszył ramionami. Podał jej zmiętą kartkę z nabazgranym numerem telefonu. – Wiech nie dojechał, ale kazał ci to przekazać. To on mnie zatrudnił, a potem odwołał. Trzy lata później Mazurkiewiczowi udało się zdobyć zgodę na ekshumację. Nie wierzył w te wypadki. Razem z Wiechem pojechaliśmy na grób Moniki i Przemka, porozmawialiśmy ze zbolałym ojcem. Zgodził się nie odgrzebywać starych spraw. Zostawić wszystko tak, jak jest. Pozwolić im odejść w pokoju, jak słusznie powiedziała matka, pani Elżbieta, która nic nie wie, bo Edward tak zdecydował.

Wtedy poznałem Anetę. Była bardzo podobna do zmarłej siostry. Mieli z nią poważne kłopoty wychowawcze. Ostro przechodziła bunt. Rodzice sobie z nią nie radzili. Tak się złożyło, że rok później wyjechaliśmy razem. Pobraliśmy się, kiedy była już pełnoletnia. To o niej mówiłem „bratowa". Nie chciałem, by ta historia znów do nas wracała. Żona dojechałaby tutaj, ale się przestraszyła. Nie ma siły znów tego odgrzebywać. Prosiła, żebym ci nic nie mówił, ale skutecznie mnie podeszłaś. – Pierwszy raz rozpogodził się, odwrócił i zerknął na dom. – A ta dziewczyna, którą widziałaś, to nasza córka. Daliśmy jej na imię Monika. Uczy dzieciaki w podstawówce. Jest świetna. Lubią ją.

Sasza przypomniała sobie mężczyznę na zdjęciach z albumu Elżbiety, a potem jak przez mgłę dorosłą już Anetę obejmującą sześcio- lub siedmioletnią dziewczynkę. To Waldemar był jej mężem i spędził wtedy jedyny raz święta z Mazurkiewiczami.

– Ale – Sasza się zawahała – przecież twoja córka ma ze dwadzieścia lat. Kiedy zmarła Monika, Aneta była dwunastoletnią dziewczynką. Nie mogła jej urodzić.

Waldemar nie odpowiedział. Uśmiechnął się tylko i pochylił głowę.

- Dlatego nie chciałeś rozmawiać? – szepnęła Załuska.
- To ty zabrałeś dziecko Moniki.

Stali dłuższą chwilę w milczeniu.

- Nie chciałem, a rozmawiam. – Westchnął. – Odszedłem. Mam kontakt tylko z Wiechem. To przyjaciel rodziny, brat, choć nie z krwi. On wszystko załatwił. Pomógł mi. Gdyby nie on, nie wiem, co by było. Ta misja omal mnie nie zabiła. Nie tylko dosłownie, ale przede wszystkim psychicznie. Dziś tak nie pracuje żaden agent. Nie mieliśmy wtedy wzorców. Wszystko było eksperymentalne. Dziś by mnie odwołali po trzech miesiącach i miałbym prawo do terapii PTSD.
- Rozumiem.
- Nic nie rozumiesz – żachnął się. – Powiedziałem ci wszystko, choć demonów nie wolno wypuszczać na powierzchnię. Nikt nie wiedział i tak było dla wszystkich bezpieczniej. Gdyby ktoś od Słonia dowiedział się, że wtedy to byłem ja… – Machnął ręką. – Nie chcę nawet myśleć.
- Skoro ja się dowiedziałam, oni też wiedzą – szepnęła. – Masz żonę, córkę, rodzeństwo, oni mają dzieci.
- Im nic nie grozi. Oni nic nie wiedzą.
- Żyją tutaj, pod twoim dachem.
- To ich dach. Ja mogę zniknąć w każdej chwili.

Poczuła mrowienie na plecach. Mogłaby się pod tym podpisać. Więc Waldemar wciąż uciekał. Przed kim? Czego się bał?

- Kto jest winien śmierci brata Moniki? – zapytała. – Który z policjantów w niego wjechał?
- Lepiej, żebyś nie wiedziała.
- Chcę wiedzieć. Już i tak wiem aż za dużo.
- Na co ci to? Masz dziecko, pomyśl o tym.

– Duchnowski?

Zaprzeczył stanowczo. Sasza odetchnęła z ulgą.

– Buli?

– On robił o wiele gorsze rzeczy. Tego akurat nie. Ten, kto zrobił tamto i kto zrobił to teraz w Igle, zatrudnił ciebie, żebyś rozpętała zadymę. Nie ma mnie, ale gazety tu docierają. Szef wszystkich szefów. Przynajmniej tak mu się wydaje, że jest chroniony.

– Waligóra – strzeliła Sasza, ale po jego twarzy widziała, że znów niecelnie. – Wiech? Twój szef?

– Nie powiem ci.

– Dlaczego?

Zawahał się.

– Jedźcie już. Tutejsze drogi często są nieodśnieżane.

Saszy zdawało się, że w oczach Waldemara zagościł strach. Powiedział jej, teraz jednak zaczął się bać. Może nie o siebie, ale o rodzinę. Ułożył sobie życie, a jednak nadal żył z tym bagażem samotnie. Nie poszedł do klasztoru, gdzie próbował skryć się ksiądz Staroń, lecz żył jak eremita. Po tej akcji nigdy nie był już sobą. Za swoje zasługi dostał kilka odznaczeń i premię. Starczyło na spłatę zadłużonego domu i kupienie czternastu uli. Sasza uznała, że to była prawdziwa odwaga. Odszedł, bo nie godził się na zło, jakie panowało wokół, nie chciał w nim uczestniczyć... A potem zrobił coś tak szlachetnego. Uratował to dziecko. Przypomniała sobie, co Staroń mówił na kazaniu o ratowaniu meduz wyrzuconych na brzeg. Nie można uratować wszystkich, ale jeśli zdoła się ocalić choć kilka, dla nich samych ma to ogromne znaczenie. Choć nie miała pewności, czy to, co usłyszała, w szczegółach nie mijało się z prawdą, i zamierzała to zweryfikować u jego szefa, w dokumentach, odczuwała wobec Waldemara rodzaj szacunku.

– Nikt nigdy się nie dowie – zapewniła.

Kiedy otwierał jej bramę, jeszcze raz się uśmiechnął i wyciągnął rękę na pożegnanie. Dopiero po chwili spostrzegła, że trzyma w niej słoik.

– Wrzosowy – powiedział. – Ostatni z ubiegłego sezonu.

Po rutynowym wykonaniu badań okazało się, że odciski palców Marcina Staronia są tożsame z odciskami wielokrotnie zatrzymywanego Wojtka Friszke.

– To niemożliwe. – Jekyll kręcił głową. – Nie ma ludzi o identycznych liniach papilarnych. Bliźniaki jednojajowe mają ten sam kod genetyczny, ale inne paluchy.

– Czyli nie kłamali. – Duch zmarszczył czoło.

– Co masz na myśli, synek?

– To, że zamienili się rolami i milczeli. Nie kłamali. Daliśmy się nabrać na najstarszy numer braci jednojajowych. To Wojtka policjanci zatrzymali na promie, na komendę zaś Załuska przywiozła księdza. Każdy posiadał własne dokumenty. Paszport Wojciecha Friszke był autentyczny. Ustalono, że pieniądze również wypłacono z jego konta.

– Ale o co tutaj chodzi?

Duchnowski wzruszył ramionami.

– Powiedziałbym jakieś przekleństwo, ale pewnie znasz już tę książkę dla milicjantów na pamięć.

– Co robimy?

– Ja idę do domu nakarmić zezowatego kocura. Ty jak sobie chcesz.

– Ja? – Jekyll przekrzywił głowę. – Wiesz, co bym zrobił.

– Nie. – Komisarz powstrzymał go gestem. – Waligóra zabronił.

– Choćby był i samą Panią Bozią, nie może zabronić wykonania eksperymentu. Ustawa mówi o wykorzystaniu wszystkich możliwości w celu wykrycia sprawców.

– Ale to Wali podpisuje kasę dla ekspertów. Namówisz osmologów, żeby zrobili za darmo?

– W policyjnych laboratoriach nie od dziś robi się ekspertyzy dla policji za darmo. Nikt nikomu nie płaci. Zrobimy koszty na papierze, a de facto jest to bezkosztowe.

– A jak wyjdzie pozytywnie? Jak dołączymy do akt bez zlecenia prokuratury?

– Może Ziółkowska nie ma kasy, choć wątpię. Raczej boi się kolejnej kompromitacji. Pogadaj z nią.

Duch się zamyślił. Jego mina nie zdradzała nawet cienia entuzjazmu dla pomysłu technika.

– Jak wyjdzie pozytywnie, Edyta da się przekonać – dodał Jekyll. – Ja bym zrobił dla obydwóch i zobaczył, co wyjdzie. Bliźniaki mają te same DNA, ale nie zapach. To wprawdzie tylko dowód pomocniczy, ale byłaby wreszcie jasność, który jest który. Jeśli się zdecydujesz, daj znać. Postawię ludzi na nogi.

Załuska wróciła od lekarza, który dokładnie zbadał jej córkę.

– Mnóstwo dzieci spada z huśtawki. – Patrzył na nią jak na nadgorliwą matkę. Na jej twarzy dostrzegł widać ogromne poczucie winy, bo starał się ją pocieszyć: – Nic jej nie dolega. Zalecam przytulić i wyjaśnić, że następnym razem powinna być ostrożniejsza. Nie może jej pani ochronić przed każdym niebezpieczeństwem, bo nie da się żyć za kogoś.

– Ale ona ma dopiero sześć lat – wyjąkała Sasza. – Powinnam być przy niej. Zagapiłam się.

– Każdy choć raz w życiu musi stłuc szklanki. Najadła się strachu. To wszystko. Mały człowiek uczy się w ten sposób, jak unikać groźnych dla siebie sytuacji – uciął dyskusję i zwrócił się do dziecka z morelowym lizakiem w ręku. – Następnym razem będziesz się lepiej trzymała, tak?

Karolina skwapliwie pokiwała głową. Schowała do plecaka z Roszpunką cukierek oraz kilka naklejek z napisem „Dzielny pacjent", które dostała od lekarza, po czym wyszła z gabinetu wesoła jak skowronek. Zdawało się, że już zapomniała o łzach jak grochy. Na jej skroni pozostało tylko małe zadrapanie, wyłącznie dla sztuki zaklejone plastrem z Barbie.

Sasza jednak następnego dnia nie puściła małej do przedszkola. Uznała, że Karolina jest zbyt zmęczona po wyjeździe i należą się jej wagary. Chciała wreszcie pobyć z córką, nie zamierzała nigdzie wychodzić. Ale okazało się, że Laura tego dnia miała wolne i zadzwoniła z samego rana, czy mogłaby zabrać wnuczkę do centrum zabaw dla dzieci. Czekały tam też wnuczki ciotki.

– Nie ma nic lepszego na smutki niż dobra zabawa – oświadczyła Sasza, przekrzykując radosny pisk córki.

– Ale może same pojedziemy – dodała po chwili wahania Laura. – Ada też tam będzie. Nie chcę, żebyście się znów pokłóciły.

Załuska nie skomentowała. Wyprawiła dziecko z babcią, poprosiła, by wróciły najpóźniej po obiedzie. Sama pojechała do więzienia i spotkała się z Łucją Lange.

Rozmawiały ponad dwie godziny. Załuska zapisała kilka stron nazwiskami i wątkami, które jeszcze tego samego dnia musiała sprawdzić. Najciekawsze informacje dotyczyły Witalija Rusowa, mieszkańca Kaliningradu, którego nazwisko widniało na dokumentach jako właściciela Igły oraz Iglicy, choć Lange nigdy nie widziała go na oczy, a bywała tam niemal codziennie. Należały do niego także tajski hotel, kilka restauracji. Był też członkiem zarządu SEIF-u. Wyglądało na to, że sprawa sama zaczyna się układać.

Łucja tylko się roześmiała, kiedy Załuska zdradziła jej, że dokumentów nie odnaleziono. Zapewniła, że spodziewała się takiego scenariusza.

– Są bezpieczne – dodała po chwili, całkiem już poważna. – Na szczęście skopiowałam je i ukryłam.

– Gdzie? – zdziwiła się Załuska. Mieszkanie Łucji od dawna było już wynajęte innej osobie, jej rzeczy zaś leżały w kartonach na Helskiej.

– U cioci nie. – Łucja pokręciła głową. – Tam z pewnością najpierw by szukali. Na coś ma się ten łeb. – Postukała się po skroni.

Teraz Sasza siedziała już w swoim mieszkaniu. Na ekranie miała wysokiej rozdzielczości skany. Głównie materiałów księgowych, faktur i umów. Załuska musiała przyznać, że sprytna bestia z tej córki norweskiej oszustki: dokumenty, które wykradła, ukryła w swoim nieopublikowanym jeszcze magazynie internetowym. Wystarczyło, że podała Saszy hasła dostępu, i teraz od godziny profilerka je przeglądała. Wszystko, co powiedziała Lange, zgadzało się w stu procentach. Załuska zamierzała przekazać dane ekipie z Białegostoku. Ją interesowały teraz tylko rzeczy, które kobieta zabrała z gabinetu księdza Staronia. Na wydartej z zeszytu kartce znajdował się pokreślony tekst piosenki. Pismo było odręczne. Tekst zwrotek identyczny, różnił się jedynie refren.

– *Miłość*
– *Alkohol*
– *Roza*
– *Ciąża*
– *Istnienie*
– *Narkotyki*
MARCIN

– odczytała, tym razem bez kłopotu. Ksiądz sam wydał na siebie wyrok w piosence. Napisał ją, ale o nieco innej treści. To Buli z Tamarą zmienili ją na potrzeby Igły. To wszystko Załuska już wiedziała.

W dokumentach dla pezetów pojawiła się jednak całkiem nowa informacja. Owładnięty fobią religijną Waldemar Gabryś okazał się na Pułaskiego postacią nieprzypadkową. Były wojskowy, a dziś szef ochrony w spółce SEIF oraz należącym do korporacji hotelu Marina miał za zadanie kontrolować biznes Bulego i Janka „Igły" Wiśniewskiego. Zatrudnił go sam Witalij Rusow, który też uczynił go swoim prokurentem. Gabryś nie podlegał nikomu innemu. Ale tylko do czasu. Miesiąc przed Wielkanocą jego funkcję przejął Wojciech Friszke, obywatel Niemiec. Jak już teraz wiedziała – brat bliźniak księdza. Puzzle zaczynały tworzyć całkiem zgrabny obrazek. Saszę nurtowało tylko jedno pytanie: kim jest Rusow i czy istnieje naprawdę, czy to jedynie „słup" na potrzeby dokumentów.

Miała kilka nieodebranych wiadomości od Abramsa, ale nie chciała z nim jeszcze rozmawiać po ostatniej kłótni. Zdecydowała, że najpierw rozważy sprawę po swojemu, a dopiero potem przedstawi mu własną wizję sytuacji. Skoro według niego ze zdolnej profilerki zamienia się w psa gończego, będzie musiał pogodzić się z faktem, że ten typ psa się nie łasi. Na razie pobrała cały materiał do swojego komputera, wylogowała się i z czystym sumieniem wróciła na Kurkową.

Tym razem nie kierowała się do części dla kobiet. Zanim ją jednak zaprowadzono do księdza Staronia, do gabinetu zaprosił ją kapelan Waszke.

– Wiedziałem, że tak to się skończy. Diabła zawsze miał za skórą. Czułem, że z niego taki sam bandzior jak reszta – zaczął i przez godzinę opowiadał Saszy o wybrykach niesubordynowanego duchownego. O niegoleniu się, odprawianiu nabożeństw w cywilu, przekleństwach i paleniu papierosów. Domyśliła się dzięki temu, że ksiądz nieprzypadkowo odwiedzał więzienia. Szukał w nich brata, jeździł do niego, korzystając ze swojego stanowiska. Może wtedy też wspólnie coś kombinowali. Zamierzała przekazać tę informację Duchnowskiemu. Ale po półgodzinie słuchania niekończących się opowieści kapelana czuła znużenie. Waszke mógłby być pokazywany na arenie jako dowód na istnienie wampirów energetycznych. Z opresji uwolnił ją wychowawca, który wszedł bez pukania i oświadczył:

– Ksiądz Marcin czeka, ale nie wiem, czy uda się pani go przesłuchać. Jest w kompletnej rozsypce.

– Pozorant – wtrącił się kapelan. – Zawsze dobrze grał.

– A drugi brat? – ożywiła się Sasza. – W jakiej formie jest Friszke?

– Znacznie lepszej – przyznał wychowawca. – Doprowadzić?

Sasza wstała, skinęła głową kapelanowi. Pożegnał się z nią wylewnie i podał miękką dłoń.

– Sama zapytam, jeśli pan pozwoli. Myślę, że powinien być zadowolony z mojej wizyty. Mam mu coś do zakomunikowania.

Policjanci oznaczyli wejście do mieszkania na strychu Sobieskiego 2 taśmami policyjnymi. Było to około stu siedemdziesięciu metrów podzielonych na trzy monstrualne pokoje, kuchnię i toaletę. Już na pierwszy rzut oka widać było, że nikt tutaj nie mieszkał, a jedynie utrzymywał lokal na garsonierę lub w jakimś innym celu. Ten inny cel policjanci już znali. Zakładali, że tutaj właśnie zadekował się sprawca strzelaniny w Igle, by przeczekać obławę i bezpiecznie opuścić okolicę. Stąd dojście na piechotę do Igły zajmowało zaledwie cztery minuty wolnym krokiem. Zza winkla można było też obserwować ulicę Pułaskiego. Dokładnie pod tym domem w dniu strzelaniny Jekyll zaparkował swoją hondę CRV, a o własnych zdolnościach wieszcza nie omieszkał poinformować Ducha.

– Skup się na dowodach. Intuicję mam w dupie – burknął komisarz.

Teraz więc technicy centymetr po centymetrze przeczesywali lokal w poszukiwaniu elementów, które mogłyby powiązać właściciela mieszkania ze sprawą. Z dokumentów wynikało, że lokal został sprzedany całkiem niedawno, trzy miesiące temu. Nabywca: Wojciech Friszke, sprzedający: Janek „Igła" Wiśniewski. To właśnie ta transakcja miała pokryć długi piosenkarza u Rusowa, właściciela klubu, który został już zawiadomiony o konieczności przyjazdu do Polski. Duchnowski żuł gumę balonową, nudził się na balkonie, bo wypalił już wszystkie papierosy z paczki, a nie chciało mu się wychodzić po kolejne, dopóki nie zakończą czynności. Zabawiał się wymyślaniem, jak zruga Saszę za jej nieprawdopodobne pomysły, kiedy podszedł do niego Jekyll. Duch zdążył się tylko przesunąć, by ekspert zmieścił się na balkonie, gdy z dachu spadła na niego roztopiona czapa śniegu. Podniósł głowę, by sprawdzić, ile jeszcze śniegu pozostało, a wtedy na jego ramię strzyknął kałomoczem jakiś podły gołąb.

– Zanim spróbujesz złapać językiem płatek śniegu, upewnij się, że wszystkie ptaki odleciały. – Jekyll podniósł do góry papierową torbę na dowody. Duch natychmiast zajrzał do środka. Wewnątrz była brudna od towotu szmata zawinięta w folię, a całość w ręcznik. Na zewnętrznej tkaninie były ślady ziemi. Kiedy Jekyll rozsupłał zawiniątko, oczom Ducha ukazał się staroświecki tłumik. – Nieśmigany od lat. Zero paluchów. – Jekyll był zawiedziony. – Choć nie jestem specjalistą od balistyki z certyfikatem, myślę, że może pasować do broni, z której zginął pieśniarz.

Duch obejrzał znalezisko.

– Stawiaj ludzi do pionu. Robimy po swojemu. Jak wyjdzie, załatwimy kwity z datą wsteczną.

Bang, bang, bang – uderzenia się nasilały. Wiktor Bocheński odbijał gumową piłkę o ścianę, Bułka zaś biegała za nią w szale zabawy. Nagle rozległ się sygnał dźwiękowy. Wiktor przypiął do obroży suki długi pasek i ruszył z nią w kierunku rozpoznawalni. Bułka po wejściu do śluzy momentalnie się uspokoiła. Wystawiła tylko jęzor i zaczęła się chłodzić. Stali tak jakiś czas, dopóki osmolodzy nie przygotowali im nowego ciągu selekcyjnego. Wiktor wpatrywał się w lampę nad drzwiami śluzy. Kiedy się zaświeci, wejdą i rozpoczną kolejny eksperyment.

Zabrali się do sprawy rutynowo. Kiełbasa, słoik z zapachem, próba zerowa, kontrolna i pierwsza próba porównawcza. Bułka bez wahania wskazała trójkę. Tym razem w korytarzu za szybą wenecką nie było nikogo poza ekspertami osmologii. Panowała luźna atmosfera. Dwukrotnie powtórzyli każde z badań. Kiedy zakończyli, Niżyński wypełnił formularze, opisał ekspertyzę. Weszła szefowa w króciutkiej kwiecistej mini, do której włożyła na wpół rozsznurowane trampki.

– I jak?
– Jest zgodność – odparł bez emocji.
– Który z bliźniaków?

Niżyński podał jej kartkę. Przeczytała, kiwnęła głową.

– Oby tylko znów nie dali jełopa dochodzeniowca – westchnęła Świętochowicz. – Nie mamy już materiału do badań.

– Jest jeszcze pół – Niżyński wskazał na stolik stojący na szafce. – Ale to tylko w razie awarii. Człowieka z tego nie zidentyfikujemy. Jakiś drobiazg może tylko.

– W tej sprawie nic mnie już nie zdziwi – mruknęła i odeszła. Niżyński dyskretnie zerknął na jej nogi.

Gabryś siedział w swoim służbowym pomieszczeniu i metodycznie przerzucał zrzuty z monitoringu. Nie był w służbowym uniformie, ale zielona koszula i takiego samego koloru spodnie i tak nasuwały to skojarzenie. Zwłaszcza że przy pasie miał przytroczony gaz pieprzowy i pałkę. Na parking podjechało niebieskie auto. Małe uno zakaszlało, kiedy kierowca zaparkował. Było to jedyne auto, którego kierowca odważył się zaparkować nad samym falochronem. Wzburzone morze wzbijało się ponad kawały betonu i wlewało strugami na parking. Gabryś z satysfakcją przyglądał się widowisku i czekał z lubością, aż kierowca zmieni zdanie i przestawi wóz. Nikt jednak nie wysiadł. Waldemar zastanowił się chwilę, a potem wyjął swój telefon. Nie miał żadnej wiadomości, nieodebranego połączenia. Zrobił zbliżenie numeru rejestracyjnego, przepisał na bloczku. Po chwili przez radiostację poprosił o sprawdzenie wozu. Kiedy zerknął ponownie, z auta wysiadała już Załuska. Siedziała tak długo w środku, bo zmieniała buty na kalosze. Teraz narzuciła na głowę kaptur sztormiaka. Skierowała się wprost do wejścia dla ochrony. Nie zdążył opuścić pomieszczenia. Zobaczyła go, zanim chwycił za gaz.

– Spokojnie, Frącek – odezwała się kobieta. – Nie jestem uzbrojona.

Mężczyzna stał nieruchomo, szacował, ile ma czasu na ucieczkę.

– Friszke zaczął zeznawać – dodała. – Ja mam tylko jedno pytanie. Choć nie, właściwie dwa. Czy w szkole wojskowej uczyli pana rozbierać i składać bomby? Bo że w małym palcu ma pan budowę różnych typów broni, nie wątpię. O czołgach sam pan wspominał.

Gabryś wzruszył ramionami.

– Tu nie wolno wchodzić – zakomunikował. – Wzywam wsparcie.

Sasza wcale się nie przejęła. Usiadła na wolnym krześle.

– Lepiej, żeby przy naszej rozmowie nie było na razie świadków – powiedziała bardzo spokojnie. – Ja nawet rozumiem, dlaczego pan to zrobił. Mało pan zarabiał. System się zawalił. Bał się pan, że straci robotę. Wszyscy wokół się bogacili i pan też chciał zarobić. Za komuny miał pan kumpli w służbach rosyjskich. Wtedy Rusow był najlepszym wyborem. Czystym, udawało się tyle lat. Zresztą on nigdy nie przyjeżdżał. Pan pilnował mu interesu. Ale z kontrwywiadu przejść na stanowisko szefa ochrony to nie było wszystko. Tego pan nie przewidział. Zaraz inni upomnieli się o swoje. Słoń, Majami, Buli. Każdy chciał wykorzystać pana wiedzę. Do czasu, aż stał się pan zbędny, bo ta wiedza zaczęła niektórym przeszkadzać.

– Nie wiem, o czym pani mówi – stęknął Gabryś.

– O panu, Frącek. Fajna ksywa wywiadowcza. Nie było trudno ustalić. Znany pan był swego czasu w Pieścidełku. Ale ja nie o tym. Tamci wzbogacili się na autach, przeszli do szarej strefy i chcieli zarobione dolary inwestować. Szukali zarządcy, zaufanego człowieka, który nie będzie zadawał pytań.

– Czy to jest zabronione? Pracuję, dopóki mi sił starczy. Bóg daje jeszcze zdrowie.

Sasza pokręciła głową, wstała. Wyjęła papierosa.

– Pan się teraz zastanowi, a ja czekam przed wejściem. Widziałam tam popielniczkę. A jak już pan podejmie jedyną słuszną decyzję, pójdziemy do mojego auta. Nie najlepiej robi pan te bomby. Moja nie wybuchła. Czujnik był przesterowany. Tylko auto zaniemogło, musiałam je zholować. Winien mi jest pan siedemset złotych za lawetę plus cztery stówy za ekspertyzę. Zwykły mechanik naprawił auto, dojechałam nawet na drugi koniec Polski, ale dopiero zaprzyjaźniony ekspert kryminalistyki znalazł urządzenie. Jekyll się napracował, kupię mu jakąś czekoladę. Zresztą, jeśli chciałby pan wiedzieć, żeby drugi raz nie popełnić błędu, to pękła tylko chłodnica i ucierpiał sąsiedni wóz od wystrzału. Lubi pan spektakularne numery, nie powiem – oświadczyła z kpiącą miną. – Ale jak się rozliczymy, mogę nawet o tym zapomnieć. Warunek? Powie mi pan, jak naprawdę było z Igłą i może trochę o SEIF-ie. Potem zobaczymy, co dalej.

– Niech pani od razu przeparkuje się pod wejście – odparł bez zastanowienia Gabryś i wskazał na monitor. Morze wzbijało się na ponad metr. – Zalewa pani silnik. Nie dojedziemy na komendę.

Ruszyli do drzwi.

– Kto mnie wydał? – zapytał cicho.

– Za dużo chce pan wiedzieć – odparła Załuska i zaraz dodała, jakby na pocieszenie: – Ale pan przecież wie. Czytałam już różne akta. Koleżankę wspólną mamy z zagranicy. Miał pan na kontakcie dziewczynę, jedyną zarejestrowaną współpracownicę, choć korzystał pan także z innych jej usług w Pieścidełku. Serbka. Miała kiedyś inne nazwisko. Pomógł jej pan, znalazł męża. Byli nawet szczęśliwi z Bulim.

– Miło słyszeć – mruknął.

– Tamara bardzo pana chwaliła. Dobry z niego facet, choć świr. Przykre, zwłaszcza że wybrała bandytę zamiast porządnego człowieka, co?

Nie odpowiedział. Zwiesił tylko głowę, Załuska miała wrażenie, że coś knuje. Nie spuszczała go z oka. Zanim usiadła za kierownicą, kazał się jej odsunąć, zapalił silnik, nie wsiadając do auta. Czekał, aż się rozgrzeje, słona woda wciąż lała się do środka. Nic się nie zdarzyło. Sasza obserwowała jego działania ze stoickim spokojem.

– Mówiłam, że usunęliśmy wszystkie czujniki.

– Wszystkie trzy?

Wzruszyła ramionami.

– Czy ile ich tam było. Pół laboratorium składało wczoraj ten wózek. Nigdy nie miał takiego przeglądu. – Obeszła samochód, wsiadła. – Strasznie pan przewrażliwiony – mruknęła.

– To nie ja zakładałem ładunek Bulemu – zaczął się tłumaczyć. – Ale wiem, jak, kto i dlaczego to zrobił.

– Wspaniale. – Sasza gestem wskazała mu miejsce obok siebie. – Strasznie tu wieje.

Ku jego zdziwieniu nie zawiozła go na komisariat, ale od razu do aresztu. Mimo późnej pory strażnik bez mrugnięcia okiem wpuścił ich za bramę. Gabryś zawahał się, próbował uciekać. Funkcjonariusze złapali go i siłą wprowadzili do więziennego korytarza.

– Co pani wyprawia? – oburzył się Gabryś.

Załuska wzruszyła ramionami.

– Pewna osoba ma kłopoty z pamięcią i muszę ją jej odświeżyć.

– Ale co ja mam z tym wspólnego?

– Nie domyśla się pan? – zdziwiła się kobieta. – Na razie użyję pana jako narzędzia. Proszę sobie odpocząć, pomodlić się. Nie zaszkodzi. Kiedy dam znak, powie pan: „Czereśnie zawsze są dwie".

– Słucham?

– To tytuł historycznego romansu. Żadnych trupów, afer. Ot, historia miłosna. Pan Bóg zadecyduje, co stanie się dalej.

– Wątpię – mruknął Gabryś. – Bóg nie porywa uczciwych ludzi, by zamykać ich podstępnie w więzieniach.

– Nie sądźcie, a nie będziecie sądzeni – zacytowała. – Chciał pan znak od Boga, to go pan dostał. Start. Czas uratować świat przed zagładą.

Usadziła go w pustej salce dla oczekujących na widzenie, a sama podeszła do automatu z kawą i herbatą.

– Czego się pan napije? Jest spory wybór.

Nie zdążył odpowiedzieć, bo strażnik wprowadził do sali jednego z bliźniaków.

Sasza postawiła przed Gabrysiem kubek z czarną kawą, dała znak funkcjonariuszowi i skierowała się do wyjścia.

– Ale co ja mam robić?! – krzyknął rozpaczliwie Gabryś.

– Niech Bóg panu pomoże – odparła. – W życiu zdarza się coś, co odmienia jego bieg na zawsze. Albo złapiesz pan ten moment, albo będziesz czekał na następny transfer.

Pół godziny później była już pod domem Ducha i dzwoniła domofonem, by zszedł na dół.

– O tej porze? – zamruczał niezadowolony.

– Masz jeszcze akta tej starej sprawy dzieciaków? Monika, Przemek, *Dziewczyna z północy*?

– Są w bezpiecznym miejscu. Na pewno nie tutaj. To mój dom, moja twierdza.

– Nie zamierzałam wchodzić. Nie pracuję w Sanepidzie – rzuciła. – Czekam w wozie.

– O tej porze oglądam Eurosport.

- Wizja lokalna nie może czekać. - Odpowiedziało jej milczenie. - Jekyll będzie tam za kilka minut. Bierze sprzęt. Poprosiłam też, by Wali wpadł. Już ruszył tłustą dupę, z tego, co słyszałam, choć jemu powiedziałam, że ty jesteś już na miejscu. Jak się nie pośpieszysz, postawię na nogi całą straż pożarną.
- Dziewczyno, o co ci chodzi? Pali się? - stęknął. - Ty nawet u nas nie pracujesz.
- I całe szczęście. Już byś mnie zwolnił z obowiązków. Złazisz?
- Nie.
- To jadę sama. Będziesz musiał przykryć włamanie.
Rozległ się trzask odkładanej słuchawki.

Pożądanie – iluzja bliskości. Nigdy nic więcej między nimi nie było. Ostatnio jednak najtrudniej było jej niczego nie oczekiwać. Spotykali się raz na tydzień, dwa, czasem raz w miesiącu. Iza tęskniła, ale każde z nich miało swój grafik wypełniony po brzegi. Zrozumiała, że skoro pewnych rzeczy nie może zmienić, musi je zaakceptować i cieszyć się z karnawałowych nocy. Święta nie trwają wiecznie, dlatego są wyjątkowe. Przyznał jej rację.

Czasem w uniesieniu zapewniał, że kocha. Nie wierzyła. Czuła się wtedy jeszcze brzydka i gruba. Ale z czasem jej też zaczęło zależeć. Kłamstwo powtarzane tysiąc razy staje się prawdą. Śmiał się, że taka z niej królowa lodu, a dała się otumanić jakiemuś chłystkowi. Żachnęła się wtedy. Jestem godna kogoś więcej. Nie możesz być chłystkiem, skoro ja jestem królową. Jestem nikim, odpowiedział i wszedł w nią na kuchennym stole. Ale dlatego ja, choć przez chwilę, mogę pobyć królem, dokończył. Przynajmniej p.o. Roześmiała się, połączyła nogi, zrobiła herbatę. Pili ją nago, dolała trochę rumu, choć z kimś innym alkohol by ją brzydził. Czasem brała jakąś pastylkę, którą jej dawał jak komunię. Wpatrywał się w nią bezwstydnie. Mówił, że nie ma na ziemi kobiety, która dorównywałaby jej urodą piersi. Zaczęła nosić wielkie dekolty. Lubił trzymać w dłoniach jej rozłożyste pośladki. Szydził z brata, który woli chuderlawe kościotrupy. Też kiedyś był taki głupi. Na szczęście wyrósł z tego. W ten sposób dowiedziała się, że ma brata bliźniaka, który jest słynnym księdzem. Spodobało jej się to. Powiedziała, że to może się kiedyś przydać.

Nie wiedziała o nim nic ponad szczegóły anatomiczne ciała i to, co zechciał jej o sobie powiedzieć. Dla niego liczyły się tylko interesy i pieniądze. Nie wierzył w uniesienia, romantyczne brednie. A jednak sprawiał, że czuła się kochana. Wiedza szkodzi, mawiał, choć sam wiedział o niej wszystko. Co Iza ma w lodówce, jakie książki czyta, jak dawno temu odkurzała i ile ma prania. Jakich kosmetyków używa jej małżonek, by zamaskować spękane od wódki naczynka, co będzie jadł na obiad oraz o której Iza wozi dziecko do matki męża. To był już czas, kiedy spotykali się tylko u niej. Zawsze zmieniała pościel przed jego wizytą i kiedy tylko poszedł. Nigdy nie zostawiali śladów. Czasem pralka chodziła kilka razy dziennie. Dwa razy Jeremi ich przyłapał. Raz na ulicy, drugi raz w kawiarni. Powiedziała, że to nowy menedżer w Igle. Miała wrażenie, że mąż się nie zorientował, choć znów przestał się na tydzień odzywać i oczywiście wykorzystał pretekst, by upić się na pracowniczej imprezie. Nie wrócił na noc, tylko się ucieszyła. Następnego dnia sama zrobiła mu drinka. Chciała, by jak najszybciej zasnął. Musiała zadzwonić. Poza tym bała się, że zechce jej dotknąć. Brzydził ją sam jego zapach.

Kasowała wszystkie esemesy od niego. Dzwoniła tylko wtedy, kiedy nikogo nie było w domu. Synek był zbyt mały, by cokolwiek rozumieć. Czasem robili to, kiedy spał na górze. Szybko z tego zrezygnowała. Miała wrażenie, że czuł, co się dzieje, bo budził się z płaczem, a ją dręczyło poczucie winy. Zresztą nie lubiła, kiedy się śpieszyli. Ustalili stały harmonogram spotkań i tego się trzymali. Oboje cenili porządek, rutyna im nie przeszkadzała. W środy i piątki mąż nie wracał z konferencji przed północą. Po kilku awanturach o jego pijaństwo starał się najpierw w miarę wytrzeźwieć. Wynajmował pokój w hotelu, wracał rano, kiedy ona wychodziła już do pracy. Nie obchodziło jej, czy to była jedynka. Mijała go w drzwiach, nadstawiając policzek do cmoknięcia. Liczyło się tylko to, że fundował im dodatkowe kilka godzin.

Poznali się w Igle, kiedy siedział samotnie przy barze. Podeszła do niego i zapytała, czy wszystko w porządku. Uśmiechnął się, nic nie odpowiedział. Obserwowała go cały wieczór. Z nikim nie rozmawiał. Potem, kiedy się żegnała, wyszedł za nią, zaproponował, że odwiezie do domu. Odmówiła. Była przekonana, że jest pijany. Zapewnił, że w jego szklance był wyłącznie tonik z lodem. Czekał tylko na nią, aż skończy pracę. Taka kobieta nie powinna sama wracać o tej porze. Zaniemówiła. Tej samej nocy zdjął z niej bluzkę na tylnym siedzeniu samochodu. Od lat nie czuła się tak bezpiecznie w męskich ramionach. Nie chciała niczego więcej. Niczego nie oczekiwała.

Szybko przywiązał ją do siebie. Pod koniec, w przerwach, dużo rozmawiali. Powiedziała mu o pieniądzach w skrytce. Wyrysowała plan lokalu, wiedział o planowanym zwolnieniu Łucji, o wszystkim, co działo się w Igle, o zleconej egzekucji grajka. Tak nazywali Igłę. Śmiał się, roztaczał przed nią wizje, że uciekną, zabiorą ten skarb i nikt ich nie znajdzie. Dlatego tak trudno było jej dopuścić do siebie myśl, że po wykonaniu planu strzelił też do niej. Pamiętała doskonale każdy centymetr jego twarzy. Ale to była twarz w uniesieniu, w uśmiechu lub smutna, kiedy czasem odklejał się od rzeczywistości. Wtedy, w Igle, nic nie widziała. Było ciemno choć oko wykol, ale to musiał być on. Wojtek Friszke, brat bliźniak słynnego księdza, jej ukochany. Nigdy inaczej go nie nazywała. Każdy, nawet niecelny strzał rozdzierał jej serce. Wiedziała, że mówił prawdę. Kochał i tylko dlatego zostawił ją przy życiu. Nie był w stanie jej dobić, a mógł przecież wystrzelić wszystkie kule z magazynka. Wiedziała, ile jest, sama go ładowała.

– Jestem chłystkiem – powiedział, wychodząc. – Wybacz, królowo.

Wolałaby nigdy sobie tego nie przypomnieć, ale pamięć wraca wyspami i zostaje już na zawsze. Będzie musiała z tym żyć.

Mogłaby go pogrążyć. Rozpoznałaby go po fakturze skóry, drobinie zapachu, z zamkniętymi oczami odróżniłaby od brata, ale choćby ją przypalali, nigdy tego nie zrobi. Musiałaby ujawnić, że to nie żadna mafia, ale ona sama wyręczyła Bulego w egzekucji Igły. Mieczem wojujesz, od miecza giniesz. Głupie przysłowie.

Wstała, złożyła w kostkę szpitalną koszulę, spakowała rzeczy do torby podróżnej. Na nogi włożyła zbyt wysokie szpilki. Poprosiła Jeremiego, by akurat te jej przywiózł. Czuła się w nich szczuplejsza, bardziej atrakcyjna. Poluzowała temblak. Nieźle wyglądał na tle małej czarnej z nadmiernym dekoltem. Chciała dobrze się prezentować, kiedy przed wejściem dopadną ją fotoreporterzy.

Zanim wyszła na korytarz, podszedł do niej zwalisty, dziwacznie ubrany mężczyzna w okularach i kazał potrzymać chwilę w ręku kawałek gazy. Mówił, że to na potrzeby śledztwa. Wykonała polecenie z uśmiechem. Czekał cierpliwie w milczeniu kwadrans, a potem zapakował gazę do słoika i wyszedł. Mundurowi pilnowali jej pilniej niż dotąd. Trwało kilka godzin, zanim ją wypuścili. Policjant, który przyszedł tutaj pierwszego dnia, kiedy się obudziła, kilka razy dopytywał się, w jakim pacjentka jest stanie. Czy może sama chodzić, czy nie powinna jeszcze zostać w szpitalu jakiś czas. Wiedziała, czego Wali się boi. Ale nie zamierzała ujawniać jego roli w tej sprawie. A ci, którzy mogli dodać coś od siebie, już nie żyli.

– Wypisuję się na własną prośbę – oświadczyła z uśmiechem. – Czuję się bardzo dobrze. I wszystko doskonale pamiętam. – Waligóra zamarł. Odkleiła uśmiech z twarzy. – Zeznania złożyłam. Nie mam nic więcej do dodania – oznajmiła z naciskiem na „nic".

Odniosła wrażenie, że odetchnął z ulgą.

Przed drzwiami czekał już Jeremi z dzieckiem na ręku i tandetną różą. Wcześniej nigdy nie przynosił jej kwiatów. Pomyślała, że muszą utrzymać ten zwyczaj. Uśmiechał się, był tylko lekko skacowany. Wytrzyma ten teatr, zapewniła sama siebie. Wszystko teraz przetrzyma. Chłystek miał rację. Dawnej Izy już nie ma. Zmartwychwstała królowa. A królowa jest tylko jedna. Tylko ona wiedziała, gdzie są sztabki złota mafii ze Stogów, które zrabował Igła, a których Buli wcale nie wywiózł do pensjonatu w górach. I nikt nigdy się nie dowie, gdzie znajdują się teraz. Ksiądz będzie milczał, chociaż wie wszystko. Wyspowiadała mu się. Nie złamie przysięgi, zawsze był dobrym klechą. Tamara ma swoje tantiemy. Poradzi sobie albo wreszcie się zabije. Pozostali patrzą już niemo i nic im do tego. Ja żyję, a was niech piekło pochłonie, pomyślała.

Śniegu już nie było. Płyty chodnikowe tylko na brzegach gdzieniegdzie nosiły zacieki soli. Wiosenne słońce grzało błogo, nastrajało pozytywnie. Wiosna szykowała się do kontrataku. Izę oślepił błysk fleszy. Uśmiechnęła się nieśmiało. Dziennikarze coś krzyczeli, ale nie odpowiadała. Szła pod ramię z mężem, wprost do auta. Zanim wsiadła, wzięła dziecko na rękę i rozpromieniła się do obiektywów. Przez chwilę poczuła się jak prawdziwa gwiazda. Już miała wsiadać, mąż mościł właśnie synka w foteliku, gdy zbliżyła się profilerka. Poprosiła, by na chwilę odeszły na bok.

– Nie mam przed mężem tajemnic – odparła uprzejmie Iza.

Załuska pozostała poważna. Jeremi skinął potakująco głową, zajął się dzieckiem, które obudziło się i zaczęło płakać. Iza ruszyła, by mu pomóc, ale Sasza ją powstrzymała. Zza jej pleców wyłonił się Duch, chwycił Izę za ramię. Kobieta pomyślała, że podobnie wyglądała scena kłótni z Łucją. Tyle że wtedy była w znacznie lepszej roli.

– Nie mogłaś widzieć twarzy sprawcy – powiedziała profilerka. – Ani też broni czy ręki. Było zbyt ciemno. Punktowe światło latarki niewiele by zmieniło. Zresztą nie miałaś żadnej latarki. Sprawca wiedział, że tam jesteś, inaczej nie zostawiłby cię przy życiu. Bo strzelec nie był kobietą. Nie musiałaś uciekać, wystarczyło siedzieć cicho za stołem do nagrywania dźwięku. Nigdy nie wszedłby do tego pomieszczenia. I nie strzeliłby, gdybyś nie wymierzyła do niego pierwsza. Niecelnie przez drzwi. Dopiero potem pojawił się Igła. Następnym razem, jeśli będziesz chciała zrobić napad, zawsze weź pod uwagę, że coś pójdzie nie tak.

Iza milczała. Nieopatrznie odwróciła twarz w kierunku męża, fotoreporterzy robili jej zdjęcia. Jeremi strachliwie wycofał się do auta. Iza miała łzy w oczach, bo nawet w takiej sytuacji o nią nie zawalczył. Pozwolił, by na oczach kamer zabrali ją do suki policyjnej. Powinna odejść, dopóki był czas.

- Wtedy wszystko poszło nie tak - powiedziała z westchnieniem, kiedy znalazła się w komisariacie. Rozpłakała się i zaczęła zeznawać: - Wszystko było przygotowane, a Wojtek nagle się wycofał. Co gorsza, przyszedł ostrzec Igłę. Stchórzył. Gdyby nie on, nie byłoby strzelaniny. Nikt nigdy nie zgłosiłby kradzieży.

– Nie udało się, proszę księdza. – Sasza weszła do pokoju widzeń i obrzuciła wzrokiem Marcina Staronia. Mężczyzna w odpowiedzi postawił kołnierz skórzanej kurtki. – A może powinnam powiedzieć, niedoszłego księdza, bo przecież tak jak brat byłeś w seminarium, tyle że cię nie chcieli. Za bardzo lubiłeś pieniądze. Z takim apetytem na życie można być tylko gwiazdą estrady albo prawie doskonałym oszustem. Choć moim zdaniem obaj jesteście oszustami. I to niezłymi.

Mężczyzna w kurtce podniósł hardo głowę.

Za Saszą stał jego brat. Był w sutannie, z koloratką przy szyi. Miał czyste włosy, był ogolony, jakby dopiero wyszedł z łaźni.

– Czas zakończyć tę szopkę z przebierankami – mruknęła profilerka. Usiadła. Zerknęła na bliźniaków. – Jesteście naprawdę podobni. Jakie to uczucie? Przepraszam, ale nie mogłam się powstrzymać. Pewnie cały czas słyszycie to samo.

– Można się przyzwyczaić. – Ten w sutannie uśmiechnął się. I zwrócił się do brata: – Już wszystko wiedzą. Musiałem.

– Debil – syknął mężczyzna w kurtce.

Ksiądz dał Saszy znak, że to normalne.

– Za chwilę się uspokoi.

– Zaczynam was wyczuwać. To zdecydowanie Marcin. Prawdziwy Marcin, choć w dokumentach ma Wojtek – mruknęła.

Bliźniak w kurtce nie odezwał się więcej ani słowem. Tylko kiedy spytała, czy będzie zeznawał, odparł, że chyba braciszek już wszystko wyśpiewał.

– Nie wszystko.

– Szkoda. On nigdy nie lubił mówić – odburknął.

Siedzieli w milczeniu. Wreszcie kobieta wstała, podeszła do nadąsanego bliźniaka. Dotknęła jego wytartego kołnierza. Podskoczył zaniepokojony. Położyła na stole plik listów związanych czarną frotką. Stare koperty, ciasny charakter pisma. Same wielkie litery.

– Znalazłam w sejfie – powiedziała. – W jednym z pieców na Zbyszka z Bogdańca. Waszego starego domu. Razem z zegarkiem i szmatą ubrudzoną towotem. Były w metalowej puszce. Niestety, spluwy nie udało się zabezpieczyć.

Ksiądz zbladł. Marcin przyglądał się profilerce z uwagą.

– Ale zaczniemy od końca – kontynuowała Załuska. – Jedno pytanie porządkowe, bo trochę nam się pochrzaniło. I już bez ściemy. Który z was był chłopakiem Moniki?

Milczeli.

– *Miłość*
– *Alkohol*
– *Roza*
– *Ciąża*

- *Istnienie*
- *Narkotyki*
MARCIN

– wyrecytowała.

Panowała całkowita cisza.

– To ty? – Sasza wskazała oszusta. – Czy może ksiądz?

I zaraz dodała:

– Na szczęście nie ma trzeciej wersji.

Usiadła na krześle. Obserwowała ich reakcję. Ksiądz zmrużył oczy, oszust zamarł w oczekiwaniu.

– Wiemy, że teraz się zamieniliście, ale to nie dało rezultatu – odezwała się ponownie. – Pogrążył was dowód pomocniczy. Błahostka. Zrobiliśmy próbę trochę na wyrost, ale skutecznie. Czasami cel uświęca środki, prawda?

Żaden się nie odezwał.

– Zamiana nastąpiła dużo wcześniej – ciągnęła więc profilerka. – Zastanawiałam się setki razy, kiedy to się stało, że Wojtek został Marcinem i odwrotnie. I wiecie, do jakich wniosków doszłam? – Zawiesiła głos. – To musiało stać się w ten poranek sylwestrowy w dziewięćdziesiątym trzecim. Wtedy, na schodach, kiedy grupa Słonia przyszła po pistolet do waszego domu. Kiedy pobito waszego ojca, gdy go aresztowano. Wtedy gdy wszyscy byli zajęci ojcem, przebraliście się tylko na chwilę i żaden z was nie miał pojęcia, że spędzicie tyle lat w cudzej skórze. Wojtek włożył piżamę, a Marcin bohatersko wyniósł Słoniowi zabawkę na dłoni. To Wojtek poszedł do seminarium, choć ludzie znają go pod pseudonimem „świętego Marcina". Marcin zaś został Wojtkiem Friszke, wielokrotnie notowanym za oszustwa. Choć bez pomocy bliźniaka nie udałby ci się żaden przekręt, a z całą pewnością nie SEIF. A skąd wiem o zamianie?

– Bzdura – mruknął wreszcie cywil.

Ksiądz patrzył na Saszę lekko przestraszony. Kobieta spojrzała na niego i wskazała listy.

– Poznajesz, Wojtek? Od tej chwili będę zwracała się do was prawidłowo. Czas wyprostować wasze życiorysy.

Wojtek nie odzywał się. Poprawił koloratkę i spokojnie czekał na to, co powie psycholożka. Profilerka wskazała oszusta.

– To była twoja dziewczyna, ale Marcin chciał ci ją odbić. Marcin, biedaku, nic do tej pory nie wiedziałeś? – Profilerka skrzywiła się. – Obwiniałeś się, nie rozumiałeś. Myślałeś, że to złe zło gangsterów rozbija waszą rodzinę. Ale Monika i Wojtek naprawdę się kochali. Tutaj jest dowód. W tych listach. Monika za szybko zaszła w ciążę. Była jeszcze dzieckiem, nie chciała się rozmnażać. Wpadła w depresję, czuła się zagubiona. Wojtek mało mówił, ale umiał pisać. I pisał do niej pięknie. Złamaliśmy prawo prywatności, ale jak wspominałam, cel uświęca środki. To dlatego poprosił, żebyście się zamienili. Wytłumaczył, że chce cię chronić. Miałeś go zagrać, by uratować rodzinę. Sam zamierzał wymknąć się z domu i ostrzec Monikę. Zawsze działał precyzyjnie. Ona była wtedy dla niego ważniejsza niż ktokolwiek na świecie. Niż ty, ojciec czy matka. Nosiła w łonie jego dziecko. I nie chciał jej wcale zabić. – Załuska zatrzymała się. – Ale z jego winy zmarła. Zostawił ją przecież. Była załamana, przerażona. Sama z malutkim dzieckiem. Nie wiedziała, co będzie dalej. Nigdy nie próbowała narkotyków. Dawka, którą Igła jej zostawił, a którą wzięła za jego namową lub samodzielnie, sprawiła, że akcja serca się zatrzymała. Monika nie cierpiała. Po prostu zasnęła w trakcie kąpieli.

Wojtek patrzył na Załuską, po twarzy ciekły mu łzy.

– Niepotrzebnie kłamałeś. Wszyscy wiedzieli, że uciekliście. Jej rodzice też, choć bali się skandalu. Co by ludzie powiedzieli, że ich córka nie ma nawet szesnastu lat, a wkrótce urodzi. Wtedy w sylwestra wyszła z tobą i nigdy więcej nie zobaczyła bliskich. Wyparłeś się dla niej rodziny, ukryłeś ją u wuja w Rozie. Żyła jak w więzieniu, może i jej używali. Tego się nie dowiemy. Zostawiłeś ją jak tchórz. Waldemar, kierowca Słonia, się nią zajął. On za to nic nie wiedział. Brzuch nie był zbyt widoczny, Monika umiała to ukryć. Po dziecku też nie było śladu. Jej rodzice nie chcieli cię znać. Matka wywiozła Marcina do wuja w Niemczech, żeby nikt nie pomylił go z tobą, żeby nie zrobili mu krzywdy.

Sasza zamilkła.

– Nie napisałeś *Dziewczyny z północy*, bo twoja miała inny tytuł. Jaki?

– *Rezurekcja* – odparł Wojtek.

– No tak. Raczej nie byłaby dziś hitem – mruknęła Sasza. I dodała: – Sam musisz się z tym wszystkim zmierzyć. Choćbym chciała, nie mogę nawet wznowić postępowania.

Ksiądz wstał, wyprostował fałdy sutanny. Sasza dała znak strażnikowi.

– My pogadamy na osobności – rzuciła do Marcina. Pośpiesznie zaciągnął zamek w kurtce jak w pancerzu. – W twojej sprawie jest trzydzieści lat na przedawnienie. Konfrontację uważam za zakończoną.

Kiedy wyprowadzali brata, ksiądz odwrócił się, chciał coś dodać od siebie. Sasza zatrzymała go gestem.

– Zdążycie się rozmówić w starej sprawie. Teraz nie możesz z nim rozmawiać. Groźba mataczenia. On za chwilę dostanie zarzuty zabójstwa Janka „Igły" Wiśniewskiego i usiłowania zabójstwa Izy Kozak.

Ksiądz zamarł w stuporze.

– Chciałbym zniknąć. Nie istnieć. Rozpłynąć się w powietrzu jak zapach.

Pokiwała głową. Rozumiała doskonale. Znów mówił to, co często jej samej przychodziło do głowy.

– To strach – odparła bardzo spokojnie. – Najtrudniej jest przestać się bać.

– Jak?

– Ja mam ci powiedzieć? To ciebie słuchają tłumy. – Milczał. – Przestań uciekać. Wyjdź z kryjówki, wystaw się na strzały. Żyj – zawołała i przestraszyła się swoich słów. Bo to właśnie powinna zrobić z własnym życiem, a postępowała wręcz przeciwnie. – I odpraw tę mszę, którą mi obiecałeś.

Podniósł głowę. Zdjął koloratkę.

– Już nie jestem księdzem. Nie umiem dalej wierzyć.

Zaśmiała się.

– Jesteś najlepszym księdzem, jakiego znam. Jeśli o mnie chodzi, może być i tutaj. Modliłam się już w dziwniejszych miejscach. Jeśli jest jakiś Bóg, to widzi wszystko i wie wszystko.

– W to akurat wierzę.

Dała strażnikowi znak. Zostali sami. Wojtek stanął twarzą do okna i zaintonował dziwną pieśń. Załuska nie rozumiała ani jednego słowa. Wsłuchiwała się w głos Staronia, w jego chropawy ton. Po chwili jednak modlitwa sprawiła, że kobieta zapomniała, gdzie się znajduje, skoncentrowała się na melodii, słowach jak zaklęcia. Stanęła obok Staronia. Gdyby miała więcej odwagi, dołączyłaby do jego pieśni. Nie zauważyła, że do pokoju zaglądają zaintrygowani funkcjonariusze. Mówili coś do nich, ale nie byli im w stanie przerwać, jakby oboje wpadli w trans.

Śpij spokojnie, Łukasz, pomyślała. Wybaczam ci, ty wybacz mnie. Dziękuję za wszystko, co mam. Za Karolinę, bo gdyby nie ty, nie byłoby mnie w tym miejscu. Może tylko tak mogłeś mnie uratować. A teraz żegnam cię. Odejdź, zostaw nas w spokoju.

Kiedy ksiądz zakończył, Sasza miała na policzkach łzy. Czuła się lekka, momentami nawet w euforii. Stali bardzo blisko siebie. Nagle kobieta przytuliła się do niego. To był odruch i dopiero wtedy przypomniała sobie Tamarę, która zareagowała identycznie po wielkanocnej mszy. Wojtek pozostał sztywny, jakby był wykuty z kamienia. Natychmiast odsunęła się na bezpieczną odległość. Zerknęła na niego lekko przestraszona. Był blady, ale uśmiechał się delikatnie, choć oczy wciąż miał przeraźliwie smutne. Pomyślała, że Staroń zabiera te wszystkie ciężary od ludzi, dźwiga je za nich. To jego pokuta za śmierć dziewczyny. Sasza czytała akta. Zgon nastąpił około północy. Dziewczyna o północy.

– Kiedy człowiek już wie, czego chce, a czego nie, jest dobrze – odezwał się po dłuższym wahaniu. – Potem wystarczy tylko iść drogą. Nie należy liczyć kroków ani oglądać się za siebie. Zbędny bagaż porzucić w pobliskim rowie i o nim zapomnieć. W drodze nie wszystko jest potrzebne. Wszystko, co nieodzowne, pojawi się samo, bo na szlaku cuda są czymś powszednim, a napotkani ludzie to ci właściwi. Życie to oddech. Mamy ograniczoną pulę uderzeń serca. Niepotrzebnie marnujemy je na wahanie, strach czy złość. Zawsze będą tacy, którzy chcą nas ciągnąć, kusić, przekonywać, że wiedzą, co dla nas lepsze. A trzeba po prostu iść naprzód, znaleźć dla siebie czyste powietrze. Takie, którym chcemy oddychać.

– Dlaczego sam tego nie zrobisz? – szepnęła. – Skoro tak wiele wiesz.

– Może i mógłbym – odparł. – Ale nie chcę. Jeszcze nie teraz.

– Wiem.

– Wiem, że wiesz. – Uśmiechnął się.

Sasza zarumieniła się. Uciekinierzy rozumieją się bez słów.

Ulica Zbyszka z Bogdańca była wyludniona. Waligóra nie zauważył dziury w jezdni, jednym kołem swojej toyoty tundry wjechał w solidną wyrwę. Minął zakład naprawy jachtów, kilka nowoczesnych hacjend za dwumetrowym murem osłaniającym je od wścibskich oczu. Wreszcie dojechał do numeru siedemnaście. Zaparkował na jedynym wolnym miejscu. Wokół stało już mnóstwo policyjnych radiowozów. W oddali dostrzegł cyklopa z Białegostoku. Przed wejściem do budynku na krawężniku siedziała Załuska i rozmawiała przez telefon. Pomachał do niej na powitanie. Odmachała i odwróciła się. Kiedy ją mijał, usłyszał szczebiotanie. Domyślił się, że rozmawia z córką. Wszedł wolnym krokiem po równej kostce. Posesja była ogrodzona taśmami, przez drzwi wejściowe defilowali tam i z powrotem funkcjonariusze. Prokuratorka trzymała w ręku kilka dokumentów na podkładce. Dziś nie miała na sobie stroju wizytowego, lecz dżinsy, trapery oraz wiosenny trencz. Włosy miała w nieładzie, twarz zapuchniętą. Przed nią stał jeden z bliźniaków, wskazywał na coś w lokalu.

Waligóra skierował się wprost do wnętrza domu. Minął techników – wynosili z garażu głowy jeleni, w których, jak już wiedział, poukrywano przemycony z Kaliningradu bursztyn. Drogę zagrodził mu Duch. Za jego plecami Jekyll nadzorował rozbijanie głównej ściany w salonie. Waligóra pomyślał, że technikom idzie zaskakująco łatwo, jakby ściana wykonana była z lekkiego kartonu. Przez wyburzony otwór widoczne już były kafle starodawnego pieca.

– Co wy wyrabiacie? – zainteresował się wreszcie komendant. – Jak to wytłumaczymy właścicielowi?

– A nic, wyremontuje sobie. Przecież nie brudzimy mu mebli argentoratem – odparł radośnie Duch. Potrząsnął energicznie metalową puszką po landrynkach z napisem: „Kirsch Himbeer" i dodał: – Ale tak naprawdę szukamy skarbów.

– Co?

– Tutaj jest tego całkiem sporo. – Duch odsunął się nieznacznie i oczom Waligóry ukazały się równo ułożone sztabki złota. Zajmowały cały kąt salonu.

– O kurwa, ja pierdolę. Jakiś sejf tu był?

– SEIF, szefie – rozpromienił się Duchnowski. – Ten właściwy. W piecach kaflowych, a te ukryte za karton-gipsem. Na razie znaleźliśmy jedną dziesiątą tego, czego nieskutecznie szukała Komisja Nadzoru Finansowego. Chłopaki z Białego są rozradowani. – Duch odwrócił się, wziął jedną sztabkę i zważył ją w ręku. – Czyste złoto, szefie. Sam bym chciał wynająć taki lokal. No i trochę złota morza jest. Tam w garażu Mazurkiewicza. Szukają go już listem gończym. Bursztynowa komnata, rzekłbym.

Funkcjonariusz wprowadził młodą dziewczynę.

– Puść, nie tak mocno. – Klara Chałupik szarpnęła się. Za nią stali Ziółkowska oraz technik z kamerą.

– No, opowiadaj. Tylko nie zapomnij o żadnym nazwisku. Kto, kiedy, ile wnosił. Masz swoje pięć minut, gwiazdeczko. Chciałaś telewizję, to masz. Kamera poszła.

– Żadnym? – Klara zerknęła na Waligórę. Ten pośpiesznie się odwrócił i wyszedł na powietrze. Zaraz dołączył do niego Duchnowski. Poczęstował papierosem.

– A wszystko mam tutaj. – Zaprezentował puszkę po landrynkach.

Waligóra zerknął na komisarza jak na wariata.

– Co tam jest?

Duch odkręcił i podsunął komendantowi puszkę pod nos.

– Pogięło cię? – Komendant odsunął się, ale zaraz zajrzał do środka. Była pusta.

– No zwietrzał. – Duch zrobił minę, jakby mu było żal. – Ale Jekyll zebrał wszyściutko, co do molekuły.

– Co tu było? – nadal nie rozumiał Waligóra.

Duch wzruszył ramionami.

– Zapach Wojtka Friszke – oświadczył bardzo poważnie. – A dokładniej jego zegarek. Dwadzieścia lat tam leżał. I wspaniale się zachował. Dzięki temu Sasza wykminiła zamianę i zmusiła bliźniaków do zeznań. Mamy komplecik. Staroń będzie miał popisowy procesik, a i kuria zadowolona. Jeden z ich kruków oczyszczony. Liczę na premię.

– Zawiń sztabkę z tej górki, to będziesz miał premię.

– To rozkaz?

– Są chwile, kiedy żałuję, że jednak jestem po tej właściwej stronie.

– Czyli jednak jesteśmy po jednej?

– A co myślałeś?

– To dobrze, bo to rozwalisko zrobiliśmy tak naprawdę nielegalnie kilka dni temu, zresztą w nocy. Załuska mnie wkręciła. Trzeba jakoś przykryć włamanie, bo Mazurkiewicz zakwestionował wejście i nie chce oddać łupu. Ale jak wróci z Białorusi, KNF pomoże. Obiecali.

Waligóra pokręcił głową zrezygnowany.

- I mnie nie wezwaliście? Może choć kilka trzeba było wtedy capnąć. Teraz już za późno.
- Ty żartujesz?

Waligóra roześmiał się szczerze.

- Myślałem, Duchu, że jednak wyjdziesz na ludzi. Na co ci te studia były?

Komisarz wahał się chwilę, ale oczy mu się śmiały.

- Żeby nie pracować w prewencji?

Teraz Duch wpatrywał się w biały kawałek gazy wyprodukowany przez Toruńskie Zakłady Materiałów Opatrunkowych specjalnie na zlecenie policji. Pochłaniacz – miękka biała tkanina, do tej pory znacząca dla niego tyle co nic. Nawet przy kontuzji starał się nie używać bandaża. Tymczasem na tym małym kawałku bawełny znajdował się ich koronny dowód: molekuły zapachu Marcina Staronia, pechowego bliźniaka, strzelca z Igły, legitymującego się na potrzeby procesu na razie nazwiskiem brata, Wojtka Friszke. Dowód koronny, pierwszy w karierze Ducha, niewidoczny i niewyczuwalny dla ludzkiego nosa. Jedyny i niepowtarzalny dla każdego człowieka, jak linie papilarne. Gdyby go nie mieli, nie udałoby się odróżnić, który z braci był wtedy w klubie.

Tylko zapach pogrążył Marcina, podstęp zaś, jaki zastosowała Sasza wobec jego brata księdza, zmusił go do zeznań. Nigdy nie wpadliby na to, że Iza wcale nie była ofiarą, lecz brała udział w spisku. Jej zapach także był na rękawiczce Łucji. Nie udało się ustalić, kto w końcu przyniósł ją do klubu: ona czy jej kochanek. Na szczęście Buchwic miał jeszcze jeden, ostatni kawałek gazy. Osmolodzy zaryzykowali powielenie zapachu. Nie było go zbyt wiele, ale jak się okazało, pies go wskazał. Mieli komplet. DNA bliźniaka, jego zapach, jej zapach i łuskę. Kobieta odmówiła złożenia zeznań, konsekwentnie się nie przyznawała. On powiedział prawdę. Był wtedy w Igle, przyszedł po sztabki, ale kiedy otworzył skrytkę, była pusta. Ktoś wcześniej zabrał zawartość. Tego nie przewidzieli. Iza kazała mu podnieść ręce. Stała z wymierzoną w Marcina bronią. Bez trudu odebrał jej pistolet, uciekła do studia nagrań.

Wtedy do klubu wszedł Igła. Marcin zorientował się, że Igła odwiózł zawartość sejfu w umówione miejsce, wrócił po Izkę. Spanikował. Strzelał na oślep. Potem uciekł, wpadł pod auto Tamary, ukrył się u brata w kościele garnizonowym. Powiedział mu wszystko, jak na spowiedzi. Ksiądz krył go. Wszczęto wobec niego sprawę o wspólnictwo, ale dostanie dozór policyjny. O winie bliźniaków zadecyduje sąd. Materiał jest zebrany solidnie. Sędzia Szymański osobiście wziął tę sprawę, a u niego najważniejsze są kwity. Oskarżać będzie sam Mierzewski. Mecenas Piłat ma bronić Ziółkowskiej, która za trzy dni powinna stanąć przed komisją dyscyplinarną, ale od dziś jest już na strategicznym zwolnieniu od psychiatry. Będzie miała kilka postępowań. W ciągu paru dni zbrzydła i napuchła na gębie. Duchnowski podejrzewał, że zapija problem. Lange wyszła na wolność i od razu dostała ciekawe propozycje pracy. Ciotka Krystyna jest z niej dumna.

Duch mógł dziś zasnąć spokojnie. Na jego biurku narosła sterta drobniejszych przestępstw do rozwiązania. Miał też kupę papierkowej roboty, ale dziś chciał skończyć wcześniej i odwiedzić dzieciaki. Kupił im prezenty. Był w takim humorze, że zniesie nawet obecność nowego gacha żony. Na szczęście nie zna angielskiego, a rywal po polsku nie rozumie ani słowa.

Odprawa miała zacząć się za pół godziny. Przewidywał drobnicę. Sprawę zabójstwa w Igle uznali już za zamkniętą. Trwało dochodzenie w sprawie SEIF-u, zamachu na Bulego i kilku innych odprysków zabójstwa w klubie. Duchnowski obawiał się, że efekty nie będą zadowalające. Słoń nie przyszedł na przesłuchanie, jak zwykle się rozchorował. Jego prawnik dostarczył zaświadczenie, że Jerzy Popławski jest w ciężkim stanie, pilnie zabrano go do szpitala. Duch czekał na rozkazy, gotów przesłuchać jubilera nawet na łożu śmierci. Gabryś opuścił areszt śledczy po czterdziestu ośmiu godzinach, złożył wyczerpujące zeznania, w których opowiedział, jak pilnował interesu obywatela Kaliningradu, który zresztą pojutrze miał przylecieć z Monako. Słyszał, że ABW weszło do mieszkania sędziego Szymańskiego i kilku znanych prawników, a kto szuka, ten znajdzie. Ale na razie jeszcze pracują.

Rozległo się pukanie do drzwi. Duch zdjął nogi ze stołu, schował białą gazę do szuflady.

Weszła Sasza. Komisarz rzucił tylko okiem na zdarte czubki jej motocyklowych butów. I nieco wyżej, na zgrabne łydki. Zdziwił się. Nigdy nie widział jej w spódnicy. Wprawdzie ta też zakrywała kolana, ale wreszcie profilerka wyglądała jak kobieta. Speszył się. Nadgorliwie zaczął porządkować biurko. Zrzucił niedojedzony obiad w styropianowym pudełku do kosza, wygarnął spod stołu puszki po coli. Sam nie wiedział, jak się tam namnożyły.

– Ja tylko na chwilę – oświadczyła Załuska. – Przeszkadzam?

– Skąd.

– Za godzinę mam rozmowę o pracę w banku. Dlatego tak wyglądam – wytłumaczyła się. – Ale jeszcze nie wiem, czy iść. Może jednak wyjadę?

– Dopiero co przyjechałaś. – Podniósł głowę. Patrzyła na niego skupiona, bez cienia uśmiechu. Przełknął ślinę i się uśmiechnął. – Może coś jeszcze porobimy razem?

– Wątpię. – Zerknęła na matę nad biurkiem, gdzie policjant przypinał swoje odznaczenia i certyfikaty. Był tam nowy medal i dyplom od prezydenta miasta Sopotu. – Dostałeś awans?

– Tak mówią. Szkoda, że za ten skarbiec z pół kilo złota albo chociaż małego bursztynu nie odpalili. Wszystko oddałem na skarb państwa, idiota. Do niczego nie dojdę.

Zaśmiała się.

– Mogłeś brać, póki było można. Proponowałam.

– Naprawdę jędza z ciebie. Gdyby to wtedy nie wyszło… – Zawahał się. – Myślałem, że cię uduszę, ale tak naprawdę to szacunek. Niezła jesteś.

– Wiem – przyznała. – Trzeba umieć rozmawiać z ludźmi.

Położyła na stole niedużą paczkę.

– Co to jest? – zaniepokoił się na chwilę, ale widziała, że z trudem hamuje zadowolenie.

– Nie złoto. – Profilerka uśmiechnęła się. – Niestety.

– Szkoda. Myślałem, że chociaż ty masz trochę oleju w głowie. Ty na państwowej nie robisz. Podzielilibyśmy się.

– Nie otworzysz?

Wziął do ręki pudełko opakowane w szary papier i związane byle jak sznurkiem. Potrząsnął nim, zachrobotało. Załuska podeszła i wyjęła mu zawiniątko z ręki.

– Nie bomba – powiedziała. – Prezent.

– Od ciebie? Z jakiej okazji?

– Mam interes. – Spojrzał na nią wnikliwie. Spłoszył się. – Choć słyszałam, że dziś kończysz czterdzieści cztery lata. Piękny wiek. – Uśmiechnęła się szeroko. I zaraz dodała:

– Otworzysz potem. Muszę cię o coś spytać. Odpowiesz szczerze?

– No? – Duchnowski już nie ukrywał ciekawości. Powoli rozsupływał sznurek. Sasza przyglądała mu się. Obok leżały wyszczerbione nożyczki, ale nie użył ich. Zabawiał się rozplątywaniem węzła, jakby od tego zależało jego życie.

– Kto jechał wtedy tym autem? – zapytała.

– Jakim autem?

– Trasa Gdańsk – Warszawa. Okolice Elbląga. Przemek. Kto go potrącił w pościgu?

Duchnowski siedział napięty. Chwycił nożyczki.

– Wiem, że nie ty. Ale ktoś z firmy. Pracuje jeszcze?

– Po co ci to?

– Lubię wiedzieć.

Duch spiął się, rozsiadł na krześle.

– Nikt go nie potrącił – powiedział wreszcie. – Sam wyskoczył z wozu. Był naćpany.

– Z czyjego wozu?

– Igła przyniósł Bulemu pistolet, a Mazurkiewicza nam wystawił. Dostał auto, jechali razem. Ja z Jekyllem siedzieliśmy im na ogonie. Nagle Przemek wyskoczył z pędzącego auta. Jekyll nie zdążył zahamować.

– Jacuś?

Zaniemówiła. Zrozumiała, skąd się wzięło przezwisko technika.

– Byłem tam razem z nim. To nie była jego wina. Prędkość, przeznaczenie. Życie i śmierć jako bieguny jednej prostej.

Drzwi się otworzyły. Weszła grupa policjantów z butelką alkoholu. Sekretarka wniosła na tacy torcik wedlowski z wciśniętą w czekoladowy wafel świeczką w kształcie podpalonego lontu. Rozległo się gromkie „Sto lat". Jekyll mrugnął do

Saszy, która wycofała się sprzed biurka, by zrobić miejsce kolegom. Funkcjonariusze kolejno ściskali wzruszonego Duchnowskiego. Jekyll zauważył paczkę leżącą na biurku szefa kryminalnego. Rozłożył na wpół rozpakowany papier. Na opakowaniu napisano *Do it yourself*. Wyjął nieduże pudełko w kształcie domku z przewodami i dwiema czerwonymi diodami umieszczonymi obok siebie. Sprawnie podłączył baterię. Na urządzenie nałożył białą szmatkę dołączoną do zestawu. Rozległ się odgłos jak z horroru, co w tej sytuacji wzbudziło gromki aplauz.

– Animowany duch – wzruszył się komisarz. – Marzyłem o takim. Sasza!

Rozejrzał się wokół, wybiegł na korytarz, ale Załuskiej już nie było. Ludzie włączali kolejno zabawkę. Wydawała coraz to inne odgłosy. Diody udawały czerwone ślepia potwora.

– Wyszła – mruknął ktoś z tyłu. – Jakieś pięć minut temu.

– A moje życzenie? – zmartwił się Duch. – Przecież przegrała zakład.

Wojciech Staroń stał przed więzienną bramą. Zamek odskoczył. Ksiądz przekroczył próg. Wciągnął powietrze w nozdrza. Ćwierkały ptaki. Słońce grzało tak, że musiał rozpiąć kurtkę. Mocniej zacisnął dłonie na niewielkiej torbie podróżnej. Po drugiej stronie ulicy stały trzy samochody: czarna limuzyna z kurii, srebrny lexus i stara alfa 156, kiedyś granatowa, teraz okrutnie zabłocona. Z limuzyny wysiadł kierowca, otworzył tylne drzwi. Staroń dostrzegł w nich mężczyznę w sutannie. Przed lexusem stał ojciec. Na nogach miał za duże buty sportowe, niepasujące do reszty stroju. Złapali się wzrokiem, Wojtek podniósł podbródek w geście powitania. Z trzeciego wozu nikt nie wysiadł, ale to do niego podszedł Staroń. Włożył torbę do bagażnika i cofnął się na chwilę do ojca. Stali chwilę bez ruchu. Wreszcie podali sobie dłonie.

– Przepraszam – powiedział syn.

– Za co?

– Za wszystko i na zawsze. Nie martw się o niego, tato. Poradzi sobie. Będę go odwiedzał.

Sławomir zdjął okulary, wyciągnął z kieszeni chustkę, przetarł nią zdrowe oko.

– Z Marcinem zawsze były kłopoty.

Wojtek podniósł głowę. Uśmiechnął się niepewnie.

– Zauważyłeś? – Ojciec nabrał powietrza, zawahał się, ale nic nie powiedział. Skinął tylko głową. – Myślałem, że tylko mama bezbłędnie nas rozpoznawała.

– Kiedyś tak było – przyznał Sławomir. – Ale się zorientowałem. Nie zdradziłem was.

– Wiem, tato.

– Kiedy się zobaczymy?

Ksiądz wzruszył ramionami, wskazał brudną alfę.

– Muszę na trochę wyjechać.

Sławomir uśmiechnął się, odprowadził syna wzrokiem, aż ten zajął miejsce w aucie po stronie pasażera. Wiedział, że wkrótce pomówią o tym wszystkim. Odzyskał ich obu.

Tymczasem Wojtek zapiął pas.

– Gotów? – Łucja uśmiechnęła się do niego.

Skinął głową.

– Ona nie może się dowiedzieć.

– Taki warunek postawił też Waldemar.

– Powiedz mu, że nigdy nie będę jej niepokoił – zapewnił. – Chcę ją tylko zobaczyć. To tak jakby moja rodzina.

– Jest taka sama jak Monika. Widziałam zdjęcia.

– Tak właśnie myślałem.

– Ale też trochę podobna do ciebie.

– Oby nie tylko fizycznie – mruknął. – Bo wtedy byłaby też podobna do Marcina. Zawsze wszystkim musiałem się z nim dzielić. Matka mówiła, że nawet w brzuchu podkradał mi krew.

– To znaczy, że byłeś dla niego wzorem. Kochał cię jak brat, ale też jak fan. Ciesz się. Wtedy kiedy się spotkaliśmy pierwszy raz na plebanii, poczułam grozę. Wiedziałam, że coś nie gra. Marcin jest inny, bardziej zabawny, taki czaruś.

– Dzięki – westchnął Wojtek.

– Ale ty jesteś solidny. Bije od ciebie siła. Pewnie tobie nigdy nie oddałabym tych kluczy do Igły, ale też od razu zaciągnęłabym cię do łóżka – dodała i zarumieniła się. – Fajne piosenki piszesz. Szkoda, że jesteś księdzem.

Wojtek zmierzył ją wzrokiem, a po chwili wyciągnął rękę jak do powitania.

– Wojtek. Tak naprawdę się nazywam. Zacznijmy od nowa.

– Łucja. – Oddała uścisk.

– Z tym powołaniem to jeszcze nie wiem.

Kobieta uśmiechnęła się.

– Jakby co, mam dwa bilety do Maroka. Nie miałbyś ochoty na urlop, jak załatwimy sprawę? Nie mów nikomu, ale trochę tych sztabek zostało w starym radiu Bulego, więc zabrałam. Szkoda, żeby się marnowały.

Spojrzał na nią zaskoczony.

– Żartowałam – zaśmiała się.

Wojtek nie był tego pewien. Po niej wszystkiego mógł się spodziewać.

– Dostałam robotę w porządnej firmie – wyjaśniła całkiem poważnie. – Wzięłam zaliczkę na misję „Calineczka". Profilerka skontaktowała mnie z właściwymi ludźmi. Powiedzieli, że z moimi umiejętnościami zrobię wielką karierę. To co, jedziesz ze mną do Maroka?

– A twoja ciocia?

– Kto nie ryzykuje, ten nie pije szampana. – Łucja uśmiechnęła się, a potem wpisała w GPS nazwę miejscowości: Teremiski. Powoli, bardzo ostrożnie, włączyła się do ruchu.

Dwa tygodnie później

Za oknem świeciło słońce. Ostatnie sople lodu zwisały z dachu, skapywała z nich woda. Madonnę na ścianie ściągano do wiosennego czyszczenia. Była upstrzona kałomoczem, białe smugi zasłoniły rysy jej gipsowej twarzy. W studni kamienicy rozległ się delikatny jęk szczytującej sąsiadki. Dziś zaczęła o wiele wcześniej i była, jak słychać, w doskonałej formie. Echo niosło jej głos od okna do okna. Potem nikt z mieszkańców już nie wiedział, czy to ten odgłos sprawił, że robotnik popełnił błąd, czy może przyczyna była całkiem inna, na przykład przy ściąganiu figury ktoś szarpnął zbyt mocno sznur i naruszył jeden z sopli. Najpierw spadł znicz. Rozbił się wprost pod stopami Waldemara Gabrysia, który nadzorował prace robotników. Knot znicza nie zgasł mimo uderzenia. Zamiast tego rozbłysł gwałtownym płomieniem. Zaraz za nim spadła lodowa włócznia, a potem runęła Madonna. Kilkadziesiąt kilogramów kolorowanego gipsu wylądowało tylko kilka centymetrów od głowy Gabrysia. Mężczyzna stał jeszcze chwilę bez ruchu, wciąż zszokowany, wpatrując się w roztrzaskane szczątki Matki Boskiej, aż wreszcie pochylił się, podniósł jeden z większych kawałków, prawdopodobnie fragment ręki Madonny, i zacisnął w pięści. Sąsiadka niestrudzenie koncertowała, jak miała to w zwyczaju. Mężczyzna zaś nie bacząc na możliwość poparzenia, chwycił rozgrzany kawałek wosku w drugą dłoń i wraz z gipsowym odłamkiem wzniósł do nieba niczym oręż.

– Za co mnie każesz, Panie?! Mnie, twojego najwierniejszego sługę? – wygrażał.

Ale Bóg nie był łaskaw mu odpowiedzieć. Nawet sąsiadka na chwilę zamilkła. Wtedy Gabryś rzucił gipsowym palcem Madonny i wyszedł przez bramę.

Sasza przyglądała się tej scenie ze swojego okna z półuśmiechem. Tego dnia widziała go po raz ostatni. Mówiono potem, że w tym samym momencie w jego mieszkaniu zmarła ciocia, ale lekarze tego nie potwierdzili. Z całą pewnością mężczyzna sprzedał mieszkanie przy Pułaskiego, za bezcen odkupił swoją dawną klitkę na osiedlu wojskowym i włóczył się po mieście. Popijał. Widziano go z różnymi kobietami w zbyt krótkich spódnicach. Niektórzy twierdzili, że dopiero kiedy stracił wiarę, stał się zajadły. Zawsze potrzebował wrogów i spiskowych teorii. Inni ponoć widywali go, gdy pod zamurowanym klubem, dawną Igłą, przychodził palić znicze, choć już kilka lat później nikt nie pamiętał o tych wszystkich zdarzeniach. W okolicy placu Wolności otwarto nowe kluby, restauracje i winiarnie. Nikt nie zwracał uwagi na zarośniętego faceta z niedużym psem, którego prowadzał bez kagańca. Nie golił się. Na plecach nosił szmaciany wór z dobytkiem. Szyję obwiesił wisiorami z wizerunkami świętych. Czasem ktoś ulitował się nad nim i wcisnął mu do ręki kanapkę albo rzucił do papierowego kubka parę moniaków. Brał, choć na koncie miał sporą gotówkę. Wszyscy byli zgodni co do jednego. Przeciwko celebrowaniu pamięci zmarłego piosenkarza Gabryś nigdy nie protestował. Dla niego to był tylko dowód na to, że wszyscy jesteśmy śmiertelni.

Załuska składała właśnie do recyklingu zadrukowane dokumenty dotyczące sprawy zabójstwa Igły, kiedy zadzwonił dzwonek. Staroświecki, zwyczajny, jaki pamiętała z dzieciństwa. Dzyń, dzyń, przerwa. Obejrzała się. Telefon był podłączony, choć głowę by dała, że wyłączyła go z gniazdka i schowała do skrzynki z archiwum właściciela mieszkania. Podeszła, podniosła słuchawkę. Połączenie zostało przerwane. Stanęła przy oknie i wpatrywała się chwilę w miejsce po gipsowej Madonnie. Czekała. Wiedziała, że zadzwoni ponownie, zanim policzy do dziesięciu. Kiedy się odezwał, nie odebrała od razu.

– Dobra robota – usłyszała w słuchawce dziwny pogłos.
– Gdzie jesteś?
– Otwórz – padło polecenie.

Chwilę później usłyszała kroki na klatce, a potem pukanie do drzwi. Odłożyła słuchawkę. Przez wizjer dostrzegła drobnego mężczyznę po czterdziestce, w rogowych okularach. Miał na sobie cienką marynarkę z pomarańczowego tweedu, pod szyją wełniany fular. Od razu rozpoznała faceta, który podał się za Bulego i podstępem wkręcił ją w tę sprawę. Nie zastanawiając się, szarpnęła drzwi. Uśmiechnął się. Wyciągnął z teczki szarą kopertę.

– Druga transza – zakomunikował i odwrócił się na pięcie.
– Hej! – Chwyciła go za marynarkę, ale zaraz puściła.

Otrzepał marynarkę z miną, jakby jej dotyk miał zarazić go trądem.

– Przykro mi, że musiało do tego dojść – stwierdził. – Nie mieliśmy na to wpływu. Czasem ofiary bywają konieczne. Sama wiesz. Plany są idealne wyłącznie na papierze.

Sasza przyglądała mu się chwilę. Wreszcie odważyła się zapytać.

– To ty? Teraz i wtedy?

Skinął nieznacznie głową.

– Miło było poznać. – Odwrócił się gotów do odejścia.

– Skoro cię już zobaczyłam... – szepnęła i zamilkła na moment. – Jesteś spalony. Co to dla mnie znaczy?

– Wolność – odparł. – Oczywiście obowiązuje cię tajemnica. Mamy nową Calineczkę. Zobaczymy, jak się sprawi. Tam masz wiarygodny dokument, jakbyś kiedyś chciała poznać swoją córkę z ojcem. Traktuj to jako upominek pożegnalny od firmy. Jest autentyczny. Nikt więcej nie będzie cię niepokoił. Bank chętnie przyjmie cię do tej pracy. Ale zrobisz, jak uważasz. Jak powiedziałem, spisałaś się. Nie zobaczymy się więcej.

Nie odpowiedziała. Dopiero kiedy wyszedł, otworzyła kopertę. Była w niej gotówka oraz plik zżółkłych dokumentów. Przełknęła ślinę, poczuła, że ręce zaczynają jej drżeć. Notatka operacyjna sygnowana pismem maszynowym „Czerwony Pająk" oraz protokół umorzenia sprawy wobec Łukasza Polaka i jej własny raport o zwolnienie ze służby. Widniała na nim data zatrzymania i umieszczenia mężczyzny w szpitalu psychiatrycznym oraz dokładny adres z kodem pocztowym. Natychmiast podbiegła do telefonu, ale numer, który wykręcała, już nie łączył jej do oficera. Nagrany na automat komunikat informował, że abonent jest czasowo wyłączony. Wyszukała więc w internecie numer do sekretariatu szpitala i poprosiła o rozmowę z dyrektorem placówki. Sekretarka niechętnie zgodziła się połączyć. Śpieszyła się do domu, był kwadrans po piętnastej.

– Dzień dobry – zająknęła się Sasza, kiedy usłyszała w słuchawce zimny baryton. – Czy przebywa może u państwa Łukasz Polak?

– Kim pani jest dla pacjenta?

– Chcę tylko wiedzieć, jak się miewa. Nazywam się... – zawahała się – Milena Rudnicka. Ale to pewnie nic panu nie powie.

– Ach, to pani. – Głos złagodniał, stał się mniej urzędowy. – Już od dawna próbowaliśmy panią znaleźć. Łukasz jest ostatnio w dosyć dobrej formie. Znów zaczął malować. Być może wkrótce zezwolimy na pierwszą przepustkę.

– Wyjdzie na wolność?

– To szpital, nie więzienie – przypomniał lekarz.

– Zapadł już wyrok?

– Nie został skazany – odparł zdziwiony dyrektor. – Był u nas prawie od początku. Muszę przyznać, że są duże postępy. Czuje się doskonale. Jeśli chciałaby go pani odwiedzić, warunkowo moglibyśmy wyrazić zgodę. Wiem, jak ważną osobą jest pani dla niego. Można powiedzieć, że żyje tylko myślą o tym spotkaniu. Dużo mówił o tym na terapii. Wiem, że związek nie został zalegalizowany, ale czasy się zmieniły. Jako osoba bliska ma pani prawo przyjechać. Nie radziłbym jednak na pierwszą wizytę przywozić dziecka, choć Łukasz oczywiście liczy, że pozna swoją córkę.

Sasza natychmiast odłożyła słuchawkę. Spojrzała na ścianę płaczu, ale nie była w stanie uronić ani jednej łzy. W gardle miała kolczatkę. Zamarła w stuporze. Pozbierano już resztki Madonny. Została tylko mała czerwona plama. Z góry parafina wyglądała jak zasklepiona krew. Sasza skuliła się w kucki i wpatrywała w swoje paznokcie. Przed oczami natychmiast pojawiły się flesze pożaru. Chciała, by zniknęły, ale nie była w stanie ich powstrzymać. Prawie o nich zapomniała. Koszmary ustąpiły kilka lat temu. Sądziła, że na zawsze. Starała się opanować, ale nie była w stanie. Wystarczy tylko nie zamykać powiek, tłumaczyła sobie. Wreszcie poczuła pieczenie, nie mogła dłużej działać wbrew fizjologii. Osunęła się po ścianie i podkuliła nogi do pozycji embrionalnej. Tak spędziła prawie miesiąc w szpitalu, kiedy dowiedziała się, że oparzenia nie będą jedyną pamiątką związku z mordercą i w jej łonie rozwija się jego dziecko.

Leżała tak długo, nie potrafiła określić dokładnie, aż wreszcie poczuła wilgoć na policzkach. Łkała w milczeniu, a potem zawyła jak zwierzę, zacisnęła dłoń w pięść. Wiedziała, że to strach, bezsilność i rozpacz jednocześnie. Może kilka innych emocji. Umiała je nazwać, wystarczająco długo rozkładała na terapiach na czynniki pierwsze to, co czuje. Nadal jednak nad tym nie panowała. Tyle czasu uciekała, a okazało się, że wciąż stoi w miejscu. Po kolana w bagnie. Nic się nie zmieniło. Czuła niemoc. Nie była w stanie ruszyć się z podłogi. Gdyby miała w domu choć odrobinę alkoholu, z pewnością by się upiła. Zamiast tego wypłakiwała złość i jeszcze długo leżała bez ruchu, czekając na cud. Wiedziała, że się nie zdarzy. Cudów nie ma. Jest tylko to, na co człowiek ma wpływ.

Gorączkowo myślała, dokąd uciec. Ale nie czuła w sobie już tyle siły co dawniej, by w jednej chwili znów zwijać mandżur*. Siedem kontenerów. Dziecko musi mieć dom. Zresztą po co uciekać? Dokądkolwiek by pojechały, on je

---

* Mandżur – więzienne określenie podstawowego wyposażenia więźnia: koc, talerze, pościel, rzeczy osobiste. Zwijać mandżur – zabierać swoje rzeczy.

znajdzie, jeśli wyjdzie. A wyjdzie. Lekarz uznał go za wyleczonego. Nie został nawet skazany. Obarczała się winą za jego śmierć całe lata, a on po prostu był w psychiatryku. Nawet go nie osądzili. Dzieli ich sześćset kilometrów. Da się je pokonać w kilka godzin. Nie zginął, nie poszedł siedzieć. Nie figuruje w kartotekach. Ma czyste konto. Okłamali ją, by nie dociekała, nie robiła kłopotów. Dlaczego właśnie teraz to ujawnili? Po co? I kto mu powiedział o dziecku?

Wzięła się w garść, wstała, przeczytała jeszcze raz dokumenty, a kiedy znała już na pamięć każdą linijkę opinii psychiatrycznej oraz adres szpitala, wyjęła zapalniczkę. Zapaliła świeczkę i zbliżyła do płomienia pierwszy dokument. Ogień w kilka minut strawił plik kartek. Przy ostatniej lekko się poparzyła. Momentalnie wróciło wspomnienie dobrze znanego bólu. Gorąca zasłona na jej ciele, skok w dół i utrata przytomności. Zapach spalenizny drażnił nozdrza. Usiadła w kucki, wyjęła książkę o mostach. Przerzucała bezmyślnie kartki. Mało widziała w płomieniu świecy, ale znała fotografie na pamięć. Patrzyła na wodę mieniącą się na zdjęciu mostu Hell Gate nad East River w Nowym Jorku, w której kiedyś chciała się ukryć. I pewnie by to zrobiła, gdyby nie świadomość, że gdy jej zabraknie, Karolina zostanie na tym świecie sama.

Tak zastała ją matka, która weszła z sześciolatką do mieszkania. Sasza zerwała się. Pstryknęła światło, przerażona, że zachowała się nieodpowiedzialnie i nie zamknęła drzwi.

– Dlaczego siedzisz w ciemnościach? – Laura pociągnęła nosem. – Pachnie tu spalenizną.

Sasza w odpowiedzi przytuliła córkę. Poczuła nagły przypływ siły. Przyrzekła sobie w duchu, że zrobi wszystko, by ochronić małą. Zdawała sobie jednocześnie sprawę, że będzie musiała się z tym zmierzyć całkiem sama. Nie wolno jej swoją wiedzą obarczyć nikogo. Jeśli znajdzie odpowiednie miejsce, ucieknie na koniec świata, ale jeśli będzie trzeba – stanie do pojedynku. Tylko to było teraz ważne. Cokolwiek zrobi, Karolina musi być bezpieczna.

KONIEC TOMU I

Podziękowania

Nie byłoby tej książki, gdyby nie pomoc wielu osób.

W tajniki osmologii wprowadzili mnie nadkomisarz Artur Dębski z Centralnego Laboratorium Kryminalistycznego Policji oraz Bożena Lorek, Agnieszka Konopka, podkomisarz Waldemar Kamiński, Tomasz Szymajda, Andrzej Więsek z Laboratorium Kryminalistycznego Komendy Wojewódzkiej Policji w Lublinie, którzy specjalnie dla mnie wykonali show kryminalistyczny i przeprowadzili symulację badań zapachowych na potrzeby powieści dla każdego z fabularnych podejrzanych.

Rąbka tajemnic kryminalistyki, a zwłaszcza oględzin miejsca zdarzenia, zabezpieczania śladów oraz działań operacyjnych policji uchylili: młodszy inspektor Robert Duchnowski, ekspert kryminalistyki Komendy Stołecznej Policji w stanie spoczynku; nadkomisarz Leszek Koźmiński, ekspert w dziedzinie kryminalistycznych badań dokumentów Polskiego Towarzystwa Kryminalistycznego i wykładowca w Zakładzie Kryminalnym Szkoły Policji w Pile; oraz aspirant sztabowy Paweł Leśniewski, technik kryminalistyczny i wykładowca w Zakładzie Kryminalnym Szkoły Policji w Pile, który ponadto znalazł dla mnie książkę Ireny Gumowskiej *Uprzejmy milicjant*.

Zawodowy rys postaci profilerki pomagała zbudować doktor Agnieszka Wainaina-Woźna z Instytutu Psychologii Śledczej w Huddersfield.

Neurolog Ałbena Grabowska-Grzyb wyjaśniła, co dzieje się z mózgiem człowieka po wybudzeniu ze śpiączki pourazowej i jak wygląda odzyskiwanie pamięci.

Wiedza mecenas Anny Gaj oraz Marty Dmowskiej były nieocenione w pisaniu scen sądowych. Vincent Seversky wypożyczył kilka „myków" kontrwywiadu, ksiądz profesor Waldemar Woźniak z UKSW pomógł zbudować postać uczciwego duchownego.

Podczas dokumentacji w Trójmieście gościli, oprowadzali i opowiadali: Magdalena i Tomasz Witkiewiczowie, Joanna Krajewska, Monika i Rafał Chojnaccy, Jolanta i Kazimierz Świetlikowscy, Wojciech Fułek oraz Dagny Kurdwanowska, która ponadto wykonała „wizję lokalną" na poziomie masterclass.

Tomasz Gawiński z tygodnika „Angora" opowiedział o mafii na Wybrzeżu, Joanna Klugmann zdradziła nieco danych na temat bursztynu, jego nielegalnego wydobycia i obróbki.

Szczególne podziękowania należą się Mariuszowi Czubajowi, który napisał do tej książki piosenkę *Dziewczyna z północy* oraz był wsparciem w trakcie pracy nad powieścią. Tutaj trzeba też podziękować wszystkim dziewiętnastu osobom, które nadesłały swoje propozycje piosenek, a na uwagę zasługuje zwłaszcza tekst Ryszarda Ćwirleja. Tylko z przyczyn nieobiektywnych wybrałam piosenkę Mariusza.

Joannie Jodełce dziękuję za bliźniacze zwyczaje i pomoc w kryzysie, Łucji Lange zaś za użyczenie personaliów oraz koncept z muchomorami. Małgosi Krajewskiej za gościnę we Wrocławiu oraz walizkę lektur. Bertoldowi Kittlowi za książkę *Mafia po polsku*. Prokuratorowi Jerzemu Mierzewskiemu za to, że jest, jaki jest – genialny pod każdym względem.

Nie jestem w stanie wymienić tutaj wszystkich osób, które pomagały mi w pracy nad tą powieścią. Będę się Wam kłaniała osobiście.

Dziękuję

Katarzyna Bonda

Książkę wydrukowano na papierze
Creamy HiBulk 2.4 53 g/m²
dostarczonym przez ZiNG Sp. z o.o.

ZiNG

www.zing.com.pl

Warszawskie Wydawnictwo Literackie
MUZA SA
ul. Marszałkowska 8, 00-590 Warszawa
tel. 22 6211775
e-mail: info@muza.com.pl

Dział zamówień: 22 6286360
Księgarnia internetowa: www.muza.com.pl

Warszawa 2016
Wydanie I (dodruk)

Skład i łamanie: Magraf s.c., Bydgoszcz
Druk i oprawa: Abedik S.A., Poznań